W0300147

Jürgen Grambow
und Wolfgang Müns

Pommern

Ein Lesebuch I

Dünenberge, Schlendrian und Erzählkulissen

POMMERN

Ein Lesebuch I

Jürgen Grambow
und Wolfgang Müns

HINSTORFF

Herausgeber und Verlag danken Sabine Curio, die uns ihr Gemälde „Strand bei Stubbenfelde“, Öl 1996, für den Schutzumschlag zur Verfügung stellte.

Bibliographische Information Der Deutschen Bibliothek
Die Deutsche Bibliothek verzeichnet diese Publikation in der Deutschen Nationalbibliographie, detaillierte bibliographische Daten sind im Internet über http://dnb.ddb.de abrufbar.

© Hinstorff Verlag GmbH, Rostock 2003
Lagerstraße 7, 18055 Rostock
Tel. 03 81 / 49 69 - 0
Internet: http://www.hinstorff.de

Alle Rechte vorbehalten. Reproduktionen, Speicherungen in Datenverarbeitungsanlagen, Wiedergabe auf fotomechanischen, elektronischen oder ähnlichen Wegen, Vortrag und Funk – auch auszugsweise – nur mit Genehmigung des Verlages.

1. Auflage 2003

Herstellung: Hinstorff Verlag, GmbH
Druck und Bindung: Ebner & Spiegel, Ulm
Printed in Germany
ISBN 3-356-01013-1

Inhalt

Spuk und fernes Sagen

Ausfahrten und Einkehr

Die mit * versehenen Überschriften stammen von den Herausgebern.

Spuk und fernes Sagen

Grandeer bin ick ut Poamerland, / Soldat in Lust un Fröd! / Dat schwarte Krüz an schwartet Band / Tügt myne Schulligkeet.
Groff sin wy Poamern – mag et syn! / Wat groff is, packt ok an; Drüm eben, handfest as ick bin, / Stoah ick ok mynen Mann.

Wilhelm Bornemann

Unser Pastor ist seinem Herkommen nach aus Pommern, wovon bei uns die Mädchen auf der Straße sangen: Pommernland ist abgebrannt. Daher ist er auch ein Plattdeutscher und paßt zu uns. Sein Vater ist ein Bauer gewesen; darum paßt er erst recht zu uns.

Johannes Gillhoff

Er sagt, er kann nicht fassen, / was ihn von hinnen trieb. / Ich sagt, er muß sie lassen, / die tausend fremden Straßen, / hier ruft der Vagel Grip.

Ehm Welk

Friedrich der Große
Vortreffliche Soldaten

Die Pommern haben etwas Ungekünsteltes. Sie würden nicht ohne Geist sein, wenn sie besser gebildet wären. Niemals aber werden sie schlau und verschlagen sein. Der gemeine Mann ist argwöhnisch und hartnäckig. Sie sind eigennützig, aber weder grausam noch blutdürstig, und ihre Sitten zumeist sanft. Man bedarf also keiner Strenge, um sie zu regieren. Sie geben gute Offiziere und vortreffliche Soldaten ab. Manche leisten im Finanzfache ziemlich gute Dienste. Vergebens aber würde man aus ihnen politische Unterhändler machen wollen.

(Aus dem politischen Testament, 1768)

Karl Theodor Pyl
Einteilung Pommerns und seiner Nachbarländer

Während sich das Südbaltische Küstenland politisch in die vier Staaten Mecklenburg, Rügen, Westpommern und Ostpommern oder Pomerellen gliederte, lassen sich innerhalb dieses Gebietes geographisch und ethnologisch mehrere Landschaften und Volksstämme unterscheiden, deren Umfang nicht immer mit den politischen Grenzen übereinstimmte, und deren Name auch im Laufe der Zeiten eine abwechselnde Bedeutung erlangte. Einem solchen Wechsel waren namentlich die beiden Namen „Slavia, gens Slavorum", und „Pomerania, gens Pomeanorum" unterworfen. Mit „Slavia" (wofür auch die Schreibweise „Sclavia, Sclavorum" vorkommt) bezeichnete man nämlich das ganze zwischen Elbe und dem Gollenberge bei Colberg belegene und vom Kaiser Friedrich II. (1214) dem König Waldemar II. von Dänemark zu Lehn gegebene Gebiet, welches in den Entsagungsdocumenten des letzteren zuerst (1224) allgemein als „terre Slauie", dann aber (1225) spezieller, abgesehen von den Holsteinschen Gegenden, als „terre domini Burwini (Mecklenburg) et omnes terre Slauie, preter Rugiam et terras ei attinentes" bezeichnet wird, und demnach außer den Holsteinschen Distrikten, das Herzogtum Meklenburg, das Fürstliche Rügen und das Herzogtum Westpommern umfaßt; demzufolge sich auch die Könige von Dänemark, seit der Unterwerfung der Südbaltischen Küste durch Waldemar I. (1157–1182) und Kanut VI. (1182–1202) „reges Danorum Slavorumque" benannten. Im engeren Sinne bezieht sich der Name „dux Slaviae" dagegen auf das Herzogtum West-Pommern, zwischen der Rekenitz und dem Gollenberge resp. zwischen Mecklenburg und dem Bistum Cammin, dem entsprechend Kaiser Friedrich I., als derselbe (1181) die Pommerschen Herzöge Bogislaw I. und Casimir I. zu Reichsfürsten erhob, er sie als „Slaviae duces" bezeichnete, während der König Kanut VI., bei dem Grenzvergleich zwischen Rügen und Pommern (1194), die Bewohner des letzteren Landes, im Gegensatz zu Mecklenburg und Rügen als „Scauos orientales" unterschied. In einem noch mehr beschränkten Umfange galt der Name Slavene (Slavna, Slavinia) für die Herrschaft Schlawe, welche, nebst dem benachbarten Lande Stolpe, unter der Herrschaft von Wartislaws I. Bruder Ratibor I. stand.

Die Bedeutung des Namens Pommern

Mit dem Namen Pommern (Pomorania) bezeichnete man dagegen im weiteren Sinne das ganze Gebiet zwischen dem Ryck (Hilda) und der Weichsel, sowohl das westliche Pommern, welches, wie oben gesagt ist, eigentlich „Slavia" hieß, als auch Ostpommern oder Pomerellen, welches von den Polnischen Chronisten auch „Maritima" genannt wird, und ursprünglich nur das Land zwischen der Leba und Weichsel umfaßte, seit Swantepolks II. d. Großen Eroberungen aber sich bis zum Gollenberg ausdehnte. Seitdem unterschied man innerhalb des Herzogtums Ostpommern zwei Abteilungen: den alten Besitz als Ober-Pommern (Pomerania superior), und Nieder-Pommern (Pomerania inferior), welches letztere die Herrschaft Schlawe, das Land Bütow und die den Polen entrissenen Districte bis zur Netze in sich schloß. Im engeren Sinne bezieht sich der Name „Pommern" jedoch nur auf Ostpommern, in welchem Sinne sich Mestwin II., Swantepolks zweiter Sohn, seit 1266 „dux totius Pomeranie" benannte. Im Gegensatz zu „tota Pomerania" steht die Benennung „Pomerellen", d. h. Klein-Pommern, welche nach dem Aussterben des Ostpommerschen Hauses (1294) üblich wurde und sich darauf bezieht, daß nur ein Teil des Herzogtums, d. h. das Land zwischen der Leba und der Weichsel (1310), an den Deutschen Orden, später aber nach der Schlacht bei Tannenberg (1410), im Frieden zu Thorn (1466) an Polen gelangte, und deshalb als das verkleinerte Pommern, d.h. Pomerellen, bezeichnet wurde. Dagegen ließen die Westpommerschen Herzöge, nachdem Wartislaw IV. (1313 ff.) die Herrschaft im westlichen Teil von Ostpommern über Schlawe, Stolpe und Bütow erlangt hatte, den Namen Pommern für diesen Bezirk bestehen, und erweiterten ihren bisher geführten Titel „dux Slavie" (Slavorum) noch durch den Zusatz „dux Pomeranie", welchen Wartislaw IV. zuerst in dem Privilegium der Stadt Demmin, vom 18. Juni 1313, mit den Worten „Wartislaus d. gr. Steninensium, Slauorum, Pomeranie et Cassubie dux" führte. Ganz willkürlich ist dagegen die Angabe der Lubinschen Charte, der zufolge das Land zwischen der Ihna und Wipper den Namen „Pommern" führe, während zwischen der Peene und Ihna das Land Stettin belegen sei. Diese Abgrenzung ist wahrscheinlich aus den Bestimmungen der Landesteilung vom 12. Juli 1295 entnommen, nach welcher allerdings der Umfang des Herzogtums Stettin dem Gebiet zwischen der Peene und Ihna entspricht. Da nun in späterer Zeit in dem damals üblichen Titel der Pommerschen Herzöge die Prädikate „zu Stettin, Pommern" aufeinander folgten, so scheint auch das dem Herz. Stettin benachbarte Land zwischen Ihna und Wipper, welches (1295) den Anteil des Herzogtums Wolgast bildete, mit dem Namen „Pommern" bezeichnet zu sein; eine ganz unrichtige Benennung, welche die östlichen Namen auf die westlichen Landesteile übertrug, die aber bei der am Pommerschen Hofe über die ältere Zeit herrschenden Unkenntnis sehr wohl möglich war.

Die Slavischen Volksstämme an der Südbaltischen Küste

Innerhalb dieses großen Slavischen Volksgebietes, welches im Westen durch die Niedersachsen (Limes Saxonius), im Osten durch die Polen (termini Polonorum, 1295) begrenzt wurde, finden wir jedoch mehrere größere und kleinere Abteilungen, teils ethnologisch nach größeren Völkerschlachten unterschieden, wie die in Mecklenburg ansässigen Obotriten, und die östlich von ihnen und südlich von der Peene wohnhaften Wilzen (Veletabi) und Leutigen (Liuticii), teils geographisch nach Landschaften (terre) und Districten (provincie) mit kleineren Völkerstämmen, deren politischer Mittelpunkt durch besonders günstig gelegene und stark befestigte Burgen gebildet wurde. Von letzteren finden sich in Mecklenburg die Obotriten im engeren Sinne, die Polaben an der Elde, die Regerer und Warnaben am Ufer der Warnow, die Muritzen am Müritzsee; ferner als Stämme der Wilzen die Kizziner mit der Burg Kessin (castrum Kyssin, 1170) bei Rostock, und die Circipaner, mit der alten Burg Dargun, an deren Stelle (1173) das Zisterzienserkloster Dargun begründet wurde. Während das Land Kizzin, zwischen der Warnow und Recknitz gelegen, politisch der seit 1236 unter Heinrich III. Borvin abgeteilten Herrschaft Rostock entsprach und östlich von dem Fürstentum Rügen begrenzt wurde, teilte sich Circipanien zwischen Mecklenburg und Pommern, indem seine Grenzen sich bis zum Zusammenfluß der Trebel und Peene bei Demmin erstreckten. Von diesem Lande gehörte demnach die westliche Hälfte zu der oben erwähnten (1236) abgeteilten Herrschaft Rostock, die östliche dagegen den Herzögen von Pommern, und zwar zu derjenigen Linie, welche sich nach der Burg Demmin „dux Dyminensis" benannte. Infolge dessen verliehen die Demminer Herzöge Casimir I., Casimir II. und Wartislaw III. dem Kloster Dargun sehr umfangreiche Güter und Privilegien; nach dem unglücklichen Kriege von 1236 wurde jedoch Circipanien an Mecklenburg abgetreten, unter dessen Herrschaft es bis auf die Gegenwart verblieb.

Das Land Tollenze oder Wenden

Östlich von Circipanien am Ufer des Tollenseflusses wohnten die Tolensaner im Lande Tollenze (Tholenz, 946) mit der Burg Treptow, und südöstlich von diesen die Redarier, mit der Burg Stargard (1170), deren Gebiet dem späteren Lande Stargard und gegenwärtig dem Großherzogtum Mecklenburg-Strelitz entspricht. Beide Landschaften gehörten ursprünglich zu Pommern, doch gelangte das Land Stargard nach dem Kriege von 1236 an die Markgrafen von Brandenburg und seit 1300 durch Vermählung Heinrichs II. von Mecklenburg mit Beatrix T. des Markgrafen Albrecht III. von Brandenburg an Mecklenburg. Das Land Tollenze wurde dagegen zwischen Pommern und Mecklenburg geteilt, in der Weise, daß die östliche Hälfte mit Treptow bei Pommern verblieb, die westliche aber, u. a. das Land Malchin (terra Malechin; 1240) und das Land Stavenhagen, seit 1317 an die seit 1235 abgeteilte Linie Werle überging. Dieser mecklenburgische Landesteil und das ihn beherrschende Geschlecht empfingen ihren Namen von der alten Burg Werle bei Schwaan; seit dem Jahr 1304 wird jedoch neben der Benennung „Werle" auch die Bezeichnung „von Wenden" üblich, welche sich bis auf die Gegenwart im Titel der mecklenburgischen Herzöge und als „Wendischer Kreis" erhielt. Letztere Benennung ist besonders deshalb wichtig, weil der oben genannte östliche Teil des Landes Tollenze, welcher bei Pommern verblieb, nach Angabe der Verteidigungsschriften vom Jahr 1464 („allum rubeum [Griphonem] in campo albo cum ala viridi ratione Tollenze [principes] tenuerunt, habuerunt et deferebant“) als Wappenemblem denselben rot und grün gestreiften Greifen führte, welcher im neunschildigen pommerschen Wappen als der Wendische (Vexillum Vandalicum) bezeichnet wird. Es läßt sich nämlich daraus schließen, daß auch für den pommerschen Anteil am Lande Tollenze später der Name „Wenden“ üblich wurde. Ganz abweichend hiervon und willkürlich ist die Angabe der Lubinschen Charte, derzufolge Wenden (Vandalia) die Gegend von Rummelsburg, Rügenwalde, Schlawe und Stolpe umfassen soll, d. h. also die Herrschaft Schlawe oder den westlichen Teil von Ost-Pommern, welcher vielmehr grade mit dem Namen „Pommern“ im engen Sinne zu bezeichnen ist.

Hans Hoffmann

Der grobe Pommer

Welcher Kaiser es gewesen ist, soll verschwiegen bleiben, weil irgendetwas in der Erzählung von einem Böswilligen zu seinen Ungunsten oder Bespottung könnte ausgelegt werden, welches bei gekrönten Häuptern auch nach deren Tode besser vermieden wird um der Aufrührer und schlimmen Untertanen willen. Zugleich wird die Zahl des Pommerschen Bugslav hier unterdrückt, weil ein allzu findiger Geschichtsforscher den einen aus dem andern bestimmen und Unheil stiften könnte.

Also: besagter (oder nicht besagter) Kaiser hat einen Pommerischen Herzog Bugslav, der sich einstmals bei der Kaiserlichen Hofstatt aufgehalten, im Scherz ersucht, er möge ihm doch einmal so einen rechten groben Pommer überschicken, davon in der ganzen Welt zu hören sei, welches der Herzog bereitwillig Kaiserlicher Majestät versprochen.

Trotz solcher Willigkeit und trotz seines kräftigen Lachens empfand dieser Bugslav innerlich ein mäßiges Rumoren und Wurmen, denn als ein guter Landesvater ärgerte er sich doch ein bißchen, daß man in der

Welt den Seinigen, wenn es auch nur Untertanen waren, einen so üblichen Geruch nachwehen ließ, und er überlegte heimreisend, wie er etwa Kaiserlicher Majestät unbeschadet schuldiger Ehrfurcht hierin eine Nase drehen und ihm so spöttliche Wünsche vergeben lassen könne. Hierzu sollte Rat werden.

Nach etlichen Zeiten langte aus Pommern ein Abgesandter bei dem Kaiserlichen Hofe an, angetan mit einem gar altfränkischen Jägerkleid, ziemlich struppig an Bart und Haar, etwas wild und bissig von Ansehen, sonst aber wohlgewachsen und ein ganz stattlicher junger Kerl; dieser forderte sogleich mit recht ungeschliffenen Worten und Gebärden, man solle ihn samt seinen bei sich habenden Dienern zur Audienz lassen; und als die Schildwache erst Rechenschaft begehrte, wohin und woher er komme, machte er sich alsbald krausunnütz, tat seinen pommerischen Hals dermaßen weit auf und vollbrachte in allem einen so unglaublichen, unerhörten und wahrhaft gewaltsamen Unfug, daß die Hofburg davon widerhallte, als ob der Großtürke hereinstürme, der Kaiser selbst aus dem Mittagsschlummer gerissen ward und befahl, diesen zierlichen Abgesandten unverzüglich hereinzuführen. Also ward er vorgelassen, die arme Schildwache aber schnell abgelöst, damit sie ihre Beulen und Striemen wasche.

Der Pommer machte nun, wie ihm aufgetragen, seine Komplimente vor Kaiserlicher Majestät, tat's aber mit solchen Redeblumen, wie sie in den pommerschen Wäldern und Feldern und bei den Bauernhüttlein wachsen, dergestalt, daß es allerdings ganz unziemlich erscheinen müßte, selbige hier öffentlich zu wiederholen und damit die Kaiserlichen Ohren noch vor der Nachwelt zu entwürdigen. Dem Kaiser selbst ist es freilich jenerzeit ein herzliches Gaudium gewesen, zu hören, wie fein treuherzig, schlicht und ungehobelt dieser pommersche Zeremonienmeister sein Gewerbe vorzutragen wußte, und er hätte, wie ausdrücklich berichtet wird, nicht den allerhöflichsten Franzosen, ja nicht den Cicero selbst dafür anzuhören gewünscht. Ja, so sehr entzückt war er von dieser neuen Komplimentierkunst, daß er den abenteuerlichen Legaten gleich für diesen Mittag zur Tafel lud.

Auch fand er wahrlich seine Hoffnung auf rechtschaffene Kurzweil nicht betrogen, denn er und seine Hofleute hatten unter dieser Mahlzeit mehr noch die Augen und Ohren an solchem groben Rindfleisch, als an dem besten Wildbret und Delikatessen den Magen zu weiden und konnten sich nicht satt sehen an den wunderseltsam tölpischen

Mienen und Gebärden des redlichen Gastes. Dieser aber nahm in allen Dingen seine Gemächlichkeit wahr; stützte die Ellbogen fein säuberlich auf den Tisch, streckte ein Bein vor sich auf die Bank und griff unbesorgt selbst in alle Schüsseln, ohne des Vorlegers zu warten. Auch ließ er zuweilen, wenn ihm ein unbekanntes Leckerbißlein vorgelegt wurde, dasselbe wieder in die Schüsseln fallen, mit solchem Ungestüm, daß die Suppe den Beisitzenden auf die Kleider spritzte, und nahm statt dessen einen guten Teller voll Rindfleisch, davon er so weidlich zehrte, daß alle an der Tafel Gegenwärtigen in ihrer feinen Hofzucht insgesamt nicht so viel aßen, wie dieser Pommer allein fraß. Denn er schluckte es nicht anders hinab, als wenn eben dieses sein Henkersmahl sein sollte. Gebrauchte auch wenig das Messer, sondern tranchierte weit mehr mit den Zinken, die ihm sein Vater mit auf die Welt gegeben. Das Trinkgeschirr, das man unterweilen mit Fleiß etwas langsamer herumreichen ließ, riß er selbst an sich, wann ihn dürstete, mochte es nun vor seinem eignen oder eines andern Platz stehen. Auch etwas anderes wird von seiner Aufführung berichtet, das sich jedoch um der zarten Verletzlichkeit unserer heutigen Leser willen nur in einer Anmerkung für Gelehrte hinsetzen läßt (So ließ er auch keinen Rülpsen in der Gurgel ersticken, sondern in die freie Luft zum Maul herausfahren als lauter Speziälchen eines … höflichen Schaugerichts.)

Nach gehaltener Tafel bestellte der Kaiser sechs gute Trinker auf ihn, die ihm mit dem Trunk stark zusetzen sollten. Diese reichten ihm zum Willkomm zuerst einen ziemlich großen Hofbecher, den er ohne einige Entschuldigung rein austrank. Danach wurden vieler Herren Gesundheiten ausgebracht, die den guten Kerl berauschen und schlafen legen sollten. Zu jedermanns Verwunderung aber ward von ihm auf all diese ohne einige Trunkenheit redlich Bescheid getan; ja das Blättlein wandte sich zuletzt gar um, also daß der Gast anhub seine Wirte zu bezechen. Denn nachdem sie alle ihre beste Kraft bis zum Erschlaffen daran gestreckt und vermeinten, der Pommer müsse nunmehr auch seinen Teil haben, fing dieser allererst an über Durst zu klagen und flehte, man möge ihm die große Schenkkanne reichen: denn in Pommern gebe man aus so kleinem Geschirr, wie sie bisher gebracht, den kleinen Hühnerküchlein zu trinken. Und nachdem sie ihm sein Begehren erfüllet, brachte er diese große Kanne seinen Zechbrüdern auf des Kaisers Gesundheit dar, davon jene gewaltig erschraken und wünschten, sie hätten diesen Kerl zufrieden gelassen. Weil sie dennoch, vermeinter Schande halber, dieses nicht abschlagen durften, führte er sie alle in unglaublich kurzer Frist dergestalt ab, daß sie teils auf allen Vieren davonkrochen, teils durch die Lakaien hinausgetragen wurden, und er, der Pommer, allein wacker und schön sitzen blieb.

Noch mehr aber, nachdem alles dieses am Essen und Trinken ergangen war, sprach er mit gelassener Art solche Worte: „Ja, by enen guten Drunk hüret ok ene gode Mundvoll, da man sick an satt eten kann“, schrie nach seinen Dienern, daß sie ihm zu essen brächten, und ließ sich aus der Kiepe, die sie herantrugen, von seinen pommerschen Schinken, Spickgänsen und rohen Knackwürsten herlangen. In alles dieses schnitt oder biß er so begierig hinein, als hätte er vorhin noch nichts zu sich genommen. Die anwesenden Hofleute sahen auch das mit großer Verwunderung, und es ging alsbald die Rede herum, der Pommer sei ein Unmensch, als welcher rohes Fleisch fresse, übrigens auch eine Sprache rede, die deutsch sein wolle und doch von ehrlichen deutschen Ohren nur mit Beschwerde verstanden werde.

Solche feine Reden und Taten alle gefielen dem Kaiser so überaus wohl, daß er beschloß, ihn so lange wie möglich an seinem Hofe festzuhalten und nach Kräften seinen Spaß an dem unvergleichlichen Tölpel zu haben, der ein Edelmann hieß und doch die gemeinsten Knechte der Kaiserlichen Länder an Grobheit der Sitten weit übertraf.

Den Kaiser aber kitzelte es nun, dem unkundigen Waldmenschen allerlei von den köstlichen Schätzen und Künsten zu zeigen, dadurch sein Hof und seine Hauptstadt berühmt waren und sich an seinem blöden Staunen über solche Herrlichkeit der Bildung und Kenntnis zu ergötzen.

So ließ er ihn zuvörderst ein sehr kostbares Geschmeide sehen, das ganz aus den größten und reinsten Diamanten zusammengefügt war und wunderbar von hundert farbigen Strahlen funkelte. Der Pommer besah es, spielte ein wenig damit und nickte nur ziemlich gleichmütig mit dem Kopfe, ohne rechte Zeichen großen Erstaunens zu geben, obgleich man ihm fleißig anpries und vorrechnete, wie große Summen dieser einzige Schmuck gekostet habe. Als ihn aber Kaiserliche Majestät selber, fast schon ein wenig ärgerlich über solchen Stumpfsinn, geradeaus fragte, ob er denn je schon ein ähnliches Prachtstück gesehen habe, daß er sich so still gebärde, nickte er wiederum ganz freundlich und zutraulich und sagte in seiner halbdeutschen Sprache: „O, ja wohl, und ein viel größeres, das vielmal reicher blitzet und auch darin viel besser ist, daß es gar nichts kostet und jedermann zum Anschauen freisteht."

Weiter gefragt, wo denn dies unerhörte Schaustück zu finden sei, ob etwa in Indien oder China, und wie er dort hingekommen, antwortete er ebenso ruhig: „Nein, sondern an unserm pommerschen Strande, bei Kolberg, Köslin oder auch Rügenwalde, nämlich die Wellen der Ostsee, wenn sie aufspritzen und die Sonne sich in den luftigen Schaumperlen spiegelt. Das ist noch viel schöner zu sehen als diese bunten Steine."

Solcher Antworten, die von einer Art tölpischer Klugheit zu zeugen schienen, gab er mehrere, wie er denn behauptete, ein pommerscher Buchen- oder Eichenwald gefalle ihm schier besser als Kaiserliche Prunksäle, und das Gold, welches die Abendsonne oftmals durch dessen Blätter spielen lasse, sei noch feuriger und zudem um vieles wohlfeiler als dasjenige, welches hier die Wände überdecke, und dergleichen Seltsamkeiten mehr.

Zuletzt aber trieb er's in einer andern Sache zu arg: denn als zufällig ein Lakai hereinkam, dem Kaiser kniend irgend etwas überreichte und dazu einige überaus ehrfürchtige Floskeln machte, jedoch keine andern als sie die Hofsitte erheischte, gab er demselben kurzerhand eine schmerzhafte Ohrfeige; und als man ihn um dieser schändlichen Gewalttat willen ernstlich zur Rede setzte, verantwortete er sich ohne Erschrecken mit folgenden Worten: „Dieser Mensch ist ein Lügner; er stellt sich, als wenn der Kaiser Gott wäre, was er nicht ist, darum soll jener auch nicht vor ihm knien und ihn heuchlerisch anbeten."

Bei diesen feinen Worten erblaßten die guten Hofleute ein wenig, der Kaiser selbst aber ließ sich's nicht anfechten, sondern lachte und meinte, er habe damit keine üble Wahrheit geredet, nur habe er's dem armen Gesellen allzu scharf auf den Kopf zugesagt.

Die Kunde von dem neuen pommerschen Grobian und seinen herrlichen Taten ging nun bald überall herum, und es dauerte nicht lange, so spürte nicht allein mancher andere, sondern auch die Damen des Hofes ein Gelüstchen, dies absonderliche Musterstück männlicher Zucht in Augenschein zu nehmen.

Nun lebte am Hofe zu jener Zeit auch eine junge Tochter des Kaisers, die er sehr liebte; nicht zwar ebenbürtig noch erbberechtigt, aber doch von einer sehr anständigen Mutter; die war damals mannbaren Alters, jedoch nach ihrem eignen heißen Begehren fürs Kloster bestimmt, auch schon geweiht und förmlich eingekleidet, obwohl sie auf den

Befehl ihres Vaters noch in weltlicher Freiheit in seiner Nähe unter den Damen lebte; sie hieß Gräfin Luitgard, war viel um den Kaiser und verstand es selbst seiner übelsten Launen, deren er einige hatte, ziemlich leicht Meisterin zu werden; es geschah nicht selten, wenn er einmal recht sauertöpfisch blickte, daß sie ihn nur schelmisch von hinten am Rockschoß zupfte, und sogleich machte er ein so fröhliches Gesicht, als hätte sie ihm die Nachricht vom Tode seines bittersten Feindes übermittelt.

An diese junge Gräfin und Nonne also wandten sich die Damen, daß sie ihnen die Erlaubnis auswirkte, den berufenen pommerschen Vielfraß und Wüterich gleichfalls zu besichtigen. Das ward ihr auch ohne viel Bitten und Bartstreicheln zugestanden, und der Pommer ward mit gebührender Vorsicht und nicht ohne etliche handfeste Geleitsmänner der weiblichen Versammlung vorgestellt. Derselbe benahm sich jedoch anfangs zwar stark tölpisch und bärenhaft, aber nicht ungezogen, noch so, daß etwas für die Augen und Ohren der zarten Geschöpfe zu befürchten gewesen wäre; noch weniger versuchte er irgendeinen tätlichen Angriff auf dieselben; nachher aber lief die Sache doch für einen guten Teil von ihnen schmerzhaft ab, indem er sich nicht enthielt, ihnen höchst seltsame und ungewohnte Wahrheiten frei ins Gesicht zu sagen; der einen, daß sie mit ihren schönen dicken Armen eine treffliche Kuhmagd abgeben würde, der andern, daß man in Pommern so gute alte Mütterchen wie sie nicht mehr zu ihrer Qual mit Samt und Seide zu behängen pflege, sondern ihnen hinter dem Ofen am Spinnrocken besseres Behagen gönne, der dritten, sie habe gewißlich einen Malermeister zum Liebsten, dessen Küsse auf ihren Wangen schön bunt abgefärbt hätten, als woran man in Pommern die Müllerschätze erkenne; die vierte lud er ein, hurtig mit ihm nach Pommern zu kommen, da es ihrem armselig dürren Leibe wohl anzusehen sei, daß man sie hier arg hungern lasse; der fünften empfahl er ein tägliches Bad in der Ostsee als Mittel wider die Unreinheit der Haut, welche sie ja leider so bös entstelle, da sie doch sonst nicht übel aussehe; bei der sechsten erkundigte er sich, wie der Vater des hochseligen Kaisers (welcher fast fünfzig Jahre regiert hatte) als Kind ausgesehen habe, da sie wahrscheinlich dessen Amme oder Wartefrau werde gewesen sein; die siebente, welche sehr süßlich mit den Blicken umherschmachtete, tadelte er sanft, daß sie noch keinen Arzt wegen ihres Augenleidens befragt habe, da doch das Schielen gemeiniglich ohne große Schmerzen zu beseitigen sei; die achte, welche etwas schwerfällig ging, fragte er mitleidig, ob sie sich einen Dorn in den Fuß getreten habe; der neunten, welche mit süßen Grimassen und gewundenen Gebärden eine allzugroße Lieblichkeit darstellte, empfahl er ein Pulver gegen das Bauchgrimmen – und so fort von einer zur andern, daß unter diesen Betroffenen alsbald die Rede umging: „Der Mensch hat den Teufel im Leibe."

Er sprach aber das alles mit so treuherzigen Mienen und in so dummlicher Art, daß niemand darin eine bösliche Absicht argwöhnen konnte, wodurch sie sich freilich im stillen um so tiefer beschämt fühlten. Kaiserliche Majestät selbst aber ward durch diese schönen Witze so gerührt, daß sie jenem im Herzen eine ansehnliche Belohnung verhieß, da sie doch leider öffentlich ihr Entzücken nicht dürfte laut werden lassen, um der Schicklichkeit willen.

Nur allein die junge Gräfin Luitgard, die Kaisertochter, hatte der Pommer ganz mit seinen unwissenden Stachelreden verschont: vielmehr jedesmal, wenn er an ihr vorüberkam oder sie auch nur von fern ansah, schien unvermerkt etwas in ihm zu zucken, daß sein Gebaren eine Zeitlang um ein Ersichtliches anständiger und gehaltener ward, fast als ob eine in ihm verborgene edlere Natur wider sein Wissen oder Wollen gewaltsam hervorzubrechen dringe. Doch hatte dessen niemand acht als sie selber, welche zwar mit einem leisen Wohlgefallen geheimlich dazu lächelte.

Es geschah aber während dieser selben Vorstellung, daß der Kaiser ihn lachend fragte, ob denn von ihm und seinen andern Pommern daheim auch noch andere schöne Künste gepflegt würden außer dem Saufen, darin er sich all bereits als einen so herrlichen Meister bewährt habe.

„Wohl! Wohl!" entgegnete er schnell, „Laufen und Raufen!"

Da ließ der Kaiser für den nächsten Tag seine besten Läufer und die stärksten Ringer bestellen, daß sie mit dem pommerschen Helden um die Wette tun möchten. Es ergab sich aber, daß er diese alle ohne Ausnahme überlief oder in den Sand warf mit solcher Kunst und Kraft, daß auch sie knurrend von ihm raunten: „Dieser Kerl hat den Teufel im Leibe." Von da an fürchteten ihn die Männer, und die Frauen hatten einige Freude an ihm.

Der Kaiser aber wünschte ihm zu beweisen, daß es bessere und vornehmere Künste gebe, in denen wiederum die Seinigen den guten Tölpen gänzlich übermeistern und beschämen müßten.

Zu diesem Behufe ließ er zwei oder drei berühmte Malkünstler laden, welche damals in besonderer Ehre standen, und bat sie, einige ihrer schönsten Werke dem Unkundigen vorzustellen, um zu sehen, was er dazu sagen möchte.

Das geschah; die guten Meister ließen ihre schönsten Gemälde herbeitragen, Liebfrauenbilder und anderer Heiligen, auch weltliche Bildnisse von Männern und schönen Frauen, sogar eines des Kaisers selbst, so daß deren Ähnlichkeit gleich an Ort und Stelle zu prüfen war.

Der Pommer zeigte eine gebührende Freude an diesen Dingen, pries die hübschen Farben und das blinkende Gold, in das sie eingerahmt waren, und meinte, das sei allerdings eine gute Kunst, welche eines anständigen Lohnes würdig, und ob man denn also diese nützlichen Meister bei Hofe nicht um vieles höher achte als die andern Herren, welche gar nichts zustande brächten, als daß sie müßig herumlungerten und sich selbst herausputzen wie die Weiber? Übrigens aber, setzte er unverdrossen hinzu, vermesse er selbst sich gern, hier sogleich im Augenblick vor aller Angesicht ein ähnliches Meisterwerk hervorzubringen, welches doch jene andern sowohl an Schönheit als an richtiger Deutlichkeit um vieles übertreffen solle.

Und als alle lächelten und sich verwunderten, wo das hinaus wolle, redete er weiter und sprach: „Ja, wenn Kaiserliche Majestät mir den Lohn zuvor verspricht, den ich danach fordern werde, so will ich auf der Stelle meine Kunst erproben. So aber nur ein Einziger hier sich finden sollte, dem irgendein Bild besser gefiele als das meine, so wollte ich ohne Gegenwehr jedes Lohnes verlustig gehen."

Der Kaiser zauderte ein Weilchen mit der Zusage, fürchtend, die unbekannte Lohnforderung möchte allzu hoch gestellt werden; doch war seine Begierde, das Kunststück zu sehen, sehr groß, und er überredete sich, es stehe zuletzt in seiner Hand, ob er das verheißende Bild des pommerschen Prahlhanses schöner finden solle als die andern oder nicht; er gab also sein Kaiserliches Wort, nur so viel nebenher bedingend, der Lohn dürfe nicht gegen die Schicklichkeit und Hofsitte verstoßen und solle auch niemandem einen ernstlichen Schaden anfügen. Denn, dachte er, fordert der Unmensch etwa in seiner Plumpheit allzu viel Gold oder Kostbarkeit, so wäre das mein ernstlicher Schade, und ich bin der Zahlung ledig! –

Der Pommer aber gab sich mit dieser Bedingnis ganz zufrieden und rüstete sich unverzüglich zum Werke.

Nämlich er verlangte weder Pinsel noch Leinwand, noch ein anderes Werkzeug, das man ihm bieten wollte, sondern tat nichts, als sah sich im Saale um an den Wänden hin, bis er einen Spiegel fand, der dort hing, nicht zu groß, sondern handlich und tragbar; denselben hob er herab, trug ihn und schritt damit geradeaus auf die Gräfin Luitgard zu, welche fast eng an ihren Vater geschmiegt dastand und mit heiterer Neugier der Dinge harrte.

Dieser nun hielt er den klaren Spiegel gerade vor das Angesicht, jedoch so, daß er zugleich eine kleine Drehung gegen den Kaiser hin machte, wodurch er bewirkte, daß dieser das süßliebliche Antlitz seiner Tochter im Gegenbilde plötzlich schön vor seinen Augen sah. Dazu fragte der wunderliche Schnellkünstler oder Zaubermann ganz keck, ob Kaiserliche Majestät gestehen wolle, daß ihm nie ein anderer Meister ein gleich schönes und gleich klärliches Bild vorgestellt habe. Oder wenn sonst jemand zweifle, so möge er kommen und sich mit eigenen Blicken überzeugen.

Da war aber keiner, der den wahrhaftigen Vorzug ihrer Schönheit zu leugnen gewagt hätte, denn es war nicht unbekannt, wie große Stücke der Kaiser auf die Gräfin hielt. Sie hatte aber in Wahrheit noch nie so lieblich ausgesehen als jetzt im Spiegel, da sie voll Scham die Augen niederschlug und ein köstliches Erröten über ihre Wangen lief. Hierbei mußte der Kaiser heimlich der Stunde gedenken, da ihre Mutter ihm zum erstenmal ihre ganze Liebe kundgab; er sprach zu sich: „Das ist ja ein prächtiges Ungeheuer, dieser pommersche Malermeister!“, und verhieß mit Freuden, ihm all seine Forderung redlich zu gewähren.

Der aber bat sich nichts Geringeres als dieses: Kaiserliche Majestät möge ihn, der als ein simpler Edelmann gekommen sei, hier im Angesicht seines Hofes mit dem Grafentitel schmücken, da er doch selbst zuvor mit seinem frohen Lachen zugestanden habe, ein ordentlicher Kunstmeister sei besserer Ehren wert, als all das tatlose Volk, das sonst um ihn herumscharwenze. Übrigens verstoße solche Erhöhung eines ritterbürtigen Herrn weder gegen die Schicklichkeit, noch sei sie irgendeinem Menschen zum geringsten Schaden, es sei denn einem neidischen und boshaften Herzen.

Das mußte der Kaiser wohl alles zugeben, forschte aber nach, aus welcher Ursache er denn so sehr nach solchem Titel geize, der ihm als einem groben und ungehobelten Menschen doch von geringem Nutzen sein könne und ihm mehr Spott als Gunst eintragen werde.

Der Pommer zagte nicht lange, sondern sprach frank aus der Brust, er sei verliebt in eine feine Person, die gräflichen Standes sei und ihn darum leichtlich um seiner geringeren Geburt willen verschmähen möchte, auch wenn ihr Wille sonst ihm nicht so abgeneigt sei.

Bei dieser Neuigkeit lachte der Kaiser hell auf und dachte: das müßte freilich ein wunderwürdiges und unerhört anmutiges Schauspiel sein, diesen Hans Tapps und ungekämmten Saufbruder als gurrenden Täuberich zu sehen zugleich mit seinem Frauenzimmer, das feine Pommern eine Gräfin nennen, und das ohne Zweifel doch nur die Gänse hütet oder den Stall ausfegt!

Und in der lebendigen Hoffnung auf solch eine Augenweide und ausbündigen Kunstgenuß erklärte er rund heraus mit vieler Fröhlichkeit: „Gut, ich will Eurem dreisten Verlangen nachgeben, und Ihr sollt fortan in aller Form Rechtens die gräflichen Ehren genießen in Pommern und im übrigen Reich; nur eines müßt Ihr, Herr Graf, mir ernstlich dagegen versprechen: Ihr sollt Euch sogleich nach Eurer Hochzeit mit Eurer neuen Eheliebsten zum andernmal hierher aufmachen und selbige mir und meinem ganzen Hofe feierlich präsentieren und zeigen, wie sich eine pommersche Gräfin zu benehmen versteht."

Der gute Pommer bedachte sich diesmal ein Weniges, dann sagte er: „Den Teufel auch! Mit tausend Freuden wollte ich das tun, und mein Frauenzimmerchen wird auch nicht zögern, dafern uns nur Kaiserliche Majestät bei Kaiserlichem Wort und Ehre volle Straflosigkeit zusichert für alles, was von heute an entweder ich oder sie etwa begehen werden an Unschicklichkeiten, Unordnungen, Tölpeleien oder was sonst wider die Sitte dieses Landes ist und übel scheint, das aber in meiner Heimat gut angesehen ist und wohl in Ehren steht. Mit gleichem festen Versprechen soll Kaiserliche Majestät zusagen, mich und meinen lieben Schatz niemalen und unter keinem Vorwande zu trennen, noch unsern Bund zu lösen, vielmehr alles zu tun, was in Dero Kräften steht, daß auch kein anderer übelwollender Mensch denselben störe oder mißbillige. Mit solchem sichern Geleitsbrief will ich gern die große und beschwerliche Reise mit ihr wagen."

„Was sind das für Klauseln?" dachte der Kaiser, „doch was Wunder? Auch dieses pommersche Tier vermeint, wie jeder Bauernknecht das tut, seine Liebste sei das herrlichste Geschöpf und für jedermann gleich begehrenswert wie für ihn selber – warum nicht auch für die Herren vom Hofe oder gar den Kaiser in eigener Person? So will denn der plumpe Schlaukopf sich sichern, daß keiner sie ihm abspenstig mache! Was Wunder? Was Wunder? – Nun ja, wackeres Gräflein! Dieser gefährlichen Sorge sollt Ihr ledig sein!“ Und er sicherte ihm solches Geleit vollgewichtig zu, genau mit den Worten, wie jener es gefordert hatte.

Unter dieser Verhandlung hatte aber auch die junge Gräfin Zeit gewonnen, sich in aller Stille den prachtvollen Schlingel etwas näher anzusehen, der so treuherzig blickte und so schlau, der sich als ein Ausbund aller lümmelhaften Grobheit gebärdete, und es doch verstanden hatte, ihr ohne Aufsehen und ohne Zudringlichkeit die allerhöflichste Schmeichelei zu sagen, die noch je ihre Ohren gekitzelt hatte; und sie machte nun überdies die stille Bemerkung, daß er, seine Struppigkeit und Plumpheit beiseite gelassen, an Wuchs und Angesicht nicht leicht sich vor einem andern zu verstecken brauche. Darum faßte sie ein Erbarmen mit dem Ärmsten und beschloß, wenn es möglich wäre, etwas zu seiner Sittigung und Klärung zu tun.

Indem sie nun überlegte, wie man wohl am besten seinen vielen Untugenden beikommen könne, und von welcher Seite her der Angriff am schicklichsten zu leiten sei, fiel es ihr bald am schwersten aufs Herz, daß der junge Mensch, als aus dem schon damals von Gott zu Luther abgefallenen Pommerlande stammend, ja doch offenbar ein Ketzer sei, und daß also nach guter Wahrscheinlichkeit die meisten seiner Laster sich aus dieser einen unsauberen Quelle herleiteten.

In solcher Erkenntnis entschied sie sich, sogleich von Anfang in die Tiefe zu steigen und die verzweigten Übel an ihrer Wurzel zu fassen. Je länger sie aber mit diesen Gedanken spielte, desto traulicher nisteten sie sich in ihrem Herzen ein, und sie begann immer herrlicher vor Freude zu erglühen, daß es ihr vergönnt sein möchte, eine so arg verwahrloste und in ihrem Grunde so schöne Seele dereinst dem Himmel zuzuführen. Denn von dieser inneren Schönheit seiner Seele hatte sie ein urplötzlich aufquellendes liebliches Ahnen überzeugt, dessen Ursprung sie nicht kannte, und das sie deshalb einer überirdischen Offenbarung glaubte zuschreiben zu müssen.

Sie zögerte also nicht, sich noch selbigen Tages an ihren Beichtvater zu machen und mit ihm ihre Hoffnungen und Pläne durchzusprechen. Dieser aber, welcher der Prior eines hochansehnlichen Klosters war, hatte schon selbst den fetten Sünder ein wenig aufs Korn genommen und dabei ein fröhliches Kitzeln verspürt, wie etwa ein amtsfreudiger

Küchenmeister, der ein schönes Schlachttier mustert und schmunzelt, da er's zu einem rechten Staatsbraten tauglich findet. Der Kerl muß ja einen Prachtmönch abgeben! dachte er und war um so williger, den Wünschen der hübschen Gräfin beizustehen.

Er lockte also folgenden Tages den guten Gesellen durch einen Trunk Tokaner beiseite und fing an, im Laufe des Zwiegespräches sachte an seinem Christentum herumzutasten, und da er hier eine fast völlige Leere verspürte wie in einem Fasse, das lange Zeit im unverschlossenen Klosterkeller gelegen, streifte er die Ärmel auf und machte einen kleinen Vorstoß mit einer handlichen Bußpredigt, die jenem seine grenzenlose und scheußliche Unwissenheit kraftvoll vors Gewissen rückte. Leider jedoch stieß er schon bei diesem ersten Versuch auf einen Widerschlag von so seltsamer Art, daß er erschrocken und entmutigt binnen kurzem das Feld räumte und den gespendeten Tokaner in die Verlustrechnung seines Klosters schrieb.

„Ehrwürdiger Herr und Schwerenöter," sagte dieser pommersche Wicht und stülpte ein neues Glas zu vielen hinunter, „wenn es wahr wäre, daß die geistige Gelehrsamkeit und Kenntnis papistischer Lehre irgendwelchen Nutzen hätte auf die Tugend und ehrbaren Lebenswandel, dann müßte sich solcher Nutzen doch zu allervörderst auch an Euch erwiesen haben, der Ihr der Gelehrtesten einer seid und trotzdem eine so üppige Fülle von Sünden auf dem Kerbholz habt, daß sich zehn pommersche Edelleute damit gar prahlerisch herausputzen könnten. Wenn Ihr etwa wünscht, daß ich Euch eine kleine Blumenlese derselben hier aufreihen soll, die ich nur zufällig in Erfahrung gebracht habe –"

Nicht weiter war der rohe Gesell mit seiner Dreistigkeit gekommen, als der gekränkte Prior auch schon Augen und Arme gen Himmel hob, betend, daß Gott jenem verzeihen möge, denn er wisse augenscheinlich nicht, was er rede.

Seinem Beichtkinde vermeldete er, dieser Sünder habe in aller Wahrheit den Teufel im Leibe und sei im Guten nichts mit ihm anzufangen, es müßten denn schon mit Kaiserlicher Erlaubnis die Ketzergerichte einschreiten.

Davon aber wollte das liebe Nönnchen durchaus nichts wissen, sondern weinte schon bei dem bloßen Gedanken und beschloß, ihr schönes Werk nun lieber auf eigene Hand und mit anderen Mitteln weiter zu treiben. „Man muß es behutsamer anfangen", dachte sie, „nicht gleich die Wurzel angreifen, sondern sanftmütig zuerst von außenher die wuchernden Zweiglein beschneiden." In solcher Meinung redete sie mit einem Tanzmeister, der bei Hofe die jungen Ritterbengel zu einiger Höflichkeit abzurichten hatte. Derselbe sollte zunächst mit seiner Kunst gegen die mehr äußerlichen Unarten des Pommern vorgehen, bis sie selbst nachher auf dem so gereinigten Pfade gemächlich ins Innere dringen und dort mit voller Bekehrungskraft wirken könne.

Derselbe übernahm sich das Abenteuer mit gutem Willen, vermochte jedoch an dem pommerschen Holzklotz nicht das geringste auszurichten mit allem Hüpfen und Schwitzen, obgleich dieser sich übrigens gutartig erwies und ihm nichts zu Leide tat, als daß er ihm unterweilen mit lindem Spott einen Affenfratz, einen Springfloh, einen Jammergecken, einen Hans Ziegenbein, einen Zuckerlümmel, einen Zierlappen, eine Schlenkerpuppe, ein Riechdüftlein und dergleichen pommerische Sprachwendungen an den Kopf warf. So kam der Meister zurück und wußte nichts zu berichten, als der Schüler sei ein gut, fromm Männlein, vermöge jedoch nichts zu lernen aus angeborener Treuherzigkeit, sei vielmehr als das ungeschlachteste Eselchen zu erachten, das je die Laute zu spielen versucht habe.

Hierüber ward die hübsche Gräfin sehr betrübt, gab's aber doch nicht auf, denn sie war zähen Herzens und fest in ihren Meinungen, sondern beschloß, vor dem Verzweifeln es lieber noch mit eigener Mühe an ihm zu versuchen, indem sie dessen gedachte, daß er jedesmal schon bei ihrem Anblick sich ein wenig artiger zu gebärden Miene machte. So gewann sie's über sich, den gefährlichen Klotz in ihren Gemächern für sich allein zu empfangen ohne andere Damen, auf daß er nicht verwirrt oder zu Bosheiten gereizt würde, jedoch so, daß sie ihren Beichtvater und auch einige andere jüngere und handfeste Geistlichkeit im Nebenzimmer zu verweilen bat, damit sie in Notlage sich eine Hilfe ablangen und auch etwa bei einer schwierigen Schriftauslegung, die nötig würde, sich ein wenig Rats erholen könnte.

So wartete sie des Geladenen, ganz in Nonnentracht gekleidet, ernst und fast ehrwürdig anzusehen, soweit ihre sechzehn oder siebzehn Jahre das zuließen, und dachte sich für den Anfang eine Strafpredigt aus, welche nach ihrem Wortlaut nicht viel zärtlicher war als die Redefloskeln eines teufelbannenden Kapuziners.

Sobald jedoch der Schlingel in Person vor ihr stand und sie ihre Rede anheben mußte, verwandelten sich ihr die Worte im Munde gar seltsam und wurden nicht nur nach ihrem Flüstertone, sondern auch nach ihrer Wendung und innerem Sinne so mildherzig und angenehm, als wenn eine fromme Mutter ihr mißleitetes Söhnlein streichelnd bessere Sitten lehrt.

Der große Bengel aber stand vor ihr zum Verwundern gelassen und züchtig, als wenn keine Bärentatzen nie ein Wässerlein guter Sitte getrübt hätten, so daß sie bald keckeren Mut schöpfte und geistlich ins Zeug zu gehen anfing.

Nun ward sie jedoch alsbald gewahr, daß sie den Armen durch ihre Strenge ganz kläglich verschüchtert und übertäubt haben mußte, denn er hielt die Augen gesenkt, stand keinen Fragen Rede und stockte blöde wie ein verprügeltes Kindlein.

Da sah sie ein, daß sie ihm vielmehr gut zureden mußte; tat's also und sprach: „Lieber Mensch, nimm den Glauben an, ich sei deine Schwester, die es gut mit dir meint und an nichts denkt, als dir Liebes zu erweisen und dich aus dem düstern Wirrsal deines bisherigen qualvollen Wandelns zu den süßesten Himmelsfreuden zu geleiten. Willst du das tun? Willst du in mir deine recht frommgesinnte Schwester sehen?"

„Ach ja, liebe Schwester", entgegnete er ganz hurtig, „das tue ich!"

Und damit tat er, wie gute Brüder ihren Schwestern tun, er nahm die Allerliebste in seinen Arm und küßte sie auf den Mund; und das vollbrachte er so zierlich und so gewaltsam zugleich, daß sie sich nicht zu sträuben vermochte und doch auch nicht zu sehr erschrak und erst gar nicht daran dachte, die Geistlichkeit aus ihrem Hinterhalt zur Hilfeleistung heranzuziehen, vielmehr ganz stumm dieses Verhängnis über sich ergehen ließ. Sogar schloß sie die Augen ein Weilchen und dachte dabei, wie schön es wäre, wenn ihr Gott einen richtigen Bruder beschert hätte – nicht so einen wie die Kaiserlichen Prinzen, die ihr fremd und kalt waren gleich ausländischen Diplomaten oder Kardinälen. Nachdem sie ihn solcherart zutraulich gekriegt hatte und dabei zugleich entdeckte, daß seine sonst täppischen Manieren doch eben nicht hoffnungslos seien, hielt sie es an der Zeit, ihm nun in aller Ruhe sachlich und freundlich die Beweise zu erbringen, daß die Abweichungen der neuen lutherischen Irrlehre von dem reinen Bekenntnisse der Kirche auf einer recht spottdurchsichtigen Täuschung beruhten, welcher die Augen auch eines Kindes leichtlich bis auf den Grund zu schauen vermöchten, dafern dieselben nur von vornherein durch den rechten Glauben erleuchtet und gleichsam entblendet seien.

Der luthergläubige Wildling hörte zu ihrer Freude aufmerksam und mit verwunderlich klugen Augen zu; und als sie den ersten Artikel ihres Beweises hergebetet hatte, fing er sogar selbst an, vernehmlich über denselben Gegenstand zu reden, ganz ordentlich wie ein erzogener Mensch und zugleich klar und einfältig, daß sie jeden Sinn verstehen konnte, wiederholte dieses und jenes ihrer Argumente, nur als ob er es sich recht fest einprägen wollte, drehte es aber dabei unvermerkt nach einer andern Richtung hin, wie man läßlich einen Handschuh umkehrt, rüttelte und schüttelte geräuschlos daran, daß allerlei zu Unrecht Hineingestopftes herausfiel und der Rest am Ende so umgewandelt und durchmengt war, daß genau das Gegenteil dessen heraussprang, was sie selber hatte beweisen wollen.

Dieses Verfahren betrieb er aber so künstlich, wie man einem Kinde ein durchsichtiges Glasbildchen aus der Hand nimmt und ihm zeigt, daß es auch von der anderen Seite her ebenso hübsch oder vielleicht noch ein wenig hübscher zu betrachten ist.

Das liebe Nönnchen stutzte wohl ein wenig über die fremdartige und doch verständige Weise, wie er die Sache behandelte, verstand jedoch anfänglich durchaus nicht, wo er hinaus wollte, sondern meinte, er sei im Grunde völlig von ihrer Darlegung überzeugt und gebrauche in seiner Wiederholung nur deshalb andere Begriffe und Redewendungen, um zu zeigen, daß er nicht gedankenlos nachplappere. Ein leises Mißbehagen empfand sie freilich dabei doch, als ob irgendwo irgend etwas nicht in Ordnung sei, gleichsam, als habe sie von einem Wunderdoktor ohne Erlaubnis des rechten Arztes eine Pille eingeschluckt, die ihr vorerst gut und wirksam scheine, aber doch vielleicht am Ende eine recht üble Wirkung haben könne.

Um sich aus dieser Not zu helfen, nahm sie schnell ein ander Artikelchen vor. Aus Zufall kam ihr gerade die Streitfrage vom Sakrament der Ehe mit allerlei Anhängselchen in den Wurf, darunter denn auch die Lehre von der Löblichkeit des Zölibates und der Klostergelübde nicht zu umgehen war. Es ergab sich aber, daß sie bei diesem Kapitel ganz besonders scharf ins Feuer ging, denn es schwebte ihr plötzlich als ein erbarmungswürdiges Schicksal vor, daß der gutherzige Tölpel an so ein greuliches pommerisches Mensch für Lebenszeit sollte gehängt werden, während ihm die liebliche Kühle einer reinlichen Klosterzelle ein viel edleres Behagen gewähren konnte. Diese pommersche Gräfin machte es, daß sie mit wahrer Heftigkeit wider das weltliche Glück der

Ehe eiferte und dagegen die Verdienste der ledigen Kloster- und Weltgeistlichkeit auf das freudigste anpries.

Als sie aber doch endlich mit ihrer Weisheit ans Stocken und der Ketzer wieder ans Reden kam, wendete sich das Blättlein in derselben Weise wie zuvor. Er gab erst gar freundlich zu, es möge wohl in manchem Falle ein recht feines und gut gemeintes Ding mit solcher gelobten Ehelosigkeit sein: jedennoch stehe freilich in der Schrift kein Wörtlein davon geschrieben, sondern es sei eine an sich unverächtliche Erfindung der Menschen, aber nichts weiter, von einem Verdienst und einer Gottgefälligkeit solches Entschlusses könne keine Rede sein, und Martin Luther habe als ein echter, wahrer Christ gehandelt, da er sein Käthchen aus der Klosterzelle zum Traualtar führte. Diese seine Behauptung aber verbrämte, bewies und verteidigte er mit einer so erschreckenden Fülle von Bibelstellen und anderen Belegen aus altgläubigen Kirchenvätern und zugleich mit so großer Beredsamkeit, daß die arme kleine Nonne aus einem Erstaunen ins andere fiel und sich seiner ketzerischen Überredung durchaus nicht mehr zu erwehren wußte; denn je länger sie halb schaudernd zuhörte, desto wahrer und treffender erschien ihr all seine Beweisführung, und sie war nahe daran, allen Glauben an sich selbst und ihren Beichtvater zu verlieren.

Als der schlimmgelehrte Ketzer jedoch eben das Gebäude seiner Lehre durch einen letzten schönsten Hauptbalken zu stützen im Begriffe stand, erscholl plötzlich ein seltsames Fauchen und Pruschen aus dem Nebenzimmer, nicht recht anders, als wenn Satan Weihwasser schlucken soll.

Da besann sie sich, daß daselbst der Beichtvater versteckt lag und alles hörte; eine Angst kam über sie, und sie brach hastig das Kollegium ab, nicht ungnädig jedoch und nicht ohne Verheißung, es ein andermal nach reiflicherer Vorbereitung wieder aufzunehmen.

Und das geschah allerdings schon am folgenden Tage, denn die Sehnsucht ließ ihr keine Ruhe, den Menschen doch zu bekehren, der sich so gelehrt zu stellen wußte und in andern Stücken ein so grunddummlicher Erztölpel war. Die Geistlichkeit aber vergaß sie in den Hinterhalt zu legen, denn sie hatte erkannt, daß von den groben Sitten des Pommern ihr keine Gefahr drohe.

Diesmal fing die Lektion gleich damit an, daß er sie umhalste und vielmal herzhafter abküßte, als es jemals einem Bruder bei der geliebtesten Schwester eingefallen ist. Dabei empfand sie abermals, daß es mit solcher Brüderlichkeit kein so übles Ding sei, vielmehr seine Küsse ihr noch um vieles lieblicher eingingen, als wenn ihr Vater ihr mit gütiger Hand über die Wangen strich.

Mit dem Disputieren jedoch erging es ihr nicht besser als gestern, obgleich sie in der Zwischenzeit alles mit dem Beichtvater besprochen hatte; je länger ihr Gegner redete, desto klarer meinte sie sein Recht zu empfinden, und insbesondere schienen seine feurig belehrenden Blicke nicht die schlechtesten Argumente zu enthalten. Zuletzt, da sie nicht mehr aus noch ein wußte, brach sie ganz ab und fing an ernstlich zu zürnen und zu schelten, daß ein Mann, der so klug sei und so herrlich zu reden verstehe, so sündhaft schlechte Manieren an sich habe, dastehe wie ein Klotz, watschelte wie ein Bär und obendrein fortwährend die unschicklichsten Dinge rede, dergleichen man nie zuvor bei Hof gehört oder geduldet habe. Und ob er sich nicht schäme? Und ob er nicht selber wünsche, solchen Unrat pommerischer Roheit von sich abzuwaschen?

Da bejahte er ganz fröhlich und bat sogar, ob sie nicht gleich versuchen wollte, ihn ein wenig zu reinigen und mit dem Öl guter Sitte zu besprengen.

Sie ließ sich's nicht zweimal sagen, sondern machte ihm ohne Zögern allerhand überaus zierliche Gebärden vor, wie man stehen müsse und wie schreiten, wie man sich artig verbeuge, den Kopf senke und hebe, die Knie ein wenig niederdrücke, auch wie man mit den Händen säuberlich agiere und viele dergleichen köstliche Kunststücke mehr. Auch sprach sie ihm manche Komplimente und gute Redensarten vor, daß er sie nachahme und lerne.

Nachdem der Pommer still ein Weilchen acht gegeben, wie reizend sie das alles machte, und wie dabei ihre Wangen immer röter und ihre Augen fröhlicher wurden, bis sie zuletzt anhub, gar ein klein wenig zu tanzen, da bat er schnell um ein Halbstündlein Urlaub. Denn wenn er diese feinen Stücke lernen wolle, müsse er, wie er nun merke, zuvörderst sein pommerisch Bärenhäuterkleid abtun und höfisch aufziehen, wie er's von den andern Grafen und Herren gesehen habe.

Die Frist gewährte sie ihm überaus gern, denn sie merkte, daß er jetzt Ernst mache und noch etwas aus ihm werden könnte. Indem sie nun einsam harrte, fiel ihr aufs Herz, daß die Nonnenkutte, welche sie trug, gewiß kein schicklich Gewand sei, um eine Tanzstunde zu geben; darum enteilte sie schnell und kleidete sich weltlich, wie es ihr noch freistand nach besonderer Erlaubnis ihrer Oberin.

Als aber der Pommer wiederkam, ganz prachtvoll gekleidet und so anmutig in höfischem Wams und Hosen steckend, als ob er eigens für diese gewachsen sei, da geschah alsbald ein Wunder über das andere. Denn der verzweifelte Bärenmensch präsentierte sich plötzlich in allen Stücken mit solcher Manier, edler Art und vortrefflichen Komplimenten, daß der höflichste Kavalier von der Welt es nicht geschickter hätte machen können.

Und als er sie mit solcher rätselhaften und schier gewaltsamen Gelehrigkeit halb zum Erstarren gebracht hatte vor Staunen, umfing er sie ganz zart nach reinlichster Hofsitte und begann mit ihr ein Tänzchen so leichter und schwebender Art, daß sie meinte, von Wolken getragen zu werden und dazu auch ohne Musik die berühmten Klänge der Sphären zu vernehmen.

Doch sobald er sie mit herrlichem Anstand wieder abgesetzt hatte, fiel es ihr wie Schuppen von den Augen, und sie durchschaute, daß sie und der ganze Hof mit ihr samt Kaiserlicher Majestät dem allergefährlichsten Schalk unter die Hände geraten sei, der in deutschen Landen irgend könne zu finden sein.

Auch leugnete er nun selbst nicht mehr, sondern bekannte mit dreistem Frohmut, daß sein Herzog ihn hierher gefertiget habe als ein spöttisches Exempel pommerischer Sittengrobheit, die der Kaiser zu sehen begehret, da er, Kunz von Poggendorf, doch daheim zu Stettin, Wolgast und anderwärts aller Welt bekannt sei als der wohlerzogenste und geschliffenste Edelmann, der außer zierlicher Weltsitte auch genug von des teuren Doktor Pommeranus Gottesgelahrtheit erschnappt habe, um manch armseliges Gottesmännlein auf den Sand setzen zu können, wie er denn glaube zur vollen Ersichtlichkeit gestern und heute bewiesen zu haben, daß das Klostergelübde kein wahrhaft christliches Gebot sei und ihm also auch keine bindende Kraft innewohne.

Als das Nönnchen diese sonderbare Erklärung vernommen und sorgsam überdacht hatte, erkundigte es sich zuletzt sehr schüchtern und mit einem dünnen Stimmchen, was es denn mit der pommerischen Gräfin auf sich habe, in die er verliebt sein wolle, oder ob das auch nur eine andere erfundene Schalkheit sei?

„Keineswegs“, entgegnete er eilig, „sondern das ist die volle Wahrheit. Nur, daß es eine pommerische Dame sei, hat mich niemand sagen hören, da ich doch nur von irgendeiner Gräfin gesprochen habe. Wenn es aber etwa Euch, schöne Gräfin, gelüstet, ein Abbild dieser meiner Herrin und rechten Herzenskönigin zu erblicken, so bin ich gerne willig, Euch ein solches sehen zu lassen."

Und als sie bejahte, dazu aber blaß wurde wie ein Leinentüchlein, fragte er getrost, ob sie ihm einen Spiegel bieten könne?

Da begriff sie schnell seine Meinung, ward purpurrot und entfloh; doch gelang es ihm noch, ihr mit großer Geschicklichkeit mitten im Lauf einen Kuß aufzudrücken zum Angedenken, daß sie seiner nicht so bald vergessen sollte; was sie auch nicht tat.

Sogleich nun nach dieser anmutigen Audienz und Disputation ging der pommersche Abgesandte hin, sich auch dem Kaiser selbst und versammeltem Hofe in solcher neuen wohlgekleideten Gestalt ehrsam zu präsentieren und vermochte auch hier einen so herrlichen, flinken, artigen und beredsamen Weltmann herauszukehren, daß die ganze Hofstatt über solche plötzliche Sittenwandlung vor Staunen fast dumm und tölpisch wurde.

Der Kaiser selbst aber, als er alles begriffen hatte, lachte noch herzlicher als an allen Tagen zuvor, hat auch den sonderbaren Legaten hernach mit großen Kaiserlichen Gnaden abgefertigt.

Kurze Zeit aber, nachdem dieser Herr Kunz von Poggendorf mit seinen Dienern abgereist war, brachte man dem Kaiser die Nachricht, daß niemand wisse, wo Gräfin Luitgard verblieben sei; bei Hofe habe man vermeint, sie sei im Kloster, die Klosterdamen aber wiederum hätten sie dorten vermutet. Darum habe man erst jetzt mit Sicherheit bemerkt, was nach Wahrscheinlichkeit schon vor etlichen Tagen geschehen sei.

Nachdem man erst noch mehrere Tage lang in andern Klöstern und Kirchen des Landes herumgeforscht hatte und der Schrecken anfing, immer mächtiger zu werden, kam ein Schreiben aus der kursächsischen Stadt Dresden an Kaiserliche Majestät höchstselbst. Und da es eröffnet ward, fand sich, daß es keinen andern als den beschriebenen Kunz von Poggendorf zum Verfasser hatte.

Derselbe meldete gehorsamst, daß er am datierten Tage mit der Gräfin Luitgard, der Persönlichkeit nach bekannt, unter deren freier Zustimmung in den Stand der heiligen Ehe getreten sei, als welche Person aus guter Überzeugung und willich sich selbst des klösterlichen Ehrenrechts begeben, auch die Erkenntnis gewonnen habe, daß ein Lutherischer keineswegs als ein schlechter Christ zu betrachten sei, sondern ebenso gut als ein Päpstlicher und in manchem Betracht vielleicht sogar noch um eine Kleinigkeit besser.

In Ansehung dieses Vorgangs aber mahne er, Poggendorf, Kaiserliche Majestät des gegebenen Versprechens, „weil denn", schrieb er, „der geschehene Bruch des Klostergelübdes zu den Dingen gehört, welche zwar wider die Sitte Eures Landes sind und Euch übel scheinen, in meiner Heimat aber gut angesehen sind und wohl in Ehren stehen, wie jeder Landeskundige bezeugen kann. Ingleichen mahne ich Eure Kaiserliche Majestät des andern Versprechens, mich und meinen lieben Schatz niemalen und unter keinem Vorwand zu trennen oder auch trennen zu lassen.

Falls also Eure Kaiserliche Majestät uns allergnädigst höchstdero Geneigtheit wollte vermelden lassen, sich höchstihres Versprechens und freien Geleites zu entsinnen und am selbigen festzuhalten, würden beide Endesunterfertigten es sich zu unschätzbarer Ehre und Freude rechnen, sich als höchstdero allergetreueste, gehorsamste Untertanen neuerlich präsentieren zu dürfen. Der Graf und die Gräfin von Poggendorf."

Dem armen Kaiser lief bei dieser Lesung ein sehr grämlicher Wutanfall durch alles Gebein; jedoch zum guten Glück überstand er's bald und hatte keinen währenden Schaden davon. Vielmehr sah er bald ein, daß gegen den ausbündigen Schlaukopf und seine Klauseln nichts mehr auszurichten sei, wenn er nicht ein bündiges Kaiserwort brechen, drehen oder deuteln wollte, was ihm ein allzu häßliches Ding däuchte. Darum gab er sich drein, machte gute Miene und ließ die Kinder kommen; mochte auch denken, daß er sich's selbst beim pommerschen Herzog eingebrockt habe.

Nach vielen Zornreden ließ sich auch der Beichtvater besänftigen; denn er sprach: „Es ist noch nicht aller Tage Abend; schon manch stürmisches Eheglück hat im Kloster geendet, und es sind nicht die schlechtesten Nonnen, welche der Welt Süßigkeit zuvor ausgeschmeckt haben und danach nichts weiter begehren als Frieden in sicherer Zelle, da kein Eheherr eindringt."

Der Mann irrte sich aber; das gräfliche Paar fand allezeit seinen Frieden in eigenen Wänden und seine Ruhe im Kindergeschrei und begehrte keiner klösterlichen Beschaulichkeit. Ihr Geschlecht soll noch heute im Pommerland blühen und daselbst leidlicher Sitte pflegen.

W. Quistorp

Ein braver Pommer

Auf einem längeren Lebensweg begegnen uns mancherlei Menschen, deren wir uns gern erinnern. So geht es mir mit einem Mann, welcher sehr bejahrt als Rentier lebte und dem ich in den letzten Monaten seines Lebens den Trost des Worts und Sacraments bringen konnte. Er war recht vermögend, hatte die ärmste Kirche der Stadt zu ermitteln gesucht und ihr 1 000 Taler zugedacht. Wie es zugegangen ist, daß dies später nicht ausgeführt wurde, habe ich nicht erfahren, wahrscheinlich hatte er sein Testament zurückgenommen auf Veranlassung seiner Verwandten.

Er war Besitzer einer ausgedehnten Landwirtschaft, mit der eine Gastwirtschaft für Fuhrleute und dergleichen verbunden und welche zeitweise wohl bedeutend gewesen war, in Raugard vor dem Greiffenberger Tor. Das Geschäft liegt an der Chaussee, unfern des ehemaligen Schlosses, des jetzigen Zuchthauses. Wahrscheinlich war er in dem Haus geboren; wenigstens hat er mit Ausnahme der letzten Lebensjahre hier gewohnt. Er war ein Pommer von altem Schrot, äußerst tätig in seinem Beruf gewesen, hatte aber doch ein Verlangen nach dem Wort Gottes sowie Achtung vor demselben, wenngleich ihm tiefere Erkenntnis fehlen mochte. Von seinen früheren Jahren redete er oft, und man konnte erkennen, daß er ein tüchtiger Mann gewesen sein mußte. Er hatte mancherlei erlebt. Daraus will ich ein interessantes Ereignis mitteilen.

Meiner Erinnerung nach verlor er seinen Vater früh, weshalb er im Jahre 1806 die Stütze seiner Mutter sein mußte. Jene Zeit hatte für Raugard eine besondere Bedeutung, indem v. Schill das alte gräfliche Eberstein'sche Schloß befestigte, um hier einen starken Halt zu gewinnen. Hunderte von Arbeitern aus der Umgegend mußten schanzen, um dies zu ermöglichen.

Inzwischen unternahm er mit seiner tapferen, schlecht bewaffneten Schar und seiner Schiffskanone einen Zug nach Stargard, um auch dort die Franzosen zu beunruhigen. Durch eine List machte er die Franzosen glauben, er sei sehr stark, indem er aus vielen Dörfern eine Menge Bauernwagen mitnahm, diese bei Massow im Wald Halt machen ließ und mit seinem kleinen Corps vorging. Die Franzosen in Massow hielten die dunkle Masse im Wald für die Hauptschar und v. Schills Corps nur für die Avantgarde, flüchteten also eiligst nach Stargard. Hier requirierte man Verstärkung aus Stettin, so daß v. Schill später bei Stargard total geschlagen und sein Corps aufgelöst ward. Die einzelnen Trümmer flüchteten versprengt nach Raugard, wohin die Franzosen mit großer Macht folgten. Da v. Schill sich im Raugarder Schloß nicht halten konnte, ließ er eine kleine Schar zurück, um die Franzosen aufzuhalten und sich mit seinen übrigen Leuten zu retten.

Die kleine Besatzung des Schlosses wehrte sich mit Löwenmut, indeß mußte sie endlich, nachdem die Feinde entsetzliche Verluste erlitten hatten, erliegen. Die Franzosen waren wütend, und es kamen nicht wenige der armen Schanzarbeiter um, andere wurden mißhandelt oder gefangen genommen. Da nun unser Freund Falk in der Nähe des Schlosses wohnte, durch die Gastwirtschaft mit Schills Leuten wohl viel verkehrt hatte, auch sonst kompromittiert sein mochte, weil sich alles für Schill begeisterte, nahmen ihn die Franzosen gefangen und brachten ihn nach Spandow.

Sofern in dieser Zeit oft kurzer Prozeß gemacht wurde, man auch Schill und seine Anhänger haßte, war Falks Lage eine äußerst bedenkliche, und ihm mochte bange sein. Dies veranlaßte ihn auch wohl an Flucht zu denken, welche mit Hülfe eines Gastwirts in Spandow gelang. Er entkam glücklich den Händen der Franzosen.

Später finden wir ihn wieder in Raugard, wo er die väterliche Wirtschaft lange, lange Jahre führte. War er unverheiratet geblieben oder war seine Frau frühzeitig gestorben, das weiß ich nicht. Kinder hatte er nicht, sondern eine bejahrte Wirtschafterin. So mochten 20, 30, 40 Jahre hingegangen sein, und er war ein vermögender Mann geworden, da fiel ihm eines Tages der Gastwirt in Spandow ein, der ihm einen so großen Dienst leistete. In jenen unruhigen Zeiten, in den darauf folgenden Kriegsjahren war ihm wohl gleich Anfangs die Sache fern getreten und später ziemlich aus dem Sinn gekommen, zumal die Entfernung von Spandow bedeutend war.

Wie mag's ihm gehen? fragte er sich. Ob er noch lebt? Ob er nicht vielleicht deiner Hülfe bedarf? Du könntest ihm helfen, denn Gott hat dich gesegnet! – Genug, diese Fragen fielen ihm plötzlich so schwer auf das Herz, daß er sie nicht los werden konnte. Sobald er nach Hause kam, trug er seiner erstaunten Wirtin auf, die und die neuen Tischgedecke, so und so viel Reken Leinwand, Handtücher in Koffer zu pakken, er wolle morgen verreisen und dies mitnehmen. So wurde eine bedeutende Menge Leinenzeug eingepackt.

Während der Zeit ging er zu einem Verwandten, bei dem er viel Geld stehen hatte, und sagte ihm, er brauche 500 Taler, die möge er ihm schnell verschaffen. Als alles geordnet war, reiste unser Falk ab nach Spandow, wo er nach einigen Tagen eintraf, den Gasthof aufsuchte und dort einkehrte. Er hatte schon gleich bei seiner Ankunft erfahren, daß sein Retter nicht mehr lebe, aber dessen Sohn die Wirtschaft führe, indes nicht in besonderen Verhältnissen sich befinde. Falk fand dies bestätigt, bemerkte aber bei seinem mehrtätigen Verweilen, daß der Gastwirt ein braver Mensch sei. Nachdem er sich genügend informiert hatte, bat der den Gastwirt zu sich und fing an, mit ihm über seine Wirtschaft zu sprechen, wie dies und jenes anders sein könne und müsse.

Der Angeredete war erstaunt über seinen Gast, mußte indes zugeben, daß er Recht habe, fügte aber hinzu, er würde vieles besser haben, so es ihm nicht an den nötigen Mitteln fehle. Besonders, meinte Falk, fehle es ihm an Leinenzeug; jedoch da er sehe, daß er ein ordentlicher Mann sei, wolle er dem abhelfen.

Damit machte er seine Koffer auf, holte ein Gedeck nach dem andern, ein Stück Leinwand nach dem andern hervor, legte es auf den Tisch und sagte:

Das hätte er ihm zur Verbesserung seiner Wirtschaft mitgebracht und wolle es ihm schenken.

Natürlich war der Gastwirt in höchstem Grade überrascht und wußte nicht, was er zu diesem eigentümlichen Gaste sagen solle.

Doch, unser Falk steigerte noch das Erstaunen, als er eine Rolle harter Taler nach der andern auf den Tisch legte und hinzufügte, er gebe ihm hier 500 Taler, nun solle er mit neuem Mut seinem Beruf leben, wozu er ihm Gottes Segen wünsche. Sein Vater habe ihm einst einen großen Dienst geleistet, und er freue sich, jetzt dem Sohne helfen zu können.

Es läßt sich denken, daß der Gastwirt seine Frau herbeirief und beide ihren lebhaftesten Dank gegen diesen ihnen unerwarteten Freund Worte liehen. Gott hatte ihnen aus großer Bedrängnis geholfen und unserm Falk ins Herz gerufen: Reise schnell nach Spandow!

Fröhlich war der Gastwirt in Spandow; aber auch fröhlich zog unser Falk seiner Straße nach Raugard.

Alfred Haas

Von einem pommerschen Einhorn

Wie der Vogel Greif, so war auch das Einhorn in mittelalterlichen Zeiten als ein sagenhaftes, in fernen Landen lebendes, mit besonderen Kräften begabtes Tier bekannt und geschätzt. Es sollte die Größe und die Gestalt eines Pferdes haben und auf der Stirn ein langes, spitzes, schräg nach vorne gerichtetes Horn tragen. So findet sich das Tier auch noch in älteren naturgeschichtlichen Werken abgebildet, und so tritt es auch auf Böcklins Gemälde Schweigen im Walde in Erscheinung.

Dem Horn dieses Fabeltieres wurden im Mittelalter und in der Neuzeit bis tief ins 18. Jahrhundert hinein wahre Wunderkräfte zugeschrieben; vor allem sollte es ein unfehlbares Gegenmittel gegen Vergiftungen sein, zumal wenn es in geraspeltem oder pulverisiertem Zustande eingenommen wurde. Deshalb wurde es ehedem auch außerordentlich hoch bewertet und von Fürsten und Städten als große Kostbarkeit in den Schatzkammern aufbewahrt. In der Regel waren es Narwalzähne oder Rhinozeroshörner, möglicherweise auch ausgegrabene Mammutzähne, die als Hörner vom Einhorn ausgegeben wurden.

Auch in Pommern tauchte im ausgehenden Mittelalter das Horn eines Einhorns auf. Unter den Schätzen, die König Erich im Jahre 1439 nach seiner Abkehr von der nordischen Königsherrlichkeit mit nach Rügenwalde brachte, befand sich auch, wie Rantzow und Klempzien berichten, „ein gantz Einhorn“, das er zu einem Leuchter verarbeiten ließ; den Leuchter aber setzte er vor die in die Rügenwalder Schloßkapelle gestiftete Monstranz, in der das Sakrament aufbewahrt wurde.

Als später Herzog Bogislav X. auf der Rückkehr von seiner Palästinareise in Venedig Rast machte, zeigte ihm der Rat der Stadt „alle ihre Rüstung, Schätze und Kleinodien und sonderlich zwei Einhörner, davon sie vor allem andern sonderlich viel hielten“. Als Bogislav X. die hohe Einschätzung des Einhorns bei den Venedigern bemerkte, schrieb er alsbald an seine in Pommern zurückgebliebene Gemahlin und den Kanzler, „daß sie von Stund an das Einhorn, das zu Rügenwalde auf dem Schlosse als Leuchter stand, in gute Verwahrung nehmen“ möchten; denn es sei zu befürchten, daß es gestohlen werde, da es ein so „teuerbarer Schatz“ wäre. Der Auftrag des Herzogs wurde gewissenhaft ausgeführt: es wurde ungesäumt nach Rügenwalde geschickt und das Einhorn in gute Verwahrung genommen.

Als dann im Jahre 1532 zu Wolgast das Herzogtum Pommern in zwei Teile, Pommern-Stettin und Pommern-Wolgast, geteilt wurde, tauchte auch das damals noch immer hoch bewertete Einhorn unter den Schätzen des Herzogshauses wieder auf. Thomas Rantzow, der dem Teilungsakt als Augenzeuge beiwohnte, schreibt darüber in dem ersten Entwurf seiner Chronik. „De Fursten (Barnim XI. und Philipp I.) deillden rede Canzler, Hofgesinde, Harnisch, Geschutte, Artelerie und Hufsgerät, Averst Brefe und Segel (Siegel) und Privilegia, ock dat Einhorn und ander wichtig dink, dat ane Schaden nicht konde gedeilt werden, dat wurd to Wolgast im Torne (Turme) gelaten. Datsulfe Einhorn sach ick do, und was wol soven Spanne noch lang, sust was dar gerede (bereits) vele afgeschneden, und id was sine gell und gedreigelt (gedreht) alse ein Waslicht, und wen men id entlanges sach, was id so gerade, dat kein Schnitzler (ein Holt) licker (gleichmäßiger) und gerader maken konde, und was na siner Acht (Art) sehr schwar und dicht, und men achtet id groter Werde."

Wie es scheint, ist das Einhorn später von Wolgast nach Stettin gebracht worden. Darauf läßt eine Bemerkung des Johann Mikrälius schließen, der berichtet, daß „von dem Einhorn noch ein Stücke bey unserm letzten Fürsten (d. i. Bogislav XIV., der 1637 starb) gesehen ist." Das ist die letzte Nachricht, die über dieses Einhorn erhalten ist.

In dem Nachlaß der um den 24. August 1497 zu Stolp verstorbenen Herzogin Sophie, der Mutter Bogislav X., befand sich, wie es in dem Nachlaßinventar heißt, „eyn Stucke vamme Enhorne, nicht groth", und „eyn Paternoster vann Enhorne und Parlen." Die Herzogin Sophie hatte den König Erich (gestorben 1459) beerbt, und deshalb ist es nicht ausgeschlossen, daß die in ihrem Nachlaß auftauchenden Einhornstücke von dem großen Einhorn des Königs Erich abgeschnitten worden waren, wie solches durch Rantzow 1532 ausdrücklich bezeugt ist.

Wie populär das Einhorn ehedem im Glauben und Brauch gewesen ist, geht u. a. auch daraus hervor, daß sich Darstellungen des Tieres vielfach auf kirchlichen Gerätschaften des Mittelalters wie an Altären, Taufschüsseln, Altardecken, Schreinen finden (für Mecklenburg von Friedrich Schlie nachgewiesen). In Pommern hat sich ein Beweis für die hohe Wertschätzung des Einhorns im Pyritzer Weizacker nachweisen lassen: unter den Tiermasken, die hier bei Hochzeiten, Erntefesten und anderen festlichen Gelegenheiten Verwendung fanden, taucht auch das Einhorn auf. Ein solcher, kunstvoll aus Holz geschnitzter Kopf mit schräg nach vorne gerichtetem Horne befindet sich unter den Weizackersammlungen des Pyritzer Gymnasiums: eine Nachbildung wird jetzt im Museum pommerscher Altertümer in Stettin aufbewahrt. Mündliche Überlieferungen über die Verwendung der Einhornmaske scheinen sich im Weizacker nicht erhalten zu haben: vielleicht sollte ihre Vorführung auf Hochzeiten einen Fruchtbarkeitszauber bewirken.

Ulrich Jahn

Der Name Swinemünde

In alten Zeiten waren Usedom und Wollin nur eine einzige Insel, denn der jetzige Swinestrom hat sich erst nach und nach gebildet. Anfänglich stellte sich nur eine ganz kleine Furt ein, und um die zu überschreiten, brauchte man nur einen Schweinekopf hinein zu legen. Daher ist der Name Swine entstanden, der auch beibehalten wurde, als die Furt sich vergrößerte und endlich ein breiter Strom daraus ward. Von dem Fluß ging der Name auf die Stadt über, die später an der Mündung der Wine gebaut wurde, und die deshalb noch bis auf den heutigen Tag Swinemünde genannt wird.

Heinrich Rogge

Schloßputz

An der Burg Draheim fließt ein Fluß vorüber, und darüber geht eine Brücke. Hier sollen allerlei unheimliche Gestalten umgehen, und viele Geschichten werden davon erzählt. So vor 30 Jahren fuhr mal ein Besitzer von Abbau Tempelburg spät Abends nach Schneidemühl zum Polter-Abend. An der Brücke wurden die Pferde unruhig, schnaubten mächtig und waren nicht mehr weiter zu bringen. Der Mann stieg vom Wagen, und da sah er auf der Brücke zwei Männer ohne Kopf stehen. Er sagte einen frommen Spruch, dann verschwanden die Gestalten, und nun gingen auch die Pferde wieder ruhig weiter.

Fritz Reuter

Friedrich aus Pommerland

Am 27sten September setzten sich mit mir Lisette, Ernst und August auf den Wagen, um die längstverheißene und vielbesprochene Reise bei einem heiteren Herbsthimmel anzutreten, unser Wagenlenker war Friedrich aus Pommerland, der uns zum Oheim in Jabel bringen sollte, wo wir unsern Vater, der erst am 28sten September Stavenhagen verließ, zu erwarten hatten. Unsere Freude war unbeschreiblich groß; aber Friedrich, der Wagenlenker, verstand es sehr gut, sie etwas zu bändigen. Zwar erzählte er uns viele Heldenthaten, die er, als ehemaliger preußischer Soldat gegen die Franzmänner kämpfend, gesehen und gehört haben wollte; aber dafür fuhr er auch so langsam, daß wir nicht von der Stelle kamen. Ernst, der über die Kasse schaltete, versprach ihm einen Schnaps, wenn er schneller fahren wollte; Friedrich sagte: Topp, es gielt!, bekam auf dem Sandkruge einen Schnaps, blieb aber bei seinem Fahren. Als endlich ein allgemeiner Tumult entstand, und wir ihm droheten, wir würden ihn bei Vater verklagen, da sagte er: Dergleichen müßten alte Leute besser wissen als solche jungen Springer; übrigens würde Vater ihn gewiß loben.

Endlich kamen wir in Jabel an, wo des Herzens, Küssens und Lärmens gar kein Ende nehmen wollte: denn die kleinen Dirnchen des Oheims gaben ihre Freude auch durch Hand und Fuß zu erkennen. Am folgenden Tage kam Vater mit Johann nach, und das Lärmen hob wiederum an, legte sich aber eher.

Friedrich aus Pommerland ward, mit Fischen wohl versehen, nach Stavenhagen zurückgeschickt, und Johann ward nun auch unser Kutscher.

Carl Lappe

Stoff zu Neujahrsgesprächen 1825

(Für Pommerns und Rügens glückliche Bewohner)

Nach Erschöpfung der gewöhnlichen, mit jedem Jahreswechsel wiederkehrenden Stoffe bleibt uns noch ein allgemeines frohes Landesgefühl, welches jetzt besonders lebhaft sein muß und zu Gespräch auffordert. Hier in der Kürze wenigstens Text und Thema, mit einigen Andeutungen.

Text: Cramers großes Pommersches Kirchenchronicon Seite 14: „Auch hat das Meer an Pommern einen hohen Staden, und ist von Natur wohlgefangen, daß es nicht leicht Schaden thun mag."

Thema: Die glückliche Lage unsers Ländchens.

Wir genießen den Nutzen und die Schönheit der Gewässer, fast ohne ihre Schrecknisse zu kennen. Was in alten Sagen von Überschwemmungen in unseren Gegenden erzählt wird, reicht über die wahre Geschichte hinaus und scheint uns ein Mährchen.

Wir wohnen an der See, und wissen nicht, was es heißt: die See kömmt!

Unsre Flüsse sind bescheiden und kommen nie vor unser Bette.

Was lesen wir dagegen aus anderen Ländern, die mancher hoch über die Heimat stellt? Man denke nur an die Schweiz, an die Rheingegenden, die Niederlande, Hamburg und Petersburg.

Wir kennen weder Erdbeben noch Vulkane. Wir hören mit Erstaunen, daß Städte verschlungen und Dörfer verschüttet werden, daß kochende Lava strömet, der Schneeball zur Lawine wird, die Berge selbst, wie Raubtiere, daher schreiten und verschlingen. Das lassen unsre Hügel sich nicht einfallen.

Von Gewittern wissen wir wenig zu sagen, da sie auf ihrem Zuge zur See nur über uns hinstreifen. Wenn unsre Sturmwinde Dächer beschädigen oder gar Bäume zerbrechen, so glauben wir einen Orkan zu erleben, von dessen Verheerungen wir keinen Begriff haben. Uns erquickt die Bewegung der Luft, da der Samum und der Sirocco töten.

Erzählt in diesen Tagen, was ihr von schrecklichen Naturbegebenheiten in der Fremde erlebt oder in Büchern gelesen habt, und freuet euch des lieben Pommerschen Bodens.

Erich Gülzow

Loitz macht Schwierigkeiten

Unter plattdeutschen Ortsnamen unserer Heimat verstehe ich diejenigen Ortsnamen, die in der „platten“ Umgangssprache eine besondere Form haben; plattdeutsch ist übrigens eine Sprache, die sich „platt“, d. h. verständlich ausdrückt, nicht etwa die Sprache der niederdeutschen Tiefebene. Unsere neuvorpommerschen Städte heißen da zum Teil ebenso wie im amtlichen Hochdeutschen, z. B. Wolgast, Grimmen, Franzburg, Gützkow (oder sagt man am Ort Gütschow?); mit dunklerem „a“ spricht man Stralsund und Lassan. Größere Vokalveränderungen zeigen Bargen, Richtenbarg, Damgorn, Borth und Gorz. Tribsees verliert sein „s“, und entsprechend sind auch Tribseer Straße, Tribseer Vorstadt in Stralsund gebildet. Der Vogel Greif wird zu Grip; so bilden wir Gripswold und mit Verlust des „d“ Gripswoller. Eine eigene Schwierigkeit macht Loitz, das der Fremde Leutz, der plattdeutsche Löhz nennt. Dabei wird das nahegelegene Gut Toitz sogar Tohz ausgesprochen.

Besonders hinweisen möchte ich auf verschiedene Namen von Landgemeinden, die im Platten verändert werden. Daß Hohendorf Hogendörp, Neuendorf Nigendörp, Althagen Ollhaogen heißen und viele Ähnliche, ist leicht zu verstehen. Daß das „w“ in der Endung = ow nicht gesprochen wird, während man es in Rußland (= ow oder = off geschrieben) und meist auch in Westdeutschland spricht, ist allbekannt und auch im Hochdeutschen weithin üblich geworden. In anderen Gegenden entspricht dem = ow die Endung = au, und wenn man ein Ortsnamenbuch etwa vom Freistaat Sachsen, von Schlesien, Böhmen und Mähren durchsieht, so trifft man dort viele pommersche Bekannte mit der Endung = au wieder, z. B. Prerau.

Vokalveränderungen finden wir in Breis’witz statt Bresewitz, Gleiws statt Glewitz und Priere (up’n Priere statt in Prerow, ebenso übrigens up’n Zingst, Born und Wieck). Verkürzungen wie Glewitz haben auch Daobs statt Dabitz, Rubs statt Rubitz und Nieps statt Niepars. Verkürzungen liegen auch vor in Meischenhaogen statt Mesekenhagen und Dirscho statt Dersekow; mit Recht wohl darf man dazu Dirschau an der Weichsel stellen. Ganz unkenntlich ist Michaelsdorf am Bodden im Kreise Franzburg-Barth im Plattdeutschen; es heißt Geilsdörp, und man wird sofort an Gehlsdorf bei Rostock erinnert.

Anonym

Guter Grund

Wenn Bogislav X. einen ungerechten Amtmann absetzen wollte, so widerriet ihm das der Bauer Lange, sein Vertrauter, sehr oft mit den Worten: „Du (so hat er den Herzog stets genannt) Du willst diesen jetzt wegnehmen, den wir schon satt gemacht haben, an seine Stelle kommt dann ein Hungriger, der erst wieder gesättigt sein will."

Johann Christian Ludwig Haken

Der Leibaffe

Eine deutsche Volkssage

> Ce B … a de l'esprit, comme trente,
> mais il est malicieux,
> comme un vieux singe.
>
> *d'Argens*

König Friedrich reiste während des zweiten Dezenniums seiner Regierung in seine westphälischen Staaten; zwar nur mit einem kleinen, aber ausgesuchten und des gekrönten Philosophen würdigen Gefolge.

Daß unter achtungswerte Männer oft auch schlechte Seelen sich einschleichen können, ist eben so wahr, als daß Witz, Laune und Genie gar wohl die Hülse eines sehr unmoralischen Charakters zu sein vermögen. Gewiß ist es, daß beides der Fall des Mannes war, der damals beim König in vorzüglichem Wert stand und der deshalb auch bei dieser Reise nicht fehlen durfte. Ich erwähne des Mannes, so wenig er aus jenen Rücksichten Erwähnung verdient, weil er leicht der Held dieser Farce werden dürfte.

Der Zug des Königs näherte sich einem westphälischen Dorfe, wohin das umliegende platte Land beschieden war, den weiteren Vorspann zu übernehmen. Ein Page, dem man aufgetragen hatte, vorzujagen und die Beschleunigung aller nötigen Anstalten zu betreiben, fand die Schenke des Dorfs erfüllt von Leuten, die des Königs Ankunft erwarteten. Er besorgte alsbald, was den Zubereitungen noch abging, und schloß mit der Frage: Ob zu außerordentlichen Verrichtungen eine

Anzahl handfester Leute vorhanden sei? „Jawohl, hochgebietender Herr Page", versezte ein Schulz, der den Vorspann kommandirte – „ich habe hier den Jochem, und den Franz, und den Pagel, und den …"

„Oh, schon genug, mein Freund! Wo sind sie? – Hört, Leute, des Königs Wille ist, ihr sollt, sobald er ankömmt, um den Wagen treten, der zunächst hinter ihm fährt. Versteht ihr wohl? – In dem Wagen sizt des Königs Leibaffe, auf den er sehr große Stücke hält. Das Zetertier hat aber die Unart, daß es beständig heraus ins Freie will, sobald der Wagen nur einen Augenblick stille hält. Und kömmt's euch nur erst einmal zum Käfig hinaus – im Hui! ist's dann auf den nächsten Baum geklettert, und da mögt ihr zusehen, wie ihr die scheue Bestie wieder einfangt. Der König will also haben, ihr sollt genau auf das Tier Acht geben; sollt es, so lieb euch das Leben ist, nicht entwischen und lieber gar nicht aus der Kutsche herauslassen. Ihr habt mich doch verstanden? So lieb euch's Leben ist, sag ich. Kurz und gut, ihr müßt Sr. Majestät für den Affen stehen."

„'t soll nischt uf sich haben, hochgebietender Herr Page!" erwiderte der Schulz namens seiner Commune. Sofort warf der Page sich wieder auf ein Pferd und ließ den dichten Zirkel der staunenden Bauern mit gespannter, erwartungsvoller Neugier hinter sich zurück.

Ein Affe! Des Königs Leibaffe sogar! Das klang ihnen wunderbar ins Gehör. Vielleicht hatte niemand von ihnen je so ein Geschöpf gesehn, wie sich aus der lebhaften Dispute vermuten läßt, die sich sogleich unter ihnen über Affen-Natur und -Wesen erhob. Jürgen hielt dafür: So ein Beest sollte sich an Größe mit seinem Spitz wohl wenig nehmen.

„Bis kein Narr!" rief Andreß, „ja, wenn't 'n Bier wär'! 'n Aff is 'n Aff und kein Spitz. Abers 'n blutdürstigs Tier mag't sinn, dat keinen Christenmenschen verschonen dut. Nich wahr, Vadder Merten, du pflegst ja so wat ooch wohl verstehn? Nu, Hans, fidel du! Sag' an, wat meinst?"

„Hm! hinterm Backofen is ooch noch 'n Loch", sprach Merten mit bedachtsamer Miene und nahm den Pfeifenstummel in die andre Faust. „Vor'n Jahrer sechzig war hier zu Dorf 'nmal 'n großer gewaltiger Dikter; der dat gar grauwellige Dinge an Menschen und an Vieh, und verstund sich uf'n Urin. D' Leut hiessen 'n drum ooch immer nur: Dokter Hütentüt, der den Bauren dat Wasser besieht. Und – wat ich sagen wollt – der dat sich 'n Affen halten, dat wohl 'n schöner Affe war, und beluxte unsern Weibern die Zicken, wenn s' Hasselnüsse drinn hadden. Und dazumalen hab' ich 'n wohl zu hindertausendmalen besehn und anfassen gedan; abers blutdürstig war 'e nich, und unbesehens zweimal so groß, als Jürgen sein Spitz."

„Nu denn, Vadder Merten", rief der helle Haufe, „wie sah 't Beest so recht aus? War 't schwarz? War 't weiß? Hadd 't ooch 'n Kopf? und wieviel Füß'? Mach, verzähl' doch!"

„Ja, Kinder, Leut' – da fragt 'r mich 'n bischen zu viel; da weiß ich nischt mehr von. Nachgerad' wird unser eins krumm und steif, und d' Gedanken vergehn mir. Dat is 'n lang' Zeit her. Dat war dazumahls, als ich nur noch 'n Burschen so gros war."

„Nu ja. Bartel, puß mich darhin! Als der Deubel 'n klein Jung' sein dat, dat is ooch lang' her", versezte Mahuwell, der Großknecht, und ein renommiertes Bahmant. „Hört liebers, wat ich will sagen dun. Dat wißt 'e doch, Leut', daß ich 'm König' gedient hab' – siebenviertel Jahr un drei Wochen! Als bestallter königlicher Stückknecht. Nu, gut und nich viel besser – da war't doch, daß wir dazumals gleich im Frühjahr mußten marschieren dun – und dat nach Magdeburg, wo ihr Schubbejaks in eurem Leben nich werd't hinriechen. Ja, und als wir nu da sein dun, was g'schickt? Da kömmt 'n Dings angefahren, mit 'nem großen schwarzen Mantel und 'ner Prük, ganz krispelkraus. Dat iß 'n dull Köster – dacht' ich so bei mir selbsten. Abers, wer war't? Hernacher hört' ich 's recht gut, daß 'n d' Leut Aap vom Klosterberg nennen daten. Seht ihr 't? Habt ihr't nu begriffen?"

„Ah, Kikelkakelbratwurst!" sprach nunmehr der Schulmeister, der sich bisher von ferne gehalten, mit wichtiger Miene. „Mahnwell du bist mir der rechte Köter, wenn du nur bunt wärst … Hast du Affengesicht denn noch nicht gelernt, daß das keine andre Christenseele wird gewesen sein als seine Hochwürden, der Herr Abt von Kloster-Bergen, dem das Erzbistum Magdeburg untertan ist? Aber so geht's, wenn man in Geographicus und Historicus nichts getan hat. Und ihr all mit einander seid keinen Schuß Pulver wert, ihr Herren, daß ihr's nur wißt. Schämt euch in euren Kragen und Magen, daß ihr euch um's Kaisers Bart zankt, und nicht viel lieber vor die rechte Schmiede kommt. Warum fragt ihr mich nicht? Seht, hier wohnen die Muskanten; ich kann euch aus dem Traume helfen. – Michel, mein Sohn, geh du mal hin in mein Haus und bring mir meine beiden Bücher, die unter meinem Bette liegen. Da sollt ihr Wunderdinge vernehmen, ihr Herren! In dem einen Buche – das heißt: Johann Hüdners curieuses Lexicum – da steht von allem, was man nur sagen und erdenken mag; da finden wir

Gelehrte alles und jedes, von der Zeder auf dem Berge Libanon bis zum Ysop, der an der Wand wächst. Das andre ist ebenfalls ein Ausbund von einem raren und kostbaren Buche, und das heißt: Erasmi Franciscus Dostindianischer Lustgarten. Wer die beiden Stücke hat, der kann viel tausend andre Bücher entbehren."

„Nun so laß sehn!" rief der Schulmeister, sobald die Bücher ankamen. In der Versammlung entstand eine tiefe Stille.

„Affe. Simia, Simius, ist unter allen unvernünftigen Türen, sowohl der äußerlichen Gestalt, als den innerlichen Eingeweyden nach, dem Menschen am ähnlichsten ... Sie gehen aufrecht, wie ein Mensch, und gebrauchen die zwei vordersten Beine anstatt der Aerme, haben ein ziemlich rundes Gesicht, Augenlider und Augenbrauen ... auch haben sie insgemein keinen Schweif oder Schwanz ... Der vornehmste Unterschied derselben besteht in geschwänzten und ungeschwänzten Affen, auch sind sie an Gestalt, Farbe, Größe und Haaren sehr von einander unterschieden, indem etliche die Bart-Schwänze, Meerkatzen, Hundsköpfe oder Mummellet, Pavionen, Geis-Männlein und die Jungfrauen- oder Fuchs-Affen genennet werden ... Fliegender Affe, in Indien, ist schwarzbraun, hat blutrote Ohren, Flügel wie Fledermäuse, kurzen Schwanz und treibet närrische Händel. So sagt der große Johann Hübner, und noch ein vieles mehr, welches euer bäurischer Verstand nicht fassen mag. Nun höret an, was Erasmus Franziskus spricht: Haltet die Mäuler und plaudert nicht. Es giebt, sagt der gelehrte Mann, mancherlei Art Affen ... Die Männlein sein etwas größer als die Weiblein, laufen häufig in den Wäldern beisammen, und machen ein so scheuliches Gepierr, daß einer darob erschrickt, weil man sie gar weit hören kann. Nun, ihr Herren, gebt Acht; jezt kommt eine gar merkwürdige Stelle: Unterweilen schreyet einer unter diesen Meeraffen allein, und welchen die andern in großer Anzahl hersitzen und gleichsam Prediat hören. Alle Tage kommten sie Vor- und Nachmittage etlichemal zusammen, da setzt sich einer unter ihnen an einer hohen Stelle, recht in der Mitten, die andern sitzen etwas niedriger rings umb ihn her. Alsdenn spielet der Obersitzer einen Cantor und Vorsinger, singt dem ganzen Haufen mit lauter Stimme und zeichengebender Hand vor: Deme der übrige gesambte Chor nachsinget: Und halten mit solchem ihrem Gesinge so lange an, bis der oberste Singmeister und Chorherr abermal mit der Hand ein Zeichen gibt; worauf sie allezugleich in einem Augenblick erstummet."

Und auch der Schulmeister erstummete in demselben Augenblicke, weil das Geschrei sich erhob: „Der König, der König kömmt!“ Alle Auditoren entflohen, und des Schulzen erste Sorge war es, den Jochem, den Pagel und den Franz, nebst noch einem halben Duzend freiwilliger Helfershelfer rings um den zweiten Wagen zu stellen.

Längere Hälse und gierigere Blicke sind wohl, seit die Welt steht, nirgend gemacht und getan worden, als von dem hier versammelten Häuflein. Die trügerische Dämmerung des halbgeschlossenen Wagens erlaubte von der darin befindlichen Figur nur gerade eine ziemlich ungewöhnliche Physiognomie und einige Sonderheiten im Anzuge gewahr zu werden.

„Den blauen Blir, Jochem“, sagte Franz halb leise, „Mahnwell hat ’s Deukers doch wohl recht. Siehst’u d’ krispelkrause Prük’ und den Fuchsbräm und das Kälberkrösels unterm Halse? Soll ’ch leben, dat is’t bloße Fell, wat’m da rauskuckt!“

„Ei ja freilich“, versezte Jochem, „bis abers stille, daß ’r nich Unrat vermerkt. Sonst gewißlich – hier kann eins seinen blauen Wunder sehn. Ne, so’n Brummluk’s ist mir noch nich in’n Weg gekommen. Sieh – sieh, wie ’m der Bart wippt!“

In diesem Augenblicke trat der König in das zu seinem Abtritte bestimmte Haus, und die rezensierte Figur im zweiten Wagen hielt es für ihren Beruf, ihm dahin nachzufolgen. Sie faßte also, im Begriffe auszusteigen, mit knöcherner Hand den Drücker des Kutschenschlags. Sogleich aber war auch der mit Argusaugen wachende Schulze zur Stelle, trat züchtiglich hinzu und klopfte ihr mit ausgestrecktem Zeigefinger zwei- oder dreimal auf die Pfote. Die übrigen machten einen engern Kreis, nahmen die Hüte vom Kopf und schwenkten sie, um den Kobold zurückzuscheuchen.

Befremdet zog dieser die Klaue zurück, und steckte statt deren eine ansehnliche Nase zum Kutschenschlage heraus, des Willens, die Bedeutung dieses seltsamen Auftritts zu ergründen.

„Käzchen, kannst warten?“ rief die Commüne, und wehrte mit ihren Filsdeckeln ab.

„Will’t Beest wohl kuschen!“ schrie Mahnwell, und erlaubte sich ein Knipschen auf die ansehnliche Nase, welche sich auf sofort wieder in ihr Gehäuse begab. Statt deren aber erhob sich eine kreischende Stimme, die in kauderwelschen Ausdrücken mit großem Affekte sich durch alle Stufen der Tonleiter unaufhaltsam fortbewegte.

„Wat franscht der da für rotwelsch Zeugs?" frug Pagel und strich die Haare hinter das emporgereckte Ohr.

„Laß 'n nur! Laß 'n nur!" versezte der Schulz. „Wat wird 't anders sinn als d' Affensprache?"

Der Monlog nahte seinem Ende. Die, nunmehr durch Zorn mit Purpur besäete Nase kam abermals zum Vorschein, und die Pfote suchte durch Umdrehung des Schlosses einen Ausweg aus dem Käfig.

„Ab- und zur Ruhe verwiesen! Wie der Gerichtshalter zu sagen pflegt", sprach der Schulz, und drehte dem Pavian mit kalter Gelassenheit die Hand vom Schlosse. Diese Hand ermangelte aber nicht, seinen Amtseifer durch einen wohl abgemessenen Schlag an den Schulzenkopf zu belohnen.

„Barsche Kröte!" drohte der Geschlagne und hob die Peitsche in die Höhe, „verstehst'u ooch Tip uf die Krön'?"

„Ja, ja, Vadder Schulz", rief der Haufe, „Schlag 'sung mit 'm Bestenstiel gehört dem Blarrhals. Schlag' zu! 't is ja wohl eher 'ne alte Trompet' verdrunken! Komm her, Blixding! Woll'n sehn, wat Vader und Mutter aus dir gefüttert haben."

Eine den Text kommentierende Bewegung der sämmtlichen Peitschenstiele scheuchte den Kobold eiligst wieder in seine Schachtel zurück. Hingegen seine Zunge kannte fortan weder Zaum noch Gebiß. Wie man hie und da auf den Kaminen chinesische Pagoden hin und her nicken, ohne Aufhören die Lippen rühren und die Augäpfel verdrehen sieht: so und nicht anders manövrierte der in die Enge getriebene Favorit, lehnte jezt sich vor, jezt zog er bei dem mindesten Anscheine von Tätlichkeit sich zurück, wackelte mit dem spizen Kinne, und hatte Ursach, dem Himmel zu danken, daß seine Wächter kein Jota von den auserlesenen gallischen Flüchen verstanden, die er in seinem Ingrimme über sie ausschüttete. Vielmehr, je heftiger er sich ereiferte, je amüsanter fanden die Bauren den Auftritt, und eingedenk seiner vorgespiegelten tierischen Natur hielten sie's für wohlgetan, die so interessante Scene durch diensame Mittel noch kräftiger zu würzen. Mahnwell, voll Drang des Genies, war der Erste, der ihn das Ende seiner Peitsche dicht unter dem roten Kamm hielt. „Nerr! nerr!" tönt es aus seinem, „Nerr! nerr!" aus aller übrigen Munde, und der Platz erschallte vom ausgelassensten Gelächter.

Ein so lebhafter Vorfall konnte dem Ohr des Königs unmöglich entgehen. Er eilte ans Fenster, sah halben Blickes, was vorging, und stürzte eiligst hinaus zur Hütte und an den Wagen hin: „Um des Himmels willen, Monsieur de Voltaire – qu'aves-Vous? Was haben Sie vor?"

„Ah, Sire – j'étouffe … ich bin des Todes …"

„Nun Leute, was ist's denn?" frug der Monarch, und der gekränkte Liebling ward hervorgezogen. Nach vielem Hin- und Herfragen entwickelte sich die Geschichte, wie der Leser sie weiß, und alle Schuld fiel, wie billig, auf deren ersten Urheber, den Pagen, der zurückgeholt und zur Verantwortung gezogen wurde.

„… Wahrlich, Sire", sprach er, „nicht jugendlicher Mutwille war hier meines Vergebens einzige Triebfeder: geruhen Sie es nicht in dem Lichte eines gewöhnlichen Pagenstreichs zu betrachten. In dieser Zuversicht darf ich mir schmeicheln, daß mein König mich würdigen werde, mich anzuhören, und daß dann die simple Erzählung von dieser Sache eigentlichem Zusammenhang in seinen Augen zu meiner Entschuldigung beitragen werde.

Der Herr von Voltaire hatte gestern die Gnade, mit Ew. Majestät zu soupieren; ich die Ehre, diensthabender Page zu sein. Der Zufall wollte, daß bei Auftragung des Desserts mir, ohne mein Zutun, eine Limonie aus dem Fruchtkorbe entrollet. Sie berührte im Fallen die Perücke des Herrn Kammerherrn und hüllte ihn dadurch in eine Puderwolke. ‚Wo ist denn mein Voltaire?' frugen Ew. Majestät, und – ‚Me voila entre les pattes d'une bête de Pomeranie!' belieben der Herr von Voltaire zu erwidern. Er tat Unrecht, ein Volk zu schmähen, von dessen Ergebenheit, von dessen eigentümlichen Tugenden, von dessen Fruchtbarkeit an brauchbaren Männern in Krieg und Frieden Ew. Majestät wenig Tage vorher in eben so rührenden als gnädigen Aeußerungen mit ihm gesprochen hatten. Ich hatte Unrecht, daß der ernste, mißbilligende Blick mich nicht beruhigte, womit mein König diese ein ganzes biedres Volk höhnende Antwort bestrafte. Mein Vergehen besteht darin, daß Vaterlandsliebe, daß verzeihbarer Nationalstolz (verzeihbar, weil Sie, Sire, durch jenes gnädige Urteil meine Nation adelten), daß diese Empfindungen mich verleiten konnten, an Herrn von Voltaire eine Vergeltung auszuüben, die es ihn empfinden ließe, wie wenig er berechtigt sei, einen so gehässigen Anspruch zu tun, der unter veränderten Umständen in doppelter Münze auf ihn selbst zurückfallen könnte. Ich gestehe, daß das vielleicht Ahndung verdient; aber willig unterwerfe ich mich jeder Züchtigung; denn mein Pommern ist an Herrn von Voltaire gerächt. Gleichwohl wage ich es, von Ew. Majestät schonender Huld Gnade zu hoffen: wage es um so zuversichtlicher, da ich in dem Kammerherrn die Krone unsrer Philosophen viel zu ungemessen verehre, als daß ich daran zweifeln dürfte, er werde sein Bitten mit dem meinen vereinigen, und alles, was in seinen Kräften steht, anwenden, um Ew. Majestät Herz zu meinem Vorteile zu erweichen."

„Was sagen Sie dazu, Voltaire?" frug der König mit Lächeln.

„Daß ich die ganze fatale Geschichte auf ewig vergesse und den verdammten Pagen bei tausend Teufeln wünsche."

„Rambow", sprach der König, „Voltaire ist der beleidigte Teil. Er muß Abbitte haben."

„Zu Ihrem Befehl, Sire. – Herr Kammerherr – ich habe Sie zum Affen gemacht: das ist wahr. Jetzt soll ich Abbitte leisten – wahrlich, mir tut das leid."

„Nicht übel, junger Mensch. Ich werd' euch künftig brauchen können, seh' ich. Aber ihr müßt euch erst die Hörner ablaufen, und Voltaire besteht darauf, ich soll euch zu allen Teufeln jagen. Ich habe nur wenige zu meiner Disposition; indes doch genug, euch die Hölle heiß zu machen. Ihr seid Kornett beim schwarzen Regiment Husaren: Patent und Equipage mögt ihr euch bei meinen Kabinettsräten abfordern. – Und nun macht, daß ihr fortkommt. Seht ihr nicht, daß Voltaire Basiliskenaugen hat?"

Ausfahrten und Einkehr

Dieses Land kommt in alten Schriften und Briefschaften unter dem Namen Withoya, Vythuy, Wittowy, Wittowey und Witou vor, und in der Vorzeit soll es allein den Namen Arkona getragen haben, Saxo der Grammatiker aber, der einst selber auf Wittow war, nennt in seiner Dänischen Geschichte der Eroberung Arkonas das Land ausdrücklich insula Archonensis, quae Vithowa dicitur. Die seit dem 17ten Jahrhundert in der plattdeutschen Mundart gebräuchlich gewordene Benennung Wittau ist durch weiße Aue übersetzt und erklärt worden.

Johann Jacob Grümbke

Gripswold is en Bummelnest siet Hein Rubenow al west
In Grypswold weiht de Wind so kolt

Ortsneckreime

Um 4 Uhr 15 deutscher Sommerzeit habe ich zum ersten Mal in meinem Leben am 27. Juni 1940 die Elbe nördlich Tangermünde passiert und bin somit seit dieser Zeit im gesegneten Ostelbien. Berlin und Pommern haben wir leider im Dunkeln durchfahren.

Heinrich Böll

Bartholomäus Sastrow

Die Begründung eines bürgerlichen Haushalts

Das Geschmeiß der Hofteufel bereitete mir wahrlich großen Kummer und erschütterte mich so, daß ich lange Zeit in meinem Unglück weder Trost noch Rat finden konnte. Trotzdem war für mich auch das in verschiedener Hinsicht heilsam und nützlich, denn dem, der auf Gott vertraut, wird alles – auch das scheinbar größte Unglück – nur zum besten dienen. So kam auch mein Lebenswagen, der am Berge steckengeblieben war, im Hui wieder voran, und meine Traurigkeit verwandelte sich in große Freude, denn aus meiner schon zuvor gefaßten Meinung, das Amt des Sollizitators am Kaiserlichen Kammergericht, ja den ganzen Dienst bei den Fürsten aufzugeben, wurde nun ein fester Entschluß.

Zwar hätte ich an der Kanzlei in Wolgast eine angesehene Stellung bekommen können, in der ich mich sehr gut gestanden hätte, wie mir der dortige Kanzler Jakob Zitzewitz in einem Schreiben und mehrfach auch mündlich zugesichert hatte. Aber der liebe Gott hatte durch die vielen bübischen Praktiken am Hofe offenbar in mir einen Überdruß am Hofleben wecken und mir beibringen wollen, mit dem Teufel und seinem Anhang fertig zu werden. Damit hatte Gott mir den Weg gewiesen, im Ehestande geborgen in einer Stadt zu leben und dort nach seinem Willen zu sterben.

Deswegen nahm ich den Vorschlag meiner Schwester, der Ehefrau des Greifswalder Bürgermeisters Peter Fruböse, an, die Schwester ihres Mannes zu heiraten. Ich schrieb ihr, ich würde mit Gottes Hilfe zu Neujahr in Greifswald sein und sie möge alles so vorbereiten, daß wir das eheliche Beilager zur Fastnachtszeit halten könnten. Ich kaufte sogleich einem Kammerboten, der aus Pommern gekommen war, sein junges wohlgestaltetes graues Pferd mit Sattel und Zaumzeug ab. Danach schloß ich die Verhandlungen mit Advokaten, Prokuratoren und anderen ab. Ich war sehr froh, meinem Lebenslauf eine neue Richtung geben und aus Speyer fortziehen zu können, denn es war mir über, am Kammergericht tätig zu sein. Dort war ich wegen der Streitsache meiner Eltern fünf Jahre und als Sollizitator der Herzöge von Pommern zwei Jahre, zusammen also sieben Jahre gewesen. Dabei war ich nie untätig, denn in dieser Zeit arbeitete ich auch in der Pforzheimer Kanzlei des Markgrafen Ernst von Baden, beim Komtur und Rezeptor des Johanniterordens, im Dienst des pommerschen Sekretariats und auf den Reichstagen. Dadurch hatte ich mich in dem Schreiberamt so ausgebildet und vervollkommnet, daß ich viele Leute übertraf und mehr bewältigen konnte, als so mancher Doktor in der Lage war. Darüber hinaus mußte ich aber auch die verschiedensten Gefahren auf mich nehmen und am Tage oder in der Nacht große Anstrengungen ertragen, wie dieses Buch vielfach bezeugt.

Viele haben es für ein Glück gehalten, meinem Beispiel zu folgen und das Schreiberamt zu wählen. Aber sie haben das Verdrießliche, das damit verbunden ist, gescheut und nicht ertragen, die vielen schlaflosen Nächte, die arbeitsreichen Tage, oft Hunger und Durst, drohende Sorgen und Gefahren, in denen viele gescheitert sind. So hatte unter hundert kaum einer Erfolg.

Doch ich will zu meiner Reise zurückkehren. Am 3. Dezember 1550 verließ ich Speyer und kam nach einem Aufenthalt in Stettin am 1. Januar 1551 gegen Abend zu Pferde in Greifswald an. An meinen Vater ließ ich schriftlich Nachricht nach Stralsund gelangen und holte seinen Willen ein. Mit meinen Verwandten in Greifswald und mit den Eltern meiner Braut besprach ich alles Nötige. Wir beide einigten uns und baten gemeinsam um den Zuschlag. Dann wurde mir meine Braut am 5. Januar morgens um acht Uhr durch ihren Vater Matthäus Fruböse im Beichthaus der grauen Mönche in Gegenwart der Bürgermeister, Ratsherren und vieler anderer angesehener Bürger zugeschlagen.

Ich wurde jedoch von meinen Landsleuten noch auf eine besondere Art empfangen. Da auf den Hochzeiten die Frauen und Jungfrauen oft in unschicklicher Weise und schamlos bei den Tänzen herumgewirbelt wurden, hatte ein Ehrbarer Rat diese Tänze untersagt, wer gegen dieses Verbot verstieß, sollte vom Niedergericht vorgeladen und ohne Ansehen der Person bestraft werden. Nun wurde acht Tage nach meinem Zuschlag eine vornehme Hochzeit gefeiert, zu der meine Braut und ich eingeladen waren. Nach dem Essen brachte man mir meine Braut zum Tanz. In Unkenntnis der Anordnung des Rates drehte ich mich mit ihr, jedoch mit Maßen und nur einige Male. Am nächsten Tag wurde ich deshalb durch den Fronvogt dem Niedergericht vorgeführt. Über diese Grobheit, Unfreundlichkeit und Ungehörigkeit war ich empört und sah darin einen Vorboten kommenden Unglücks. Acht Jahre lang war ich nicht so lange in meiner Heimat gewesen, um dort in Ruhe ein Stück Brot essen zu können. Und nun ließ man mich, der diese Anordnung nicht kennen konnte, deswegen, weil ich mit meiner eigenen

Braut auf einer Hochzeit in Züchten ein paarmal umhergesprungen war, durch den Henker empfangen und willkommen heißen! Zutiefst bekümmert wandte ich mich an den ältesten Bürgermeister, Herrn Peter Gruwel, und trug ihm ausführlich meine Auffassung vor. Er entschuldigte den Vorfall damit, daß die Studenten und andere es mit dem Herumwirbeln zu arg getrieben hätten; der Rat habe das nicht dulden können, daher sei er nicht um das Verbot herumgekommen und müsse nun dafür sorgen, daß es unnachsichtig eingehalten werde; ich und mein Tanzen seien jedoch nicht davon betroffen. Er sorgte dann auch dafür, daß ich nicht vor Gericht gestellt wurde.

Als Tag meines ehelichen Beilagers wurde der 2. Februar festgelegt. Ich forderte keinen Brautschatz, fragte auch nicht, wie hoch er sein werde. Aber meine Schwester teilte mir ungefragt mit, daß der Vater meiner Braut mir zweihundert Gulden geben werde. Dazu sagte ich weder ja noch nein, sondern meinte, es sei mir genug, wenn ich überhaupt ein Weib hätte. Mein Schwager meinte, ich könnte bei meinem Haushalt mit hundert Gulden im Jahr auskommen. Er und sein Vater mieteten mir von Herrn Johann Meß das Haus in der Fischerstraße, in dem jetzt Herr Nikolaus Schmiterlow wohnt, für vier Gulden im Jahr. So ließ sich alles gut an.

Um mich für meine Hochzeit einzukleiden und um das, was sonst noch nötig war, zu besorgen, ritt ich nach Stralsund. Mein Vater hatte seit Jahren für mich zum besten Rock einen schönen Marderpelz liegen, den Stoff dazu und meine übrige Kleidung mußte ich mir selbst besorgen. Die Morgengabe für meine Braut hatte mein Vater versetzt, ich mußte sie daher einlösen. Außerdem mußte ich Samt zum Kragen für meine Schwester und meine Braut sowie einiges andere, was gebraucht wurde, kaufen. Einen silbernen Dolch hatte ich mir schon bei meiner Herreise aus Speyer in Frankfurt am Main gekauft und damit alles ausgegeben, was ich als Sollizitator verdient hatte.

Schließlich lud ich die große Zahl meiner Stralsunder Freunde und Verwandten herzlich zu meiner Hochzeit ein. Es kam aber nur Johann Gottschalk, ein alter Schulfreund, der auch mit mir zusammen in der Wolgaster Kanzlei gearbeitet hatte; er schenkte mir einen Lübecker Goldgulden, der das einzige Geldstück war, das ich nach meiner Hochzeit übrigbehielt.

Am 2. Februar 1551 fand meine Hochzeit in Greifswald statt. Dabei war ich wohl fast der letzte Bräutigam, der auf den Stein gehen mußte.

Da es diese Sitte nicht mehr gibt, halte ich es für richtig, sie genauer zu beschreiben.

Am Nachmittag um drei Uhr des Tages, an dem abends die Hochzeit beginnen sollte, versammelten sich die Geladenen, die dem Bräutigam Beistand leisten wollten, bei ihm und gingen mit ihm zum Markt, zur Seite der Schuhstraße, und zwar der Bräutigam zwischen zwei Bürgermeistern oder, wenn diese nicht anwesend waren, zwischen den beiden Vornehmsten. Bei der Türschwelle des Eckhauses an der Schuhstraße lag ein vierkantiger Stein. Auf ihn stellte sich der Bräutigam, während alle anderen in der Reihenfolge, in der sie gekommen waren, etwa fünfzig Schritt zurückgingen. Während der Bräutigam so allein dastand, spielten ihm die Spielleute mit ihren Pfeifen auf und ehrten ihn dadurch, etwa so lange, wie ein paar „Vaterunser" dauern. Dann stieg der Bräutigam wieder herab, trat zwischen die beiden Bürgermeister oder die, zwischen denen er vorher gegangen war; und alle zusammen zogen in der alten Ordnung in das Hochzeitshaus, wo die Braut und der Bräutigam zusammengegeben wurden.

Der Sinn dieses Brauches soll darin gelegen haben, daß jemand, der gegen die Trauung Einspruch erheben wollte, dazu Gelegenheit hatte, wenn der Bräutigam allein auf dem Stein stand. So soll es einem gegangen sein, dem, als er auf dem Stein stand, die Knechte und die Jungen „Hahnrei, Hahnrei!" zuriefen. Als er deswegen empört zu den Bürgermeistern herunterkam, beruhigten ihn diese mit den Worten: „Kümmert Euch nicht um das Geschrei! Diese Straßenbengel machen das immer so."

Als sie abends miteinander zu Bett gingen, fragte er die Braut: „Was habt Ihr bloß angestellt, daß man mir auf dem Stein ‚Hahnrei, Hahnrei' zugerufen hat!" Darauf sie: „Wenn ich gewußt hätte, daß Ihr ein Hahnrei seid, hätte ich Euch nicht genommen." Als er nun ein wenig mit ihr scherzte, schien ihm etwas nicht richtig zu sein, er sagte: „Oh, oh, hier sind sie schon gewesen!" Sie aber berührte mit dem Finger sein Auge, an dem er eine große Narbe aus einer Verwundung im Kriege hatte, und meinte: „Ja, da sind sie auch gewesen!" – „Richtig", sprach er, „das ist durch meine Feinde geschehen." – „Und dies", entgegnete sie, „ist mir von den Freunden beigebracht."

Nicht lange nach meiner Hochzeit wurde das Steingehen eingestellt.

Zu meiner Hochzeit, für die Kleider und das, was dazu gehörte, gab ich alles aus, was ich verdient hatte und was die beiden Herzöge und andere mir verehrt hatten, so daß ich nach der Hochzeit, wie bereits gesagt, nur noch den Goldgulden besaß, den mir Johann Gottschalk geschenkt hatte. Ich mußte in einem Mietshaus leben, indes es nackt und leer war. Mein Weib hatte nicht einmal eine Wanne oder einen Kessel, um Lauge heiß zu machen, wenn sie waschen wollte, sondern dafür mußte sie einen Topf nehmen. Ich selbst hatte keinen Beruf und auch sonst kein Einkommen; einen Brautschatz bekam ich weder von meinem Vater noch vom Vater meiner Braut. So begann mein Ehestand arm, trostlos und traurig. Aber unser Herrgott hat mich in diesem Stande nunmehr sechsundvierzig Jahre reichlich versorgt, so daß ich neben dem Unterhalt für mich und die Meinen sowie neben der Aussteuer meiner Kinder, die recht teuer war (der Unterhalt und die Aussteuer meiner Kinder kosteten mehr als neuntausend Gulden, und für meinen Haushalt mußte ich jährlich – in einem Jahr weniger, im anderen mehr – etwa dreihundert Gulden ausgeben), ein eigenes Haus mit der nötigen Einrichtung besitze und so viel Zinsen einnehme, daß ich durch den Ertrag meines Kapitals gut leben kann. Seit sechsundvierzig Jahren kann ich mit vollem Recht täglich sagen: „Heute bin ich reicher, als ich gestern war." Und dabei habe ich nie auf eine andere Art und Weise etwas erworben als durch mein Schreiberamt. Dafür können ich und meine Erben unserem Herrgott nie genug danken.

Johann Christian Brandes

Die Bibliothek hinterm Kachelofen und andere Heimlichkeiten

DRITTES KAPITEL. *Mein Vater wird Schatzgräber. Folgen.*

In Massow mietete mein Vater ein kleines Haus, nebst einem Garten, den meine Mutter bearbeitete und die darin gezogenen Früchte zu Markte brachte; weil aber dieser kleine Erwerb zum Unterhalt der Familie nicht hinreichte, so suchte sie in verschiedenen Häusern, durch Nähen und andere weibliche Arbeiten, noch etwas nebenher zu verdienen.

Mein Vater hatte gar kein Geschäft; die Langeweile trieb ihn demnach öfters aufs Land, wo er bei den Geistlichen einsprach, sie als ehemaliger Amtsbruder in lateinischer Sprache begrüßte, ihnen sein

Unglück erzählte, und von den mehresten auf eine kurze Zeit bewirtet wurde.

Zufälligerweise machte er auf seinen Wanderungen mit einem Manne Namens Lohrmann Bekanntschaft, der sich für einen Schatzgräber ausgab, und in ziemlichem Wohlstand zu sein schien. Dieser trieb sein Wesen gewöhnlich auf den Edelhöfen, deren Besitzern er glauben machte, daß auf ihren Ländereien hin und wieder große Schätze vergraben lägen. Die Hoffnung zu Reichtümern, welche – seinem Vorgeben nach – mit wenig Kosten und leichter Mühe zu erlangen wären, war für die mehresten dieser abergläubigen Leute eine sehr anziehende Lockspeise; sie ließen sich, wegen Hebung der Schätze, mit ihm auf Bedingungen ein, und so gelang es dem Betrüger, verschiedene unter ihnen um manches Sümmchen zu prellen. Daß nie ein Schatz gehoben wurde, und sich solcher allemal, durch ein lautes Wörtchen oder irgend ein anderes Versehn, viele Klafter tief wieder versenkte, versteht sich von selbst; weil aber der Schatzgräber sein Gaukelspiel mit einem gewissen Anstande trieb und auch mit allerlei erkünstelten Wundern begleitete, so wurde dadurch dem oft aufkeimenden Misstrauen mehrenteils vorgebeugt.

Dieser Mensch glaubte in meinem Vater, der ein ziemlich ehrwürdiges Ansehen hatte und verschiedener Sprachen mächtig war, einen Mann gefunden zu haben, der seinen Beschwörungen, durch allerlei lateinische Formeln, mehr Feierlichkeit geben würde. Weil er nun von dessen Dürftigkeit sehr bald unterrichtet wurde, so tat er ihm den Vorschlag, mit ihm gemeinschaftliche Sache zu machen, um seinem Mangel je eher je lieber abzuhelfen. Mein Vater, der von Natur leichtsinnig war und eben jetzt mehr als jemals durch Armut gedrängt wurde, willigte ein; eine Wünschelrute ward bald für ihn geschnitten, und mit diesem zauberischen Werkzeuge und einem alten chemischen Buche, das mit allerlei Charakteren angefüllt war, ausgerüstet, trat er nun, im Geleit seines Gefährten, den neuen Beruf an. Er fand bei verschiedenen Gutsbesitzern Eingang, erwarb sich deren Zutrauen, genoß manche Vorteile, machte sich auch durch würkliche Hebung eines (durch seinen Kollegen zuvor vergrabenen) eisernen Topfes, worin aber zum Unglück nur eine alte Kupfermünze befindlich war, einen Ruf, und so glaubte er nun sein Glück gegründet zu haben. Meine Mutter mißbilligte zwar diesen neuen Erwerbszweig; weil sie aber zu wenig aufgeklärt war, und zu der Zeit, besonders in Pommern, noch viel Glauben an

Geistererscheinungen, Wehrwölfe, Hexerei, Schatzgräberei u. dgl. herrschte, so wurde es meinem Vater sehr leicht, sie zu überreden, daß er die Kunst der Geisterbeschwörung und des Schatzgrabens würklich erlernt hätte, und diesemnach ließ sie ihn sein Wesen treiben.

Eine geraume Zeit ging die Sache gut; endlich aber geriet mein Vater, der, ohngeachtet seines blöden Gesichts, doch scharfsichtig genug war, die Handlungen seiner Nebenmenschen genau zu beobachten, auf den Verdacht, daß sein Kollege, außer dem Schatzgraben, noch ein anderes geheimes Geschäft treiben müsse; denn er verlor sich oft von ihm, blieb einige Tage aus, und bald darauf hörte er von Diebstahl und Einbrüchen, welche in den umliegenden Gegenden, besonders auf den Edelhöfen, wo sie einige Zeit zuvor Schatzgräberei getrieben hatten, begangen worden wären; auch bemerkte er, von Zeit zu Zeit, noch nie gesehene Kostbarkeiten bei ihm, die aber bald wieder verschwanden, und mit andern abwechselten. Dies Alles machte meinem Vater Bedenken, und er entschloß sich, um aller Gefahr auszuweichen, seine Verbindung mit dem verdächtigen Schatzgräber so eilig als möglich aufzuheben. Zum Glück für ihn geschah dies noch gerade zu rechter Zeit; denn einige Monate darauf erfuhr er, daß die Obrigkeit sich dieses Betrügers versichert, ihn verschiedener Diebstähle und Einbrüche überwiesen und ihn den Galgen zuerkannt hatte. Mein Vater kam mit dem Schrecken davon, daß man ganz unerwartet eine genaue Haussuchung bei ihm anstellte; weil aber überall nichts als die äußerste Armut hervorblickte, so wurde er für unschuldig erklärt, und von aller Teilnahme an jenen groben Verbrechen freigesprochen.

Diese gerichtliche Nachsuchung hatte indes doch nachteilige Folgen für uns; denn bei der Gelegenheit war der ehemalige vertraute Umgang meines Vaters mit dem gehenkten Schatzgräber ruchbar geworden. Jedermann vermied deshalb seine Gesellschaft, und auch meine arme Mutter wurde jetzt in den Häusern, wo sie bisher Zutritt und Arbeit gehabt hatte, abgewiesen. Dies bewog endlich meine Eltern, auch diesen Ort zu verlassen, und nach dem nicht weit davon entfernten Städtchen Gollnow ihre Zuflucht zu nehmen.

Hier ging nun vollends alles den Krebsgang! Meine Mutter fand wenig oder gar keinen Verdienst; mein Vater, der, seiner alten Gewohnheit nach, bei den Landpfarrern herumwanderte, wurde an den mehresten Orten mit einem: Gott helf Euch! abgewiesen, und doch wollte der Hauswirt, welcher eben keiner der höflichsten war, nach Ablauf einer jeden Woche für Miete und Kost bezahlt sein. Mein unglücklicher Vater, der wohl einsah, daß eine Wirtschaft ohne allen Erwerb kein gutes Ende nehmen konnte, und sich, so ganz untätig, nicht allein als eine überflüssige, sondern auch als eine beschwerliche Person in der Familie betrachtete, faßte einen kurzen Endschluß. Er kam eines Morgens, meldete, daß er auf einige Tage zu einem benachbarten Pfarrer eingeladen wäre, umarmte mich und meine Mutter mit Tränen in den Augen, und eilte davon. Einige Stunden darauf erhielt meine Mutter einen Brief, worin mein Vater ihr mit wenigen Worten anzeigte, daß er durch die äußerste Not gedrungen worden wäre, sich auf einige Zeit von uns zu trennen, und daß wir ihn nicht eher wieder sehen würden, als bis sein Schicksal eine glücklichere Wendung genommen hätte.

Meine nun verlassne höchst bekümmerte Mutter sah jetzt keinen andern Ausweg, als zu ihrer mittleren Schwester, welche seit einiger Zeit in Stettin als Haushälterin in Diensten stand, ihre Zuflucht zu nehmen; sie verkaufte demnach ihr weniges Hausgerät, und was sie von Kleidungsstücken entbehren konnte, befriedigte den Wirt, und entfernte sich nebst mir von diesem unglücklichen Orte, wo sie beinah bis zum Bettelstabe hinabgesunken war.

Viertes Kapitel *Meine erste Erziehung.*

Am folgenden Tage kamen wir auf einem gewöhnlichen Marktschiffe in Stettin an, und wurden von meiner Tante freundschaftlich aufgenommen. Ich erhielt, sogleich beim ersten Anblick, ihren Beifall, und sie erbot sich, nicht allein für meinen Unterhalt, sondern auch für meine Erziehung zu sorgen; auch meine Mutter fand hier sehr bald, durch ihrer Hände Arbeit, ihr notdürftiges Auskommen.

Diese meine Tante war eine rechtschaffene und besonders fromme Frau. Keine Predigt wurde von ihr versäumt, und täglich betete sie einigemal knieend in ihrem Kämmerchen; bei welcher Andacht ich ihr dann, so wie in der Kirche, allemal Gesellschaft leisten mußte. Ihr Betragen gegen mich war zwar gut gemeint, aber äußerst strenge; und die Erziehung, welche sie mir gab, war so links, daß ich beinahe zum Heuchler und Dummkopf dabei ausartete. Meine Wißbegierde war in ihren Augen ein unverzeihlicher Fehler, der mir allemal mit einem: „Pfui! Wer wird so neugierig sein wie ein altes Weib!“ verwiesen wurde. Diese fast täglich wiederholte Sentenz machte nach und nach so tiefen Eindruck auf mich, daß ich es in der Folge nicht mehr wagte, über die

Beschaffenheit einer Sache nachzuforschen, und so blieb ich natürlicherweise mehrere Jahre hindurch in einer gänzlichen Unwissenheit; dagegen wurde aber mein Gedächtnis täglich mit einer Menge Sprüche, Psalm- und Kirchengesänge vollgepfropft.

Meine Tagesordnung war ohngefähr folgende: Frühmorgens, nachdem ich mich, noch halb im Finstern, angekleidet hatte, wurde mein Anzug gemustert, und nun erfolgte ein halbstündiges Morgengebet; dann gings in die Schule. Nach Endigung derselben und der Privatstunden, die bis zum Schlag zwölf währten, wurde gegessen; versteht sich, unter Vorbereitung von einem halben Dutzend Tischgebeten, die nach Tisch auf eine andre Manier erfolgten. Nun wurde mir erlaubt, auf einem kleinen Hofe, der zur Hälfte aus einem Mistverschlage bestand, der frischen Luft zu genießen. Nach Verlauf einer Stunde gings wieder in die Schule, nach derselben zum Privatunterricht, und unmittelbar von dort nach Hause. Hier mußten nun die Schulaufgaben ausgearbeitet und ein halbes Hundert lateinischer Wörter memoriert werden. Dann wurde geschrieben und gerechnet, bis zur Abendtischzeit, wo die gewöhnlichen Gebete, ohne Ausnahme, wiederholt wurden. Nach geendigter Mahlzeit mußten noch ein Psalm oder erbaulicher Kirchengesang auswendig gelernt und vor dem hinter dem Spinnrocken sitzenden Tantchen, ohne Stottern, hergesagt werden; darauf machten denn die gewöhnlichen Abendgebete, und einige Gesänge: Nun ruhen alle Wälder – Nun sich der Tag geendet hat u. dgl. den Beschluß. An Sonn- und Festtagen füllte das Lesen der Bibel und einiger Postillen die Zeit zwischen dem öffentlichen dreimaligen Gottesdienst in der Kirche und den Mahlzeiten aus. An Werkeltagen wurde das liebe Vater Unser, im Geleit von etwa fünf andern Gebeten, gewöhnlich nur sechsmal gemißbraucht; aber an Sonn- und Feiertagen stieg diese Zahl, wegen des Gottesdienstes, wo man jedesmal, ohne ein dreimaliges Vater Unser zu beten, nicht wegkam, auf ein ganzes Dutzend und drüber.

Natürlicherweise sehnte ich mich oft herzlich nach einem Viertelstündchen Freiheit und dem Umgange mit Knaben meines Alters; weil ich aber solche nie bewilligt erhielt, so blieb mir kein anderes Mittel übrig, als mich durch List zu entschädigen. Da gings denn zum öftern, unter mancherlei Entschuldigungen bei den Lehrern wegen meines Ausbleibens, hinter der Schule – und wenn Tantchen kränklich war, und Sonntags den Gottesdienst in meiner Gesellschaft nicht abwarten konnte, hinter der Kirche weg; wo ich aber jedesmal so vorsichtig war, mir den auf der Kirchentafel angezeigten Eingang und Text, nebst den Gesängen zu merken, um auf die zu erwartenden Nachfragen Rede und Antwort geben zu können. Zum Unglück wurden dem frommen Tantchen zum öftern dergleichen unerlaubte Ausflüchte verraten; Hänschen legte sich zwar aufs Läugnen, wurde aber allemal überwiesen, und dann um so empfindlicher gezüchtigt.

Unter diesen Beschäftigungen, mancherlei kleinen Ausschweifungen und vielfältigen harten Geisselungen waren nun ein paar Jahre verstrichen, weil indes, ohngeachtet dieser äußerst strengen Zucht, mein Mutwille mit jedem Tag höher stieg und alle Strafen nichts mehr fruchteten, so wurde endlich die Tante dieser beschwerlichen Aufsicht überdrüssig, und entschloß sich, mich einem ihrer Betbrüder, einem Schuhmacher, in Zucht und Lehre zu geben; allein da ich mich schlechterdings weder zu diesem noch zu einem andern Handwerke bequemen wollte, so empfahl sie mich endlich ihrer Herrschaft zur Bedienung, entweder in Husaren- oder Heiduckenkleidung; aber diese fand mich noch viel zu klein und zu jung zu dergleichen Verrichtungen; auch wollte meine Mutter, welche mehr Ehrgefühl hatte, durchaus nicht in diesen erniedrigenden Vorschlag willigen. Die Tante nahm diese Weigerung gewaltig übel auf, schalt meine Mutter ein undankbares stolzes Weltkind und schickte mich ihr nun ohne Anstand als einen hoffnungslosen Taugenichts, zur eignen Aufsicht, zurück.

Mein Vater, der zufälligerweise erfahren hatte, daß sich meine Mutter jetzt in Stettin bei ihrer Schwester befände, schrieb einige Zeit darauf, daß er endlich Mittel gefunden hätte, sich und seine Familie auf eine sichere und anständige Art zu ernähren – es wäre ihm gelungen, sich einen gewissen Edelmann, ohnweit Naugard, zum Freunde zu machen, mittelst dessen Beihülfe er einen Holzhandel etabliert hätte; er forderte demnach meine Mutter auf, ihr Schicksal wieder mit dem seinigen zu vereinigen, und die Reise nach Lasbeck, dem Landgut seines Gönners, des Herrn von Hanau, wo er sich gegenwärtig befände, so eilig als möglich anzutreten, um sein Hauswesen dort einzurichten. Meine Mutter, über diese unerwartete tröstliche Nachricht äußerst erfreut, versäumte nun keinen Augenblick, diese Einladung zu befolgen, und reisete mit den schmeichelhaftesten Vorstellungen über ihre so glücklich veränderte Lage angefüllt, in meiner Begleitung nach dem Orte ihrer Bestimmung ab.

Fünftes Kapitel. *Pension in Naugard. Verünglückte Spekulation. Grausame Behandlung. Große Gefahr. Niederträchtiges Verfahren meines gewesenen Lehrers.*

Bei unsrer Ankunft in Lasbeck fand meine Mutter ihre große Erwartung bei weitem nicht erfüllt; denn die Wohnung, welche mein Vater für uns gemietet hatte, bestand in einem kleinen Stübchen eines elenden Wirtshauses, das am Eingang eines Waldes lag. Die Küche war zwar mit Holz angefüllt, aber so leer an Geschirr und Nahrungsmitteln, als die Kasse meines Vaters an barer Münze; weil sie aber eine Menge Arbeiter, unter der Aufsicht meines Vaters, in Tätigkeit gesetzt erblickte, welche in dem Walde allerlei Nutzholz bereiteten, und zugleich von der Familie des Gutsbesitzers ziemlich freundlich aufgenommen wurde, so faßte sie wieder Mut und hoffte mit einiger Zuversicht auf eine glücklichere Zukunft.

Nach einem kurzen Aufenthalt in unserm ländlichen Wohnort brachte mich mein Vater nach dem zwei Meilen von Lasbeck entlegenen Städtchen Naugard, zu dem dortigen Rektor K…r, mit dem er wegen Unterricht, Kost und Wohnung für mich übereingekommen war, in Pension; und so war vors erste alles wieder mit uns in Ordnung. An Fleiß, etwas zu lernen, ließ ichs hier nicht ermangeln; auch zeichnete mich mein Lehrer sogleich von allen meinen Mitschülern dadurch aus, daß er mir den Platz neben dem Sohne des Amtmanns anwies, der noch den Sohn eines Edelmanns über sich hatte; ich wurde also dadurch Tertius in der Ordnung. Diese Ehre wiederfuhr mir ohne Zweifel aus der Ursache, weil der Rektor sein geringes Einkommen durch das reichliche Quartalgeld, welches ihm mein Vater bewilligt hatte, ansehnlich verbessert glaubte; allein diese seine große Erwartung, so wie die soeben gerühmte gute Behandlung, war nur von kurzer Dauer; weil die Zahlung, nach Ablauf des ersten Quartals, erst spät, und nach Ablauf des zweiten gar nicht erfolgte.

Die Ursache dieser Nichtzahlung entstand aus einer nicht reiflich genug überdachten Spekulation des Gutsherrn zu Lasbeck und einem unverzeihlichen Rechnungsfehler, den mein Vater bei seinem neuen Etablissement gemacht hatte. Stabholz, Piepenstäbe, Bau- und Brennholz lag zwar in großer Menge im Walde zur Versendung bereit, und die Ablieferung dieser Ware mußte auch, dem Anschein nach, ansehnliche Vorteile gewähren; allein zum Unglück war eben diesen Sommer der durch den Wald strömende kleine Fluß, welcher in die Rega fällt und worauf das Holz nach Treptow geflößt und so weiter zu Schiff nach Stettin verfahren werden sollte, durch die starke Hitze beinah gänzlich ausgetrocknet. Die Kaufleute erwarteten nun die Ware mit sehnlichem Verlangen, allein da die Absendung derselben aus erwähnter Ursache nicht statt finden konnte, so erfolgten natürlicherweise auch keine Remessen, und diesemnach konnte auch für den Rektor kein Quartalgeld erfolgen. Kurz, die ganze Entreprise war gescheitert, und dem Herrn von Hanau, außer den Kostenaufwand für die Arbeiter, ein großer Teil seiner schönen Waldung verkümmert. Meinem Vater, der ihm den Plan angegeben und solchen sehr ausführbar geschildert hatte, war bei dieser bedenklichen Lage nicht sonderlich wohl zu Mute, weil der Gutsherr zwar ein gutmütiger, aber auch zugleich ein sehr jähzorniger Mann war; er suchte sich also, so gut er konnte, aus der Sache zu ziehn, reiste unter dem Vorwand, mit den Kaufleuten den Kontrakt für kommendes Frühjahr zu erneuern, von Lasbeck ab, und kam nicht wieder.

Meine Mutter, die sich durch diesen Unfall von allen Hülfsmitteln entblößt sah und von der Familie des Edelmanns, welche wegen der Flucht meines Vaters äußerst aufgebracht war, keine weitere Unterstützung erwarten durfte, nahm traurig ihren Rückweg nach Stettin, und ich blieb verlassen in Naugard zurück.

Mein Rektor machte große Augen über diesen Vorgang. Das erste, was er tat, war, daß er mir seinen Tisch untersagte, und mich aus meinem bisher bewohnten Zimmer auf den obersten Boden des Hauses verwies. Ein Brief von meiner Mutter, worin sie ihm das Unglück meines Vaters meldete, und die Schuld für mich nach und nach zu tilgen versprach, machte nur wenig Eindruck auf ihn; alles, wozu er sich verstand, war – mir den gewöhnlichen Unterricht mit seinen andern Schülern nicht zu versagen, und mir die elende Herberge auf dem Boden noch ferner zu verstatten.

Ich ging indes in der Stadt umher, bat bei den vermögendsten Bewohnern um Freitische und war auch so glücklich, solche auf alle Tage in der Woche zu erhalten; allein mein Zustand war demohngeachtet noch immer äußerst traurig! Die Kleidung riß ab, die nötigste Reinigung fehlte; von dem Rektor wurde ich, bei dem geringsten Vergehn, auf das strengste gezüchtigt, seiner Frau war ich gleichsam als ein Bedienter untergeordnet, alle häusliche Bedürfnisse mußte ich herbeiholen, Holz und Wasser tragen; in der Kirche die Glocken läuten helfen u. dgl. m.

In diesem Jahr wütete auch der bekannte große Sturm, der fast in ganz Europa so allgemeine Verwüstungen anrichtete. – Hier trat er bei Nacht ein. Ich armes Geschöpf lag auf dem obersten Boden, ohne daß sich jemand um mich bekümmerte. Das ziemlich baufällige Haus stand nebst einem kleinern, worin der Küster wohnte, auf dem Kirchhof ganz allein; es schwankte, die Balken krachten, traten zum Teil aus ihren Fugen, und die von dem Dach rollenden Ziegel fielen zur Hälfte auf den Boden herab. Zum Glück war meine Lagerstätte hart an einer Wand und ich blieb unbeschädigt; aber ich erblickte mich in wenig Minuten unter freiem Himmel und dem Sturm in seiner ganzen Stärke ausgesetzt. Angstvoll hüllte ich mich in meine Decke ein und glaubte mich, unter derselben, einigermaßen sicher. Erst bei Tagesanbruch, da sich der Sturm etwas gelegt hatte, übersah ich mit Schaudern die ganze Größe der Gefahr, welcher ich ausgesetzt gewesen war, und dankte Gott herzlich für meine Erhaltung.

Da nach Verlauf einiger Zeit weder Briefe noch Gelder von meiner Mutter einliefen, so drohte endlich der Rektor, mich aus dem Haus zu werfen; weil aber ein so liebloses Verfahren Aufsehn gemacht haben würde, so suchte er mich augenscheinlich durch täglich härtere, mehrenteils unverdiente Züchtigungen dahin zu bringen, es von selbst zu verlassen. Durch diese unmenschliche Behandlung beinah zur Verzweiflung gebracht, schrieb ich endlich an meine Mutter, und schilderte ihr meine traurige Lage nach ihrem ganzen Umfang. Unglücklicherweise überraschte mich mein Zuchtmeister mitten in meiner Schilderung, worin ich seiner natürlicherweise nicht geschont hatte; er sah mich erschrecken, riß das Papier zu sich, las es, und unmittelbar darauf erfolgte eine fürchterliche Geisselung, die von nun an mit jedem Tag wiederholt wurde.

Ein mitleidiger Nachbar, den mein Zustand jammerte, hatte indes auf meine Bitten meiner Mutter das unmenschliche Verfahren des Rektors berichtet, welche denn auch sogleich alles, was sie noch von einigem Wert hatte, verkaufte, daraus die Forderung meines Thyrannen, und so viel als zu meiner Reise nach Stettin erfordert wurde, zusammenbrachte, und so erblickte ich endlich eines Morgens, zu meiner unaussprechlichen Freude, einen meiner Verwandten, der mir meine Befreiung ankündigte.

Ohngefähr einen Monat nach meiner Zurückkunft in meine Vaterstadt erschien ganz unerwartet ein Feldwebel bei meiner Mutter, der mich als einen unter der Kompagnie seines Kapitains enrollierten Kantonisten zu sehen verlangte, um zu untersuchen, wie mein Wachstum beschaffen wäre. Meine Mutter, über diesen Besuch äußerst erschrokken, aber auch zugleich unterrichtet, wie man sich mit dergleichen Leuten benehmen müsse, drückte ihm sogleich einen Taler in die Hand, und versicherte dabei, daß ich mehr einem Zwerge als einem Knaben, der Wachsthum verspräche, ähnlich sähe; zugleich holte sie eine Flasche Wein herbei, um ihn damit zu bewirten. Der gute Mann ließ sich bei dem Anblick des Geldes und der Flasche nicht allein bis weiter mit dieser Auskunft begnügen, sondern vertraute ihr auch noch aus Dankbarkeit an, daß eben dieser Rektor K…r, welcher sich jetzt in Stettin befände, um die erledigte Predigerstelle beim Regiment anzuhalten, ihn zu diesem Besuch veranlaßt hätte. Einige Zeit nach diesem Vorgang trat meine Tante ins Mittel, nützte die Verwendung einer ihr wohlwollenden Standesperson aus ihrem frommen Zirkel, spendete eine Summe, und bewürkte mir den längst gewünschten Abschied vom Regiment.

Sechstes Kapitel. *Jugendliche Unbesonnenheiten. Gefahren. Verführungen.*

Meine Mutter hatte sich, nach ihrer Zurückkunft aus Lasbeck, genötigt gesehen, gleich ihrer Schwester in einem herrschaftlichen Haus die Stelle einer Haushälterin zu übernehmen; ich wurde also der Aufsicht des Verwandten, welcher mich aus Naugard abgeholt hatte, anvertraut, und erhielt nun meinen fernern Unterricht in der großen Schule, wozu meine nun wieder ausgesöhnte Tante die Kosten hergab. Nach einiger Zeit fand sich auch mein unglücklicher, umherirrender Vater, der nicht ohne Grund vermutete, daß meine Mutter ihren Weg nach Stettin zu ihrer Schwester genommen haben würde, wieder bei uns ein; er verweilte aber nur wenige Wochen, nahm von meiner Mutter eine kleine Unterstützung, und setzte sodann seinen Stab weiter fort; seitdem sah ich ihn nicht wieder. Er war alt, vom Mangel entkräftet und vom Kummer niedergebeugt; wahrscheinlich entriß ihn bald darauf der Tod seinem Elend.

Ich widmete mich nunmehr dem Studieren mit aller möglichen Anstrengung und stieg durch meinen Fleiß sehr bald von einer Klasse zur andern; aber eben diese Lebhaftigkeit, womit ich alles betrieb, verleitete mich auch oft zu den unbesonnensten Handlungen. Nur ein Beispiel meines unverzeihlichen Leichtsinns will ich anführen. Ein Soldat hatte mir zur Revüzeit einige Patronen mit Pulver geschenkt; weil ich mich nun, ohne besondre Erlaubniß meiner Tante, nicht aus der Stadt entfernen durfte und sich in der Wohnung meines Vetters keine Gelegenheit fand, von dem Geschenke Gebrauch machen zu können, so schlich ich mich damit durch den Torweg des Hauses, wo meine Mutter wohnte, auf den nahe dabei befindlichen Heuboden, um dort meine Experimente anzustellen. Zum Unglück war die Pforte des Torweges, weil die daran stoßende Mauer ausgebessert werden sollte, aus ihren Angeln gehoben und nur angelehnt. Ohne davon unterrichtet zu sein, war jetzt nur meine vornehmste Sorge, um nicht etwa von Jemand aus den Fenstern bemerkt zu werden, mich hart an die benachbarten Häuser vorbei zu drängen, und nun schlüpfte ich so schnell als möglich zum Torwege hinein; aber eben durch den heftigen Stoß bekam der eine Flügel das Übergewicht, stürzte mir nach und traf das eine Bein, welches jämmerlich gestreift wurde. Des heftigen Schmerzes ohngeachtet vergaß ich doch nicht die Ursache meines Hierseins, sondern kroch, so gut ich konnte, die Leiter zum Heuboden hinan, zündete dort, mittelst eines Feuerzeuges, womit ich mich versehen hatte, Licht an, räumte mir ein freies Plätzchen auf, und machte nun mit meinem Pulver allerlei mir höchst erfreuliche Experimente, welche, bei der augenscheinlichsten Gefahr, dennoch ohne Schaden abliefen. Eine äußerst unsinnige Handlung, die ich nicht hart genug hätte abbüßen können!

Daß es nicht gut ist, einen jungen Knaben mit einem erwachsenen Mädchen zusammen zu betten, beweist mein eignes Beispiel. Wegen Mangel an Betten hatte mich mein Vetter seiner Köchin zum Schlafgesellen gegeben; diese machte des Nachts öftere Versuche, Begierden in mir zu erwecken; ich, noch ganz unschuldig, konnte gar nicht begreifen, warum sich das Mädchen immer so lebhaft an mich drängte; weil nun das Herzen und Küssen mit jeder Nacht wiederholt wurde und meine Verweise nichts fruchteten, so klagte ich es endlich dem Vetter, der die Absicht dieser besondern Zuneigung sogleich erriet und mir eine eigne Schlafstelle besorgte. Die leichtfertige Dirne sah nun wohl ein, daß sie ihren Zweck bei mir nicht erreichen würde, ließ mich also in Ruhe, und suchte wahrscheinlich bei erwachsenen Männern Befriedigung. Um diese Zeit kam noch ein Verwandter aus Pyritz bei meinem Vetter an, der schon einige Jahre älter war als ich, und in Stettin sein

Unterkommen suchte. Dieser junge Mensch, mit dem ich nun zusammen gebettet wurde, war leider mit dem Laster der Onanie bekannt und suchte auch mich dazu zu verleiten; weil aber die Natur bei mir noch nicht zur Reife gediehen war und ich auch ohnedies einen lebhaften Ekel gegen diese Handlung, von deren Schädlichkeit und Schändlichkeit ich auch nicht den geringsten Begriff hatte, empfand, so ließ er mich endlich in Ruhe.

So große Fortschritte ich auch bisher in der Schule gemacht hatte, so sahen doch meine Mutter und Tante wohl ein, daß ihre kleinen Ersparnisse nicht hinreichen würden, mich meine angefangenen Studien vollenden zu lassen; nur waren sie zweifelhaft, zu welchem andern anständigen Gewerbe sie mich, ohne großen Kostenaufwand, bestimmen sollten. Einige Vorfälle in der Schule führten mich endlich, früher als ich es erwartete, zu meiner neuen Laufbahn.

Einer von meinen Lehrern, Namens Rosenau, erhenkte sich. Man fand bei gerichtlicher Untersuchung, daß er durch überhäufte Schulden und lüderliche Lebensart zu diesem verzweifelten Endschluß gebracht worden war. Dies machte bei den Ältern, deren Kinder er bisher unterrichtet hatte, großes Aufsehn. Einige Zeit darauf hatte ein anderer Lehrer, bei dem ich Privatstunden nahm, Holz anfahren lassen, und bedienete sich der Beihülfe seiner Schüler, es gehauen in den Keller zu schaffen. Meine gewöhnliche Unvorsichtigkeit zeigte sich auch bei dieser Gelegenheit. Ein Teil der Schüler, worunter ich mich mit befand, hatte das Geschäft übernommen, das Holz ins Haus zu tragen und durch eine Luke in den Keller zu werfen, indeß die andern es unten in Ordnung packten. Um mich unter meinen Kameraden durch Stärke auszuzeichnen, eilte ich mit einer doppelt schweren Fracht herbei, und entledigte mich ihrer durch die Oeffnung; allein die Last gewann das Übergewicht, riß mich nach, und ich erschlug mir, durch den Sturz, Gesicht und Körper. Dieser unglückliche Vorfall brachte meine Mutter zu dem Endschluß, mich nun, ohne weitern Anstand, aus der Schule zu nehmen, und mit Ernst auf eine anderweitige Bestimmung für mich zu denken.

SIEBENTES KAPITEL. *Einige Lehrjahre bei der Handlung. Romanenlektüre und deren Folgen.*

Schon seit einiger Zeit hatte ich, unter andern, auch bei einem reichen Kaufmanne, Namens Kretschmar, einen Freitisch. Dieser Mann, welcher sich mit seiner Frau veruneinigt und von ihr getrennt hatte, verlor auf eine unglückliche Art sein Leben. Eine Köchin, die von ihm verabschiedet worden war und in der Folge einen Soldaten geheiratet hatte, fiel auf den abscheulichen Gedanken, ihren ehemaligen Herrn und Wohltäter zu bestehlen; ihr Mann zog noch einen seiner Kameraden mit ins Komplott; der Einbruch wurde verabredet, und leider sehr grausam ausgeführt! Die Kasse befand sich im hintern Zimmer, neben des Eigentümers Schlafgemach. Die Diebe hatten sich derselben bereits bemächtigt und waren schon auf dem Rückwege begriffen, als sie aus Unvorsichtigkeit einen Stuhl umwarfen; der Kaufmann erwachte, bemerkte durch die Glastür den nächtlichen Besuch und rief um Hülfe. Die Bande, um der Gefahr, ertappt zu werden, zu entgehen, verdoppelte nun ihr Verbrechen, fiel über den Unglücklichen her und erwürgte ihn.

Einige Zeit darauf wurden diese Bösewichter entdeckt und hingerichtet. Die Witwe des Ermordeten war ein Mitglied jener schon erwähnten frommen Gesellschaft, wozu sich meine Tante hielt; sie hatte mich zum öftern, an deren Seite, in der Kirche gesehen, und war mir, wegen meiner in derselben bezeigten Andacht, nicht abgeneigt. Weil ich nun, nach meiner Entfernung aus der Schule, irgendwo untergebracht werden mußte, so verwendete sich meine Tante bei dieser frommen Frau um meine Anstellung als Lehrling in der nun von ihr und ihren zwei noch unerwachsenen Söhnen ererbten Handlung; die Witwe bewilligte solche, und so wurde ich, unter ziemlich vorteilhaften Bedingungen, aufgenommen. Nach Ablauf eines Jahres folgte diese Frau, welche schon einige Zeit an der Auszehrung litt, ihrem unglücklichen Gatten, und ich wurde ein Vermächtnis ihres Buchhalters, Namens Borchers, der die Handlung und einige tausend Thaler von der Verstorbenen ererbt hatte.

Mein neuer Herr, der mit Vergnügen bemerkte, daß ich mich täglich mehr zu Geschäften bildete, und auch schon zur Führung einiger Handlungsbücher brauchbar zeigte, ermangelte nicht, meinen Fleiß zu belohnen. Er ließ mich nicht allein anständig kleiden, sondern befreite mich auch von den gewöhnlichen niedrigen Verrichtungen eines Lehrburschen; nur beging er den Fehler, daß er mir kein Taschengeld zu kleinen Ausgaben bewilligte. Ich kam täglich unter muntre junge Burschen meinesgleichen und sah, daß sie Aufwand machten. Auf mein Befragen: Woher? gab man mir allerlei Winke, wofür ich anfänglich zurückschauderte; allein, bei öfterer Wiederholung derselben, schlichen sie sich doch unvermerkt in meine bis dahin noch schuldlose Seele ein, wurden nach und nach, beim Anblick des Überflusses meiner Kameraden und der mannigfaltigen Vergnügungen, welche sie sich dadurch bewürkten, herrschend, und so erlaubte ich mir endlich von Zeit zu Zeit einige unmerkliche Veruntreuungen an kleiner Münze, welche ich zu Näschereien und zum Ankauf allerlei Romane, an deren Lesung ich, seit einiger Zeit, Geschmack gefunden hatte, verwendete. Diese Lektüre wurde sehr bald leidenschaftlich, so daß ich mich oft ganze Nächte damit unterhielt. Zum erstenmale lernte ich jetzt die Liebe aus Büchern kennen, und nun wünscht' ich auch sehnlich, je eher je lieber persönliche Erfahrungen darin zu machen. – Bisher hatte ich das weibliche Geschlecht mit Gleichgültigkeit angesehn, nun aber suchte ich dringend dessen näheren Umgang; doch ohne Absicht auf Genuß; denn dieser war mir noch gänzlich unbekannt.

Ich war ohngefähr vierzehn Jahre alt, als eine liebenswürdige Kaufmannstochter in meiner Nachbarschaft auf mein Herz den ersten Eindruck machte; weil ich aber in ihrem Hause keinen Zutritt hatte, so ging ich desto öfter bei demselben vorbei und sprach, wenn sie sich zufälligerweise am Fenster befand, durch Blicke zu ihr, welche auch jedesmal sehr gefällig erwiedert wurden; woraus ich denn mit Zuversicht schloß, daß ihr meine Person und meine Zuneigung nicht gleichgültig sein müßten. Mit dieser Vorstellung zufrieden, spielte ich eine geraume Zeit die Rolle eines seufzenden Romanenhelden fort, ohne sie weiter tätig durchzuführen; als ganz unerwartet ein kühnerer Nebenbuhler, und noch dazu ein Mann vom Stande, mir in den Weg trat, um das Mädchen anwarb, die Einwilligung ihrer Ältern erhielt und mir diesen Gegenstand meiner ersten Liebe auf immer entriß. Daß ich bei dieser Gelegenheit eine Menge Torheiten beging, bevor ich mich wieder beruhigte, kann man sich leicht hinzudenken.

Während meines Liebesfiebers hatte eine ziemliche Sammlung bereits gelesener Romane, den Sommer hindurch, ihren Ruheplatz hinter einem eisernen Ofen in meinem Zimmer erhalten; nun trat der Winter ein, der Ofen wurde, öfters bis zum Glühen, geheizt, *meine längst vergessne Blibliothek* trocknete ein, wurde allmählich Zunder, geriet eines Tages in Brand, und sehr leicht hätte dadurch das ganze Haus ein Opfer meiner Unbedachtsamkeit werden können, wenn ich nicht zufälligerweise ins Zimmer gekommen wäre, die Gefahr noch bei ihrer Entstehung entdeckt und das Feuer gelöscht hätte.

Um den Verlust meiner verunglückten Büchersammlung wieder zu ersetzen, eilte ich zu einem *Bücherverleiher*, und mein erster Griff in seinen Vorrat traf von ohngefähr auf eine Reisebeschreibung, dieser folgten mehrere, und so gewann mein Geschmack in der Lektüre nach und nach eine andre Richtung. Aus diesen Büchern lernte ich nun eine ganz neue mir bisher noch unbekannte Welt kennen. *Robinson Crusoe*, die *Insel Felsenburg*, der *amerikanische Freibeuter* und mehrere dergleichen abenteuerliche Romane wurden gleichsam von mir verschlungen; ich hielt alle darin enthaltenen glänzenden Schilderungen für Wahrheiten, fing an, mein Vaterland zu verachten und mich nach jenen oder ähnlich beglückten Ländern zu sehnen, und *Holland* schien mir der Mittelpunkt zu sein, woraus ich am bequemsten dahin gelangen könnte.

Seitdem diese Ideen sich meiner bemächtigt hatten, schien mir *meine Vaterstadt* ein Gefängnis, und *vier volle Jahre*, welche ich noch als Lehrling in der Handlung ausharren sollte, eine Ewigkeit zu sein. Meine Eigenliebe pries mich geschickt und fähig genug, überall meinen Unterhalt erwerben zu können, und mein Schwindelkopf träumte sich schon im Besitz von *Eldorado* oder einer anderen glücklichen Insel; kurz, jemehr ich las, jemehr wurden meine Sinne verrückt, und in dieser Art von Wahnsinn entschloß ich mich endlich, heimlich davon zu gehen und mit dem ersten besten Schiffe nach *Holland* abzusegeln.

Achtes Kapitel. *Veruntreuung. Wohlverdiente Züchtigung. Flucht.* Soviel Vernunft war mir indes noch übrig geblieben, zu überlegen, daß ich eine so weite Reise schwerlich ohne Geld würde unternehmen können; deshalb sann ich auf Mittel, solches zu erhalten, und *die Kasse meines Prinzipals* allein schien mir die Quelle zu sein, woraus ich am bequemsten schöpfen könnte. Diesem Plane zufolge fing ich nun an, anstatt kleiner Münze, womit ich mich bisher begnügt hatte, *ganze Taler* unterzuschlagen. Einige Zeit gelang dieser Unterschleif, endlich aber erschien, zu meinem Unglück, *eine Krämerin aus einer benachbarten kleinen Stadt*, welche verschiedene Waren für konstante Zahlung einkaufte, und beförderte die mir bevorstehende fürchterliche Katastrophe.

Sie nahm außer mehreren Waren auch einen Zentner Reis; mein Prinzipal war nicht gegenwärtig, ich steckte also das Geld dafür in die Tasche und lies den Verkauf unnotiert. So hatte ich nach und nach *vierzehn Taler an Münze und einen Dukaten* gesammelt, und nun glaubte ich mich in meiner Einfalt reich genug, *meine längst gewünschte Reise* damit antreten zu können.

So eben lag ein Schiff, nach *Amsterdam* bestimmt, in Ladung. Ich ging zu dem Kapitän desselben, akkordierte Fracht und Kost für mich und gab ihm den Dukaten auf die Hand. Mein Koffer ward bald gepackt, und nun ging ich zum öftern an Bord des Schiffes, um mich nach dem Tage, wenn es auslegen würde, zu erkundigen. Eines Morgens traf ich den Schiffer, in Gesellschaft mehrerer Leute aus der Stadt, in deren Gegenwart er mir ankündigte, daß ich mich noch heut mit meinem Koffer einfinden müßte, weil er Morgen früh aus dem Baum legen und mit dem jetzigen guten Winde nach *Schwienemünde* absegeln würde. Vermutlich mußte mich Jemand von den Anwesenden erkannt haben; denn nicht lange nach meiner Zurückkunft kam ein *Mäkler* zu meinem Prinzipal, sprach leise mit ihm, und deutete zum öftern mit Mienen auf mich. Ich, dies bemerkend, ahndete die Entdeckung meines Vorhabens, machte mir ein Geschäft und eilte sogleich auf mein Zimmer, packte über Hals und Kopf meinen Koffer wieder leer, brachte alles an seinen gewöhnlichen Ort, und nun schrieb ich hurtig ein Paar Zeilen an einen *erdichteten Freund nach Greifenhagen*, unweit *Stettin*, worin ich ihm meldete: „daß ich, auf sein Verlangen einen Platz, auf einem Schiffe nach Amsterdam bestimmt, für ihn akkordiert, und dem Kapitain den von ihm erhaltenen Dukaten auf die Hand gegeben hätte. Das Schiff wäre segelfertig, er müsse sich also eiligst einstellen u.s.w." Kaum hatte ich geendigt, so erschien mein Prinzipal, sah überall im Zimmer umher und befahl mir, meinen Koffer zu öffnen; er fand ihn leer und stutzte: „Bist du nicht gesonnen, heimlich davon zu gehen, und mit dem Schiffer Berends nach Holland abzusegeln?" Ich stellte mich über diese Anfrage erstaunt. „Leugne nicht" – fuhr er fort – „du warst erst vor einer Stunde bei dem Schiffer, und dein Koffer soll noch heut an Bord gebracht werden." – „Das ist ein Irrthum," – erwiederte ich ziemlich beherzt – „die Sache betrifft einen meiner Bekannten in Greifenhagen, der nach dem Haag reisen will, um seinen kranken Bruder, der dort bei einem Gesandten im Dienst steht, zu besuchen; er hat mich gebeten, für ihn einen Platz auf dem ersten segelfertigen Schiffe zu akkordiren, und so eben will ich einen Expressen mit diesem Briefe an ihn abschicken, damit er noch heut hier eintrifft; weil der Schiffer Morgen früh nach Schwienemünde abzusegeln gedenkt." Hierauf zeigte ich ihm den vorhin geschriebenen

Brief; mein Prinzipal las ihn; die Sache schien ihm wahrscheinlich, und weil er bei mir gar keine Anstalten zur Abreise vorgefunden hatte, so ließ er endlich seinen Verdacht fahren und erlaubte mir, den Brief zu besorgen. Wer war froher als ich? Ich sprang nun eiligst fort, nicht den Brief zu bestellen, sondern ihn wieder zu vernichten. Den Gedanken zur Reise mußte ich zwar vor der Hand aufgeben; aber ich blieb doch bei dem festen Vorsatz, ihn in der Folge, mit mehrerer Vorsicht, auszuführen.

Endlich erschien der fürchterliche Tag, an welchem ich plötzlich aus meiner bisherigen ziemlich glücklichen Lage ins äußerste Elend gestürzt wurde. Die vorhin erwähnte Krämerin kam wieder zur Stadt, um, wie gewöhnlich, allerei Waren einzukaufen. Mein Prinzipal war gegenwärtig und setzte ihr die Preise selbst. Den Artikel vom Reis fand sie diesmal teurer, als sie ihn vor einiger Zeit bezahlt hatte. Mein Prinzipal schlug das Verkaufsbuch nach, und fand zwar alle übrige Waren eingetragen, nur nicht den abgelieferten Zentner Reis. Er ließ mich rufen – der Anblick der Käuferin setzte mich sogleich außer Fassung. Diese behauptete, daß sie die Ware damals zu dem Preise von mir empfangen hätte, und ich konnt' es nicht ableugnen. Ein grimmiger Blick meines Prinzipals kündigte mir schon mein bevorstehendes Schicksal an. Zuvor wurde die Frau von ihm abgefertigt, und nun erfolgte eine fürchterliche Inquisition! Die Reise nach Amsterdam hatte sich jetzt seinem Gedächtnisse wieder erneuert; er drang deshalb in mich, und weil ich mich standhaft aufs Leugnen legte, so nahm er einen Stock, und züchtigte mich so lange; bis ich endlich mit dem Geständnisse herausrücken mußte. Nun war die Frage: Woher die Kosten zu der Reise, und zu meinem künftigen Unterhalte? Ich gab die Summe von vierzehn Talern und einen Dukaten, der Wahrheit gemäß, an; dies schien ihm nicht wahrscheinlich, und die Exekution begann von neuem, und so anhaltend, daß er selbst dabei außer Atem kam. „Wo ist das Geld?" rief er ganz erschöpft. – „In meinem Koffer", antwortete ich. – „Die Schlüssel her!" Ich gab sie. Zufälligerweise war eben damals Niemand im Hause gegenwärtig als eine Magd; diese wurde sogleich zu meiner Mutter und Tante geschickt, mit der Aufforderung, ohne Zeitverlust bei ihm zu erscheinen. Dies war ein Donnerschlag für mich und schrecklicher als die so eben erlittene grausame Züchtigung. Alles Bitten und Flehen half aber nichts; die Magd mußte fort. Nun verschloß mein Prinzipal das Haus und eilte auf mein Zimmer, um den Koffer und meine übrigen Sachen durchzusuchen, wo er wenigstens einige hundert Taler vermutete. Bebend stand ich nun da, in den fürchterlichsten Erwartungen, und sah kein Mittel, der mir bevorstehenden öffentlichen Schande und Strafe zu entrinnen. Die Tür des Hauses war verschlossen und alle Fenster der untern Zimmer waren, seit der Ermordung des ehemaligen unglücklichen Besitzers derselben, mit Gittern versehen. Von ohngefähr fiel mir eine Falltür auf dem Flur ins Auge, ich besann mich, daß ich mittelst eines Wagestücks durch dieselbe in den Keller, und durch die Kellertür nach der Straße entkommen könnte. Nun fand weiter kein Bedenken statt; ich öffnete die Luke, ließ mich, nicht ohne große Gefahr, hinab, schlug die eisernen Haken, welche an der äußern Tür des Kellers eingelegt waren, zurück und eilte davon.

NEUNTES KAPITEL. *Überlegungen und Endschluß. Erstes Nachtlager auf meiner Wanderschaft.*

Aus Furcht, verfolgt zu werden, eilte ich, ohne mich zu besinnen, geradeswegs zum ersten Tore, das mir aufstieß, hinaus. Sobald ich mich im Freien befand und einigermaßen in Sicherheit glaubte, ruhte ich einige Minuten aus, um Atem zu schöpfen. Mit etwas kälterem Blut übersah ich jetzt meinen gegenwärtigen höchst bedenklichen Zustand. So erfreut ich auch war, der mich erwartenden neuen Züchtigung entkommen zu sein, so bestürzt wurde ich zugleich, da ich mit Aufmerksamkeit mein Äußerliches untersuchte. Ein leichtes abgetragenes Hausröckchen war meine ganze Bedeckung. Geld suchte ich in allen Taschen vergebens; denn meines Prinzipals erstes Geschäft war gewesen, solche sorgfältig auszuleeren. Mit Schaudern überlegte ich nun, was ich beginnen sollte. Wieder in die Stadt zurückkehren, wo Schande und die größten Mißhandlungen meiner warteten, schien mir fürchterlicher als der Tod selbst zu sein, und den eingeschlagnen Weg, ohne einen Heller Geld im Vermögen zu haben, fortzusetzen, war nicht weniger gefährlich; endlich entschied mein Leichtsinn. Eine Menge beruhigender Ideen gingen vor mir vorüber. Meiner Mutter Bruder ist ja ein wohlhabender Bürger in der nicht weit entlegenen Stadt Stargard; dieser wird dich gewiß unterstützen. – In der nächsten großen Handelsstadt wird es dir, einem so geschickten Menschen, an Unterkommen nicht fehlen. – Im äußersten Fall der Not kann ich ja auch die Kinder der Bauern im Schreiben und Rechnen unterrichten. – So dacht' ich. Die Sonne schien eben sehr heiter und einladend zur Wanderung; die freie Luft, der

Gedanke an Unabhängigkeit, manche romanhafte Vorstellungen von unerwarteten Glücksfällen – kurz, Alles trug bei, mich zu beruhigen; ich faßte Mut, ging auf gut Glück weiter, und ehe noch die Sonne unterging, hatte ich schon einige Meilen zurückgelegt. Mit Einbruch der Nacht erreichte ich endlich ein ziemlich großes Dorf, wo ich in dem Wirtshause meine erste nächtliche Herberge nahm.

Es war ein sehr schöner Abend – um ihn zu genießen, hatten sich verschiedene Gäste aus dem Dorf, und auch einige Reisende, vor der Tür versammelt, die sich durch einen frischen Trunk erquickten. Der Wirt fragte, ob ich etwas verlangte – allein, meines Geldmangels bewußt, durft' ichs nicht wagen, auch nur das Geringste zu fordern; ich entschuldigte mich also mit einer Unpäßlichkeit, löschte in der Folge meinen brennenden Durst unbemerkt aus einem Brunneneimer, setzte mich schüchtern in einiger Entfernung und überließ mich meinen Betrachtungen. Nach und nach verloren sich die einheimischen Gäste, und den Reisenden wurde ein Heuboden zur Schlafstätte angewiesen.

So ermüdet ich auch war, so ließen mich doch meine beunruhigten Lebensgeister keines erquickenden Schlafs genießen. Jene schmeichelnden Ideen, welche mich bisher aufgeheitert hatten, fingen allmählig an zu schwinden, und tausend fürchterliche Vorstellungen traten an deren Stelle.

Schon eine geraume Zeit hatte ich mich mit diesen Ahndungen meines künftigen Schicksals gemartert, als ich nicht weit von mir eine weibliche Stimme hörte, die sich gegen Jemand über die schwüle Witterung beklagte, welche ihr keinen Schlaf verstatte. Nun begann ein halb leises Gespräch zwischen beiden über allerlei Gegenstände, woraus ich bemerkte, daß die sich Unterredenden ein Paar Eheleute wären. Endlich fielen ihre Betrachtungen auch auf mich; ich horchte hoch auf, und vernahm Folgendes:

Die Frau. „Was hältst du von dem Burschen, der noch so spät ankam und weder essen noch trinken wollte? Mir scheints mit ihm nicht so ganz richtig zu sein!"

Der Mann. „Mir auch nicht. Der Bengel war so schüchtern und sah keinem Einzigen von uns recht ins Gesicht. Ich wollte wetten, der junge Herr hätte in der Stadt dumme Streiche gemacht, und wäre davon gelaufen."

Die Frau. „Je, was du sagst! Ja, mein Seel, ich glaub's beinah selbst! Höre, Mann! Ich dächte, dabei wär ein Schnitt zu machen."

Der Mann. „Bei dem Lump? Ich glaube, er hat keinen Groschen in der Tasche."

Die Frau. „Nicht bei ihm, sondern – versteh mich nur recht! Du lässest dich Morgen früh mit ihm in ein Gespräch ein, machst ihn treuherzig und suchst ihn, so mit guter Art, auszuhorchen. Merkst du nun faule Fische …" In dem Augenblick regte sich einer von unsern übrigen Schlafkameraden; das Paar setzte nun sein Gespräch so leise fort, daß ich weiter nichts davon verstehn konnte, und endlich wurde alles ruhig. Mir war indeß der Angstschweiß ausgebrochen, und ich beschloß, mich noch vor Tagesanbruch fortzuschleichen, um aller Gefahr vorzubeugen. Kaum dämmerte das Morgenrot, so stand ich ganz leise auf, besah mir das noch im festen Schlaf liegende Paar, welches so liebreiche Absichten auf mich hatte, und fand, daß der Mann ein Soldat von der Stettiner Garnison war; ohne mich nun länger zu verweilen, stieg ich die Leiter hinab, und eilte, so geschwind als möglich, zum Dorfe hinaus, dem nahgelegnen Walde zu.

Ich ging einer ziemlich breiten Heerstraße nach, und nach Verlauf von wenig Stunden sah ich Stargard vor mir liegen. Hier wollte ich nun meinen Onkel besuchen, um bei ihm meinen dringenden Hunger zu befriedigen und zugleich, wo möglich, etwas Geld von ihm, zu meinem ferneren Fortkommen, zu erbitten; ich sann also, während des Weges, auf einen Vorwand, ihm die Absicht meiner Reise und die Ursache meines Geldmangels wahrscheinlich zu machen. Daß ich hierbei ohne alle Klugheit handelte und mich schlechterdings äußerst verdächtig machen mußte, fällt jedermann in die Augen; nur ich war, in meiner gegenwärtigen Stimmung, keines vernünftigen Nachdenkens fähig.

Zehntes Kapitel. *Ankunft in Stargard. Empfang des Onkels. Unerwartetes Examen. Flucht. Lebensgefahr.*

Gegen Mittag erreichte ich Stargard, erfragte das Haus meines Onkels, gab mich ihm zu erkennen, wurde freundschaftlich aufgenommen und sogleich mit einem herrlichen Frühstück bewirtet; das ich mir denn auch, nach einem vierundzwanzigstündigen Fasten, ganz vortrefflich schmecken ließ. Während der Mahlzeit fragte mich mein Onkel nach der Ursache meines Hierseins; und ich erzählte ihm, mit vollem Munde und ziemlich offener Stirn, den, meiner Meinung nach, sehr klug ausgesonnen Roman: – daß ich nämlich auf einer Reise nach Amsterdam begriffen wäre, um dort, auf die Empfehlung meines bisherigen Prinzipals, bei einem seiner Correspondenten, als Handlungsdiener angestellt zu werden.

Onkel. „So? Bist du denn schon so jung losgesprochen? Meines Wissens bist du ja noch keine drei Jahre in der Lehre."

Dieser Zweifel setzte mich in Verlegenheit; denn ich hatte nicht geglaubt, daß er von meinen Verhältnissen so genau unterrichtet wäre. Um indeß Zeit zu einer Ausflucht zu gewinnen, aß ich begierig fort und erwiederte bloß: „Das will ich Ihnen sogleich erklären, lieber Herr Onkel!"

Onkel. „Nun, du machst mich neugierig!"

Ich (immer fort essend). „Sehn Sie nur, lieber Herr Onkel! – Ich bin von jeher sehr fleißig gewesen; habe, während meiner wenigen Lehrjahre so große Fortschritte in der Kenntnis von Handlungsgeschäften gemacht, daß mein Prinzipal, weil der Amsterdamer Kaufmann eben jetzt ein so geschicktes Subjekt braucht, aus Großmut bewogen worden ist, mir die noch übrigen Lehrjahre zu erlassen, um mein Glück, das ich dort machen kann, nicht zu hindern."

Onkel. „Hm! Das pflegt sonst gewöhnlich nicht der Fall zu seyn. – Also nach Amsterdam geht dein Weg?"

Ich. „Geradesweges, lieber Herr Onkel!"

Onkel. „Und das über Stargard? Und wohl gar über Danzig und Rußland?"

Ich (betreten). „Nicht über Rußland, lieber Herr Onkel; aber über Danzig. Ich habe dort noch Geschäfte für meinen Prinzipal zu besorgen; aber von dort aus geht's gerade zu Schiffe fort."

Onkel. „Sonderbar! Von Süden nach Norden, und dann wieder links um nach Westen!" (nach einer Pause, mich scharf ansehend): „Du hast wohl Aufträge und auch vermutlich eine Menge Empfehlungsschreiben?"

Ich. „Versteht sich!"

Onkel. „Wo hast du sie?"

Ich (verlegen). „Ich habe sie – in – in meinem Koffer."

Onkel. „Wo steht dein Koffer? Wo bist du abgetreten?"

Ich (noch verlegner). „Im – im Elephanten."

Onkel (stutzt). „Im Elephanten?

Hm! Ich wohne doch schon so manch schönes Jahr hier in Stargard; aber von einem Gasthofe zum Elephanten hab' ich noch nie etwas gehört."

Ich. „Ich habe nicht genau auf das Schild geachtet, lieber Herr Onkel! Es kann auch im Einhorn oder im Rhinozeros seyn; wie gesagt …"

Onkel. „Hm! Im dritten Jahre schon aus der Lehre losgesprochen? Dein Weg, von Stettin nach Amsterdam, geht über Danzig? Du logierst in einem Gasthofe, den kein Mensch in ganz Stargard kennt? Unternimmst eine so weite Reise so leicht und so lüftig, als wenn du einen Spaziergang vors Thor machtest? …"

Ich. „Ich habe mich umgekleidet, lieber Herr Onkel! Meine Reisekleider liegen im Gasthofe."

Onkel. „Du lügst, Bursche! Du bist hier, wie du gehst und stehst, bist deinem Lehrherrn davon gelaufen."

Ich (äußerst bestürzt). „Ich, lieber Herr Onkel? Wie können Sie so etwas von mir denken? (mich etwas fassend) Um Ihnen das Gegentheil zu beweisen, so will ich gleich zurück in den Gasthof, und die Briefschaften …"

Onkel. „Nicht von der Stelle! Du bleibst, junger Herr! Und wirst mirs nicht übel nehmen, daß ich den Augenblick anspannen lasse, und dich wieder nach Stettin zurückbringe. Iß dich indeß satt, und halte dich bereit!"

Mit diesen Worten ging er fort, um zu meiner Abfahrt die nötigen Anstalten zu treffen. Ich war so erschrocken, daß mir alle Lust zum Essen verging. Mit Zittern dachte ich jetzt nur an den Willkommen, der in Stettin meiner wartete. Niemand war im Zimmer – ob es nicht möglich wäre, mich auch dießmal zu retten? dacht' ich, und sah überall umher. Aus dem Fenster zu springen, schien mir mit zu vieler Gefahr verknüpft zu sein; ich versuchte also den nähern Weg, ging zur Stubentür, öffnete sie ganz leise, und erblickte, gleich zur Seite, die offen stehende Haustür. – Hier half nun kein langes Besinnen – zwei Sprünge, und wie der Wind war ich zum Hause hinaus! – „Heh, Vetter, Vetter!" rief mein unvorsichtiger Onkel vom Hofe herein. – „Bürge! Hans", rief er seinen Knechten. Ich ließ mich nichts hindern, sondern lief, was ich konnte, um die nächste Ecke, und so, von Gasse zu Gasse, bis ich endlich ein Tor erblickte, wodurch ich mich vollends in Freiheit setzte.

Weil ich mit Recht befürchten mußte, daß mein Onkel mir auf dem Fuße Leute nachschicken würde, so verließ ich sogleich die Landstraße, nahm meinen Weg quer über die damals schon abgemähten Felder und geriet endlich an das Ufer der Ihna. Hier sah ich mich aber gleichsam gefangen; denn ich mußte entweder den Fluß passieren oder mich auch entschließen, nach Stargard zurück zu wandern; weil längs dem Ufer morastige Wiesen das weitere Fortkommen schlechterdings unmöglich machten, und so weit mein Auge reichte, auch keine Brücke zu sehen war. Angstvoll ging ich nun, nahe am Ufer, gegen Stargard hin, wo noch fester Boden war, zurück, und kam endlich an eine Stelle, wo mir der Fluß leicht genug schien, um ihn durchwaten zu können. Ohne mich weiter zu bedenken, zog ich Schuhe und Strümpfe aus, nahm sie in die Hände und ging so zitternd durch das Wasser, dem gegenseitigen Ufer zu, wo sich aber gerade das eigentliche Bett des Flusses befand. Schon glaubte ich die noch einige Schritte entfernte Wiese ohne Gefahr erreichen zu können, als plötzlich der Grund unter mir wich, und der schnelle Strom, indem er mich umwarf, zugleich mit sich fortriß. Zum Glück drängte sich die Flut nicht weit davon um eine Erdspitze herum, wo ich in dem Augenblick, da ich der Krümmung nahe kam, noch einmal von dem Wasser empor geworfen wurde; ich erblickte dicht neben mir Land, ließ meine noch immer fest gehaltenen Kleidungsstücke fahren, ergriff eine hervorragende Wurzel und mit der andern Hand ein niedrig hängendes Gesträuch, woran ich mich mit Not erhielt; nach und nach gewann ich stärkere Zweige, und so arbeitete ich mich endlich, mit äußerster Anstrengung, ans Ufer, wo ich sogleich, am Rande desselben, ohnmächtig hinsank.

Schon war die Sonne dem Untergange nahe, da ich wieder zu mir selbst kam. Jetzt übersah ich erst mit Zittern die Gefahr, welcher ich so glücklich entkommen war, dankte Gott inbrünstig für diese wunderbare Rettung und weinte bitterlich über meine unbesonnene Entweichung, deren traurige Folgen ich schon sobald empfinden mußte. Noch war ich triefend naß, die Abendluft wurde kühl; ich mußte also fort, um irgendwo Obdach zu finden, und ging oder arbeitete mich vielmehr durch Wiesen und Morast, bis ich endlich festen Acker erreichte. Jetzt erinnerte ich mich erst an meine verlornen Schuhe und Strümpfe, die mit der Flut fortgetrieben waren; es half nun aber weder Klagen noch Seufzen mehr; ich mußte mich schon in Geduld fassen und barfuß wandern. Glücklicherweise traf ich, nach einiger Zeit, auf einen Fußsteig, der mich mit anbrechender Nacht an eine Bauernhütte führte. Die mitleidigen Bewohner derselben, denen ich mein Unglück, mit einigen hinzugefügten Erdichtungen, erzählte, nahmen mich liebreich auf, trockneten mir meine Kleider, erquickten mich wieder durch Speise und Trank und bereiteten mir ein gutes Nachtlager, auf welchem ich sogleich in einen tiefen Schlaf sank. Beim Erwachen fühlte ich mich ziemlich wieder bei Kräften; meine gutherzigen Wirtsleute gaben mir noch ein gutes Frühstück und einige Groschen zur Zehrung mit auf den Weg, und so entließen sie mich endlich mit den herzlichsten Segenswünschen für eine glückliche Vollendung meiner Reise, die ich ihnen nach Danzig angegeben hatte.

Johann Friedrich Zöllner

Das alte Lied

Bei Pastor Pistorius *[in Poseritz sei er empfangen worden]* wie en glupsche Hund, *[weil er]* einen Tag früher gekommen als erwartet, [*schreibt Zöllner in seinem Kapitel über Garz, und erklärt den „glupschen Hund" als „Ausdruck des Rügenschen Landvolks". Pistorius*] lebt sein philosophisches Leben im Genusse aller Freuden, welche die Wissenschaften gewähren, wie er es hier seit sechsunddreißig Jahren gewohnt ist, fort.

Die Kirche liegt auf mäßigem Hügel im Dorf, so daß man vom Kirchhof selbst eine schöne Aussicht hat. In der Kirche war ich indessen von einer sehr wehmütigen Empfindung überrascht. Ich nahm eines von den dort liegenden Büchern in die Hand. Es war das alte *Schwedisch-Pommersche-Rügensche Gesangbuch*, worin die Lieder: In dulci jubilo, Puer natus in Bethlehem u.s.w. bei weitem nicht die am wenigsten erbaulichen sind – welch ein Kontrast! Schon der General-Superintendent Balthasar hatte um die Mitte dieses Jahrhunderts einen Anhang dazu besorgt, weil er in dem ganzen Buch zu wenige Lieder fand, die eine Gemeinde durchaus mit Erbauung singen konnte. Die Regierung hatte die Einführung desselben genehmigt. Von dem Geschmack in jenem Anhang will ich als ein Pröbchen nur einen Vers aus dem Lied für das Michaelisfest anführen, womit die Sammlung bereichert ist. Er lautet also (die Rede ist von den Engeln):

Sie führen auf den Straßen wohl
Die Großen samt den Kleinen,
Daß keiner Schaden leiden soll
An Füßen oder Beinen.

Darum man fröhlich singen mag:
Heut' ist der lieben Engel Tag.
Die uns mit Treue meynen.

Nach diesem Maßstab kannst Du ohngefähr schließen, wie der Balthasarische Anhang beschaffen sey.

Im Jahr 1776 erhielt Pistorius den Auftrag, mit Zuziehung einiger anderer Geistlicher einen neuen Anhang zu besorgen. Der damalige Generalsuperintendent Quistorp hatte sich aller Teilnehmung daran begeben. Die Arbeit fiel so aus, wie sie von den Männern, die sie unternommen hatten, zu erwarten war. Der größte Teil der Sammlung bestand aus neuen Liedern von unseren besten geistlichen Dichtern. Einige alte waren verändert, wie es ihre Bestimmung, eine christliche Gemeinde des jetzigen Zeitalters zu erbauen, forderte. Die Regierung genehmigte die Einführung. Der ganze Anhang war schon gedruckt, viele Exemplare waren gebunden, in manchen Kirchen ward schon daraus gesungen. Aber die Landstädte waren unzufrieden damit, daß sie nicht gefragt worden waren. Zu Balthasars Anhang hatten sie auch nicht ihre Zustimmung gegeben. Man hätte also denken sollen, daß sie wenigstens hinterher, wenn ihnen wirklich das Recht der Mitwissenschaft gebührte, das Bessere eben so gut genehmigen würden, als sie sich das Schlechtere hatten gefallen lassen, zumal da wenigstens die Buchdrucker, die in großen Verlust kamen, nicht an einer etwanigen Unterlassung der Formalitäten Schuld waren. Aber das half alles nichts. Am Ende hatten einige sogar an den frömmsten Liedern von Gellert etwas zu tadeln, sie wandten sich an den damaligen General-Gouverneur, und durch dessen Einfluß ward der Gebrauch des neuen Anhangs untersagt.

Auffallend konnte mir diese Geschichte nicht seyn; denn sie war mit weniger Veränderung die Geschichte des neuen Preußischen Gesangbuchs; aber nur desto wehmütiger machte mich der Gedanke, daß doch fast überall jeder Fortschritt zum Besseren so unglaublich erschwert wird.

Ich war sehr froh, daß ich bei meiner Rückkunft aus der Kirche den guten Pistorius beim Klavier sitzen fand, wo er sich hübsche Sonaten vorspielen ließ, die auch mir eine andere Stimmung gaben. Und nun soll Abschied genommen werden! In wenigen Stunden bin ich wieder auf dem festen Land.

Joachim Nettelbeck

Dünger gegen Geschosse

Als nun Magdeburg und Stettin, die beiden Herzen des Staates, gefallen waren und die ungestüme französische Windsbraut sich immer näher und drohender gegen die Weichsel heranzog, da ließ sich's freilich wohl voraussehen, daß bald genug auch die Feste Kolberg an die Reihe kommen würde, die dem Feinde zwar unbedeutend erscheinen mochte, aber ihm doch zu nahe in seinem Wege lag, als daß er sie ganz hätte übersehen sollen. Das tat er auch wirklich nicht, allein er hatte sich diese letzte Zeit her bei unsern Festungen eine Eroberungsmanier angewöhnt, die kein Pulver, sondern nur glatte Worte kostet; und damit war er fürwahr auch noch früher bei der Hand, als ein Mensch es hätte erwarten sollen.

Kaum war nämlich Stettin übergegangen, so machte sich von dorther, aus einer Entfernung von sechszehn Meilen, ein französischer Offizier als Parlamentär auf den Weg und erschien (am 8. November) bei uns in Kolberg, um die Festung zur Übergabe aufzufordern. Gleichzeitig ward der königliche Domänenbeamte, der auf der Altstadt, unter den Kanonen des Platzes, wohnte, entboten, in Stettin zu erscheinen und dem französischen Gouvernement den Huldigungseid zu leisten. Auf beiderlei Ansinnen (das mindestens für unsern Festungskommandanten als eine Ehrenrührigkeit hätte gelten können), erfolgte zwar eine abschlägige Antwort, allein es ist wohl sehr gewiß, daß der Franzose, anstatt allein zu kommen, nur einige wenige Hunderte zur Begleitung hätte haben dürfen, um in diesem Augenblick unaufgehalten zu unsern Toren einzuziehen. Dies scheint unglaublich und ist doch buchstäbliche Wahrheit! Ich, der ich nicht Soldat bin, kann und will nur urteilen, soweit ein gesundes Paar Augen und ein schlichter Menschenverstand ausreicht. Das übrige mag dem Ermessen des Lesers anheimgestellt bleiben.

Dieser denke sich den Ort als ein mäßiges Städtchen von noch nicht sechstausend Seelen, an dem rechten Ufer des kleinen Flusses Persante gelegen, welcher nur an seinem Ausfluß in die Ostsee einige Hundert Schritte hinauf schiffbar ist, wo er, eine halbe Viertelstunde von der Stadt, einen Hafen für geringere Fahrzeuge bildet. Die daran belegenen Wohnungen und Speicher heißen „die Münde", und zwischen Stadt und Münde, ebenfalls am östlichen Ufer, zieht sich eine Vorstadt, genannt die „Pfannschmieden“ hin. Diese dankt ihren Ursprung wie ihren Namen der Benutzung einiger reichhaltiger Salzquellen, welche sich gegenüber nahe an der westlichen Stromseite finden, wo auch die Salzsiedereien und ein in westlicher Richtung sich weit durch das „Siederfeld“ erstreckendes Gradierwerk angelegt sind.

Die Stadt selbst bildet ein stumpfes Viereck und wird an den drei Landseiten von einem Hauptwall und sechs Bastionen eingeschlossen. Nahe Außenwerke von Wichtigkeit sind hier nicht vorhanden, aber der Platz gewinnt nichtsdestominder eine bedeutende Stärke durch einen breiten morastigen Wiesengrund, welcher sich ununterbrochen von Süden nach Nordosten dicht umherzieht, keine Annäherung durch Laufgräben gestattet und überdem durch Schleusen tief unter Wasser gesetzt werden kann. Erst jenseits erhebt sich nach Süden die Altstadt, nach Osten der Hoheberg und der Bollenwinkel, und nach Nordost der Wolfsberg, von wo aus die Stadt beschossen werden kann, daher sie eigentlich die Verwandlung in ein großes verschanztes Lager erfordern würden, um alsdann, mit einer hinlänglichen Truppenzahl besetzt, den Platz von dieser Seite unangreifbar zu machen. Allein nur der Wolfsberg als der gefährlichste Punkt war mit einer Schanze versehen, auf dem Münder Kirchhof war eine Batterie angelegt und den Eingang des Hafens deckte an der Ostseite ein starkes Werk; „das Münder Fort“. Die Westseite der Stadt lehnt sich an die Persante, zwischen welcher und dem aus ihr abgeleiteten Holzgraben die Neustadt, und an diese noch weiter westlich sich anlehnend, die Gelder-Vorstadt mit verschiedenen Befestigungen und Außenwerken umgeben ist, während am unteren Einfluß des Holzgrabens die „Morastschanze“ die Verbindung mit dem Münder-Fort sichert. In weiterer Entfernung, südwestlich, kann eine Erhöhung, „der Kauzenberg“ genannt, der Festung nachteilig werden, weshalb auch früherhin dort Verschanzungen angelegt, aber seither wieder verfallen waren.

Noch war die entschlossene und glückliche Gegenwehr in jedermanns Andenken, welche der tapfere Kommandant, Oberst v. Heyden, hier in drei aufeinanderfolgenden Belagerungen der Russen und Schweden, zu Land und Meer, in den Jahren 1758, 1760 und 1761 bestanden hatte, und wie er auch das drittemal nicht durch Waffenmacht, sondern durch Hunger zur Übergabe gezwungen worden. Diese Erfahrungen von der Wichtigkeit und Festigkeit des Platzes hatten auch den König Friedrich bewogen, ihn im Jahre 1770 durch verschiedene neue Werke verstärken zu lassen; Kenner wollten jedoch behaupten, daß diese erweiterten Anlagen ihrem Zweck nur ungenügend entsprächen. Man hatte immer an Kolberg getadelt, daß es zu klein sei, um als Festung bedeutend zu werden und eine beträchtliche Garnison zu fassen; aber es gab kasemattierte Werke; es gab 600–700 Bürgerhäuser innerhalb der Wälle, die nötigenfalls bis zu 20 und 30 Menschen fassen konnten und gefaßt haben, und so lebe ich des festen Glaubens, daß Kolberg gegen noch so große Feindesmacht mit Ehrlichkeit, mit genugsamem Proviant, mit gehöriger Einrichtung der Überschwemmung und mit Sicherheit von der Seeseite sich zu halten vermöge.

Allein wie sah es doch im Herbste 1806 mit allem, was zu einer rechtschaffenen Verteidigung gehörte, so gar trübselig aus! Seit undenklicher Zeit war für die Unterhaltung der Festung so gut wie gar nichts getan worden, Wall und Graben verfallen, von Palisaden keine Spur. Nur drei Kanonen standen in der Bastion Pommern auf Lafetten und dienten allein zu Lärmschüssen, wenn Ausreißer von der Besatzung verfolgt werden sollten. Alles übrige Geschütz lag am Boden, hoch vom Grase überwachsen, und die dazu gehörigen Lafetten vermoderten in den Remisen. Rechnet man hierzu die unzureichende Zahl der Verteidiger, sowie ihre unkriegerische Haltung (denn die tüchtigere Mannschaft war ins Feld gezogen), die allgemeine Entmutigung, welche noch täglich durch die herbeiströmenden Flüchtlinge und tausend sich kreuzende Unglücksbotschaften genährt wurde, und den notorischen Mangel an den nötigsten Bedürfnissen für den Fall einer Belagerung, so behaupte ich sicherlich nicht zuviel, wenn ich meine, daß ein rascher kecker Anlauf in jenen ersten Tagen mehr als hinreichend gewesen wäre, den Kommandanten in seinen eignen Gedanken zu entschuldigen, daß er keinen ernstlichen Widerstand gewagt habe.

Dieser Kommandant war damals der Oberst v. Loucadou, ein alter abgestumpfter Mann, der seit dem bayrischen Erbfolge-Krieg, wo er ein Blockhaus gegen die Österreicher mutig verteidigt hatte, zu dem Ruf gekommen war, ein besonders tüchtiger Offizier zu sein. Späterhin hatte er nur wenig Gelegenheit gehabt, seine Reputation zu behaupten, und gegenwärtig war der Geist verflogen oder hing noch so blind an dem alten Herkommen, daß er sich in der neuen Zeit und Welt gar nicht zurechtfinden konnte. Das war nun ein großes Unglück für den Platz, der ihm anvertraut worden, und ein Jammer für alle, welche die dringende Gefahr im Anzuge erblickten und ihn aus seinem Seelenschlaf zu erwecken vergebliche Versuche machten. Natürlich konnte solch ein Mann uns kein großes Vertrauen einflößen. Während alles, was Militär hieß, seinen trägen Schlummer mit ihm zu teilen schien, fühlte sich die ganze Bürgerschaft von der lebhaftesten Unruhe und Besorgnis ergriffen; man beratschlagte untereinander, und weil ich einer der ältesten Bürger war, der den Siebenjährigen Krieg erlebt und in den früheren Belagerungen neben meinem Vater freiwillige Adjutantendienste beim alten braven Heyden verrichtet hatte, so wählte man mich auch jetzt, das Wort zu führen und, als Repräsentant gesamter Bürgerschaft, mich mit dem Kommandanten über die Maßregeln zur Verteidigung des Platzes genauer zu verständigen.

Nach dem alten Glauben, „daß Ruhe die erste Bürgerpflicht sei", und was nicht Uniform trage, auch keinen Beruf habe, sich um militärische Angelegenheiten zu bekümmern, könnte es freilich sonderbar und anmaßend erscheinen, daß wir Bürger in die Verteidigung unsrer Stadt mit dreinreden wollten, aber bei uns in Kolberg war das anders. Von ältester Zeit her waren wir die natürlichen und gesetzlich berufenen Verteidiger unsrer Wälle und Mauern. Vormals schwur jeder seinen Bürgereid mit Ober- und Untergewehr, und schwur zugleich, daß diese Armatur ihm eigen angehöre, schwur, daß er die Festung verteidigen helfen wolle mit Gut und Blut. Die Bürgerschaft war in fünf Kompagnien verteilt, mit einem Bürger-Major an der Spitze, und wo es dann im Ernst gegolten, hatte der Kommandant sie nach seiner Einsicht gebraucht und wesentlichen Nutzen von ihrem Dienst gezogen. In Abwesenheit der Garnison, wenn diese in Friedenszeiten zur Revue ausrückte, besetzten sie die Tore und Posten; und noch immer versammelten sie sich zuweilen mit Erlaubnis des Kommandanten aus eignem Antriebe in der Maikuhle – weniger freilich zu kriegerischen Übungen, als um sich in diesem lieblich gelegenen Wäldchen zu vergnügen.

Von diesen örtlichen Verhältnissen hatte indes der Oberst v. Loucadou entweder nie einige Kenntnis genommen, oder sie waren ihm, als eine vermeintliche Nachäffung des Militärs, lächerlich und zuwider. Das erfuhr ich, als ich einige Tage nachher mich ihm vorstellte und im Namen meiner Mitbürger ihm eröffnete: Daß wir, mit Gott, entschlossen wären, in diesen bedenklichen Zeitläufen mit dem Militär gleiche Last und Gefahr zu bestehen. Wir ständen im Begriff, uns in ein Bataillon von sieben- bis achthundert Bürgern zu organisieren, die mit vollständiger Rüstung versehen wären, und bäten, uns vor ihm aufstellen zu dürfen, damit er Musterung über uns halte, demnächst aber uns unsre Posten anzuweisen, wir würden unsre Schuldigkeit tun.

Ein Major v. Nimptsch, der daneben stand, ließ mich kaum ausreden, sondern fuhr auf mich ein: „Aber, Herr, was geht das Ihn an?" – wogegen der Oberst sich begnügte, den Mund zu einem satirischen Lächeln zu verziehen und mir zu erwidern: Immerhin möchten wir uns versammeln und aufstellen.

Das geschah alsobald. Wir traten mit unsern Offizieren armiert auf dem Markte in guter Ordnung zusammen, und nun begab ich mich abermals zum Kommandanten, um ihm anzuzeigen, daß wir bereit ständen und seine Befehle erwarteten. Seine Miene war abermals nicht von der Art, daß sie mir gefallen hätte. „Macht dem Spiel ein Ende, ihr guten Leutchen!" sagte er endlich, „geht in Gottes Namen nach Hause. Was soll mir's helfen, daß ich euch sehe?" – So hatte ich meinen Bescheid und trollte mich. Als ich aber kundbar machte, was mir geantwortet worden, ging diese unverdiente Geringschätzung jedermann so tief zu Herzen, daß alles in wilder Bewegung durcheinander murrte und sich im vollen Unmut zerstreute.

Immer aber noch nicht ganz abgeschreckt ging ich bald darauf wieder zum Obersten mit einem Antrag, von welchem ich glaubte, daß er seinem militärischen Dünkel weniger anstößig sein werde. Es sei vorauszusehen, sagte ich, daß es bei der Instandsetzung der Festung zu einer kräftigen Gegenwehr, besonders auf den Wällen, vieles zu tun geben dürfte, um das Geschütz aufzustellen, zu schanzen und die Palisaden herzustellen. Die Bürgerschaft sei gern erbötig, zu dergleichen, und was sonst vorkäme, mit Hand anzulegen, soviel in ihren Kräften stehe, und sei nur seines Winks gewärtig. – „Die Bürgerschaft! und immer wieder die Bürgerschaft!" antwortete er mir mit einer häßlichen Hohnlache, „ich will und brauche die Bürgerschaft nicht."

Konnte es nun wohl fehlen, daß solche Äußerungen nicht nur unser Herz von dem Mann gänzlich abkehrten, sondern daß auch sogar allerlei böser Argwohn sich bei uns einfand, der durch die ganz frischen Exempel, wie unsre Festungskommandanten zu Werke gegangen waren, nur noch immer mehr genährt wurde? Wer bürgte uns vor Verräterei? vor heimlichen Unterhandlungen? vor feindlichen Briefen und Boten? – Man kam darin überein, daß es die Not erfordere, vor solcherlei Praktiken möglichst auf unserer Hut zu sein. Zu dem Ende wählten wir in der Stille unter uns einen Ausschuß, dessen Mitglieder sich zu zweien bei Tag und Nacht an allen drei Stadttoren, je nach ein paar Stunden, ablösten, um dort auf alles, was aus- und einpassierte, ein wachsames Auge zu behalten.

Inzwischen wurden nun doch von seiten der Kommandantur einige schläfrige Anstalten getroffen, wenigstens sah man auf den Wällen die Kanonen auf Klötze legen, da es sich fand, daß die Lafetten zu sehr verfault waren, um sie tragen zu können. Auch an der Palisadierung ward hier und da gearbeitet, aber es war nichts Tüchtiges und Ganzes. Als ich jedoch wahrnehmen mußte, daß es hiermit sein Bewenden hatte und daß zur äußeren Verteidigung gar keine Hand angelegt wurde, machte ich mich nach Verabredung mit meinen Freunden abermals zum Obersten, um ihn aufmerksam darauf zu machen, welche guten Dienste uns in den früheren Belagerungen insonderheit eine Schanze auf dem Hohen Berge, etwa eine Viertelmeile von der Stadt, geleistet hätte, um den Feind nicht in Schußweite herankommen zu lassen. Noch wären die Überbleibsel derselben überall erkennbar, und wenn er nichts dawider habe, seien wir bereit, diese Verschanzung eiligst wiederherzustellen.

An das alte höhnische Gesicht, das er hierzu machte, war ich nun schon gewöhnt und ließ es mich auch nicht irren. Desto merkwürdiger aber kam mir die Antwort vor, die ich endlich erhielt. „Was außerhalb der Stadt geschieht“, ließ er sich vernehmen, „kümmert mich nicht. Die Festung innerlich werde ich zu verteidigen wissen. Meinetwegen mögt ihr draußen schanzen, wie und wo ihr wollt. Das geht mich nichts an!“ – Demnach taten wir nun, was uns unverboten geblieben, und taten es mit allgemeiner Lust und Freude. Nicht nur, was Bürger hieß, zog nach der Bergschanze aus, sondern auch Gesellen, Lehrjungen und Dienstmägde waren in ihrem Gefolge. Da ich einst noch das alte Werk gesehen hatte, so gab ich an, wie bei der Arbeit verfahren werden sollte, verteilte und ordnete die Schanzgräber und zog selbst mit einem Hohlkarren und der Schaufel voraus, um ein ermunterndes Beispiel zu geben. Als mir jedoch alles immer noch viel zu langsam ging, eilte ich zurück nach der Lauenburger Vorstadt, um der Arbeiter noch mehrere, teils durch gütliches Zureden, teils durch bare Bezahlung aus meiner Tasche, herbeizuführen. So gelang es uns denn, ein Werk aufzuführen, das sich schon durfte sehen lassen und dem für diesen Augenblick nur die Besatzung fehlte. Mangelte es uns aber dermalen auch an Truppen, so war doch gewisse Hoffnung vorhanden, daß die Garnison verstärkt werden würde und daß dann allstündlich ein Bataillon hier einrücken könne.

Eine andre Sorge, die den Verständigeren unter der Bürgerschaft gar sehr am Herzen lag, war die frühzeitige und ausreichende Anschaffung von Lebensvorräten für den Fall einer feindlichen Einschließung oder Belagerung, denn bis jetzt waren Dreiviertel der Einwohner gewohnt, von einem Markttag zum andern zu zehren. Und wovon wollte die Besatzung leben? Ich hielt es also für wohlgetan, und hatte auch in meinem Amt als Bürger-Repräsentant den Beruf dazu, Haus bei Haus in der Stadt umzugehen und die Bestände an Korn und Viktualien, zumal bei den Bäckern, Brauern und Branntweinbrennern, sowie auch die Vorräte der letzteren an Branntwein aufzunehmen. Ebenso begab ich mich auf die nächst umhergelegenen Dörfer, und unter dem Vorwande, als sei ich gesonnen, Korn und Schlachtvieh aufzukaufen, wie beides mein Gewerbe mit sich brachte, erfuhr ich, was jeden Orts in dieser Gattung vorhanden war. Alles dieses brachte ich in ein Verzeichnis und überzeugte mich solchergestalt, daß wir nur würden zugreifen dürfen, um für Mund und Magen auf eine lange Zeit hinaus und genug zu haben.

Aber dies Zugreifen konnte nicht von seiten der städtischen Behörden, sondern mußte von der Kommandantur ausgehen und auf militärischem Fuß betrieben werden. Ich nahm also meine Verzeichnisse in die Hand, ging zu Loucadou, legte ihm ein Papier nach dem andern vor und bat ihn, schleunige Anstalten zu treffen, daß diese Vorräte gegen Erteilung von Empfangscheinen in die Festung geschafft wurden. Denn wenn der Feind sich über kurz oder lang näherte und diese Ortschaften besetzte, so würde ohnehin alles von ihm geraubt und sein Unterhalt dadurch erleichtert werden. Auf diese gutgemeinte Vorstellung ward ich jedoch von dem Herrn Obersten hart angelassen, und er erklärte mir kurzweg: „Zu dergleichen Gewaltschritten sei er nicht autorisiert. Jeder möge für sich selbst sorgen. Was seine Soldaten anbeträfe, so wäre Mehl zu Brot in den Magazinen vorhanden." – „Aber", wandte ich ihm ein, „der Mensch lebt nicht vom Brot allein. Ihr Mehl liegt in Fachwerkspeichern, und die Magazine stehen alle an einer Stelle zusammengehäuft und dem feindlichen Geschütz ausgesetzt. Die erste Granate, die hineinfällt, kann ihr Untergang werden. Wäre es nicht sicherer, diese Vorräte in andre und mehrere Gebäude zu verteilen?" – „Pah! pah!" war seine Antwort, „die Bürgerschaft macht sich große Sorge um meinetwillen." – Vergebens bat ich ihn nun noch, sich wenigstens meine Papiere anzusehen und sie in genauere Erwägung zu ziehen. Er aber, als hätte die Pest an denselben geklebt, raffte sie eilfertig zusammen, drückte sie mir wieder in die Hände und versicherte: Er brauche all den Plunder nicht, und damit Gott befohlen!

Es mag hierbei nicht unerwähnt bleiben, daß bei all meinen Unterredungen mit diesem Manne sich auch wie von ungefähr seine Köchin, Haushälterin, oder was sie sonst sein mochte, einfand und ihren Senf mit dareingab. Mochte ich nun dies oder jenes vortragen und mein Bedenken so oder so äußern, flugs war das schnippische Maul bei der Hand: „Ei, seht doch! Das wäre auch wohl nötig, daß sich noch sonst jemand darum bekümmerte! Der Herr Oberst werden das wohl besser wissen." Diese Unverschämtheit wurmte mich oftmals ganz erschrecklich, und ich hatte Mühe, in meinem Ingrimm nicht loszubrechen. Jetzt aber lief das Faß einmal über, ich sagte dem Weibsbilde rein heraus, wie mir's ums Herz war, und zog mir dadurch den Herrn und Beschützer auf den Hals, so daß ich, um es nicht zum Äußersten kommen zu lassen, hurtig meine Papiere ergriff und mich entfernte.

Um den Magistrat und seine Anstalten stand es ebenso kläglich. Es geschah entweder gar nichts, oder es geschah auf eine verkehrte Weise, und wer etwa noch guten und kräftigen Willen hatte, ward nicht gehört. Mit einem Worte: man ließ es darauf ankommen, was daraus werden wollte, und es war an den Fingern abzuzählen, daß unser Untergang das Fazit von der heillosen Betörung sein würde.

In Kolberg – das sah ich wohl – war auf keine Hilfe mehr zu hoffen; geholfen aber mußte werden! Ich entschloß mich also in Gottes Namen und der winterlichen Jahreszeit zum Trotz, unsern guten unglücklichen, so schlecht bedienten König unmittelbar selbst in Königsberg, Memel, oder wo ich ihn finden würde, aufzusuchen und ihm Kolbergs Lage und Not vorzustellen. Von dem Kaufmann Höpner mietete ich ein großes Boot unter dem Vorwand, damit nach der Insel Bornholm hinüberzustechen, und ebenso überredete ich insgeheim unter guter Bezahlung einen Seefahrer, der vormals als Matrose unter mir gedient hatte, mich auf dieser gewagten Unternehmung zu begleiten. Das Fahrzeug ward in den erforderlichen Stand gesetzt, notdürftiger Proviant nach der Münde hinausgeschafft und nur noch ein günstiger Wind erwartet, um unverzüglich in See zu stechen. Gerade in diesem Augenblick traf der Kriegsrat Wisseling von Treptow in Kolberg ein; ein

Mann, der Kopf und Herz auf dem rechten Fleck hatte, und der sich nebst andern, die gleich ihm zur pommerschen Kriegs- und Domänenkammer gehörten, von Stettin entfernt hatte, um sich dem Feind nicht zu Werkzeugen seiner landverderblichen Operationen herzuleihen, dagegen aber in den noch unbesetzten Gegenden der Provinz die Verwaltung für königliche Rechnung so lange als möglich im Gange zu erhalten. Wisseling war mein Freund, und es tat mir wohl, alle meine Klagen, Sorgen und Bedenken in sein redliches Herz auszuschütten. Er sah zugleich selbst und mit eignen Augen, wie es hier zuging, und fühlte sich darüber nicht weniger bekümmert.

Als ich ihm das Geheimnis meiner geplanten Reise entdeckte, mißbilligte er das Wagestück, setzte aber sogleich auch hinzu: „Vertrauen Sie mir Ihre Papiere an, und alles, was sonst noch zu einer vollständigen Übersicht der Verhältnisse des Platzes fehlt, lassen Sie uns in einem gemeinschaftlichen Aufsatz bearbeiten:

Ich übernehme es, mich selbst zu Lande zum König zu begeben und mein Möglichstes zu tun, damit hier bessere Anstalten getroffen werden. Tun und wirken Sie derweilen hier, was in Ihren Kräften steht. So Gott will, wird es uns gelingen, dem König den Platz zu retten." – Ich blieb auf sein Wort, und er reiste ab.

Täglich und stündlich strömten bei uns noch Versprengte von unsern Truppen ein, die teils weiter nach Preußen zogen, teils eine Zuflucht bei uns suchten, um sich von ihren Strapazen zu erholen oder ihre Wunden auszuheilen. Unter den letzteren befand sich auch der Leutnant v. Schill, vom Regiment Königin-Dragoner, der, schwer am Kopf verwundet, nicht weiterkommen konnte. Der Zufall machte uns bald miteinander bekannt. Er war ein Mann nach meinem Herzen, einfach und bescheiden, aber von echtem deutschem Schrot und Korn, und so brauchte es auch keiner langen Zeit, daß er mir ein volles Vertrauen abgewann. Wie konnte ich ihm aber dieses schenken, ohne zugleich ihm unsre ganze verzweiflungsvolle Lage zu schildern, meine Klagen über Loucadou in sein Herz auszuschütten und daneben meine Wünsche über so manches, was zur Erhaltung der Festung zu veranstalten sei, gegen ihn laut werden zu lassen?

Alles was ich ihm sagte, machte je mehr und mehr seine Aufmerksamkeit rege, und es mag wohl sein, daß es auch den Entschluß in ihm erzeugt oder befestigt hat, in Kolberg zu bleiben und sich hier nützlich zu machen. Sobald er wieder ein wenig zu Kräften gekommen war, besahen wir uns gemeinschaftlich den Platz und seine Umgebungen. Wir trafen dabei in dem Urteile zusammen, daß es zuletzt hauptsächlich auf den Besitz des Hafens und die Behauptung der Schiffsverbindung mit Preußen und unsern Verbündeten ankommen werde. Hinwiederum war die „Maikuhle" der Schlüssel des Hafens, und dies angenehme Lustwäldchen, welches sich hart vom Ausfluß der Persante westlich eine Viertelmeile längs den Uferdünen der Ostsee hinstreckt, mußte um jeden Preis festgehalten werden. Dennoch war bis diesen Augenblick zur Verschanzung dieses entscheidenden Punktes noch keine Schaufel in Bewegung gesetzt worden. Man verließ sich auf das Münder-Fort und die Morastschanze, die aber beide unzureichend waren, den Feind, sobald er sich hier einmal festgesetzt hatte, aus diesem ihm unschätzbaren Posten zu vertreiben.

Auch am 5. April machten uns die französischen Granaten von dort her von Zeit zu Zeit unangenehme Besuche, als ich mich mit hundert und mehr Menschen auf dem Markte befand, wo der Kommandant den Bürgern Befehle austeilte, die mir sehr wenig angemessen erschienen. So hatte er geboten, daß alle Hausdächer hoch mit Dünger belegt werden sollten, um das Durchschlagen der Bomben zu verhüten, ebenso daß überall das Straßenpflaster aufgerissen werden sollte, um gleichfalls jene Geschosse unschädlicher zu machen. Nun habe ich zum Unglück eine Gattung von schlichtem Menschenverstand, die zu keiner Absurdität gutwillig schweigen kann. Ich war also hier so vorwitzig, meinen doppelten Zweifel zu äußern; einmal, ob der anbefohlene Dünger auf unsern Dächern, die durchgängig eine Neigung von mehr als 45 Grad hätten, wohl lange haften dürfte, und dann, ob die Granaten auch wohl vor so bedeckten Dächern, nach deren bekannter leichten Konstruktion, sonderlichen Respekt beweisen möchten? Auch erinnerte ich daran, daß die Stadt ehedem zu dreienmalen, und zwar heftig genug, mit Bomben geängstigt worden, ohne daß man gleichwohl nötig gefunden hätte, das Pflaster zu rühren. Dies schiene hier bei unsern engen Gassen sogar schädlich und hinderlich, weil dann bei entstandener Feuersgefahr weder Spritzen noch Wasserkufen einen Weg durch die Steinhaufen und den umgewühlten Boden würden finden können. Es möchte also wohl der beste Rat sein, dergleichen gelehrte Experimente hier beiseite zu setzen und uns nur tapfer unsrer Haut zu wehren.

Währenddessen zogen einige feindliche Granaten ihren Bogen, schlugen nicht weit von uns durch die Dächer der Häuser, platzten und richteten Schaden an. Fast zu gleicher Zeit fuhr eine Bombe kaum zwanzig oder dreißig Schritte weit von unserm Kreise nieder, zersprang, beschädigte aber niemand. Bei dem Knall sah sich der Oberst mit etwas verwirrten Blicken unter uns um und stotterte: „Meine Herren, wenn das so fortgeht, so werden wir doch noch müssen zu Kreuze kriechen!" – Mehr konnte er nicht hervorbringen.

So etwas sehen und hören ließ mich meiner nicht länger mächtig bleiben, und ich tat einen Schritt, den ich jetzt selber nicht gut heiße, obwohl ich mir dabei der reinsten Absicht bewußt bin. Ich fuhr gegen ihn auf und schrie: „Halt! Der erste, wer er auch sei, der das verdammte Wort wieder ausspricht von ‚zu Kreuze kriechen' und Übergabe der Festung, der stirbt des Todes von meiner Hand!" – Dabei fuhr mir der Degen, ich weiß nicht wie, aus der Scheide, und mit der Spitze gegen den Feigling gerichtet, setzte ich hinzu zu allen, die es hören wollten: „Laßt uns brav und ehrlich sein oder wir verdienen wie die Memmen (eigentlich brauchte ich wohl ein andres Wort) zu sterben!"

Der Landrat Dahlke, mein Nebenmann, faßte mich von hinten und zog mich von Loucadou zurück, während dieser vom Kaufmann Schröder verhindert wurde, seine Hände zu gebrauchen, die gleichfalls nach der Klinge griffen. Seine Zornwut kannte keine Grenzen mehr. „Arretieren!" schrie er mit schäumendem Munde, „gleich arretieren! In Ketten und Banden!" – Da sich indes alles um ihn zusammendrängte, der Landrat aber mich aus allen Kräften von ihm entfernte, so mußte er wohl glauben, daß man mich ins Gefängnis davonführe, und so kamen wir einander aus dem Gesicht. Ich aber, ein wenig zur Besinnung gekommen und mit mir altem Knaben nicht aufs beste zufrieden, ging nach Hause, um zu erwarten, was in der tollen Geschichte weiter erfolgen würde.

Alles dies hatte sich vormittags zugetragen. Gleich nachmittags aber berief der Kommandant den Landrat zu sich und erklärte ihm seinen Willen, über mich ein, aus dem Militär und Zivil zusammengesetztes, Kriegsgericht halten und mich des nächsten Tages auf dem Glacis der Festung erschießen zu lassen. Der Landrat, der es gut mit mir meinte, erschrak, machte Vorstellungen und gab zu bedenken, welch einen gefährlichen Eindruck eine solche Prodezur auf die Bürgerschaft machen könnte, so daß er für den Ausgang nicht gutsagen wolle. Loucadou beharrte indes auf seinem Sinn, und jener entfernte sich unter der Versicherung, daß er nicht verlange, damit zu schaffen zu haben.

Kaum hatte nun der Landrat auf dem Heimweg in seiner Konsternation einigen ihm begegnenden Bürgern eröffnet, was der Kommandant mit mir vorhabe, so geriet alles in die größte Bewegung; alles nahm meine Partei, und wer mir auch sonst vielleicht nicht günstig war, wollte doch einen Bürger und Landsmann nicht so schmählich unterdrücken lassen. Der Haufen sammelte sich und war mit jeder Minute größer. Er wälzte sich zu Loucadous Wohnung, umringte ihn, und die Wortführer bestürmten ihn so lange im Guten und im Bösen, bis sie seine Entrüstung einigermaßen milderten oder vielleicht auch ihn ahnen ließen, daß er hier kein so leichtes Spiel haben werde. „Gut, gut!“ rief er endlich, „so mag der alte Bursche diesmal laufen. Hüt’ er sich nur, daß ich ihn nicht wieder fasse!“ – So ging alles friedlich auseinander, während ich selbst, der ich mich ruhig innehielt, den Tumult und das Laufen des Volkes zwar durch mein Fenster bemerkte, aber doch weiter kein Arges daraus hatte, daß es mich so nahe angehen könnte. Selbst die ich fragte, blieben mir die Antwort schuldig, und erst des andern Tages erfuhr ich aus des Landrats Munde, wie schlimm es auf mich und mein Leben gemünzt gewesen.

Wie es aber auch gekommen wäre, so glaube ich doch, daß ich unter dem Militär Freunde genug gefunden hätte, die alles, was sich verantworten ließ, angewandt haben würden, die Sache zu meinem Vorteil ins Gleiche zu richten. Auch meine ich wohl, es einigermaßen um sie verdient zu haben, da ich keine Mühe scheute, ihre Lage nach Möglichkeit zu erleichtern. Zumal die Umstände des Schillschen Korps in der Maikuhle waren beklagenswert. Die armen Leute waren dort täglich und stündlich auf den Beinen, weil der Feind sie unaufhörlich in Atem erhielt.

Tag und Nacht waren sie unter freiem Himmel, ohne je, wie andre doch zuweilen, von ihrem Posten abgelöst zu werden und unter Dach und Fach zu kommen. An regelmäßige Löhnung war gar nicht und an Lieferung von anderweitigen Unterhaltungsmitteln nur höchst selten zu denken. Gleichwohl zeigten sich diese Schillschen Leute, in denen der Geist ihres Anführers lebte, äußerst willig und brav. Bei jedem Trommelschlage waren sie, oft nur mit einem Schuh oder Strumpf an den Beinen, die ersten auf dem Sammelplatz, und diesen tätigen Eifer kann ich von einigen andern Truppengattungen nicht rühmen. Um nun so brave Leute in ihrer Not zu unterstützen, so weiß Gott, daß ich für meinen Teil getan habe, was nur möglich war. Ein Tonnenkessel für Kartoffeln und andres Gemüse kam bei mir nie vom Feuer, und die bereitete Speise ward ihnen hinausgefahren. Oftmals habe ich den ganzen Fleischscharren und alle Bäckerläden auskaufen lassen, oftmals bin ich Haus bei Haus gegangen und habe gebeten, daß für meine Schillschen Kinder in der Maikuhle zugekocht werden möchte. In der Tat betrachteten sie mich auch als ihren Vater und nannten mich ihren Brot- und Trankspender, und wenn ich mich in der Nähe der Lagerposten zeigte, ward ich gewöhnlich mit kriegerischer Musik empfangen. Nicht selten zuckelte ich, wenn sie zu irgendeinem Angriff ins Freie hinausrückten, auf meinem Pferdchen neben ihnen her und suchte ihnen tröstenden Mut einzusprechen; oder ich stimmte, ob ich gleich nicht von sangreicher Natur bin, mit meiner Rabenkehle das Liedchen an: „Haltet euch wohl, ihr preußischen Brüder!“ wobei alle lustig und guter Dinge wurden. Auch wußten sie, daß, wenn es Verwundete oder sonst ein Unglück geben sollte, ihr alter Freund schon in der Nähe zu finden sein werde.

Jede Art von Ermunterung war aber auch für diese braven Truppen um so notwendiger, da sie in diesem Zeitraum der Belagerung die schwerste Last derselben fast allein zu tragen hatten, denn schon vom 5. April an hatten die Franzosen tägliche und immer ernstlichere Unternehmungen gegen die Maikuhle versucht, waren aber jedesmal mit blutigen Köpfen zurückgewiesen worden, wobei die Festungsartillerie sie in der rechten Flanke wacker mitnahm, so oft sie sich in den Bereich derselben verirrten. Meist aber gingen ihre Angriffe von dem Punkte von Alt- und Neu-Werder aus, indem sie, wie z. B. am 9. und 10. April, vielleicht tausend und mehr Menschen dazu verwandten. Hier legte ihnen jedoch das große Torfmoor, welches sich bis zum Kolberger Deep hin erstreckt und nur auf wenigen Dämmen zugänglich ist, so große Hindernisse entgegen, daß es ihnen nie gelingen wollte, mit einer bedeutenden Macht durchzudringen.

Allein der feindliche Anführer wollte keineswegs aufhören, um den Besitz der Maikuhle zu ringen. Schon am 11. zogen starke Truppenabteilungen über die Verbindungsbrücke bei der Altstadt nach Sellnow hinüber, und am nächstfolgenden Tage entwickelte sich vor Neu-Werder eine Macht von wenigstens ein paar Tausend Köpfen, die einen härteren Stand als jemals befürchten ließ. Schill wartete jedoch diesen Angriff nicht ab, ging dem Feind mit ein paar Kanonen und seinem gesamten Korps entgegen, verwickelte ihn in den Morast und benutzte die unter ihm entstandene Unordnung so rasch und glücklich, daß auf dem verwirrten Rückzug Alt- und Neu-Werder für den Feind verloren gingen und er bis an seine feste Stellung bei Sellnow zurückgetrieben wurde. Es ging dabei scharf her, und unsre Leute bewiesen einen Mut, der nicht genug zu loben ist.

Vier Kompagnien der Besatzung rückten während des Gefechts vor das Gelder-Tor hinaus, und es ist nicht zu leugnen, daß sie, indem sie dem Feinde Besorgnis für seine Flanke und seinen Rücken erreichten, nicht wenig dazu beitrugen, seinen Rückzug zu beschleunigen. Hätten jedoch ebendiese Truppen, vielleicht noch durch einige Mannschaft mehr unterstützt, sich etwas weiter hervor und einen entschlossenen Anfall auf Sellnow selbst und die dahinterliegende Schanze gewagt, so würden die Vorteile dieses Tages eine noch entschiedenere Gestalt angenommen, die gänzliche Zersprengung des Feindes bewirkt und den Wiedergewinn des Kauzenberges zur Folge gehabt haben. Das wurde auch von den Franzosen in Sellnow selbst so lebhaft befürchtet, daß dort bereits zum Abzug eingepackt war. Das war es aber auch, was Schill zu wiederholten Malen und aufs dringendste vom Kommandanten forderte, als er noch am Abend den Entschluß faßte, den Angriff seinerseits von Werder aus fortzusetzen. Allein Loucadou hatte keine Ohren für diesen Vorschlag, sei es nun, daß er, seiner alten Ansicht getreu, außerhalb der Wälle nichts aufs Spiel setzten wollte oder daß sein tief gewurzelter Widerwille gegen Schills Person und überlegenen Geist ihm nicht gestattete, zu irgendeiner Idee, die von diesem ausging, die Hände zu bieten. Genug, der günstige Augenblick ward versäumt und kehrte nie wieder!

Drei Tage nachher, am 15. April, schiffte der Rittmeister v. Schill sich auf einem Fahrzeug ein, das nach Schwedisch-Pommern abging. Das neuerlichste Mißverständnis mit dem engherzigen Kommandanten trug wohl vornehmlich die Schuld, daß jener wackere Mann in einer so schwülen Stickluft nicht länger auszudauern vermochte. Ohnehin war sein ins Große strebender Geist nicht für die engen Verhältnisse eines belagerten Platzes gemacht, aber dennoch würde er wie bisher seinen Platz ehrenvoll ausgefüllt haben, wenn man seiner Kraft nicht Hemmketten angelegt hätte. Aber indem er sich jetzt von uns entfernte, geschah es nur, um uns aus der Ferne desto wirksamere Hilfe zu gewähren. Von Anfang an waren seine Entwürfe dahin gerichtet gewesen, sich in Pommern ein Kriegstheater zu errichten, von wo aus Stralsund und Kolberg sich zu wechselseitiger Unterstützung die Hände böten. Nun waren aber in den letzten Tagen auf allerlei Wegen die günstigsten Nachrichten bei uns eingekommen, wie nicht nur der König von Schweden das gegen ihn operierende französische Korps über die Peene zurückgedrängt habe, sondern auch mit einem Teil seiner Macht auf Swinemünde vordringe und im Begriff sei, auch Wollin von den Feinden zu säubern, also wohl gar unserm Platze wieder Luft zu verschaffen.

Die Geringschätzung gegen unsern unfähigen Kommandanten ging allmählich in wirklichen Haß und Feindseligkeit über, und das nur um so mehr, da es so manchen würdigen Offizier unter der Besatzung gab, der das Herz auf dem rechten Fleck und viel Einsicht und Überlegung hatte, aber sein Licht unter den Scheffel stellen mußte. Ich nenne hier nur den Ingenieurleutnant Wolf, der später nach Glogau versetzt wurde, den Platzmajor Zimmermann, jetzt Kommandant von Wolgast, und den in seinem Fache überaus geschickten und tätigen Artillerieleutnant Post, jetzigen Major und Postmeister in Treptow. Sie alle, und nicht wenige andre mit ihnen, taten, was in ihren Kräften stand und was Loucadous Eigensinn und Dünkel ihnen nur irgend gestattete.

Desto sehnsüchtiger waren meine Hoffnungen auf Memel gerichtet: denn in meiner Seele lebte ein unüberwindliches Vertrauen, daß der Klageschrei, den ich bereits vor einem Monat dahin hatte ertönen lassen, das Ohr des Königs erreicht haben werde. Unsre Verbindung nach jenem Platz hin war nun nach und nach immer lebendiger geworden. Der Kaufmann Schröder hatte vier oder fünf Schiffe, groß und klein, von zweihundertachtzig bis sechzig Last, in unserm Hafen müßig liegen, und diese waren nunmehr und späterhin unaufhörlich zwischen Kolberg und Memel unterwegs; bald mit Kriegsgefangenen, deren wir uns dorthin entledigten, bald auch wohl nur mit einem einzigen Brief, wenn es eine besonders wichtige Angelegenheit betraf. Für eine jede solche Fahrt, die jezuweilen, bei günstigem Winde, in fünf bis sechs Tagen hin und zurück getan wurde, ward dem Eigentümer die Last mit acht bis neun Talern bezahlt und Proviant für drei Wochen unentgeltlich mitgegeben. Es wurden auf solche Weise zweiundsiebzigtausend Taler verdient.

Und nun rückten allmählich auch unsre Wünsche der Erfüllung immer näher. Am 26. April erschienen zwei jener Schiffe auf der Reede, welche das zweite pommersche Reservebataillon, siebenhundert Köpfe stark, in Memel eingeschifft hatten und unsrer Besatzung als willkommene Verstärkung zuführten. Unser war also keineswegs vergessen worden, sondern es geschah zur Hilfe für unser Bedrängnis, was die Not des Augenblicks zuließ. Als die Truppen des nächsten Tages ans Land gesetzt wurden, erschien auch von der andern Seite her ein Schiff von Schwedisch-Pommern mit einer guten Anzahl Ranzionierter, welche der dorthin abgeschickte Hauptmann v. Bülow in Stralsund gesammelt und organisiert hatte. Und wahrlich! Solcher ermunternden Erscheinungen bedurften wir auch in diesem Augenblick mehr als jemals, da eben kurz zuvor (den 25. April) die sichere Kunde bei uns eingegangen war, daß das längst erwartete schwere Belagerungsgeschütz im feindlichen Lager eingetroffen sei. Jetzt erst drohte also der Kampf um Kolbergs Besitz seinen vollen Ernst zu gewinnen!

Diesen Ernst zeigten die Franzosen ihrerseits sofort am 29. April auch dadurch, daß sie unter dem Schutz der Hohen-Bergschanze, halben Weges von dort gegen die Stadt, eine Schanze aufwarfen, und ebenso eine zweite, in der Richtung von Bullenwinkel her, zu errichten begannen. Sie in dieser Nähe zu dulden, wäre hochgefährlich gewesen; allein es schien nicht, als ob unser, nach beiden Punkten hin gerichtetes Geschütz die Arbeiten sonderlich hinderte. Da nun zu jeder kräftigeren Maßregel Loucadou der Mann nicht war, und ich auch mir mit ihm nichts zu schaffen machen wollte, so eilte ich, den Vizekommandanten aufzusuchen und ihm meine neuen Besorgnisse ans Herz zu legen.

In der Stadt fand ich meinen Mann nicht, aber es wurde mir gesagt, er befinde sich wegen eines von Danzig angekommenen Schiffes am Hafen, und ich war im Begriff, ihm dahin zu folgen, als er mir bereits auf der Brücke des Münder-Tores begegnete. Neben ihm ging ein Mann, den ich nicht kannte, und der mit dem Schiff gekommen zu sein schien. Dieser Fremde, ein junger rüstiger Mann von edler Haltung, gefiel mir auf den ersten Blick, ohne daß ich wußte warum? Da indes mein Anbringen an den Vizekommandanten eilig war, zog ich ihn bei der Hand etwas abwärts, um es ihm, des fremden Mannes wegen, ins Ohr zu flüstern. Waldenfels aber lächelte zu meiner Vorsicht und sagte: „Kommen Sie nur, in meinem Quartier wird ein bequemerer Ort dazu sein.“

Als wir dort angekommen und unter sechs Augen waren, wandte sich der Hauptmann zu mir mit den Worten: „Freuen Sie sich, alter Freund! Dieser Herr hier – Major von Gneisenau – ist der neue Kommandant, den uns der König geschickt hat“; – und zu seinem Gast: „Dies ist der alte Nettelbeck!“ – Ein freudiges Erschrecken fuhr mir durch alle Glieder, und die Tränen stürzten mir aus den alten Augen. Zugleich zitterten mir die Knie, ich fiel vor unserm neuen Schutzgeist nieder, umklammerte ihn und rief aus: „Ich bitte Sie um Gotteswillen, verlassen Sie uns nicht; wir wollen Sie auch nicht verlassen, solange wir noch einen warmen Blutstropfen in uns haben, sollten auch all unsre Häuser zu Schutthaufen werden! So denke ich nicht allein, in uns allen lebt nur ein Sinn und Gedanke: Die Stadt darf und soll dem Feinde nicht übergeben werden!“

Der Kommandant hob mich freundlich auf und tröstete mich: „Nein, Kinder! Ich werde euch nicht verlassen. Gott wird uns helfen!“ – Und nun wurden sofort einige Angelegenheiten besprochen, die wesentlich zur Sache gehörten, und wobei sich der helle umfassende Blick unsres neuen Befehlshabers zutage legte, so daß mein Herz in Freude und Jubel schwamm. Dann wandte er sich zu mir und sagte: „Noch kennt mich hier niemand. Sie gehen mit mir auf die Wälle, daß ich mich etwas orientiere.“ – Das geschah. Ich führte ihn auf dem Wall und den Bastionen herum und zeigte ihm von hier aus die feindlichen Stellungen und Schanzen. Was auf den Wällen war und vorging, sah er selbst. Zuletzt kamen wir auch an die Inundationsschleuse. Ich zeigte ihm den ganzen Zusammenhang und Umfang dieser Einrichtung, und wieviel dadurch noch für die Sicherstellung des Platzes geschehen könne: denn was bis jetzt dadurch bewirkt worden, war meist heimlich von mir geschehen, weil der Einspruch der Grundeigentümer bisher nicht zu besiegen gewesen war. Jetzt aber sah ich mir freiere Hand gegeben, und ward sogar förmlich beauftragt, mich dieses Geschäfts mit besonderer Sorgfalt anzunehmen.

Gleich des nächsten Tages stellte der neue Kommandant sich selbst, auf der Bastion Preußen, der Garnison als ihren jetzigen Anführer vor, und diese Feierlichkeit begleitete er mit einer Anrede, die so eindrucksvoll und rührend war, wie wenn ein guter Vater mit seinen lieben Kindern spräche. Alles ward auch dadurch dergestalt erschüttert, daß die alten bärtigen Krieger wie die Kinder weinten und mit schluchzender Stimme ausriefen: Sie wollten mit ihm für König und Vaterland leben und sterben. Darauf machte er sie mit den Grundsätzen bekannt, nach welchen er sie befehligen werde, wessen sie sich von ihm zu versehen hätten und was er von ihnen erwarte. Tausend Stimmen jauchzten ihm im freudigen Tumult entgegen.

Gotthard Ludwig (Theobul) Kosegarten

In Versen dreister

H[errn] Fr[iedrich] Richter

Altenkirchen auf Rügen Jan. 1. 97

Seit zweyen Jahren, mein Verehrungswürdiger, sind Ihr Fenk, Ihr Horion, Ihr Firmian, Ihr Lismore die Lehrer und Tröster meines Lebens. Mehreremahle habe ich mich niedersetzen und aus meiner weiten Ferne „über irgend einem zerstiebenden Blatte Ihnen die Hand reichen“ wollen. Immer hat eine gewisse, ich hoffe, nur falsche Scham, mich davon zurückgehalten.

Da man in Versen geheimhin dreister ist als in der Prosa, so schickte ich schon vor anderhalben Jahren eine Elegie an Sie und an meinen Freund Schiller, um sie entweder in seinen Almanach oder in seine *Horen* aufzunehmen. Er hat manches (meinem Gefühl nach schwächere) von mir aufgenommen; aber nicht dieses Lied. Ich muß also fürchten, daß es wenig tauge, und habe daher auch das Herz nicht, es Ihnen zu senden.

Doch tröstete ich mich mit der entzückenden Aussicht, auf einer Reise, die ich während dieses Sommers durch Deutschland zu machen gedachte, Ihnen persönlich um den Hals zu fallen. Aber auch dieser schöne Entwurf ist an dem trübsten Schicksal meines Lebens gescheitert. Zu Ende des März sind mir meine beyden jüngern Kinder gestorben, ein Töchterchen, das Engelsinn mit Engelschönheit paarte, und ein zwar noch unmündiger Knabe, dessen Züge aber die schönste Entwickelung ahnden ließen. Dieser herzzerschneidende Verlust hat meine arme Gattin in einen Trübsinn gehüllt, der es mir verbeut, sie auf so lange Zeit allein zu lassen; auch mir hat er jeden Freudegenuß verleidet, und jedes Lächeln, das mir selten genug entfährt, gemahnt mich, als Versündigung an dem Schatten meiner Lieblinge.

Um mich zu zerstreuen, fange ich an, eine neue Ausgabe meiner Poesien zu bearbeiten. Ich sende Ihnen die Ankündigung des Unternehmens; und hoffe, daß Sie mir erlauben werden, Sie unter der Zahl meiner Leser mit aufzuführen.

Durch einen Zufall, der den Glauben an den Zufall Lügen strafen möchte, traf es sich, daß ich grade an meinem letzten 38sten Geburtstage (am ersten Febr.) im dritten Teil Ihres *Siebenkäs* auf Nataliens Gedicht stieß. Wie es an einem solchen Tage mich getroffen habe, können Sie sich vorstellen. Tage und Nächte hat dieses Lied im Innersten meiner Seele mir widergeklungen, und nicht eher konnte ich seinethalb zur Ruhe gelangen, als nachdem ich es in beygehender Umarbeitung wieder gleichsam ausgeatmet hatte.

Schenken Sie mir Ihre Freundschaft, mein Allerteurester. Ich weiß nicht, wer Sie sind? Ob groß oder klein? Ob alt oder jung? Reich oder arm? Vornehm oder gering? Ich weiß nur, daß Sie Mensch sind; daß ich unter allen Menschen des weiten öden Erdbodens mich Ihnen am nächsten fühle; daß ich Ihnen die edelsten Gefühle, die köstlichsten Schmerzen, Millionen der allersüßesten Tränen verdanke –. Nie geh ich spazieren, nie lustwandel ich am Gestade naher Meere, nie steh ich auf unserm majestätischen Arkona und staune in die Unendlichkeit hinüber, ohne zu mir selbst zu sprechen: Wo mag wohl Friedrich Richter in diesem Augenblick wandeln? Welche holde Fantasien mögen seinen innern Sinn umspielen? Welche Chiffern des großen symbolischen Buchs Natur mag sein treues Auge izt wohl lesen und deuten!

Ich hoffe, Sie werden mir schreiben. Ich bete, daß die Innigkeit und Glut Ihrer Gefühle Sie nicht zu schnell aufreiben möge. Ich bin ewig

Ihr Freund

Ludwig Theobul Kosegarten.

P.S.: Ich bin nicht im Stande, das versprochne Lied aus dem Chaos meiner Papiere herauszufinden. Statt dessen sende ich Ihnen ein anderes, das ich am Begräbnisabend meines Carl dichtete.

Friedrich Rühs
Zu gelehrte Ansichten vermeiden

An Georg Joachim Göschen

Greifswald den 4ten Aug. 1808

Ich habe so mancherlei ganz unerwarteteVerhinderungen gehabt, daß ich mit meiner Schrift über Finland weit langsamer fortgerückt bin, als ich dachte. Seit der franz. Occupation der Provinz bekleidete ich ad interim die hist. Prozession auf der hiesigen Academie: ich erhielt dafür eine Gehaltszulage von der Gouvernementscommission und hatte die sichere Aussicht, die Stelle selbst zu erhalten, doch fand man ihre Wiederbesetzung für den Augenblick und unter den obwaltenden Umständen nicht für tunlich. Unterdessen hatte Hr. Kosegarten die Gelegenheit wahrgenommen, sich bei Sr. Erz. d. Hrn. Marschall Goult beliebt zu machen und ihn um die Stelle quaestionis gebeten: seine Pfarre zu Altenkirchen, die ihm über 4000 Rt. einträgt, wollte er dabei behalten und durch einen Vicarius verwalten lassen. Der Plan gelang. Ich geriet dadurch in die äußerste Verlegenheit: mir blieb indessen nichts übrig, als eine Entschädigung zu suchen, und ich ward auch wirkich nicht nur zum Professor ernannt, sondern habe zu meiner bisherigen Stelle eine Zulage von 400 Rt. erhalten. Diese Geschichte war an und für sich sehr verdrießlich und raubte mir für einige Zeit alle Lust und Stätigkeit zur Arbeit, dann kamen ein Paar Reisen nach Stralsund und eine weitläuftige Correspondenz hinzu. Mit besonderer Verehrung erkenne ich die Teilnahme unsres vortrefflichen Müllers, der selbst an den Marschall meinetwegen geschrieben hat. Kosegarten wird übrigens in keiner Hinsicht durch diesen unbesonnenen Schritt, den selbst seine besten Freunde mißbilligen, gewinnen, sondern bald Ursache haben, ihn zu bereuen.

Zweitens ist meine Frau kürzlich zum ersten Mal niedergekommen, und auch dieses Ereignis hat natürlich nicht ohne Stöhrungen für einen Mann abgehen können, der die menschlichen Gefühle bei der steten Beschäftigung mit den Wissenschaften sich zu erhalten gesucht hat. Aus diesen Gründen werden Sie eine Zögerung verzeihlich finden, die mir selbst unangenehm ist: jetzt bin ich indessen so weit, daß ich Ihnen mit Sicherheit von 8 Tagen zu 8 Tagen eine beträchtliche Manuscriptsendung versprechen kann und der Druck nun ununterbrochen fortgehen soll. Hoffentlich haben Sie die Hermelinsche Charte nebst einigen Msct.bogen erhalten (heute schicke ich von S. 45–84). Ich bitte Sie, mir die gedruckten Bogen baldigst mitzuteilen, weil ich die etwaigen Druckfehler gern bemerken und auch gern wissen möchte, wie stark das Werk etwa ausfallen wird. In Rußland wird die Schrift gewiß viele Käufer finden, und ich bin überzeugt, daß das Buch als das erste in seiner Art auch ohne das Interesse des Augenblicks gelesen wird. Der Stoff ist mit vieler Mühe aus lauter einzelnen und zerstreuten Angaben zusammengesucht; ich wollte so viel [wie] möglich ein zu gelehrtes Ansehn vermeiden und habe daher nur bei den wichtigsten Stellen die Schriftsteller angeführt: ich hoffe, daß es hinreichend seyn wird, den Kenner von dem Fleiß zu überzeugen, den ich auf diese Arbeit gewandt habe. Statt kritischer Untersuchungen, die mir hier nicht am rechten Orte scheinen, werd' ich einen Anhang über die finl. Colonisten in Schweden und Norwegen beifügen, so daß man also in diesem Buche alles, was die eige(n)tlichen Finländer betrifft, beieinander findet.

Der größeren Sicherheit wegen frankiere ich nicht: ich erwarte daher auch die Zusendungen von Ihnen unfrankiert: wenn die Charte copiert seyn sollte, bitte ich recht bald um einen Abdruck der Copie. Den Stich des Notenblatts haben Sie wohl gütigst besorgt?

Erscheint das Journal Selene noch? In diesem Fall werde ich mir die Erlaubnis [nehmen], Ihnen einige Beiträge für dasselbe mitzuteilen, die mir dafür geeignet scheinen.

Mit der größten Hochachtung und Ergebenheit
Euer Wohlgebohrn gehorsamster Diener
Fr. Rühs

Philipp Otto Runge

Platter durch Hochdeutsch

An Johann Georg Zimmer in Heidelberg

Hamburg, den 24. Januar 1806

Lieber Freund, ich danke Ihnen, nicht bloß für Ihr gütiges Andenken und das Geschenk, welches Sie mir mit *Des Knaben Wunderhorn* gemacht; mehr und dauernder ist mir die freundschaftliche Gesinnung, welche Sie stets für mich gehabt, unvergeßlich; ich bin außer Zweifel daran und ohne Besorgnis, daß wir jemals in der Hauptsache auseinander sein sollten, wie verschieden uns auch der lebendige Ausdruck der Natur innerlich und äußerlich berühren und anziehen möchte.

Es ist unmöglich, daß man das Buch, welches Sie mir da schenken, ohne lebhaft interessiert zu werden in die Hand nehmen könnte, weil ein jeder an seine Umgebungen oder an die Umstände, unter welchen er dieses oder jenes gehört hat oder noch hört, erinnert wird. Nur fällt es einem auf, zuerst, daß man vieles, das darin ist, vollständiger kennt und gehört hat, und hernach, daß durch das Übertragen oder Verhochdeutschen eine Sache oft platter geworden ist. An einem rechten Volksliede, 1 Ballade, Märchen usw. hangt eine geistige Färbung, wie die Staubfäden an den Blumen, dieses haben auch die Herausgeber gefühlt. Es liegt dieses wohl bisweilen in der Geschichte oder Materie, am gewöhnlichsten aber doch in dem Wie? oder Wodurch? Herder hatte recht, daß die Melodien dabei gehören und selbst dem Fremdesten das höchste Interesse geben; sollte es nicht dasselbe mit dem Dialekt sein, in welchem so ein Lied gemacht worden, und sollte man nicht, wenn man darauf denkt, den Reiz solcher Sachen festzuhalten, grade das Flüchtige, ich möchte sagen, die Blüte, in welcher sie einem erscheinen, festzuhalten suchen? Und diesen Moment der Blüte hat, so gut wie alles Große und Gewaltige, auch jedes Lebendige, das uns reizt, und wer grade diesen festzuhalten sucht, kommt dahin, auch die Blume und Blüte einer langen Bestrebung vieler Geschlechter in jeder Kunst wahrzunehmen. Wenn man vergleichen wollte, könnte man sagen, die Malerei hätte in ihrem Anfange schon darnach gestrebt, die Blüte darzustellen, eben das Flüchtige, das erst am Ende möglich geworden, da das Gewächs seine größte Höhe erreicht hatte. Und so wie die Blume nur einen Moment in ihrer Pracht da steht, daß man das Woher? oder Wodurch? darüber vergißt, so vergessen auch eben die Menschen eines über dem andern, und wenn einer das Wie? ohne das Was? macht, ist es wieder so, als wenn die Blätter der Blume ihr die Farben nachmachen wollen; was kommt dabei heraus? Das sehen wir in jedem Herbst, die ganze Geschichte geht kaputt, und wenn der Same nicht glücklicherweise bei der ganzen Sache verborgen und in der Mitte bliebe, wo sollte wieder etwas Neues herkommen? Ich sende Ihnen hiebei zwei plattdeutsche Döhnchen, wie sie die Kinderfrauen wohl erzählen. Man findet sie selten so vollständig, und ich habe mich bemüht, sie so aufzuschreiben, wie sie sich anhören. Vielleicht, da Sie das Plattdeutsche doch verstehen, wird es Ihnen möglich, auch den rechten Ton zu treffen oder ihn sich zu imaginieren. Der Ton ist sehr verschieden in beiden. Das erste ist eigentlich erhaben pathetisch und wird durch die Kümmerlichkeit und Gleichgültigkeit des Fischers sehr gehoben. Das andre ist im Grunde mehr wehmütig als traurig, es geht oft ins Fröhliche über. Ich glaube, wenn jemand es übernähme, dergleichen recht zu sammeln, und hätte das Zeug, um das Eigentliche zu packen, daß es schon der Mühe verlohnen würde; vorzüglich wäre nie zu vergessen, daß die Sachen nicht gelesen, sondern erzählt werden sollten.

In dem Wunderhorn sind sehr schöne Sachen, vorzüglich: Musikam soll man ehren, die Schweizer Geschichten, und dann: Ich will zu Land ausreiten! Dies ist wahrscheinlich aus dem Heldenbuch und, wenn ich nicht irre, ein Bruchstück aus dem Rosengarten, wo der Alte seine Recken holt. – Mein Bruder D. hat sich vorzüglich daran erbaut und erbaut sich noch, denn ich habe es noch nicht wieder.

Mit den besten Wünschen für das neue Jahr

Philipp Otto Runge

Johann Gottfried Ludwig Kosegarten

Ein Schwede tanzte vorzüglich schön

Greifswald den 11ten November 1810

Liebe Schwester!

Du verlangst in deinem letzten Briefe an Emma einige Nachrichten von mir über den letzten Ball und andre hiesige Neuigkeiten. Was ersteren anbetrifft, so war er nicht recht sonderlich, wie denn die Entreebälle hier gewöhnlich ziemlich trostlos sind, welches auch nicht gut anders seyn kann wegen der Teuerheit, um sozusagen, des Hrn. Meixner. Es waren also nicht recht viele Menschen da, indessen ging es doch an, obgleich es nicht mit der sonstigen Anzahl auf den Freybällen zu vergleichen war. Auch fehlte es am meisten noch wohl an Damen; Studenten waren wenig da, aber viele Officiere von dem hier garnisonierenden Regiment oder Bataillon, ich weiß nicht, wie man es recht nennen soll; da es aus einer ganzen Menge Officiere, vielen Tambours und etlichen Soldaten besteht. Von deinen Bekanntinnen wüßte ich keine, die da gewesen wäre als die mittelsten beyden Mamsel Schuberts, welche jetzt allein zu Hause sind. Die Musik war recht gut und ward von dem neuen Herrn Musikdirektor Awe angeführt. Zwischen den Tänzen entstanden immer sehr lange Pausen, dagegen jene, z. B. die Walzer auch wieder übermäßig lang dauerten. Einmal waren die Damen fast alle hinaus aus dem Saal und speiseten in den anliegenden Zimmern. Besonders sachte ging es im Anfang her, in der Folge ward es doch etwas lebhafter. Es waren auch einige Franzosen da, z. B. der Herr Domainendirektor Ricaut, ein großer dicker Herr, und ein französischer Sekretair mit einer gewaltig hohen und spitzen zuckerhutähnlichen Perücke von braunem Haar, zu der man immer Lust bekam sie oben beym Schopf zu fassen und drunter zu kucken, was unter ihr sey. Ein Schwedischer Kapitain, auch zur hiesigen Garnison gehörig, war daselbst und tanzte ganz vorzüglich schön. Er wollte auch mit der ältesten Fräulein Ekensteen eine Chavotte tanzen; da nun der Musikdirektor die Musik dazu nicht kannte, so stellte sich der betagte Kapitain, ein kleiner dicker gedrungener brösiger Schwede, vor ihn hin, und sang und sprang ihm die Melodie immer vor, welche der Herr Musikdirektor denn sogleich in Noten faßte. Es war dieselbe, die auch Herr Deligné euch vorzupfeifen pflegte. Allein es wollte doch nicht recht gehn, kurz es ward nichts daraus. Ein andrer sehr langer Herr Officier schlug in der Ekossaise mahl sehr manierlich der ganzen Länge nach zu Boden nieder und hatte kaum Zeit genug wieder aufzustehn, um nicht von allen Heruntertanzenden mit Füßen getrampelt zu werden. Die Frau von Gagern, welche jetzt mit ihrem Manne hier in der Nähe wohnt, war auch da, tanzte aber nicht, weil sie nächstens Wochen halten wird. Auch die junge Frau Poggen war zu sehn, nicht aber die junge Frau Ziemßen. Gegen halb eins ging ich zu Hause. Künftig werden nun wohl Bälle auf Subskription gegeben werden, wo es denn nicht an Menschen zu fehlen pflegt. Auch hörte ich gestern, daß der Graf Hahn hier wäre, um zu Neujahr für die Schwerinsche Schauspielergesellschaft ein Lokal zu mieten. Er hatte Quistorp bewegen wollen, sein neues Haus in der Knopfstraße dazu einzurichten. Dieser will sich aber nicht damit abgeben. Wir Studenten brachten am Donnerstag dem Herrn Doktor Rosenthal, welcher als Profektor nach Berlin geht, ein Vivat mit Musik, Pauken und Trompeten, den Herrn Musikdirektor an der Spitze. Von

Rosenthal zogen wir zum Rektor Ziemßen, ließen auch den recht hochleben, und marschierten sodann nach dem Markt zurück, wo der akademischen Freiheit ein Vivat gebracht, und zum Beschluß ein Gaudeamus mit der Musik gesungen ward. Es sind hier jetzt viele schwedische Studenten, die sich mit uns Teutschen aber gar nicht abgeben, auch können sehr wenige etwas Teutsch. Sie haben entweder schneeweiße oder auch brandgelbe Haare, einige auch hochrote, und sehn meistens recht degten Bauernkerls nicht unähnlich. Speisen tun sie auf dem Convictorio jeder soviel wie drey Deutsche, so daß auch der Oeconomus schon in nicht geringen Sorgen ist darüber, daß noch mehr kommen mögen und er darüber banquerot mache.

Daß das Wetter bey euch so sey wie hier, vermute ich; das heißt, es regnet so ziemlich den ganzen Tag; und die Marktleute sind zu bedauern gewesen deshalb. Ich habe sie und die Buben beym Hin- und Hergehn in die Exegese des Hrrn. Prof. Ziemßen öfters passieret, sie aber wenig angeschauet, auch ihnen keinen Schilling zugewandt. Käufer waren wie gewöhnlich wenig zu sehn, ausgenommen am Montag, wo Schuhmarkt war, und der ganze Markt gedrängt voll Bauern stand.

In diesen Tagen hat Mamsell Lina Stücker Hochzeit gemacht zu Grimm, und wird nächstens hier mit ihrem Herrn Gemahl Mohnike einziehn, welcher Konrektor hieselbst geworden ist. Den Tod des Prof. Maiern hast du vielleicht schon erfahren. Auch Bonnins Schwiegervater, der alte Grave, ist gestorben, und der Herr Oberst macht nun eine reiche Erbschaft; man erwartete ihn in diesen Tagen hier.

Bald nach unserer Ankunft hier in Greifswald ging ich mit Wellmann und Schliephaak mal nach Rappenhagen, wo Ludwig Lappe Hauslehrer ist und der Frau Justizräthin Gutjahren Schwiegereltern wohnen. Sie ist jetzt auch da mit ihrem Kinde, kommt aber öfters zur Stadt. Es ist da sehr hübsch zu Rappenhagen, sowohl im großen sehr schön möblierten Hause, wie auch im Garten und Holz, welche mit dem Kiesowschen Ähnlichkeit haben. Tags darauf promovierte Meier feierlich zum Doktor der Medizin; der rote Hut kleidete ihm nicht übel.

Für jetzt weiß ich nichts recht mehr; sage den Knaben nur von meinetwegen, ich ließe ihnen sagen, bey gutem Wetter eine Flagge auf ihrem Turme auszustecken. Lebewohl und grüß vielmal.

Schuberts in Berlin sollen krank und Herr Mag. Martens mit Fritze Schubert und Jule Meier daselbst in einer Stube eingesperrt seyn.

Dein Bruder G. Kosegarten

Carl Gustav Homeyer

Ergänzungen zum Landgebrauch und zum Dähnert

An Johann Gottfried Ludwig Kosegarten

d. 27 Dezember 1838

Verehrter Gönner und Freund

Mit herzlicher Freude habe ich Ihre Ankündigung eines neuen niedersächsischen Wörterbuches gelesen. Schon die bloße Verbindung des bisher in so vielen besondern Idiotiken und Glossarien zerstreuten wäre höchst willkommen und verdienstlich; aber wie mannigfache Berichtigung und Vermehrung des darin enthaltenen dürfen wir nicht von Ihrer Kenntnis der lebendigen Volkssprache und Ihrer Belesenheit in den Schriftwerken Niederdeutschlands erwarten. Ihr lieber Sohn sagt mir, daß Sie dem Glossar zu meiner Ausgabe des S(achsen)spiegels einige Rücksicht gönnen wollen; und so möchte ich mir erlauben, ein Paar Berichtigungen der darin gegebenen Erklärungen mitzuteilen. *[Es folgen 3 Berichtigungen].*

Ich bin jetzt mit einem Glossar zu dem 2ten Teil des G. Sp. dem sächsischen Lehnrecht beschäftigt, worin mehrfache Ergänzungen zu dem des Landrechts vorkommen werden. Sollte ich damit fertig werden, ehe Sie mit dem Druck beginnen, so stände es Ihnen zur Benutzung zu Diensten. Ebenso mein Exemplar des Dähnertschen Wörterbuches, worin ich in früheren Jahren zuweilen etwas nachgetragen. Auch das dürftige Glossar zum Rügianischen Landbrauch habe ich einmal zu ergänzen versucht; doch wäre Ihnen diese Zutat freilich entbehrlich, wenn Sie jene Rechtsquelle selbst ganz durchnehmen.

Daß Fidicin zu seinen diplomat. Beiträgen zur Geschichte von Berlin ein Wörterbuch gegeben, ist Ihnen wohl bekannt.

Mit der Bitte um ferneres gütiges Wohlwollen

Ihr herzlichst ergebener G. Homeyer

Gotthard Ludwig (Theobul) Kosegarten

Ihr dummer Götze Teutschtum

Überhaupt aber verdanken sie mir, oder vielmehr, es stellen jene Afterredner sich an, als ob sie mir verdächten, daß ich bei den Fremden mein Recht gesucht, und von den Feinden das Amt mir habe geben lassen. Und wie anders hätte ich es dann anfangen sollen, ich bitte? Und ist es nicht einfacher, würdiger, edler, das Amt, dazu man sich eben gewachsen fühlt, nachzusuchen bey der dasselbe verleihenden Macht; als die Ämter zu erkriechen durch Speichelleckerei, oder sie zu erschleichen mittels der Schürze, oder sie zu erkaufen mit schnödem Golde? War etwa ich der Erste und Letzte im Lande, der sich hätte befördern lassen durch den Eroberer, der Kronen gab und nahm, in jener herben Zeit? Sitzen nicht eben itzt, da ich dieses schreibe, in unsern ehrwürdigsten Collegien und Corporationen Männer, welche angestellt worden sind ganz auf die gleiche Weise? Oder sollten etwa die erledigten Ämter ledig geblieben seyn während jener schrecklichen königlosen Zeit? Sollte das Volk nicht getröstet, die Jugend nicht unterwiesen, das Recht nicht gesprochen, das Gesetz nicht gehandhabt, der Staat nicht verwaltet werden in Tagen, wo es zu diesem allen gerade der Tüchtigsten und Kräftigsten im Volk bedurfte? Oder wären etwa Untüchtige diejenigen, die von den Ausländern angestellt wurden? Gehören nicht vielmehr gerade diese zu den Ehrwürdigsten ihres Standes? Sind nicht Männer unter ihnen, welche ausfüllen ihren Platz mit Kraft und Nachdruck, weniger geehrt worden durch das Amt, als das Amt durch sie? Gewiß, diese Fremdlinge und Eindränglinge wußten gar wohl in Fällen dieser Art, was ihnen zu tun gebühre. Keineswegs wird ihnen nachgewiesen werden können, daß sie die Ämter und die Würden verschleudert hätten an Kreaturen und Nepoten, an Schmarotzer und Schmeichler, um schnödes Gold und glatte Worte? Sie pflogen Rates zuvor mit den Behörden. Sie zogen Kunde ein von des Bewerbers Gaben und Verdiensten. Es war ihnen ein Ernst darum, den Würdigsten herauszufinden; und eben weil es ihnen damit ein Ernst war, haben sie meistens gefunden, was sie suchten. Allein es ist auch jenes alles nicht das, was, die mich lästern, eigentlich reizte. Es kümmert sie im Grunde nicht groß, wer ich vormals gewesen, oder wie ich es getrieben, wenn ich nur itzt mit ihnen es wollte halten. Ich hätte mögen ihrethalb schalten und walten in der letzten verflossenen Zeit nach des eigenen Herzens Lust und Belieben; ich hätte mögen prassen und schwelgen an den Tafeln der Ausländer, den Hof machen ihren Phrynen und Ganimeden, preisgeben ihrem Gelüste die eigenen Töchter und Mündel, und zum Lohn mir zuschlagen lassen Lieferungen und Commissariate, und des Landes fetteste Güter: in die Wette mit ihnen hätte ich mich mögen mästen von dem Mark der Dürftigen, und mich berauschen in den Tränen und dem Blute des ausgesogenen Volkes; das alles hätte ich tun mögen, und noch Schlimmeres; schinden hätt' ich mögen wie Verres, und prassen wie Vitellius; stehlen wie Achab, morden wie Doeg, verratend küssen wie Ischariot, lügen dem heiligen Geist ins Angesicht wie Ananius und Sapphira; wenn ich itzt nur, da die Windfahne sich gedreht, wollte heulen mit den Wölfen, und belfern mit den Rüden, und mit den Gänsen schnattern; wenn ich nur wollte mit ihnen Chorus machend, fluchen dem Franzosentum, und niederfallend anbeten vor dem bleiernen Kalbe, das sie sich gegossen haben, vor ihrem dummen Götzen Teutschtum; dann wäre ich ein rechter Mann und Held, ein zweyter Hutten oder Hartmut, und würde, als ein solcher, hochgefeiert und lobgepriesen in den Zeitungen und Zeitschriften. Weil ich aber solches weder kann noch mag; sintemalen die französische Volkseigentümlichkeit sicherlich eben so achtungswürdig ist in ihrer Art, wie nur immer die der Britten und der Deutschen; weil ich das achte Gebot bedenkend schändlich finden würde, Böses nachzusagen solchen, von denen ich meines Teils nur Gutes erfahren, und in Erfahrung gebracht; so erfrechen sie sich, mich der Ausländerei zu zeihen und des Hochverrats am Vaterlande, mich, den Schlichten, Faltenlosen, der in der altväterlichen Einfältigkeit dermalen ersteifte und erstarrte von seiner Jugend auf, daß nie auch nur die verschämteste Andeutung modischer, geschweige ausländischer Glättung oder Modelung hat haften mögen so wenig an seinem Äußeren als an seinem Innern. Weil ich gewagt, die Mäßigung zu predigen und den Tagen des Unmaßes, und die Sitte in Schutz zu nehmen gegen die Roheit; weil mir gewidert ihr wüstes Gebrüll, und mir Bauchgrimmen erregt ihre huronischen Schlachtgesänge; weil ich geeifert gegen den neuen Terrorism, und gewarnt vor den Knipperdollingen des Tages und vor den zweyten Marats; weil ich mich nicht vermesse zu richten den, welchen zu richten nur der Nachwelt gebührt und der Geschichte und dem Gott; weil mein historisches Gewissen mir nicht erlaubt, ein verwandtes Nachbarvolk zu verläumden und zu verlästern, dem das Menschengeschlecht leichtlich eben so hoch verhaftet und verpflichtet seyn dürfte als dem Unsern; weil ihre gespielte Frömmigkeit mir ein Gräuel ist, und die religiöse Schminke mich dünkt der Ruchlosigkeit Gipfel; weil mich widersinnig, um nicht zu sagen lästerlich bedünkt, das Kreuz zu paaren mit dem Schwert, das Werkzeug unsrer Entsündigung mit dem der Sünde, das Symbol der leidenden Hingabe mit dem der Selbstwehr und Selbstrache; weil es mir wehe tut, die eigenen Brüder das Evangelium der Liebe verzerren zu sehn zu dem Kakongelion des Hasses, fluchen zu hören, die da segnen sollten, den Dolch zucken zu sehn, welche berufen wurden, den versöhnenden Kelch zu reichen; weil mir widersteht, ein doppeltes Recht anzuerkennen, das eine, welches gelte auf dem Trockenen, das andere, was auf dem Meere; weil ich mich weigere, was in unserm Erdteil schändlich und verabscheuungswürdig geachtet wird, löblich und preiswürdig zu finden in den drey oder vier übrigen; weil Italiens Entjochung und Polens Herstellung mir nicht minder Sache der Menschheit dünkt, als die Erlösung Deutschlands; weil das Menschentum mir höher steht als das Volkstum und der Gattung gemeinsames Vaterland höher als des Einzelnen Heimat; weil die Erdscholle, die mich trägt, mich nicht der Nabel des Universums bedünkt, noch der Augenwink, noch das Fingerschnalzen, während dessen ich atme, der Brennpunkt der gesamten Menschengeschichte; weil ich die Wahrheit mir zur Braut erkor und zur einzigen Gebieterin, auch darüber halte von Amtes und Berufes wegen, daß ihre Stimme, wenn nirgends, so doch wenigstens möge gehört werden in dem Hörsaal der Geschichte, welche, wenn anders nichts, dieß Eine wenigstens ernstmahnend lehrt: daß unbegreiflich Gottes Gerichte seyn, und unausforschlich seine Wege, daß noch nie ein Sterblicher des Herrn Sinn erkannt, und daß Vermessenheit oder Blödsinn sey, sich anzustellen, als habe man in Seinem Rat gesessen. Darum, nur darum ist es, daß sie mich hassen; darum wüten und toben sie wider mich, darum lästern und verfolgen sie mich, und ‚können meines Fleisches nicht satt werden'; darum schelten sie mich einen Bonapartisten und Franzosenfreund, und möchten die blinde Menge wider mich aufregen, und würden Brot und Leumund mir rauben, wenn ihnen die Macht dazu gegeben würde. Allein sie wird ihnen nicht gegeben werden; dafür ist mir nicht bange. Ihre Blitze sind nur Kolophonienblicke, und ihr Donner ein Gerumpel mit hohlen Tonnen. Allzu fest ist meine Ehre begründet vor den Edleren unsers Volks, als daß sie könnte versehrt werden durch ihrer Ansprützungen. Zu groß ist noch die Zahl der Ruhigen und Würdigen; zu durchgreifend sind am Ende Vernunft und und Rechtsgefühl; zu gerecht ist die Nachwelt, als daß die rohen Ausbrüche ihrer fanatischen Wuth meinen Wohlstand erschüttern oder meinen Leumund kränken könnten. Es wird meiner gedacht werden, wann von ihnen längst nicht mehr die Rede gewesen. Es werden leben meine Gesänge mit denen des Haller, Kleist, Zu, Krenz und Klopstock, wenn die Irrwische und Feuerbrände, sie unter das Volk schleuderten, längst verdampft und verqualmt sind. Wohl habe ich nie von der Tugend mich benannt, noch ihren ehrwürdigen Namen genießbraucht zu einem Aushängeschild oder einer Lockpfeife für geheime Vergatterungen; aber ihr Geist ist mir nicht fremd geblieben, ich habe sie zu verherrlichen gestrebt mein Lebenlang durch Wort und Lied, ingleichen, soweit die menschliche Gebrechlichkeit es verstattet, durch Tun und Leiden und durch die Darbringung mancher schweren Opfer. Wohl habe ich, mich begnügend, dem deutschen Volk anzugehören, für überflüssig gehalten, mich einschreiben zu lassen in die Rollen des Einen oder Andern jener neugebildeten engeren Vereine, welche vorzugsweise sich die deutschen nennen; weder kleide ich mich in Spenglers oder Pirkheimers Costum, noch zwänge ich mich zu sprechen, wie der Luther sprach, oder zu schreiben, wie das Narrenschiff geschrieben ist, oder zu reimen wie der Theuerdank gereimt worden mitsamt dem Froschmäuseler; dennoch bin ich mir bewußt, ein deutsches Herz in der Brust zu tragen, und wohl ein deutscheres, als jene. Denn unsers Volkes Eigentümlichkeit ist mit nichten jene schroffe, eckige, scharfkantige, abstoßende Absonderlichkeit und Abgeschlossenheit, die sie uns predigen; sie war von jeher, und wird seyn, so lange wir uns selbst getreu bleiben: Universalität, Humanität, die schöne Gabe, uns anzueignen das Gute und Schöne aller Zeit und jeder Zunge, jene gerechte Mitte, welche, wie den Charakter unsrer geographischen Lage also auch den unterscheidenden und achtbarsten Zug ausmacht in unserm geistigen und sittlichen Bilde.

Jedoch ich gedenke, daß geschrieben steht: „Stecke dein Schwert in die Scheide; denn wer das Schwert nimmt, soll durch das Schwert umkommen.“ Darum will ich einscheiden das Meinige, und hoffe, von nun an es nimmer wieder ziehn zu dürfen.

Hermann Baier

Nicht für den irdischen Gebrauch

Der Grund und Boden, worauf dies Haus gebauet worden, ist des Königs Boden. Der König hat bewilligt nicht nur, daß es auf seinem Boden gegründet wurde; er hat auch reichlich zu seiner Vollendung beigesteuert. So wird denn wohl niemand in Abrede sein, daß auch dem König zukomme, über dies Haus zu verfügen, und zu verordnen mit vollem Recht noch mehr, als aus seiner königlichen Macht und Würdigkeit, wem dies Haus von nun an gehören, und zu welcherlei Gebrauch es solle benutzt werden. Daß nun der König von solchem seinem Rechte in der Tat Gebrauch gemacht, daß er über dies Haus verfügt, und in welchem Maße er darüber verfügt habe, solches euch zu erklären ist mir aufgetragen worden, und zu solchem Ende habe ich euch zusammengerufen in dieser Stunde.

So sei denn kund getan hiermit, euch allen, die ihr hier versammelt seid; und es werde kund getan durch euch euren Nachbarn, die daheim geblieben; und es werde noch weiter verkündigt von diesen an ihre Kinder, und mittelst dieser dermaleinst an eurer Kinder Kinder, daß des Königs ernster Wille und ausdrückliches Gebot sei, es solle dieses Haus von nun an angesehen und betrachtet werden als ein solches, welches, so lange seine Mauren stehn, und so Gott will, so lange dieser Berge Gründe stehn, angehöre als einziges Erbe und ausschließendes Eigentum Gott dem Herrn! Gott dem Herrn, sage ich! der freilich an und für sich selbst schon der allerhöchste Eigentumsherr Himmels und der Erde ist, der aber die Erde dem Menschen zu Lehn gegeben, daß er darüber schalten und walten möge, nicht nach Willkühr, sondern in des obersten Lehnsherrn Sinn und Meinung; der zwar nicht wohnet in Häusern, von der Menschen Händen erbaut, indem der Himmel sein Stuhl ist, und die Erde seines Stuhles Schemel; der aber nicht verschmähet einzukehren bei allen, die zerbrochnen Herzens sind; ja der verheissen hat durch seinen eingebohrnen Sohn, daß, wo auch Wenige nur in seinem Namen sich versammelt hätten, da wolle er in ihrer Mitte sein, und wolle durch seinen Geist sie in alle Wahrheit leiten. Ihm, dem Hochheiligen und Dreimal Einen, dem Vater, der uns schuf und uns erhält, dem Sohn, der uns erlösete und uns vertritt, dem heiligen Geist, der uns beruft, sammelt, heiligt, erleuchtet und wiedergebiert; ihm soll dieses Haus gewidmet und geheiligt sein von nun an bis auf ewige Zeiten … So will es der König! Und solchen seinen Willen läßt er durch mich euch heute entbieten. Und er verheißt, von diesem Tage an dieses Gott geweihte Haus in seinen besonderen Schutz zu nehmen und unter seinem königlichen Schirm es zu behüten und zu bewahren mit Ernst und Strenge.

Wehe dem daher, der etwa einmal wagen wollte, in der Zukunft, dieses Haus an sich reißen, oder zu schnödem irdischen Gebrauch es misbrauchen zu wollen, es sei unter welchem Schein oder Vorwande es auch wolle! Wehe dem, der sich unterstehen wollte, diesem Gott geweihtem Hause Abbruch oder Eindrang zu tun in seinen vor Gott und vor Menschen laut und bündig ihm zugesicherten Rechten! Wehe dem, der mit verruchter Hand sich vergreifen möchte an dem Hause Gottes, der vorsetzlich und böslich es schädigen möchte an seinen Mauren, seinem Dach oder seinen Fenstern! Wehe dreimal dem, der, wenn des Herrn Werk nun in diesem Hause gehandhabt wird, vermessen und verwegen genug sein könnte, solch frommes Werk mutwillig und freventlich zu stöhren, zu hindern und zu hemmen! Nicht ungestraft wird ihn der König lassen! Und so er auch des irdischen Königs Zorn entränne, es wird ihn schon zu finden wissen der König aller Könige, welcher gelobet hat, den nicht ungestraft zu lassen, der seinen Namen misbraucht!

Es stehet freilich dies Gotteshaus allein hier in den Bergen und gänzlich abgesondert von den Wohnungen der Menschen, also daß scheinen möchte, als sei Gefahr vorhanden, daß gewissenlose Hände gar leichtlich und unbemerkt und unbestraft Frevel an ihm üben könnten und dürften. Allein, das hat nicht Not! Eben weil es so allein und einsam steht, so waltet über ihm ein desto mächtigerer, wenn gleich verborgner Schutz. Es wird keiner in frevelhafter Absicht seinen Mauren nahen können, oder er wird sich geschüttelt fühlen von einem heimlichen Grauen; und so er verstockten Herzens gleichwohl die beschlossne Tücke verübte, so wird solch Bubenstück ihn nicht schlafen lassen sein Leben lang. Es trägt auch die Obrigkeit das Schwert nicht umsonst. Und auch hat jener alte Spruch sich noch immer bewährt: „Es werde nichts so fein gesponnen, es komme endlich an die Sonnen!“

Darum vermahne ich euch alle, die ihr hier versammelt seid, daß ihr als fromme Christen nicht nur, sondern auch als getreue Untertanen in alle Wege die Ehre und Erhaltung dieses Gotteshauses euch lasset von Herzen angelegen sein. Ich vermahne insonderheit euch, Hausväter und Einwohner der Vitte, die ihr in jeder Hinsicht diesem Hause die Nächsten seid, daß ihr wollet fortwährend ein wachsames Auge auf dasselbe haben, also daß weder der Eurigen einer, noch der Nachbarn einer, noch irgend ein Fremder, am wenigsten aber eure eignen Kinder an diesem Hause auf irgendeine Weise sich versündigen mögen. Vielmehr sollt ihr den Leztern, wie es frommen Eltern gebührt, einreden und sie angewöhnen von der Wiege an, daß sie dies Haus ansehn als Gottes Haus, und nicht anders denn mit heiliger Scheu und ehrfürchtigem Gefühl demselben nahen. Solches wird ihnen gut tun für die Zeit und Ewigkeit. Denn Gott fürchten ist der Weisheit Anfang, und wer Gott fürchten lernte in seiner zarten Jugend, der wird furchtlos und unerschrocken durch das Leben gehn, es drohe ihm gleich der Menschen Grimm, oder die aufgeregte Wut des blinden tobenden Elementes selber. „Und ob er auch wanderte im finstern Tal, so fürchtet er sich doch nicht. Der Herr ist sein Schirm und sein Schutz; vor wem sollte er sich fürchten? Der Herr ist seines Lebens Licht; vor wem sollte ihm grauen? Der Herr ist Sonne und Schild; der Herr gibt Gnade und Ehre; er läßt kein Gutes mangeln dem Frommen. Herr Zebaoth, wohl dem Menschen, der sich auf dich verläßt!"

Aber nur dann sollt ihr Gottesdienst halten hier in diesem Hause, wenn ihr drunten im Tale unter freiem Himmel nicht auszudauern vermögt, und des Wetters Ungestüm euch zwingt, Schutz und Obdach zu suchen in eurem Bethause. Denn nur zu solchem Zweck ist es gebaut, und nur unter solchen Umständen soll frei stehn, zu ihm zu flüchten. Das wolle Gott nicht, daß aus Anlaß dieses unsers Baues die alte fromme Sitte, Ihn anzubeten draußen im Freien im herrlichen Tempel der Natur, jemalen in Abnahme und endlich gar außer Übung kommen solle! Es hat vielmehr und ganz im Gegenteil durch dieses Hauses Gründung und Vollendung der Gottesdienst in euren Bergen nur noch fester begründet und für immer bekräftigt werden sollen, indem durch jene Vorkehrung schnöder Weichlichkeit und Bequemlichkeit aller Vorwand, solchen einzustellen, gänzlich genommen und für immer abgeschnitten würde. Auch wollen wir nicht fürchten, daß irgend einem künftigen Diener unsrer Kirche oder Seelsorger dieser Gemeinde in Sinn kommen könne, abzulassen von der Verehrung Gottes dort im Freien ohne Not und Ursach, und den Dienst lieber halten wollen innerhalb der geschloßnen Mauern. Wir wollen nicht fürchten, daß solche, denen obliegt, vorzuleuchten ihren Brüdern im Leben wie in der Lehre, leichtsinnig oder schlafherzig genug sein könnten, aus Anlaß dieses Hauses abzuschaffen die ehrwürdige Sitte, die durch so vieler Jahrhunderte Brauch geheiligt worden, und dieser Gemeine eigen ist, vielleicht vor allen Christengemeinen in der weiten Welt. Nein, nein! Solange das Evangelium gepredigt wird in unsrer Mutterkirche drüben, und unter ihren Angehörigen; so lange eure Berge stehn und eure Täler sich neigen; solange die Meeresflut die Grundfesten eures Landes noch eines christlichen frommen Fischers Hütte sich zu bergen weiß in jenen Uferschlüchten; solange soll auch der Ewige angerufen werden auf dem Platz, wo ihn die Väter angebetet haben, und es soll Uferpredigt und Ufergottesdienst unter uns gehalten werden zur rechten Zeit und Stunde von Kindeskind zu Kindeskind für und für!

So will ich dann, geliebte Brüder, aufs ernstlichste euch ermahnt, und zugleich aufs herzlichste euch gebeten haben, daß ihr ähnlicher Rohheit und Ungezogenheit in eurer Mitte kräftig straft; ich will euch vermahnt haben um eures zeitlichen und ewigen Wohls und um des irdischen und himmlischen Heils eurer Kinder willen, daß ihr Gottes Wort unter euch in Ehren haltet, und die Predigt desselben nicht verachtet! Fern bleibe auch von diesem Hause in der Stunde der Andacht und Anbetung aller wüste Lärm und alles stöhrende Getöse, alles unzeitige Geflüster, Geplauder und Gelächter! Verbannt sei aus seinen Mauren für immer alle Rohheit und Gemeinheit, aller Leichtsinn und alle Frechheit, aller Eigendünkel und alles hoffärtige Wesen! Hier vor allen gilt die Vermahnung des Apostels: „Lasset alles ordentlich und ehrlich unter euch zugehen!“ Imgleichen jenes andere schöne Wort: „Weiter, meine Brüder, was wahrhaftig, was keusch, was gerecht, was lieblich, was wohllautet, ist etwa eine Tugend, ist etwa ein Lob, dem trachtet nach!“

Heinrich Laube

Die Seefahrt

In stiller, durch keinen Applaus beleidigter Pracht leuchteten noch die Sterne, als ich zum Strande hinabschritt, um mich dem Meer anzuvertrauen. Die Luft war ruhig, um so unruhiger war Ulrich, Erich's Beten hatte nichts geholfen: wir pusteten uns langsam aus der Bucht heran hinter den Vilm, und hofften auf die Zukunft, was bekanntlich die Menschen tun, wenn sie nichts Besseres tun wollen oder können. Drei Vierteile der kouranten Hoffnung sind nichts als wackre Trägheit, die Wenigsten hoffen mit Kraft und Nachdruck, nachdem sie das Ihrige getan, um dafür berechtigt zu sein.

Außer den beiden Schiffern und mir fand sich noch ein kleines Männchen im Schiffe vor, das war ein Uhrmacher, der einen grün karierten Schlafrock und ein grün gesticktes Mützchen trug. Der Schlafrock war sehr lang, länger als der Uhrmacher, und ganz zugeknöpft; vorn auf den Beinen hatte er zwei Taschen, in welchen sich stets die Hände des kleinen Mannes aufhielten, wenn er sie nicht notwendig zum Feuerschlagen oder zum Schneuzen brauchte. Denn er rauchte Tabak und hatte den Schnupfen. Als wir abfuhren, nahm er zärtlich Abschied von einem kleinen Hunde und beiläufig von einer Frauensperson, die allem Ermessen nach seine junge Ehehälfte war, dann sang er ein aufrührerisches Lied mit einigen irrtümlichen Ausdrücken, producierte starke Rauchwolken und versprach, den Schiffern Wind zu machen, kurz er war sehr guter Dinge, und außerdem aus Potsdam gebürtig. Dies sagte er mir nebenher, und in Putbus sei er jetzt etabliert, wo es ihm sehr fidel gehe. In diesem Augenblicke mache er eine Besuchsreise, und zwar diesmal zu Schiffe, weil sich's damit schneller abmachen ließe; zu Lande sei er schon weit herum gewesen in der Welt, in Crossen unweit der schlesischen Grenze und in Torgau bei Leipzig.

Ich machte ihn aufmerksam, daß es vielleicht sehr langsam ginge, weil wir schlechten Wind hätten, und daß es auf der See auch gefährlich werden könnte.

Pah – larifari, ich habe Viel mitgemacht und immer Glück gehabt, ich trinke Abends meine drei Boddellen Bier, und spüre nichts – das ist paperlapap mit der See.

Ulrich lächelte zum ersten Male.

Des kleinen Uhrmachers Stimmung hielt auch nicht lange an, es kamen einige Windstöße, das Schifflein schwankte, und das Tabakrauchen des Uhrmachers wurde blöder, kopfschüttelnd wurde endlich gar die Pfeife bei Seite gestellt, und unter steter Versicherung, daß ihm dergleichen unerklärlich sei, stolperte der erblassende Held bei Seite und tat das Gebräuchliche.

Die Windstöße waren den Schiffern eben noch bedenklicher, Ulrich kratzte sich in den Haaren, und der alte Erich zog seine schwarze Pelzmütze tief über die Ohren, faltete die groben Hände und bewegte die Lippen wie ein Italiener, welcher eiligst etwas von der Frau von Loretto zu wünschen hat. Die Besorgnis wurde denn auch schnell wahr – klatsch fiel das Segel zusammen, und wedelte passiv um den Mastbaum, wir hatten totale Windstille, und lagen unbeweglich auf einem Flecke. Die Sonne schien mild und warm, der grün belaubte Vilm, das weiße Putbus sahen unverrückt auf uns her, wir waren noch mitten im Rügenschen Busen, und es war bereits Mittags. Der Uhrmacher war tot, die Schiffer krochen in die kleine Kajüte, um Kartoffeln zu kochen, das Schöpfenfleisch, was sie aus Rügen mitgenommen hatten, sollte noch nicht angegriffen werden, ich saß in stiller Mittagseinsamkeit auf dem Vorderteil des Schoners, und sah in's dunkle Wasser hinab: Geheimnisvoll lockte es mit seiner Tiefe, all die Geschichten von Wasserfeen summten wie singende Mittagswärme in meinem Kopfe, die Kleider fielen, ich sprang hinab in das lockende Element.

Aber ach, es gibt keine Feen mehr, wenigstens mochten sie nichts mit einem Reisenden zu tun haben, der beim Haloren schwimmen gelernt hatte. Heutigen Tages muß man ersaufen, um mit den Wassergöttern in Berührung zu kommen.

Als Ulrich meines Treibens inne wurde, erhob er ein groß Geschrei und lief nach einem Tau – „wenn der Wind sich erhebt, sind Sie verloren, Herr, wir erreichen Sie gar nicht, oder nicht eher, als bis Ihnen Hören und Sehen und Schwimmen vergangen ist."

Man kann auf offenem Meer auch bei Grabes-Windstille nicht ohne Tau baden, ohne das Äußerste zu riskieren. Die Wellen und kleine Strömungen schaukelten uns nach der Küste von Mönchgut hin, ein Frauenzimmer saß am Strande, und winkte mit einer dunklen Flagge – Gott steht uns bei, Unglück über Unglück, das ist die alten Fretten, die auf ihren versoffenen Liebsten wartet, heiliger Jakob, habe ein Einsehn mit uns!

Erich bewegte noch lebhafter die trocknen Lippen, und ich erhielt mit Mühe die nötige Auskunft. Die alte Fretten nämlich war vor vielen Jahren ein sehr schönes Mädchen gewesen, und hatte einen Liebsten gehabt, der sich durch Geschicklichkeit und Wildheit vor allen Mönchgutern ausgezeichnet. Weil er aber in seiner Wildheit tolle Streiche machte, und zu viel Branntwein trank, so waren die Eltern des schönen

Mädchens gegen die Heirat, und nötigten die arme Tochter, ihre Schürze auszuhängen, um die Freite anzukündigen. Um dieselbe Zeit war der wilde Liebste auf einer Fahrt nach Bornholm begriffen, und konnte nicht am Hause vorübergehn – so wurde denn der kleine Fretten ihr Mann, der ein stilles, manierliches Ansehn hatte, aber ein Schleicher und Duckmäuser war. Von da an sei es schon mit dem Mädchen nicht recht richtig gewesen, und wie nun gar die Nachricht eingetroffen, daß der wilde Hans auf der See zu Grunde gegangen, da habe sie kein vernünftig Wort mehr geredet.

Das ist dreißig Jahre her, setzte Erich hinzu, ich ging gerade damals zum ersten Mal 'naus in die spanische See, und so oft ich wieder nach Rügen komme, und 's scheint die Sonne, da seh ich die Fretten, die mit ihrer Schürze winkt, und das bringt mir jedesmal Unglück, der Teufel hol' die – Gott verzeih mir die Sünde, und schenk' uns en betchen (bischen) Nordohst!

Erich wurde wieder andächtig, und wirklich wachte auch der Wind ein Wenig auf, und wir trieben wieder in die See hinaus.

Die alte Fretten mit ihrer traurigen Flagge war aber noch lange zu sehn – 's geht eben mit Liebe und Heirat unter den patriarchalischen Mönchgutern um kein Haar besser wie bei den ersten, besten Geheimrats, man will die Kinder mit Gewalt gut unterbringen, und läßt zwei Armeen gegen einander operieren, Verstand und Herz, wo die letztere nicht die kleinste Waffe hat, um die erstere einen Ritz tief zu verwunden. Die Natur hilft sich dann auch hier gewaltsam, und nimmt dem besiegten Teile auch das Restchen Verstand noch, was Bewußtsein der Niederlage bringen könnte, der Blödsinn rettet wie der Tod, er ist ein böses Gewissen für gewaltsame Eltern.

Arme Fretten, der Hans liegt tief, und Du siehst obenein nach einer falschen Seite, da drüben vom andern Strande aus geht's nach Bornholm.

Gott sei Dank, nun sehen wir die alte Fretten nicht mehr, sagte Erich, und der Wind – pst, pst. Die Schiffer loben niemals den Wind, um ihn nicht zu erschrecken. Der Wind war etwas lebendiger geworden, aber freilich noch kontrair, wie sie's nennen. Man glaubt indessen nicht, wie ökonomisch und geschickt der Seefahrer allen Wind zu benützen versteht, er wirft die Segel rechts und links und manövriert so geschickt damit, bis er den kleinen oft einzigen Punkt gefangen hat, der nach seiner Richtung treibt, er schneidet ihn scharf zu seinem Besten wie mit einem Messer. Es geht mit den Schifffahrtsangelegenheiten wie mit der Liebe; alle Beschreibung hilft wenig oder nichts zur Kenntniß, die flüchtigste eigene Beteiligung darin hilft mehr als die Lektüre von zwanzig Büchern. Wie viel Seeromane hat man lesen müssen, wo oft das Schicksal der Helden von Backbord- oder Steuerbordseite, von Bramsegel oder Topsegel abhängt, man überläßt das dem Autor, der es verstehen muß.

Wir kamen bei dem steten Südwind wenig von der Stelle, und konnten namentlich die Meeresflut zwischen Ruden und der Oie nicht gewinnen, sondern wurden immer noch westlich von Ruden getrieben. Darüber verging die Zeit, es ward später Nachmittag, und ich hatte nichts zu essen, Erich wollte durchaus noch nicht an's Kochen des Schöpfenfleisches gehen, und eröffnete mit der Besorgniß, daß es uns noch nötiger sein werde, die traurigste Perspektive. Der kleine Uhrmacher, welcher kleinlaut geworden war, fühlte keinen Beruf, mir von einem Paket kalter und zerbröckelter Beefsteaks mitzuteilen, die er bei sich führte und von den er üblen Appetites wegen nur wenig genießen konnte. Ich bot große Summen für ein Brot, aber das Geld hatte wenig Wert bei der drohenden Hungersgefahr, es ward mir nur schnittweise die karge Nahrung zugestanden, und das Verhältniß wurde unbequem. Ein Bäcker- oder Fleischerladen in der Nähe wäre mir viel erwünschter gewesen, als Erich's Erzählung von der spanischen See, mit der er mich bei Gelegenheit des Hungers regalierte. Wenn man den Fuß hinein steckte, berichtete er, so klebte ein Teller voll Salz daran, das in einer Minute am Sonnenschein getrocknet war.

Zur Hungersnot gesellte sich bald auch andre Not: der Wind erhob sich voll und ruckweise bald von dieser, bald von jener Seite, der Uhrmacher seufzte aus der Kajüte vernehmlich, denn der Schoner machte sehr störsame, fatale Bewegungen, Erich mußte die Segel bald hierhin, bald dorthin werfen, der lange, magre Alte mit der kurzen Jacke machte ein kläglich Gesicht, und seine Lippen fingen während der heftigen Arbeit das alte Geschäft an, selbst Ulrich sah sich unruhig und besorgt nach dem aufsteigenden Meere um.

Ulrich war der Besitzer des Schoners, bewies sich aber in aller folgenden Fährlichkeit kaltblütiger und gefaßter als Erich, der zweimal reicher Schiffsherr gewesen war, und zweimal allen Besitz verloren hatte, so daß er jetzt gelegentliche Matrosendienste verrichten mußte. Das zweite Mal war ihm während der Kontinentalsperre sein Fahrzeug, aus der spanischen See kommend – den Meerbusen von Biscaya nannte er so – von den Engländern genommen worden, er nannte deshalb diese stolze Nation nicht anders als „Spitzbuben“. Der Gebrannte scheut das Feuer; obwohl keine Engländer in der Nähe und in dieser Weise nichts zu fürchten war, zeigte er doch lebhafte Besorgniß vor dem herannahenden Sturm, und der heilige Jacob oder Jago, wie er variierte, den er sich aus der spanischen See angewöhnt hatte, fiel hundertmal von seinen Lippen.

Auf einem so unsichern Elemente, wie das Meer ist, blüht der Aberglaube, wie der niemals ausbleibt, wo man ganz dem Glück und Zufall preisgegeben ist. Waghalsige Krieger, Spieler, Schiffer werden diese freie Poesie der Götterwelt nie aussterben lassen; auch diese nüchternen, protestantischen Nordländer haben ihr gut Teil: Erich hatte heimischen und auswärtigen durcheinander, um seine Reisen nicht zu vergessen; der ernste Ulrich hatte auch seinen, und verwies mir’s ernstlich, wenn ich den Wind schelten wollte. Wenigstens sollte ich es leise tun; ich stärkte mich statt am Schöpfenfleische an einem verwandten Irländischen Bull, über den auch Ulrich lachte, obwohl er ihn in seiner Weise eben ganz und gar kopierte und mich darauf gebracht hatte: ein Irländer treibt Schweine nach Cork und es begegnet ihm ein Bekannter, geht’s nach Cork? fragt dieser – nein, nach Limerik! schreit der Treiber, und leise setzt er hinzu: Freilich geht’s nach Cork, aber wenn ich’s diesen eigensinnigen Rackern sage, so gehen sie schon darum nach Limerik.

Und die Winde haben doch wohl noch feinere Ohren als Schweine.

Sie wurden immer unbändiger, die Schwenkung links hinüber nach Swinemünde zu gewinnen, ward ganz unmöglich, und es wurde Schiffsrat gehalten, woran nur der Uhrmacher als stimmunfähig ausgeschlossen blieb, ob wir blos die Schutzseite von Ruden, oder die Bucht von Wolgast suchen sollten, um dem stets ungestümer heraufwühlenden Sturm auszuweichen.

Der Nahrungsmittel wegen stimmte ich für Wolgast, und Erich, um sein Schöpfenfleisch zu sparen, stimmte mir halb unentschlossen bei, aber der Wind kam mit Courierpferden, wir mußten Hals über Kopf das nähere Ruden zu gewinnen suchen. Die Aussicht auf Speis’ und Trank fiel dadurch freilich unter Null, und ich war nicht besonders auf das unwirtliche Meer zu sprechen: ein Boot nämlich besaßen wir nicht, und der Schoner konnte, auch wenn wir das Eiland glücklich erreichten, nicht bis dicht an den Strand, weil dafür das Fahrwasser nicht ausreichte.

Lange schon hatten wir ein kleines Fahrzeug in der Ferne kämpfen sehn, jetzt ward es deutlicher, wie erkannten einen Logger, und sahen, daß er ebenfalls den dürftigen Schutz unter dem Ruden suchen möchte. Die Schiffer kennen sich mit ihren luft- und wasserklaren Augen auf außerordentliche Strecken, und wie die Fuhrleute einander am weißen Vorderfuß des Pferdes, am schnellern oder langsamern Vorrücken unterscheiden, so wissen diese auf dem Meer alle kleinen Bewegungsnüancen der Fahrzeuge, ob es flach oder tief segelt, wie sich's im Winde hält und dergleichen, kurz Ulrich erkannte den Logger genau, eh' ich die Umrisse ordentlich zusammensetzen konnte. 's ist der lüderliche Störte, sagte er mir zum Trost, er lungert nach Seegras herum, und der hat ein Boot, was Sie landen kann.

Die ärmeren Leser mögen sich der unsanften Seegrasmatratzen erinnern, welche eigentlich für Klosterzellen erfunden sind, wo man das Fleisch kasteit. Die Bekanntschaft derselben ist am Mannigfaltigsten in der Berliner Hausvogtei zu machen, wo sie in allen Spielarten von Berg und Tal vorkommen, und mit Gestöhn und Fluchen vertraut sind. Die Heimat dieser Aschenbrödel, welche so verkannt und gemißhandelt werden, sah ich vor mir, Störte war einer von den merkwürdigen Schlafsorgern vom nordöstlichen Deutschland. Tief in's Binnenland dringt diese Seegraserfindung nicht.

Aber das gab noch Wogen und Sprühregen und Arbeit, eh' wir dem Logger unser Verlangen zurufen konnten. Sieht man die rohesten Fuhrleute bei schlimmem Wetter aufopfernd gefällig gegen den Hilfsbedürftigen, dem ein Riemen gerissen, die Deichsel zerbrochen oder so etwas Hinderliches begegnet ist, sieht man diese Gattung, welche aus Wagenpech und Stricken zusammengeknetet scheint, bei solcher Gelegenheit wirklich ein eigentliches Objekt respektieren, eines kleinen Opfers fähig, so kann man dies in noch viel bedeutenderer Art bei Schiffern finden. Ihr gemeinschaftlicher Feind ist noch größer, sie sind mir in diesem Punkte wie eine Ordenskorporation vorgekommen, die sich zuversichtlich gegenseits in Anspruch nimmt, und gegenseits diese Ansprüche erfüllt. Ulrich und Störte schienen keine besonderen Freunde zu sein, aber Störte setzte auf den durch Wind und Gebrause kümmerlich zu ihm dringenden Ruf ungesäumt sein kleines Boot aus, nachdem der Anker des Loggers gefaßt hatte, und arbeitete sich mit seinem kleinen Burschen wogauf, wogab mühselig zu uns heran. Harriadden, der Seeräuberkönig, Störtebeck, der rügensche Rinaldini, vielleicht ein Ahnherr Störte's, konnten nicht seeräubermäßiger aussehn als dieser verwilderte Schiffer mit zerwühlten, groben Gesichtszügen und dem braunen Tabaksmaul. Die Schiffer riefen sich einige plattdeutsche, nicht eben tröstliche Notizen über Meer und Sturm zu, der kleine Uhrmacher, welcher in seiner Kajütenangst lang gewittert hatte und vorgekrochen war, wurde mit in Störte's nassen Kahn gewälzt, wo ein nasses Brett die einzige trockne Stelle war, und so ging's dem Strand zu.

Ruden, ein kleines, steriles Eiland, an der breitesten Stelle etwa wie drei Berliner Straßen breit, ist eine ganz unfruchtbare, baumlose Dünenbank, auf welcher sich, zu unserm Glück, mehrere Menschen angesiedelt haben. Das sind eigentlich keine Menschen, sondern Lootsen, die nur ihres Amtes wegen, nicht weil es ihnen ein besonders romantisches Vergnügen macht, hier wohnen. Sie haben die Schiffe in die Häfen von Peenemünde, Wolgast, auch wohl noch weiter hinüber zu führen, und mitten unter ihnen ist zugleich ein Zollposten – zum Zöllner und Sünder dieser Kolonie, als der Hauptnotabilität, welcher zunächst ein Stück Fleisch zugetraut werden konnte, wateten wir durch den Dünensand.

Lieber, biblischer Patriarchalismus, den ich mir in diesen sechs Lootsenhäusern vorgestellt hatte, wie charakteristisch begrüßest Du mich bei diesem Zöllner, der kein Sünder, sondern ein gutmütiger, braver Mann war.

In der Hausflur saß eine alte Hausfrau mit hellblauen, gläsernen Augen, und verspann Ziegenhaare; sie sah uns mit keinem Blicke an, fragte nichts, sprach nichts, sondern zündete auf des Mannes Geheiß ein Feuer an, um Eier und Kaffee für uns zu rüsten. Es fand sich ferner ein stattliches, blondes Mädchen, mit festen weiß und roten Backen und festen weißen Armen, aber sie war eben so still und tot, nicht klosterstill, eine Stille, in der etwas begraben oder verborgen liegt, nein, ich möchte sagen: elementarisch still, als wenn der Schöpfungsfunke noch niemals da gewesen wäre. Diese weiblichen Wesen zogen wie gelbe Schatten hin und her, und der Uhrmacher, welcher moderne Forderungen an sie stellte, wie er im Wirtshause zu machen gewohnt war, Forderungen nach Wurst und Sauerkraut, nach einer Flasche Doppelbier, nach Salat und Apfelmus, sah' wie ein Skandal daneben aus.

Wie auf dem großen Schiff war nur Pökelfleisch zu haben, dies Ruden ist auch ein mitten im Meere stationiertes Schiff, was sich mit seinen notwendigen Ranzionen stets auf längere Zeit von Wolgast her versehen muß.

Item, ich saß mit dem Uhrmacher im kleinen Stübchen, und wir schnitten eben in's Pökelfleisch, der Kleine bekam allmählig sein Kourage wieder, da er Land unter sich fühlte, er nannte das Meer eine schlechte Tabagie, die er in seinem Leben nicht mehr besuchen würde – da stürzten ein Paar polternde Windrücke an die kleinen Fenster, der Uhrmacher sah mich wie ein Sünder an, und sein offner Mund wagte nicht, in's Pökelfleisch zu beißen, die Tür ward aufgerissen, und Störte stürzte wie ein Räuber herein, dem die Polizei auf der Ferse ist. Fort, fort, schrie er, wenn wir die Schiffe wiedersehen wollten, es bräche ein Orkan los.

Ich fühlte gar keinen Beruf, selbigen Orkan in allen Nüancen auf unserm Schoner zu genießen, da ich diesen Genuß ohne weitere Unbequemlichkeit eben auch auf Ruden haben könnte. Aber der Uhrmacher konnte vor lauter Angst nicht eilig genug hinein kommen, ich kann doch nicht meinen Frack und meine gestreiften Hosen im Stich lassen, rief er verzweiflungsreich, und stürzte davon, Pökelfleisch und Ruhe im Stich lassend.

Mein sanfter Wirt, der gute Zöllner, sah kopfschüttelnd zu, und führte mich hinaus auf seine kleine Sandwarte, um mir den Aufruhr des Meeres zu zeigen, den blonden Weibern vorüber, die sich nicht im Geringsten darum kümmerten.

Die abgeschiedne gar so einfache, reizlose Existenz verdichtet sich über gewöhnlichen Menschen zu einem förmlichen Stumpfsinn, die rauhe, unproduktive Natur kommt mit keiner selbständigen Zeitigung zu Hilfe, dergleichen dumpf hingehende, erstarrte Wesen mögen eine öftere Schattirung des Nordens sein.

Des Nordens – puff! diese kleine Schönheit Rügens weckte mir wieder den alten Glauben, die alte Antipathie auf: der Norden ist traurig, und es ist eine geschickte Übereinkunft zum Besten der Nordländer, eine Phrasenverschwörung, von der Schönheit und Tüchtigkeit des Nordens zu reden. Es mag den Leuten gut und nötig sein, auch dieser dürftigen Natur einen Reiz anzudichten, und diesen charakteristischen Reiz, den alles Wirkliche und Selbständige hat, für etwas Absolutes auszugeben, Gott gebe, daß er ihnen nie zerstört werde.

Was ist Schönheit ohne Farbe, ohne voll und reich aufgehende Form? Bleich ist Luft und Himmel, wenn sie nicht grau sind, nur der magere Baum gedeiht mager, die Existenz ist ein steter Kampf – wo der Mensch lebt, ohne daß er zu schützen, zu sorgen braucht, wo er Alles vergessen kann, da ist eine schöne Erde, wo von außen die Anregung zur Freude kommt, nicht von innen hinausgebracht werden muß, da ist wirkliches, elastisches Leben.

Gott beschütze Euren Flanell, Eure Oesen und Überschuhe, all' Eure Mittel gegen erfrorene Ohren und Rheumatismus.

Die Dunkelheit fiel nieder auf das schwarze Meer, das mit donnerndem Geheule seine Wogenberge schleuderte, und den Schaum sprühte über die kleine Sandinsel, der Zöllner ging zurück und ich empfand ungestört die schwere Einsamkeit, welche ein tosendes Element bedrängte. Wer denken will und ahnen und kombinieren, der stelle sich Nachts auf einen kleinen, unsichern Sandhaufen mitten im Meere, wenn alle die Wasser in ihrer Entsetzlichkeit losgelassen sind, der trokkene Sandfleck erscheint wie eine zufällige Laune des Meeres, die jeden Augenblick zurückgenommen sein könne, unter dem elementarischen, alles Menschliche wie ein Nichts zerstörenden Lärmen, der eine Armee verschlingt, ohne daß ein deutlicher Klageton durch den Sturm bräche, unter dem Gebrülle eines bewußtlosen ungeheuern Stoffes schrumpft man zusammen, und die Seele verkümmert zu einem kleinen Lichtlein, was die niedrigste Welle auslöscht.

Nun erwachte dazu der Donner des Himmels, und fiel wie ein erschreckendes Paukengedröhn in das Gebrause, die Blitze kreuzten nicht zickzack und einzeln die schwarze Luft, sondern stürzten sich breit wie Feuerwolken in's Meer, über die weite See brannte fast ununterbrochen ein zuckender blauroter Feuerschein, und das vor Zorn gischende und schäumende Wasser sah wie ein besiegter Feind in diesem Licht aus. Man glaubte überhaupt leicht, Feuer komme aus der Oberwelt, Wasser gehöre in die Unterwelt – wie einen schwarzen Punkt erblickt' ich zuweilen den kleinen Schoner, den das Meer auf und nieder schleuderte, den der Anker kaum halten mochte, und dahin hatte sich der kleine Uhrmacher gerettet, um einen Frack und ein Paar gestreifte Hosen bei der Hand zu haben.

Wie oft stürzen sich die Leute in größere Gefahr, um einer kleineren Angst zu entgehn, wie oft gebiert die Angst den Mut, oder die bornierte Liebe des Besitzes!

Ich saß darauf bei'm Zöllner in der Stube, die Blitze leuchteten uns, und der treuherzige Mann erzählte mir sein Leben – reise an den Nordpol, wenn Du einem Menschen begegnest, wird er Protektion brauchen können. Der Mann hat ein schlimmes Geschäft, er muß mit dem Lotsen hinaus, wenn Schiffe kommen, um ihre Ware zu vermerken, und er wünschte manchen kleinen Wunsch, wie er jedem Menschen auch außer der Weihnachtszeit das Leben fristet, und ich war aus Berlin, dem preußischen Rom, von wo die Statthalter in die Provinzen gehen und die Zöllner besoldet werden. Ich hatte aber nur einen großen Chef, den er nicht kannte, und der ihm nichts helfen konnte, das Publikum. Dennoch erzählte er mir gutmütig weiter, besonders vom Treiben auf der Ostsee, als die Franzosenzeit gewesen, von Diesem und Jenem.

Die Weiber lebten in einem andern Winkel des Hauses wie eine gute Art Hausgeflügel.

Rudolph Virchow

Meldung zur Reifeprüfung

Ostern 1839

Ich, Rudolph Ludwig Carl Virchow, bin geboren zu Schivelbein am 13. Oktober 1821, und der Sohn des Kämmerers Virchow daselbst. Meine ersten Lebensjahre verflossen ruhig und ohne bedeutende Ereignisse, die für mein späteres Leben von größerer Wichtigkeit gewesen wären; wenige oder fast keine bleibenden Erinnerungen prägten sich deshalb auch meinem Gedächtnisse ein. Daß ich zuerst bei dem Durchbruche der Augenzähne, und etwas später an einer Lungenentzündung bedenklich krank gewesen bin, weiß ich nur aus der Erzählung meiner Eltern; aber dessen erinnere ich mich noch dunkel, daß ich schon frühe mit der größten Sorgfalt Bücher, in denen sich Kupfer befanden, durchblätterte, und mir deren Bedeutung einprägte, besonders wenn es Abbildungen von Tieren oder Pflanzen waren. Was mir meine Wärterin von kleineren Erzählungen mitteilte, hielt ich ziemlich genau fest, und trug es dann mit der größten Freude vor. Schreiben und Lesen lernte ich bei einer großen Wißbegierde fast spielend von meinem Vater, auf dessen Arbeitszimmer ich mich deshalb auch am liebsten aufhielt. So vorbereitet kam ich in meinem siebenten Lebensjahre auf die Stadtschule, wo ich mir freilich die Zufriedenheit meiner Lehrer erwarb, aber doch auch durch den Umgang mit roheren Mitschülern mir manche Untugend aneignete. Mochte mir ein solcher Umgang auch öfters zuwider werden, so fesselte doch die Zuneigung, die sie gegen mich an den Tag legten, meinen jugendlichen Ehrgeiz, der sich besonders in dem Titel eines Königs gefiel. Allmählich rückte ich denn bis zur ersten Schulklasse, in welcher der Rektor unterrichtete, vor, und wurde nach einiger Zeit der erste meiner Mitschüler. Um diese Zeit erhielt ich meinen ersten Privatunterricht in fremden Sprachen, der lateinischen und französischen, bei dem Herrn Rektor. Da dieser aber gar unvollkommen war, so bewog mein Vater, dem meine geistige und körperliche Ausbildung am Herzen lag, den Herrn Prediger Benekendorff, jetzigen Superintendenten, eine Privatschule zu errichten, an der auch ich teilnahm. Hier legte ich trotz meiner Jugend (ich war damals nicht bis neun Jahre) einen recht guten Grund in der Religion, der Geschichte und dem Lateinischen. Als aber Herr Benekendorff sich nach zwei Jahren veranlaßt sah, diese Schule wieder aufzulösen, so mußte ich wider Willen in die Schule des Rektors zurück. Dieser, der mein Wissen wohl überschätzte, überließ es mir, einige Anfänger in den ersten Elementen der lateinischen Sprache zu unterrichten, und dabei vergaß ich das wenige, welches ich gelernt hatte, selbst wieder. Meinem Vater, der die Nutzlosigkeit eines solchen Unterrichtes wohl einsah, gelang es endlich, den Herrn Prediger Gantzkow zu bewegen, mir nebst einigen andern Privatunterricht zu erteilen. Nach einer größeren Reise, auf der ich meinen Vater nach Falkenburg, Dramburg und Kallies begleitet hatte, trat ich im Herbst des Jahres 1832 in diese Schule ein. Nachdem Herr Gantzkow uns ein Halbjahr unterrichtet hatte, und dabei fast in allen Gegenständen von den Elementen hatte anfangen müssen, bewog ihn die Ungleichheit der Zöglinge, seine Schule aufzulösen. Jedoch ließ er sich auf den Wunsch meines Vaters bereitwillig finden, mir allein auch noch fernerhin Privatunterricht zu erteilen. Ich genoß denselben zwei Jahre lang, und die Bemühungen, welche mein würdiger Lehrer dabei anwendete, werden mir gewiß segensreich sein, und ihm meinen herzlichen Dank sichern. In den alten Sprachen und der französischen machte ich bald recht gute Fortschritte, so daß die Lektüre des Cäsar und Ovid, der Odyssee und des französischen Robinsons mir in der letzten Zeit nicht bedeutende Schwierigkeiten machte. Endlich nahte nun auch der Zeitpunkt, wo mein achtbarer Lehrer sein Wort gelöst zu haben erklärte, da er mich für die Tertia eines Gymnasii reif hielte, der Zeitpunkt, den ich so lange sehnlichst erwünschte, und zugleich gern weiter hinausgeschoben hätte; der Zeitpunkt, wo ich die lieben Eltern, die teuren Lehrer, die Gespielen, das Haus, das mich geboren, die Fluren, auf denen ich gespielt hatte – kurz, wo ich alles, was mir teuer war und von dem ich mich niemals getrennt hatte, verlassen sollte. So verließ ich denn mit schmerzlichen und freudigen Gefühlen am 1. Mai 1835 meine Heimat, um in Begleitung meines Vaters nach Köslin zu reisen, wo ich das Gymnasium besuchen sollte. Nach überstandener Prüfung erhielt ich den letzten Platz in der Tertia. In dem Treiben der größeren Stadt, in dem vielfachen Wechsel des neuen Lebens wurde es mir leichter, die Trennung von meinen Lieben zu ertragen. Die neuen oder doch wenigstens auf eine neue Art behandelten Gegenstände erregten mein Interesse aufs höchste, und das Lob, welches mir von einigen meiner Herren Lehrer zuteil ward, feuerte mich immer mehr an, mir dasselbe auch bei den übrigen zu verschaffen. Am schwersten fiel mir dies in der Mathematik, in der ich einesteils die Theorie der Gleichungen noch gar nicht kannte, andernteils in der Anwendung planimetrischer Sätze auf die Konstruktion geometrischer Figuren ganz ungeübt war. Trotz alledem waren meine Lehrer so gütig, meine vielfachen Mängel noch zu übersehen, und mich zu Johanni bedeutend in der Rangordnung heraufzusetzen, ja selbst mich zu Michaeli desselben Jahres nach Sekunda zu versetzen. Dies geschah zufällig erst nach den Ferien, und so kam es, daß ich an demselben Tage meinen Geburtstag, die Anwesenheit meiner lieben Mutter in Köslin und meine Versetzung feiern konnte. Diese letztere ist für mich von der größten Wichtigkeit gewesen. Von dem Zutrauen, welches meine Lehrer in mich setzten, erhoben; von dem Ehrgeiz, mich in der neuen Klasse würdig zu halten, getrieben; von dem Reize der Neuheit, der in allen Gegenständen hervortrat, erregt, strengte ich alle meine Kräfte an; und meine Bemühungen hatten einen so günstigen Erfolg, daß ich schon nach Verlauf des ersten Semesters nach Groß-Sekunda aufrückte. Während ich aber hier von meinen Fortschritten und Kenntnissen spreche, darf ich nicht verschweigen, daß auch ich von dem schlechten Geiste, der zu jener Zeit in Sekunda herrschte, angesteckt wurde, und mich mehrmals gegen meine würdigen Lehrer verging. Nur zu bald, jedoch für mich gerade zur rechten Zeit, erfuhr ich die Folgen meines so sehr leichtsinnigen Betragens. Das verehrte Lehrer-Kollegium fand es nämlich zu Weihnachten des Jahres 1836 für nötig, sich bei der neuen Rangordnung nur durch das Betragen leiten zu lassen, und – ich muß zu meiner Beschämung gestehen – ich wurde, da ich schon der zweite in der Klasse gewesen war, wiederum der letzte in Ober-Sekunda. Dieses gerechte Verfahren machte auf mich den tiefsten Eindruck, und desto aufmerksamer wachte ich von nun an über mein Herz, um jeden bösen Gedanken von demselben zu verscheuchen. Dazu trug zugleich der Umstand bei, daß ich seit Michaeli 1836 den Konfirmanden-Unterricht des Herrn Oberprediger Naatz besuchte, und hier stets die vielfachste Aufmunterung erhielt, mein Herz und meine Gesinnungen zu läutern. Zu Ostern 1837 wurde ich als erster unter den Translokanden nach Prima versetzt, und am Palmsonntage, dem Konfirmations-Tage, las ich als erster der Konfirmanden im Namen aller übrigen das Glaubensbekenntnis in der Marien-Kirche vor, eine Handlung, die mich außerordentlich erhob und mir mehr Selbstvertrauen gab. So lange ich in Prima gewesen bin, habe ich freilich öfter weniger getan, als ich wohl hätte tun können, aber ich habe es doch wenigstens nie unterlassen, meine Schularbeiten anzufertigen. Die mancherlei neuen Bekanntschaften, die ich nach meinem Eintritt in Prima machte, zerstreuten mich häufig zu sehr und hinderten mich manchmal an meinen Privatarbeiten. Jedoch kann ich versichern, daß ich bei allen Vergnügungen mich stets bemüht habe, das rechte Maß zu halten, und es auch, wie ich glaube, meistenteils gehalten habe; sowie, daß ich mich nie ihnen so hingegeben habe, daß meine Schularbeiten darunter gelitten hätten, oder gar meine Gesundheit dadurch gefährdet worden wäre. Der gute Geist, der bei den meisten Mitgliedern von Prima herrschte, hat mir dieses Bestreben stets erleichtert, so daß ich oft Zeit erübrigt habe, meine Lieblingsstudien, nämlich die Naturwissenschaften, Geschichte und Geographie zu treiben, und mich durch die Lesung alter Klassiker, wie des Cicero, des Sallust und des Sophokles und neuerer deutscher und französischer Schriftsteller weiterzubilden.

Freilich habe ich dabei nur zu gut eingesehen, wie sehr viel mir noch fehlt; aber Privatverhältnisse nötigen mich, mich schon jetzt zu dem Abiturienten-Examen zu melden, um sobald wie möglich das Studium der Medizin, für das ich mich entschieden habe, beginnen zu können.

Carl Loewe

Himmelspracht und schwere Nebel

Von Jena reiste ich direkt nach Berlin, um mich hier einer musikalischen Prüfung zu unterziehen. Zelter, der bekannte Direktor der Singakademie, war von den Stettiner Behörden mit meiner Prüfung beauftragt worden. Er nahm mich über acht Tage lang gastfreundlich in seiner Wohnung auf. – Aus Veranlassung der Prüfung sang und spielte ich alle seine Lieder; mit besonderer Vorliebe seine schöne Komposition des Goetheschen Strauss; ich hatte gerade dies Stück schon viel und gern mit meiner Braut gesungen. Alsdann besaß die Singakademie die Partitur der Matthäus-Passion von Sebastian Bach, welche damals noch nicht gedruckt und gar nicht bekannt war. Zelter ließ mich vor versammelter Akademie die schwerste Tenorarie aus diesem Werk singen; ich sang sie ab und er sagte dann: „Ja, die Schüler von Türk können treffen und singen." Demnächst hatte ich im Cäciliensaal die Orgel zu spielen und drei Fugen zu komponieren, zu denen Zelter die Themen gab, und zuletzt sang ich dem alten Meister meine Kompositionen vor.

Das Zeugnis, welches er mir indess nicht in die Hände gab, wurde an den Magistrat von Stettin geschickt.

Eines Abends führte Zelter mich in die von ihm gestiftete Liedertafel. Als man zu singen begann, ließ er mich den üblichen Accord für den Anfang aus dem Kopf angeben. An einem andern Abend gab er mir ein Billet zu Spontinis Vestalin; die herrliche Musik dieser Oper begeisterte mich. Endlich schenkte mir Zelter bei der Abreise noch eine Flasche Rotwein, die in die Wagentasche gesteckt wurde.

So fuhr ich meinem lieben Stettin zu. Als wir dort angekommen waren, hielt mein Fuhrmann vor dem damaligen Seminar (jetzt Ministerialschule), in welchem der Direktor dieser Anstalt, Schulrat Grassmann, wohnte. Ich machte ihm und seiner liebenswürdigen Frau meinen Besuch. Bald erschien auch sein Bruder, der Professor der Mathematik am Gymnasium war; dieser sollte mir weiterhin besonders nützlich werden. Seine Familie nahm mich freundlich in ihrer Wohnung auf. Der Professor hatte eine Amtswohnung im alten Gymnasium (jetzt höhere Töchterschule). Man wies mir ein Zimmer und Kabinett an.

Daß die Domestiken meinen sächsischen Dialekt nicht verstanden, war mir damals unbegreiflich. Einmal gab ich der Köchin den Auftrag, mir ein Viertel Taback zu holen; sie stand verblüfft vor mir und fragte: „Wo?“ – „Ist mir einerlei, wo!“ sagte ich.

Diese Frage und Antwort wiederholte sich zum öftern, bis die Köchin endlich kopfschüttelnd mein Zimmer verließ und die Frau Professorin als Dolmetscherin erscheinen mußte. Als die Köchin nun endlich über meinen Auftrag im Klaren war, sagte sie noch im Vertrauen zu ihrer Herrin: „Aus dem Herrn wird man überhaupt nicht klug; jeden Abend, wenn er zu Bette geht, lacht er, ehe er einschläft, noch eine ganze Weile aus vollem Halse.“ (Ich las nämlich damals *Katzenbergers Badereise* von Jean Paul, im Bett vor dem Einschlafen.)

Ich mußte nun meine wissenschaftliche Prüfung, und zwar mündlich und schriftlich, ablegen. Der Oberkonsistorial- und Schulrat Koch examinierte mich. In der Tertia hielt ich die Probelektion und exponierte den *Caisar de bello gallico*. Ich entsinne mich, daß der spätere Kultusminister von Raumer damals Primus der Klasse, Geppert, jetzt Justizrat in Berlin, Secundus war.

Da ich mein theologisches Examen noch immer nicht aufgegeben hatte und in Stettin vom General-Superintendenten Ringeltaube examiniert zu werden gedachte, so studierte ich eifrig fort und nahm auch gern die Gelegenheit wahr, einmal dem Diaconus Fischer, an der St. Jacobi-Kirche, in einer Nachmittagspredigt, und zwar am 4. Advent-Sonntage zu vertreten.

Neben dem Schulamt hatte ich interimistisch das Kantorat zu verwalten. Die große schöne Orgel der Jacobi-Kirche, die den Einwohnern Stettins als ein großartiges Denkmal aus der katholischen Zeit geblieben ist, war für mich Gegenstand besonderer Aufmerksamkeit. Diese Orgel der ehrwürdigen Kirche mit ihren zahlreichen mächtigen und zarten Stimmen habe ich vom ersten Tage an geliebt, wie man eine menschliche schöne Seele liebt, in deren Tiefen man Leid und Freude unbesorgt niederlegen kann, und in der man Verständnis, Trost und Freude findet. Den Schülern, die ich auf dieser Orgel bildete, pflegte ich zu sagen: „Man muß sanft mit einer Frau sprechen; und so darf man auch der heiligen Cäcilia nicht in das Gesicht schlagen. Und doch muß der Ton, den die Hand entlockt, voll und mächtig sein.“

Viele Stunden des Tages arbeitete ich emsig, um mich für das eigentliche musikalische Amt, das meiner wartete, würdig vorzubereiten. Ich arbeitete zwei Lehrbücher aus, für das Gymnasium eine Gesanglehre, für das Seminar eine Klavier- und Generalbaßschule. – Daneben studierte ich Naturgeschichte, da ich auch in diesem Fach im Gymnasium zu unterrichten gedachte.

In den freien Abendstunden fand ich in der Familie des Professors Grassmann eine liebevolle Aufnahme; und schon fing ich an, mich in der fremden Stadt heimisch zu fühlen. Nur eins wollte mir nicht zusagen und stimmte meine Seele mitunter tief herab. Es waren dies die undurchdringlichen Nebel, die im Herbst die Hauptstadt Pommerns mit ihrer schweren und dichten Luft umhüllen. Es währte lange, ehe ich mich hieran zu gewöhnen vermochte. Auf der anderen Seite machte auf mich der schöne Handelshafen mit seinen vielen Schiffen und dem regen Verkehr den lebhaftesten Eindruck. Hatte ich, der Sohn des Binnenlandes, doch noch nie einen so bedeutenden Strom mit seinen stolzen Schiffslasten, seinen altertümlichen geräumigen Speichern, seinen weithingestreckten Ufern und seinem fast unabsehbaren Horizont, den grünen Wiesen und den sich wie Silberstreifen durch diese schlängelnden Wasserläufen gesehen! Dieser Anblick erweckte in mir die Sehnsucht nach dem großartigeren Anblick des Meeres. Doch im Jahre 1820 gab es noch keine Dampfschiffe, und die Reise auf der Oder durch das Papenwasser und über das Haff nach der Swine war damals ein großes Unternehmen und mußte fürs Erste verschoben werden. Endlich, nachdem der düstere Herbst überstanden war, kamen die ersten hellen Tage des Winterfrostes, und es erschloß sich mir neben der Freude an der klaren, heiteren, weithinblinkenden Atmosphäre noch ein anderes ganz besonderes Interesse, dem ich seit meiner Kindheit zu folgen gesucht hatte und dessen Erfüllung mir bis dahin versagt geblieben war. Schon in Löbejün, wenn ich mit meinem Vater des Nachts das Obst hütete, sagte er oft zu mir, indem er mit lebhafter Bewunderung den Blick erhob: „Sieh, dieses glänzende Sternbild kommt jedes Jahr um diese Zeit in gleicher Himmelsrichtung herauf. Es gibt Leute, die alle diese Sterne bei Namen nennen und ihren Lauf zu berechnen vermögen." Wie lebhaft standen nun diese einsamen Nächte meiner Heimats- und Jugendzeit vor meiner Seele, wenn ich im Winter mit meinem Freunde, dem Professor Grassmann, die Sternwarte des alten Gymnasiums in Stettin bestieg, und wenn er mich dann die Himmelspracht studieren ließ. Das war eine große neue Welt für mich, und ich hatte an Grassmann einen vorzüglichen Lehrmeister. Ich habe seit dieser Zeit die Astronomie mit Eifer weiter getrieben. Es ist das eine Wissenschaft, die uns so weit über Welten und Erden in ferne Räume, in die Unermeßlichkeit der großen, gewaltigen Schöpfung hinaushebt!

Neben dem Studium der Astronomie tauschte ich mit Grassmann meine Ideen über das Wesen der Töne aus. Wir untersuchten, er mathematisch, ich musikalisch, miteinander die Längen-Schwingungen so wie die Schwingungen der Breiten am Monochord; auch studierten wir den Umfang der Töne, die so hoch gehen, daß man sie nicht mehr hören, sondern nur noch in Farben sehen kann. Die Längenschwingungen sind mir später sehr nützlich geworden bei der Abnahme neuer Orgeln und bei den Angaben für die Erfindung neuer Stimmen, so wie ich das Studium der Breitenschwingungen am Monochord auf dem Seminar lehren konnte.

Während dieser Zeit des eigentlichen Fleißes und der Arbeit wurde die amtliche Funktion eines Musikdirektors für Stettin von den königlichen und städtischen Behörden gegründet, und ich wurde 1821 dazu erwählt und bestätigt. Ich übernahm mit diesem Amt das Orgelspiel und die musikalische Leitung des Gottesdienstes an Sonn- und Festtagen in der St. Jacobi-Kirche sowie die Aufführung von Kirchenmusiken an allen hohen Festen, ferner den musikalischen Unterricht am Gymnasium und Seminar in wöchentlich 18 Stunden, und bezog dafür ein Gehalt von 850 Talern. Im Jahre 1850 erhielt ich dazu noch die durch den Tod des Kantors Liebert erledigte Stelle für den Kirchendienst an den Wochentagen, wodurch mein Gehalt um 300 Taler erhöht wurde.

Die Chöre zu den kirchlichen Musiken sollten mir die Schüler des Gymnasiums, das Orchester der Stadtmusikus mit seinen Lehrlingen bilden; ich zog dazu noch das Seminar, die Lehrer und andere Dilettanten herbei. Ich war vollständig zufrieden mit dieser Anordnung, wußte ich doch aus eigener Erfahrung, daß man mit Sorgfalt und Stetigkeit auch einen kleinen Schüler zu einem tapferen Solosänger bilden kann; und hatten doch mein Vater, der Chor in Köthen und selbst mein Lehrer Türk über keine großartigeren Kräfte zu gebieten gehabt. Diese Art und Weise den Dilettantismus zu benutzen, bildet ein anmutiges Verbindungsglied zwischen dem Kultus und der Gemeinde. „Heute ist der erste Ostertag“, sagt der kleine Schüler beim Frühstück zur Mutter, die ihn sauber geputzt hat, „heute mußt Du auch in die Kirche kommen, denn ich habe das Solo in der Kirchenmusik!“ Und sogleich fängt er an zu singen; denn er kann von seiner Partie nicht allein die Noten, sondern auch die Pausen auswendig, singt zwar nicht mit besonderem Gefühl, aber rein, kräftig und keck, und mit dem Klang der frischen

Unschuld. Sein Ausdruck erinnert unwillkürlich an die Engelscharen, mit denen wir uns den Thron Gottes umgeben denken. Bei diesen meinen kleinen Aufführungen war die Kirche stets gefüllt, und es machte mir Vergnügen, für alle vier Hauptfeste neue Kantaten zu komponieren, und ab und zu zwischen Mozart, Händel, J. A. P. Schulz mit meiner eigenen Musik wechseln zu können. Zu diesen vier Kantaten lieferte mir nach und nach mein Kollege, Professor Ludwig Giesebrecht, die Gedichte, während ich mir die Rezitative aus den Evangelien selbst zusammenstellte. Auf diese Weise ist mein Oratorium *Die Fest-Zeiten* entstanden.

Vor allem lag mir aber die Tätigkeit beim Seminar am Herzen. Des Lehrers Mühe wird hier durch die unmittelbaren Erfolge belohnt. Denn in zwei Jahren tritt der Volksschullehrer in den Kreis seiner eigenen bildenden Tätigkeit über, und was er gelernt hat, pflanzt er auf nützliche Weise weiter fort.

Nicht ohne schmerzliche Empfindungen habe ich späterhin dies Institut von Stettin fortnehmen und in eine kleinere Stadt verlegen sehen und konnte ihm doch nicht folgen.

Von allem Guten, das mir Stettin geboten hat, war mir für meine künstlerische Tätigkeit die Nähe und der Umgang mit Giesebrecht die wertvollste Gabe. Dieser geniale Mann, der mit leichter Hand ganze Zeiträume in ein paar Verse zusammenzudrängen vermochte, der seine gedrungene Formen mit der reichsten, großartigsten Poesie zu durchweben verstand, schien mir zum Oratorien-Dichter geschaffen, und ich konnte ihn sehr bald als meine rechte Hand betrachten.

Im Anfang des September reiste ich nun den heimatlichen Gefilden, dem lieben Halle, wieder entgegen. Die alte Stadt mit ihrer räucherigen Atmosphäre schien mir diesmal klarer und freundlicher als je: wollte ich doch meine Braut heimführen!

Auf den 7. September 1821 war unser Hochzeitstag angesetzt. An dem Polterabend nahm auch Frau Händel-Schütz, die unübertrefflich große Künstlerin, mir in der klassischen Darstellung ihrer Medea und Niobe unvergeßlich, Anteil; ihr Lebenslauf ist bekannt; sie verkehrte im Hause meines Schwiegervaters sehr viel und war mir geneigt. Sie pflegte mich ihren Sohn zu nennen und sich mir gegenüber als Großmutter zu bezeichnen. Als Beweis ihrer Zuneigung schenkte sie mir eine bedeutende Anzahl von Originalbriefen ihres Großonkels, des großen

Händel, die mir leider auf unerklärliche Weise abhanden gekommen sind.

Das Glück, welches die Händel-Schütz im Sternbilde der Zwillinge prophezeit hatte, ist uns leider nicht zuteil geworden. Nur einen Sohn hat Julie mir geschenkt. Dann ist diese reine Seele in jene bessere Heimat abberufen worden.

Ihren einfachen Grabeshügel auf dem großen Kirchhofe der Stadt ließ ich mit den Worten aus der Bergpredigt: „Selig sind, die reines Herzens sind, denn sie werden Gott schauen“ schmücken. Gern, zu jeder Jahreszeit, bin ich an diesen stillen Ort gegangen. Jeder Grashalm, den der Hügel trägt, war für mich ein Gruß von ihr. Zuweilen baut zu ihren Füssen, im Frühling, eine Grasmücke ihr Nest, und mit Rührung lausche ich dann dem reichen Liederschatze der kleinen Sängerin.

Mit wie unaussprechlichem Schmerz habe ich oft an diesem Hügel geweilt, den trüben Blick in die Vergangenheit, in die Zeit der Blüte, der Liebe, des reinen Glückes der Jugend zurückschweifen lassen!

Drei äußere Zeichen ihres lieben Andenkens begleiten mich täglich, nämlich der Ring, der unsere kurze Ehe verband, ein kleiner Toilettenspiegel, der wohl viele hundert Male ihre Züge wiedergegeben hat, und eine kleine Kreide-Copie der Madonna mit dem Kinde, von ihr in der Zeit ihres Dresdeners Aufenthalts gearbeitet.

Mein Schwiegervater führte mich in diesem ersten Jahr meiner Ehe in dem Hause der Frau Geheimrätin Tilebein in Züllchow bei Stettin ein. Diese edle hochbegabte Frau ist mir und den Meinen bis zu ihrem im Jahr 1854 erfolgten Tode eine treue, aufopfernde Freundin geblieben. Was hatte ich ihr bieten können, als den Vortrag meiner Lieder und Balladen? Alles, was von irgend welcher Bedeutung in der Stadt lebte, jeder, der von außen als hervorragende Persönlichkeit Stettin, wenn auch nur zeitweise, berührte, suchte das Haus dieser trefflichen und begabten Frau auf, und fand nicht allein eine glänzende Gastfreiheit, sondern das so viel Höhere, das sich der Seele unvergeßlich einprägt, ein volles geistiges Verständnis für alle großen, wie für die kleinen Verhältnisse des Lebens, für alles Edle und Gute. Ein halbes Jahrhundert war damals, als ich sie zuerst sah, an dem Geist dieser Frau vorübergegangen, die mit ihrer empfänglichen Seele und ihrem klugen, ruhigen Blick ein selten kares Urteil verband. Sie hatte die Glanzzeit Friedrichs des Großen gesehen, und die französische Revolution hatte sie persönlich berührt, da ihr Vater nahe daran gewesen war, der Guillotine als Opfer zu fallen. Später hatte sie, bereits vermählt, die Schwere Napoleonischer Unterdrückung, das Elend und die Schmach des Vaterlandes und die Lasten jener Kriege getragen, welche die ersten fünfzehn Jahre des Jahrhunderts erfüllt hatten, und das wüste Kriegsleben hatte sie aus nächster Nähe gesehen. Die Erhebung des deutschen Volkes im Jahr 1813 hatte ihre Seele mit Jubel erfüllt; die deutsche Erhebung des Jahres 1848 hatte sie herannahen sehen. Ihrem klaren Blick war das Verständnis für die Notwendigkeit einer festeren Vereinigung der deutschen Stämme dem Ausland gegenüber nicht entgangen. Mit dem wärmsten Interesse folgte sie dem Gang der Bewegung, die Europa zu erschüttern begonnen hatte; aber sie entzog keinem ihrer Gäste ihre Freundschaft und Liebe, wenn er eine der ihren entgegengesetzte Ansicht hatte. Sie war mit ihrem aufgeklärten Geist eine wahrhaft fromme Frau, von dem Wesen des Christentums tief erfüllt. Es durfte für sie kein Stein an diesem großartigen Bau verrückt werden. Doch war sie eben so fern von jeder pietistischen Richtung. Auf ihrem Schreibtisch, in der großen und reichen Bibliothek ihres Hauses liegt noch heute eine große ehrwürdige Bibel, in der sie zu studieren pflegte. Oft hat sie lächelnd gesagt: „Meine Lebensweisheit schöpfe ich aus dem Jesus Sirach." Über alle Zweige der Kunst hatte sie ein treffendes und reiches Urteil. Musik und Malerei übte sie als Künstlerin. Menschen mit schönen, edlen Gesichtszügen waren ihr besonders sympathisch. Jede außergewöhnliche Bildung des Gesichts berührte sie auf abstoßende Weise. Eine Dame ihrer Bekanntschaft hatte große und starre Augen. Eines Tages empfing sie mich mit den Worten: „Die pp. war eben hier, ich glaube, diese Frau wird mir in meiner Todesstunde erscheinen." Und sie ist ihr erschienen, denn die Sterbende rief in ihrer letzten Stunde zweimal ängstlich ihren Namen.

Bis zu dem hohen Alter von 82 Jahren war es ihr vergönnt, in Kunst und Wissenschaften vorwärtsstrebend sich und ihren Freunden das Leben zu verschönen.

Nächst meinem König Friedrich Wilhelm IV. war es diese Frau, vor der ich am liebsten meine Kompositionen sang, denn hier wie dort fand ich nicht allein volles Eingehen in meine Arbeit, sowohl im Text, als in der Musik, sondern auch Aufmunterung zu neuem Streben und zu erweiterter Tätigkeit.

Mein erstes Zusammentreffen mit dieser merkwürdigen Frau, deren Freund gewesen zu sein mich noch jetzt mit Stolz erfüllt, hätte leicht ein solches sein können, das sie von mir fern gehalten hätte. Ich hatte in einer Gesellschaft Kreutzers Lied: So hab' ich denn die Stadt verlassen gesungen. Mehrere Personen in der Gesellschaft hatten sie ersucht, mich um den Vortrag einer meiner eigenen Balladen zu bitten. Sie trat zu mir heran und sprach mir ihre Bitte aus. Ich aber blickte auf die mir fremde kleine Frau sehr ernst herab, indem ich ihr mit der mir gewöhnlichen Ruhe antwortete: „Wenn ich dies Lied gesungen habe, singe ich kein zweites."

Später pflegte ich mich scherzweise als Züllchower Hof-Kapellmeister zu bezeichnen und unterließ nie, der Herrin des kleinen Schlosses zum Weihnachtsfest meine neu herausgekommenen Kompositionen zu überreichen.

Im Jahre 1824 ward ich von der Königl. Regierung zu Stettin gleich vielen andern Männern meines Faches nach Berlin geschickt, um dort die Methode von Logier kennen zu lernen. Seine Harmonie-Lehre war bedeutend, und auf dem Seminar bin ich seiner Methode, mehrere Schüler auf verschiedenen Klavieren zugleich zu unterrichten, bis zuletzt treu geblieben, weil diese Art, für eine ganze Klasse von Schülern, bei denen es darauf ankommt, sie in dem kurzen Zeitraum von zwei Jahren zu Lehrern auszubilden, sehr fruchtbringend ist. Auch richtete ich demnächst in meinem Hause zu Stettin eine Akademie nach Logiers Methode ein, von der er auch persönlich Kenntniss genommen hat. Ich kam aber, für den Privat-Unterricht, bald wieder auf die Einzel-Lektionen zurück.

In Berlin habe ich damals den einzigen Mann gesehen, der für mein Auge eine große Aehnlichkeit mit Goethe hatte.

Es war dies der damalige Kultus-Minister v. Altenstein, welcher mich zu sich hatte bitten lassen, um meine Meinung über die Anwendbarkeit der Logierschen Methode für Zwecke des öffentlichen Unterrichts zu hören. Die großen Verdienste dieses ausgezeichneten Ministers mit seinem ruhigen klaren Blick und seiner großartigen Auffassung der damals freilich viel einfacheren Staatsverhältnisse sind bekannt.

Nach Stettin zurückgekehrt, führte ich ein arbeitsames, von reger Tätigkeit erfülltes Leben ruhig fort. Auch die Arbeit genügte nicht, um meine Seele zu erfüllen. Was ich an meinem geliebten Weib verloren hatte, trat fort und fort vor mein Inneres hin. Mich überkam oft das trostlose Gefühl der Vereinsamung. Ich gab neben meinen Dienstgeschäften Privatunterricht und habe viel komponiert. Uhlands *Der Wir-*

tin Töchterlein, das so ganz meiner Stimmung entsprach, aus ihr gewissermassen herausgewachsen ist, wurde damals beendet, auch *Treu-Röschen* und *Wallhaide* von J. Kerner sowie Byrons hebräische Lieder wurden gesetzt. Ich stellte diese Arbeiten für den Druck fertig und gab mit dem *Erlkönig* und *Edward* Herders *Oluf* heraus, den ich in Halle einige Tage vor meiner Hochzeit gesetzt hatte. Es klang und tönte gar lebhaft in meiner Seele, die Melodien strömten förmlich auf mich ein. Die Gedanken folgten einander so schnell, daß ich, wenn ich ein Gedicht, das mir beim ersten Überlesen gefallen hatte, nachdem ich die Motive desselben festgestellt, von neuem durchlas, ihrer viele gebieterisch zurückweisen mußte, um nicht immer wieder von Neuem beginnen zu müssen. Um dem Gefühle der Einsamkeit ein Gegengewicht bieten zu können, ließ ich mich in die Loge „zu den drei Zirkeln" aufnehmen, doch so gern ich mich von Anfang an den Arbeiten des Ordens angeschlossen habe, und so dankbar und liebenswürdig man stets mein Talent in dieser Gesellschaft geschätzt hat, so konnte auch sie mich nicht über die öde Stille in meinem Haus hinausheben.

Es war eine trübe, ernste Zeit.

So verging ein Jahr und noch ein großer Teil des zweiten. Eines Tages meldeten sich drei junge Damen bei mir und baten um Gesangsunterricht. Die Sprecherin, Auguste Lange, war von unendlicher Lieblichkeit, und trotz ihrer großen Jugend verständig und gehalten, daß ich noch nie etwas dem Ähnliches gesehen zu haben glaubte. Ich prüfte ihre Stimme und fand das strahlende Material einer echten Sopranstimme. Sie klagte, daß ihre bisherige Lehrerin ihr schon in den ersten Lektionen die Arie aus Boieldieus Johann von Paris: *Welche Lust gewährt das Reisen*, ferner aus Isouards *Lotto-Nummern* die große Koloratur-Arie: *Nein, ich singe nicht*, und was es nur sonst noch Brillantes in der Gesangs-Literatur damals gab, vorgelegt habe. Sie sei bedenklich geworden darauf einzugehen, da sie sich jenen großen Aufgaben nicht gewachsen fühle. Ich war durchaus ihrer Meinung. Ich begann den Unterricht. Mein Interesse an der Schülerin wuchs. Nach langem Schwanken und Zögern brachte eine besondere Veranlassung in mir den Entschluß zur Reife, um ihre Hand zu werben.

So ward sie meine Frau; ihr war ein feiner, alles auf das rechte Maß zurückführender Verstand und ein treues Herz gegeben, das die Aufgabe seines Lebens darin suchte, mir den Weg zu ebnen, auf dem ich fortan meinen Künstlergang zu schreiten hatte. Ihr schöner Gesang war die

Zierde meiner Oratorien, in denen sie die hohen Sopranparthien, ich aber den Tenor sang.

So brachten wir bis zum Jahre 1842 von meinen Kompositionen die *Zerstörung Jerusalems*, die *Siebenschläfer, Palestrina, Meister v. Avis, Gutenberg* und *Huss* zur Aufführung. Aber auch Händel und Bach wurden nicht vergessen. Die künstlerischen Mittel zu diesen Aufführungen zu schaffen, war eine meiner dringenden Aufgaben. Um dies zu erreichen, gründete ich einen Gesangsverein, dessen Kräfte durch den herrlichen Gesang meiner Frau wesentlich gehoben wurden, obgleich das Auftreten vor dem großen Publikum eigentlich nicht in ihrem Sinne war. Auch in Privatkreisen entfaltete sich damals in der Pommerschen Hauptstadt ein reges musikalisches Leben. Neben dem Haus der Geheimrätin Tilebein war die Familie des Bischofs Ritschl die Stätte, auf der diese herrliche Kunst reiche Pflege fand. Hier wurden alle alten und neuen Gesangstücke, die klassischen Opern nicht ausgenommen, gesungen, und zwar da auch der Bischof und seine Gemahlin sehr schön sangen, in großer Vollkommenheit. Hier war es auch, wo ich die Ehre hatte, den damaligen Kronprinzen Friedrich Wilhelm zum ersten Mal zu sehen. Er wohnte diesen musikalischen Aufführungen, so oft er in Stettin war und seine Zeit es ihm gestattete, mit augenscheinlichem Vergnügen bei. Nachdem er den Thron bestiegen hatte, beehrte Friedrich Wilhelm IV. auch das Haus des jetzigen Feldmarschalls von Wrangel, der damals der kommandierende General in Stettin war, sowie die Salons des Ober-Präsidenten von Bonin mit seiner Gegenwart. In diesen Häusern hatte ich Gelegenheit, dem kunstsinnigen Prinzen und selten liebenswürdigen Manne meine Balladen vorzutragen.

Er gewann diese bald so lieb, daß er mich oft an seinen Hof befahl. Einmal mußte ich acht Tage hindurch in Potsdam bleiben und des Abends vor ihm singen. Er hat mir seine Huld und Gnade auch als König bewahrt, und viele Jahre hindurch ließ er sich meine neuen Kompositionen vortragen. Konnte es wohl anders sein, als daß ich ihm mit ganzer Seele anhänglich und ergeben war?

Während ich vor ihm sang, pflegte er ganz nahe am Flügel rechts von mir seinen Platz zu nehmen, und zwar so, dass er mir voll ins Gesicht sehen konnte. Das sicherste Wohlgefallen fanden bei ihm stets meine historischen Balladen. Ganz besonders liebte er die vier Balladen über Carl V. und die Nummern aus dem *letzten Ritter* von Anastasius Grün. Mit meinem *Salvum fac regem* ließ sich Seine Majestät gern an seinem

Geburtstage, dem 15. Oktober, durch den Dom-Chor wecken. Hatte ich eine Ballade vor ihm gesungen, so pflegte der König mit der größten Bestimmtheit zu sagen: „Dieser Stoff ist wahr“, oder: „der Stoff ist hübsch, aber er ist erdichtet“. Wie lebhaften Antheil er aber an meinen Kompositionen nahm, das erkannte ich besonders daraus, daß ich auf seinen speziellen Wunsch mehrere Balladen und andere Werke schreiben mußte. Dahin gehören: *Der Sturm von Alhama, Die Hochzeit der Thetis* von Schiller und *Polus von Atella*. Der König hatte den Stoff zum Polus gelesen, erzählte ihn mir, und mein Giesebrecht schrieb mir den Text zu einem Oratorium. Durch das künstlerische Interesse und das persönliche Wohlwollen eines so hochbegabten Königs beehrt zu werden, muß für jeden Künstler eine anregende Bedeutung haben, ihn zu frohem Schaffen und glücklichem Streben ermuntern. Und wahrlich, diese königliche Gnade leuchtet noch heute wie ein heller Stern in die Welt meiner Erinnerungen hinein, wie in meine nun stiller gewordene Zelle.

Und mit wie klarem ungetrübten Blick, mit wie sicherem Urteil, mit welcher Fülle von Wissen und gereifter Anschauung urteilte Friedrich Wilhelm IV. über alles, was irgend einem Gebiet der Kunst angehörte. Mit welcher bewundernden Verehrung hörte man ihm zu, wenn er über solche Dinge sprach.

Mit wie tiefer Rührung habe ich, noch lange nach seinem Tode, Arbeiten von mir auf demselben Flügel in Sanssouci liegen sehen, an dem ich früher so oft das Glück gehabt hatte, ihm meine Balladen vortragen zu dürfen.

Als Kronprinz hatte Friedrich Wilhelm IV. in Stettin der Aufführung meiner *Siebenschläfer* und des *Palestrina* beigewohnt. Den Damen, welche damals nebst meiner Frau mitgewirkt haben, wird es unvergessen sein, in wie huldvoll liebenswürdiger Weise er ihnen seine Anerkennung aussprach.

In Stettin hatte ich nun meine bleibende Heimat gefunden. Nichts zog mich fort von da. Nützliche Tätigkeit, künstlerisches Schaffen, wohltuende Geselligkeit und ein Kreis teilnehmender Freunde, vor allem aber das Glück im Hause, die Zufriedenheit am heimischen Herde ließen in mir niemals den Wunsch nach einer Veränderung des Wohnsitzes aufkommen.

Mit dankbarer Liebe gedenke ich hier noch einmal meiner Frau, deren künstlerisches Leben und Streben sich so recht von innen heraus dem Meinigen verband. Sie war in der Tat eine Sängerin von Bedeutung geworden. Nebenbei beschäftigte sie sich mit besonderer Vorliebe mit der Ölmalerei. Doch welchen Wert hätte dies alles gehabt, wenn sie bei ihren künstlerischen Neigungen den Haushalt vernachlässigt hätte? Aber hier gerade war sie so recht an ihrer Stelle. Sie war eine musterhafte Hausfrau, deren Pflichterfüllung nie durch Interessen beeinträchtigt wurde, die für die Frau stets nur in der zweiten Linie stehen sollen. So hat sie mir das Leben, das ja leider auch in dem künstlerischen Beruf nicht immer die Rosenseiten der Freude bietet und oft genug uns streng und rauh entgegentrat, durch ihre Talente geschmückt, verschönt. Aber ihre treue Liebe, ihre aufopfernde Hingebung ließ sie vor allem anderen stets daran denken, wie sehr der Friede im Hause, das stille Glück in der Familie davon abhängig ist, daß die Frau vor allem anderen hier sorge, walte, schaffe und ordne.

Geschickt wußte sie an rechter Stelle ein Wort des Scherzes einzuflechten, manchen trüben Gedanken durch ihren Humor zu verscheuchen. Sie gestattete mir nicht, daß ich zu lange und anhaltend komponierte, weil sie behauptete, daß während der Erfindung sich stets mein Kopf erhitze. Kein anderer hätte mich in den wenigen Stunden, die mir mein Amt wie der Privatunterricht für das eigene freie Schaffen übrig ließen, unterbrechen dürfen.

Meinen alten Vater habe ich nur noch einmal wiedergesehen, als mich bei einer späteren Reise mein Weg nach Halle führte. Er ruht nun längst von seiner Arbeit. Ihn wie meine Mutter hat ein sanfter Tod aus ihrem mühevoll einfachen Leben in das Jenseits hinübergeführt.

Mein Vater fühlte wohl noch kaum, daß seine Lebenskräfte im Sinken sein könnten, als er eines Morgens beim Erwachen, zum ersten Mal seit vielen Jahren, bemerkte, daß die Mutter das Bett noch nicht verlassen habe. Sonst war sie stets vor ihm aufgestanden, um ihre Wirtschaft zu bestellen, in tätiger Sorge von früh an. Er sah sie still liegen, wie schlummernd; auf sein Anrufen antwortete sie nicht. Der Herr hatte sie schlafend abberufen. Glückliches Ende nach 73jährigem treuen Schaffen und Wirken!

Meinen Vater ergriff es stets sehr tief, wenn der Todesengel an die Tür seines Hauses klopfte. Er, der sonst nie Amt und Haus verließ, griff dann zum Wanderstab und kehrte nicht eher in seine stiller gewordene Wohnung zurück, als bis der Hügel sich über der Leiche geschlossen hatte; so nach dem Tode von fünfen seiner Kinder, deren ihm im Ganzen zwölf geboren worden waren, so, als der Herr ihm die treue Begleiterin seines Lebens, diese Frau mit dem wunderbaren eigengearteten und doch so starken Geiste genommen hatte.

Nun schloß er sich enger an meine älteste Schwester, Marie Märzer, an, dieselbe, die uns in unsern Kindertagen in glühender Erregung so oft das Wort Gottes gepredigt hatte. Noch eine Zeit lang verwaltete er sein Amt, doch gab er dies endlich auf, um ganz zu seiner Tochter zu ziehen. Dort fand ich ihn, als ich damals in die Heimat kam und selbst schon fast zehn Jahre in Amt und Würden war. Es wurde ihm schwer, zu fassen, daß man mir, seinem jüngsten Kinde, ein Gehalt von mehr als 800 Talern geben könne.

So lebte er bis in sein achtundsiebzigstes Jahr fort, kräftig und heiteren, ruhigen Geistes. Eines Tages fand ihn meine Schwester in seinem Lehnstuhl sanft entschlummert. Mir war es nicht vergönnt gewesen, ihn zu seiner letzten Ruhestätte zu begleiten. Erst nach Jahren habe ich an den Gräbern derer, die in so vieler Liebe und Treue für mich gesorgt, mir in ihrer einfachen Weise meine reichere Lebensstätte bereitet hatten, den Tränen dankbarer Erinnerung freien Lauf lassen können.

Hiermit habe ich die äußeren Umrisse meines einfachen Künstlerlebens gegeben, mögen meine zahlreichen Reisebriefe und meine Korrespondenzen mit hervorragenden Persönlichkeiten sowie zwei Jahrgänge meiner Tagebuchblätter die Lücken ergänzen, die sich hier finden. Mögen aber auch alle, die meiner Person zugetan sind, und die mir für meine künstlerische Tätigkeit ihre Anerkennung haben zuteil werden lassen, diese Aufzeichnungen als einen Zoll meiner dankbaren Gesinnungen entgegennehmen.

Wilhelm Cornelius

Die Franzosen schützten des großen Friedrichs Marmor

Der Name des Landes Pommern oder Pomeren stammt aus dem Polnischen (Po morze), heißt weiter nichts als das am Meer gelegene Land und erinnert uns daran, daß Pommern früher sehr lange Zeit zum großen Teil unter polnischer Botmäßigkeit stand. Von Danzig über Neustadt kommend berühren wir zuerst den allerhintersten und traurigsten Teil von Pommern, Pommerellen genannt. Die Einwohner sind hier fast noch mehr Wenden und Kassuben als Deutsche und größtentheils katholisch, während sonst die ganze Provinz sehr streng und leider fast bigott protestantisch ist. Lauenburg ist die erste pommersche Stadt, die wir betreten; sie liegt mit einer alten Schloßruine und mit epheubewachsenen Toren ziemlich romantisch am Flüßchen Leba und wird daher in alten Chroniken gewöhnlich Lebenburg genannt. Von hier suchen wir eiligst über Lupow nach Stolpe zu gelangen. Der Weg hierher ist furchbar langweilig. Stolpe aber präsentiert sich als ein durch Ackerbau, Schiffahrt und Lachsfang wohlhabendes Städtchen, und manche seiner Giebelhäuser sehen recht schmuck und stattlich aus. Die Beschauung der Kirchen bot hier, wie in den meisten hinterpommerschen Städten, nichts Bemerkenswertes dar. Rügenwalde, das durch seine Gänsebrüste ziemlich bekannt geworden, lassen wir rechts liegen und passieren nun den Gollenberg, den Chimborasso Hinterpommerns. Dieser etwa 300 Fuß hohe, zum Teil mit Wald bestandene Sandberg, trägt auf seiner Spitze ein Denkmal zum Gedächtnis der in den Jahren von 1813 bis 1815 gefallenen pommerschen Vaterlandssöhne. Wir genießen von hier aus eine weite, dem Auge wohltuende Aussicht über Meer und Land, und rollen dann den Gollenberg hinab, in die helle, freundliche, modern und regelmäßig gebaute Stadt Cöslin. Wenn Stolpe noch lebhaft an Danzig und die Hansa erinnert, so erinnert Cöslin an Berlin und seine Schnapsläden. Cöslin, eine Stadt von etwa 7000 Einwohnern, war ehemals stark befestigt und mit hohen turmreichen Mauern umgeben. Im Jahre 1718 brannte sie fast bis auf den Grund ab und Friedrich Wilhelm I. ließ sie nach dem Vorbilde der Berliner Friedrichsstadt wieder aufbauen. Zum Gedächtnis dessen steht auf dem großen schönen Marktplatz die Bildsäule dieses Königs, welche die Inschrift trägt: Fridericus Guilhelmus I. Coslinum incediis deletum restaurarit 1724. Die Umgebungen Cöslins sind leider sehr morastig und ungesund, und als höchst komisch ist bemerkenswert, daß diese Hauptstadt Hinterpommerns, wie Stuttgart, die Hauptstadt Schwabens, an einem winzigen Flüßchen liegt, das den Namen Nesebach führt; was übrigens, nebenbei gesagt, nicht die einzige Ähnlichkeit zwischen Pommern und Schwaben ist. Außer seinen geraden Straßen, in denen man viele Beamte spazieren gehen sehen kann, bietet Cöslin nichts Bedeutendes dar, wir können uns also um so mehr beeilen, nach der historisch so merkwürdigen, in der preußischen Geschichte so groß dastehenden Stadt Colberg zu kommen. Diese Stadt, von außen sehr unansehnlich und kaum als Festung zu erkennen, verdankt ihre feste Lage weniger der Kunst als der Natur. Ringsum von Morästen umgeben, führen nur schmale, leicht zu verteidigende Dämme bis an die Tore der Stadt, die im Innern wieder, ähnlich wie Stolpe, uns die spitzen Giebelhäuser und die altertümliche Bauart der Hansa vor's Auge führt. Colberg, an der schiffbaren Persante gelegen, wurde im Siebenjährigen Krieg bekanntlich dreimal belagert, und im Jahre 1806 war sie neben Graudenz die einzige Festung in Preußen, welche den Franzosen nicht in die Hände fiel. Der damalige Kommandant von Colberg, der Oberst von Loucadou, ein feiger Patron, wurde durch den edlen Gneisenau ersetzt, als sich die Trümmer der bei Jena aufgeriebenen preußischen Armee, und zunächst die Trümmer des Hohenloheschen Corps nach Colberg ranzionierten, und sich Preußens Macht eigentlich auf Pommern und Ost- und Westpreussen reducierte. Mehr aber als diese Trümmer der Armee verdankt der Staat die Erhaltung dieser Festung den patriotisch gesinnten Bürgern Colbergs, unter denen sich hauptsächlich der Schiffer Nettelbeck, der schon die russische Belagerung im Siebenjährigen Krieg mit erlebt hatte, ruhmvoll und nachahmungswert ausgezeichnet hat. Ja, man kann behaupten, daß Colberg das moralische Bollwerk Preußens war, daß an dem, was Gneisenau in Colberg und Schill mit seinen kühnen Reitern in der Umgegend von Colberg vollbrachte, sich nicht nur der moralische Mut der Provinz, sondern auch der Glaube der ganzen Monarchie an die Wiedergeburt Preußens in dieser traurigen Zeit aufrecht erhalten hat. Schills Reiter waren es, die bei Arenswalde den Marschall Victor gefangen nahmen, gegen welchen Blücher aus der französischen Gefangenschaft eingelöst wurde. Mit solchen historischen Reflektionen waren wir an den Markt in den Gasthof zum deutschen Haus gelangt. Als eine besondere Merkwürdigkeit wurde uns das gegenüberstehende Haus gezeigt, in welchem, noch vor wenigen Wochen, der Erzbischof Dunin als Gefangener gelebt hatte. Die der Huldigung vorangegangene Amnestie hatte auch ihm die Freiheit wiedergegeben. Bei unserem Spaziergang durch die Stadt fiel uns zunächst das mitten auf dem Markt stehende, nach Schinkels Entwurf im gotischen Stil erbaute Rathaus auf. Es schien uns für die Stadt fast zu groß und prächtig und der Markt hat eigentlich durch die Erbauung desselben aufgehört, ein Markt zu sein, und ist zu vier Straßen geworden. Dennoch aber schien uns in dieser prächtigen, einer festen Burg ähnlichen Curia ein schönes Bild, eine königliche Anerkennung der braven aufopfernden Gesinnung der Bürger Colbergs zu liegen. Links von diesem Rathaus zeigte man uns das schmale Giebelhaus, in welchem der Patriot Nettelbeck lebte und starb. Der jetzige Besitzer dieses Hauses ist ein Branntweinbrenner, der, seltsam genug, Achilles heißt. Er soll einen sehr feinen Liqueur brennen, doch konnten wir uns nicht entschließen, zum Gedächtnis Nettelbeck's einen Schnaps zu trinken. Hinter dem Rathhaus trägt das Haus eines Kaufmanns die Inschrift: Hier ward Rammler geboren 1725. Ein weiterer Spaziergang durch die Straßen Colbergs belehrte uns, daß die Bürger hier hauptsächlich von Ackerbau, Viehzucht und Branntweinbrennerei leben. Auch Seefahrt und Fischerei ist nicht unbedeutend, hauptsächlich werden Lachs und Neunaugen von hier verschickt. Colberg, sehr nahe an der offenen See gelegen, wird auch in neuerer Zeit als Seebad fleißig benutzt und an den bedeutenden Salinen vorüber und durch die historisch merkwürdige Maikule, eine waldbewachsene Schlucht, gingen wir an den Strand, um uns durch ein Seebad zu erfrischen. Die See ging sehr hoch und schlug mit solcher Macht die Wellen in die Persante hinein, daß es für heute jedem Fahrzeug unmöglich gewesen wäre, die See zu gewinnen. Hierbei sahen wir die Notwendigkeit ein, welche den Staat vermocht hat, zum Schutze des Fahrwassers den Bau einer großen Mole zu beginnen. Auf dem Rückwege versuchten wir bei den Salinen eine Ansicht des historisch so merkwürdigen Colbergs zu zeichnen. Wir haben aber leider das Bild, als gar zu kahl und unmalerisch, diesem Werke nicht beigeben können. In Hinterpommern zu reisen ist keine Kleinigkeit. Eine einzige Chaussee hat das Land nur, und ist man von der einmal ab, so hält es schwer, wieder hinaufzukommen. Dies in Erwägung ziehend entschieden wir uns bald in der Wahl, die uns gestellt war, entweder über den alten Bischofssitz Cammin direkt nach den Halbinseln Wollin und Usedom, oder über Naugard und Stargard nach Stettin zu gehen, allwo wir uns wieder in mehr als einer Verbindung mit der kultivierten Welt erachten durften. Der Umstand, daß bei Stargard das große Manöver des pommerschen Armeecorps stattfand, was uns ein höchst buntes Leben und Zusammentreffen mit vielen Freunden hoffen ließ, entschied uns für die letzte Tour. Traurigere Städtchen als Cörlin und Plate, das eine große Schloßruine aufzuweisen hat, die wir jetzt passierten, möchten wenige zu finden sein. Von Naugard, dem großen Zucht- und Besserungshaus, läßt sich, als von einer traurigen Notwendigkeit, auch nicht viel Freudiges erzählen, und so erreichten wir, über Massow fahrend, das noch die Spuren eines alten Rittersitzes an sich trägt und für Pommern ziemlich romantisch aussieht, das in fruchtbarer Gegend belegene Stargard. Das Innere der Stadt machte auf uns zunächst den Eindruck einer großen Kaserne, die augenblicklich im höchsten Glanze und größten Jubel begriffen war. 26 000 Mann Militär waren in und um Stargard versammelt; denke man sich hierzu die Menge der Neugierigen, die zum Teil aus weiter Ferne herbeigeeilt, die Tausende von Equipagen aller der Landstände und Gutsbesitzer, die hier versammelt waren, um den König und die Königin zu begrüßen, so wird man zugestehen müssen, daß solcher Glanz und solch Gewühl nicht leicht wieder in Hinterpommern möchte gesehen werden. Stargard, von einem der gesegnetsten Landstriche Hinterpommerns, dem sogenannten Waizacker, umgeben, liegt an der schiffbaren Ihna nicht weit von dem Madusee, einem der größten Landseen in Hinterpommern. Im Jahre 1229 war Stargard noch ein offner Flecken, und wurde bald darauf vom Herzog Barnim I. durch Gräben, Wälle und Mauern zur Stadt erhoben. Im Jahre 1300 trat Stargard in den Bund der Hansa und trieb einen beträchtlichen Handel. Von den Ringmauern sind noch einige bedeutende Türme übrig, die harte Kämpfe bestanden haben, und von denen der Eine, wegen der Menge des um ihn vergossenen Blutes, noch heute das rote Meer genannt wird. Außerdem ist die Marienkirche sehenswert und einige Tore zeichnen sich durch ihre bedeutende Höhe aus. Die Stadt bewahrt in ihrer Chronik das Gedächtnis eines Mannes, der nicht unwert ist, neben dem römischen Consul Brutus genannt zu werden. Dieser Mann war der Bürgermeister Johann Appelbaum, welcher seinen Sohn, der sich eines strafbaren Verbrechens schuldig gemacht hatte, aus eigener Amtsgewalt hinrichten ließ, um nicht die Schande der Untersuchung und Verurteilung zu erleben. Die früheren bedeutenden Gräben und Wälle der Stadt sind in neuester Zeit zu überraschend schönen Spaziergängen geworden, und ein Rundgang um die Stadt bietet dem Maler, namentlich was alte Gebäulichkeiten betrifft, manche hübsche Motive dar. Beachtenswert und für den Maler interessant ist auch die Tracht der Bewohner des Waizackers, namentlich der Weiber. Sie hat viel Verwandtes mit der der Altenburgerinnen, nur sind die Röcke etwas weniger kurz und die Farben viel greller und knallender. In dem oben erwähnten Madusee befinden sich Murenen, eine Fischart, von der man eigentlich nicht begreift, wie sie nach Pommern gekommen sei. Die Sage erklärt dies folgendermaßen: Ein leckerer Abt hatte dem Teufel für ein Gericht solcher Fische, die er ihm präzise bis zum nächsten Mittag um 12 Uhr liefern sollte, seine Seele verschrieben. Als nun aber die Stunde nahte, wo der Teufel mit den Murenen kommen konnte, überfiel den Abt Heulen und Zähnklappern, und er teilte seinem Küster sein Bündnis und seine Angst mit. Dieser, als ein schlauer Patron, wußte gleich Rat, stieg auf den Turm und stellte die Uhr um eine Stunde weiter. Als nun der Teufel, nach seiner Meinung, um 12 Uhr mit den Fischen über den See geflogen kam, sah er mit Schrecken, daß die Uhr schon 1 sei, und ließ die Murenen in den See fallen, in welchem sie sich seit der Zeit zahllos vermehrten.

Als das große Manöver mit allen den Festlichkeiten, die die Huldigung mit sich brachte, vorbei war – mit der genauen Beschreibung wollen wir den Leser nicht belästigen –, eilten wir mit der zahllosen Menge nach Stettin. Nicht leicht kann eine Post in größerer Verlegenheit gewesen sein als die Stargarder in diesen Tagen. Tausende von Offizieren und Dignitäten aller Art wollten um jeden Preis mit Schnell- und Extrapost befördert sein und, obgleich fast stündlich Schnellpostenzüge abgingen, war es doch nicht möglich, allen Anforderungen zu genügen. Auf einem großen Frachtwagen, der mit sieben bedeutenden Strohsäcken belegt war, wurden wir unsere vierzehn an der Zahl in sehr bunter Gesellschaft und im fürchterlichsten Platzregen, weil es so unser Wille war, nach Stettin befördert. Fast fortwährend hatten wir, vor, neben und hinter uns, die pommerschen Landwehr- und Infanterie-Bataillone zu Begleitern, und mehrere unserer Reisegefährten erlebten den Triumph, daß ihnen, als beliebten Offizieren, ein donnerndes Hurrah mit auf den Weg gegeben wurde.

So zogen wir nun über Altdamm, gewissermassen ein Vorwerk und eine Vorstadt von Stettin, in die Hauptstadt Pommerns ein, und unsere Erscheinung, vierzehn durchnäßte Reisende kümmerlich auf einem Frachtwagen zusammengeduckt, mochte einen grellen Kontrast zu dem festlichen Einzuge bilden, den der König wenige Stunden vorher bei hellem Sonnenschein durch die mit Blumen und Girlanden geschmückten Straßen gehalten hatte. Alle Fenster waren noch von Damen und Zuschauern bunt besetzt, und mehr als ein schallendes Gelächter sagte uns, daß wir eine höchst komische Figur in diesen

Festlichkeiten spielten. Mit Mühe und Not fanden wir noch in den drei Kronen ein Unterkommen, wechselten die Kleider und schlenderten, da das Wetter sich aufklärte, nun wohlgemut durch die Straßen. Stettin gewährt vor allen preußischen Ostseestädten das erfreulichste Bild der größten Regsamkeit und des neu aufblühenden lebhaftesten Handels. Von der Natur außerordentlich durch seine Lage begünstigt, hat es seit zwanzig Jahren selbst Danzig überflügelt und steht im Begriff, mit den Hansestädten Lübeck, Bremen und Hamburg zu konkurrieren, und, was Preußen betrifft, binnen kurzem durch die entstehenden Eisenbahnen die ausschließliche Einfuhr aller überseeischen Bedürfnisse an sich zu ziehen. Ganz außerordentlich ist in der letzten Zeit der Wert aller Häuser und Grundstücke hier in dem Maße gestiegen, als er in allen übrigen preußischen Ostseestädten gesunken ist und noch immer sinkt. Alljährlich steigen fast in allen Straßen neben den kleinen schmalen Giebelhäusern stattliche drei- und vierstöckige Gebäude im modernen Style empor; und es ist nur zu beklagen, daß Stettin als Festung keiner größeren, räumlichen Ausdehnung fähig ist. Die Oder, welcher Stettin hauptsächlich sein reges Leben verdankt, fließt mitten durch die Stadt, und wird der auf dem rechten Ufer belegene Stadtteil die Lastadie genannt. Dorthin, als in den Mittelpunkt alles Treibens, begeben wir uns zuerst, und sehen hier mit Staunen, so weit vom Meer entfernt, die größten Seeschiffe, deren viele wohl alle Teile der Welt gesehen und befahren haben. Hier sind von großen Gebäuden das neue Packhaus und das Seglerhaus bemerkenswert. Am Bollwerk entlang kommen wir dann auf den weißen Paradeplatz, allwo die vortreffliche Marmor-Statue Friedrich des Großen, durch Schadows Meisterhand aus den alleinigen Mitteln der Provinz, als ein Zeichen der Dankbarkeit, errichtet steht. Erwähnt zu werden verdient, daß selbst die Franzosen während der Belagerung von 1813, als ein Bombardement zu befürchten war, vor dieser Statue so viel Achtung hatten, daß sie dieselbe mit einer schützenden Wölbung überdeckten. Von hier begeben wir uns die Louisenstraße hinab, die fast durchweg nur stattliche Gebäude aufzuweisen hat, nach dem Roßmarkt, wo eine im Verfall begriffene Wasserkunst zugleich Aufmerksamkeit und Bedauern erregen möchte.Wenden wir uns jetzt zum Schloß, so haben wir ein altes großes Gebäude vor uns, von welchem uns zwar Chroniken berichten, daß dasselbe 1575 von einem italienischen Baumeister aufgeführt worden sei, von dem aber jetzt niemand weiß, in welchem Style es eigentlich erbaut wurde; denn so unzählige Veränderungen hat man nach den Bedürfnissen der späteren Zeit damit vorgenommen. Die großen inneren Räume desselben werden teils durch die Königliche Regierung und das Oberlandesgericht, teils durch Kapellen für den französisch-reformierten und katholischen Gottesdienst, teils durch Exerciersäle und in neuerer Zeit durch die Wohnung des Ober-Präsidenten benutzt und ausgefüllt. Augenblicklich ist das alte Gebäude abermals neuen Reformen unterworfen. In einer der Kapellen befindet sich vor dem Altar die fürstliche Gruft, in welcher die Gebeine mehrerer Pommerscher Herzöge und Herzoginnen ruhen. Fremden wird, als etwas Ausgezeichnetes, ein Gemälde gezeigt, welches den feierlichen Einzug Herzog Bogislaws in Venedig darstellt, als er von seiner Wallfahrt nach Jerusalem zurückkehrte, und als eine Kuriosität ist im großen Schloßhof die Uhr bemerkenswert, welche im Zifferblatt ein kolossales Gesicht darstellt, das mit jedem Perpentikelschlag die Augen verdreht. Nicht weit von hier befindet sich die Jacobikirche, die zwar mitten in der Stadt, aber dennoch sehr versteckt gelegen, ein höchst düsteres Ansehen und unschönes Äußeres hat. Das Innere ist jedoch großartig und imponiert durch die schöne Wölbung des Schiffes. Sehenswert ist das schöne Altarbild, die Kreuzesabnahme darstellend, als ein Werk eines hiesigen Malers, des Herrn Längerich; auch eine schöne Orgel gereicht der Kirche zur Zierde. Wer die Mühe nicht scheut, den Turm zu ersteigen, wird sich durch eine herrliche Aussicht über das weite Odertal und alle die belebten Gewässer und angebauten Ufer belohnt finden. Von hier begeben wir uns in das neue Börsengebäude, welches von dem Reichtum und dem Geschmack der hiesigen Kaufmannschaft ein gleich ehrenvolles Zeugnis gibt. Obgleich wir bisher unserm Vorsatz: von den Festlichkeiten der Huldigung, die wir fast in allen diesen Städten mit erlebten, wenig zu berichten, ziemlich treu geblieben sind, so können wir doch nicht umhin, die sinnige Art und Weise zu rühmen, mit welcher Stettin alle seine Empfangsfeierlichkeiten und ganz besonders hier im Börsenhause, wo die Kaufmannschaft dem König ein Fest gab, angeordnet hatte. Zwischen großen Transparenten, welche am Eingang der Börse den Flor des Handels und der Schiffahrt andeuteten, standen für den König die Begrüßungsworte: „Dein Geist belebt, was vorwärts strebt!“ und der König, der schon als Kronprinz immer eine besondere Vorliebe für Stettin hatte, soll diesen Lobspruch sehr freundlich aufgenommen haben. Nächst der Börse ist noch das neue Gymnasium sehenswert, welches die Inschrift führt: *Juventuti bonis artibus erudiendae 1832.* Machen wir nun einen Spaziergang um die Wälle, wozu eine Erlaubnisskarte des Kommandanten nötig ist, so genießen wir freundliche Überblicke über die Stadt und den schiffreichen Strom, und kommen an zwei Toren vorüber, welche durch ihre eigentümliche, mit kriegerischen Emblemen reich geschmückte Bauart unsere Aufmerksamkeit mit Recht auf längere Zeit in Anspruch nehmen. Franz Kugler sagte in seiner pommerschen Kunstgeschichte: „König Friedrich Wilhelm von Preußen ließ diese beiden prächtigen Tore, das Berliner und das Anklamer Tor genannt, bauen, deren reiche und kräftig gehaltene Dekoration zu den schönsten Zierden der Stadt gehört, wie ihnen denn auch nur wenige Festungstore, selbst nicht die sehr berühmten von Verona, an Schönheit voranstehen dürften." – Durch die vor dem Anklamer Tor liegende freundliche Plantage gelangen wir in den Logengarten, von dessen Balkon sich der freundlichste Totalanblick der Stadt darbietet.

Das Gebäude rechter Hand, das mit seinem stumpfen Turm die Stadt weit überragt, ist die oben erwähnte Jacobikirche, und das fast damit zusammenhängend scheinende turmreiche weite Gemäuer ist das ebenfalls schon beschriebene alte Schloß. Indem ich dies schreibe, kommt mir zu meinem wahren Schrecken die durch Robert Binders Kunstverlag in Leipzig gestochene Zeichnung von Stettin zu Gesicht, und ich ersehe daraus, daß der Stecher, um es sich bequem zu machen, nicht weniger als drei Türme am Schloß und an der Kirche völlig unberücksichtigt gelassen hat. Dies im Werk selbst öffentlich zu rügen, bin ich meinem Reisegefährten, dem Landschaftsmaler Bernhard Peters, zu seiner Rechtfertigung schuldig und verbunden. Stettin hat in seinem Logengarten einen sehr hübschen Vereinigungspunkt der eleganten Welt, und wer Freund von weiteren Spaziergängen ist, darf nicht versäumen, die sehr schön gelegenen Orte Grabow und Frauendorf zu besuchen.

Der Weg dorthin führt durch die Vorstadt Unterwik und an den Schiffsbauplätzen vorüber, und hat aus diesem Grunde allein schon für den Reisenden, der noch keine im Bau begriffenen Schiffe sah, viel Interessantes. Grabow selbst aber enthält viele freundliche Landhäuser und ist noch besonders merkwürdig dadurch, daß hier, in dem nun verschwundenen herzoglichen Lustschloß, der Aberglaube sein letztes trauriges Opfer fand. Im Jahre 1620 nämlich wurde hier die schöne Sidonia von Bork der Hexerei wegen angeklagt und nach gräßlichen

Foltern öffentlich verbrannt. Frauendorf bietet Gelegenheit zu einer weiteren hübschen Wasserpartie, die an lieblichen, oft höchst malerisch bebauten Ufern vorüber führt und nicht genug empfohlen werden kann. Den Chroniken zufolge waren die Ufer der Oder auch hier ununterbrochen mit Wein bepflanzt, und Cosmus von Simmern will im Jahre 1616 an der Tafel des Herzogs Philipp zu Stettin sowohl alten als neuen Wein getrunken haben, welcher bei der Stadt in solcher Menge gewachsen sei, daß nach der Aussage des herzoglichen Marschalls über 100 Ohm gepreßt worden wären.

Auch ein Spaziergang nach dem nahe gelegenen Fort Preußen ist zu empfehlen. Werfen wir nun noch einen historisch-statistischen Rückblick auf Stettin, so stand vor kaum 1000 Jahren hier, wo jetzt das regste Leben herrscht, ein Fischerdorf und eine wendische Burg, in der den heidnischen Göttern, dem Triglaf und Swantevit, blutige Opfer gebracht wurden. Bereits im dreizehnten Jahrhundert scheint Stettin stark befestigt gewesen zu sein, und Gustav Adolph legte 1630 den Grund zu der jetzigen Ausdehnung der Festung; 1677 wurde sie dennoch vom großen Kurfürsten erobert, und nach zwei Jahren den Schweden wieder zurückgegeben. 1713 wurde sie von den Russen belagert und heftig beschossen, und 1720 kam sie an Preußen. Leider aber gehört auch Stettin zu jenen in der Geschichte gebrandmarkten Festungen, die sich 1806 ohne Widerstand und Schwertstreich den Franzosen ergaben. Stettin zählt jetzt über 30 000 Einwohner und treibt mit etwa 150 eigenen Seeschiffen einen jährlich bedeutend zunehmenden Handel. Zu den hier jetzt lebenden interessanten Männern gehören: der Dichter Ludwig Giesebrecht, der Komponist Loewe und der Genremaler Most, deren Bekanntschaft zu machen wir so glücklich waren. Rühmenswert ist noch anzuerkennen, daß der hiesige Kunstverein sich die Unterstützung junger talentvoller Maler nach Kräften angelegen sein läßt. Wer wie wir ein Freund von gutem bayrischen Bier und durch das Auf- und Absteigen der bergigen Straßen Stettins müde und durstig geworden ist, der versäume nicht, an der Grapengießer- und Breitenstraßenecke bei dem dort wohnenden Uhrmacher ein Glas echt bayrisches Bier zu trinken; man findet hier stets gute und heitere Gesellschaft.

Wir trafen es so glücklich, daß am andern Morgen in der Frühe ein Dampfschiff nach Swinemünde abging, und versäumten nicht, zur rechten Zeit uns an Bord der eleganten Kronprinzessin einzufinden.

Die Glocke läutete, die Taue wurden gelöst und unter dem Aufwirbeln des Rauches und dem Rauschen der Räder begann die Fahrt, erst langsam, dann immer brausender und schneller. Die schönen Punkte Grabow, Bredow, Züllchow, das liebliche Frauendorf, welches stufenartig unter dichten Baumgruppen am Abhang hinaufsteigend liegt, Gotzlow, Cavelwiese, Stolzenhagen u. a. treten uns nun nochmals vors Auge, und die Fahrt hat, bis wo die Ufer flacher und endlich ganz flach werden, in der Tat etwas Reizendes.

Interessant ist es, wie am frühen Morgen aus den Uferdörfern die Landbewohner mit Bedürfnissen aller Art in kleinen Kähnen nach Stettin eilen und nun ihre liebe Not haben, an dem Dampfschiff, welches das schmale Fahrwasser fürchterlich in Bewegung bringt, glücklich vorbeizukommen. Die Glocke des Schiffes gibt dann das warnende Zeichen, und die Kähne suchen das schützende Ufer zu gewinnen. Nachdem wir links an der Stadt Pölitz, rechts an den Dörfern Camelshorst, Langenberg u. a. vorbeigesegelt, wird endlich am Oderkrug, der als einzelnes Haus auf dem linken Ufer liegt, der Strom so eng, daß das Dampfschiff kaum Raum für seine Bewegung gewinnt; bald aber erweitert sich das Fahrwasser, wir gelangen durch den sogenannten Dammansch in das Papenwasser, an welchem die Stadt Stepnitz sichtbar wird, und fahren dann in die große weite Fläche des Haffs, welches sich in einer Ausdehnung von vierzehn bis fünfzehn Quadratmeilen vor uns ausbreitet. Aus diesem Bassin strömt die Oder durch drei Mündungen, welche die Inseln Usedom und Wollin bilden, ins Meer, durch die Peene, an Wolgast vorüber, bei Peenemünde, durch die Swine bei Swinemünde, und endlich durch die Diwenow bei Cammin. Da wir nach Swinemünde wollen, müssen wir den mittleren der drei Ströme befahren, und das Fahrwasser ist hier so bedeutend, die Fahrt oft so stürmisch und schwankend, daß man wähnt, sich auf offener See zu befinden, während hier doch überall der Tod nur im süßen Wasser zu finden ist.

Am linken Ufer des Haffes, dort wo das Papenwasser aufhört, erblicken wir Ziegenort, weiterhin Neuwarp, und rechts in bedeutender Entfernung ragen die Türme des alten Wollins hervor. Ist der Einfluß der Swine erreicht, so ist links Caseburg, rechts, weiter hinauf, Pritter bemerkbar, und es währt nun nicht lange mehr, so erscheint uns Swinemünde, als eine bescheidene Häuserreihe mit zahllosen Masten voll flatternder Wimpel festlich geschmückt.

Carl Lappe

Kleine Örtlichkeiten der Provinz

Nun treten wir die Wallfahrt an. – Der Himmel verleihe liebliches Wetter, blaue Gewölke und dem großen Landschaftsmaler: Sonnenschein. Das farbenlose Aschgrau der Luft verdirbt auch das schönste Grün der Erde. Regen und Nebel verbitten wir durchaus; denn wir sind ja gekommen, um – zu sehen.

Was werden wir denn auf Rügen sehen? Die Berge sind nicht hoch, die Wälder sind nicht groß. – Eben dadurch entsteht ja die Schönheit, wenigstens der Genuß. Denn was fängt man an mit himmelhohen Gebirgen, die kein Mensch ersteigen kann? Mit unermeßlichen Wäldern, die kein Ende nehmen, wo man Räuber und Gespenster sieht? – Nein! aber hier. – Doch wir wollen lieber am Ende fragen, was wir denn gesehen haben.

Übrigens rath' ich Ihnen, wenn Sie einmal unsre Gegenden besuchen und rüstig genug dazu sind, sich nicht mit den künstlichen Bädern nach menschlicher Veranstaltung zu begnügen, sondern auch ohne weiteres das freie offene Meer, wo es am einsamsten und schönsten ist, zu versuchen. Freilich gehört etwas Mut dazu, den man sich halten muß. Als ich im vorigen Sommer mit einem mittelländischen Freunde, der sein Probestück machen wollte, in der Tromerwiek, wo eben die Brandung ziemlich stark war, badete, tat dieser, als die große breite Woge mit ihrem gährenden Schaum gegen ihn anzischte, erschrocken einen Satz zurück. „Was war Ihnen?" – „Mir war, als ob ein großes Tier auf mich zuspränge." – „Nur hinein! Es sitzt kein Haifisch drin." – Und so ward es gewagt und vortrefflich befunden.

Ist denn aber nur Rügen schön? Sollen wir nicht auch von Pommerschen Gegenden reden, wenn sie der Erwähnung wert sind? Ich dächte, nach der Lage unsers Landes, es müßte noch viel Schönes und Sehenswürdiges bei uns in verborgener Gleichgültigkeit liegen, und es scheint mir Gewinn, seiner Naturreize sich bewußt zu werden. Da sind die beiden Waldinseln Usedom und Wollin; da ist der lange gekerbte Strand mit Flußmündungen und Inalieken; da sind Berge, wie der Gollenberg und der Revekohl; da ist der Heerstrom der Provinz, der nicht bloß dem Nutzen, sondern auch der Schönheit huldigt; da sind die beträchtlichen Seen im Innern, die unfehlbar ihre Landschaften heben müssen. Wie mag es an der Madue oder am Vilm, wie mag es am Pieleborg, am Drazig, am Papenzin, an der Wodschwiene oder gar am Lupowske aussehen? Das sollten uns die Anwohner nicht verschweigen, da dergleichen Gemeingut ist.

Das gelobe mir an, wenn du auf deiner Fahrt durch die Insel Usedom in die Nähe des Streckelberges kömmst, nicht vorüber zu gehen, sondern den Gipfel zu ersteigen. Welch eine Umsicht meerwärts und landwärts deine Schweißtropfen belohnen werde, kann sich schon ein Blick auf die Landcharte lehren. So oft ich als Knabe jenes Weges gekommen bin, hat der seltsame Sandkloß mir Aug' und Herz gefangen genommen, und ich habe eine wahre Sehnsucht empfunden, durch die wallenden weichenden Wellen hinauf zu klimmen oder zu schwimmen und oben auf der Glatze des wunderlichen Kahlberges zu stehen. Er muß Bescheid wissen von Wineta, dacht' ich: wenn es war, so hat Er es blühen und versinken sehen.

Wie lieb' ich die Lebbinischen Berge auf der Insel Wollin! Die beherrschen von einer beträchtlichen Höhe unser schönes Pommersches Mittelmeer, das Haff, das größeste und lebendigste der vielen Binnenwasser, die unsre Provinz verschönern und beleben.

Wann in der Kirche zu Wusterhusen das Gedächtnismahl Jesu Christi gefeiert wird, der Prediger am Altare steht und die Worte anhebt: Vater Unser, der du bist im Himmel!, dann sinken die Communicanten, welche inzwischen aus den Stühlen hervorgetreten sind und den langen Gang erfüllen, in die Knie nieder und verharren in dieser Stellung, bis die Einsetzungsworte vollendet sind. Diese alte Sitte, welche ehemals durch den altwendischen Anzug der Frauen noch mehr ins Altertum gerückt ward, hat manchen Fremden überrascht und innig gerührt. Sie herrscht seit dem Jahre 1653, wo während des Gottesdienstes ein Blitzstrahl den hohen Kirchturm traf und entzündete. – Wer ist der Prediger dort in dem lebensgroßen Bilde, der in der rechten Hand eine Bibel hält und mit der linken einen vor ihm auf dem Tische liegenden Todtenschädel umspannt? Es ist Christoph Caden, damaliger Pfarrherr, welcher nun schon beinahe 200 Jahre auf seine vor Gott im Staube knieende Gemeinde herunterschaut.

Das schönste „Kiek in die Peene" ist wohl ohne Streit auf dem Bauerberge zwischen Wolgast und Lassan, so manches hübsche Plätzchen mir auch bewußt ist an den Ufern des heimischen Flusses, den meine Jugenderinnerungen umschweben. Ich zweifle sehr, ob das alte Rauschloß dieses Namens, wenn es auch den Cummerowschen See beherrscht hat, halb so stolz hat liegen können. Freilich hat man hier mehr als die bloße Peene vor sich: eine ganze Insel mit Busen und Zungen, und im Hintergrunde die offenbare See.

Besuche doch auch im Vorübergehen den kleinen merkwürdigen See bei Hohensee, und erkundige dich, ob sein schönes helles Wasser auch neuerdings wieder eine blutrote Farbe angenommen habe, wie es im Jahre 1692 geschah, wo dieses Naturereignis so vielen Schrecken verursachte, daß sich gelehrte Federn in Bewegung setzten.

Seit 30 Jahren hatt' ich unsern Westpommerschen Brunnenort, das anspruchslose Renz, nicht wieder gesehen. Ich nenne es anspruchslos, so freundlich es auch anspricht, weil es wenig Geräusch in der Welt macht. Wozu auch das bei einem Ruhme, der nun schon eine Strecke ins fünfte Jahrhundert hineinreicht? Was so lange war, bleibt, was es sein kann, schon von selber.

Es war Winter, mithin von dem, was Zöllner sah und pries, für jetzt keine Spur zu finden. Der weit gereiste Mann versichert nämlich, nicht leicht einen zahlreichen Zirkel von schönen blühenden Mädchen beisammen gesehen zu haben, als in der schattigen Kastanien-Allee, die nach dem Brunnenhause führt.

Wir gingen in das jetzt öde Brunnenhaus und tranken ein Glas Heilwasser frisch von der Quelle, besahen uns auch die an der Wand hängenden Krücken der genesenen Gichtbrüchigen. Ob ihre Zahl sich in neueren Zeiten vermehrt habe, vergaß ich zu fragen. Das aber versäumt' ich nicht, die altertümliche Kirche zu besuchen, die buntbemalten Fensterscheiben zu betrachten und den hölzernen Herzog in seinem Sarge, mit dem getreuen Hunde zu seinen Füßen.

Neulich kam ich auf meinen Wanderungen durch das Städtchen Richtenberg. Ich ging durch, ohne anzuhalten und freute mich, den wenig anziehenden Ort hinter mir zu haben. Indem ich, in Gedanken vertieft, fortschlenderte, fielen meine Blicke links und gewahrten einen kleinen Landsee. Es ist bekannt, daß eine Gegend ohne Wasser das Auge wenig erfreut, daß aber jede Landschaft sich belebt, sobald von diesem Elemente ein hinlänglicher Vorrat vorhanden ist. Dazu bedarf es nicht des unbegrenzten Meeres. Ein bloßer See, ein Fluß, selbst eine rieselnde Quelle reichen hin, um der Umlage einen gewissen Reiz zu verleihen. So ging es auch hier. Die flache Gegend umher hatte mir seit einigen Stunden keiner Aufmerksamkeit wert geschienen. Jetzt stand ich still, um den unverhofften Anblick mitzunehmen. Aber mein

Standpunkt war zu niedrig. Ich bemerkte hinter der Kirche, unmittelbar am See, einen beträchtlichen Wall, mit hohen Bäumen besetzt. Von dieser Stelle, welche ungemein anmutig und einladend hernieder winkte, mußte der Überlick der ganzen Landschaft zu gewinnen sein. Ich erfuhr auf meine Erkundigung, daß jene Erhöhung im Pfarrgarten liege, und machte mich halb auf den Weg, meine geziemende Bitte anzubringen. Der bejahrte Prediger nahm mich freundlich auf und tat mir gern den Willen. Er führte mich selbst zu der schönsten Stelle unter jenen Bäumen, wo sein eigener Lieblingsplatz war, und freute sich sichtbar meiner Freude.

Hier lag nun die kleine Landschaft im Halbkreis vor mir ausgebreitet. Ein mäßiges, fast rundes Gewässer, umringt von Wiesen und Saatfeldern, weiterhin einige Landhöfe; gerade gegenüber das freundliche Städtchen Franzburg; hinter demselben Wald. In der Tat sehr wenig, wenn ich an Rügische Gegenden denken und Vergleichungen anstellen wollte! Aber von solcher Torheit war ich frei und fand, was ich sah, für den Augenblick angenehm und dankenswert genug. Ich nahm den lieblichen Eindruck ungeschwächt mit mir und ließ mich noch einige Meilen weit von ihm begleiten.

Es ist unleugbar, daß auch das Kleine ausreichen kann, die Seele des Menschen auszufüllen, und es scheint Lebensweisheit zu sein, einzelne Blümchen zu pflücken und sich einzeln zu freuen, da die vollen fertigen Kränze nicht immer bei der Hand sind. Warum sollt ich Zeit, Leben und Vermögen versplittern, um die Alpen und den Aetna zu sehen, da meine Hütte an der Ostsee steht? Dasjenige aber, was mir angewiesen ward, und was ich wohlfeil und täglich haben kann – die schönen Gegenden im Vaterlande – nicht beachten wollen? – Möge mir nie ein Tag vergehen, wo ich nicht an den Reizen der Natur mich stärkte und den Schöpfer in seinen Werken bewunderte!

Wenn man hinter Barth über die Barthe gekommen ist, dicht an der Mündung des hier ganz ansehnlichen Fließes, sich an den Schiffen auf dem Stapel, an der nützlichen Wut der Art, an dem bildenden Ingrimme der Säge und zuletzt noch an den schweigsamen Fischanglern auf der Brücke ergötzt hat: gerät man, seltsam überrascht, wie in einem fremden Erdteil und in Sandsteppen, wie ich mir die Wüste Gobi denke. Doch liegt eine kleine weiße Kolonie in der braunen Heide: sie heißt Gut Glück; nicht, daß sie es hätte, sondern, wenn sie es hätte. Was früherhin, auf den Anhöhen vor Barth, am westlichen Horizont rätselhaft hervortauchte, vielfach gewundene Gewässer, weißgüldene Dünenberge, blaue Waldkränze, langgedehnte Häuserreihen, ankernder Schiffe ragende Masten, geschwellte Segel kreuzender Fischerböte, das alles ist für den Augenblick versunken. Wir finden uns erst wieder zurecht auf dem Kirchhof zu Bodstedt, unmittelbar am Binnenwasser, an dem mittelsten der reizenden Drillingsbodden, die besonders anmutig den ausgehenden Pommerschen Continent mit einem Belt der Schönheit umgürten.

Welch ein Stilleben hier in der friedeatmenden Abendlandschaft! Denn daß die Strandvögel sich locken, die Wellen klatschen, Ruder plätschern, Wimpel spielen und Segel schlottern, das ist eben das Leben in der Stille und der Friede, der dem Herzen wohltut. Und wann die tagesmüde Sonne, an dem Tor ihrer Ruhe, wann sie hinabtauchen will in das weichwallende Wellenbett, die immer röteren Strahlen, über die Waldwipfel des Darßes her, auf das rundumschlossene Gewässer in langen flimmernden Streifen gießt: dann verlang' ich nicht zu schildern, sondern zu schweigen.

Du geschweifter Landstrich jenseits, der du das große Meer vor uns verhüllest, wie ist es in deinen Wäldern? Wie ist es hinter dir, an dem Strande der berghohen Wellen, wo das Auge, statt der holdblühenden Mannichfaltigkeit in gewählter Beschränkung, das ungeheure, maßlose und formlose Eins erschöpfen soll? Für heute zieh' ich das Binnengewässer in ihrem Reichtum vor, und sage: Seid reich im Kleinen, denn das irdische Groß bleibt immer dürftig. Alle Größe ist eigentlich arm, und der Reichtum erwächst nur an dem Kleinen.

Hans Prutz

Jugenderinnerungen eines Dankbaren

Am 20. Mai 1843 bin ich in Jena geboren. Dort hatten meine Eltern 1841 ihren jungen Hausstand gegründet, um ihn gerade in der Zeit meiner Geburt infolge eines für die damaligen Zustände höchst charakteristischen Zwischenfalls plötzlich wieder abbrechen zu müssen.

Mein Vater, der Dichter und Literaturhistoriker Robert Prutz (geb. am 30. Mai 1816), war das jüngste Kind eines Stettiner Kaufmanns, der unter den Stürmen der Kriegszeit schwere Schicksalswechsel erlebt hatte. Er stammte nicht aus einer der altangesessenen Familien der Hauptstadt Pommerns, sondern war der Sohn eines Bauern aus dem nahe dem Haff inmitten schöner Wälder gelegenen Dorf Messentin, und auf Grund seiner Erzählungen lebte in der Familie das Bild seiner harten Jugend fort: wie er allwöchendlich den Ertrag des vom Vater betriebenen Fischfangs zum Verkauf nach Stettin bringen mußte und dann froh war, wenn er, müde und hungrig, den verstümmelten Turm der Jakobikirche in der Ferne auftauchen sah. Als Lehrling in ein kaufmännisches Geschäft gegeben, hatte er sich durch unermüdlichen Fleiß emporgearbeitet, das Vertrauen seines Prinzipals gewonnen, denselben auf seinen Geschäftsreisen nach Frankreich und England begleitet und so die Möglichkeit erlangt, sich selbständig zu machen. Anfangs vom Glück begünstigt, gelangte er zu beträchtlichem Wohlstand, bis nach der Schlacht bei Leipzig die in Stettin liegende französische Besatzung zum Zweck der Verteidigung gegen die drohende Belagerung durch die heranziehenden Verbündeten auch seine Holzlager als dabei möglicherweise hinderlich niederbrannte. In seiner Kraft gebrochen, hat er in der Folge vergeblich um den Ersatz des Verlorenen gerungen und ist schließlich im Kampf mit den widerstrebenden Verhältnissen unterlegen. Frühzeitig war daher mein Vater der Obhut der zarten Mutter, und nach deren Tod, der seiner um zehn Jahre älteren ältesten Schwester überlassen, die an der Seite eines vom Glück ebenfalls nicht begünstigten und obenein früh des rechten moralischen Haltes entbehrenden Kaufmanns mit ihrem unruhigen, springenden und phantastisch aufgeregten Wesen auf den reichbegabten Knaben trotz aller Liebe keinen rechten Einfluß nehmen konnte und jedenfalls nicht geeignet war, die feste Hand eines zielbewußten Vaters zu ersetzen. Nach seiner Studienzeit in Berlin, Breslau und Halle hatte mein Vater sich an letzterem Orte niedergelassen, um sich, durch Chamisso mit einigen überfällig aufgenommenen Gedichten früh beim Publikum eingeführt, auf die akademische Laufbahn vorzubereiten. Dort wurde er bald ein angesehenes Mitglied des literarisch und politisch lebhaft angeregten Kreises, der sich um Arnold Ruge (1802–1880) sammelte und sich in den von diesem in Gemeinschaft mit Theodor Echtermeyer (1805–1844) herausgegebenen *Halleschen Jahrbüchern* ein Organ schuf, das in der zunehmenden Gärung der heraufsteigenden neuen Zeit bald eine führende Stellung gewann und epochemachend wurde durch die darin zuerst durchgeführte enge Verbindung zwischen Literatur und Politik. Im Hause Ruges lernte er meine mit dessen Frau verwandte Mutter kennen, eine Dresdenerin, Ida Bloende, die Tochter eines frühverstorbenen sächsischen höheren Beamten, eine kleine, zierliche, von ungewöhnlichem Liebreiz umgebene Dame von seltener geistiger Beweglichkeit und Empfänglichkeit für die verschiedensten Interessen, jedoch auch mit starken romantischen Neigungen, die trotz einem an Kämpfen und Enttäuschungen reichen Leben noch in späteren Jahren in einer naiven Vorliebe für alles Sensationelle, namentlich auch im Gebiete der Politik mit fast jugendlichem Feuer zum Ausdruck kamen.

Obgleich er auch weiterhin durch epische und lyrische Gedichte in größeren Kreisen Verehrer gewonnen und mit seiner Poesie gelegentlich bereits tatenlustig in die lebhafter einsetzende politische Bewegung eingegriffen hatte, dachte mein Vater doch seine Zukunft auf den Gelehrtenberuf zu gründen. Auch erschlossen sich ihm dafür günstige Aussichten, seit er 1841 die Monographie *Der Göttinger Dichterbund* veröffentlicht hatte, die allgemein als hochverdienstlich anerkannt wurde und ihn als einen der berufensten Vertreter der durch Gervinus heraufgeführten neuen Ära der Literaturgeschichte erscheinen ließ. Deshalb machte er sich mit der jungen Gattin in Jena heimisch, um sich dort den Weg zur akademischen Lehrtätigkeit zu bahnen.

Der freundschaftliche Verkehr mit den Zierden der Universität, dem vortrefflichen deutschpatriotischen Historiker Heinrich Luden (1780–1847), dem geistvollen klassischen Philologen Karl Göttling (1793–1869), der noch die Gunst Goethes erfahren hatte, dem feinsinnigen Theologen Karl Hase (1800–1890), dem witzigen Juristen August Heinrich Danz (1806–1881) und anderen gewährte über die wissenschaftliche Arbeit hinaus Anregung und Genuß und begründete mehr als eine durch allen Wechsel der Zeit bewährte persönliche Verbindung. Dennoch wartete meines Vaters in der Hauptsache dort eine Enttäuschung. In einer damals nicht ungewöhnlichen Form bemühte er sich darum, ohne vorhergehende Habilitation, unter ausdrücklichem Verzicht auf Besoldung, gleich zum außerordentlichen Professor ernannt zu werden. Die philosophische Fakultät aber lehnte das Gesuch ab, unter Hinweis auf den üblen Einfluß, den ein solcher notorischer Jung-Hegelianer nicht bloß auf die Studierenden, sondern auch auf weitere Kreise üben könnte, gab ihm aber anheim, den üblichen Weg der Habilitation zu versuchen. Der dieses Votum der Philosophen begutachtende Senat war nicht in der Lage, eine andere Entscheidung zu veranlassen, und auch der großherzogliche Regierungsbevollmächtigte, obgleich er den Bescheid wunderlich gefunden zu haben scheint, mußte ihn gelten lassen und konnte meinem Vater, so wohlgeneigt er ihm offenbar war, nicht helfen. Die Angelegenheit weiter zu verfolgen und in der hergebrachten Form in die Zahl der Bewerber um ein akademisches Lehramt einzutreten, wurde meinem Vater durch einen besonderen Zwischenfall dann ebenfalls unmöglich gemacht.

Jena beherbergte damals noch einen besonders erlauchten Gast, Friedrich Christoph Dahlmann (1785–1860), den tapferen Führer der Göttinger Sieben, der sich nach seiner Absetzung dorthin zurückgezogen hatte und an der Fortsetzung seiner „Geschichte Dänemarks" arbeitete. Zu diesem Mann der politischen Tat fühlte mein Vater sich besonders hingezogen und trat zu ihm in ein nahes freundschaftliches Verhältnis, das auch wissenschaftlich fruchtbar wurde. Denn Dahlmann veranlaßte ihn zur Beschäftigung mit den Werken des großen dänischen Lustspieldichters Ludwig Holberg: als ihre Frucht ist – freilich erst lange danach (1857) – sein vortreffliches Werk über denselben erschienen, begleitet von der meisterhaften Übersetzung einiger auserwählter Komödien. Im übrigen aber wurden gerade die nahen Beziehungen zu Dahlmann gewissermaßen meines Vaters Verhängnis: sie warfen ihn auf lange Zeit, ja eigentlich endgültig aus der Laufbahn, die er eben zu betreten ihm Begriff stand. Die Berufung Dahlmanns nach Bonn war eine von jenen liberalisierenden Taten, durch die Friedrich Wilhelm IV. auch außerhalb Preußens besonderen Jubel erweckte. Zu Ehren des Scheidenden veranstalteten seine Jenenser Freunde ein Festmahl, zu dem mein Vater ein Tischlied verfaßte. Ein paar allzu freiheitlich gehaltene Strophen fielen dem Rotstift des Zensors zum Opfer: nach ihrer Ersetzung durch einige unschuldige gereimte Phrasen jedoch wurde das Imprimatur erteilt. Mein Vater aber, in jugendlichem Übermut und das Herz voll von der Bedeutung des Vorgangs, stellte vor dem Druck durch Streichen des nichtssagenden Zusatzes und Unterpunktieren des Gestrichenen die ursprüngliche Fassung wieder her, in der das Gedicht dann in die Hände der Festteilnehmer kam und von ihnen erst recht fröhlich gesungen wurde. Die Remesis aber blieb nicht aus: der dem Zensor gespielte Streich erregte an maßgebender Stelle die höchste Entrüstung, und das Großherzoglich Sächsische Ministerium verfügte kurzweg die Ausweisung meines Vaters. Reklamationen blieben vergeblich, vielmehr wurde zur Begründung der Ausweisung auch auf einige inzwischen erschienene politische Gedichte meines Vaters hingewiesen – (eins davon hatte ihm von Verehrern in Königsberg i. Pr., damals dem Vorort des preußischen Liberalismus, einen mit sinnvoller Inschrift versehenen silbernen Becher als Ehrengeschenk eingetragen) – und dann insbesondere auf seinen intimen Umgang mit Dahlmann sowie auf seine Teilnahme an dem festlichen Empfang, der in Jena Georg Herwegh (1871–1875), dem mit einem Schlag auf die Höhe eines freilich nur allzu vergänglichen Ruhmes erhobenen Verfasser der *Gedichte eines Lebendigen* unter lebhafter Teilnahme der Studentenschaft bereitet worden war: hatte Herwegh doch sogar als Gast die bescheidene Wohnung meiner Eltern geteilt und von ihren Fenstern aus zu den ihm mit einem Fackelzug huldigenden Studenten gesprochen!

Mein Vater hatte also mehrfach politisch Anstoß gegeben und sich an der Jenenser Universität sowohl als auch in den Großherzoglichen Staaten unmöglich gemacht, und alles, was sich erreichen ließ, daß mit Rücksicht auf den Zustand meiner Mutter für den Vollzug des Ausweisungsbefehls eine Frist bewilligt wurde.

So verdanke ich es eigentlich einem Gnadenakt der Großherzoglich Sächsischen Regierung, daß ich in Jena das Licht der Welt erblicken durfte.

Was meinem Vater, freilich nicht ohne eigenes Verschulden, in Sachsen–Weimar–Eisenach begegnet war, genügte nun aber bei der damaligen Solidarität aller deutschen Regierungen, ihn auch in den übrigen deutschen Bundesstaaten der herrschenden Reaktion als suspekt erscheinen zu lassen und ihm den Weg zu dem erstrebten akademischen Katheder zu verlegen, noch bevor er ihn betreten hatte. Auch in Halle, wohin er sich zunächst wandte, weil er dort in dem ihm von früher her befreundeten Kreise Gleichgesinnter gute Aufnahme und für die seiner wartenden Kämpfe einen Rückhalt zu finden sicher war, scheiterte die Habilitation an dem Widerspruch der Regierung und der Feindschaft der politischen und kirchlichen Reaktionäre, die damals dort ihr Hauptquartier aufgeschlagen hatten und auf dem Weg waren zur Gewinnung einer fest unumschränkten Herrschaft. So sah sich mein Vater auf die Schriftstellerei als Quelle des Unterhaltes für die Seinen angewiesen. Der wissenschaftlichen Tätigkeit ferngehalten, mußte er den Schwerpunkt seiner Wirksamkeit in die literarische Produktion verlegen, welche damals noch viel weniger äußere Sicherheit gewährte als heutigen Tages. So erschienen die ersten Jahrgänge des von ihm begründeten *Literarhistorischen Taschenbuches*, seine historischen Dramen, die ihren Charakter als politische Tendenzstücke freilich nicht verleugneten und ihm zum Teil neue Maßregelungen zuzogen, und vor allem seine Aristophanische Komödie *Die politische Wochenstube*, in der er nicht bloß die literarischen Verirrungen, sondern auch die unerquicklichen politischen Zustände der Zeit zu formvollendeten Versen unbarmherzig geißelte. Letzteres trug ihm eine Anklage wegen Majestätsbeleidigung ein: doch war Friedrich Wilhelm IV. ein zu geistvoller Herr und zu sehr Freund eines guten Witzes, selbst wenn er auf seine Kosten ging, um nicht auf die an ihn gerichtete und durch Alexander von Humboldt befürwortete Bitte des Dichters die Niederschlagung des Verfahrens zu verfügen.

Im Frühjahr 1858 siedelten wir nach Stettin über, wo mein Vater sich durch sehr beifällig aufgenommene und gut besuchte literarhistorische Vorlesungen einführte. Die neue Umgebung machte auch ihm anfangs ein freundliches Gesicht. Die Stettiner, die auf ihren berühmten Landsmann stolz waren, kamen ihm warmherzig entgegen: er wurde gewissermaßen gefeiert und schien berufen zu sein, in dem geistigen Leben seiner Vaterstadt eine leitende Stellung zu gewinnen. Aber Stettin war und blieb doch immer eine Handelsstadt, in der die wirtschaftlichen und infolgedessen überhaupt die materiellen Interessen den Ausschlag gaben und Denken und Streben selbst der gebildeten Kreise fast ausschließlich beherrschten. Auch stumpfte sich der Reiz der Neuheit rasch ab, den meines Vaters Erscheinung und Tätigkeit ausgeübt hatten. Die Teilnahme an den von ihm in den ersten Wintern regelmäßig veranstalteten Zyklen von Vorträgen für ein größeres Publikum erlahmte allmählich; eine von ihm in Gemeinschaft mit einem Stettiner Buchhändler begründete Montagszeitung konnte sich nur ein Jahr halten und die anfangs nach verschiedenen Seiten hin angeknüpften geselligen Beziehungen erloschen bald, so daß das elterliche Haus, von den Verwandten abgesehen, bald in ähnlicher Weise wie früher in Halle fast ganz isoliert stand und der anregenden Fühlung mit den Vertretern anderer Interessen so gut wie ganz entbehrte. Das wird sich namentlich dem Herausgeber des *Deutschen Museums* als ein Mangel fühlbar gemacht und seine Tätigkeit in mancher Hinsicht erschwert haben.

Diese Mißstände wurden vollends empfindlich, als auch Krankheit und in Verbindung damit wirtschaftliche Sorgen sich einstellten. Erst in späteren Jahren trat darin eine erfreuliche Änderung ein, als mein Vater auf die schriftstellerische Tätigkeit verzichtete – das *Deutsche Museum*, in dessen Leitung er sich zuletzt mit Karl Frenzel in Berlin geteilt hatte, ging ein – und seine Kraft auf die Vortragszyklen konzentrierte, die er allwinterlich vor Scharen dankbarer Zuhörer als Wanderredner in verschiedenen Städten hielt und mit denen er namentlich in Berlin, Königsberg, Breslau, Hamburg und Frankfurt a. M. glänzende Erfolge hatte.

Davon freilich bin ich selbst nur noch aus der Ferne Zeuge gewesen, da ich zwei Jahre nach der Übersiedlung nach Stettin das elterliche Haus verließ und dann immer nur vorübergehend als Gast in demselben erschien. Aber mit ganz besonders freudiger Dankbarkeit blicke ich auf die zwei Jahre zurück, die ich in der Prima des Marienstifts-Gymnasiums verbracht habe. Denn ich bin mir durchaus bewußt, daß sie für meine geistige Entwicklung von segensreichster Bedeutung waren, und daß ich es im wesentlichen der dort empfangenen Anregung und Ausrüstung zu verdanken hatte, wenn ich später mein Streben nicht vergebens auf höhere Ziele richten konnte.

Der Abschied von dem Hallenser Pädagogium war mir nicht schwer geworden. Denn so sehr ich die Trennung von Berthold Delbrück, mit dem mich die engste Studiengemeinschaft verband, bedauern mochte, so war ich doch froh, aus der mich dort umgebenden geistigen Atmosphäre herauszukommen, die auf Geist und Herz des noch nicht fünfzehnjährigen Primaners allmählich ähnlich niederdrückend wirkte wie die dunstige Braunkohlenatmosphäre, welche die Stadt Halle und ihre Umgebung auf Meilen einzuhüllen pflegt. Welche Fülle von Eindrükken bot dagegen die rasch erblühende Seestadt mit ihrem mächtig pulsenden Leben, dem Gewimmel von Schiffen aller Art, die dichtgedrängt am Bollwerk lagen, und den gewaltigen Seedampfern, die in ihrem regelmäßigen Kommen und Gehen ferne Länder und Völker unserer Phantasie naherückten. Ich wurde nicht müde, mich in dieser neuen Welt herumzutummeln und war bald in ihr gewissermaßen heimisch. Dazu kam der Reiz, den die schöne Lage der Stadt mit ihrer anmutigen Umgebung, dem von Höhen begleiteten breiten Tal der Oder, dem silbernen Spiegel des Dammschen Sees und dem in der Ferne aufleuchtenden Haff immer von neuem ausübte und der oft genug zu fröhlichen Wanderungen in die schönen Buchenwälder einlud. Weit wichtiger aber war doch das geistige Behagen, das mich bei dem Eintritt in die neue Schule überkam, mochte derselbe mir auch zunächst manche Schwierigkeit bereiten und Anforderungen an mich stellen, denen zu genügen es der größten Anstrengungen bedurfte.

In einem ganz anderen, höheren Sinn als das feudale Pädagogium hatte das Marienstiftsgymnasium eine Tradition, die hoch zu halten nicht bloß vortreffliche Lehrer bestrebt waren, sondern auch ehrliebende Schüler als eine selbstverständliche Pflicht erachteten. An seiner Spitze stand seit 1856 Wilhelm Heydemann (1808–1877), der Sproß einer verdienten Berliner Beamtenfamilie und Bruder des bekannten Lehrers des preußischen Rechts an der dortigen Universität, ein tüchtiger Philologe und Historiker, ein Jugendfreund von Johann Gustav Droysen und wie dieser einst Felix Mendelssohn nahe verbunden. Seine ungewöhnliche Begabung und Tüchtigkeit hatten ihm die Auszeichnung eingetragen, daß er dem Prinzen Friedrich Wilhelm, dem nachmaligen Kaiser Friedrich III., geschichtlichen Unterricht zu erteilen berufen wurde. Als Schulmann hatte er sich glänzend bewährt, indem er das arg in Verfall geratene Friedrich-Wilhelm-Gymnasium in Posen, dem er 1850 vorgesetzt war, trotz der ihm von polnischer Seite bereiteten Schwierigkeiten in Ordnung brachte und zu einer Musteranstalt entwickelte. Ohne gerade ein großer Gelehrter zu sein, verfügte Heydemann über ein gründliches, auf einer umfassenden allgemeinen Bildung beruhendes Wissen, das er in angenehmem und fließendem Vortrag mitzuteilen verstand. Kirchlich positiv und politisch konservativ gerichtet, war er doch duldsam und milden Geistes und ließ auch abweichende Ansichten gelten und suchte sie zu verstehen. Ruhig und besonnen, kein Eiferer und ein Feind alles Scheltens, wirkte er durch eine feine Ironie im rechten Augenblick mehr als andre durch zornige Reden. So leitete er die große Anstalt mit starker Hand, ohne daß man eigentlich etwas davon merkte, im besten Einvernehmen mit seinen Kollegen, von denen manche ihm nicht bloß an Jahren weit überlegen waren, sondern bei ihrer scharf ausgeprägten Eigenart auch amtlich nicht immer leicht zu behandeln gewesen sein mögen, ebenso wie mit den Schülern, deren Vertrauen seine freundliche und wohlwollend eingehende Art rasch zu gewinnen pflegte. Auch bei mir war das der Fall, zumal er meinem redlichen und nach anfänglichen Schwierigkeiten erfolgreichen Bemühen besondere Teilnahme schenkte, die mich auch noch auf meinem späteren Lebensweg begleitet hat. Seine Persönlichkeit prägte dem Leben auf der Anstalt einen besonders angenehmen Charakter auf. Da war keine Spur von Duckmäuserei, wie sie in Halle geherrscht hatte, alles trug einen freieren, heitereren und dabei doch ernsteren, weil innerlich wahren Zug. Wie ganz anders war hier das Verhältnis zwischen Lehrern und Schülern! Fröhlich tummelten sich von den ersteren die jüngeren nach den Turnstunden draußen in Neu-Torney – heute ist die Gegend längst städtisch bebaut – mit den Schülern in allerhand Turnspielen, einer der eifrigsten und als Gegner beim Ballspiel besonders gefürchtet Franz Kern, dessen gewaltige Gestalt alle um Haupteslänge überragte, später mein Direktor am Gymnasium in Danzig und von dorther bis an sein Lebensende mir in aufrichtiger Freundschaft verbunden. Ein Fest für Lehrer und Schüler war es, wenn ein der Turnerei besonders geneigter Stettiner Reeder uns im Sommer alle auf einem seiner Dampfschiffe die Oder hinauf nach Garz führte, wo dann in dem schönen Walde des Schrey Turnübungen aller Art und Turnspiele ausgeführt wurden. Besonders schön betätigte sich das gute Verhältnis zwischen Lehrern und Schülern während meines letzten Halbjahrs in der Prima, wo ich mit einigen Freunden unter Heydemanns kaum merklicher Oberleitung eine Schillerfeier zustande brachte, wie sich einer solchen wenig Gymnasien werden haben rühmen können. Denn auch das Verhältnis der Schüler untereinander war hier von einem ganz anderen Geist beherrscht als unter den adelsstolzen Scholaren des Hallenser Pädagogiums. Wir lebten als gute Kameraden in vertraulichem Austausch unserer Interessen, unter denen die Arbeit an der eigenen Bildung obenan stand.

Gegenüber der konzilianten Persönlichkeit Heydemanns, die bei aller Straffheit und Festigkeit doch niemals Urbanität und Humanität als ihre Grundlagen verleugnete, erschienen die sonst damals in der obersten Klasse unterrichtenden Lehrer als ungewöhnlich hart ausgeprägte, höchst eigenartige, ja in mancher Hinsicht befremdliche Charakterköpfe. Aber eben dadurch übten sie auf die Schüler einen starken Einfluß, dem sich diese der Mehrzahl nach willig hingaben, mochten sie auch gelegentlich durch verwunderliche Ecken und sonderbare Schroffheiten in Erstaunen gesetzt werden oder gar ihre jugendliche Spottlust gereizt fühlen. So weit ihre Richtungen auseinandergingen, ja in manchen Dingen einander geradezu entgegen waren, so ergänzten sie einander doch in eigentümlicher Weise und korrigierten zugleich gegenseitig unbewußt, was die Einseitigkeit des einen oder des andern bei uns Schülern etwa versah.

Da war zunächst der greise Ludwig Giesebrecht (1792–1873), dem seine hochragende Gestalt in der stets feierlich gemessenen Haltung mit dem leuchtenden Auge und dem wohlklingenden tiefen Organ schon äußerlich etwas von der Ehrwürdigkeit eines Patriarchen gab. Dazu verkörperte er für uns die große Zeit der Freiheitskriege: 1792 zu Mirow in Mecklenburg geboren, war er als Berliner Student 1813 freiwillig in das Mecklenburg-Strelitzsche Husarenregiment eingetreten und hatte an der Katzbach mitgefochten, war dann aber durch schwere Krankheit von der weiteren Teilnahme am Kriege zurückgehalten worden. Seit 1816 wirkte er am Stettiner Gymnasium und hatte sich durch verschiedene Arbeiten, namentlich historische, wie die verdienstvollen *Wendischen Geschichten* auch in der wissenschaftlichen Welt einen guten Namen erworben. Selbst als Dichter war er über die Grenzen Pommerns hinaus bekannt geworden, während seine religionsphilosophischen Spekulationen, die einer gewissen romantischen Färbung nicht entbehrten und sich hie und da in eine eigentümliche Mystik verloren, nur eine kleine Gemeinde Gleichdenkender gewannen. Dieser letzte Zug an ihm überraschte umsomehr, als Ludwig Giesebrecht als Lehrer des Deutschen es sich vornehmlich angelegen sein ließ, seine Schüler zur Klarheit und Folgerichtigkeit des Denkens und zu entsprechender Darlegung des Gedachten anzuhalten. Gegen lange Aufsätze hatte er von vornherein ein Vorurteil: er war ein Feind aller unnötigen Worte, und wer ihm damit kam, wurde bei der Rückgabe der Arbeit nach Vorlesung einer bezeichnenden Probe mit der Bemerkung zurechtgewiesen: „Aber, Lieber, lauter Phrasen“, die der Betreffende tiefer empfand als sonst in scharfe Worte gefaßten Tadel. Im Gegensatz zu dem, was auf diesem Gebiet in Halle Daniel liebte und demgemäß begünstigt hatte, um die Phantasie seiner Schüler anzuregen und dieselben zu blühendem, womöglich poetisch angehauchtem Vortrag zu veranlassen, erschien mir diese nüchterne Art zunächst recht befremdlich, ist dann aber bald als außerordentlich bildend und als ein vortreffliches Mittel zu guter geistiger Zucht erkannt worden. Strenge Schulung des Denkens war auch das Ziel, auf das Karl Ernst August Schmidt bei dem Unterricht in den alten Sprachen vornehmlich hinarbeitete. Fast ausschließlich von diesem Gesichtspunkt aus behandelte er die römischen und griechischen Autoren: nicht der Inhalt ihrer Werke interessierte ihn, sondern die in dem Wortgefüge sich offenbarende innere Notwendigkeit des richtig logischen Denkens und fast mehr noch die Entwicklung der verschiedenen durch ein Wort bezeichneten Begriffe aus dessen erster, ursprünglicher Bedeutung. Es mag übertrieben gewesen sein, wenn man ihm nachsagte, er habe sich gelegentlich gerühmt, die Tragödien des Sophokles so und so oft gelesen zu haben, aber was darin stehe, wisse er noch immer nicht: jedenfalls war damit die Art trefflich gekennzeichnet, in der er die Sprache auffaßte und behandelte. Gewiß war das einseitig und übertrieben, wirkte aber klärend auf die jungen Köpfe und führte sie von einer Seite in das Sprachstudium ein, die damals meistens noch ganz vernachlässigt wurde, und gab ihnen in der Erörterung und Klarlegung der Begriffe und ihrer Entwickelung eine Schulung im Denken, die ihnen auch auf anderen Gebieten zugute kam. Zu den meisten seiner Kollegen stellte sich Schmidt dadurch freilich in einen ausgesprochenen Gegensatz, der gelegentlich zu unserem nicht geringen Vergnügen in allerlei spitzen Bemerkungen von beiden Seiten zum Ausdruck kam. Am einfachsten und feinsten verfuhr auch da wieder Heydemann, indem er das, was Schmidts Einseitigkeit etwa an unserer Ausbildung versäumte, seinerseits dadurch nachholte, daß er im Sommer in ein paar frühen Morgenstunden die *Ilias* kursorisch mit uns las, um uns die Schönheit des Dichterwerkes ungehindert durch grammatische Haarspaltereien genießen zu lassen. Auch mit seinen Publikationen aus dem von ihm mit solcher Vorliebe angebauten Gebiet, so große Gelehrsamkeit darin steckte, hat Schmidt zunächst kein Glück gemacht, und er täuschte sich nicht darüber, daß die Philologen im allgemeinen seine Art für wunderlich und verfehlt hielten. Das gab dem langen, hageren alten Herrn mit dem wie Pergament vertrockneten Gesicht, den lebhaften Augen und dem wirren weißen Haar im Auftreten eine gewisse Bitterkeit und Schärfe. Erst später hat man ihm mehr Gerechtigkeit widerfahren lassen, und seine bei ihrem Erscheinen wenig beachteten oder gar vornehm abgelehnten Arbeiten werden, wie ich höre, heute im Kreis der Sprachforscher geschätzt, teils als originelle, auf neue Ziele hinweisende Versuche, teils als Fundgruben für eine Menge verschollener, sonst nicht beschaffbarer Einzelheiten. Mir persönlich hat Schmidt, der ebenso wie Giesebrecht noch meines Vaters Lehrer gewesen war, allezeit ermunterndes Wohlwollen erwiesen: als sein Gehilfe in der Verwaltung der reichen Gymnasialbibliothek erhielt ich Zutritt zu deren Schätzen und durfte mir manches Werk zum Privatstudium mit nach Hause nehmen. Auch führte er mich mit einem Kreis strebsamer Genossen privatim in das Studium des Gotischen ein: er las *Ulfilas* mit uns und erschloß uns einen ernsten Blick in die Sprachvergleichung. Das tat übrigens gelegentlich auch der Lehrer der Mathematik und Physik Hermann Graßmann (1809–1879), wenn er eine Vertretungsstunde zu geben hatte: dann behandelte er sprachgeschichtliche Probleme und imponierte uns durch seine Kenntnisse in einem Gebiet, auf dem er später, der Last des Amtes entledigt, durch groß angelegte Arbeiten sich außerordentliche Verdienste erworben hat. Er war da entschieden weit bedeutender als in dem Fach, das er von Amts wegen zu vertreten hatte und mit dem mich in ein besseres Verhältnis zu bringen bei der leidigen Einseitigkeit meiner Begabung auch ihm nicht gelingen wollte.

Weitaus die originellste, ja eine in ihrer Art einzige Erscheinung unter den Lehrern, die in jenen Jahren am Stettiner Gymnasium wirkten und es für die Mehrzahl der Schüler zu einer Stätte ungewöhnlich freudigen und erfolgreichen Strebens machten, war Ferdinand Calo, in dessen Händen in den obersten Klassen der französische und der fakultative englische Unterricht lag. Schon sein Äußeres war ungewöhnlich: hochgewachsen und breitschultrig, stets in elegantem schwarzen Anzug mit zierlichen Schnallenschuhen, das weiße Haar kurz geschoren, das runde glattrasierte Gesicht rötlich leuchtend – so schritt er, stets barhaupt und mächtige Stapel von Heften tragend, bei jedem Wind und Wetter ohne Mantel von seiner nahen Wohnung zu dem Schauplatz seiner Tätigkeit hinüber. Von der Art seines Unterrichts, der mit dem, was er bot, und mit dem, was er geleistet sehen wollte, auf einen Neuling wie mich zunächst geradezu betäubend und entmutigend wirkte, einen richtigen Begriff zu geben, ist kaum möglich. Aber sie war vortrefflich, riß auch die anfangs Widerstrebenden schließlich mit sich fort und leistete mehr, als sonst irgendwo auf diesem Gebiet geleistet wurde, dank seiner sprudelnden Lebhaftigkeit und nie erlahmenden Energie. In jeder der zwei wöchentlichen französischen Stunden wurde zuerst in einer Art von Hetzjagd ein Pensum von Vokabeln und Phrasen aus Ploetz' *Vocabulaire français* überhört, dann ein Stück aus Lamartines *Voyage en Orient* gelesen – für dieses etwas schwülstige Buch hatte Calo wohl von seiner eigenen Orientreise her eine besondere Vorliebe gefaßt –, dann ein von ihm vorgesprochener deutscher Text, wozu er häufig leichtere Stellen aus französischen Dichtern wählte, von uns französisch niedergeschrieben. Dieses mußte dann, korrigiert zurückgegeben und genau durchgenommen, acht Tage darauf auswendig gelernt sein und unter strengster Kontrolle der Aussprache von möglichst vielen abschnittweise vorgetragen werden, während die übrigen einen vorher von ihm gehaltenen kurzen französischen Vortrag in freier Fassung schriftlich wiedergaben. Ich bekenne, daß ich infolge der Mangelhaftigkeit des französischen Unterrichts in Halle diesem Betrieb gegenüber zunächst völlig ratlos war und fast daran verzweifelte, mich in ihn hineinzufinden und den hier wie selbstverständlich gestellten Ansprüchen auch nur einigermaßen zu genügen. Aber dank dem freundlichen Wohlwollen, mit dem Calo mir in dieser schwierigen Lage beisprang, gelang es mir doch durch die Konzentrierung meiner Kraft, auf dieses bisher nur allzusehr vernachlässigte Gebiet bald nachzukommen und weiterhin mit meinen besseren Mitschülern gleichen Schritt zu halten. Durch diesen vortrefflichen Lehrer von nie versagender Frische und Arbeitskraft taten wir einen Blick in die Schätze der französischen Literatur, lernten manches von den Werken ihrer Klassiker kennen, und Viktor Hugo, Beranger und andere waren für uns doch keine leeren Begriffe mehr, sondern wir verbanden damit, dank den im Lauf der Jahre unserem Gedächtnis eingeprägten zahlreichen Proben, bestimmte, oft sehr lebendige Vorstellungen. Mit ganz derselben originellen Methode erteilte Calo der Mehrzahl der Primaner fakultativen Unterricht im Englischen, im Winter sogar in seiner geräumigen Junggesellenwohnung, und der Erfolg war gleich erfreulich. Im Mittelpunkt der Lektüre stand da Shakespeare, aber auch Byron und andere neuere Dichter lernten wir kennen und dann wenigstens in Proben Historiker wie Macaulay und gelegentlich sogar die großen Redner wie Lord Brougham.

Während des letzten Winters hatte Calo, dessen Selbstlosigkeit ebenso groß war wie sein Tätigkeitsdrang, die Güte, mich mit zwei anderen Abiturienten in gleicher Weise in das Italienische einzuführen, so daß ich, als meine Schulzeit sich ihrem Ende näherte, die drei neueren Sprachen so weit beherrschte, daß ich jedes darin geschriebene Buch mühelos lesen und mich schriftlich und mündlich im wesentlichen korrekt ausdrücken konnte. Welche wertvolle Unterstützung ich damit für meine künftigen Studien erhalten hatte, ist mir erst recht klar geworden, als sich diese immer mehr der Geschichte zuwandten und die Lektüre französischer, englischer und italienischer Werke nötig machten.

Die Ansprüche, die an die Arbeitskraft und das Fassungsvermögen eines pflichttreuen Primaners des Stettiner Gymnasiums damals gestellt wurden, waren demnach wahrlich nicht gering. Denn auch an dem Unterricht im Hebräischen, das ich bereits in Halle begonnen hatte, nahm ich teil, ohne je an das Studium der Theologie zu denken. Dennoch entsinne ich mich nicht, jemals das Gefühl der Überbürdung gehabt oder gar über solche geklagt zu haben. Vielmehr fand ich noch immer Zeit, seitab liegende Privatstudien zu treiben und mit meinem Hallenser Freund Berthold Delbrück, der mit zwei gleichstrebenden Genossen, Bernhard Sohmke, der nachmals als Professor der Physik in Karlsruhe, Jena und zuletzt an der Technischen Hochschule in München gewirkt hat (gest. 1897), und Alfred Pernice, der sich als römischer Rechtshistoriker einen Namen gemacht und zuletzt in Berlin gelehrt hat, zu einem kleinen wissenschaftlichen Verband zusammengetreten war und mich zur Teilnahme an dessen Bestrebungen veranlaßte, brieflich lebhaften geistigen Austausch zu pflegen. Es waren meist aus der Vertiefung von Giesebrecht gestellter Aufsatzthemata hervorgegangene literar-historische und historische Versuche, die ich den Freunden zu gemeinsamer Lektüre und Beurteilung einsandte. Trotzdem haben weder die Eltern, noch deren ärztliche Berater jemals an der angestrengten Tätigkeit, die uns die Schule auferlegte, Anstoß genommen oder gar üble Folgen für unsere Gesundheit davon befürchtet. Die Überbürdungsklage ist eine durchaus moderne Erfindung und erscheint bei unbefangener Prüfung befremdlich dem gegenüber, was von uns damals als selbstverständlich gefordert und freudig geleistet wurde in dem beglückenden Gefühl der steigenden Kraft. Daß die Leistungen der höheren Schulen heute gegen die damaligen in dem Maße gesteigert seien, daß sie so viel größere Anstrengungen nötig machten, wird im Ernst niemand behaupten wollen. Eher würde das Gegenteil zutreffen. Sind doch fast überall die Ziele des Unterrichts niedriger gesteckt als früher, der Lehr- und Lernstoff ist wesentlich beschränkt und die Methode vereinfacht und bequemer gemacht. Dem aufmerksamen Beobachter aber wird es nicht entgehen, daß eben infolgedessen die Lehrer heutigen Tages im allgemeinen weniger umfassend und gründlich gebildet und weniger selbständige geistige Individualitäten sind, sondern meist eine gewisse Schablone vertreten und daher auch auf ihre Schüler nicht so eindringlich und anregend wirkten, wie das jene ältere Generation tat. Infolge der Sorge vor angeblicher Überbürdung wird dem heranreifenden Jüngling gegenwärtig alles möglichst bequem gemacht und alles fern gehalten, was für seinen künftigen Beruf nicht unmittelbar nötig ist. Damit hat in unserem höheren Unterricht ein Nützlichkeitsprinzip die Herrschaft gewonnen, mit dem jeder höhere Schwung des Strebens bei Lehrern und Schülern unvereinbar ist, weil es die zwanglose, freie und eben dadurch auch befreiend wirkende Bewegung in den reinen geistigen Regionen unmöglich macht. Insofern haben diejenigen nur allzu recht, die gerade auf diesem Gebiet ein besorgliches Schwinden des idealen Sinnes bemerken wollen. Wenn immer nur gefragt wird, ob das zu Lehrende und zu Lernende später praktisch anzuwenden und dadurch von Nutzen sein wird, kann rechte Freudigkeit des Strebens weder bei Lehrern noch bei Schülern aufkommen, da ohne jenen Idealismus der edle Ehrgeiz nicht erzeugt werden kann, dem schon das Streben und das Vorwärtskommen an sich Befriedigung gewährt und reicher Lohn ist. Dieser unerquicklichen Entwicklung, deren Fortgang auf die geistige und sittliche Kultur unseres Volkes nur nachteilig einwirken kann, wird in unseren Tagen von der anderen Seite her noch Vorschub geleistet durch die Errichtung immer neuer Spezialschulen, welche die jungen Leute unter möglichster Fernhaltung alles dazu nicht nötigen Wissens für einen bestimmten Beruf zu bilden oder eigentlich abzurichten suchen, sich aber dennoch hochtönend Hochschulen nennen.

Im Gegensatz dazu hat es mir immer als ein Zeugnis von dem hohen Stand des Stettiner Gymnasiums in jenen Jahren erscheinen wollen, daß aus der Schülergeneration, deren mittleren Jahrgängen ich angehörte, eine ungewöhnlich große Zahl von Männern hervorgegangen ist, die sich auf verschiedenen Gebieten der Wissenschaft rühmlich hervorgetan und der Anstalt, der sie ihre Bildung verdankten, besonders zur Ehre gereicht haben. Ich nenne von älteren den Nationalökonomen Schönberg, der als Kanzler der Universität Tübingen starb, die Juristen Giercke in Berlin und Zitelmann in Bonn, von meinen Koätanen die Theologen Erich Haupt in Halle und den früh verstorbenen Bindemann in Greifswald, den ebenfalls längst dahingegangenen Mathematiker Kossak in Berlin und weiterhin neben dem lange Jahre in Marburg wirkenden Chirurgen Ernst Küster den Naturforscher Anton Dohrn, den Schöpfer der biologischen Forschungsstation in Neapel, den Linguisten Johannes Schmidt, der seinem Oheim, dem alten K. E. A. Schmidt, die für sein Leben entscheidende Anregung verdankte, und den Philologen Wilhelm Studemund, erst in Straßburg, dann in Breslau. Nicht viele Gymnasien dürfen sich rühmen können, eine so stattliche Reihe von Abiturienten entlassen zu haben, die in ihrem Beruf weit über den Durchschnitt hinausgehende Leistungen aufgewiesen haben.

Ernst Moritz Arndt

Studien und soldatische Tugenden

Meine Stellung in Stralsund war ungefähr folgende: Die ersten anderthalb Jahre meines dortigen Aufenthalts genoß ich Unterstützung, von welcher ich den eigentlichen Belauf nie erfahren habe. Diese hörte dann auf, da meines Vaters Verhältnisse sich unterdessen wesentlich erweitert und verbessert hatten. Daneben hatte ich Freitische, mehr als ich bedurfte, indem mein Vater in der Stadt so viele Freunde und Bekannte hatte, daß sie sich um mich rissen: diese Freitische beide für den Mittag und für den Abend. Die letzten aber benutzte ich nicht immer, weil sie mir zu viele Zeit raubten, und nahm zu Hause mit einem Butterbrot und einem Glas Wasser oder Bier vorlieb. Das war auch des Morgens mein Frühstück; und auf diese Weise ist es auch in der Folgezeit meistens von mir gehalten worden; so daß ich bis zu meinem vierzigsten Jahre Kaffee und Tee nur bei außerordentlichen Gelegenheiten genossen habe. Später, erst näher dem fünfzigsten, hat die Gemütlichkeit und Bequemlichkeit des häuslichen Lebens meiner zweiten Ehe mich auch an diese Genüsse gewöhnt, welchen ich nun im Ansteigen des hohen Alters weise, aber zu spät, wieder zu entsagen beginne. Das aber, was Fichte selbst aus seinem geschlossenem Handelsstaat nicht auszuschließen wagte, Wein, Punsch und deren Gesellen (den Branntwein jedoch selten und nur einzelne Gläschen) habe ich nimmer verschmäht. Auch schien ich von der Natur zu einem bacchischen Leben gestempelt zu sein: der Wein ist mir von jeher wohl bekommen, eine Tasse Kaffee hingegen, wenn sie ja einmal über meine Lippen kam, machte mir vor meinen Dreißigen das Blut so wallen und die Hände so zittern, daß ich kaum einen Buchstaben grad aufs Papier bringen konnte. Diese Freitische hatten für mich allerdings ihre Gefahr. Zuerst verlor ich etwas an Zeit dabei; aber dies war das Kleinste. Das Zweite war schlimmer: das für einen Jüngling von siebzehn, achtzehn Jahren zu gute und reiche Leben. Es waren fast lauter angesehene und reiche Häuser, wo ich zu Tische ging. Die Gastlichkeit, die Gütigkeit der Freunde war überdies nach Landesgewohnheit unermeßlich; das Leben in jenen Tagen überhaupt weidlich und wohlgemut, und, da die politischen Stürme nur erst in der Ferne brausten, auf anmutigen und fröhlichen, auch wohl auf künstlerischen und ästhetischen Sinnengenuß gerichtet. Hier muß etwas von den Menschen gesagt werden.

Stralsund ist eine große Stadt, durch ihre Leiden und Freuden und durch große Kämpfe, worin die Namen Wallenstein, Gustav Adolf, Friedrich Wilhelm, der große Kurfürst, Karl XII. und der alte Dessauer Leopold von Anhalt mitklingen, eine glorreich berühmte Stadt. Im Mittelalter war sie nach Danzig, der alten Hauptstadt Hinterpommerns, die mächtigste und prächtigste Stadt im Pommerlande, und noch sieht man ihren Marktplätzen, dem herrlichen Rathaus und den drei größten Kirchen den alten, vergangenen Glanz an. Sie entwuchs wenige Jahrzehnte nach ihrer Gründung im Anfang des dreizehnten Jahrhunderts der Macht der Fürsten von Rügen und nach deren Erlöschung der pommerschen Herzöge, und war die nächsten Jahrhunderte nur dem Namen nach eine abhängige, der Tat nach aber eine freie Reichsstadt. Wegen Fehden mit den Fürsten und der Landschaft oft abgeschlossen und auf ihre Ringmauern oder höchstens auf einige Gebiete in der Insel Rügen angewiesen, hat sich in ihr in einiger Ähnlichkeit mit der herrlichen Reichsstadt Köln ein ganz eigener Volksdialekt gebildet, der mit dem umwohnenden Lande wenig gemein hat und in seinem Ton und Akzent bis zu diesem Tag sich mit einer gewissen Dünnheit und Weichlichkeit bricht, welche zu der Tatenkraft und Rüstigkeit ihrer Bürger von weiland und jetzt wenig passen. Diese Stadt, wie die andern größeren schwedisch-pommerschen Städte, hatte aus der Zeit der gewaltigen Hanse bis zu unsrer alles stürzenden und ändernden Epoche große und achtbare Freiheiten und für ihre Obrigkeiten und Stiftungen in Rügen und Pommern höchst bedeutendes Gut und weite Gerichtsbarkeit gerettet. Sie war selbst unter schwedischer Herrschaft bis zum Untergang des heiligen römisch-deutschen Reichs als eine ehrwürdige Ruine der Vergangenheit, gleichsam noch als eine eigene Herrlichkeit stehen geblieben. Nun bestanden jene

Trümmer alten Glanzes damals noch mit einem feinen und würdigen Schein. Der Magistrat, d. h. Bürgermeister und Rat, zog in der Stadt und auf seinen sehr zahlreichen Gütern und fast ebenso zahlreichen Gerichtsbarkeiten wie eine Art Majestät auf; die verschiedenen Bürgerausschüsse und Genossenschaften hielten sich unter ihnen oder ihnen gegenüber in achtbarer Geschlossenheit und Ehrenfestigkeit; und jeder einzelne Bürger als Mitgenoß einer so altberühmten und glorreichen Gemeinschaft trat auf dem sundischen Pflaster stolzer einher, als die Bürger der andern Städte auf dem ihrigen. Und die Stadt Stralsund hatte schöne, stattliche Menschen und konnte auch in Hinsicht der Frauen, selbst in den unteren Klassen, wie Korinth bei den Griechen, für eine schönweibrige Stadt gelten. Ein schönes Menschengeschlecht findet man auch in den andern großen Städten Pommerns, vorzüglich in Wolgast und Barth, viel weniger in Greifswald, das schlechtes Wasser und schlechte Luft, und natürlich also, obgleich eine Universitätsstadt, auch schlechtes Licht hat.

Die Sitten waren freilich, wie ich angedeutet habe, sinnlich auf Genuß und Lebenslust gestellt. Hohes und höchstes Glück und Unglück, hohe und höchste Fragen und Kämpfe ahnten in jenen Tagen wenige. Aber wie auch vieles locker, ja lockerer als recht war, es war doch von dem alten Glauben und der alten Treue und von den etwas versteiften, aber doch wohlanständigen Gebräuchen und Gestalten genug übrig, um das Ganze des Lebens mit einer gewissen äußeren Würdigkeit zusammenzuhalten und zu tragen. Einzelne Schäden wurden durch allgemein herrschenden Wohlstand, Rechtlichkeit und Gutmütigkeit reichlich vergütet. Nur ein Schaden war da, der aber durch den ausgebrochenen russisch-schwedischen Krieg während des größten Teils meiner sundischen Anwesenheit fehlte, nämlich die schwedisch-pommersche Soldateska. Die Offiziere derselben waren meistens schwedische oder pommersche, einige auch mecklenburgische Edelleute, aber die Gemeinen aus allen Weltgegenden zusammengeworbenes Gesindel, vielmehr als in dem benachbarten Preußen, wo die Kantonspflichtigkeit wenigstens einen ehrenwerten Stamm von einheimischen Gemeinen lieferte. Dieser Schaden war bei der Art der Zusammensetzung ein unheilbarer und den Sitten höchst verderblicher, und die zwei dort liegenden Regimenter Fußvolk nebst einer Abteilung Artillerie, Ingenieure und Pioniere waren ein Krebs in dem gesunden Fleische der Bürgerschaft. Auch begab sich hier damals das Unerfreuliche, daß der größte Teil der Offiziere durch eignen Übermut und Unart von der besseren Gesellschaft der Stadt abgeschlossen leben mußte.

In dieser Stadt war ich nun in die gute Gesellschaft hineingestellt und hatte es in ihr nur zu gut, besonders an solchen Tagen, wo mein Vater, der alte Ohm von Posewald und andere Hausfreunde oder Gefreundte zum Vergnügen oder in Geschäften in der Stadt erschienen und dann in einem Atem zu Mittag und zu Abend, wobei die Gastgelage oft bis tief in die Nacht hinein reichten, bei den Freunden rings in der Runde eingeladen wurden. Ich verlor mich aber weder in einer breiten und eitlen noch in einer schwelgerischen und sinnenberauschenden Geselligkeit, sondern behielt meinen Vorsatz fest im Auge und war in der gewöhnlichen alltäglichen Zeit ehrerzu ernst und abgeschlossen, als daß ich ein Leichter oder gar ein Leichtfertiger hätte gescholten werden dürfen.

Es hatten sich in den beiden letzten Grabitzer Jahren in meiner Familie Vorfälle und Verhältnisse ergeben, deren Erzählung nicht hierher gehört, die aber in meinem Gemüte tiefe Nachbebungen hinterließen, welche ich jahrelang gespürt habe, und deren Folgen, indem sie, wie zu geschehen pflegt, in andern Fibern und Nerven ihren Sitz aufgeschlagen, vielleicht in unbewußten Bebungen noch in mir fortzittern. Ich kam sehr ernst gestimmt und mit sehr ernsten Entschlüssen nach Stralsund, welchen ich dort auch keinen Augenblick untreu geworden bin. Ich war gesund, stark und rüstig, und hatte mir vorgenommen, es um jeden Preis zu bleiben. Mitten aus den Genüssen des dortigen fröhlichen, sinnlichen Lebens, mitten aus den Genüssen des breiter und weiter gewordenen elterlichen Lebens in dem Hause Löbnitz, wo meine Eltern jetzt wohnten, riß ich mich strenge wieder zu meiner Schule und noch strenger zu den freiwilligen Mühen und Strapazen, welchen ich meinen Leib unterwarf. Ein blöder, unverdorbener, unschuldiger Junge war ich in die Schule getreten, aber der Trieb, von dem Gott einst über dem Paradiese gesprochen hatte: es ist nicht gut, daß der Mensch allein sei, ließ sich in den Seltsamkeiten und Träumereien, die um dieses Alter in unbestimmten Suchten und Sehnsuchten spielen, auch ohne ein bestimmtes Ziel zu haben, schon genug merken, und ich betete und rang, keusch und unschuldig zu bleiben, um so eifriger, da ich wohl gewahrte, wie es unter den größeren Schülern mehr als einen leichtfertigen und liederlichen Gesellen gab, der solche schwere und düstere Käuze, als ich wohl zuweilen erschien, auslachte und verspottete. Alle Wälder, Büsche und Strandufer um Stralsund bis auf zwei, drei Stunden in der Weite haben meine spazieren laufenden und noch im Oktober und November zum Bade eilenden Fußtritte gefühlt. Die Stunden, welche dabei und bei fröhlichen Gastgeboten drauf gingen, mußten der Nacht abgespart werden. Gottlob, ich bedurfte wenig Schlaf, hätte seiner aber vielleicht bedurft, wenn ich mich der Abhärtung und Abmattung weniger bedürftig gefühlt hätte. So mußte in den Jahren 1787, 1788 und 1789 der einsame Schüler durch Wald und Feld streichen! Er rief sich dabei die horazischen Worte *Hoc tibi proderit olim* zum Troste zu. Und der Spruch hat sich bewährt: es ist aus solch einsamen Umnebelungen und Verfinsterungen später einiger Sonnenschein hervorgegangen.

Doch soll keiner glauben, daß ich immer als der Einsame und Freudenlose erschien; nein, ich fand auch meine Kameradschaft, und zwar eine recht liebe. Manches Gemeinsame im Studium verband mich vorzüglich mit Karl Asmund Rudolphie, Sohn einer armen Predigerwitwe, welche eine kleine Mädchenschule hielt, und mit Johann Arnold Pommeresche, dessen Vater, königlicher Kammerrat und Procurator Fisci, mein besonderer Gönner und Wohltäter war. Außer diesen konnte ich den liebenswürdigen und geistreichen Friedrich Reincke (in späteren Jahren ein treuer Freund), Johann Jakob Grümbke, Ernst von Gagern, Bernhard Cummerow und Johann Israel zu meinen Getreuen zählen. Eisbahn, Kegelbahn, Schlittenfahrten, Spaziergänge mit solchen lieben Gesellen fehlten nicht, noch einzelne lustige Wanderungen der Insel Rügen oder auch mit diesem und jenem gelegentlich zu meinen lieben Eltern nach Löbnitz. Hierzu kam noch, daß mein Bruder Fritz, der aber von mir sehr verschiedene – ich meine keine schlimmen – Wege ging, nach zwei Jahren sogleich als Primaner die Schule und neben mir ein Stübchen bezog, und daß Lorenz Stenzler, der Sohn des ehrwürdigen Pastors zu Gartz, mir als Stubengesell beigetan ward. Ich, als der Ältere und nun schon Geübtere, sollte diesem gelegentlich helfen, und half auch; was Fritz, der hier auch bald einen guten Namen gewann, weniger bedurfte.

Doch blieb für mein Gutes und Bestes das elterliche Haus immer die Oberburg meiner Gefühle und Gedanken, und zu wie vielen Orten und Menschen ich auch freundlichen Zutritt hatte, nirgendshin zog es mich so mächtig als zu diesen Wurzeln meines Daseins. Dieses Haus und die ganze Lage desselben hatte sich bald nach meinem Abzuge nach Stralsund vier Meilen weiter gegen Nordwesten auf das Festland und in viel größerer Breite hingestellt. Mein Vater hatte drei Meilen von Stralsund an der großen Straße zwischen Stralsund und Rostock die sogenannten Löbnitzer Güter – mehrere Höfe und Dörfer – gepachtet. Diese Güter gehörten auch unter die Herrschaft der Putbus, welche von der verwitweten Gräfin zu Putbus, Wilhelmine Gräfin von der Schulenburg, verwaltet wurden. Diese führte für ihre Söhne, die Kinder des verstorbenen Grafen Malte zu Putbus, die Vormundschaft. Mein Vater hatte diese Pachtung wohl vorzüglich dem Einfluß zu danken, den unser Patriarch Hinrich zu Posewald bei der Gräfin Witwe hatte. Dieses große Unternehmen schlug ihm bald sehr vorteilhaft aus. Die französische Umwälzung und andere Zeitereignisse trieben die Preise des Getreides viele Jahre zu einer ungewöhnlichen Höhe, und wer Landgüter bebaute, konnte nun gewinnen.

Hier war nun wieder etwas von Schoritz, und mehr als Schoritz, obgleich das heilige Meer fehlte. Löbnitz war auch eine verlassene Schönheit, deren Glanz zum Teil freilich abgebleicht war, aber deren Jugend Schoritz sicher um vieles überglänzt hatte. Löbnitz war ein Sitz der Grafen von Schwerin gewesen. Der Vater meines Gönners und Freundes, des schwedischen Generals Grafen Philipp Schwerin, hatte noch darauf gewohnt. Nach dem Tode desselben hatten er und seine Brüder ihre pommerschen Güter dem Grafen Malte von Putbus verkauft. Es war auch im erblassenden Glanze immer noch ein sehr schöner Hof. Das Haus mit zwei stattlichen Flügeln zählte zwei große Säle und über zwanzig Zimmer, deren einer Teil noch goldene Leisten und Getäfel, seidene Tapeten und schön geformte Öfen hatte, die andern mit vergoldeten Tapeten verziert waren, die einen mit Kriegstaten Karls XII., die mit andern Abenteuern des Ritters von der traurigen Gestalt geschmückt. Der Erbauer des Hauses, ein Oberst Graf Schwerin, war nämlich ein Kämpe des großen Schwedenkönigs und Vetter des berühmten preußischen Feldmarschalls gewesen.

Unter dem Haus, das zwischen grünen Wiesen auf einem sandigen Hügel lag, dehnte sich der von einem tiefen Bach durchströmte Lustgarten aus mit seinen Lindenalleen, Lusthäuschen, Hecken und Grotten, alles im Stil von 1740 und 1750. Gegen das Ende des Gartens stieg man einen kleinen Olymp hinan, um welchen die hölzernen Bilder der *Die majorum et minorum gentium* standen, ein kleiner Hügel, von welchem man auf die Stadt Barth und auf alle Türme der umliegenden

Kirchdörfer eine hübsche Aussicht hatte. Nahe am Hause hart am Bache war eine mit Epheu und Jasmin umwebte Grotte, die Grotte der Königin betitelt. Darin hatte die schwedische Königin Ulrike Luise, Gustavs III. Mutter und Friedrichs II. Schwester, erzählte der alte siebenzigjährige Gärtner Benzin, zur Sommerzeit häufig Kühlung gesucht. Im Hause zeigte man die Zimmer mit goldenem Getäfel und grünen, seidenen Tapeten, worin sie gewohnt und geschlafen hatte. Sie hatte hier nämlich einst monatelang ihren Wohnsitz genommen, in der Zeit, als ihr Gemahl mit dem schwedischen Reichsrat den härtesten Streit um die Herrschaft gestritten, und als der Vater des Generals Philipp Schwerin, schwedischer Reichsherr und Oberpräsident des Tribunals in Wismar, Löbnitz bewohnte. Außer diesem Garten gab es noch zwei wohl besetzte Baumgärten und rings um den Hof Wiesen und zur Ähnlichkeit mit Schoritz ganz nahe zwei liebliche Eichenwäldchen, gleich der Lülo, und für die Krewe ein ähnliches etwas entfernteres Wäldchen mit den Trümmern einer alten Burg, worum Gespenster und Hexen und allerlei wunderliches Gesindel ihr Wesen trieben, und eine Viertelstunde weiterhin einen großen prächtigen Buchenwald. Der Bach aber, die Zier und Freude des Gartens, ergoß sich nach einem Lauf von zehn Minuten in den Fluß, die Barthe, der unweit Barth ein paar Stunden von hier sich ins Meer gießt, immer nur ein Flüßchen, aber doch ein anmutiges, auch wegen der Tiere und Fische, die es hegte, und wegen der Badegelegenheit, die es uns im Sommer reichte.

Hier wohnten also meine Eltern und Geschwister nun recht nett und behaglich; doch ward ihr Einzug bald durch eine Familientrauer bezeichnet, indem mein dreijähriges Schwesterchen Karoline, ein sehr liebliches Kind, besonders zu meinem tiefen Schmerze an der Bräune starb. Doch gab der liebe Gott dafür im Sommer bald wieder Ersatz durch ein Dirnchen, welches das jüngste und letzte Kind des Hauses bleiben und viele Verluste heilen sollte. Es ward deshalb Dorothe oder Gottesgab genannt.

Löbnitz war von Stralsund drei Meilen entfernt, von jenen Meilen, welche, wie die gemeine Rede spricht, der Fuchs gemessen und den Schwanz zugegeben hat. Ich war unterdessen durch meine spartanischen Übungen recht fuchsbeinig geworden, und lief diese Strecke oft in vier guten Stunden. Dies geschah häufig des Sonnabends nachmittags, und den Montag in aller Frühe ging es wieder zur Stadt und Schule, oft mit Gelegenheit, oft in der Weise, daß der Vater anspannen und mich den halben Weg fahren ließ. Gelegenheit gab es auch im Sommer und Winter genug: erstens die fahrende Hamburger Post, die hart an unserm Hause hinfuhr, aber nach der damaligen Art den fürchterlichsten Schneckengang ging und in jedem Dorf und bei jeder Schenke anhielt; zweitens hatte mein Vater auf den Vorwerken drei bis vier sogenannte Holländer oder Kuhpächter und einige Müller und Schmiede, welche Waren hin und zurückführend auch oft zur Hauptstadt kutschierten; drittens zogen im Herbst und Winter Reihen von zehn bis zwölf mit Korn oder Weizen beladenen Vierspännern ihr zu. Die Abfahrt derselben geschah gewöhnlich um zwei, drei Uhr in der Frühe, und sie waren, indem sie unterwegs einigemale zum Füttern anhielten, gegen sieben bis acht Uhr zur Stelle, so daß ich mit der Schule nicht in Verdruß geriet. Da lag der Schüler denn auf den dickgefüllten Säcken, in irgendeinen alten Mantel seines Vaters gehüllt, und ließ es mutig auf sich schneien und regnen. Oft aber leuchteten die winterlich blitzenden Sterne auch freundlich über seinem Haupte, und noch jetzt sehe ich Siebengestirn und Arktur und Orion, die im Winter ein gewaltiges Licht führen, wehmütig darauf an, wie viele Freuden und Leiden des Jünglings, der an ihnen damals oft die Stunden zählte, unterdessen unter ihrem unsterblichen Lauf auch dahingerollt sind. Die Schulferien, versteht sich von selbst, wurden fast immer bei den Eltern verlebt, wenn nicht zuweilen für Posewald und Putbus eine Woche abgegeben ward.

Der Herbst von 1789 war herbeigekommen und vor dem Anfang desselben die gewöhnlichen öffentlichen Darstellungen und Prüfungen. Mein Vater war dabei anwesend gewesen, und ich war unter andern guten Schülern ordentlich durch öffentliches Lob ausgezeichnet worden; doch sollte und wollte ich noch ein zweites Jahr in Prima bleiben. Es ging in jenem Herbst beinahe ein Dutzend Primaner aber nach Göttingen (dem gewöhnlichen Ausflug der Sundischen, wohin auch die Lehrer, alle weiland Göttinger, immer wiesen), Erlangen und Greifswald; und da gab es mehrere Tage hintereinander nichts als Einladungen und Abschiedsschmäuse. Dies war mir und meinem Blute wahrscheinlich zu viel geworden. Ich geriet in außerordentliche Stimmungen und Kämpfe mit mir selbst, und es lief in mir herum, ich würde, wenn ich mein Schülerleben hier so fortsetzte, zu einem weichlichen und liederlichen Lappen werden. Also etwas anderes – aber was? Landmann oder eine Art Schreiber und Rechnungsführer bei irgendeinem Landmann. Ich wußte wohl selbst nicht viel zu meinen noch zu wollen. Genug, eines guten Nachmittags ging ich aus dem Frankentor, wo Karl XII. in einer Mauernische weiland sein Strohlager gehabt hatte, in die Welt hinein. Den Vormittag hatte ich für meinen Vater noch Geschäfte besorgt, unter anderm 400 Taler für ihn eingenommen, die ich ihm herausschickte. Ich mochte zehn oder zwölf Taler in meinem Sacke haben; damit und mit meinen besten Kleidern auf dem Leibe und einem Bündel Wäsche unter dem Arm lief ich davon, schrieb aber meinem lieben Vater in der damaligen Fassung und Stimmung meines Herzens einen so pathetischen Brief, als wenn ich auf das Nordkap oder die Magellanstraße zusteuern wollte. Ich ging gegen Süden fort die große Straße, welche nach Greifswald führt, in eine Weltgegend hinein, wohin ich noch nie den Fuß gesetzt hatte. Es muß in den ersten Tagen des Weinmonds gewesen sein. Als es nachtete, begann es zu regnen; ich kam in ein Dorf, wo es keine Schenke gab, und trat in eines Schäfers Haus, Nachtquartier begehrend. Die Leute sahen mich verwundert an, nahmen mich jedoch auf, und gaben mir, da sie kein übriges Bett hatten, einige Kissen und ein Laken mit auf den Heuboden, worein ich mich wickelte und königlichen Schlaf hielt; denn die vorige Nacht war auf dem Abschiedsschmaus meines lieben Reincke durchschwärmt worden. Jedoch krähte der Ruf von einem halben Dutzend Hähnen, die auf einem Balken über mir Posto gefaßt hatten, mich einigemale auf. Dies war mein erstes Nachtlager, das ich unter wildfremden Menschen hielt, gleichsam eine kleine Schicksalvorzeichnung.

Den andern Morgen sah ich Greifswald vor mir liegen, wagte aber nicht, um oder in die Stadt zu gehen, aus Furcht, ich möchte auf irgendeinen mir bekannten Studenten stoßen. Ich ging also nun am linken Ufer des Ricks hin und steuerte den ganzen Tag, im schönsten Sonnenwetter nur schlendernd, in den Westen hinein und gelangte so, ich weiß nicht auf welchem Wege, in ein Dorf an der Peene unweit Demmin, wo ich das zweite Nachtlager hielt. Den dritten Tag frühmorgens in und durch Demmin über die Peene, ohne Paß und Kundschaft; ich ward aber von keinem Menschen gefragt. Nun deuchte ich mich weit genug von der Heimat zu sein, um irgendwo in dieser Fremde mich zu verdingen. Ich ging also längs der Peene hin auf mehrere Rittersitze und Pachthöfe, fragend, ob sie nicht irgendeinen jungen Schreiber oder Rechnungsführer nötig hätten. Nachdem ich so mehrere Nein entgegengenommen hatte, kam ich nachmittags zu Zemmin an, wo ein alter Hauptmann von Parsenow wohnte. Dieser empfing mich auf meine Frage sehr freundlich, ließ mir sogleich Speise und Trank auftragen und ein nettes Schlafzimmerchen anweisen, unterhielt sich dann des Breiteren mit mir, und erklärte, ich gefalle ihm, und er wolle mich gern behalten, wenn mein Vater einwillige. Diesem müsse ich es melden und seine Antwort abwarten. Es lief also ein Brief mit der Post nach Löbnitz, und den fünften Tag kam statt aller Antwort mein Bruder Karl und mein Ohm Moritz Schumacher, der damals bei meinen Eltern lebte, mit einem vierspännigen Wagen und einem Brief meines Vaters, worin er mir freundlich schrieb, ich möge doch nach Hause kommen, er lasse mir die freieste Wahl, ob ich ein Bauer oder ein Studierter werden wolle, wähle ich das erste, so könne ich die Landwirtschaft ja nirgends besser und bequemer lernen als unter seiner Anleitung, Beschäftigung werde er mir schon zu geben wissen.

Ich war dieser Entwicklung sehr froh; denn jene Dunstwolken, die mich aus Stralsund weggescheucht hatten, waren durch die harten Wanderungen und soldatischen Nachtquartiere schon weggesunken. So setzte ich mich denn mit den Meinigen auf den Wagen, und den folgenden Nachmittag waren wir in Löbnitz.

Dies war also ein Entweichen, wenn man will, ein Entlaufen von der Schule, wie es schien, ohne Grund. Doch muß es in meinem Wesen und in dem Gedränge von Gefühlen und Sorgen, die meine Brust beklemmten, einen tieferen Grund gehabt haben, den ich selbst jetzt nicht begreifen kann. Denn grade die Tage vor meiner Flucht war ich mit meinen Freunden und besonders mit meinem lieben Friedrich Reincke vorzüglich fröhlich gewesen. Was meine Eltern davon gedacht haben, weiß ich nicht; sie haben sich wohl mit allerei Ängsten über mich gequält: denn wie konnten sie mir in mein dunkles Herz sehen, da ich selbst nicht klar hineinschauen konnte? Daß sie aber Schlechtes von mir geglaubt haben, bezweifle ich. Sie kannten mich ja, und der beste Beweis, daß ich nicht wegen Schlechtigkeiten und für Schlechtigkeiten davon gegangen, lag wohl in der unberührten bedeutenden Summe, die ich für meinen Vater einkassiert und ihm zugeschickt hatte. Die Welt aber oder das sogenannte große Publikum hatte auch hierüber seine Fabeln gemacht und von bösen Liebschaften und von noch Schlimmerem umhergeschwatzt, welchem damals gewiß kein Jüngling tapferer aus dem Wege lief als gerade ich. Das kam auf dem zehnten, zwanzigsten Seitenwege, wie es zu geschehen pflegt, endlich auch zu meinen Ohren. Ich verachtete es, und habe damals und im Laufe des Lebens noch mehr gelernt, daß nichts törichter und kindischer ist, als um Urteil, Vorurteil und Nachurteil der Menge zu buhlen und aus solcher Rücksicht nur einen Strohhalm breit von seinem gewöhnlichen Wege abzulenken.

Die Eltern ließen mich nun einige Wochen so ruhig bei sich fortleben, als ob nichts geschehen wäre, und ich nur meine Ferien bei ihnen abgehalten hätte. Dann sprach der Vater mit mir und meinte, es sei doch wohl das Beste, daß ich, da ich einmal den Weg betreten habe, bei den Studien bleibe; so kamen die Freunde und Brüder allmählich heran; so die Briefe meiner Lehrer. Und die Meinung des Konrektors Furchau fiel dahin aus: wenn ich glaube meiner Gesundheit wegen auf dem Lande leben zu müssen, so könne ich da ja auch in allerschönster Muße für mich fortstudieren. Dieser letzte Vorschlag leuchtete mir ein, und ich nahm ihn an. Meine Sachen und Bücher wurden aus Stralsund abgeholt. Was ich zur Fortsetzung meiner Studien von Büchern usw. wünschen konnte, versprachen die Lehrer und andere Freunde mir immer zu verschaffen, und sie haben es verschafft. Und ich habe auf diese Weise wirklich in allerschönster Muße und mit nicht mattem Fleiße vom Herbste 1789 bis zu Ostern 1791 anderthalb Jahre zu Löbnitz verlebt. Jedoch wurden neben diesen edleren Übungen die Strapazen und Abhärtungen tapfer fortgesetzt. Soldatische Lager auf harten Brettern oder Reisig, Übernachtungen unter freiem Himmel, wo ich mich, in meinen Mantel gehüllt, unter irgendeinem Baum oder Heuhaufen hinstreckte, Wanderungen oft meilenweit nach allen Seiten hin, besonders nächtliche Wanderungen, die ich begann, wenn die andern schlafen gingen – alles um den in üppiger Jugendkraft schwellenden Leib Tapferkeit und Gehorsam zu lehren. Das erstaunte die Eltern und betrübte sie wohl zuweilen, und ich sah sie über mein Wesen und Treiben oft kopfschütteln; aber da ich das meinige sonst verständig zu tun schien und mich nicht närrisch gebärdete, so mußten sie mich schon gewähren lassen.

Friedrich Spielhagen

Schlendrian und grenzenlose Gastfreundschaft

Der Rennplatz lag am Ende derselben Vorstadt, durch die der Weg auch zur Vogelschießenwiese führte, die man passieren mußte, um zu jenem zu gelangen. Da entwickelte sich denn an den zwei oder drei dem Rennen gewidmeten Tagen ein ähnliches Treiben, wie zu seiner Zeit auf der Vogelwiese, aber doch ein weniger lebhaftes und gemütliches. Mit welchem Interesse auch der brave Bürger die Vorgänge verfolgte, unter den Jockeys und den Rennern seine Lieblinge hatte, in das Hurra der Menge, wenn der Sieger durch das Ziel schoß, lustig einstimmte – er hatte Frau und Töchter zu Hause lassen müssen. Auf der Tribüne hätten sie neben den Adligen, den Offiziers- und Beamtendamen, den Honoratioren-Frauen und -Töchtern nicht den richtigen Platz gefunden, und dahin, wo er selbst mit seinen Jungen Posto gefaßt – in dem sehr gemischten Publikum längs der Bahnseile – konnte er wohl sie nicht mitnehmen. Er mußte sich damit begnügen, wenn er müde, durstig und verstaubt nach Hause gekommen war, den Frauen von den Herrlichkeiten, deren Zeuge er draußen gewesen, mündlich zu berichten.

Von dem Damenflor auf der Tribüne, in dessen Mitte die Fürstin von Putbus gethront hat, an ihrer Seite zur Rechten die Generalin von B. Exzellenz, zur Linken die Gräfin von K. Er kennt und nennt sie alle bei Namen; kennt und nennt die Herren Grafen und Barone, die sich zu den Damen gesellt, ihnen den Hof gemacht, Buketts und Erfrischungen gereicht haben. Er kennt und nennt die Besitzer der Pferde, die gesiegt haben, beinahe – um eine Pferde-, um eine Kopfeslänge nur – gesiegt hätten, an der ersten, zweiten, dritten „Ecke" aus der Bahn gebrochen sind. Er weiß sogar die Farben anzugeben, welche den einen Jockey auf hundert Schritte vor dem anderen kenntlichmachten: schwarz mit roter, blau mit gelber, karmoisin mit grüner Kappe. Und nun das „Herrenrennen", gar „mit Hindernissen", von dem er leider auf seinem niedrigen Standpunkte nur den Ausgang gesehen hat, als der Graf B. durch das Ziel schoß, den roten Frack, die weißen Inexpressiblen, die hohen Glanzlackstiefel – alles mit einer schwarzen Kruste überzogen. Denn er ist – tollkühn, wie immer – durch das Moor geritten, um das die anderen einen weiten Bogen machten, und da hat dann freilich – wie immer – siegen müssen.

Der gute Bürger ist voll von seinen Erlebnissen; aber am meisten haben ihm doch die Karossen imponiert, in denen die adeligen Herrschaften zum Rennen gefahren kamen. Das war ein Staat gewesen: die glänzende Seide drinnen und die großen bunten Wappen auf den Türen! Und unter „lang englisch", d.h. vier Pferden vor dem Wagen, hatte es keiner getan. Einige hatten auch Gespanne von sechs gehabt, die selbstverständlich, wie jene auch, von Jockeys aus den Sätteln gelenkt wurden, während die beiden Bedienten auf dem Bock mit untergeschlagenen Armen müßig saßen, und ein oder auch zwei Spitzreiter vor dem Wagen her trabten.

So erzählte der brave Bürger. Wir jungen Leute aber hätten jede etwaige Lücke in seinem Gedächtnis sofort zu füllen vermocht. Wir hatten von der Tribüne aus das famose Herrenreiten in all seinen interessanten Einzelheiten, überraschenden Peripetien und effektvollen Katastrophen übersehen können. Und wenn er die Namen der Renner nicht schuldig blieb, so kannten wir den Stammbaum der edlen Vierfüßler und wußten, daß der Blocklock vom Brownlock aus der Semiramis und die Miß Jane vom Robin Hood aus der Bride of Abydos erzielt war.

Dann waren die zwei oder drei aufregenden Tage vorüber. Die Tribüne, die Zelte wurden abgebrochen: die Vorrichtungen auf dem Satelplatz, die Pfähle mit ihren Stricken entfernt; auf dem Plan, wo das Vollblut gezeigt hatte, wie unermeßlich es jedem anderen Blut überlegen sei, weidete gemeines Rindvieh; und die von -ows und -itz und -witz waren zu ihren Edelsitzen, von denen sie zu dem Stadtvolk herabgestiegen, in ihren Staatskarossen zurückgekehrt.

Denn keiner von ihnen, außer ein paar ganz abgehausten, die nicht mehr mitzählten, wohnte dauernd in der Stadt. Nur einige wenige kamen im Herbst mit den Krähen herein, bezogen ihre während des Sommers nur von einem Kastellan bewachten Hotels, sich dort für den Winter mit Kindern, Gouvernanten, Hauslehrern und Dienerschaft einzurichten, das halbe Dutzend der Privatequipagen in der Stadt auf ein ganzes zu bringen und einen intimen Zirkel zu bilden, der sich nur den Offizieren der Garnison und etwa den höheren Regierungsbeamten mit ihren Damen bei besonderen Gelegenheiten erschloß.

Die Sonne leuchtet bekanntlich am effektvollsten, wenn sie in Begriff ist, am Horizont zu verschwinden. So waren auch diese letzten dreißiger und ersten vierziger Jahre vielleicht der glanzvollste Silberblick des neuvorpommersch-rügenschen Adels. Seitdem haben die Zeitstürme grausam in dem Hochwald gehaust; manchen stattlichen Baum seiner Zweige und Blätter beraubt, daß er dasteht „ein entlaubter Stamm"; nicht wenige gar zu Boden gestreckt, und demokratisch-plebejisches Unkraut wuchert darüber hin.

Wie waren doch wohl diese Herrschaften zu dem Glanz gekommen, den sie auf der Rennbahn, ihren Schlösssern, ihren Stadthotels damals entfalten durften und gegen den Ansturm einer völlig veränderten Zeit nicht oder doch nur zum Teil bis auf den heutigen Tag behaupten konnten?

Ich möchte den Verdacht des Adelshasses, in welchem ich stehe, nicht über seine nachweisbare Berechtigung unberechtigterweise vermehrt sehen. So lasse ich denn hier ausnahmsweise statt meiner einen anderen reden: den braven E. M. Arndt, den jetzt wohl niemand mehr des Radikalismus zeihen wird. Er aber berichtet in seinen *Erinnerungen aus dem äußeren Leben:*

„Wir sind in jenem sechzehnten Jahrhundert beides in Pommern und Rügen eine Menge einzelne Höfe und ganze Dörfer, wovon um die Mitte des siebzehnten auch keine Spur mehr da ist. Nach der Erlöschung des alten Herrscherstammes empfingen die Schweden durch die Friedensschlüsse, welche den scheußlichen Dreißigjährigen Krieg endigten, das Land verwüstet, entvölkert und verknechtet. In solchem Zustande übernahmen es die Schweden, der früheren deutschen Zustände weder kundig noch sorglich. Auch die besten ihrer Verwalter und Einrichter wurden von den Vorteilen und Ansichten des pommerschen Adels und der pommerschen Juristen (worunter der berühmte Möve, später Mevius, obenan steht), welche an die deutschen Acker- und Landverhältnisse ganz das Maß des späteren römischen Rechts legten, damals und in den folgenden Zeiten geleitet. So sind die wenigen leidlich oder mittelmäßig freien Leute in dieser Landschaft auf dem Lande fast ganz verschwunden, und alle Rechte, die wenigstens als Brauch und Herkommen noch bestanden hatten, in die böseste und unermeßlichste Knechtschaft hineinverdeutet. So ist es dann geschehen, besonders seit dem Schluß des Siebenjährigen Krieges, seit den Jahren 1760 bis in die von 1790 hinein, daß der Bauerstand nicht nur allenthalben mit ungemessener Dienstbarkeit belastet, sondern durch Verwandlung der Dörfer in große Pracht- und Rittergüter endlich sehr zerstört worden. Diese Wut des sogenannten Bauernlegens (quasi castratio) herrschte nicht bloß bei den einzelnen Besitzern vom Ritterstande, sondern ergriff auch die Verwaltung des Domanii und der Güter der Städte und Stifter, wiewohl die Bauern, welche in den letztgenannten Besitzungen noch übrig sind, nicht mit ungemessener Willkür behandelt und mißhandelt werden durften. Kurz für das schwedische Pommern galt noch um das Jahr 1800 der Lichtenbergische Scherz in seiner vollen Bedeutung einer hübschen Preisfrage: ‚Eine Salbe zu erfinden zur Einschmierung der Bauern, damit sie drei, viermal im Jahre geschoren werden könnten‘ [...] Diese Greulichkeit hatte ich mit angesehen und sie hatte mich empört. In Rügen war noch in meinen Tagen eine Menge Dörfer verschwunden und die Bewohner der Höfe waren als arme heimatlose Leute davon getrieben, so daß die früher Knechte gehalten hatten, nun selbst auf den großen Höfen wieder als Knechte und Mägde dienen mußten. Ja, es gab Edelleute, welche große Dörfer ordentlich auf Spekulation kauften, Wohnungen und Gärten schleiften, große und prächtige Höfe bauten, und diese dann mit dem Gewinn von 20 000 bis 30 000 Talern wieder verkauften. Dies veranlaßte an mehreren Stellen förmliche Bauernaufruhre, welche durch Soldatenentsendungen und Einkerkerungen gedämpft werden mußten. Auch wurden, wie es munkelte – was aber des verhaßten Gegenstandes wegen vertuscht ward – einzelne böse Edelleute und Pächter gelegentlich wie Tiberius durch nächtliche Überfälle unter Kissen erstickt. Aber dergleichen Greulichkeiten waren nur eine kurze Warnung, und die Dinge liefen darum nichtsdestoweniger ihren gewöhnlichen häßlichen Lauf.“

Dies düstere Gemälde der pommersch-rügenschen Zustände aus dem Ende des vorigen und zu Anfang dieses Jahrhunderts paßte nun wohl nicht mehr auf die Verhältnisse der Zeit, von welcher ich spreche; aber der dunkeln Flecken waren noch mehr als wünschenswert zurückgeblieben. Noch immer fehlte (und fehlt es bis auf den heutigen Tag) in jener Gegend an Bauerndörfern, wie wir sie in Thüringen, Sachsen und sonst finden. Man müßte denn etwa die kleinen Landstädte: Grimmen, Garz usw. dafür nehmen, die allerdings kaum mehr Einwohner haben als manche jener Dörfer und deren Einwohner zum größten Teil Ackerbürger sind. Die löblichen Versuche, welche die Regierung zu wiederholten Malen gemacht, durch Parzellierung großer Güter einen Stamm selbständiger Bauern zu schaffen, waren jedesmal, sei es durch

Ungeschicktheit der ersten Einrichtung, sei es, weil man beim besten Willen das passende widerstandsfähige Menschenmaterial nicht beschaffen konnte, kläglich gescheitert. Es blieb bei ganz vereinzelten Bauernstellen und Büdnern, die hier und da auf den Gütern in geringer Zahl angesiedelt waren. Das ganze übrige Land mit dem genannten verschwindend kleinen Prozentsatz war eben, in sehr verschiedenen Abmessungen selbstverständlich, in den Händen der adligen und unadligen Ritterguts- und Gutsbesitzer; oder es waren Staatsdomänen, oder städtische, endlich Güter der toten Hand: der Kirchen, Klöster und Stifte, von den betreffenden Pächtern bewirtschaftet.

Diese Güter ähneln sich – abgesehen von ihrer verschiedenen Größe – zum Verwechseln, da die Bodenformation so ziemlich überall dieselbe ist, die Kultur allenthalben in der gleichen Weise getrieben wird, und ebenso die Baulichkeiten der Höfe denselben Charakter tragen. Auf der einen Seite des meist offenen Hofes das Herrenhaus, welches nur in verhältnismäßig wenigen Fällen auf alten Edelsitzen ein schloßartiges Ansehen hat, für gewöhnlich aber ein sehr einfaches, meistens nur einstöckiges und – und ich spreche von der Zeit vor einem halben Jahrhundert – nicht selten mit Stroh gedecktes Gebäude ist. Neben und etwas hinter dem Herrenhaus das selbstverständlich noch viel bescheidenere Leutehaus. Die drei anderen Seiten des Hofes werden von den Scheunen, den verschiedenen Ställen, den Schuppen für die Wagen, die Stellmacherei und sonstige ländliche Vorrichtungen eingenommen. Unmittelbar hinter dem Herrenhaus liegt der Garten von meist ziemlich großer Ausdehnung, je nach Geschmack und Laune des Hausherrn und der Hausfrau gut oder schlecht gehalten. Das letztere ist der weitaus häufigere Fall. Ich kenne solche, wo die Verwilderung ordentlich einen poetischen Grad erreicht hatte, und nur die zerbrochenen Marmorstatuen in dem wuchernden Gras fehlten, um den sinnigen Betrachter in das erste Kapitel der Achimschen Gräfin Dolores zu versetzen. Daß der Garten sich auf jenen vornehmen Edelsitzen zu einer Art von Park auswuchs, bedarf kaum der Erwähnung.

In einiger Entferung vom Hofe liegen die „Kathen“, d. g. die Wohnungen der zu dem Gut gehörenden und auf dem Gut beschäftigten Arbeiter – ein Dörfchen, verschieden in der Zahl der Häuschen, je nach der Zahl der Köpfe, denen sie Obdach gewähren sollen. Noch mehr verschieden – denn die Differenz der Kopfzahl ist meistens nicht groß – in ihrem Aussehen und Zustande. Bei guten Herrschaften, die etwas auf sich und ihre Leute halten, sind die Häuschen bei aller Bescheidenheit sauber geweißt, mit ordentlichen Türen, Fenstern und mit Schornsteinen auf dem Strohdach. Die beiden Gärtchen rechts und links von der Haustür – es wohnen fast immer zwei Familien unter demselben Dach – sind anständig gehalten; auch an ein paar Sonnenblumen oder gar Nelken und Levkojenstauden fehlt es nicht. Die Ställchen hinter oder neben dem Häuschen sind in gutem Stande, die Düngerhaufen regelrecht geschichtet, die Wege durch das Dörfchen, außer bei ganz schlechtem Wetter, selbst für Damenfüße passierbar. Aber bei Herrschaften, die nicht gut, die geizig oder faul oder zu dumm sind, um einzusehen, daß, von der Menschlichkeit zu schweigen, das Wohlbefinden der Leute ihr eigener Vorteil ist und umgekehrt – da sah es bös aus in dem Dorf, manchmal so bös, wollte ich es beschreiben, ich würde dem Verdacht böswilliger Übertreibung schwerlich entgehen. Nur so viel darf ich sagen, daß der Torfrauch, der sich in Ermangelung eines Schornsteins durch die in der oberen Hälfte stets geöffnete Tür und die mit Papier und Lumpen verstopften Fenster einen Ausgang verschaffen mußte, in diesen Höhlen menschlichen Elends noch lange nicht das schlimmste war.

Denn mit dem materiellen Elend Hand in Hand ging die moralische Verderbnis, die außerdem in dem eigentümlichen Verhältnis, in welchem Gutsherrschaft und Kathenleute zueinander standen, reichliche Nahrung fand. Die Klarlegung dieses Verhältnisses in seinen Einzelheiten würde die wenigsten meiner Leser interessieren. So verzichte ich darauf, eine solche zu versuchen. In der Kürze läßt sich nur sagen: es war, wenn auch zu Recht nicht mehr bestehend, in Wirklichkeit das mittelalterlich-feudale der Herren zu ihren Hörigen und vice versa. Die Grenze, wo die Rechte jener und die Pflichten dieser und umgekehrt aufhörten und anfingen, war weniger durch das Gesetz als durch Herkommen und Brauch geregelt. Daß es in diesem Wirrwarr zwischen den beiden Parteien zu beständigen Streitigkeiten und Häkeleien kommen mußte, erscheint ebenso selbstverständlich wie, daß die endgültige Entscheidung beständig zugunsten des Stärkeren ausfiel. Unterlag doch die übrigens garantierte Freizügigkeit noch besonders erschwerenden Einschränkungen; und verbot sich eigentlich ganz von selbst für Leute, denen ihre dem Hof geleisteten Dienste nicht mit barem Geld vergütet wurden, sondern durch die Wohnung, die sie im Kathen hatten, das Schwein, das man ihnen lieferte, die Gänse, die sie im

Herbst auf die Stoppelfelder treiben durften und Ähnliches, wodurch sie gerade so an diese Scholle gefesselt waren, wie es bereits ihr Väter gewesen und ihre Kinder wiederum sein würden.

Die materielle Abhängigkeit war weitaus nicht die schlimmste Seite des Systems, schon deshalb nicht, weil sich die Leute bei guten Herrschaften – wir wollen also annehmen: in vielen Fällen – auf diese Weise sehr viel besser standen, als sie es auf eigenen Füßen getan haben würden.

Unendlich viel besser, als z. B. die armen Nägelschmiede auf dem Eichsfelde, ja selbst als mancher Thüringer Bauer, der dem Himmel danken würde, wenn er ihm im Laufe des ganzen Jahres soviel Fleisch und Speck bescherte, wie der pommersche halbhörige Knecht allein während der Erntezeit verzehren durfte.

Nein, das Schlimmere war die verderbliche Wirkung, welche dies Abhängigkeitsverhältnis hinüber und herüber auf die Moral der Beteiligten hatte: auf der einen Seite erzeugend und nährend den Stumpf- und Knechtssinn, der sich alles bieten läßt, sich jeder eigenen Verantwortung entschlägt, alles von oben erwartet, gar nicht auf den Gedanken kommt, daß der Mensch eigene Kräfte hat, die er üben, denen er vertrauen soll und muß, um so seines Glückes Schmied zu werden. Auf der anderen den nicht weniger stumpfen und dummen Hoch- und Herrenmut, mit dem der im Besitze der Macht ist, sich auch allweise dünkt; auf sie, die sich zu der Sklaverei hergeben, als auf Sklaven herabsieht, an denen man seine böse Laune sultansmäßig auslassen kann. Und ein Sultan hat ja auch andere Launen, die das Wohlleben, der Müßiggang und die Langweile erzeugen und üppig nähren. Warum auch nicht ihnen den Zügel schießen lassen? In dieser weltabgeschiedenen Einsamkeit, wo selbst der Entsetzensschrei der gekränkten Unschuld hilflos verhallen würde? Und schließlich, bei wem sollte sich denn die gekränkte Unschuld – wenn es dergleichen überhaupt gäbe – beklagen? Doch nicht bei dem Herrn über den Herrn selber?

Nein, es wird nicht zur Klage kommen. Denn das ist ja nun das Schlimmste von dem Schlimmen, daß diese Paschawirtschaft in der allgemeinen Meinung nicht die strenge Verurteilung findet, die sie verdient; daß sie von den Vielen hingenommen wird als etwas, was des Landes eben der Brauch ist; und die, welche dafür halten, es sei, wie so manches andere noch, ein schlechter Brauch, lieber schweigen, als eine Opposition machen, von deren Erfolglosigkeit sie von vornherein überzeugt sein dürfen. Lag Stralsund, wie wir bereits gesehen, schon recht weit ab von dem Zentrum des geistigen Lebens der Nation, so kann sich, wer es nicht schaudernd selbst beobachtet, von der Weltabgeschiedenheit, in der der Pächter, der Gutsbesitzer so hinvegetierte, kaum eine entsprechende Vorstellung machen. Hier war von einer Teilnahme an den Welthändeln, an der Politik des eigenen Volkes keine leiseste Rede, wofür man dann nicht müde wurde, die erbärmlichsten Kirchturminteressen jahraus, jahrein und tagaus, tagein zu durchsprechen. Literatur und Kunst kannte man nicht einmal vom Hörensagen. Die Evolutionen des Handels, die Fortschritte der Industrie – man wußte nichts von ihnen in diesem Lande, wo man noch nie eine Lokomotive gesehen hatte und ein Fabrikschornstein eine Fabel war. Weshalb sollte man sich um so fernliegende Dinge bekümmern? Der Acker gab jedes Jahr seine reichliche Ernte; die Schafe lieferten so viel Wolle, daß man aus dem Ertrage der letzteren allein oft genug die Pacht bezahlen oder die Hypothekenzinsen decken konnte und die Erträge von dem Korn und dem übrigen getrost vertun durfte. Das tat man denn in aller Ruhe und Behaglichkeit, ohne kaum je zu fragen, ob zum Schluß des Jahres „die beiden Enden zusammenpassen würden", wie der Engländer sagt. Eine geregelte Buchführung mußte als Ausnahme gelten; die doppelte existierte wohl nirgends. Es war ja Geld im Überfluß da; nur das ganz überflüssige trug man zu einem Advokaten der nächsten Stadt. Der mochte es dann einschließen und wieder darum herausrücken, wenn man es einmal bedürfen würde. Das war so bequem.

Manchmal freilich hatte man damit auch seinen großen Ärger. Der Advokat erklärte eines Tages, kein Geld mehr in der Kasse zu haben; ja, man habe seine Einlagen schon um so und so viel überschritten. Nun kramt man die Notizen, die man sich gemacht hat, aus den Westentaschen und aus den Schubfächern des stets offenen Schreibpultes zusammen. Man rechnet. Das mit saurem Schweiß nach vielen vergeblichen Ansätzen endlich gefundene Resultat stimmt nicht mit der Aufstellung des Advokaten. Sollte der Mann ein Schelm sein? Manche behaupten es. Aber was ist zu machen? Der Mann ist der einzige seines Zeichens in meilenweitem Umkreis. Man würde ihm doch immer wieder in die Hände fallen. So sträubt man sich denn lieber gar nicht erst gegen das Unvermeidliche, sondern fährt (oder reitet) zu Nachbar Hinz (oder Kunz) und läßt sich von ihnen geben, was für den Augenblick fehlt. Hinz und Kunz werden es vorkommenden Falls genau ebenso machen. Denn leben und leben lassen ist die Devise. Das erstere selbstverständlich in erster, das andere in zweiter Linie und wesentlich in das Programm aufgenommen, weil es, soll das erstere nicht ganz im Sumpf der Langenweile stecken bleiben, Vorspanndienste leisten muß. Deshalb ein ausgiebiges Besuchen der benachbarten Familien von Haus zu Haus und eine Gastfreundschaft, die man wohl unbegrenzt nennen darf, da selbst in den schwierigsten Fällen, wenn die Grenze der Leistungsfähigkeit längst überschritten scheint, noch immer Rat geschafft wird. In dem Augenblicke, wo man mit der Familie auf Besuch fahren will: kommt eine andere in derselben Absicht. Man bleibt zuhause, behält den Besuch bei sich, schickt zu der Familie, die man besuchen wollte, und bittet sie zu kommen. Sie kommt, andere Ungebetene kommen dazu. Man wollte in Gesellschaft gehen und hat statt dessen selbst eine von dreißig, vierzig, fünfzig Personen. Je mehr, je besser.

Dann gibt es Besuche, die nicht bloß den Abend und etwa auch die Nacht bleiben. Ein nicht einmal sehr naher Nachbar, der es gar zu arg getrieben und die Differenz, die im Laufe der Jahre zwischen dem Resultat seiner konfusen Rechnungen und dem der advokatorischen entstanden ist, schlechterdings nicht mehr hat ausgleichen können, kommt eines Abends – zu Fuß, der sonst nur mit vier Pferden fuhr – und meldet sich zum Besuch. Auf ein paar Tage nur. Bis er seine Angelegenheiten, die freilich ein wenig stark zerrüttet sind, geordnet haben wird. Seit jenem Abend sind zehn, sind zwanzig Jahre vergangen. Die Frau des Abgehausten (die damals nach Hinterprommern zu Verwandten gegangen war) ist längst gestorben; die Kinder (die man bei anderen Verwandten untergebracht hatte) sind ebenfalls tot oder in die weite Welt gewandert. Er selbst lebt noch und noch immer auf demselben Gut bei demselben Freunde, zu dem er vor zwanzig Jahren zum Besuch auf acht Tage kam. Sie sind inzwischen alte Leute geworden, und das früher auf Gleichheit gestellte Freundschaftsverhältnis hat sich ein wenig zu Ungunsten des Gastes verschoben. Wenn er füglich nach zwanzig Jahren nicht mehr als Gast angesehen und als solcher behandelt werden kann, so gehört er doch auch noch immer nicht zur eigentlichen Familie. Aber er hat sein eigenes Zimmer auf dem Giebel, vorausgesetzt, daß er es nicht gelegentlich mit den vorübergehenden Gästen teilen muß. Er findet seinen Platz unten am Tisch immer bereit. Er hat einzuspringen, wenn beim Boston der vierte Mann fehlt, und den großen Vorteil, nie eigenes Geld verlieren zu können, da er stets auf Rechnung und Gefahr seines Gastfreundes spielt. Mit der Hausfrau, mit den Kindern (die schon längst keine Kinder mehr sind) steht er gut. Sie behandeln ihn manchmal ein wenig schroff und obenhin. Aber, lieber Gott, große Ansprüche kann er nicht machen und macht sie auch nicht. Er begnügt sich mit dem Bewußtsein, nun schon so lange das stets dienstwillige Faktotum des ganzen Hauses gewesen zu sein und so manches, was schief war und ging, in aller Stille zurecht gerückt und in Schick gebracht zu haben. Er ist sicher, daß, wenn er dereinst stirbt, er anständig begraben werden wird; und hofft, daß Liesching, die Jüngste, die er immer besonders lieb gehabt hat, ihm aus den blauen, siebzehnjährigen Augen ein paar herzliche Tränen nachweinen wird.

Was ich da erzähle, ist kein Phantasiestück. Ich habe einen solchen Fall selbst erlebt; andere, diesem durchaus ähnliche, sind mir von glaubwürdigen Zeugen verbürgt worden. Ich kannte eine andere weitverzweigte Familie, in deren Häusern ein alter abgehauster Vetter nicht seit zwanzig, sondern seit fünfzig Jahren aus- und einging, dergestalt, daß er jetzt in dem einen, dann in dem anderen und so weiter, bald Wochen, bald Monate zubrachte. Es war ein uralter Mann, der in seiner Jugend sehr schön gewesen sein mußte und, trotzdem ihn die Jahre stark gebeugt hatten, noch immer seine sechs Fuß und darüber maß. Eine Generation hatte ihn der anderen überliefert, er war jetzt teilweise schon bei der dritten angekommen, und wurde von allen, jung und alt, gleicherweise „Vetter" genannt. Seine manchmal meilenweiten Wanderungen von einem Gut zum anderen machte er stets zu Fuß; überraschte ihn die Nacht, bevor er am Ziel war, schlief er auch wohl im Wald. Von seinem ganzen früher stattlichen Besitz hatte er nichts auf der Welt gerettet als eine grausam geprüfte Jagdtasche und eine lange einläufige Flinte, aus der er noch immer keinen Schuß vergebens tat. Er wußte wundersame Geschichten aus den Befreiungskriegen zu erzählen, ja von Friedrich dem Großen, den er in Potsdam noch selbst gesehen hatte. Und ich glaube, wenn er von Karl dem Großen zu erzählen angefangen hätte, ich würde mich kaum gewundert haben.

Die gewaltige Lebenskraft dieses Uralten galt den Kreisen, in denen er sich bewegte, als nichts Besonderes. Am wenigsten seiner Familie, an der denn freilich die Natur ein übriges getan hatte. Sie wurde zu meiner Zeit durch sechs Brüder repräsentiert, sämtlich Männer in den besten Jahren, alle schön und von stattlichster Erscheinung, einige wahre Enakssöhne mit den entsprechenden Riesenkräften. Der eine stellte einen ausgewachsenen Mann, den er in seine flache Hand treten ließ, ihn so vom Boden aufhebend, mit der anderen Hand nur soweit nachhelfend, daß der betreffende das Gleichgewicht nicht verlor, auf einen Tisch, als ob es eine Puppe wäre. Ein zweiter hob ein starkes Pferd, dessen Brust er, es mit beiden Armen hinter den Vorderbeinen packend, gegen die eigene drückte, empor und hielt es eine Zeitlang so, wie ungebärdig sich auch das Tier gegen die unbequeme Stellung sträubte. Den dritten vermochten vier kräftige Männer, so sehr sie sich auch mühten, nicht vom Platze zu rücken. Dabei waren alle auch geistig begabte Menschen, die freilich, was bei so überkräftigen Naturen begreiflich ist, gelegentlich in Berserkerzorn geraten konnten, im übrigen gutmütig, ja ritterlich großherzig, wie sie denn auch sonst, sowohl in ihren Tugenden als Untugenden, sich zu mittelalterlichen Faustrechtsrittern ganz vorzüglich geeignet haben würden. Doch stammten sie nicht von Rittern ab. Ihr Vater war ein einfacher kleiner Pächter – einige sagten Schäfer – gewesen, der es zu so großem Besitz gebracht hatte, daß er jedem seiner Söhne ein prächtiges Rittergut hinterlassen konnte. Es sollte dabei, wie bei der schnellen Schaffung aller großen Vermögen, nicht ganz in der Ordnung zugegangen sein. Man munkelte von einer gefundenen Kriegskasse. Dem Schauerlichen zugeneigte Gemüter ließen es nicht bei dem Finden bewenden, sondern besagte Kasse erst nach einem Kampf, den sich jeder nach Bedürfnis blutig ausmalen mochte, in die Hände des Räubers gelangen. Das waren selbstverständlich bloße Hirngespinste. Der erworbene Reichtum hatte keinen anderen Entstehungsgrund als die überlegene Klugheit des Mannes, der die Verhältnisse nach dem Kriege, wo große Güter von den verarmten Besitzern für ein geringes dahingegeben werden mußten, zu seinem Vorteil auszunutzen verstanden hatte. Wenn dabei wirklich der Notlage der Verkäufer von dem Käufer nicht immer die gebührende christliche Rechnung getragen war, so machten dafür die Söhne von dem illiberalen Erwerb des Vaters den liberalsten Gebrauch. Was pommersche Gastfreundschaft bedeutete, konnte man auf ihren Gütern lernen. Und es ging dabei in ein für die Gastgeber verderbliches Übermaß – ich habe wahrlich nicht das Recht, sie zu schelten, der ich so oft auf Tage und Wochen ihr Gast gewesen bin.

Überhaupt muß ich mich, wenn ich es jetzt nachrechne, fast wundern, wieviel Zeit ich während meiner Schulzeit auf dem Lande verbracht habe. Es scheint, daß ich, wenigstens während der letzten Jahre, alle Ferien dort verlebte. Dazu gehörten selbstverständlich Verbindungen mit dem Lande.

In der guten Stadt erfreute sich solcher so ziemlich jeder in Gestalt irgend eines Onkels, Vetters, der da oder dort sein Gut, seine Domäne oder sonstige Pachtung hatte. In der Schule saß man unter drei Malen mindestens einmal neben einem Gutsbesitzers- oder Pächterssohn. Vorzüglich in den unteren Klassen. Die schrofferen Stufen zu den höheren erklommen die jungen Herren vom Lande nur ungern. Wenn sie sich die Berechtigung zum einjährig freiwilligen Dienst errungen hatten – was damals, erinnere ich mich recht, bereits mit dem Zeugnis der Reife für die Sekunda der Fall war – brachen sie durch, wie der Rennbahnausdruck lautet, um an den mütterlichen Fleischtöpfen sich von der schmalen Pensionskost zu erholen. Manche brachten es auch nicht einmal so weit und wollten lieber drei Jahre dienen, als mit den vertrackten Zumptregeln noch länger gequält werden.

Meine erste ländliche Verbindung war durch einen Freund in der Unterquarta vermittelt worden, der mich in den Sommerferien mit auf das elterliche Gut nahm. Ich hätte es kaum schlimmer treffen können. Die Familienverhältnisse waren ebenso zerrüttet, wie es, glaube ich, die ökonomischen waren. Noch jetzt denke ich mit Schaudern an das große Haus, in dessen öden, liebeleeren Räumen die vier grauen Schwestern aus dem Finale des Faust ihr unheimliches Wesen zu treiben schienen. Auch hielt ich es kaum die Hälfte der bestimmten Zeit aus, indem ich die Eltern in einem heimlich abgesandten Briefe bat, mich unter irgend einem Vorwand zurückzurufen.

Franziska Tiburtius

Ständehader in der alten Festung

Mein Vater wurde mit zunehmenden Jahren kränklich. Seitdem er seinen ältesten Sohn verloren, dem er das Gut zu übergeben dachte, hatte er auch das Interesse an der Landwirtschaft verloren, zumal sich mehr und mehr herausstellte, daß der ihm verbliebene Sohn sich diesem Berufe wohl nicht zuwenden würde. Und so wurde denn beschlossen, das Gut in andere Hände zu geben und nach Stralsund zu ziehen. Ich war damals neun Jahre alt und noch zu verständnislos, um überschauen zu können, was es bedeutete, aus der – außer den Schulstunden – doch immerhin recht unbeschränkten Freiheit des Landlebens in die Enge eines kleinen städtischen Haushaltes zu kommen. Es tat mir ja wohl leid, aber es war doch furchtbar interessant! Wir würden in die Stadt kommen, mit andern Kindern zur Schule gehen, sehr viel Neues sehen! Die Erwartungen waren hochgespannt und es ging wie gewöhnlich in solchen Fällen, die Enttäuschungen bleiben nicht aus.

Das Stralsund von 1851 war ein ganz anderes Stadtgebilde als der jetzige moderne Durchgangspunkt des Weltverkehrs mit seinen hübschen Vorstädten, den eleganten Häusern, freundlichen Gartenanlagen, dem lebhaften Zustrom zu Bahnhof und Hafen. Nur stellenweise trifft man jetzt noch Reste der alten Hansastadt, und es hängt von der Auffassung und Gemütsrichtung des Beschauers ab, ob er findet, daß die Reste wie um Entschuldigung bittend unter den größeren Gebäuden der Neuzeit stehen, oder ob ihm scheint, daß diese alten Häuser in stolzer Abgeschlossenheit als Zeugen der Größe früherer Zeit auf das Ephemere der Gegenwart herabschauen. Nur die alten Kirchen stehen noch in unverminderter Herrlichkeit und Vornehmheit da, sie thronen über dem täglichen Tag, werden nicht berührt von der Unrast der heutigen Zeit, wie sie nicht berührt wurden von den erbitterten Kämpfen und dem Blutvergießen, deren Zeugen sie oft sein mußten. Denn friedlich spielte sich das Leben sicherlich nicht ab in den engen Grenzen der alten Hansastadt, wo eben durch die Enge des Betätigungsraumes die Partei- und Ständeinteressen vielleicht noch häufiger in Gegensatz traten als heutzutage. Sogar bis in die Kirchen muß sich dieser Ständehader gedrängt haben. Als Kind sah ich mir oft mit Vergnügen den Kirchenstuhl der Krämer in der alten Nicolaikirche an, er trug die wenig christliche Inschrift: *Wer keen Kramer is, dei bliwt buten, süs hau ick em up dei Snuten!* Daneben ein Holzrelief, Mann mit erhobener Keule! Ob es noch dort zu finden ist, weiß ich nicht.

Auch jetzt noch sind die Straßen eng, teilweise krumm, aber sie sind gut gepflastert, seitlich mit Fußgängersteigen, von stattlichen Häusern mit hübschen Läden eingefaßt; damals war alles, außer einigen alten Patrizierhäusern, eng, schäbig, die kleinen Häuser sämtlich mit der Giebelseite nach der Straße, im Innern ohne Licht und Luft, mit viel dunkeln Räumen, die Bodenfläche ganz schmal, tief nach hinten auslangend, und was aus den Höfen und den in der Mitte der Straße gelegenen ungedeckten Rinnsteinen der Nase entgegenstieg, war keineswegs erfreulich. Nein, bequem ließ es sich nicht leben in der alten Festung, es war nur dadurch erträglich, daß man es eben nicht anders kannte. Der Flächenraum der Stadt war ganz eng, beschränkte sich auf die kleine Insel zwischen dem Meeresarm des Gellen, der das Festland von Rügen trennt, und den beiden Teichen, Knieperteich und Frankenteich, die damals erheblich größer waren als jetzt. Als Stralsund aufhörte, Festung zu sein, ist viel aufgeschüttet worden, um Baugrund zu gewinnen. Von dieser engen, durch die Natur gegebenen Baufläche ging noch ein gut Teil ab durch die Befestigungswerke, die alte Stadtmauer, die riesigen alten doppelten Tore, die Wälle, die noch sorgfältig bewacht wurden von Schildwachen, obgleich die einzige Gefahr, die ihnen damals noch drohen konnte, die Übergriffe der Kinder waren, die gar zu gern die Rasenfläche hinaufliefen und ihre Wage- und Heldenmut bestätigt, um der Schildwache eine Nase zu drehen. Nur an drei Stellen stand die Stadt im Zusammenhang mit dem Land durch Zugbrücken, unter denen das Wasser der Teiche und des verbindenden Stadtgrabens flutete, und diese Zugänge wurden eben noch durch die enormen Tore geschützt; jeden Abend um 10 Uhr wurden die Zugbrücke aufgezogen und die Tore durch große Flügeltüren von festen Balken geschlossen; wer sich verspätet hatte auf dem Lande, mußte oft lange warten, es gab ein Rufen, Schreien, Peitschenknallen, bis der Torschieber erschien, und dann mußte man erst genau Auskunft über Persönlichkeit,Wohin und Woher geben, bis die Zugbrücke niedergelassen und das Tor geöffnet wurde. Auch Schlacht- und Mahlsteuer gehörte damals zu den Gerechtsamen der Stadt, jeder Wagen, der das Tor passierte, wurde sorgfältig untersucht, ob nicht, irgentwo im Stroh verborgen, Steuerbares – ein Säckchen Mehl oder ein Pfündchen Fleisch – in die Stadt geschmuggelt würde. Das Stralsund von 1851 sollte 27 000 Einwohner haben, wie man sagte; wo die 50 000 der alten Hansastadt, von denen die Chronik erzählte, auf dem engen Raum Platz fanden, ist mir unerfindlich, das Bedürfnis nach Licht und Luft muß im Mittelalter weit geringer gewesen sein als jetzt. Das Übergewicht und das Ansehen der Kirche muß in der Hansa ein ganz gewaltiges gewesen sein; fünf große Klöster für Mönche wie Nonnen nahmen noch ein gut Teil der Baufläche für sich – Stralsund hat schon in den dreißiger Jahren des 16. Jahrhunderts die Reformation angenommen, dann wurden diese

Klöster zu Pfrundhäusern umgewandelt oder anderen weltlichen Zwecken zugeführt. Das größte, das Cisterzienserkloster in der Mönchstraße, diente als Gymnasium – ich glaube, es ist bis auf den heutigen Tag so geblieben; das Katharinenkloster war in meiner Jugend Zeughaus und diente militärischen Zwecken; das Kloster St. Jürgen am Strande, das Johanniskloster mit wunderschönem Kreuzgang, von Rosen überwuchert, das Heiliggeistkloster, das Kloster St. Annen und Brigitten – alle diese dienten als Pfrundhäuser für Männer und Frauen, die ihre Lebensarbeit hinter sich hatten und einen ruhigen Lebensabend begehrten, zum anderen auch als Armenhäuser.

Die hygienischen Verhältnisse der Stadt waren keineswegs günstig; von Kanalisation war natürlich keine Rede; nur einige wenige Quellbrunnen existierten, von denen das Trinkwasser aus allen Teilen der Stadt geholt werden mußte; der beste auf dem Hof des Johannisklosters; das sogenannte Nutzwasser, zum Scheuern und Putzen, wurde durch ein von vier Pferden getriebenes Göpelwerk aus den Teichen in die Stadt gebracht, unfiltriert, und bei dem mangelnden Verständnis eines großen Teiles der Einwohner war die Verwendung für die Küche nicht zu hindern, obgleich es abscheulich schmeckte; so ist nicht zu verwundern, daß typhöse Erkrankungen an der Tagesordnung waren, das „Stralsunder Fieber" war bekannt in der Nachbarschaft und gefürchtet. Ja, das Stralsund von 1851 war eine melancholische und schlafende Stadt, mangelnde Sorgfalt und leiser Verfall machten sich überall bemerkbar; sogar die herrliche spätgotische Fassade des Rathauses zeigte bedenkliches Fehlen vieler Kreuzrosen und Fensterfüllungen. Industrie gab es nicht außer einer kleinen Zuckerfabrik und einer unbedeutenden Eisengießerei. Nur eine kleine Garnison brachte einen Schimmer von Belebung in das Straßenbild und in die Geselligkeit der sogenannten gebildeten und besitzenden Stände. Ein paar Klubs dienten den Herren des guten Mittelstandes zu abendlichen Zusammenkünften und Unterhaltung durch eine Partie Boston oder L'hombre, auch mein Vater – der sich übrigens in Stralsund wohlfühlte – war eifriger Besucher der „Ressource".

Vorstädte besaß Stralsund nicht, durfte es ja auch nicht haben, so lange die Stadt als Festung galt, da, was außerhalb der Mauern und Zugbrücken lag, ja im Ernstfalle nicht hätte geschützt werden können. Nur ein paar Händler mit Gemüse, Eiern und Butter kamen morgens in die Stadt, und nur auf dem Fischmarkt unten an der Brücke ging es in den Marktstunden etwas lebhafter zu; herrliche Fische! 25 Pfennige für ein Pfund prachtvollen Seehechts waren schon ein sehr hoher Preis, der bei den Hausfrauen Verwunderung und Mißfallen erregte. So war das Stralsund von 1851. Übrigens trat schon Ende der fünfziger Jahre eine allmähliche Wandlung ein. Man sah ein, daß gegen die moderne Artillerie die Stadt doch nicht so zu verteidigen sein würde wie gegen die Vollkugeln Wallensteins, und der Abbau der Festungswerke begann. Die Zugbrücken wurden durch feste Dämme ersetzt, die Stadtmauer fiel, und die Wälle wurden – allerdings erst viel später – in Gartenanlagen umgewandelt. Die Tore öffneten sich, und die zusammengepferchte Stadt quoll hinaus, die Vorstädte erschienen, erst schüchtern und langsam. Der Krieg 1870 brachte zeitweilig Stillstand, da die französische Flotte eine Zeitlang in der Gegend von Rügen sich herumtrieb und Überraschungen nicht ausgeschlossen waren, bis sie von der „Gazelle", dem einzigen kleinen Kriegsschiff Preußens, sich einen tüchtigen Nasenstüber holte.

Von einer Eisenbahn war natürlich Anfang der fünfziger Jahre auch noch längst keine Rede, man fuhr mit der Post nach Stettin oder Rostock, und dann, je nachdem, mit der Eisenbahn nach Berlin oder Hamburg. Ja, es gab noch genug Leute, die eine Eisenbahnfahrt überhaupt für ein gefährliches Unternehmen hielten. Ich höre noch eine von meinen vielen Nenntanten meiner Mutter erklären: Nein, liebe Auguste, ich bin nicht furchtsam, und was Gott mir schickt, will ich geduldig tragen, aber jetzt in meinem Alter mit der Eisenbahn fahren, würde ich für ein Gottversuchen halten! Es handelte sich um eine Fahrt von Stralsund nach Greifswald, nachdem im Jahr 1863 endlich die Eisenbahn nach Stralsund gebaut war. Mit einem höchst kümmerlichen und unzweckmäßigen Bahnhof! Die Einweihung dieser Eisenbahnstrecke war eine der ersten Repräsentationspflichten des alten Königs Wilhelm nach seiner Thronbesteigung Januar 1861, die Stralsunder waren aus dem Häuschen über diesen gewaltigen Schritt ins moderne Leben hinein, manche entzückt, andere trauten der Sache doch nicht recht; die vornehme Einfachheit des damals schon alten Königs erregte allgemeine Freude und Bewunderung. Und seitdem ist es stetig vorwärts gegangen, es kam eine vernünftige Wasserleitung und Kanalisation; vielleicht ging es etwas langsamer als anderswo, entsprechend dem Charakter des Volksstammes; aber mit der durch Eisenbahn und Verkehr eingeleiteten Nivellierung hörten auch die Besonderheiten auf. Jetzt ist Stralsund eine moderne Stadt in hübscher Lage, und viele werden es anziehend finden. Für mich hat es viel von dem alten anheimelnden Reiz verloren, trotz aller Verbesserungen; die Pietät für die eigene Kindheit steckt uns Deutschen doch im Blut; aber die Schraube am Rad des „Laufs der Zeit" läßt sich nicht rückwärts drehen – und darf es auch nicht.

In dem alten Stralsund von 1851 nahmen meine Eltern eine leidlich geräumige Wohnung in einer Straße hinter der alten Marienkirche. Es wehte und stürmte fast immer um die vielen Ecken des gewaltigen Gebäudes, und in Sturmnächten pfiff und heulte es recht wunderbar und etwas graulich. Dann dachte man wohl an alles Grausige und Große vergangener Zeit, von dem damals noch allerhand Geschichten und Sagen erzählt wurden: von Wulf Wulflamm, dem gewaltigen Bürgermeister und Freund der Unionskönigin Margarete, jenem anderen Bürgermeister, Karsten Sarnow, der gegen das gewaltige Haupt der Hansa, Lübeck, die Unabhängigkeit Stralsunds verteidigen wollte, und dann von den aufständigen Bürgern auf Anstiften von Lübeck auf dem alten Markt enthauptet wurde; von der Belagerung Stralsunds unter Wallenstein und der Verteidigung durch den tapferen und klugen Bürgermeister Steinweg; noch wird Wallensteins Abzug nach der ergebnislosen Belagerung durch das „Hohnblasen" vom Turm der Nicolaikirche am Morgen des 24. Juli den Bürgern ins Gedächtnis zurückgeführt; dann die Geschichte von der schönen Maria Flint, der Kindsmörderin, die zum Tode verurteilt und von ihrem Geliebten gerettet und außer Landes gebracht wurde über die Peene (Vorpommern war damals schwedisch) – nach einem halben Jahr beschwerlicher Fußwanderung vor dem Stralsunder Stadtrat erschien mit den Worten: „Hier bün ick, ick will min Recht!"
Sie ist dann auch vor dem Tribseer Tor, wo damals der Richtplatz war, hingerichtet worden. Natürlich verstand ich damals die Geschichte nicht recht, fand sie aber wunderschön; dann von Schills Zug nach Stralsund und seinem Tod im Straßenkampf gegen die Franzosen, ein Stein in dem Straßendamm der Fährstraße bezeichnet noch die Stelle, und auf dem Knieperfriedhof liegt sein kopfloser Rumpf begraben; alle diese Geschichten waren damals noch ziemlich lebendig – jetzt sind sie vergessen, die Gegenwart hat keine Zeit mehr, in die Vergangenheit zurückzulauschen. Nur wir alten Leute schauen noch gern zurück, auf

jene Zeit, die unsere Zeit war, und auch darüber hinaus in dämmernde Schatten der Vergangenheit. Man sieht ja die Verbindungsfäden nicht immer klar, aber sie sind doch da.

Nun zunächst die Schulangelegenheit; es lag ja meinen Eltern sehr daran, daß wir für den Weg durchs Leben vorbereitet würden, und nach ihrer und der allgemein herrschenden Meinung lag die beste Gewähr dafür in einer guten Schulbildung; und so wurde für meine Schwestern und mich die damals erste und beste Privatschule Stralsunds, die der vier Fräulein Volkmann, gewählt, staatliche oder städtische höhere Mädchenschulen gab es überhaupt noch nicht. Die Wahl war günstig, und ich denke noch jetzt mit Dankbarkeit an die guten Damen zurück, obgleich ich in den ersten Jahren ein rechter Faulpelz war.

Die eigentliche Vorsteherin, Fräulein Luise Volkmann, war bei äußerer Unscheinbarkeit und Bescheidenheit eine Persönlichkeit von großer innerer Kraft, die auch aus freiem Wissen zu den Schülerinnen sprach und von allen geachtet und sehr geliebt wurde – ich kann noch heute kaum sagen, worin es lag, daß diese kleine unscheinbare Frau, die niemals schalt, niemals eine Spur von Schärfe und Heftigkeit zeigte, den großen Mädchen so ungeheuren Respekt einflößte, leider unterrichtete sie nur in der Oberklasse, die Lehrer der Unter- und Mittelklasse dagegen waren, obwohl an sich achtbar und tüchtig, Schablonenlehrer und Schablonenlehrerinnen. Und ich muß also bekennen, so sehr ich mich auch schämen muß, daß ich ein ganz fauler Strick geworden war. Der Ursachen dafür sehe ich jetzt im Rückschauen mehrfache. Ich hatte unter Fräulein O. die Schule hassen gelernt, hatte nur unter Furcht und Zittern nach einem Schematismus gearbeitet. Dieser Schematismus herrschte auch in der Unterklasse, ohne den Zwang; es war damals durchaus nicht Sitte, daß den Kindern eine Nachhilfe zu Hause geleistet wurde: Ihr geht in die Schule, nun seht zu, wie ihr damit fertig werdet, und werdet ihr nicht fertig, so ist das eure Sache, und ihr müßt leiden, was darnach kommt; ein Standpunkt, der ja auch seine Berechtigung hat, denn das Kind lernt dadurch die eigene Verantwortung tragen, die bei dem heutigen System so leicht auf die Kinderfräulein und Hilfslehrer fällt; davon war bei uns natürlich gar keine Rede, niemals hat sich jemand um meine Schularbeiten gekümmert. Und da ich bald merkte, daß ich den Durchschnitt der Klasse allenfalls auch bei halber Arbeitsleistung erreichte, so sah ich nicht ein, weshalb ich mich anstrengen sollte. Was mich interessierte, machte ich mir zu eigen durch Lesen aller möglichen Bücher, die mir unter die Hände fielen; Schillers Dramen las ich mit neun bis zehn Jahren, natürlich mit nur sehr mangelhaftem Verständnis, aber großer Begeisterung; Nösselts *Weltgeschichte* und ein alter *orbis pictus* waren mir liebe Gefährten; dagegen konnte ich dem Rechnen und dem Französischen nur sehr bedingtes Interesse abgewinnen; anders war es mit dem Englischen, was damals übrigens noch nicht als obligatorisches Fach in den Schulplan aufgenommen war; ich hatte Privatunterricht, und Fräulein v. H. verstand es, mir den Geist der Sprache verständlich zu machen; als sie mir einmal die Aufgabe gestellt, während der Ferien Walter Scotts Ivanhoe ohne Rücksicht auf etwa fehlende Vokabeln durchzulesen, war ich für das Englische gewonnen; wie habe ich das Tournier von Ashby de la Zonche genossen! Und an Persönlichkeiten wie Lady Rowena oder die Jüdin Rebekka historische Kritik anzulegen, fiel mir natürlich nicht im Traum ein.

Sehr glücklich bin ich in der ersten Zeit des Stralsunder Schullebens nicht gewesen, und natürlich lag die Schuld ganz allein an mir, denn auch die Lehrerinnen der Unterklassen waren, wenn auch eng, so doch weit entfernt von Fräulein O.s Standpunkt; vielleicht konnte ich auch von der innerlichen Opposition, in die ich getrieben worden, nicht gleich loskommen. Auch mit den Mitschülerinnen wollte es in der ersten Zeit gar nicht so recht gehen; ich erschien ihnen wohl recht rustikal, wurde vielleicht etwas geneckt und verstand noch nicht, mich zu wehren. Kinder sind ja von dem Urteil ihrer Altersgenossen viel abhängiger als von dem Urteil Erwachsener in der eigenen Wertschätzung, und leiden sehr intensiv in ihrem Selbstvertrauen, wenn sie fühlen, daß andere Kinder etwas an ihnen auffällig finden. Noch einen Kummer hatte ich: es war ja eine Kleinigkeit, und ein reiferer Verstand wäre leicht damit fertig geworden; aber gerade Kleinigkeiten, gegen die es nicht lohnt, geistige Energie aufzurufen, plagen oft am allermeisten; und dies hat mir wirklich das Leben unbehaglich gemacht und mich aus dem inneren Gleichtgewicht gebracht: mein schnelles Wachstum! Es war gräßlich, bei jeder Begegnung mit älteren Bekannten zu hören: aber wie bist du wieder gewachsen! Aus dem kleinen runden Ding war eine lange dürre Hopfenstange geworden – mit zwölf Jahren hatte ich volle Größe erreicht, alle Gliedmaßen waren viel zu lang und maßlos unbequem; dabei das peinigende Bewußtsein der eigenen Ungeschicklichkeit und die Gewißheit, daß jeder Fehlgriff bei mir zehnmal auffälliger sei als bei allen meinen Mitschülerinnen, die ich um Haupteslänge überragte. So wurde ich zunächst immer linkischer und auch wohl unfreundlicher, und ich kann es den Lehrerinnen gar nicht verdenken, wenn sie mich nicht besonders gern hatten und mein Wesen nicht verstanden; was mir eigentlich innerlich fehlte, ahnte niemand, und ich hätte es auch nicht in Worten ausdrücken können. Nein, ein liebenswürdiger Backfisch war ich nicht, weder innerlich noch äußerlich. Vielleicht waren auch die Einflüsse aus dem Elternhaus gerade in diesem Stadium der geistigen Entwicklung nicht so recht günstig. Es war damals Grundsatz in der Erziehung, daß junge Mädchen vor allen Dingen bescheiden sein, gern zurücktreten, nicht Ansprüche machen dürften; daß sie anderer Vorzüge anerkennen, für sich keine stellen dürften; vielleicht tat meine gute Mutter in allerbester Meinung ein wenig zu viel nach dieser Richtung hin; es wurde uns immer gesagt, daß andere gescheiter, gewandter, äußerlich viel ansprechender seien als wir. Das ist für uns, die wir in eine Zeit hineinwuchsen, die uns aus der Häuslichkeit hinausdrängte, nicht ganz richtig gewesen; eine meiner Schwestern und ich haben später viel innere Kämpfe zu bestehen gehabt, um die innere Unabhängigkeit und das Selbstvertrauen zu erringen, das wir notwendig brauchten; das kommt auf die Veranlagung an; bei einer andern Schwester, der die Natur die Gabe eines starken Selbstgefühls in die Wiege gelegt, hat die Methode vielleicht mildernd gewirkt. Sie ist später eine glückliche Frau geworden.

Als ich zwölf Jahre alt war, starb mein Vater ganz plötzlich an einem Schlaganfall; er war in den letzten Jahren seines Lebens heiterer und lebensfroher gewesen als früher; mein Bruder war damals auf der Universität, die beiden älteren Schwestern hatten gerade das Lehrerinnenexamen gemacht und verließen das Haus; so blieb ich allein mit meiner Mutter. Nun kam ich allmählich auch in die Zeit des selbständigen Nachdenkens, die Zeit, wo der angelernte und anerzogene kategorische Imperativ von den sich entfaltenden ethischen Begriffen erfaßt und als inneres Eigentum gewertet wird. Ich kam in die Oberklasse; Fräulein Luise Volkmanns Unterricht und Einfluß, besonders aber der des ersten Lehrers, des Garnisonpfarrers Bauer, erschlossen in mir eine neue Welt. Hier war kein mechanisches Einpauken, hier wendete man sich an das Verstehen und Eindringen, an das selbständige Denken, und da konnte ich mitkommen, und diese Tatsache gab dann wieder ein gewisses Selbstgefühl; meine Stellung auch den Mitschülern gegenüber wurde eine gute. In den letzten drei Jahren meines Schullebens habe ich stetig gearbeitet und mich sehr glücklich gefühlt. Auch die äußerlichen Beeinträchtigungen schwanden allmählich, an meine Länge gewöhnte ich mich, die Glieder taten mehr, wie sie sollten, und eine zweite Tanzstunde endete nicht mit einem solchen Debacle wie jene erste!

Mit besonderer Dankbarkeit gedenke ich noch oft des Pastor Bauer, der in den Hauptfächern unterrichtete: Religion, Deutsch und Aufsatz, Geographie und Geschichte. In dem Religionsunterricht vertrat er den orthodoxen paulinischen Standpunkt mit aller ihm anhaftenden Mystik und gewundenen theologischen Gedankengängen; es war die Richtung jener Zeit; ich entsinne mich noch sehr gut der Erklärungen des Römer- und Hebräerbriefes, mit denen wir vierzehn- bis sechzehnjährigen Mädchen uns abfinden mußten; obwohl ich trotz aller Verehrung für den Lehrer doch schon damals das bedrückende Gefühl hatte, nicht ganz „gläubig" zu sein, habe ich auch später manchen inneren Kampf gehabt, um zu einfacherer und klarerer Anschauung zu gelangen; aber das tut dem Menschen gut; er lehrte uns doch denken und weiter arbeiten und inneren Streitfragen nicht auszuweichen; und ich denke, das ist das beste, was ein Lehrer seinen Schülern mitgeben kann. Was das Quantum Wissen anbetraf, das wir aus der Schule mitbrachten – eine moderne Gymnasiastin würde vielleicht darüber lächeln –, aber es war genügend zum Unterbau, und an Verantwortlichkeits- und Pflichtgefühl, auch wohl an Urteilsfähigkeit konnte die damalige Jugend es gut mit der jetzigen aufnehmen.

Mit sechzehn Jahren verließ ich die Schule; ein Jahr sollte ich noch zu Hause bleiben und mich in Hausarbeit und Wirtschaft umsehen. Ich war wie ein Schiff, das zur Abfahrt bereit im Hafen liegt und auf den Windstoß wartet, der es hinaus und in die Welt führt!

Otto Piper

Kreidefelsen im Feuerregen

Das landschaftlich lohnende Reiseziel der norddeutschen Küstenlande ist bekanntermaßen die Insel Rügen, und so hätte mir mein Vater für diese Leistung kaum willkommenere Belohnung spenden können als das Geld für eine in den nächsten Hundstagsferien dahin zu machende Reise. Da es dazumal in der ganzen Gegend noch keine Eisenbahnen und auf der heute mit ersten Hotels übersäten Insel auch erst wenige anständige Wirtshäuser gab, so war das ein ganz anderes Unternehmen als wohl heutzutage. Zudem war ja diese Vergnügungsreise als die erste meines Lebens für mich von besonderer Bedeutung, und mag sie deshalb hier etwas eingehender beschrieben werden.

Als Gefährte hatte sich der Mitschüler Ludwig Mercker, später Medizinalrat in Neubrandenburg, gefunden und so traten wir beide denn an dem lange ersehnten 25. Juli 1859 von Röckwitz aus unsere Fahrt an. Wörtlich genommen, denn wir wurden die Hälfte des Weges bis Demmin gefahren. In Demmin war unser Urgroßvater Pastor gewesen und unser Großvater aufgewachsen. Kurz vor der Stadt besuchten wir das in weiter Wiesenfläche liegende „Haus Demmin“, eine fast nur aus dem Rest eines Bergfrieds neben späterem Herrenhaus bestehende Burgruine. Dann machten wir bei meinem nicht mehr fern wohnenden väterlichen Verwandten, Gutspächter zu Warrenzin und Beestland, Besuch, um am dritten Tag mit der Post nach Greifswald zu fahren. Das alte unscheinbare Gasthaus, in welchem wir da einkehrten, wimmelte voll buntmütziger Studenten, und wir wunderten uns fast, daß sie uns armseligen „Pennälern“ gar nichts zuleide taten. Ich suchte alsbald unseren früheren Hauslehrer Koepke, damals Gefängnisprediger, auf, einen herzlich liebenswürdigen Herrn, der es sich nicht nehmen ließ, uns völlig – einschließlich selbst der Wirtshausrechnung – als seine Gäste zu behandeln und uns den ganzen Nachmittag zu widmen. Zuletzt fuhren wir von dem nahen Kloster Eldena mit seiner schönen Kirchenruine auf der Riek mittels einer Treckschute, d. h. eines von zwei Pferden gezogenen Passagierbootes, zur Stadt zurück.

Von dem Weg nach Stralsund – fünfunddreißig Kilometer einer schnurgeraden Chaussee! – legten wir die zweite Hälfte wieder mit der Schnellpost zurück. In der Stadt mit besonders prächtigem alten Rathaus sahen wir, da sie damals noch Festung war, Kanonen und sonstiges Zubehör einer solchen, draußen Seeschiffe und bei der ebenso befestigten Insel Dänholm gar Kanonenboote, alles uns ganz neue und natürlich hochinteressante Dinge.

Nachdem wir den Abend in einer mit meinem Reisegefährten verwandten Familie zugebracht hatten, konnten wir am folgenden Morgen endlich in einem großen Boot nach dem längst ersehnten Gestade Rügens hinübersegeln, freilich zunächst auch nur, um da wieder in der Postkutsche drei Meilen weit, meistens langsam aufwärts durch reizlose Ackerfelder nach Bergen zu fahren. Hier wurde der bei dem Städtchen liegende Rugard besucht, die einstige Residenz der Fürsten von Rügen, von welcher Mauerreste jedoch nicht mehr übrig waren. Wohl durch einen Verschönerungsverein war in der verständnis- und geschmacklosen Weise, über welche ich mich in meinem späteren Leben noch oft genug habe bitter ärgern müssen, der von hohem Wall umgebene Burgplatz statt dessen fein säuberlich planiert und mit Anlagen verziert. Wie nun von diesem Burgplatz aus einst die Landesfürsten fast ihr ganzes Reich übersehen konnten, so auch wir nun fast die ganze durch vorgeschichtliche Sturmfluten so beispiellos zerrissene Insel, welche wir nunmehr durchwandern wollten.

Dabei dann zunächst nordwärts gegen Arkona gewendet, gingen wir unterwegs so fehl, daß wir, durch See und Sumpf zu weitem Umweg genötigt, erst am späten Abend nach Neuenkirchen gelangten und da zu einem Wirtshaus, welches aber offenbar nicht für Gäste, die den Horaz und den Sophokles lasen, bestimmt war. Das uns angewiesene Schlafgemach bestand aus einem Bretterverschlag, in dessen Glastür die Scheiben fehlten, und ebenso ungewohnt waren uns Reiseneulinge die da stehenden ungeheuren Strohbetten. Am anderen Morgen fuhren wir in einem Segelboot der ganzen Länge des Breeger Boddens nach zu dem Dorf Breege, welches damals noch nichts von dem jetzigen Badeort ahnen ließ. Rast machten wir danach in Altenkirchen, wo mein auch in Mecklenburg geborener Bruder in Apoll, Kosegarten, einst als Probst wirkte. Ich konnte noch gerade das altertümliche, dunkle und unscheinbare Innere der turmlosen Kirche sehen, in welcher er einst gepredigt hatte; viele Handwerker waren eben dabei, alles wohl allzu radikal umzuändern und zu erneuern. Nach weiterem heißen Wandern über die nahezu völlig baumlose Halbinsel Wittow standen wir, zuletzt etwas angestiegen, endlich auf der damals nördlichsten Spitze des Deutschen Reiches bei dem Leuchtturm und mit dem ersten ungehemmten Blick über das zu unseren Füßen brandende Meer. Hier weilten wir nun, ich nebenbei zeichnend und dichtend, mit allem Genuss den Nachmittag lang teils unten an dem steinbedeckten Strand, zu welchem an dem 150 Fuß hohen wandsteilen Ufer eine vielstufige Treppe hinabführte, teils oben, wo wir unfern auch den Wall fanden, innerhalb dessen einst die weithin berühmte Tempelburg des Heidengottes Swantewit lag. An Stelle eines später auch da erbauten großen Gasthofes konnten zu unserer Zeit nur im Leuchtturm selbst wenige Gäste herbergen, und wir wagten es, dort zu übernachten, obgleich ein Mitschüler uns davor gewarnt hatte, weil da vor Jahren zwei Reisende spurlos verschwunden sein sollten. Während schon in unserer Heimat in Hochsommernächten die Dunkelheit über eine starke Dämmerung nicht hinauskam, konnten wir hier noch gegen Mitternacht deutlich die Stelle erkennen, an welcher die Sonne unter dem Horizont stand.

Am anderen Vormittag sind wir auf dem Weg nach Juliusruh kurz vor diesem nächsten Ziele bei Drevoldeke ahnungslos vielleicht über das Feld gegangen, welches vor mehr als vierhundert Jahren ein Ahne meiner Familie beackert hat. Nach dem Grafendiplom des schwedischen Carl Piper, des bekannten Großkanzlers Karls XII., entstammte dieser „einem aus dem Bauernstande hervorgegangenen Vasallengeschlecht, welches auf Rügen schon 1450 bis 1530 zu Drevoldeke saß", und es ist ja nicht unwahrscheinlich, daß von da direkte Vorfahren von uns – die wir mit der schwedischen Familie dasselbe Stammwappen führen – auch auf das nahe Festland übergesiedelt sind.

Auf dem weiten Wege nach Stubbenkammer ist besonders die Wanderung über die Schaabe, eine zehn Kilometer lange schmale Dünenkette, beschwerlich. Endlich an unserem Ziel, dem vielbesuchten königlichen Gasthof, angekommen, suchten wir bei schon anbrechender Dämmerung zunächst im Wald den malerischen, willkürlich mit dem Herthakultus des Tacitus in Beziehung gebrachten Herthasee auf, an welchen sich ein ansehnlicher halbrunder Wall anschließt. Nach dem Abendessen hatten wir mit den übrigen Gästen dann noch das solchen da öfter bereitete besondere Schauspiel des Feuerregens, welchen ich in meiner noch in den Ferien verfaßten Reisebeschreibung folgendermaßen geschildert finde: „Wir befanden uns nun zum erstenmal auf dem gepriesenen ‚Königstuhl', dessen Umrisse wir bei der Dunkelheit nur undeutlich wahrnahmen; da loderte auf der äußersten Spitze der von uns durch die ‚Schlucht' getrennten Höhe ein Feuer auf und erhellte immer deutlicher die vielgezackte Kreidewand sowie die Schlucht mit ihren beiden riesigen Pfeilern und den großen alten Bäumen auf dem Ufer. Die tiefe Stille war vom Knistern des Feuers und dem leisen Rauschen des Meeres tief unten unterbrochen, die großartige Felsenszenerie, hier in glutrotem Licht strahlend und da wieder in finstere Schatten gehüllt, um mich die vermummten Gestalten der Zuschauer – in der Tat, ich glaubte mich aus dem glänzenden Speisesaal fast in ein verzaubertes Land versetzt zu sehen. Doch allmählich erstarb das Feuer, die glimmenden Kohlen und Feuerbrände wurden nun nach und nach von der Höhe hinabgestürzt und lösten sich unterwegs in einem breiten Strahl von Funken auf. Hier und da brannte dann noch ein Ast in der Tiefe weiter, so ein neues schönes Bild gewährend, und wir wurden nicht müde es anzusehen, bis der letzte Funke erloschen war."

Die Wanderung des nächsten Tages führte uns an Saßnitz und Crampas, damals noch einfachste und über die Nachbarschaft hinaus nicht bekannte Dörfer, vorüber und zuletzt recht beschwerlich durch die Schmale Heide, welche, ein Seitenstück zur Schaabe, uns als ein zutreffendes Abbild der Sahara erschien. Am Strand von Binz saß, ein kleinster Anfang des jetzigen, von Menschen überfüllten Badeortes, in einer winzigen Bretterhütte zusammengekauert, eine lesende Dame. In dem kleinen Dorfwirtshaus machten wir später durch eine Obstspende ihre Bekanntschaft, und sie klagte – übrigens eine noch junge Lehrerin aus Stettin –, daß der da auch wohnende Herr (er kam später in bunten Morgenschuhen von einem Spaziergang heim) sie noch keines Blickes gewürdigt habe. Der dicke, sonst keineswegs herrenmäßige Wirt hatte die Marotte, den ganzen Tag einen hohen Zylinderhut zu tragen, und wenn solcher allzu schäbig geworden war, schenkten ihm, wie uns gesagt wurde, die Dorfväter auf gemeinschaftliche Kosten einen neuen.

Am folgenden Tage besuchten wir das mit Sammlungen ausgestattete Putbussche Jagdschloß in der Granitz, ein großes fünftürmiges Gebäude, unpassenderweise annähernd im Stile italienischer Renaissanceschlösser.

Nach einer dann noch in Putbus zugebrachten Nacht machten wir eine nach fünf anstrengenden Wandertagen um so genußvollere Dampfschiffahrt von da nach Stettin, wo wir mehrere Tage Gäste eines dort als Kaufmann angesessenen Schwagers meines Vaters waren.

Alwine Wuthenow

Nur nach dem Klang

Aus Briefen an Klaus Groth

Doch noch ehe ich jemand etwas von meinem stillen Wunsch gesagt, sehe ich plötzlich die kleinen Gewächse, die ich auf Probe und zur Durchsicht meinem Ferdinand geschickt habe, in das Reutersche Unterhaltungsblatt verpflanzt, wovon mir ein Vierteljahrgang zuging. Wie das eigentlich sich gemacht, das ist mir noch jetzt halbwegs ein Rätsel, denn soviel ich weiß, sind Wuthenow und Reuter seit ihren Studienjahren sich ziemlich fremd geworden, und wenn seiner erwähnt ward, so schien er noch immer still um ihn zu trauern, wie um eine schöne Blume, die dem Wetter, das sie überkam, nicht gewachsen war … In letzter Zeit sind sie hauptsächlich meiner Lieder wegen, welche ihm durch einen nahen Verwandten von unserer Seite vielleicht zugegangen sind, der viel mit ihm verkehrt, wieder in Briefwechsel getreten, weil eben Reuter Gefallen daran fand. Er bat sich von Wuthenow immer mehr von den Liebenswürdigkeiten, wie er sie nannte, aus, und Wuthenow gab sie ihm; bis Reuter dann nicht nachließ, Wuthenow zu überreden, er müsse mich zu einer Herausgabe der kleinen Dinger bewegen. Ich habe mich lange gesträubt, doch da ich sah, daß mein guter Mann es so sehr wünschte, so konnte ich ihm, der ja ohnehin so wenig Freude von mir hat, die Bitte nicht abschlagen. Nur anonym zu bleiben bat ich mir aus, und daß dennoch die Anfangsbuchstaben A. W. darunter stehen, ist mir schon fatal: allein es ist nun nicht mehr zu ändern. Jacta alea est, und nun Sie meinen Gruß so freundlich aufgenommen haben, ist's mir auch recht lieb, daß es all so gekommen ist. Ihr theurer Brief hat mich ja reichlich entschädigt für all die Sorge und Angst, die ich von wegen der gestrengen Mama Kritik gehabt habe. Ein freundliches Anerkennen meines Strebens von Ihrer Seite war mein einziger Wunsch, und gottlob der ist mir erfüllt worden. Sie haben's nur zu gut gemacht, Herr Doktor, sodaß ich mich beschämt und gedemütigt fühle, weil ich Ihr Lob nicht anzunehmen wage, als mir nicht gebührend. Auch von Robert Prutz sind die Sächelchen mit einem günstigen Urteil geschmückt worden im *Deutschen Museum*, welche Kritik Wuthenow mir abgeschrieben hat, und in Greifswald und der Umgegend soll das Büchlein viel Absatz finden. Wuthenow meint, daß, wenn Sie in Ihrer holsteinischen Mundart geschrieben wären, das nicht der Fall sein würde; doch Sie haben ganz recht, Herr Doktor, die Orthographie ist nur sehr plump und ohne alle und jede Rücksicht auf Abstammung und sonstige Rechtschreibung einzig dem Klange nach gehandhabt. Ich habe Reuter nicht vor dem Druck des Büchleins gesprochen und habe auch, während mir seine Rezensionen durch Wuthenow zugingen, keine Zeile mit ihm gewechselt, weil ich nie zum Schreiben aufgelegt war und mich nur ungern bequeme, die Sachen, die ich längst beiseite getan, nochmals durchzusehen und abzuändern, was mir von Reuter nicht gefiel; aber das ging doch nicht anders. Was er der Form wegen geändert, mußte ich mir schon gefallen lassen, denn das versteht er besser nach den Regeln der Metrik, die mir fremd sind, ich urteile und arbeite einzig nach angeborenem Takt- und Klanggefühl, und das täuscht doch bisweilen; alles, manches sagte mir doch nicht zu und schrieb ich deshalb neu. Sie wollen sich nun gar noch die Mühe machen, lieber Herr Doktor, und das ganze Buch umschreiben, die Arbeit ist zu groß, doch wenn Sie's so wollen, so kann ich's wohl dankbar annehmen. Wir können ja das nächste Mal mehr darüber sprechen. Für heute muß ich etwas eilen, denn ich fühle, daß mich das viele Schreiben angreift …

Ich muß Ihnen jedoch über die hübsche Abhandlung, die Sie brieflich an mich richteten, noch ein Wort sagen. Es war sehr viel drin enthalten, was mir recht aus der Seele geschrieben war; manche Einwürfe fanden schon ihre Entgegnung darin und machten meine Worte darüber unnütz. Sie haben in dem, was Sie über die Sprache und deren Handhabung sagen, sehr recht; doch Ihre Kritik über Reuter scheint mir etwas zu kraß, zu stark, ja die Beurteilung seines Charakters nicht umfassend genug, ja ein wenig einseitig und ungerecht. Der Mensch ist von derber Natur; doch was sich aus seinem etwas wilden, noch etwas rohen Moorboden ans Licht gerungen hat, ist kräftig, voll anschaulichen Lebens, voll Mark und Kraft, volkstümlich und naturwüchsig durch und durch. Seine Komik ist burlesk, mir auch nicht zusagend, doch wenn Sie nur *Kein Hüsung* lesen, da nehmen Sie gewiß Ihr Urteil, daß an dem Menschen nur die Liebe zum Schmutz sei, zurück. Er ist darin oft so zart und sinnig, so lieblich und vermeidet manche Szene, die diese Geschichte bei einem weniger zart fühlenden Menschen geliefert hätte. Nehmen Sie mir diese Entgegnung nicht übel, ich kann nicht anders. Den Menschen an sich kenne ich nur aus seinen Schriften, doch diese haben mich schon in den Unterhaltungsblättern oft angezogen.

Seine *Läuschen un Riemels* mag ich auch am wenigsten. Die Komik ist oft übertrieben, wie die Dummheit der Bauern; allein es ist ja auch nur zum Lachen bestimmt und sind Sie etwas zu streng damit zu Gericht gesessen. – Ich möchte Ihnen wohl Wuthenows letzten Brief beilegen auf die Gefahr hin, Schelte von ihm zu kriegen. Ich habe das Vertrauen zu Ihnen, daß Sie stark genug sind, auch einen Tadel hinzunehmen, wenn er gut gemeint ist. Nicht wahr, Herr Doktor, das können Sie und zumal, wenn Sie mit mir verkehren, so müssen Sie mir meine Gradheit und Aufrichtigkeit zu gute halten. Ich sage alles, wie mir's einkommt, bin überhaupt ein schnurrig Geschöpf, mit dem Sie etwas Nachsicht haben müssen …

Nein, ich kann's kurz fassen. Er meint, daß Ihre Schreibweise bei uns so wenig verstanden wird als die Reuters bei Ihren Landsleuten …

[Und aus dem dritten Brief, nachdem Klaus Groths ‚Briefe über Hochdeutsch und Plattdeutsch' als Buch erschienen waren:]

So will ich denn Vertrauen zu dieser Ihrer Großmut fassen und hoffen, daß Sie sich in demselben Grade vergebsam erweisen werden, als Sie sich bisher liebevoll und nachsichtig gezeigt; selbst dann, wenn ich aufrichtig nun auch die zweite Ursache meines langen Schweigens zur Sprache bringe, die Sie, wie Ihr letztes Briefchen andeutet, schon geahnt haben; was mich auf die Vermutung bringen könnte, daß Ihr Gewissen in diesem Punkte doch nicht so frei und makellos sei, wie Sie es sich selbst gern einreden möchten; aber ich mag um alles in der Welt niemand ungerechter Weise beschuldigen, es soll dies vielmehr nur ein Scherz sein, da ich ja am besten weiß, wie nahe Ihnen diese Vermutung liegen mußte, indem ich Sie schon einmal gebeten, den armen Reuter doch nicht von einem strengen Gesichtspunkte aus zu beäugen und dann zu verdammen. Sie antworteten mir freilich schon damals, es täte Ihnen leid, meinetwegen, daß Sie sich so über ihn ausgelassen in dem längeren Brief, den ich von Ihnen erhielt, Sie könnten aber nun einmal kein anderes Urteil über ihn abgeben. Das Wort meinetwegen wollte mir damals schon nicht recht gefallen, da ich es sehr gut vertragen kann, wenn jemand anderer Meinung ist, selbst wenn es mir anfangs recht wehe tun sollte. So weit es mein Rechtlichkeitsgefühl zuläßt, wollte ich auch gern meine Ansicht der Ihren unterordnen, wollte und will ich es auch noch jetzt gern glauben, daß Sie keine Freude darin finden, einen Menschen hart zu beurteilen; aber daß Sie ihm geradezu Unrecht tun konnten, wenn auch vielleicht in blindem Eifer, und sich berufen fühlten, ihm als ein strenger, ihn abkanzelnder Sittenprediger in solcher Weise den Text zu lesen, das konnte ich nicht aushalten, konnte ich von Ihnen, teurer Freund, am allerwenigsten begreifen, da Sie sonst so milde und humane Gesinnungen an den Tag legen. Wo war der Nimbus geblieben, den meine Phantasie um Ihr Haupt wob, oh, ich schalt Sie grausam und böse, daß Sie mir mit eigener Hand die Freude, die ich an Ihnen hatte, so trüben konnten; einmal übers andere rief es in mir, oh Doktor, nehmen Sie doch die Maske ab, das kann ich nicht aushalten, zeigen Sie sich doch wieder mir, wie Sie sind. Aber da stand es unerbittlich schwarz auf weiß gedruckt. Es war geschehen und half kein Klagen, kein Trauern, er war nicht fortzuwischen, dieser wie ein Alp auf mir lastende Schatten, den Sie dem sonst mich so freundlich stets geleiteten Bilde beigegeben. Ich wollte Ihnen das laut bekennen, doch erstickten mir stets die Worte in der Brust, ich wußte nicht, wie ich es Ihnen darlegen sollte, daß ich solch Verfahren nimmer billigen könne, ohne Ihnen dabei wehe zu tun; aber ein Mal mußte es doch heraus, das fühlte ich, weil Sie mir doch zu teuer geworden, als daß ich mich für immer von Ihnen hätte trennen können. Und nun ist es heraus, was mir so lange das Herz belastet, da haben Sie es, Sie Herzenskenner und Herzenskündiger, Seinwollender hätte ich eigentlich sagen sollen, Sie sind es auch nicht in dem Maße, wie Sie vielleicht glauben, denn das haben Sie im Ernste doch nicht gedacht, daß ich eine so nichtsnutzige Person bin, als Sie nun vor sich haben, die so lange heimlich etwas gegen ihren Freund haben konnte und es doch für sich behielt, ja sich endlich noch vier Bogen hindurch um den Berg herumscheuert, bis sie doch am Ende mit der Bescherung zu Raum kommt. Je ja, je ja, die Anmariek ist eine gottvergessene, böse Person, ob Sie gleich einen Engel von Güte und Sanftmut aus ihr machen möchten; sie taugt gar nicht, das glauben Sie man; wenn Wuthenow Ihnen auch zehnmal das Gegenteil bezeugt und noch viele andere dazu. Sie wissen's nur all nicht, und Wuthenow, den macht die Liebe allezeit blind. Warten Sie man, Sie böser Herzenskündiger, Sie haben sich mit einer schlimmen Person eingelassen, aber gut meint sie es doch mit Ihnen, sonst könnte es sie nicht so betrüben, daß Sie sich durch diese Briefe (die mir übrigens auch in manchen Punkten sehr gut gefallen und manchen Einblick in Dinge gewähren, welche mir Freude machen) in den Augen vieler geschadet haben, abgesehen, daß Sie sich einen warmen Freund unserer Muttersprache, der auch Ihr Talent hochschätzte, dadurch zum Feind gemacht, denn daß Sie seine Muse eine Viehmagd genannt, die nach dem Stalle röche, ihn der Düngerbegeisterung und Gemeinheit geziehen, wird er Ihnen nie vergeben. In der Tat, lieber Doktor, so bitter hätten Sie sich ihm nicht auflegen müssen; wenn Sie sich einen Mitarbeiter gewinnen wollten, es reell gut mit ihm meinten, hätten Sie ihm persönlich einen guten Wink können zukommen lassen, den er von keinem gewiß lieber angenommen als von Ihnen, wenn er in solcher Weise gegeben gewesen wäre, daß er Ihre gute Absicht durchgemerkt hätte ... Reuters Name hat hier in Mecklenburg nicht bloß wegen seiner schriftstellerischen Arbeit, sondern hauptsächlich wegen seiner Gesinnungstüchtigkeit und seines offenen, humanen, liebenswürdigen Wesens nah und fern einen sehr guten Klang, und bezeichnet man ihn allgemein als einen Ehrenmann, und mancher ist stolz, sich seinen Freund zu nennen; dazu ist er gewiß ein gut Teil älter als Sie, Herr Doktor, wie mußte es ihn also kränken, sich wegen seiner unschuldigen Anekdoten, die durchaus nichts Böses im Schilde führen und niemand zu kompromittieren imstande sind, so bärbeißig angefallen und wie ein Schuljunge ausgepaukt zu sehen. Sie sagen zwar sehr kurz, aber wenig erbaulich, Ihr öffentlicher Charakter fordere das von Ihnen, aber dann wolle Gott jeden in Gnaden vor dieser Ehre bewahren, wenn sie solche Opfer von einem zu heischen imstande ist.

Es herrscht leider jetzt schon seit langem auf dem religiösen Gebiete ein böser, despotischer, finsterer Geist, der sich den jungen nach Licht und Wahrheit dürstenden Saaten hart entgegenstellt, sie gern gleich im Auftauchen vernichten möchte, wie ein hämischer Nachtfrost, sich wie ein giftiger Mehltau in all ihre Poren zu senken bemüht ist. Ich habe ein Grauen vor ihm bekommen, als ich nach vier Jahren der Einsamkeit mich auf einige Wochen in der Heimat bei meiner Mutter aufhielt ...

Wollen wir im Tempel der Kunst nun auch so einen grausam finsteren Geist des Muckertums einkehren lassen, der despotisch verlangt, daß alle nach seiner Schablone arbeiten, nach seinem Takte laufen und nach seiner Pfeife tanzen sollen. O nein, der Kultus des Schönen soll ein milder, klarer, ruhiger, heiterer, freundlicher und liebsamer gegen alle sein, die ihm anzugehören sich bemühen. Der Genius der Schönheit wird sein Tabernakel schon zu wahren wissen, daß es ihm Niemand ungestraft zu verunglimpfen suchen darf. Er weiht sich seine Priester und weiß sie auch glorreich zu schätzen und jede Unbill an ihnen zu rächen, so daß sich auch die rohe, blinde Menge beugen muß vor ihrer unwiderstehlichen Gewalt.

[Aus dem vierten Brief vom 11. August 1861:]
Was mich anbetrifft, so bin ich wieder einmal (wie auch das vorige Jahr sechs Wochen) im eigenen lieben Familienkreise, und da drängte es mich um so mehr, Ihnen auch von diesen lieben traulichen Umgebungen aus einmal einen freundlichen Gruß und guten Tag zu bieten, als es bis jetzt nur aus so trostloser einsamer Zelle geschah. Es ist mir zuweilen, als sei ich gar nicht fortgewesen, als seien die langen, bangen acht Trennungsjahre, wo ich wohl je zuweilen die Meinen im Sommer bei der guten Mutter auf dem Lande sehen durfte, doch des Blicks in die eigene Häuslichkeit entbehrte, ein langer, düstrer Traum gewesen; als könne ich noch mal wieder recht glücklich werden; aber dennoch fühle ich mich geistig und körperlich recht oft recht schwach, gleichsam wie ein Kind, das man zuerst losläßt und das befangen umherblickt, ob es des Gebrauchs seiner Füße sich versehen darf oder nicht und wird noch manche peinliche Übung der Selbstüberwindung und Kräftigung des inneren Menschen dazu gehören, um mich ganz an das Element des häuslichen Lebens und Treibens und aller damit verbundenen Einwirkungen zu gewöhnen …

Vorig Jahr hab' ich es gewagt, zum ersten Mal mit der Post wieder zu fahren, nachdem Ferdinand sonst immer eigen Fuhrwerk nehmen mußte; auch habe ich mit ihm damals eine Ausflucht auf einige Tage nach der Brandenburger und Treptower Gegend versucht, um Reuter und seine Frau kennen zu lernen, die gleich uns solches lange gewünscht hatten; und bekam mir solches ganz gut. Ich hatte ihn mir grade so gedacht, wir verlebten einige schöne Stunden mit ihm.

Reuter, dem mein Mann bei einer Gelegenheit die Mitteilung gemacht, daß die 2. Auflage nötig und noch ein 2. Bändchen parat sei, hatte sofort die Sachen sich geben lassen, doch 2 Jahre haben sie dann fast bei ihm gelegen, da er immer mit eigenen Arbeiten zu tun hatte, was er selbst immer bedauerte, ohne daß etwas geschah; endlich nach jenem Besuch, wo er schon sehr klagte, daß ich mich der Dithmarschen Mundart zu sehr hingegeben und zuweilen Mischmasch von pommerschem und dithmarschem Dialekt geliefert, schickte er mir die Sachen zu mit dem Bedauern, so leid es ihm tue, so fühle er sich der Aufgabe nicht gewachsen, solches zu redreßieren … Es ist doch nun, mit wenigen Beschneidungen in ein paar Dingen, so Reuter vollführt, mein ganz eigen Werk …

Alma Kriesche

Platz auf dem Rang

Greifswald im August 1883

Wenn ich es versucht habe, einige für unsere plattdeutsche Art bezeichnende und auch einige andere „Stückschen“ zu erzählen, so weiß ich wohl, wie gewagt das ist, nachdem ein Fritz Reuter erzählt, wie es ihm niemand mehr nachtun wird; aber sein Mund ist auf ewig verstummt, er wird uns nicht mehr lachen, nicht mehr weinen machen durch neue Erzeugnisse seiner Muse. So mögen denn diese anspruchslosen „Stückschen“ in die Welt gehen, weit entfernt, sich mit ihren Vorgängern in eine Reihe setzen zu wollen, nur ein bescheiden Plätzchen auf der Galerie erbittend, wo Fritz Reuters Läuschen un Rimels in den ersten Rang gehören.

Karl-Ewald Tietz

Erzählforscher als Kontrahenten

Charaktere im kleinen Pommern

Ein ungewöhnlicher Brief

Am 8. Februar 1891 staunt Professor Hugo Lemcke (1835–1925), Vorsitzender der in Stettin beheimateten Gesellschaft für Pommersche Geschichte und Altertumskunde, nicht schlecht über diese Zeilen aus Berlin:

Berlin, den 6. Februar 1891
nw, Perlebergerstraße 32

Hochverehrter Herr Director!

Anbei erlaube ich mir, Ihnen je einen Abzug von zwei Artikeln zu übersenden, die letzthin von mir erschienen sind. Das zweite Exemplar von dem Aufsatz über Jamund bitte ich der Bibliothek der Gesellschaft für Pommer. Gschcht. etc. einzuverleiben. Ferner gestatte ich mir die bescheidene Anfrage, ob Sie event. geneigt sind, eine Besprechung des vor einigen Tagen im Verlag von Diedrich Soltau erschienenen I. Bandes meiner Volksmärchen aus Pommern und Rügen zu übernehmen. Da ich nur 6 Freiexemplare erhalten habe und der Minister, die Geheimräthe Althoff, Virchow und Weinhold und meine Angehörigen in erster Linie in Betracht kommen müssen, so vermag ich leider nicht, Ihnen ein Dedicationsexemplar zu übersenden. Dagegen sind mir Recensionsexemplare in größerer Zahl zur Disposition gestellt worden. Für den Fall, daß Ihre Zeit Ihnen nicht gestattet, die Besprechung selbst zu übernehmen, schreiben Sie mir wohl; ich lasse dann, soweit ich selbst in Betracht komme, die Sache ganz. Befremdet hat mich nämlich der Ton, welcher seit einiger Zeit in den monatlichen Mitteilungen herrscht. Dieselben scheinen, soweit volkskundliche Saiten angeschlagen werden, der Herold des Herrn E. Veckenstedt in Halle a. d. Saale und seines Trabanten O. Knoop in Rogasen werden zu wollen. Vorteilhaft für das Ansehen der Gesellschaft dürfte das kaum sein, da der Herr Veckenstedt von einem gelehrten Commis voyageur, welcher er sonst war, nach und nach ein gelehrter Pirat schlimmster Sorte geworden ist. Groß ist sein Anhang just nicht, so gegen 60 Abonnenten, aber Namen von Ruf darunter; erst jüngst hat sich der Schar der berühmte Hissarlik-Hauptmann Bötticher zugesellt und in Band III der Zeitschrift Herrn Ghrth. Virchow mit Geifer beschüttet. Vermutlich wird der Recensent des II. Bandes auch diesen Herrn gebührend verherrlichen und Virchow am Ende vorwerfen, er habe Schliemann Recht gegeben in der Absicht, ihn zum Freunde zu gewinnen. Hat er Männer wie F. Grimm, A. u. E. Kuhn und W. Schwartz nicht verschont, warum sollte er R. Virchow verschonen! Soll das in der Art so weiter gehen, so möchte ich Sie, hochverehrter Herr Director nur um das eine bitten, Ihren Einfluß auf den derzeitigen Redacteur geltend zu machen und bei ihm zu erwirken, daß ich in einer der nächsten Nummern der Monatsblätter einen Artikel *zur Abwehr* erscheinen lassen darf. Läßt sich das nicht ermöglichen, so werde ich zu meinem Leidwesen in die Lage gebracht, meinen Austritt aus der Gesellschaft anmelden zu müssen, um durch nichts mehr gezwungen zu sein, irgend welche Rücksichten zu nehmen. – In einigen Tagen wird Ihnen übrigens das erste Heft des Vereins für Volkskunde zugehen, dessen Statuten und Mitgliederverzeichnis ich diesem Brief beigelegt habe. Vielleicht sind Sie so gütig von der Begründung des Vereins und seiner Zeitschrift in der nächsten Sitzung Ihrer Gesellschaft Kunde zu geben. Freuen sollte es mich, wenn die Angelegenheit auch Ihren Beifall findet; denn ich kann es nur immer wieder aussprechen: Die Anregung, welche ich auf dem Marienstiftsgymnasium von Ihnen erhalten habe, ist von großem Einfluß auf meine ganze wissenschaftliche Entwicklung gewesen. Sie finden darum, mag's auch noch so degeneriert sein, einen Teil Ihrer selbst in meinen Arbeiten wieder.

Ihr ganz gehorsamer
Dr. Ulrich Jahn

Vielleicht ist Hugo Lemcke nicht nur erstaunt über den Brief seines ehemaligen Schülers und späteren Vereinskollegen Ulrich Jahn (1861–1900), sondern einigermaßen erbost. Um seinen Ärger zu verstehen, müssen wir zunächst die Vorgeschichte kennen: Der Gymnasiallehrer Dr. Ulrich Jahn zählt zu den begabtesten Volkskundlern Deutschlands. Im April 1887 ist er auf Empfehlung des aus Schivelbein stammenden berühmten Mediziners und Universalgelehrten Prof. Dr. Rudolf Virchow (1821–1902) von Stettin in das wissenschaftlich-kulturell aufblühende Berlin gezogen. Der mit 26 Jahren noch junge Ulrich Jahn richtet diesen Brief mit einiger Erregung an den Vorsitzenden jener Gesellschaft, der er selbst in der kurzen Zeit seines Stettiner Wirkens wichtige Impulse gegeben hat. Wir wollen diese bereits 1824 gegründete verdienstvolle Gesellschaft für Pommersche Geschichte und Alterthumskunde, die bis heute als Gesellschaft für Pommersche Geschichte, Altertumskunde und Kunst ihr fruchtbares Wirken fortsetzt, hier zwecks sprachlicher Erleichterung Geschichtsgesellschaft nennen.

Es ist nicht der Platz, alle Einzelheiten des Jahnschen Schreibens klären zu wollen. Nur soviel: Ulrich Jahns letzter großer Sammelband *Volksmärchen aus Pommern und Rügen* ist 1891 erschienen. Er bittet nun darum, daß Lemcke das Buch in einer Publikation der Geschichtsgesellschaft rezensiert. Falls es dessen Zeit nicht erlaubt, verzichtet Jahn auf eine Besprechung. Er möchte also nicht, daß sich ein anderer als Lemcke zu seinem Buch äußert.

Jahn begründet seine Reserviertheit mit dem veränderten „Ton" in den Mitteilungsblättern der Geschichtsgesellschaft, der ihm Unbehagen bereite. Es mutet kurios an, daß 1886, also nur fünf Jahre vorher, das damals neugewählte Vorstandsmitglied Ulrich Jahn die Einführung eines monatlichen Mitteilungsblattes empfohlen hatte. Nun also gibt es in eben diesen Monatsblättern offensichtlich kritische Töne gegenüber Virchow und wissenschaftlichen Vertretern der mythologischen Schule. Jahn verschärft seinen Ton, als er vermutet, daß man jetzt wohl auch in Stettin der Denkungsart des „gelehrten Piraten" Veckenstedt und „seines Trabanten" Knoop folgt.

Dr. Edmund Veckenstedt gibt in Leipzig die *Zeitschrift für Volkskunde in Sage und Mär, Schwank und Streich, Lied, Rätsel und Sprichwort, Sitte und Brauch* heraus, in der auch der in Rogasen (Posen) lebende Gymnasiallehrer Otto Knoop veröffentlicht. Jahn möchte, indem er an die Autorität Lemckes appelliert, der immerhin seit 1873 als Vorsitzender der Geschichtsgesellschaft wirkt, eine Gegendarstellung für das Stettiner Mitteilungsheft verfassen. Zugleich droht er mit seinem Austritt aus der Gesellschaft, um dann „ohne Rücksichten" offensiv gegen die in ihren Publikationen vertretenen Meinungen auftreten zu können.

Abschließend verweist Jahn auf die Früchte seiner und Virchows volkskundlicher Bestrebungen in Berlin: Dort wurde 1891 der „Verein für Volkskunde" gegründet, Virchow und Jahns berühmter Hochschullehrer aus der Breslauer Studienzeit, Prof. Dr. Karl Weinhold, fungieren als Vorsitzende, der agile Jahn als Schriftführer, Redakteur, vielbeschäftigter Autor und Referent zugleich. Lemcke, der als Direktor des Stettiner Marienstiftsgymnasiums einst den Werdegang seines Schülers Ulrich Jahn so positiv beeinflußt hatte, wird in diesem Zusammenhang von dem sich nun wieder devot gebenden Jahn gebeten, auf der nächsten Sitzung der Pommerschen Geschichtsgesellschaft über den neuen Berliner Verein zu informieren.

Der von den kritischen Tönen betroffene Jahn sucht also eine Gelegenheit zur Rechtfertigung. Zugleich will er möglicherweise prüfen, wie sein früherer Lehrer, der von ihm geführte Verein und damit die geistige Elite Stettins zu ihm und zu seinem Kritiker Knoop stehen, der seinerseits aus dem provinziellen Rogasen intensiv zu wirken sucht.

Bevor der Konflikt zwischen Otto Knoop und Ulrich Jahn genauer beschrieben wird, seien ihr Leben und Wirken skizziert.

Otto Knoop wurde am 20. April 1853 im pommerschen Karzin (Kreis Stolp) als Sohn eines Dorfschullehrers geboren. Gern berief er sich später darauf, auf dem Lande aufgewachsen und mit den Sitten des Volkes von Jugend auf bekannt gewesen zu sein. Frühzeitig lernte er die Volkserzählungen der heimatlichen Umgebung kennen. Nach dem Abitur in Stargard studierte der junge Knoop in Greifswald Klassische Philologie, Theologie, Germanistik und Geschichte. Er arbeitete zunächst als Hauslehrer in seinem Heimatkreis. 1879 legte er das Examen ab, um dann über vier Jahrzehnte bis zu seiner Pensionierung an mehreren Gymnasien der Provinz Posen vor allem Griechisch, Latein, Religion, aber auch Französisch und Deutsch, zu unterrichten. Allmählich diente sich Knoop die gymnasiale Stufenleiter empor, um 1900 in Rogasen, wo er von 1889 bis 1919 lebte und lehrte, den Professorentitel verliehen zu bekommen. Offensichtlich legte der in Sammeltätigkeit und wissenschaftlicher Arbeit aufgehende Forscher weniger Wert auf den im allgemeinen so beliebten Direktorenposten; nur zweimal vertrat er 1910/11 für einige Monate die erkrankten Schulleiter. Hingegen war es für den 1912 mit dem Roten Adlerorden IV. Klasse ausgezeichneten bescheidenen Mann offensichtlich eine Frage der Ehre, das geistige Leben des Gymnasiums und damit des Kreises zu prägen, denn seit 1890 dominieren seine Beiträge die jährlichen wissenschaftlichen Beilagen der Schulprogramme. Knoops über die unmittelbare Schularbeit hinausweisende umfangreiche Forschungstätigkeit war immer der pommerschen Heimatprovinz mit ihren verschiedenen Erzählgebieten verpflichtet, aber seit seinem Probejahr am Gymnasium Lissa wandte er sich ebenso den Volksüberlieferungen der Provinz Posen zu.

Schon den Studenten Knoop zog es 1877 in die Geschichtsgesellschaft. In den frühen achtziger Jahren finden wir Beiträge von ihm in den traditionsreichen *Baltischen Studien* der Geschichtsgesellschaft; 1884 erscheinen kurz nacheinander vier Aufsätze und eine öffentliche „Aufforderung zu Beiträgen für eine Sammlung pommerscher Sagen". Dieser vom Vorstand nachdrücklich bestätigte ehrgeizige Aufruf zum Sammeln von Volkserzählungen bezeugt Knoops Weitsicht und Systematik.

Er selbst wurde zum Sammeln von Sagen vor allem angeregt durch die von Jodocus Deodatus Hubertus Temme (1798–1881) herausgegebene erste systematische Sagenedition des Landes am Meer – *Die Volkssagen von Pommern und Rügen* (1840). An dem Buch des in Preußens Provinzen hin- und herversetzten westfälischen Justizbeamten bemängelte er allerdings die Unvollständigkeit, wußte er doch, daß im Volke weitaus mehr Geschichten im Schwange waren. Ausgehend vom Stand des bei Temme Erfaßten und von eigenen Sammelergebnissen, bestimmte Knoop in seinem Aufruf die Sagen als Ausdruck von Volkskultur und begründete die Verpflichtung der Gesellschaft, dieses allmählich verschwindende Gut für alle pommerschen Kreise zu bewahren. Er skizzierte damit programmatisch eine Aufgabe, der sich viele Mitglieder der Gesellschaft fortan enthusiastisch widmen sollten!

1885 erschien Otto Knoops erstes Buch, zugleich eines seiner wichtigen – *Volkssagen, Erzählungen, Aberglauben, Gebräuche und Märchen aus dem östlichen Hinterpommern.* Sieben namentlich benannte, durch den obengenannten Aufruf aktivierte Beiträger, vor allem Lehrer, hatten sein Material in ansehnlicher Weise ergänzt. Im Gegensatz zu seinem vor allem schriftliche Quellen nutzenden Vorbild Temme schrieb Knoop viele Texte zunächst aus dem Gedächtnis auf. Später nutzte er seine Hauslehrerzeit, um Erzählungen der Gutsarbeiter und Bauern zusammenzutragen. Insgesamt sind in dem Buch 307 Sagen, 266 inhaltlich gruppierte Mitteilungen und Sprüche über Aberglauben und Bräuche sowie 15 Märchen versammelt. Er wollte sich mit seinen nach kommunal-politischen Kreisen, also nach geographischen Gesichtspunkten, geordneten Texten ohne besonderen wissenschaftlichen Anspruch vor allem an heimatverbundene und literarisch interessierte Leser wenden. Im Vorwort belegte er mit Blick auf alltägliche Kommunikation und Haltungen von Dorf- und Stadtbewohnern anschaulich den engen Zusammenhang von Bildungsstand, Aberglauben und im Volksmund überlieferten Geschichten, Namen, Phraseologismen und Reimen.

Es zeichnet Sammeltätigkeit und trotz einiger Fehlschlüsse auch die wissenschaftliche Vorgehensweise Otto Knoops aus, daß er in diesem Buch wie in den ebenso wichtigen *Sagen und Erzählungen aus der Provinz Posen* (1893; 363 Seiten) die natürlich gewachsenen Lebens- und Kulturräume von Deutschen, Kaschuben und Polen berücksichtigte und sich mit der Wanderung von Volkserzählungen über Sprach- und

Ländergrenzen hinweg beschäftigte. Er skizzierte, von dem ihm bekannten Textbestand und historischen Sachverhalten ausgehend, glaubwürdig Quellen und Wege der Sagen in Pommern. Ob das für jedes einzelne von ihm interpretierte Beispiel zutrifft, sei dahingestellt.

Natürlich wurde Knoop durch geistig-politische Strömungen in Deutschland beeinflußt. Während er in den zwanziger Jahren die Dominanz deutschen (!) Erzählguts im Posener Raum zu begründen suchte, hatte er noch vor dem Ersten Weltkrieg angemerkt: „Es ist auch die Scheidung in deutsches und polnisches Eigentum auf unserem völkisch und sprachlich so durchdringend gemischten Gebiet gar nicht immer möglich." Das 20. Jahrhundert hat zu furchtbaren Aggressionen und Kriegen geführt, die immer auch ideologisch vorbereitet und begleitet waren. Rund hundert Jahre nach Knoops Äußerungen zwischen 1885 und 1909 vernehmen wir erfreut diese seine Beschreibung damaliger multikultureller Normalität im Raum Pommern / Posen.

Der fleißige Forscher, der auch über mittelhochdeutsche Literatur arbeitete, ließ in den bereits erwähnten Schulschriften 1890/91 zwei Sammlungen *Plattdeutsches aus Hinterpommern* und in den *Baltischen Studien 1/1891 Allerhand Scherz, Reime und Erzählungen über pommersche Orte und ihre Bewohner* veröffentlichen. Von 1892 bis 1902 gab er gemeinsam mit Prof. Dr. Alfred Haas im Einverständnis mit der Geschichtsgesellschaft zehn Jahrgänge der Blätter für Pommersche Volkskunde heraus. Diese von sammlerischer Begeisterung der beiden Herausgeber und vieler Helfer getragene facettenreiche Reihe stellt bis heute eine wissenschaftlich und editorisch nicht ausgeschöpfte volkskundliche Fundgrube dar. Alfred Haas übrigens, der in Bergen auf Rügen 1860 geborene und dort 1950 verstorbene bedeutendste vorpommersche Volkskundler, lebte und wirkte hochgeehrt als Lehrer und Forscher in Stettin. Bis heute kommt kaum eine volkskundliche oder historische Schrift über Rügen an ihm vorbei.

Otto Knoop aber hatte sich durch kontinuierliche Arbeit allmählich zu einem der bedeutenden pommerschen Volkskundler entwickelt. Mehrfach initiierte er über die Geschichtsgesellschaft Aktionen zur Sammlung von Volkstümlichem. Er bestimmte Forschung und Publikationswesen mit und gab Sagenbücher mehrerer hinterpommerscher Kreise heraus, z. B. von Kolberg-Körlin (1898 / mit F. Asmus) und aus der Ostmark (1909), oder thematisch gebundene Sammlungen, z. B. *Volkstümliches aus der Tierwelt* (1905) und *Posener Dämonensagen* (1912).

Zunehmend und wohl auch intensiver als die meisten seiner Kollegen reflektierte Knoop die Funktion und Wirkung von Publikationen; er unterschied zwischen wissenschaftlichem Anspruch einerseits und Unterhaltung, Bildung und (Heimat-)Erziehung der einfachen Leser und der Jugend andererseits. Indem er Wert legte auf möglichst genaue Quellenangaben und Textkommentare und viele seiner Ausgaben mit einem Register versah, zählte er zu denen, die „moderne" Forschungsmethoden praktizierten. Knoop beobachtete Editionspraxis wie Leserreaktionen und wandte sich mit Blick auf Ulrich Jahns Sagenbuch von 1886 gegen „dickleibige Sagenbücher, die keine Identität liefern". Er ließ dabei außer acht, daß auch sein nicht gerade dünnes ostpommersches Sagenbuch von 1885 zeitweise vergessen war. Doch er folgte fortan zielstrebig der aktuellen Konzeption, verkaufsgünstige und identitätsstiftende Textsammlungen kleinerer Gebiete zu betreiben.

1919 wurde Gymnasialprofessor Otto Knoop pensioniert; seinen weiterhin von intensiver volkskundlicher Tätigkeit geprägten Ruhestand verbrachte er im pommerschen Stargard, nachdem die Provinz Posen wieder Polen zugefallen war. In der Folgezeit erschienen Sagen- und Erzählbände aus den Kreisen Stargard, Regenwalde (beide 1924), Lauenburg, Naugard (mit H. Gosch) und Stolp (alle 1925) und schließlich Dramburg (mit A. Heller, 1926). Längst war Knoop in Sachen Volkskunde eine Institution geworden. Hochgeehrt verbrachte er seinen Lebensabend bis zu seinem Tod am 8. November 1931.

Ganz anders verlief das Leben von Ulrich Jahn.

Er wurde am 15. April 1861 in Züllchow (damals Kreis Randow, heute der Stadtteil Zelechowa von Szczecin) als Sohn des angesehenen Direktors der Stettiner Rettungsanstalt für sozial gefährdete Menschen aller Schichten und Altersgruppen geboren. Nach dem Abitur unter Dr. Hugo Lemcke am Marienstiftsgymnasium studierte der begabte junge Mann seit 1879 in Leipzig und dann in Berlin Theologie und Philosophie; bald belegte er auch Lehrveranstaltungen in Deutscher Philologie. Als er 1882 nach seinem Wechsel an die Breslauer Universität Vorlesungen des Germanisten Karl Weinhold zur deutschen Mythologie hörte, begeisterte er sich fortan für historische und volkskundliche Themen. Schon früh, genau an seinem 23. Geburtstag, verteidigte er an der Breslauer Universität erfolgreich seine Dissertation *Die abwehrenden und die Sühneopfer der Deutschen*. Im gleichen Jahr erschien *Die*

Deutschen Opfergebräuche bei Ackerbau und Viehzucht. Ein Beitrag zur Deutschen Mythologie und Alterthumskunde. Dieses umfangreiche und tiefgründige Buch machte den jungen Wissenschaftler, der im übrigen manche Methoden und Erkenntnisse erfahrener Kollegen recht unbefangen kritisierte, mit einem Schlag bekannt.

Nach dem Staatsexamen in den Fächern Religion und Deutsch unterrichtete Jahn von 1885 bis Ende 1886 an einem Gymnasium seiner Heimatstadt. Zugleich wandte er sich nun dem Sammeln von mündlichem Erzählgut der Landbevölkerung zu. Sowohl in der Züllchower Anstalt, dem Rettungshaus, in dem Menschen aus vielen Kreisen der Provinz zusammenkamen, als auch bei Fahrten und Wanderungen durch die Provinz erfaßte er Sagen und Märchen, Schwänke und Geschichten der einfachen Leute. 1886 erschien als erstes Ergebnis der schwergewichtige Band *Volkssagen aus Pommern und von Rügen.* Von den 670 Texten trug Jahn nach eigenen Angaben circa 420 selbst zusammen, wobei er oft erst nach langem Bemühen das Vertrauen von Menschen aus den einfachen Schichten gewonnen hatte. Somit stammten die Sagen seiner Meinung nach direkt aus dem Munde des Volkes. Über die weiteren Quellen – also bereits vorliegende Anthologien oder Gewährsleute – informierte Jahn in einer Anmerkung der Vorrede. Offenbar ging das Buch gut – ganz im Gegensatz zu Knoops Erfahrungen –, und 1889 erschien bereits eine zweite, erweiterte Auflage.

Jahn ordnete die Texte in innovativer Weise nach stofflich-thematischer Systematik in 16 Abschnitten an. Den ersten zwölf Abschnitten stellte er Einleitungen voran, die über mythologische, historische, soziokulturelle und sprachliche Hintergründe einzelner Sujetgruppen informierte. Insgesamt hob sich dieses Buch hinsichtlich Materialfülle und großflächigem Einzugsgebiet, Systematik und theoretischer Einbettung von anderen pommerschen Editionen vor und nach ihm ab und machten es zur wohl bedeutendsten pommerschen Sagensammlung bis heute.

Bereits ein halbes Jahr später legte der ehrgeizige und fleißige Forscher seine fast zweihundertseitige Abhandlung *Hexenwesen und Zauberei in Pommern* vor. Am 1. April 1886 wählte man den strebsamen jungen Mann, der sich schnell und engagiert in das geistige Leben Stettins und Pommerns eingebracht hatte und über dessen Publikationen man des Lobes voll war, in den Vorstand der Geschichtsgesellschaft und in den Redaktionsausschuß der *Baltischen Studien*, der bis heute unentbehrlichen Schriftenreihe zu pommerscher Geschichte, Kunst und Volkskunde. Die Generalversammlung bestätigte am 30. Oktober 1886 ihre Wahl. Doch schon im Frühjahr 1887 war Jahn aus beruflichem Ehrgeiz nach Berlin gegangen, das Monatsblatt vom August meldete dann auch seinen Umzug. Am 31. Mai gab es seinen letzten „großen“ Auftritt in der Heimat: Er hielt im Stettiner „Verein für niederdeutsche Sprachforschung“ den mit „reichem Beifall aufgenommenen“ Vortrag „Das Volksmärchen in Pommern“, der immerhin zweimal gedruckt wurde und später als Vorwort für seine große Märchenpublikation diente.

Seit 1887/88 wandte sich Jahn verstärkt dem Sammeln von sogenannter „stofflicher Volkskultur“ zu, also von Bauernaltertümern und Antiquitäten. So besuchte er im Sommer 1888 zielgerichtet die Halbinsel Mönchgut auf Rügen, den Pyritzer Weizacker und die alte Friesenkolonie Jamund bei Köslin. Er konzipierte ein Museum für deutsche Volkstrachten und Erzeugnisse des Hausgewerbes und beschaffte dann auch einen Großteil der Exponate für das Ausstellungshaus in Berlin. Für kurze Zeit prägte er entscheidend das Wirken des Berliner „Vereins für Volkskunde“. Zugleich gab er als Ergebnis seiner Erzählforschung von 1885 bis 1887 zwei weitere Bücher heraus: *Schwänke und Schnurren aus Bauern Mund* (1890) und die bedeutendste pommersche Märchensammlung *Volksmärchen aus Pommern und Rügen. Erster Teil* (1891). Diese vor allem begründete Jahns bis heute wirkenden Nachruhm unter Volkskundlern und Märchenfreunden.

Seit Beginn der neunziger Jahre unternahm Jahn, der später sogar seine sichere Gymnasiallehrerstelle aufgab, ausgedehnte und intensive Fahrten über Deutschland hinaus, um Sachgüter der Volkskultur zu erwerben und museale Konzeptionen zu realisieren. Er gestaltete Ausstellungen weiterer Museen in Hamburg-Altona, London und im Deutschen Dorf auf der Weltausstellung von Chicago. Zwischenzeitlich pendelte er gewissermaßen zwischen Europa und Amerika hin und her. Mit einem Anfang 1893 gehaltenen Vortrag in der Berliner „Gesellschaft für Volkskunde“ verabschiedete sich der kluge und weitsichtige Dr. Ulrich Jahn praktisch aus der volkskundlichen Szene Deutschlands. Tätigkeitsbedingt ließ sich der nunmehrige Kunsthändler in Geldgeschäfte ein; dabei mußte er mit Gewinn und Verlust leben. Er wurde sogar in einen zweijährigen Prozeß verwickelt und verlegte seinen Wohnsitz noch nach London. Nach kurzer Krankheit und Herzlähmung ereilte ihn am 20. März 1900 in Berlin ein viel zu früher Tod.

Dem als Wissenschaftler früh, vielleicht allzu früh gereiften Dr. Ulrich Jahn war mit weniger als 39 Jahren ein kurzes Leben beschieden. Begeisterungsfähig und intensiv, selbstbewußt und klug, beeindruckte er für nur 9 Jahre – fast wie ein schnellebiger Komet am Himmel aufsteigend, hell leuchtend und wieder verschwindend – die pommersche und auch die deutsche volkskundliche Forschung. Er wurde in Züllchow, seinem Heimatort, beigesetzt.

Die Kontrahenten

Wenden wir uns nun der im Brief zutage getretenen Kontroverse zu.

Orientiert man sich an den Erscheinungsjahren der großen Sagensammlungen von Knoop (1885) und Jahn (1886), so erhält man bereits den Ansatz für den Konflikt zwischen den beiden wichtigen pommerschen Forschern. Als 1885 das Buch *Volkssagen, Erzählungen, Aberglauben, Gebräuche und Märchen aus dem östlichen Hinterpommern* des acht Jahre älteren und damit in der praktischen Sammeltätigkeit weitaus erfahreneren Knoop erschien, lag auch Jahns Manuskript für die Volkssagen aus Pommern und Rügen vor. Die umfangreichste und wissenschaftlich anspruchsvollste pommersche Sagenedition erschien dann nur wenige Monate später.

Wissenschaftshistorisch nicht ungewöhnlich, für die pommersche Erzählforschung sicher nachteilig und für das kurze Wissenschaftlerleben von Ulrich Jahn möglicherweise folgenschwer war wohl die nie erlöschende Kontroverse, die im Zusammenhang mit dem nahezu gleichzeitigen Erscheinen der beiden wichtigen Editionen entbrannte. Wir erfahren davon in der Vorrede zu Jahns Erstausgabe: Als der junge Herausgeber während seiner Druckvorbereitung von Otto Knoop aus Posen „zu einem gemeinsamen Vorgehen … aufgefordert“ wurde, lehnte er ab. Wir müssen zustimmen, daß ihre Arbeiten auf unterschiedlichen Konzeptionen beruhten. Während sich Knoop auf das östliche Hinterpommern von Lauenburg bis zur Linie Kolberg–Dramburg konzentrierte, „schöpfte“ Jahn „aus der deutschen Bevölkerung der ganzen Provinz“. Vor allem folgte er keiner geographischen, sondern einer stofflichen Systematik. Er war zu Recht der Auffassung, „daß die beiden Sammlungen sich keineswegs konkurrieren, sondern vielmehr einander ergänzen.“

Wir wollen hinzufügen, daß der Zeitpunkt des wohl ehrlich gemeinten Knoopschen Kooperationsvorschlags, gemessen am Stand der

Manuskripte, einfach zu spät lag. Achtungsvoll verwies Jahn in seiner Vorrede auf das kurz vorher erschienene Buch Knoops, und am Schluß bedankte er sich für die bei „Herrn Gymnasiallehrer O. Knoop in Posen“ entlehnten Texte, die er in seine Sammlung aufgenommen hatte.

Während nun Knoop in den Vorbemerkungen zu seinem Sagenband mit keinem Wort auf das ihm bekannte Publikationsvorhaben Jahns und die vorausgegangenen kurzen Verhandlungen einging, trug dieser das ungeschickte Angebot aus Rogasen in die Öffentlichkeit. Ob das klug war, sei dahingestellt. Vielleicht wollte Jahn – ein Zeichen von Unsicherheit? – lediglich in einer Art Vorabverteidigung möglichen Kritiken die Schärfe nehmen. Doch die Veröffentlichung jener konzeptionellen Geplänkel hatte Otto Knoop wahrscheinlich sehr getroffen. Fortan beobachtete und beurteilte er Leistungen, wissenschaftliche Auffassungen und Editionen des nun im kulturellen Leben der pommerschen Zentrale Stettin aufstrebenden jungen Mannes mit Mißtrauen und (über-) kritischem Blick.

Der sachlichen Argumentation des ansonsten wohl nicht schüchternen Jahn können wir uns nicht entziehen, doch wir wissen nicht, was außerhalb des offiziell Geschriebenen geschah und wie sich die beiden Kontrahenten beim direkten Aufeinandertreffen begegnet sind. Ulrich Bentzien vermutete, daß Knoops späteres unfaires Vorgehen vor allem darauf beruhte, daß ihm Jahn durch persönliche Bekanntschaft unsympathisch geworden wäre. In jedem Fall belastete die damit begonnene Fehde zwischen zwei aufstrebenden Gelehrten der Geschichtsgesellschaft künftig ihre Beziehungen wie die Arbeit im Verein im allgemeinen, obwohl wir auch sachliche Äußerungen Knoops über Jahn finden.

Im Gegensatz zur wohlmeinenden Vorstellung des Jahnschen Sagenbuches durch den bekannten Stettiner Historiker Dr. Martin Wehrmann (1861–1937) war dann also Otto Knoops vierseitige Besprechung der Zweitauflage in der von Jahn brieflich erwähnten Zeitschrift für Volkskunde durch herbe Kritik und Ablehnung geprägt. Zunächst bezweifelte Knoop die Notwendigkeit einer so schnell nachfolgenden Zweitauflage (1886, 1889); dann wandte er sich grundsätzlich gegen Übernahmen aus der „alten trefflichen Sammlung von Temme“, die seiner Meinung nach noch überall erhältlich gewesen sei. Doch Jahn hatte die Berücksichtigung der Temme-Texte damit begründet, daß dessen Buch nahezu vom Markt verschwunden sei und daß auch keine

Neuauflage geplant wäre. Natürlich war es nicht erst seit Jahn möglich und üblich, in eigene Anthologien wichtige Vorarbeiten anderer Autoren aufzunehmen; Temme selbst hatte das ja 1840 demonstriert. Knoop zeigte sich vor allem wohl auch darüber enttäuscht, daß Jahn bei der Neuauflage von 1889 nicht auf sein – Knoops – Buch und weitere neue Einzelveröffentlichungen eingegangen war. Doch Jahn besaß in dieser – der Berliner – Phase, keine Zeit mehr für sorgfältige editorische Arbeit. Dem Kritiker Knoop ist zuzustimmen, wenn er Jahns mehrfach geäußerte Absicht, ein möglichst vollständiges, abgerundetes Bild der pommerschen Volkssage darzubieten, für irreal hielt.

Knoop bemängelte weiter, daß die von Jahn im väterlichen Rettungshaus zu Stettin von älteren Erzählern und von Kindern (!) aus verschiedenen pommerschen Regionen mitgeteilten Sagen an Authentizität verloren hätten. Jahn hätte in solchen Fällen nicht eine (ohnehin unpräzise) mündliche Quelle aus den betreffenden Dörfern angeben dürfen, da durch den Umzug der Wiedererzähler nach Stettin unzulässige Veränderungen an den Texten entstanden seien. Über das Für und Wider dieser Problematik kann man sicher auch heute trefflich streiten; hier sei nur folgendes angemerkt: Die Sammler und Aufzeichner aus den bürgerlichen Intellektuellenkreisen sorgten in verdienstvoller Weise für die schriftliche Erfassung und damit für die Erhaltung des Erzählschatzes der einfachen Leute. Sie beriefen sich dabei mit Selbstverständlichkeit auf den „Volksmund", veränderten aufgrund objektiver und subjektiver Gegebenheiten beim Aufschreiben aber vielfach die Texte. So wie die Erzähltraditionen des sogenannten Volkes, die doch bewahrt werden sollten, allmählich versanken, so wurde ihr Erzählschatz überlieferter Teil des bürgerlichen Bildungsgutes, kam dann aber über diesen Umweg zweifellos wieder zum „Volk" zurück.

Der Rezensent Knoop belegte an einzelnen Beispielen, daß der Herausgeber Jahn manche Geschichten nicht vor Ort gefunden haben konnte, also vielfach keine eigenständige Feldforschung betrieben hätte. Knoop, der sich kurze Zeit später grundsätzlich und ausführlich mit Jahns mythologischen Deutungen auseinandersetzte, widersprach der bemühten germanischen Mythologisierung, die manche Kommentare des Sagenbuches prägte. Er schloß mit einer Fülle kritischer Anmerkungen zu einzelnen inhaltlichen und sprachlichen Sachverhalten sowie mit einer nicht von der Hand zu weisenden generellen Ablehnung der Jahnschen Schriftversion und Phonetik des niederdeutschen

Dialekts. Jahrzehnte später hob Alfred Haas in einer Zusammenschau die beiden bedeutsamen und umfangreichen Sammlungen von Knoop und Jahn lobend hervor; er bestätigte jedoch, daß die von Jahn in plattdeutscher Sprache wiedergegebenen Sagen nicht die „Probe der Zuverlässigkeit" bestanden hätten.

Auch in Otto Knoops nachfolgender Besprechung der Volksmärchen aus Pommern und Rügen in der *Zeitschrift für Volkskunde* dominieren Zweifel und Kritik. Die für eine solche Sammlung akzeptable Wiederholung bestimmter Märchenmotive und Märchentypen, die durch Beschreibungen geprägten Längen oder die Einbeziehung von Varianten bezeichnete er als außerordentlich ermüdend. Der heutige Leser fühlt sich dann nahezu in eine Kriminalkomödie versetzt: Knoop suchte (durch eigene detektivische Kleinarbeit!) zu beweisen, daß Jahn oder ein von ihm beauftragter Märchenforscher niemals in dem Dorf Quatzow (bei Schlawe) gewesen sein konnte, aus dem immerhin ein Drittel der Texte stammen sollte. Außerdem gäbe es dort gar keinen begabten Erzähler.

Weil Jahn erneut keine namentlichen Gewährsleute benannt hatte, bezweifelte Knoop auch die Authentizität und „völlige Volkstümlichkeit" mancher Märchen. Der Kritiker ging allerdings nicht so weit, daß er dem stilistisch begabten Jahn die „Erfindung" von Märchen unterstellte. Auffällig ist immerhin, daß Jahn beim Niederschreiben des Gehörten den Grimmschen Mustern strukturell, motivisch und sprachlich nahe kam wie kaum ein anderer, was Jahrzehnte nach seinem Tod zu der Einschätzung führte, daß Pommern in ihm „seinen Grimm" gehabt hat.

Knoops zweite Rezension des Märchenbuches wiederholte und vertiefte das Gesagte. Er fügte lediglich hinzu, daß die Jahnschen Märchen nichts Neues böten und daß ihnen die Reichhaltigkeit und Mannigfaltigkeit der Grimmschen Märchen fehlten.

Doch es ging auch anders: Im Anhang seiner 1890 in den Druck gegebenen Märchensammlung – da lagen ihm allerdings Knoops Besprechungen noch nicht vor – berief sich Jahn mehrfach sachlich und einmal anerkennend auf „Herrn O. Knoop, den verdienstvollen Herausgeber der ostpommerschen Sagen". Fast zeitgleich hatte sich Knoop kritisch und dennoch unvoreingenommen mit der „Klassifizierung" Rügenscher Unterirdischer durch Ernst Moritz Arndt (1769–1860) und Ulrich Jahn auseinandergesetzt. Offensichtlich gab es also trotz des permanenten Streits Ansätze von Kommunikation, Akzeptanz und sogar Zusammenarbeit: Man nutzte jeweils Publikationen des anderen als Quelle oder ließ ihm hin und wieder Material zukommen.

Aufmerksam las Ulrich Jahn in Berlin die regelmäßig aus Stettin eintreffenden *Monatsblätter* „seiner" Geschichtsgesellschaft. Über einen gegen ihn gerichteten antimythologischen Seitenhieb Knoops in der Reihe *Allerhand Scherz aus Pommern* konnte er wohl noch hinwegsehen: Knoop amüsierte sich darüber, daß die Anhänger der mythologischen Theorie in jeder Überlieferung gewissermaßen Relikte des Germanentums vorzufinden glaubten. Doch dann brachte Jahn eine von seinem früheren Sympathisanten Martin Wehrmann, dem Redakteur der *Monatsblätter*, verfaßte Rezension der von Veckenstedt herausgegebenen *Zeitschrift für Volkskunde* endgültig aus dem Gleichgewicht. In Band II dieser Zeitschrift hatte sich Otto Knoop ausführlich mit mythologischen Interpretationen Jahns und anderer Volkskundler auseinandergesetzt. Wehrmann hob in seiner Besprechung nicht nur Knoops Leistung besonders hervor, sondern er betonte auch: „In einer ausführlichen Abhandlung bekämpft Knoop mit vollem Rechte die von Mythologen neu entdeckten angeblichen Göttergestalten und Götternamen der norddeutschen Tiefebene: Frie, Fre, Frick, Fuik, Fui, Fu. Wir stimmen ihm vollkommen bei, wenn er Sammlern den Vorwurf macht, daß sie überall Spuren germanischer Götternamen zu finden glauben und dadurch manchmal zu den seltsamsten Ergebnissen gelangen." Diese massiven Angriffe auf sein theoretisches Fundament und auf die Ergebnisse seiner mühevollen volkskundlichen Arbeit hatten Ulrich Jahn zu schwer getroffen. Nun wandte sich in seiner Heimatstadt augenscheinlich auch sein früherer Mitstreiter Wehrmann von ihm ab, ebenso das von ihm „erfundene" *Monatsblatt* und damit die Geschichtsgesellschaft. Wie der eingangs wiedergegebene Brief an Lemcke belegt, reagierte der von Knoop mehrfach Angegriffene nun sehr empfindlich und vielleicht ebenso ungerecht.

Das Ende der Kontroverse

Wie wir gehört haben, entfernt sich Jahn zu Beginn der 90er Jahre von der Wissenschaft, es gab also keine weiteren Konfliktquellen für die beiden Kontrahenten. Es trat – abgesehen von kleineren kritischen Anmerkungen Knoops – Ruhe ein. Daß auch wohlmeinendere Männer als Knoop die Veränderung des Lebensganges von Ulrich Jahn bedauerten, belegt ein sehr nachdenklicher Nachruf seines Universitätslehrers und früheren Freundes Karl Weinhold.

Wie aber ging Jahns brieflicher Protest aus?

Natürlich dachte in der Geschichtsgesellschaft niemand daran, etwa in einer großangelegten Kampagne gegen die Vertreter der mythologischen Schule und damit auch gegen Virchow und seinen getreuen Jahn vorzugehen. Ohnehin genoß Virchow als Ehrenmitglied der Geschichtsgesellschaft und Geheimrat allergrößte Verehrung in Pommern. Eigentlich hatten Jahns Verletzlichkeit und sein Mißtrauen zu der eingangs dokumentierten brieflichen Überreaktion geführt.

Der Stettiner Adressat, Direktor Lemcke, reagierte nun seinerseits schnell und – reserviert. In seinem ebenfalls im Stettiner Archiv befindlichen, nur schwer zu entziffernden Antwortschreiben vom 9. Februar 1891 – eventuell handelt es sich auch um den Entwurf oder um eine Abschrift – an Jahn bedankt er sich für die Sendung vom 6. des Monats. Da er nun „Hochsaison" habe, d. h. seine ganze Kraft der Schule widmen müsse, bedauere er, die Besprechung der Märchen nicht übernehmen zu können. Vor dem 5. Mai könne er an solche Dinge gar nicht denken. Auf „das Übrige" – wir wissen, es geht um Jahns Verdacht und Anschuldigung – wolle er Jahn diesmal nicht antworten. Was den geplanten „Artikel zur Abwehr" beträfe, könne er nicht allein entscheiden.

Lemcke will also das von Jahn angeschnittene heikle Problem einer scheinbar gezielten Abwertung der Vertreter der mythologischen Schule im Vorstand der Gesellschaft beraten. Er gibt schließlich zu bedenken, daß Jahn eigentlich die Antwort schon vorweggenommen habe. Offensichtlich meint und empfiehlt Lemcke, daß man besser keine weiteren Aggressionen aufbauen soll. Über den neuen Berliner Verein werde er in der Gesellschaft informieren. Die Probleme aber müsse man ein andermal sicherlich genauer beraten.

Jahn antwortete sofort, und am 13. Februar registrierte Direktor Lemcke den Erhalt des zweiten Briefes:

Berlin, den 11. Februar 1891

Hochverehrter Herr Director!

Meinen aufrichtigen Dank für Ihr freundliches Schreiben. Was den zweiten Teil meines Briefes betrifft, dem Ihre Antwort galt, so scheint derselbe in meinem Ärger über Herrn Knoop schroffer ausgefallen, als nötig war. Ich bitte Sie deshalb, den Brief als ungeschrieben betrachten zu wollen und mir zu gestatten, gelegentlich mündlich Ihnen mein Herz auszuschütten. Wenn möglich, komme ich am 14. d. Mts., um Ihrem und Prof. Blasendorffs Vortrag beiwohnen zu können. Hinsichtlich des Vereins für Volkskunde ersuche ich Sie, sich auf die bloße Mitteilung der Gründung und das Erscheinen des 1. Heftes in der Sitzung beschränken zu wollen. Es liegt mir fern, irgend jemand Verdruß zu bereiten. Also, wenn Sie gestatten, darf ich in Kürze dem Löwen unter die Augen treten.

Ihr ganz gehorsamer

Dr. Ulrich Jahn.

Jahn hatte also sofort eingelenkt. Vielleicht reichte ihm nach der ersten Erregung eine Denkpause, vielleicht hatten die Worte des von ihm verehrten ehemaligen Lehrers gewirkt. Der Einsicht zeigende Brief spricht natürlich genauso für seinen Absender!

Ob Ulrich Jahn dann während der 5. Versammlung der Gesellschaft am 14. Februar 1891 in Stettin den Vorträgen Professor Lemckes „Die Madüe und die Maränen" und des Pyritzer Oberlehrers Prof. Dr. Blasendorff „Hochzeitsgebräuche im Weizacker" beigewohnt hat, wissen wir nicht. In jedem Fall belegt das Versammlungsprotokoll, daß der Vorsitzende Lemcke am Anfang der Sitzung „unter Vorlegung des soeben erschienenen ersten Heftes der Zeitschrift auf den vor kurzem in Berlin begründeten Verein für Volkskunde (Vors. Professor Dr. Weinhold)" hingewiesen hat.

Aber wie im biographischen Abriß bereits skizziert, schien Jahn inzwischen beflügelt von neuen Ideen und Projekten, von anderen Ratgebern und Geschäften. Möglicherweise fühlte sich der von Kritikern wie Otto Knoop attackierte forsche Gründerzeittyp auch längst eingeengt durch biedere Wissenschaft und kleinliche Mühen des Schulalltags. Er führte im Gegensatz zu Knoop fortan ein nicht nur pommerschen Provinzlern ungewöhnlich erscheinendes Leben und verschwand wohl aus dem Blickfeld seiner früheren Förderer, Freunde und Kollegen. In der Januarausgabe der *Monatsblätter* 1895 wird mitgeteilt, daß neben anderen auch Oberlehrer Dr. U. Jahn aus Charlottenburg durch die Post nicht zu ermitteln sei. Es wird um Mitteilung der Adresse an den Vorstand gebeten. Offensichtlich hatte Jahn Berlin verlassen. In der Mitgliederübersicht von 1897/98 finden wir seinen Namen nicht mehr.

Zwischen 1900 und 1903 gibt es in den Organen der Gesellschaft auch keine Reaktionen auf Jahns Tod, obwohl Verbindungen zu Berlin, dem Sterbeort, bestanden, Jahn in Stettin-Züllchow beigesetzt wurde und Weinhold wie Virchow noch 1900 einen Nachruf auf ihren Schüler veröffentlichten. Erst das 1912 herausgegebene Gesamtregister der *Baltischen Studien* von 1832–1896 benennt das Todesjahr 1900, aber weder Monat noch Tag.

August von Wehrs

Kunde von einer Stadt Arendshop

Auf der neuvorpommerschen Charte von Andreas Mayer wird der Ort Arendshaupt genannt. Welche Benennung die richtigere ist, wage ich kaum zu entscheiden, indem ich nur meine Vermutungen darüber angeben kann. In den Chroniken habe ich immer Arendshope, auch Armshope gelesen, und auf dem Darß sagt man auch stets Arendshop, nie Arndshaupt. Mir scheint es aber am wahrscheinlichsten, daß die beiden ersten Silben von dem veralteten Worte *Arende* (eine Pachtung) abstammen. In der mit dem Deutschen so nahe verwandten schwedischen Sprache heißt *arende* eine Pachtung, auch der Pachtzins, welches Wort vielleicht von dem lateinischen Worte *arenda*, die Verwaltung, herkömmt. Was mich vorzüglich für diese Ableitung des Namens bestimmt, ist, daß zu Arendshop von Alters her eine königliche Domainenpachtung war, wie man aus den schwedisch-pommerschen Staatskalendern ersehn kann. Die Bauern in Born, Wiek, Prerow u. s. w. sind auch königliche Pächter, indessen sind ihre Pachtungen unbedeutender wie die zu Arendshop, welche der Förster daselbst gepachtet hat. Arenshaupt könnte demnach Hauptpachtung bedeuten.

Micrälius sagt im Jahre 1399, *als Bogislaus VI. auf dem Darz den Haven aufs neue zu reinigen angefangen, und nicht allein die Burg oder das Schloß daselbst mit neuen Werken befestiget, sondern auch eine neue Stadt, zum Arnshope genannt, angelegt hatte, meinten die Rostocker, solches geschehe ihnen und den andern Seestädten zum Nachteil, und fielen mit tausend Mann der Ihrigen aus der Stadt, und zerbrachen alles, was gebauet war, in den Grund.* Und weil Herzog Bogislaff bald darauf mit

Tode abging, ist es dabei geblieben. *Reimarus Rock in seinem Lübischen Chronico vermeldet, daß dieser Zug wider den Haven auf dem Darz der dritte sey gewesen, und daß es nach diesem dabei geblieben sey.*

Dieses schwächt aber keinesweges meine Vermutungen, indem die Stadt Arendshop auf dem zur Burg gehörigen Gebiete stand, welches vielleicht der Burgsasse in herzoglicher Pacht hatte, und wovon die Stadt den Namen erhielt.

Indes könnte der Name auch von (Sand) abgeleitet seyn, weil der Grund und Boden sehr sandig ist. – Eine andere Ableitung des Namens will ich andern überlassen, die erstere mag vielleicht nicht die richtigste seyn, obgleich sie mir bis jetzt die wahrscheinlichste ist. Übrigens werde ich den Ort auch in der Folge nicht Arendshaupt, sondern stets nach dem einmal üblichen Namen Arendshop nennen.

Alle Chroniken bemerken, daß die Rekenitz ehemals bei Arendshop einen Ausfluß hart an der meklenburger Grenze hatte, welcher damals einen Teil des Hafens der Stadt bildete.

Jetzt sieht man keine Spur mehr von der Stadt Arendshop, indessen bezeichnet noch deutlich die Stelle, wo sich der Hafen befand, ein sehr sumpfiger und zum Teil mit Schilf bewachsener Boden, umgeben von sehr nassen Wiesen, die noch jetzt bei hohem Wasser vom Binnenwasser aus überschwemmt werden; gegen die offenbare See sind sie dagegen durch Sanddünen geschützt. Noch mehr Beweis für die vormalige Existenz des Hafens an genannter Stelle gibt, daß man vor noch nicht gar langer Zeit ein ganzes Boot ausgrub, welches freilich, sowie mehrere große Stücken Holz, die man gleichfalls fand, vermodert war.

Unter Arendshop versteht man jetzt eigentlich nur den Försterhof und das nicht weit davon liegende Laubgehölz, welches etwa 70 bis 80 Morgen enthält, und mit fünfzig- bis sechszigjährigen Eichen, Buchen und Espen bestanden ist.

Auf dem Berge, oder vielmehr auf der Höhe, die das Försterhaus von der Holzung scheidet, stand vermutlich das Schloß der Stadt Arendshop. Im Jahre 1811 hatte ich Gelegenheit, beim Aufwerfen einer Brustwehr zu bemerken, daß sich mehrere Fuß unter der Erde Stücke von gebrannten Mauersteinen und einige große ganz verrostete Nägel befanden. Beim Aufwerfen einer ziemlich weitläufigen Verschanzung im Jahre 1813, während ich in französischer Kriegsgefangenschaft war, fanden sich mehrere dergleichen Überreste, die von dem frühern Dasein großer Gebäude zeugten.

Auf dem höchsten Platze der arendshoper Anhöhe, die meines Wissens der höchste Punkt auf dem ganzen Darß und Zingst ist, stand im Jahre 1811 eine Lärmstange, um Signale zu geben, sobald von englischen Schiffen Gefahr drohete, mit welcher es aber gar nichts zu bedeuten hatte, weil die Engländer recht gut wußten, daß auf unsern deutschen Küsten nicht ihre geschworensten Feinde, sondern von ihren geschworensten Feinden Überwundene wohnten, die sich damals mit schwerem Herzen bequemen mußten, Werkzeuge einer fremden Tyrannai zu seyn. – Man genießt von dieser Stelle der vortrefflichsten Aussicht. Das tobende baltische Meer dehnt sich vor den Blicken in unabsehbarer Weite; nur bei recht hellem Wetter schimmern in grauer Ferne, gleich Nebelwolken, die dänischen, etwa acht Meilen entfernten Inseln Falster und Moen am Horizont. Während meines langen Aufenthalts zu Arendshop, im Jahre 1811, hatte ich hier manchen schönen Genuß, der sich tief in meine Seele prägte. Selten glich das Meer einem kristallenen Spiegel, kaum stellenweise von kleinen sich kräuselnden Wellen durchfurcht. [...] Doch die erhabene Szene zu schildern, wenn sich abends die Sonne in den beruhigten Ozean tauchte und beim Sinken Himmel und Meer in Flammen zu setzen schien, dazu sind alle unsere Sprachen zu arm; man muß sie selbst gesehn und empfunden haben.

Ein anderesmal zog ein schweres Gewitter vom Land herüber; die See nahm es wie einen lange ersehnten Busenfreund in ihren Schoß und schien den rollenden Donner mit ihrem Gebrülle zu liebkosen.

Eines Tages [lagen] zwei majestätische englische Linienschiffe meiner Warte gegenüber, daß ich so sagen darf, vor Anker, und genossen zwei Tage hindurch der vollkommensten Ruhe, welche von der Besatzung zur Reinlichkeit benutzt wurde, wie man aus der überall auf dem Tauwerk flatternden Wäsche sah. Gegen Abend des dritten Tages lockte mich ein fernher rollender Kanonenschuß nach meinem gewöhnlichen Standpunkt.

Kaum war ich daselbst angelangt, so blitzten auch meine Linienschiffe, und der Donner brüllte herrlich nach – sie beantworteten das gegebene Signal –; fast schneller, als es sich erzählen läßt, waren die Anker gelichtet, die Segel aufgehisset, und dahin fuhren die stolzen schwimmenden Colosse. Nach Verlauf einer Stunde stieg ein Mast allmählig aus dem fernen Horizont, bis ein drittes Linienschiff auf selbigem schwebte. Mit Hülfe des Fernrohrs erkannte man dessen rot und blaues Vorsegel, wie es die Admiralschiffe zu haben pflegen. Die beiden erstern kehrten nun in seiner Gesellschaft um, und steuerten ihrem vorigen Ankerplatze zu. Nicht lange, so kam nach und nach ein Convoi von ein paar hundert Segeln hervor. Die Sonne sank, und der Wind wurde immer stiller. Bei Nacht konnte die Flotte den Belt nicht passieren, vorzüglich gebot auch die Gefahr vor dänischen Kapern, die mit unbegränzter Kühnheit die Dunkelheit der Nacht zu nutzen wußten, zu bleiben. Die Linienschiffe näherten sich etwa auf eine halbe Meile dem Lande, und ließen unter Abfeuerung einziger Kanonen Anker und Segel fallen, um dem ganzen Convoi den gewählten Ankerplatz zu bezeichnen. Es dauerte noch eine ziemliche Zeit, bis alle zur Ruhe kamen; leichte Kriegsschiffe segelten weiter den Belten zu, um hier gegen die Dänen die Vorhut zu bilden, und teilten dann vor meinen Augen die allgemeine Ruhe. Das Meer strotzte dermaßen von Masten, daß der düstere Nadelwald des Darßes darauf versetzt zu seyn schien. Vom Admiralschiff hörte man in der tiefen Abendstille Janitscharen-Musik; ich unterschied das wohlbekannte *God save the King*, welches mir durch alle Nerven bebte, und mich schmerzlich an eine frohe Jugend erinnerte, in der ich noch ein freies Vaterland hatte. – Die völlige Dunkelheit riß mich hinab von meiner Höhe, um meinen Kummer womöglich zu verschlafen.

Mit Anbruch des andern Morgens gaben abermals einige Kanonenschüsse das Zeichen zum Ankerlichten. In wenigen Minuten war der ganze Convoi unter Segel; ein frischer und günstiger Wind entführte sie bald dem Gesichtskreise. Nach Verlauf von einigen Stunden erinnerte aber der Donner des Geschützes, der mit seinem schauerlichen Rollen das Getobe des heulenden Meeres übertönte und bis zum Nachmittage anhielt, an das Prachtgemälde des gestrigen Abends und heutigen Morgens. Die Dänen hatten Albions Löwen geneckt und gereizt, der sie aber bloß durch sein Gebrüll zurückschreckte, und stolz und ruhig seine Bahn verfolgte.

Dergleichen Scenen haben mich im Jahr 1811 oft ergötzt, indem alle Schiffe, die aus den Belten kommen und dahin gehen, den Gesichtskreis von Arendshop berühren müssen.

Aber auch sanftere Gemälde erblicke ich von meinem Hügel. Drehe ich mich links, so übersehe ich Arendshop, welches mit dem hart an der Gränze liegenden mecklenburger Dorfe Altenhagen nur ein einziges Dorf auszumachen scheint. Weiterhin Kirchdorf (auch Wustrow genannt) und Dierhagen; die rostocker und ribnitzer Heide beschließen die Aussicht. Mache ich linkskehrt, so durchlaufe ich mit den Augen den schmalen Strich Landes, wodurch der Darß mit Fischland zusammenhängt, und wundere mich, daß die See das schmale Land nicht längst verschlungen hat. Ich überblicke nun das Binnenwasser; der Wellenschlag ist sanfter wie der des gewaltigen Meeres. Dahinter sehe ich festes Land, jedem menschlichen Auge ein willkommener Anblick. Ein Teil des mecklenburger Landes, nebst der Stadt Ribnitz, die pommerschen Städte Damgarten und Barth, eine große Anzahl Dörfer als Sahl, Neuendorf, Michelsdorf, Fuhlendorf, Bodtstedt, Pruchten usw., liegen freundlich vor mir. Drehe ich mich von hier noch einmal links, so erblicke ich auf der äußersten Spitze des Darßes, nach dem Binnenwasser zu, Bliesenrad mit der Windmühle, einen Teil von Born, über die arendshoper Holzung hinweg die großen Räume bis zum düstern darßer Nadelwald, und den Darßer Ort.

Das Gesagte wird hinreichend sein, dem Besucher des Darßes den Punkt, von welchem man der malerischsten Aussichten genießt, zu bezeichnen.

Außer dem Förstergehöft gehören nun erstlich noch 11 Schifferhäuser zu Arendshop; sie laufen in einer Reihe mit dem Strande parallel, vom Fuße der kleinen Anhöhe, worauf das Förstergehöft steht, bis fast an die mecklenburger Gränze fort. Der Grund und Boden gehörte mit zu der Försterstelle, war aber völlig unfruchtbar, weil er bei Stürmen stets von weißem Flugsand überzogen wurde. Mecklenburger, zum Teil auf dem Fischlande wohnende Schiffer bekamen Lust, sich hier anzusiedeln, um des Vorteils zu genießen, unter schwedischer Flagge das mittelländische Meer, ohne Gefahr von den Barbaresken, befahren zu können. Der jetzige königliche Förster bewilligte mit Zustimmung der Regierung, daß sich diese Schiffer auf seinem Territorio, jeder gegen ein jährliches Grundgeld von 4 Talern, anbauen dürften. Durch einen dreifachen Zaun, längs dem Strande, und durch Anpflanzung von Weidengebüsch, das hier trotz dem Sande sehr gut gedieh, suchte man zuvörderst Schutz gegen die Stürme und gegen den Flugsand, der hier fast einem Schneefelde gleicht, zu erlangen. An den Zäunen stauete der Sand, und bildet nun hohe Dünen. Hinter und neben jedem dieser Schifferhäuser ist etwas Gartenland zum Hausbedarf. Da die Schiffer beim Bau der Häuser hier noch nichts in der Wirtschaft, sondern alles in Mecklenburg hatten, so bekamen die Zimmerleute und Maurer nicht in dem Maße Branntwein, Bier und Speise, wie sie es sonst wohl gewohnt sind. Beim üblichen Kranzaufsetzen übersahen sie vom Giebel der Häuser die armselige Sandküste, die einen guten Contrast zu ihrem Durst gab, und nannten im Unmute diese Reihe neuer Häuser Poversdorf, welche Benennung sich noch bis jetzt erhalten hat, und auch wohl bleiben wird, da sie schon so gut zur allgemeinen Gewohnheit geworden ist, daß sich Niemand mehr etwas Übles dabei denkt. Die Poversdörfer wollen indes ihre Häuser nicht anders wie Schifferreihe genannt wissen.

Dicht an Poversdorf stößt ferner eine zweite Reihe Häuser, und läuft der mecklenburger Gränze entlang. Diese ist schon alt, und heißt Fittenbrock (Wittebrook). Letztere Benennung ist vielleicht des vielen weißen Sandes wegen die richtigere. In diesen Häusern wohnen Einlieger, die allerhand kleine Gewerbe treiben.

Im Frühling, wenn der Heringsfang sehr ergiebig ist, kommen viele sächsische Kärrner nach Arendshop, welche Bücklinge abholen, und dadurch ziemlich viel Geld ins Land bringen. Bedenkt man, daß die Bereitung der Heringe, das nötige Salz ausgenommen, keinen Geldaufwand, sondern nur einen Aufwand der Kräfte erfordert; und daß in guten Jahren, z.B. 1911, über 3 000 Taler durch die sächsischen Kärrner bloß nach Arendshop kamen, so wird man die Wichtigkeit dieses Erwerbzweiges einsehn.

Die arendshoper Herings-Räucherhäuser gehören dem dasigen Förster (der über den Borner Beritt und die arendshoper Holzung gesetzt, zugleich Paß- oder Baumschreiber ist, und auch die Geschäfte eines Schulzen versieht) und den Bauern zu Born. Sie liegen jenseits des mehrgedachten Hügels. Dieser verdeckt, wenn man vom Darß nach Arendshop will, den Ort gänzlich. Man kömmt durch ein Meer von weißem Flugsand, der bei Sonnenschein die Augen wie ein weites Schneefeld blendet. Man vermutet eher in eine Wüste Arabiens als in die Nähe menschlicher Wohnungen zu kommen. Nun erblickt der Unkundige die Räucherhäuser, und glaubt Arendshop in der traurigsten Gestalt von der Welt zu sehn, bis er gleich nachher auf die Spitze des Hügels gelangt und jetzt einen wirklich überraschenden Anblick genießt, wenn er Arendshop, Poversdorf, Fittenbrock und Altenhagen nebst seinen fruchtbaren Feldern plötzlich zu seinen Füßen sieht und sich dadurch von seinem gehabten Schrecken erholt. Dieser lebhafte Contrast macht Arendshop im ersten Augenblicke angenehm; die nähere Bekanntschaft mit dem Orte aber einen längern Aufenthalt keineswegs wünschenswert. Das Getöse der See, welches nur zu oft bei Stürmen in Gebrülle ausartet, läßt im Anfang kaum schlafen. Wird die Luft von Sandwolken wie von einem Schneegestöber gefüllt und verfinstert, so merkt man erst recht das Traurige des Aufenthalts, und sehnt sich weg von dieser Erdenge, welche Luft und Wasser zu verschlingen drohen, bis nach und nach die Macht der Gewohnheit alle diese unangenehmen Bilder verlöscht.

Im Frühjahr hat der, welcher eine Wasserfahrt nicht scheuet, oftmals wohlfeile Gelegenheit, Kopenhagen zu besuchen. Es pflegen nämlich Segelbote mit frischen Heringen dahin abzugehn, die, wenn sie bei günstigem Winde des Abends die Küste verlassen, schon am andern Morgen gegen 10 Uhr bei dieser Hauptstadt ankommen.

Paul Müller-Kaempff

Bilder des Friedens und der Einsamkeit

Erinnerungen an Ahrenshoop

Im Spätsommer 1889 hielt ich mich mit meinem Kollegen, dem Tiermaler Oskar Frenzel, in Wustrow auf dem Fischlande auf, um Studien zu malen. Gelegentlich einer Wanderung am hohen Ufer lag plötzlich, als wir die letzte Anhöhe erreicht hatten, zu unsern Füßen ein Dorf: Ahrenshoop. Wir hatten von seiner Existenz keine Ahnung und blickten überrascht und entzückt auf dieses Bild des Friedens und der Einsamkeit. Kein Mensch war zu sehen, die altersgrauen Rohrdächer, die grauen Weiden und grauen Dünen gaben dem ganzen Bild einen Zug tiefsten Ernstes und vollkommener Unberührtheit. So sah Ahrenshoop damals aus. Nirgends ein öder Nützlichkeitsbau mit Pappdach, nichts was den Gesamteindruck störte; die Dorfstraße sehr breit und sandig – man sagte: den Ahrenshooper erkennt man an seinem Gange –, kein Drahtzaun, keine Reklametafel. Hinter dem Dorf auf dem Schifferberge blickte der Kirchhof mit weißen und schwarzen Holzgittern und Kreuzen herüber, überwuchert von goldgelb blühendem Habichtskraut. Stieg man weiter hinauf auf die sogenannte Schwedenschanze, so sah man in die Einsamkeit hinaus. Nirgends ein Haus: Dünen, Wald und See, in der Ferne die dunkle Linie des Darß. Die Dünen gekrönt von uralten Weißdornbäumen, Stechpalmen und wilden Rosen.

Das war ein Studienplatz, wie ich ihn mir immer gewünscht hatte!

Schon am nächsten Morgen zogen wir in aller Frühe mit unserm Malgerät hinaus, um abends hungrig wie die Wölfe nach Wustrow heimzuwandern. Aber eines Tages trafen wir einen Kollegen in den Dünen an seiner Staffelei: Carl Malchin, der mit seiner Familie sich dort eingemietet hatte und eigene Wirtschaft führte, denn ein Unterkommen mit Verpflegung gab es damals dort nicht. Frau Malchin, die sich unserer erbarmte und uns den Weg von und nach Wustrow mit unserem Gepäck ersparen wollte, ging von Haus zu Haus, um ein Unterkommen für uns zu suchen. Und es glückte: ein altes kinderloses Ehepaar nahm uns in ihr Häuschen auf, aber erst mußten wir vor der Frau – Mutter Schumacher – ein Examen bestehen, ob unsere Ansprüche auch bescheiden seien und ob wir immer zufrieden sein wollten mit dem, was sie uns vorsetzte. So zogen wir denn hinaus, von den Wustrowern unter Kopfschütteln bedauert, als ob wir nach Sibirien auswandern wollten. Nun, bei Mutter Schumacher waren wir gut aufgehoben, nur das Bett hatte ich in Verdacht, daß es aus einer mittelalterlichen Folterkammer stammte. Aber was erträgt man nicht und woran gewöhnt man sich nicht, wenn man jung und voller Begeisterung ist! Nun ging ein eifriges Studienmalen los; Jahr für Jahr kam ich wieder, und als ich mir – natürlich auf Schumacher'schem Grund und Boden, ein eigenes Haus mit Atelier gebaut hatte, kam bald Hausbesuch, Freunde und Kollegen, ein fröhlicher Kreis, der sich ganz als Herr der Situation fühlte. Wo ein halbes Dutzend junger Leute zusammen hausen, wird auch bei mäßigem Konsum manche Bierflasche leer, und wenn es lange Wochen dauert, werden es viele. Nun, die leeren Flaschen wurden in einer Ecke des Hofes aufgestapelt, bis mir ein zarter Wink wurde, sie fortzunehmen, denn „die Wustrower kämen Sonntags, um den Flaschenberg anzustaunen“. Eines Tages kamen drei Eingeborene geheimnisvoll zu mir und erzählten nach längerem Zögern, bei einem von ihnen sei ein Fremder angekommen und habe sich dort eingemietet, der ihnen unheimlich sei, es müsse ein Spion sein, vielleicht aus Dänemark. Auf meine Frage, woher dieser Verdacht komme, hieß es dann, der „Kerl“ wäre schon acht Tage da und malte gar nicht! „Wat will hei denn hier, wenn hei nich malt! Dat ist en Spion!“ Das war der erste Ahrenshooper Badegast.

Meine Malschule brachte aber bald weiteren Zuzug, und mit den Schülern und Schülerinnen kamen Freunde und Angehörige, Ahrenshoop wurde bekannt, es entstand das erste Hotel auf hoher Düne und die ersten Pensionen. Aber am schönsten war es doch, wenn die Badegäste fort waren, wenn der Herbst mit seinen oft noch im November milden Tagen kam, wenn die Birken sich golden färbten, die Kirschbäume in leuchtendem Rot glühten, im Darß die Hirsche schrien, auf den Feldern die Kartoffelfeuer brannten und die Gärten voll bunter Herbstblumen standen. Kam dann der Winter und brachte Schnee und Eis, dazu blauen Himmel und Sonnenschein, dann erblühte eine Fülle ungeahnter Schönheit.

Und schnob der Nordost und jagte mächtige Wellen brüllend an Strand und Dünen, daß diese oft zur Hälfte fortgespült senkrecht wie eine Mauer standen, dann war es gar behaglich im eigenen Heim und im freundlichen Verkehr mit Kollegen, die sich allmählich auch ein Heim in Ahrenshoop gegründet hatten. Ich nennen nur Wachenhusen, Richter-Lefensdorf, Grebe und Elisabeth von Eicken, deren schöne Waldbilder im Rostocker Museum hängen. Wie viele Bilder habe ich in den langen Jahren von Ahrenshoop, Alt- und Niehagen gemalt! In alle Winde sind sie zerstreut, bis Argentinien und selbst bis China. Diese ernste Landschaft sagt meinem Empfinden am meisten zu, so habe ich stets derartige Motive bevorzugt. Wir sollten doch nur unsere Heimat malen, mit der wir verwachsen sind und die uns von Kindesbeinen an vertraut ist, statt uns die Motive aus anderen Ländern zu holen.

So sind die Jahre dahingegangen. Mutter Schumacher blieb mir auch im eigenen Haus eine treue Wirtschafterin. Nebenbei richtete sie in ihrem Häuschen einen vielbesuchten Mittagstisch für Badegäste ein und hat in ihrer winzigen Küche oft für 50 und mehr Gäste gekocht. Das heißt, sie kochte auch auf ihrem Hof und wurde daher einmal feierlich zur „Hofköchin" ernannt. Diese Frau war ein Original, in dem von Jahren und harter Arbeit verwitterten Antlitz sah man noch die Spuren einstiger großer Schönheit. Sehr intelligent und von großer Güte ist sie heute noch Hunderten ihrer Tischgäste, darunter nicht wenigen Mecklenburgern, in freundlicher Erinnerung. Sie sprach fast nur Platt, nur wenn sie unberechtigte Ansprüche überlegen und oft mit Witz zurückwies, bediente sie sich des Hochdeutschen. Aber ein Wesen gab es, zu dem sie nur Hochdeutsch sprach, das war ihr Hund, ein total mißglückter Dackel oder vielmehr Dackelin, mit dem schönen Namen

Minka. Sie behauptete steif und fest, Minka verstände kein Platt, da sie aus der Stadt komme, und so hörte ich sie einmal in ihrer Küche sagen: „Meine liebe Minka, möchtest du nun auch Mittag essen?“ Minka mochte natürlich immer. Aber dieser unförmig dicke Hund war ein Ausbund von Klugheit, holte er doch auf Mutters Befehl mit unfehlbarer Sicherheit Vater Schumacher von seinen Netzen am Strande, wenn das Essen fertig war. Letzterer war in jungen Jahren Matrose gewesen, war aber kaum über die Ost- und Nordsee hinausgekommen. Doch, einmal war er im Mittelmeer gewesen, und von dort hatte er seine schönste Erinnerung mitgebracht. In Messina hatten er und seine Mitmatrosen sich in der nächsten Hafenkneipe an dem ungewohnten feurigen Südwein einen derartigen Rausch angetrunken, daß der Kapitän mit der Abfahrt drei Tage warten mußte, bis seine Mannschaft wieder nüchtern war.

In jungen Jahren hatte Mutter Schumacher in einem Predigerhause gedient und dank ihres glänzenden Gedächtnisses stak sie voll von Zitaten, die aus ihrem Munde sehr drollig klangen. Als ich sie einmal auf dem dunklem Hausflur umgerannt hatte und schon fürchtete, daß sie sich ernstlich verletzt hätte, ertönte plötzlich ihre Stimme: „Nun hast du mir den ersten Schmerz getan.“

Es verging kaum ein Tag, an dem sie nicht die kleinen Tagesereignisse mit solch klassischen Zitaten gewürzt hätte. An langen Winterabenden, wenn sie keine andere Lektüre hatte, las sie ihrem Alten Kochrezepte vor, und wenn sie an ein besonders gutes kam, pflegte Vater Schumacher zu sagen: „Mudding, dat kannst noch mal vörlesen, dat sall ja woll to schön schmecken.“

Unter ihren Gästen machte sie keinen Unterschied, Titel und Würden imponierten ihr nicht. Eines Tages hatte eine alte Exzellenz ein Bild von mir gekauft, und als der alte Herr meinte, er habe es sehr preiswert erstanden, sagte Mutter Schumacher: „Schad’ nich, Ex’lenz, lütt Veih makt oook Meß.“ Ein Vergnügen war es, die alte Frau erzählen zu hören von vergangenen Tagen, konnte sie doch in ihren alten Tagen einige 60 Jahre zurückdenken. So von Schmugglergeschichten, von Schiffbrüchen, Wassersnot und Sturmfluten und von dem im Ahrenshooper Walde spukenden Franzosen, der dort Anfang des vorigen Jahrhunderts hinterrücks vom Pferde geschossen war und mit dessen wohlgefüllter Geldkatze der Führer seinen verschuldeten Hof gerettet haben soll.

Jetzt liegt Mutter Schumacher längst unter dem grünen Rasen, Ahrenshoop ist Badeort geworden, und nur wenige wissen, wie schön es einst war, als es ringsum noch spottweise „Pauwerdörp" genannt wurde.

Frederik Josephi-Lund

Ein pfiffiger Dievenower

In der alten, der „uralten" Kaiserlichen Marine diente in den 80er Jahren des vorigen Jahrhunderts ein alter Pumpenmeister, Hein Lammers mit Namen. Er stammte aus Dievenow in Pommern und war ein großer Mann der Praxis – als altem Handwerker war ihm das selbstverständlich – doch schwach in der Theorie. Aber zuweilen mußte er doch vor dem technischen Personal des Schulschiffs „Charlotte" Instruktionsstunde abhalten. Zunächst hatte ihm das schlaflose Nächte bereitet, aber eines Tages …

Nun, eines Tages kam der Chef der Admiralität, Exz. Stosch, der übrigens ein Ahnherr des bekannten Zirkuskönigs Hans Stosch-Sarrasani war, unmittelbar aus „Preußisch-Berlin" zur Besichtigung an Bord und begab sich ausgerechnet zu der technischen Division unseres Freundes Hein Lammers.

„Jawoll – Exzellenz", antwortete er auf den ihm zuteil gewordenen Befehl zur Instruktion. „Still – stann! – Thema: die Kaiserliche Werft! – Rührt Euch! – der erste da – wer is auf die Kaiserliche Werft?"

„Die Malers!"

„Gut, der Nächste – wat möt sick die Molers?"

„Vörsehn!"

„Gut, warum möt sick die Molers vorsehn?"

„Damit se de Farw an die richtige Stell' hinkreegn!"

„Gut – un wenn se sich nich vörsehn?"

„Denn ward se anscheeten!"

„Gut, wer is noch op de Kaiserliche Warft?"

„De Timmerlüd!"

„Gut, wat möt sick de Timmerlüd?"

„Se möt sick vörsehn!"

„Warum möt sick de Timmerlüd vörsehn?"
„Damit se de Neils (Nägel) an de richtge Stell inslogn!"
„Und wenn se sick nich vörsehn?"
„Denn ward se anscheeten!"
„Gut, wer is noch op de Kaiserliche Warft?"
„De Seilmokers!"
„Gut, wat möt sick de Seilmokers?"
„Se möt sick vörsehn!"
„Warum möt sick de Seilmokers vörsehn?"
„Damit se de Seils an de richtge Stell fastmokn!"
„Und wenn se sick nicht vörsehn?"
„Denn ward se anscheeten!"

Exzellenz winkte ab. „Instruieren Sie einmal über ein anderes Thema: ‚Das Gewehr'!"

„Jawoll, Exzellenz, Still – stann – Thema: das Gewehr! – Rührt Euch! Welches Gewehr ist in der Marine eingeführt?"

„Das Gewehr Modell 1871!"
„Gut, wo ist das Gewehr?"
„Im Magazin!"
„Gut, wo befindet sich das Magazin?"
„Auf der Kaiserlichen Werft!"
„Gut, wer ist auf der Kaiserlichen Werft?"
„De Molers!"
„Wat möt sick de Molers …" usw.

Exzellenz griff erneut ein. „Danke, danke, lieber Lammers. Jetzt instruieren Sie einmal über das Thema ‚Unser Herrscherhaus'!"

„Jawoll, Exzellenz, Still – stann – Thema: Unser Herrscherhaus – Rührt Euch! – Wie heißt unser Oberster Kriegsherr?"

„Seine Majestät, Kaiser Wilhelm I."
„Gut, aus welchem Hause stammt unser Kaiser?"
„Aus dem Hause Hohenzollern!"
„Gut, was ist die ‚Hohenzollern'?"
„Ein Schiff!"
„Gut, wo befindet sich die Hohenzollern im Winter?"
„Auf der Kaiserlichen Werft!"
„Gut, wer ist auf der Kaiserlichen Werft?"
„Die Molers …" usw.

„Danke, danke – aber nun kommen Sie endlich einmal zur Sache,

Pumpenmeister, instruieren Sie über ‚Die Ehrenbezeugungen des deutschen Soldaten'!"

„Jawoll, Exzellenz – das Thema beherrsche ich auch: Still – stann – Thema: die Ehrenbezeugungen des deutschen Soldaten – Rührt Euch! – Wie grüßt der deutsche Soldat?"

„Der Soldat grüßt durch Anlegen der Hand an die Kopfbedeckung oder durch Vorbeigehen in strammer Haltung!"

„Gut, wo grüßt der Soldat durch Anlegen der Hand an die Kopfbedeckung?"

„Auf der Straße!"

„Wo grüßt der Soldat durch Vorbeigehen in strammer Haltung?"

„In bedeckten Räumen!"

„Wo noch?"

„Auf dem Kasernenhof!"

„Wo noch?"

„Auf der Kaiserlichen Werft!"

„Sehr gut, wer ist auf der Kaiserlichen Werft?"

„De Molers ..." usw.

Exzellenz wandten sich ab und gaben es auf. „Meine Herren", sagte er nur kurz zu seinem Stabe, „Sie sehen, die Pommern sind mir über!"

Willy Stöwer

Zur See mit Pinsel und Palette

Die alte ehemalige Herzog- und Hansastadt Wolgast an der Ostsee ist mein Geburtsort, und in ihren Mauern verlebte ich mit einem jüngeren Bruder die sonnigen Kinderjahre. Mein Vater war Schiffskapitän und fuhr eine Brigg, die den Namen meiner Mutter, Luise, führte, und mit welcher er oft lange Reisen ins Mittelmeer, in die Nord- und Ostsee machte, so daß unsere Erziehung meist in den Händen unserer lieben Mutter lag, die sehr gütig war, aber auch zuweilen streng sein mußte, denn wir waren lebhafte Jungens. Keine Stadtmauer war uns zu hoch, und die Gewässer der Peene im Sommer und ihre Eisdecken im Winter waren unser Element. Wir hatten eben Seemannsblut in den Adern und wollten auch Seefahrer werden wie unsere ganze Verwandtschaft. Aber zunächst hieß es die Schulbank drücken, und so besuchten wir denn die am alten „Lustwall" gelegene Wilhelmsschule, die mit tüchtigen Lehrkräften besetzt war und die Schüler auf die Prima auswärtiger Realgymnasien vorbereitete. Ich erwähne dies nur, weil ich als damaliger Quintaner den weißbemützten gelehrten Herren, die sonst mit stolzer Herablassung auf uns sahen, etwas näher kam durch gemeinsamen Zeichenunterricht, den ein von mir verehrter Lehrer leitete, und der mich mit meiner Begabung für geeignet hielt, in der höchsten Klasse mitzuarbeiten. Meine Erzeugnisse wurden auch ausgestellt und erregten Interesse, aber mir nützte diese Anerkennung damals wenig, denn mein Sinn stand nach Schiffahrt und anderen Dingen; und wenn die Turmuhr von der alten St. Petrikirche ihre zwölf Schläge ertönen ließ, ging's hinaus ins Freie.

Für uns Jungens war das ganze Leben in solcher kleinen Hafenstadt mit ihrer damaligen blühenden Schiffahrt, den alten Mauerresten und deren fliederbestandenen Ecktürmen und Wallgräben eine Welt für sich und ein Tummelplatz, wie ihn die Großstadtjugend niemals kennengelernt hat. Mich interessierte schon als Junge besonders vaterländische Geschichte, und da meine alte Vaterstadt als ehemalige Residenz der Herzöge von Pommern – der Wratislaw und Bogislav – eine sehr interessante Vergangenheit hatte, so grübelte ich oft beim Umherschweifen auf alten Plätzen und träumte von Burg und Stadt Wolgast und seinem herzoglichen Schloß, an dessen Platz zu meiner Knabenzeit sich ein großer Kornspeicher erhob, von dessen Dachreiter man weit in die Ostsee hinausblicken konnte. – Als achtjähriger Junge erlebte ich die im November 1872 hereinbrechende Sturmflut, welche die ganze Ostseeküste verwüstete, und lernte schon früh die Gewalt des Wassers kennen. Die tiefer gelegenen Teile der Stadt standen vollständig unter Wasser, und die Bewohner ergriffen die Flucht. Die einzelnen Szenen der Not und der Jammer waren unbeschreiblich. In einer Waschwanne sitzend und mit einer Stange bewaffnet, half ich auch leichtere Gegenstände bergen.

Große Anziehungskraft hatte eine an meinem großväterlichen Hause in der Kronwiek gelegene Schiffswerft, auf welcher wir Jungens uns wie zu Hause fühlten und allerlei Allotria trieben. Es war noch die Zeit des Holzschiffbaus, so um das Jahr 1875 herum, und wenn ein Schiff zur Reparatur auf Land geholt werden mußte, schoben wir an den Winden, die von Schiffszimmerleuten unter Gesang langsam gedreht wurden, fleißig mit und grölten auch dabei. Großartiger war natürlich der Stapellauf eines neuen Schiffes, und ich stand mit klopfendem Herzen, wenn solch ein Schiffsrumpf sich unter dem Hurra der Menge in Bewegung setzte und in das nasse Element hineinglitt. So lernte ich schon früh die verschiedensten Schiffstypen unterscheiden, und wir Schiffersöhne genossen überhaupt auf der Schule und in Kameradenkreisen ein besonderes Ansehen. So erinnere ich mich z. B., daß ich als kleiner Knirps vor meinem Lehrer immer das Gedicht *Siehst du die Brigg dort auf den Wellen* usw. hersagen mußte. Ein anderer konnte es doch nicht! So wuchsen wir denn langsam heran, rückten eine Klasse höher; und es blieb auch nicht alle Tage Sonnenschein, es gab auch ernste Zeiten, besonders im elterlichen Hause.

Wenn die Herbst- und Winterstürme über die Giebel tobten und die langen, dunklen Nächte eingezogen waren, dann saßen wir oft aufhorchend mit bangen Gesichtern zu Hause und gedachten des auf See befindlichen Vaters. Tage und Wochen verstrichen dann in innerer Unruhe, und Frau Sorge hielt ihren Einzug, wenn keine Nachrichten von Schiff und Mannschaft eingelaufen waren und die Zeitung viel von Seeunfällen zu berichten wußte. „Ick mücht kein Schippersfru sin", hörten wir dann oft manche Nachbarsfrau sagen, wenn sie uns in solcher Zeit besuchte. Wenn dann aber eines Tages der Telegraphenbote sich dem Hause näherte, war die ganze Nachbarschaft mobil, und viele Augen folgten ihm, bis unsere Haustür klingelte. Da wußten sie alle: es ist ein Freudentag im Hause Stöwer. Die „Luise" war nach schwerem Wetter in irgendeinen Nothafen eingelaufen, und an Bord war alles wohl. Freudig grinsend zog der treue Stephan ab, wir aber umringten unsere gute Mutter, die sich hatte setzen müssen, mit Tränen der Freude in den Augen.

Erlösend kam uns die gute Nachricht. – Frau Sorge zog wieder einmal ab, es war heller Sonnenschein zu Hause, und das nahe Weihnachtsfest strahlte in besonderem Glanz vor unseren Kinderaugen. Voraussichtlich war der langentbehrte Vater bis dahin auch heimgekehrt und doppelte Freude zu erwarten.

Ja, diese Weihnachtszeiten der Kinderjahre im Kreise der Eltern, Großeltern und Verwandten sind mir unvergeßlich geblieben und leuchten in der Erinnerung noch besonders hell. Draußen im Hafen lagen die Schiffe in Winterlage, abgetakelt, bis die Eisverhältnisse zum Frühjahr neue Fahrt erlaubten, und Kapitäne und Besatzung hatten genug Ruhe und Erholung. Die Geselligkeit kam zu ihrem Recht, und die Jugend hatte ihren nicht geringen Anteil an winterlicher Lust und Freude. Unser spanischer Pudel, Bello mit Namen, den mein Vater sonst an Bord mit hatte, wurde vor unseren kleinen Handschlitten gespannt, und dann ging's mit Gebell und Hallo durch die winterlichen Straßen. Ebenso wurden auch die Körbe mit den frischgebackenen Weihnachtskuchen vom Bäcker nach Hause gefahren.

Eine etwas gefährliche Sache leistete ich mir einmal auf kaum daumendicker Eisdecke des Peenestromes mit meinem kleinen Schlitten. Ich hatte diesen mit einem Segel ausgerüstet und sauste nun auf spiegelglatter Bahn bei starkem Wind nach Norden der See entgegen. Bei der schnellen Fahrt bog sich die Eisdecke hinter mir in wahrer Wellenform, so daß mir doch leise bange wurde. Ich riß das Segel herunter, aber schon brach auch die Eisdecke, und ich lag im eiskalten Wasser, mich an den Schlitten klammernd. Erstarrt, wurde ich aber doch noch in größter Not von Fischern mit langen Stangen gerettet und nach Hause gebracht. Hier gab's natürlich Keile und Stubenarrest. – Das war meine erste Eissegelei im Leben, die ich aber später im Mannesalter noch oft auf Berliner Gewässern – dem Tegeler See – mit richtiger Eissegeljacht ausgeübt habe.

Zum äußeren Schliff gehörte natürlich auch die Tanzstunde, und so mußte ich denn – zwar widerstrebend – mich bequemen, der jungen Damenwelt mich zu widmen. Eigentlich haßte ich die Mädels aus einem besonderen Grunde. Ich mußte täglich nach Schulschluß von einer befreundeten Schifferfamilie mit drei hübschen Töchtern die damals sehr gelesene Ostseezeitung abholen, und wenn ich dann dort den Hausflur verlassen wollte, wurde ich plötzlich von den drei Schönen umringt, festgehalten und abgeküßt. Es war immer die reine Schlacht zwischen uns, und ich wurde dabei noch ausgelacht. In der Tanzstunde legte sich aber der Groll gegen das schöne Geschlecht, und ich hatte bald – wie alle anderen Jünglinge – meine Herzensdame gefunden, auch eine Schifferstochter, und Mieze hieß sie. Nach langen Jahren sahen wir uns einmal wieder, als beiden schon die ersten Silberstreifen das Haar durchzogen.

Während ich diese Kleinstadterlebnisse noch einmal aus der Erinnerung niederschreibe, fällt mir noch ein Wolgaster Original ein, dessen Erscheinung die Bürger und besonders die Jugend immer in Aufregung brachte. Dieser Mann hieß Fritz Lüdke, war Schiffszimmermann von

Beruf und, nüchtern, auch zu gebrauchen. Er war Junggeselle und bewohnte in der Kronwiek ein total zerfallenes Häuschen mit einer nach oben und unten geteilten Tür, über deren unteren Teil man in das Innere des einzigen Zimmers blicken konnte. Die ganze Einrichtung bestand aus Tisch, Stuhl, Hobelbank und einem offenen Sarg als Lager, in dem Hobelspäne und ein Sack als Unterlage dienten. Hier hauste nun Fritz Lüdke, und jeder ging mit einer gewissen Scheu an diesem Spukhaus vorbei. Wenn es dunkelte, sah man ein bleiches, von dunkelm Bart umrahmtes Gesicht, Grimassen schneidend hinter der geöffneten Tür, und die Frauenwelt floh dann immer kreischend davon. Wenn der Alkoholteufel ihn aber beherrschte, dann lag er tagelang in seinem Sarg, bis er von uns Jungens durch allerlei Allotria munter gemacht wurde und nun die ganze Nachbarschaft in Aufregung brachte. Dieser Mann war stadtbekannt, aber nicht bösartig, und doch hatte er etwas Dämonisches an sich, und meine Phantasie stellte sich so immer den „fliegenden Holländer" vor. Zum Betteln war er zu stolz, nie nahm er eine Gabe an, und da er wenig arbeitete, so war es jedem ein Rätsel, von welchen Mitteln er lebte. Er war aber der Schrecken von Wolgast, und wer das Gruseln lernen wollte, der brauchte nur abends in die Nähe dieses sonderbaren Menschen zu kommen.

In unser Dasein sollte nun bald eine Wendung treten, da mein Vater sich entschlossen hatte, seinen Wohnsitz nach Stettin zu verlegen – der Heimat meiner Mutter –, denn seine beruflichen Interessen neigten sich zur größeren Seestadt, und voller Wehmut sahen unsere Großeltern und Verwandten uns aus dem alten, liebgewordenen Geburtsort scheiden. Stettin und auch Swinemünde waren uns nicht fremd, denn wir waren hier oft zu Besuch gewesen; und unser neues Wohnhaus lag außerdem in dem Vororte Grabow so prächtig hoch, daß wir das hübsch belebte Oderpanorama weit übersehen konnten und die gesamte Schiffahrt vor uns hatten. Die Schulverhältnisse lagen auch ziemlich günstig, da es hier eine höhere Privatknabenschule mit ausgezeichneten Lehrkräften gab, in die wir nun eingeschult wurden.

Um das Jahr 1878 herum begann schon langsam der Niedergang der Segelschiffahrt, sie hatte schwer gegen die sich mehrenden Dampfschiffe zu kämpfen, so daß mein Vater als Segelschiffer besorgt in die Zukunft schaute.

Die Frachten wurden geringer und damit auch die Einkünfte der Schiffer, und nach einigen Jahren lagen die Segler schon im Sommer am Oderufer verankert und hofften auf bessere Zeiten, viele lagen auch schon zum Verkauf bereit. Der Haushalt wurde langsam eingeschränkt, wenn auch die „Luise“ noch in Fahrt war. Nur wir Söhne machten uns zunächst noch keine Sorgen über die Zukunft. Wir trieben uns mit unseren Freunden an Bord der Schiffe umher, saßen weit oben in den Masten, ruderten und segelten. In der gemütlichen Kajüte unseres Schiffes machten wir auch die ersten Rauchversuche mit langen holländischen Tonpfeifen, wenn niemand an Bord war; aber dieses Tabakskollegium von Obertertianern endete recht jammervoll für die tapferen Raucher, denn einer nach dem andern verschwand mit kreidebleichem Gesicht an Deck; dieser goldgelbe, wunderbar duftende Tabak bekam uns nicht, und die Sitzungen hatten bald ein Ende. Mein Vater – nicht der Typ eines behäbigen, schwerfälligen Seebären, sondern mit guter Figur und kurzem Vollbart – lachte, wenn ich ihm unsere heimlichen Sitzungen beichtete, und glaubte, so uns am besten von zu frühem Rauchen zu kurieren.

Segeln machte mir das meiste Vergnügen, und wenn mein Vater mir erlaubte, seine zum Schiff gehörige norwegische Jolle zu benutzen, die mit zwei Sprietsegeln ausgerüstet war, dann ging's mit einigen nicht zaghaften Freunden an Bord die Oder hinab und hinein in den vor Stettin gelegenen Dammschen See. Hier wurde gekreuzt, daß es eine Lust war, und abends kamen wir oft pudelnaß nach Hause, und unsere gute Mutter atmete dann auf. Diese Segelei war meine Schule für spätere Zeiten, in denen ich als erfolgreicher Rennsegler meine eigenen Segeljachten an den Start im Binnengewässer und in dem Salzwasser der Ostsee fahren konnte. Mein Zeichen- und Maltalent hatte ich aber bei all solchen Zerstreuungen nicht vernachlässigt; einen Bleistift und ein Stückchen Papier hatte ich fast immer in der Tasche, und was mich reizte, wurde gezeichnet und von meinen Freunden und Bekannten bestaunt. Ich konnte mich damals immer ärgern, wenn irgendeine illustrierte Zeitschrift nicht ganz richtige Schiffsbilder in Holzschnitt brachte und der Holzschneider sie auf eigene Faust sogar verbessert hatte. Meist waren die Mastspitzen der Schiffe zu lang und irgendein Wimpel saß verkehrt. Auch die ganze Darstellungsweise und Auffassung von Booten und Schiffen war mangelhaft und unrichtig. Es fehlte eben noch überall im Volk, besonders im Binnenlande, das Verständnis für Seewesen und Schiffahrt. – Der einzige deutsche Schiffsmaler war wohl damals Penner, wenn ich nicht irre ein geborener Elbinger, dessen

Bilder von Kennern geschätzt wurden. Allerdings waren seine Bilder, meist Schiffsporträts, sehr nüchtern und ließen das Malerische zu sehr vermissen. In meinen Skizzen versuchte ich daher, das Schiff anders aufzufassen und zu zeichnen, mehr malerisch zu sehen, und die vielen Typen aus den Stettiner Gewässern boten ja bestes Lehrmaterial.

Das erste Kriegsschiff, welches ich in Fahrt sah, war der Aviso „Grille", der ursprünglich zur Königlichen Jacht bestimmt war und schon 1860 in Havre erbaut wurde. Er erschien eines schönen Tages auf der Oder und machte im Hafen von Stettin fest, so daß ich ihn aus nächster Nähe bewundern und in einer Skizze festhalten konnte. Es fiel mir schwer, mich von dem schönen Schiff mit seinen drei hohen Masten und sehr schlanken Schornsteinen zu trennen, und der heiße Wunsch stieg in mir auf, auch einmal der deutschen Kriegsmarine angehören zu dürfen. Die Seeoffiziere trugen damals noch ein breites goldenes Mützenband, welches später dem breiten schwarzen mit gesticktem Eichenlaub und Goldkrone weichen mußte.

Kurz und gut, mein größtes Interesse galt jetzt den Kriegsschiffen, und da außerdem auf der Schiffswerft Vulkan im Jahre 1881 die Kreuzerkorvetten „Olga" und „Carola" ihrer Vollendung entgegengingen und mit ihrer Takelage, Geschützpforten und der ganzen Bauart einen prächtigen Eindruck machten, so trieb ich mich von nun an häufiger in dieser Gegend auf dem Wasser umher, um zu zeichnen und zu lernen. – Die Farbentöpfe im Ruderhaus des väterlichen Schiffes mußten auch zu Ölbildern herhalten, aber vor dem kritischen Auge manches Bilderkenners hielten diese Erzeugnisse noch nicht stand, sie waren zu roh. Ich ließ aber nicht nach, denn Probieren geht über Studieren, und bald ging ich zu richtigen Künstlerfarben über.

Meine Pinselei hatte aber doch schon einen Erfolg, denn eines Tages erhielt ich von einem befreundeten Kapitän, der mein Streben verfolgte, den Auftrag, sein Schiff „Gustava" unter vollen Segeln auf See zu malen. Zehn Mark, die ich dafür erhielt, waren das erste Künstlerhonorar, und nun ließ mein Vater manchmal den Wunsch durchblicken, ich möchte die Künsterlaufbahn betreten – aber mir fehlte die Lust dazu. Ich hatte eine unerklärliche Abneigung gegen das ganze Malerdasein, und dieses Gefühl hatte in meinem Inneren noch mehr Boden gewonnen, da fast in jeder Erzählung oder jedem Roman ein Maler die Hauptrolle spielte; und der Typ dieser Künstlergestalten in Samtjacke mit Schlapphut und großer Schleife vor der Brust hatte für mich sehr wenig Einnehmendes. Ich liebte diese ewigen Romanhelden nicht, und am wenigsten mochte ich die geschilderte Bohème dieses Berufes. Außerdem hatte ich auch einmal einen wirklichen Kunstmaler hinter unserem Hause auf der Höhe des Berges mit Studienstaffelei, Sonnenschirm und Malkasten sitzen sehen, und als ich ihm sehr begierig über die Schulter auf seine Arbeit schauen wollte, fuhr er mich recht unhöflich an, so daß ich mich zurückziehen mußte. Aber mein Trotz war von diesem Augenblick an geweckt, und mein Entschluß stand fest: „Maler wirst du nie!" Da nun aber auch so langsam in der Familie die Berufswahl der Söhne berührt werden mußte und mein Vater eigentlich nicht viel für seine Jungens als Seeleute herauskommen sah, weil er in diesem mühseligen und unruhigen Leben kein reicher Mann geworden war, so ließ er es an Warnungen nicht fehlen. Aber es nützte doch nicht recht, denn eines Tages erklärte ihm mein jüngerer Bruder Richard, daß er Seemann werden wolle und die Schule ihm keinen Spaß mehr mache. Bald darauf musterte er denn auch als Schiffsjunge auf einer Stettiner Bark an, und die Romantik des Seelebens begann er nun zunächst auf einer Reise nach Bordeaux auszukosten. Sein zum Humor neigendes Wesen hat ihm die schwere Zeit an Bord erleichtern helfen.

Nun war ich allein zu Hause, büffelte noch fleißig auf der Schule bis zur Sekunda, hatte mich mit der Frage des zukünftigen Berufes zwar schon beschäftigt, ohne mich aber entschließen zu können. Am liebsten wäre ich ja Seeoffizier geworden, aber diesen Plan mußte ich mir aus mancherlei Gründen versagen, und so liebäugelte ich denn mit einem technischen Beruf, der mich auf die See führen sollte; aber es kam zunächst anders. Man ließ nicht nach, mich immer wieder auf die Malerei hinzuweisen, und eines Tages ließ ich mich denn bewegen, es doch einmal mit der Kunst zu versuchen. Ich verließ die Schule aus der Sekunda, nahm meine Mal-Erzeugnisse unter den Arm, und mit meinem schmunzelnden Vater zog ich nun zu der Kunst- und Dekorationsmalerfirma Gebrüder Dittmer in Stettin. Meine Arbeiten fanden Beifall, und das Ergebnis war, daß ich sofort als Lehrling bei dieser Firma eintreten konnte. – Nun heiß es Abschied nehmen von der bisherigen Ungebundenheit; aber da auch manche meiner Freunde schon den Kontorschemel drückten und ich auch zu Hause wohnen konnte, so fand ich mich in die neue Rolle.

Meine Lehrherren hatten wohl gute Absichten mit mir, denn ich brauchte nicht wie andere Lehrlinge Farben zu reiben und all den kleinen Kram zu verrichten, der in solchen Werkstätten üblich ist. Aber das Duzen der Gesellen fand nicht meinen Beifall, und deren Beifall fand wieder nicht mein weißer Kragen über der grauen Bluse. Nach zwei Tagen mußte ich mit dem Handwagen, der mit Farbentöpfen und Geräten beladen war und den die Gesellen schieben halfen, hinaus ins Freie zu meiner ersten öffentlichen Tätigkeit. Das Ziel war die vor dem Berliner Tor gelegene Grabstätte des alten Feldmarschalls Wrangel, an welcher das Gitter gestrichen wurde. Auf Wunsch des Meisters und zum Erstaunen der Gehilfen bekam ich schon den Pinsel in die Hand, und nun ging's tapfer an die Arbeit. So vergingen mehrere Tage, aber es begann eine Unlust in mir aufzusteigen, und abends zu Hause war ich schweigsam und müde.

An einem schönen sonnigen Tage mußte ich wieder einmal vor den Handwagen, um eine kleine, in den Anlagen Stettins gelegene Konditorei verschönern zu helfen; aber diese Stätte meiner Wirksamkeit war mir nicht sympathisch. Hier saß beim Nachmittagskaffee die Hautevolee Stettins, und auch meine Freunde sowie bekannte junge Damen verkehrten hier. Man hatte mich erkannt, und bald umgab mich ein großer Kreis, der den neugebackenen Raffael und sein Werk – die graue Wand – bestaunte und bespöttelte. Als ich nach der Arbeit zur Verwunderung der Gehilfen meine Sachen über den Arm nahm, mich kurz verabschiedete und die Werkstatt verließ, war der Künstlertraum zu Ende. Ich hatte die Lust verloren. Zu Hause gab's lange Gesichter, und mein Vater erklärte mir, nun möge ich machen, was ich wolle.

Ich entschied mich nun für den technischen Beruf, wollte Schiffsingenieur werden und als solcher dann zur See gehen, womöglich in der Kriegsmarine. Ich trat als Volontär auf der Schiffswerft von Möller und Holberg, den heutigen Oderwerken in Grabow, an und ging mit frischer Lust und Liebe an die Tätigkeit heran. Mit drei Kameraden stand ich nun von sechs Uhr morgens bis sieben Uhr abends in blauer Bluse am Schraubstock, um praktische Maschinenbauarbeit zu erlernen, und wenn es die erste Zeit auch sauer wurde, das rauhe Handwerk zu bewältigen, so ließ ich mir doch nie merken, wie schwer es mir fiel.

Nach der Tagesarbeit ging's an die Bücher zum Studium des technischen Wissens, und auch Zerstreuung und Erholung kamen zu ihrem Recht in dem großen Freundeskreise, der sich im Laufe der Jahre gebildet hatte. Während eines strengen Winters zog ich mir eine schwere Erkältung zu, an deren Folgen ich in späteren Jahren noch zu leiden hatte. Ich mußte einige Tage Arbeiten in dem Radkasten eines an der Werft liegenden Dampfers ausführen, wo ich fast erstarrte. Die Folge war eine schwere Lungenentzündung. Doch hielt ich durch, und nach Beendigung der praktischen Lehrzeit wurde ich in das technische Büro der Werft geholt und mußte nun am Zeichentisch konstruieren lernen. Meine zeichnerische Begabung erleichterte mir diese Aufgabe ungemein, so daß ich mich hier ganz wohlfühlte. Es wurde mir auch vom Direktor ein kleiner Verdienst bewilligt. Zur Vorbereitung auf den späteren Eintritt in die Marine gehörte nach der praktischen Ausbildung eine gewisse Seefahrtszeit auf Dampfern, damit man den ganzen maschinellen Betrieb an Bord kennenlernte. So war denn eines Tages die Tätigkeit auf der Schiffswerft beendet, und ich mußte mich nach einer Gelegenheit für die Seefahrt umsehen.

Ich hatte Glück durch die Beziehungen meines Vaters in Schiffahrtskreisen, und bald war ein Schiff gefunden. Es war der Auswanderer- und Frachtdampfer „Kätie“ des damals bestehenden „Baltischen Lloyd“, ungefähr 8000 Tonnen groß und mit zwei getakelten Masten versehen, die dem großen Dampfer im Stettiner Hafen ein machtvolles Ansehen gaben.

Auf diesem Schiff, das nach Nordamerika fuhr, musterte ich als Maschinenassistent an, und nun konnte die erste große Seereise beginnen. „Wasser hat keine Balken!“ flüsterten ängstliche Verwandte und Freunde, aber ich war stolz, auf einem so großen Dampfer meine Seefahrt antreten zu können. Meine liebe Mutter sah mich besorgt und ungern scheiden, weil es gleich auf große Reise ging, das half aber nichts.

Lebhaft steht heute noch der Tag der Ausreise, der 6. April 1883, vor mir. Da ich an Bord sein mußte, hatte ich mich am Abend vorher von meinen Eltern verabschiedet, und am nächsten Morgen stand eine große Menschenmenge am Bollwerk, um das Schiff abgehen zu sehen, unter ihr natürlich meine Eltern und viele Freunde. Ich huschte noch schnell aus dem Maschinenraum an Deck, erhielt viele Grüße, und dann tauchte ich unter in die heiße Welt der schwarzen Gesellen, um, mit der Ölkanne bewaffnet, meine Arbeit zu tun. Mit mir hatte noch ein zweiter Assistent angemustert, der auch meine Kammer bewohnte und seine Koje unter der meinen hatte. Ich bekam einen Schreck, als ich diesen Burschen näher betrachtete und erfuhr, daß er außer seinem Arbeitszeug, in welchem er schon schmierig genug aussah, nichts weiter sein eigen nannte. Ausrüstung besaß er nicht; er hatte alles an Land versumpft. Es ging aber besser, als ich dachte, er trug zwar oft mein Zeug, war sonst aber ein williger Kerl und half mir auch, wenn die Seekrankheit mich plagte. Von dieser üblen Sache habe ich mich mit Käse und Hering geheilt, zwar ein tolles Mittel, aber es half doch, obwohl ich diese Kur nicht gern als Allerweltsmittel empfehlen möchte.

Unser Reiseziel war Neuyork, wir liefen aber erst nach drei Tagen den schottischen Hafen von Childs an, um hier Kohlen zu nehmen, und da wir erst abends um zehn Uhr in Tyne Dock einliefen und gleich mit der Kohlenübernahme begannen, so folgte für mich eine schlaflose Nacht. Ich mußte die Eisenbahnwagen, die ihren schwarzen Inhalt von hohen Eisenbahnbrücken in unser Schiff entleerten, zählen, und in dem Kohlenstaub und Getriebe sah ich bald wie ein Mohr aus. Grüne Seife und Wasser verhalfen mir am Morgen wieder zu menschlichem Aussehen.

Die „Kätie" nahm nun ihren Kurs nach Norden um Schottland herum, die düsteren Orkneyinseln wurden passiert, und dann dampften wir westlich in die freie See, und die langen grünblauen Wogen des Atlantik nahmen uns auf ihren Rücken. Hier ging einem das Herz auf beim Anblick dieser großartigen Meereseinsamkeit, und ich konnte mich in meiner Freizeit nicht satt sehen an dem Heranrauschen der langen mit weißen Brechern verschönten Wogen.

Wenn ich irgend konnte, war ich an Deck; und wenn das Vorschiff sich hoch aus dem Wasser hob, um dann beim Senken sich in weißem Schaum und Gischt zu begraben, aber wenn das Heck oben mit mir schwebte, genoß ich das grandiose Schauspiel stundenlang und beneidete das Deckspersonal, das nicht in den heißen Maschinenraum hinunter brauchte.

Mein Skizzenbuch wurde auch wieder nach langer Pause hervorgeholt und mit allen möglichen Bildchen von der Reise bereichert, die dann schmunzelnd von meinen Bordgenossen betrachtet wurden. Während ich diese Zeilen nun nach 44 Jahren niederschreibe, habe ich soeben in dem Büchlein geblättert und mich über die sauber durchgeführten Skizzen von Deckszenen an Bord, amerikanischen Schleppdampfern, Fährbooten auf dem Hudson, Hafenpartien aus Neuyork usw. gefreut und das Gedächtnis aufgefrischt. Ich sehe mich noch tief unten im Maschinenraum bei schwerem Wetter auf den glatten stählernen Flurplatten beim Überholen des Schiffes. Öliges Wasser im Gesicht und am Körper, Getöse ringsumher und glitschig überall. Seebeine hatte ich längst, aber hier unten hieß es sich doppelt festhalten mit einer Hand, wenn die andere nachfühlend die auf- und niedergehenden Maschinenteile oder -lager prüfen mußte, ob sie kühl geblieben, ob nicht irgendein Metall durch Brandgeruch zu hohe Temperatur verriet. – Meine Wache begann mit dem dritten Maschinisten zusammen alle sechs Stunden, und wenn hoch über mir im Schacht nach anstrengendem Nachtdienst die ersten Strahlen der Morgensonne zu spielen begannen, war ich oft recht froh. In einer stürmischen Nacht mußte ich mit einem Heizer zusammen – einem Irländer – an Deck, um einen Ventilator zu drehen, der Sturm heulte durch das Takelwerk und riß uns fast um. Wir kurbelten beide den Ventilatorkopf herum, als eine gewaltige See das Schiff emporhob. Der Irländer schrie mir ins Ohr: „Festhalten!" Da hatte mich aber schon ein mächtiger Brecher gepackt und ging mit mir ab, ich wurde irgendwo gegengeschleudert, griff zu und war vom Tode gerettet. Wäre ich über Bord gespült worden, hätte kein Hahn nach mir gekräht. Der Irländer freute sich unbändig, als ich pudelnaß wieder auftauchte, vom wachhabenden Maschinisten erhielt ich einen ordentlichen Anpfiff, und für die Zukunft sah ich mich doch besser vor.

In der nächsten Zeit hatten wir nebliges Wetter und hohe See, die Luft wurde kälter, und bald waren Eisberge in Sicht, gewaltige weiße Massen schwammen am Schiff vorbei, die auch mein Skizzenbuch bereicherten.

Franz Mehring

Lautere Milch der Vaterlandsliebe

Seit meiner frühen Jugend zählte er [Lessing] zu meinen Lieblingsschriftstellern, doch gehörte es nie zu den Träumen meines Ehrgeizes, über ihn zu schreiben, so eifrig ich alles verfolgte, was über ihn geschrieben wurde.

Ein kaum weniger tiefes Interesse fesselte mich von früher Jugend an den alten Fritz, obschon es weniger freier Wahl als dem Zwange der Umstände entsprang. Aufgewachsen in dem engen geistigen Bannkreis hinterpommerscher Kleinstädte, mußte ich mich allzulange von der lauteren Milch preußischer Vaterlandsliebe nähren, und noch in meinem Abiturientenaufsatz habe ich das famose Thema „Preußens Verdienste um Deutschland“ so gläubig behandelt, daß ich die erste Note erhielt.

Darüber vergingen die Jahre und Jahrzehnte. Ich hatte meinen Lessing anders lesen lernen, als ich ihn als Knabe las, und ich hatte auch meinen angestammten Friedrich anders schätzen lernen als auf den Bänken der Schule. Immer aber dachte ich noch nicht daran, weder über den einen zu schreiben noch über den anderen.

Carlludwig Schleich

Mein Ithaka hieß Wollin

Stettin, die alte Wendenfeste, ist eine echte Hafenstadt am Abhang des mit schwerem Laubwald tief umhüllten uralisch-baltischen Höhenzuges. Es liegt zu beiden Seiten der Oder, deren mehrere Arme Teile von ihm inselartig umfassen. Der breite, nur träge, grau und lässig dahinfließende Strom durchquert die Altstadt direkt nach Norden, links und rechts von Hafenanlagen, Werften, Villen und bergigen, schön bewaldeten Vororten umrahmt, die bald auf der rechten Seite von flachen Wiesen abgelöst werden. Der Strom erweitert sich dann in einen großen See, den Dammschen, und das breite Papenwasser, um dann mächtig in das Haff auszuladen. Diesem Haff und seinen drei fächerartig gespreitsten Armen: Peene, Swine, Dievenow werfen sich die Inseln Wollin und Usedom dammartig entgegen und trennen das Haff von dem Meer der Pommern, Balten und Skandinavier, der Ostsee. Die Insel Wollin war die Heimat meiner Mutter, woselbst sie mit 12 Geschwistern eine auch mein Leben sonnig überstrahlende Jugend genoß, deren die ganze kinderreiche Sippe in dem Dorfe Kalkofen auf den Besitzungen meiner Großeltern und Onkels bis zu unserer Reife wie eines großen Glückes teilhaftig wurde. Meine ganze Jugend war eine Glückspendel-Bewegung zwischen Stettin und dieser herrlichen Insel Wollin, von der das sommerreisende Publikum ja nur ein kleines Stückchen um Misdroy herum lieben gelernt hat. Von den schönen Wundern ihres Innern werde ich noch vieles zu berichten haben. Sie ist mein Ithaka der Jugend, das die Erinnerung mit allen Zaubern des ständigen Heimwehs umwoben hat. Stettin ist bergig auf der Westhälfte und fällt ziemlich steil zum Hafen ab und trug in meiner Jugend noch vornehmlich das Gepräge einer echten Fischer- und Kommerzstadt. Die ganze blühende Entwicklung vom vorherrschenden Großsegel- und Vollschiff bis zum mächtigen Kauffahrteidampfer und den häuserhohen Ozeanriesen habe ich miterlebt. War doch der Vulkan, diese weltberühmte Werft, eine Hauptproduktionsstätte größter Dampfer und Kriegsfahrzeuge für aller Herren Länder. Eng waren wir Schleichs mit dem Vulkan verwachsen. Nicht nur, daß mein Vater Augenarzt an diesem Institut war, in dem Tausende von Arbeitern den Stahl zu Schiffsrippen, Rumpfgliedern und Maschinenkesseln umschmolzen, ihn weißglühten, hämmerten und nieteten, was wir Jungen alles eifrig mit ansahen, auch die leitenden Persönlichkeiten waren uns verwandt oder wenigstens eng befreundet. So meine Oheime Schneppe und Koppen, von denen der erstere Aufsichtsrat und der andere ein Jahrzehnt und länger der erste Direktor der Werft war, so Albert Schlutow, der Liebling Kaiser Wilhelms II. (er hieß im Schloß nur „Onkel Schlutow", genau wie bei uns). In welche naive Zeit meine erwachende Jugend noch hinaufreicht, beweist ein von mir in jungen Jahren belauschtes und bewahrtes Gespräch, das zum Streit anschwoll, zwischen meinem Vater und Onkel Schneppe, einem Vatermörderkragen-Original von eigentümlicher Römerkopfprägung, wie es dazumal in Stettin viele gab, urwüchsig derb, rückständig bis in die Puppen, aber lebetoll und ein Schwerenöter. Ich höre ihn noch über den strittigen Schiffsbau also sprechen: „Karl, dat is ja 'n Unsinn mit den Eisenschiffen! Dat weiß doch jedes Kind: Holz schwimmt woll, Eisen versinkt. Es is unmöglich, dat sich eiserne Schiffe über Wasser halten!" Sonderbar. Er hat in gewissem Sinne für seinen beschränkt stettinischen Standpunkt recht behalten! Denn Stettin hatte wahrlich damals kein Glück mit seinen großen heimatlichen Eisenschiffen. In meiner Jugend bildete sich eine Stettin-New-Yorker Passagierdampfer-Verbindung, der „Baltische Lloyd" genannt. Drei prachtvolle, große Ozeandampfer dieser Gesellschaft, alles Schiffe des Vulkan, versanken hintereinander, zwei davon ohne jede Kunde, eins, an die norwegische Küste verschlagen, mit Mann und Maus! Wieviel Hunderte der schönsten und berühmtesten Seekolosse liefen später auf der Vulkanwerft vom Stapel, diese drei heimischen Riesen erwürgte die Flut! Oh, wie viele Großfeste haben wir als Kinder mitgemacht, die Stapelläufe der berühmtesten Amerikafahrer der Welt und die herrlichen Stammesriesen unserer aufblühenden, wappenstolzen Marine, die nun jetzt am Grunde der See oder in fremden Häfen entehrt und entfahnt trauern. Diesen Trümmerbruch einer Jugendhoffnung unseres Vaterlandes, die ich wachsen und blühen sah mit eigenen Augen wie mein eigenes junges Leben –, diesen Schmerz eines echten Hafenkindes werde ich niemals verwinden. Ja, glühend, staunend haben unsere Kinderaugen gehangen an dem einen kurzen Tau, nach dessen Kappung, wenn die Champagnerflasche aus königlicher Hand gegen den Schiffsbug geschleudert, schäumend barst, der Koloß zu zittern begann, furchtbar drohend kaum merklich ein wenig seitlich hin- und herschwankte und nun wie ein Seeungeheuer rückwärts hineinglitt in die Flut, aus deren Geist und Wesen ihn Menschengeist erschaffen! Wie stolz fühlten unsere Kinderherzen hier dutzendfach Reich und Heimat sich gleichsam hineinbohren in die große Welt zur Ebenbürtigkeit der Nationen – und nun? Wann wird der deutsche Siegfried ein solches Schwert wieder schmieden können, wie es die schöne deutsche Flotte war, für deren Bau die Hände meiner Landsleute so viele Jahrzehnte Schwielen trugen?

Natürlich lagen wir Jungen ständig auf dem Wasser oder trieben uns im Hafen, am Bollwerk in nicht immer holdester Eintracht mit den eingeborenen Bollwerksbrüdern umher, da es überall etwas an Überseewaren zu bestaunen, studieren, stibitzen und zu naschen gab. Da galt es Johannisbrot, Mandeln, Apfelsinen, Zuckerkand, Rohrzucker, Lakritzen und allerhand Gewürze zu mausen. So verlief meine erste Jugend ziemlich kriegerisch in Gemeinschaft von Räubergenossenschaften und Bummlergesindel, da meine Eltern meiner Erinnerung nach bis in meine bewußten Jahre auch nicht den leisesten Versuch gemacht haben, mich standesgemäß zu erziehen, wofür ich ihnen von Herzen danke, denn ich habe mir aus dieser Zeit des Verkehrs mit Schnapphähnen, Bowkies und Latschenträgern, deren futuristisch-kubistisch geflickte Hosen eine sonderbare Neigung besaßen, ständig abwärts zu rutschen, eine gewisse Vorurteilslosigkeit gegen Standesunterschiede und eine gewisse Vorliebe für die Enterbten der Nation bewahrt, nebst der humoristisch-fatalistischen Neigung, irgendein herannahendes Schicksal ruhig auf mich zukommen zu lassen wie den Schutzmann des Bollwerks. Aus zahlreichen Bollwerks- und Straßengefechten, namentlich auf den Abhängen der Grünen Schanze, wurden strategisch sorgsam vorbereitete Straßenschlachten mit Besenstielen und Faßreifen, die prächtige runde Husarensäbel abgaben, entwickelt; aus vielen solcher Renkontres, bei denen es häufiger Zahn um Zahn als Auge um Auge ging, habe ich mir eine gewisse Zuversicht in allen Kampflagen erworben, aber auch eine deutliche respektvolle Hinneigung zu meinen Feinden; denn wenn wir uns auch prügelten, wir hatten uns doch ganz gerne, und so habe ich auch meinen zahlreichen und manchmal nicht sehr zarten Gegnern im Lebenskampf nie so recht bös sein können. Von den Jugendkampfspielen her wußte ich, man vertrug sich ja doch schließlich wieder, und es kam immer eine Zeit, in der „alles nicht gewesen sein mußte!" Vielleicht wissen wir Männer gar nicht, wie lange wir eigentlich Jungens bleiben und mit den ernstesten Dingen ein leider viel zu wichtig genommenes Spiel treiben. Nur wenn man die Wissenschaft allzu ernst nimmt, wird man bös. Bewußtsein der Lustigkeit des Gedankenspiels macht gütig und tolerant. Auch blieben natürlich zur Milderung unserer Sitten romantische Aventüren mit den nicht immer appetitlichen Schwesterchen unserer Feinde keineswegs aus, und ich entsinne mich mancher Wanderungen in den alten, streng gesperrten Festungswällen und über die Kasematten der Garnison mit Beutegeschenken, Räuber- und Pfänderspielen, Blumenpflükken und Liebkosungen aller Art auf diesen Zügen in Scharen und zu Paaren.

Ein gütiges Geschick hat mir diesen Zug ins Romantische bewahrt und mir bis in mein hohes Alter dieses echt deutsche Schweben durch die Dinge und über ihnen nicht verleidet, ein deutliches Gefühl, als sei dies Leben und seine Erscheinungen nicht das allein Erreichbare, sondern als gehe noch etwas Unerkennbares da mit- und nebenher, ja, als sei alles gar nicht so wirklich, wie es scheine. Ich erinnere mich, daß wir darüber schon früh nachdenkliche Reden, im Grase sitzend, führten, daß man doch eigentlich gar nicht wissen könne, ob nicht immer „Wer" mit einem gehe, eine Vorstellung, die sich dann in meinem lieben Freunde und späteren Schwager Paul Oelschlaeger schon früh in der drolligen Vorstellung eines ihn ständig begleitenden „Luftroberts" verdichteten und die ich in meinem Traumroman *Es läuten die Glokken* zu seinem Gedächtnis poetisch auszuwerten versucht habe. In unsern Spielen blühte überhaupt bisweilen eine gewisse Geistigkeit und Frühreife, eine Art spöttischen Kritizismus und eine Naseweisheit auf, die ich mir nicht anders erklären kann als mit dem Ab- und Nachglanz einer Art geistiger Klassizität Stettins, die um das Jahr 1840 dort einsetzte und über 20 Jahre eine Hochspannung geistig-künstlerischen Lebens erzeugte, die mich aus den Erzählungen meiner Eltern und älteren Verwandten stets angemutet hat, als habe sie etwas von Weimarer Luft ausgestrahlt. Diese Periode in Stettins Entwicklung verdient einmal beleuchtet zu werden, zumal ich glaube, daß diese Blütezeit meiner Vaterstadt auf uns „jüngere Stettiner" damals von einem sehr erheblichen Einfluß gewesen ist. Nicht, als ob um eine geistige Persönlichkeit vom überragenden Schlage eines Goethe sich die intellektuellen Kreise konzentriert hätten oder als ob eines Fürsten Mediceertum die Geister besonders angezogen hätte, aber es war damals in Stettin eine Schar hochbedeutender Männer und Frauen vereinigt durch die Gunst der Zeit, deren Namen auch weit in die Lande hinausleuchteten. Der Balladen-Komponist Carl Loewe, Organist an der St. Jakobi-Kirche, in deren Orgel, in der Höhlung der großen C-Flöte, in goldener Kapsel sein Herz laut testamentarischer Bestimmung eingemauert ist; der Komponist herrlicher gemischter Chöre, Ferdinand Oelschlaeger, der Großvater meiner Frau, dessen in der Musikliteratur einzigartige Meisterquartette einst in Pommern und in der Mark populärer waren als die Mendelsohns und sie an Feinheit und Originalität der Stimmführung weit überragen. Der Historiker Schmidt, der Dichter Ludwig Giesebrecht, ein Lyriker und Epiker ersten Ranges, dem Franz Kern eine prachtvolle ästhetische Würdigung in einem vergriffenen Werke zuteil werden ließ, ein Mann, der – man lese ihn nur – wahrhaft Goethesche Töne hatte und der Carl Loewe unzählige Texte zu Liedern, Balladen und Oratorien lieferte. Dann war da ein Universalgenie, Robert Graßmann, der, eine Autorität im Sanskrit, zugleich ein perfekter Musiker und ein weltberühmter Physiker, Mathematiker und Philosoph war, den die französische Akademie zu ihrem Ehrenmitgliede ernannte. Leider war er beim Empfang der Ehrung schon tot. Da war der hochgeistige Gymnasialprofessor Calo, ein förmlich mystischer Mann, den, groß, schlank, blaß, mit schneeweißem, hutlosem Haupt in eigentümlich griechisch wallendem Faltenmantel ich noch oft in seiner imponierenden Erscheinung über den Roßmarkt wandeln gesehen habe. Calo hatte Weltreisen gemacht, war ein Mysterium-Sucher, hatte einen sonderbar faszinierenden Einfluß, laut Schilderungen meines Vaters und anderer, auf die Stettiner Gymnasialjugend, die für ihn begeistert war und von ihm etwas wie griechisches Weinlaub um die Stirne gewunden und einige Tropfen vom Safte des Dionys ins Blut geträufelt erhielt. Calo hat sonderbare Novellen und tiefinnige Sonette verfaßt, die ich unter dem Einfluß der Schwärmereien meines Vaters und meiner Oheime verschlang und von denen ich noch heute nicht begreife, daß sie nicht ihren Siegeszug durch die Welt genommen haben. Eine Stadt mit merkwürdiger Physiognomie war Stettin. Sie tat von je nie etwas für ihre großen Söhne, sie ließ ihren Ruhm in ihren Mauern eingeschlossen, tat, als ob es gar nichts wäre, einen Loewe, einen Giesebrecht den ihren zu nennen, ließ ihre Sterne nicht über ihre Vorwerke hinausleuchten, besaß aber zugleich einen so hohen Stolz über ihre Geistigkeit, daß ihr von außen, von Berlin schon gar nichts recht imponieren konnte, wodurch sie lange Zeit für produzierende Künstler ein verhaßter und gefürchteter Boden war. Der Ton in Stettin war „überkiekig", snobistisch noch bis in meine Jünglingsjahre hinein. Nur nichts Fremdes anerkennen! Das hatten wir ja Gott sei Dank alles bei uns selbst. Es war erstaunlich für uns Jüngere zu hören, daß den richtigen Stettiner Logenbrüdern es gar nicht besonders imponierte, daß allsonnabendlich in der Loge ein gewisser Carl Loewe mit einem neuen Manuskript angezogen kam und den Brüdern eine frisch gesetzte Ballade so „nach Tisch" vortrug, die sie auch wirklich „recht hübsch" zu finden geruhten, und es paßt ganz gut zu diesem selbstbewußt stettinisch kühlen Ton des Ansichherankommenlassens, daß viele alte Stettiner noch spät verwundert waren, daß „unser Carl Loewe" so etwas wie ein klassischer Genius gewesen sein solle. „Is woll nich möglich? Das kleine Männchen? Na, ja." usw. Es paßt ganz gut dazu, daß die damaligen Väter der Stadt diesem Heros der Ballade glatt den Abschied gaben, als er nach mehr als fünfzig Dienstjahren, krank bis ins Mark, um einen Erholungsurlaub bat, noch dazu mit schäbiger Pension. Mögen sie sich im Grabe umdrehen vor Schmach und Schande! Mögen sie es verantworten, daß der Komponist ganz unsterblicher Gesänge, Ferdinand Oelschlaeger, im Winter mit seinen Söhnen das Eis der Waschschüsseln mit dem Stiefelknecht aufschlagen mußte, weil sie zu arm waren, um sich Heizholz halten zu können, und mögen sie es rechtfertigen, daß derselbe Mann, der von seinem König für ein herrliches Hohenzollern-Quartett goldene Dosen erhielt, fast Hungers starb und doch in stiller Größe himmlische Weisen der Orgel der kleinen Schloßkirche am Königstor entlockte! Sie haben es nicht gesehen, welch ein echter deutscher Meister er war, eine dankbare Nachwelt wird ihn neu entdecken. Sie haben nicht gewahrt, daß ein komplettes Genie, der alte Dohrn, der Vater des weltberühmten Neapeler Zoologen Anton Dohrn, unter ihnen dichtete, komponierte, entdeckte. Er hat mehrere Bände spanischer Dramen herausgegeben und eigene gedichtet, Volksliedersammlungen aller Herren Ländern veranstaltet, unzählige naturwissenschaftliche Originalarbeiten geschrieben und wie ein echter Musensohn gefiedelt, gesungen und die Welt durchwandert: überall froh begrüßt und geehrt. Nur Stettin, seine Vaterstadt, hat nicht gewußt, wie genial er war, nur daß er ein schnurriger Kauz schien. Ein Trotzkopf von Stadt. Alles selbstverständlich und „na! so doll ist's doch woll nich!“

Max Spiecker

Studenten im Wagen und zu Pferde

Die farbentragenden Verbindungen bestanden aus drei Korps: Borussia, das sich einer gewissen Volkstümlichkeit erfreute, Pomerania und Guestfalia; daneben gab es die Landmannschaft Baltia, die sich zum Korps auftat, aber als solches nicht lange bestanden hat, die Burschenschaften Germania und Rugia und den Wingolf. Zu den nichtfarbentragenden Verbindungen gehörten der akademische Gesangverein, der akademische Turnverein, die katholische Normannia, die Pharmacia und einige sogenannte Blasen, die landsmannschaftlich begründet waren und zum Teil auf Kontrahage „losgingen“, wie meine Stargardia.

Gemeinsame studentische Kommerze zu Ehren eines scheidenden beliebten Dozenten oder aus vaterländischem Anlaß, Fackelzüge, z. B. zu Ehren des in Greifswald weilenden Kultusministers Falck, und Begräbnisse haben auf mich bleibenden Eindruck gemacht. Man fühlte sich als civis academicus, als Glied einer höheren Körperschaft, als Jünger der Wissenschaft, berufen, dereinst dem Staate, der Kirche oder sonst den Mitmenschen zu dienen. Auch das 50. Stiftungsfest des Korps Pomerania gewährte durch den feierlichen Aufzug der Chargierten zu Pferde, der alten Herren zu Wagen, ein glänzendes Schauspiel. Die Borussen veranstalteten sogar an einem Sommernachmittage auf dem Karlsplatz eine öffentliche Fuchstaufe. An einem Begräbnis nahm ich mit bewegtem Herzen teil, denn der da vor mir zu Grabe gebracht wurde mit allen studentischen Ehren, war mein Namensvetter, ein Mediziner aus Nauen, Mitglied der Borussia, der auf einer Segelfahrt im Greifswalder Bodden ertrunken war. Für mich hatte dieser Todesfall manche üble Nachwirkung, ich wurde für tot gehalten; zwei Straßenjungen riefen mir einmal nach: Dat is de „versapen" Spiecker. Zeuge dieses Vorgangs war Freund Stützner, Pastor in Carow bei Labes.

Ein Höhepunkt des akademischen Lebens war auch eine Doktorpromotion, bei der ich als Opponent mitwirken durfte und an die ich mit Vergnügen zurückdenke. Es war im Sommersemester an einem sonnigen Vormittag im Rosenmonat, als wir, der Doktorandus und seine drei Opponenten, zur Wohnung des Dekans der philosophischen Fakultät Professor Dr. Susemihl fuhren, wo wir mit einem Imbiß (Kuchen und Wein) bewirtet wurden. Dann begann die Ausfahrt. Im ersten Wagen der Herr Professor und der Doktorandus, im zweiten wir; alle in vollem Wichs, hohem Hut, Frack, weißen Handschuhen, jeder die in Hellrot gebundene Dissertation in der Hand; die Wagen offene Landauer, Leine weiß, Kutscher in Gala. Das Ganze ein erfreuender Anblick für Kommilitonen, Bürger und die kleinen Mädchen. Unser Versuch, eine dem bevorstehenden Geisteskampfe entsprechende würdevolle Miene anzunehmen, scheiterte an unserer Jugend und unserm Übermut. So hielten wir vor der Universität am Rubenowplatz und betraten den großen Festsaal (Aula), wo eine Anzahl Studenten versammelt war. Der Doktorandus verlas vom Katheder aus seine gegen die giftigen Pfeile seiner drei Feinde zu verteidigenden drei Thesen. Der Kampf begann; jeder versuchte in lateinischer Sprache eine der Thesen als ganz verfehlt, als offenbaren Unsinn, der unbegreiflich erscheine, anzufechten, erklärte aber nach einigen lateinischen Erwiderungen, daß er die Haltlosigkeit seiner Behauptungen einsähe und den geistvollen, scharfsinnigen Gründen nicht widerstehen könnte; wir streckten die Waffen. Die vorausgesehene Entscheidung war gefallen. Nachdem der Sieger an die Versammlung die Frage gerichtet hatte, ob noch jemand etwas einzuwenden habe, betrat nach einer für den Fragenden beklemmenden Pause der Dekan das Katheder und überreichte mit geziemenden Glückwünschen das Diplom. Nun brachten wir den hohen Herrn nach Hause und fuhren zum Doktorschmaus in die elterliche Wohnung des Promovierten. Ich weiß davon nur, daß alles schön und reichlich war, daß wir alle sehr lustig waren, beschwingte Reden hielten, den ungewohnten Wein wie Bier tranken, und daß ich am späten Nachmittag in einer Rosenlaube erwachte. Der neugebackene Doktor lag im Bett, die anderen beiden tapferen Opponenten hatten völlig ermattet und haltlos den Platz verlassen. Die Droschken, um das hier einzuflechten, stellte Wulf oder Kasch. Außer diesen Fuhrherren war noch der alte Trill vorhanden, aber außer Konkurrenz. Denn er, sein Wagen und seine beiden Gäule waren greisenhaft; wir hatten auf ihn folgenden Spottvers gemacht:

Der alte Vater Trill
kann fahren, wie er will.

Daß es auch unter den Studenten Originale gab, beweist noch die Gestalt eines Paul Kr.! Drei Tanten in St. hatten ihn erzogen, daher seine Eigentümlichkeit und Weltfremdheit. Mein Freund Gerlof (Geh. Medizinalrat in Stralsund) traf ihn und fragte, was er jetzt studiere; wir wußten, daß Kr. zuerst Theologe, dann Baufachbeflissener gewesen war. „Medizin im fünften Semester." – „Was hat du belegt?" In der Antwort fehlte: Frauenklinik. „Menschenskind, ohne sie kannst du doch kein Examen machen!" – „Nein, meine Tanten sagen, das ist unanständig." Die spaßigen Vorgänge nachher in der Frauenklinik kann ich nicht wiedergeben; der humorvolle Professor Pernice und seine Zuhörer haben Tränen gelacht. Paul Kr. nährte sich meist von Milch und Äpfeln. Die Staatsprüfung hat er bestanden; ob er jemals Praxis gehabt hat, bezweifle ich.

Heinrich Bandlow
Unsere Stadttore

Ein Knabe, der seines Vaters Mütze trägt, braucht sich nicht mehr Spöttereien gefallen zu lassen als unsere Stadt mit ihren beiden mächtigen, alten Toren. Der windbeutelige Reisende sagt, man müsse sich an unsere kleine Stadt immer deswegen wieder erinnern, weil sie darin einzigartig sei, daß man schon aus dem andern Tor wieder hinaussehen könne, wenn man in das eine hineinkomme. Er sagt, zwei Tore reichen für unsere Bedürfnisse kaum aus, auch im Norden und Süden könnten sich noch eine Engelsburg und ein Tower gegenüberstehen, vielleicht mit einigen Bleikammern (jawohl, für die Herren aus Kalau!) oder nach dem Modell der Bastille. Er sagt, wir sollen sie ja stehen lassen; es sei zu schön, wenn die Stadt von Toren beschützt werde. Er sagt, unsere Tore seien das solideste Publikationsorgan, welches ihm bekannt wäre, weil an ihnen in einem Kasten mit Drahtgitter die behördlichen Bekanntmachungen dem Wind und Wetter ausgesetzt werden. Das heißt, dies sagte er, heute haben wir einen Stadtmoniteur, der uns den Willen und die Wünsche der Polizei offenbart. Er sagt noch viel mehr, was wir aber wieder vergessen haben.

Als echter Pfahlbürger einer kleinen pommerschen Stadt lächele ich über seine Neckereien; denn nur der Neid ist die Mutter seiner Witze. Unsere Stadttore gehören einmal zu unserer Stadt, wie die Nase zu unserem Gesicht. Sie sind der Stolz und die Freude der Bürgerschaft, und würden sie ihr genommen, so fiele damit ein Teil ihres geschichtlichen Denkens und es würde die Kette zerbrochen, die uns mit der Vergangenheit verbindet. Vielen Jahrhunderten haben ihre starken Mauern, ihre Bogenfenster und Türmchen Trotz geboten; mögen sie erhalten bleiben als redende Denkmäler der Vorzeit.

Und was erzählen die Tore?

Viel, viel mehr als unsere Stadtchronik. Denn die Stadtchronik weiß nicht viel mehr zu erzählen, als daß die Stadt einst eine kleine, starke Festung war, daß sie trotzdem von jedem, der Lust daran fand, sie zu belagern, genommen wurde. Selbst dem Raubritter, der von seinem festen Schloß hinabschritt und mit seinen Reitern sich vor die Stadt legte, gelang es, sie zu überrumpeln. Von großem Ruhm und Glanz weiß die Geschichte nichts zu melden; aber von vielem Leid und menschlichem Elend können die Tore erzählen. Sie haben die vielen Zehntausende von Leichenzügen gesehen, die durch ihre Pforten gewandelt sind, um einem Lieben das letzte Geleit zum ewigen Frieden zu geben, und nach wenigen Jahren sahen sie, wie auch die Begleiter hinausgetragen wurden und dann wieder deren Begleiter – eine endlose Kette; so predigt das alte, von Menschenhand aufgeführte Gemäuer die Vergänglichkeit alles Irdischen, ungehört von so vielen, die hinaus und hinein durch die Toröffnung gehen und nur an heute denken, an die kleinen Sorgen und armseligen Freuden des täglichen Lebens, die in ihrer Geschäftigkeit und Sorge kein Ohr für die erschütternde Predigt der Tore haben. In alter Zeit führte man den Steingang hinauf in die kleine Zelle die steinalte Frau mit dem gekrümmten Rücken und den matten, kranken Augen. Sie stützt ihren kraftlosen Leib, den seine natürlichen Träger nicht mehr fortschleppen können, auf Stützen. Die Alte ist die Nachbarin des reichen Ratsherrn, dem schon seit längerer Zeit Kühe erkrankt sind und in der Wirtschaft viel böses Unheil anderer Art begegnet war. Ein Pferd trat in den Nagel, der auf dem Hof lag, und es starb daran. Das Holz auf dem Herd wollte nicht brennen, drei schwarze Katzen strichen nächtlich über den Hof, die Eule schrie über dem Schornstein, nun war auch das kleine Kind erkrankt: wer anders konnte all dies Verderben über das Haus gebracht haben, als die Nachbarin – die Hexe.

Man führte dann den Steindamm hinauf den heimatlosen Vagabunden, der eine Gans gestohlen hatte, und andere arme Menschenkinder, die das Gut des Nächsten geraubt oder die Ehre des Weibes nicht geachtet hatten.

Sie alle führte man wieder hinab – nicht in die Freiheit zurück, sondern hinaus aus dem Tor zum Galgenberg, die Hexe auf den Scheiterhaufen, die anderen Sünder an den Galgen.

Eine neue, mildere Zeit brach an. Vom Lande kommt ein großer Wagen, geschmückt mit Laub und bunten Bändern, vor die Toröffnung. Der Torwärter öffnet die schweren Eichentüren und läßt den Hochzeitswagen hinein. Der Zug geht zur Kirche, der stattliche Bräutigam wechselt mit der schönen Braut die Ringe – ein neues Leben voll Liebe und Freude tut sich vor ihren Augen auf. Draußen weht der Sturm, aber in ihrem Herzen ist Jubel und Glück. Die mutigen Rosse schlagen auf den Steindamm, daß die Funken springen, die Bänder und Streifen an ihrem Geschirr fliegen im Sturm, das Brautgefolge auf dem Wagen hält lachend die Hüte fest. Der Wagen ist im Tor, da schlägt der wütende Sturm einen Torflügel zu und zerschmettert ein Pferd und den Wagen und die Braut. In einem Augenblick ist all der Jubel und die Hochzeitsfreude in herbes Unglück gewandelt. Nach drei Tagen wird die bräutliche Frau im Hochzeitsschmuck in die Gruft gesenkt. Und an diesem Tage entfernte man in aller Stille die schweren Torflügel und verbrannte sie. Sie hatten längst keinen Zweck mehr.

Wieder öffnet sich die Zelle, und hineingeführt wird ein scheuer Mann, der auf den Stuhl niedersinkt. Wie hatte er sein Verbrechen so klug, so schlau durchdacht und ausgeführt und nun doch! Nun doch der Gerechtigkeit in die Arme gefallen. Vor seinem inneren Auge schaut er das Haus am Markt, sein eigenes, vom Wetter zerzaustes Haus mit dem Apfelbaum vor der Tür. Er sieht, wie die Leute vorübergehen und nach dem kleinen Giebelfenster hinaufblicken, und wie einer mit dem Finger hinaufzeigt, um es dem andern zu zeigen: „Da liegt er!“ Da liegt er, der alte Oheim, der zu lange lebte, und dess Geld ihm zum Verderben wurde, ihm und auch dem andern, dem Mörder, der jetzt in der Torzelle sitzt. Der Neffe schlich sich hinauf mit dem schwersten Böttcherhammer und zerschmetterte dem Alten den Kopf, dann zerrte er den Toten an die erste Treppe und stürzte ihn hinuter, weiter an die zweite Treppe und wieder hinunter. „Er ist zu alt und kraftlos und ist beim Hinabsteigen von den Treppen gestürzt und hat den alten, mürben Schädel gebrochen! Es ist ein Unglück!“ hatte er dann zu den Herrn vom Gericht gesagt. Aber der Arzt hatte den Hammerschlag gefunden und den Richtern den Hammer gezeigt. Und nun lag die ganze Berechnung in Scherben. Der Verhaftete flucht vor sich hin, ihn graust es, als er das Geschrei der Dohlen in den Mauerlöchern des Tors hört, als die Glocke vom Kirchturm langsam schlägt, als wollte sie mit ihren Schlägen seinen eigenen Kopf treffen. Er springt auf zum vergitterten Fenster. Draußen lacht der Sonnenschein über den Feldern und über den blühenden Bäumen. Mit starken Armen faßt der Böttcher die eisernen Stangen und jubelt auf: eine Stange sitzt lose im Mauerkalk. Er reißt die Stange heraus und hat damit ein Werkzeug, die nächste freizumachen. Auch dies gelingt. Der starke Mann atmet schon wieder die neugewonnene Freiheit. Sein einziger Gedanke ist Flucht, schnellste Flucht. Er zerreißt seine Kleidungsstücke zu schmalen Streifen, er weiß es, daß das Seil, welches er daraus knüpft, nicht lang genug wird, aber er ist geschmeidig und behend. Als der Abend naht, schlingt er das Seil ans Fensterkreuz und läßt sich hinaus. Kein Mensch ist draußen zu sehen! Er ahnt es auch nicht, daß im Tor unter ihm ein Liebespärchen sich ein Stelldichein gibt, das dort unten flüstert und scherzt. Der letzte Sprung! „Gerettet!“ ruft er. Der Bräutigam schreckt auf, läßt die Hand der Braut fahren und macht sich auf die Jagd nach dem entsprungenen Wild. Der Verbrecher läuft auf der Landstraße, hinter ihm sein Verfolger, vor ihm tauchen Tagelöhner auf, die von der Feldarbeit kommen. Sie sehen den Jäger und sein Wild und laufen auch, um es einzufangen. Keine Zeit zu klarer Besinnung und kein Ausweg, als nach rechts oder links auf die Wiesen. Er springt nach rechts über den Graben, hinter ihm her seine Verfolger. Da kommt der Fluß, der seine Schritte hemmt.

Er wischt den rinnenden Schweiß von der Stirn, seine Augen drehen sich wild erst zu den Feinden, dann zum Fluß. Nicht wieder in die Hände der Menschen! Ein Sprung, und die Wellen nehmen ihn auf, und als seine Verfolger ankommen, sinkt er, der des Schwimmens nicht kundig ist, unter. Die Leute bringen die Leiche ans Ufer, und nach wenigen Tagen werden beide, der Mörder und sein Opfer, bestattet. Durch die Toröffnung bewegt sich der Leichenzug mit dem Erschlagenen; die Glocken klagen vom Turm ihr altes Lied von Menschenleid und Menschenjammer, und der Geistliche braucht keine erschütternde Predigt zu halten. Die grausige Tat, der bleiche Mund des Toten, die Glocken schlagen mehr als Menschenmund an die Brust der Menschen, die ernst zurückgehen vom offenen Grab in die Sorgen des täglichen Lebens. Am späten Abend fährt ein Karren durchs Tor, und der fluchbeladene Mörder wird in einer Kirchhofsecke eingescharrt.

Auch der heimatlose Landstreicher und viele Menschen mit bösem Gewissen; der habgierige Kirchendieb, der nachts die Kirche ausraubte und meinte, es könnte nicht entdeckt werden; der Betrüger, dem so viele Arme ihr Ganzes hingegeben hatten und die nun Bettler waren; der Brandstifter, der sein Haus anzündete und eine ganze Straße in den Untergang riß – sie alle kannten die steinernen Stufen und die Zellen im Tor, die ihren Leib und ihren verlorenen ehrlichen Namen umklammerten. Sechshundert Jahre lang stehen die Tore. Das Gemeinwesen, das solche alten Bauwerke besitzt, soll sie achten und in Ehren halten und an die Worte denken, die die Steine reden: „Liebet Gott und die Menschen und hütet euch vor Sünde und Unrecht."

Hans Fallada

Neigung, alles noch einmal zu denken

Bericht 1. 4. 1937

Ich habe Herrn Hans Kagelmacher, z. Z. in Leipzig, im Jahre 1916 kennengelernt, als ich in meiner Eigenschaft als Hilfsarbeiter der Landwirtschaftskammer Stettin den Zustand des von ihm bewirtschafteten Gutes Strellin im Kreise Greifswald auf seine Anerkennungsfähigkeit zu begutachten hatte. Seitdem verbindet uns beide eine Freundschaft, die bis zum heutigen Tage angedauert hat und die sich sowohl auf gleichen landwirtschaftlichen Neigungen wie auf gemeinsamen künstlerischen Interessen gründet. Ich habe Herrn Kagelmacher während dieser zwanzig Jahre oft gesehen, habe auch einmal auf seinem eigenen Hofe fast 2 Jahre als Beamter unter ihm gearbeitet, so daß ich sagen kann: ich kenne ihn sogut, wie ein Mensch den andern kennenlernen kann.

Was seine landwirtschaftlichen Kenntnisse und Fähigkeiten angeht, so besitzt K. die Intuition, die nur durch die lange Beschäftigung vieler Generationen mit derselben Tätigkeit entstehen kann. Dazu kommt bei ihm eine Neigung, alle Dinge noch einmal für sich von vorne an zu denken, er glaubt kaum an übermittelbares Buchwissen, er vertraut nur dem selbst Erdachten. Er hat meiner eigenen Beobachtung nach auf verschiedenen Gütern und unter verschiedenen Wirtschaftsverhältnissen ganz ungewöhnliche Betriebs- und Ertragserfolge erzielt, Ertragszahlen, die ich selbst bei ihm beobachtet habe, klingen so unwahrscheinlich, daß ich sie in diesem kurzen Bericht, wo ich sie nicht näher erläutern kann, nicht nennen möchte. Kurz gesagt beruhen die Kagelmacherschen ungewöhnlichen Erfolge auf einer neuen Art der Bodenbearbeitung, die dem Wasserhaushalt des Bodens und dem Leben der Bodenbakterien gerecht wird.

Fritz Dittmer

Stettiner Hofkonzerte

An einem trüben Vormittag saß ich zu Hause bei meinen musikalischen Studien. Thema: Musik des Altertums. Leider hatte ich mich verrechnet, oder vielmehr die Rechnung ohne die Hofkonzerte gemacht. Mein Zimmer liegt nach hinten heraus, eine Reihe von Höfen reiht sich an den unsern.

Also ich brütete gerade über der Homerschen *Hymne an Demeter:* „Heil dir, o Göttin, schütze die Stadt uns.“ – Grelle Ziehharmonikatöne schrecken mich aus meinen Träumen von der schönen Göttin. Ein Walzer nach Motiven aus der *Czardasfürstin* quiekt zu mir herauf. Der Mann mit dem Ziehsack macht eine Pause, um Raum für ein dringend notwendiges Rezitativ zu geben. „Brennholz for Scheeelen“ klingt es durch den Hof. Der Ziehharmonikamann quetscht aus seinem asthmatischen Instrument noch ein Marschfragment und geht.

Also – wie war das noch mit der herrlichen Persophoneia? – Augenblick! Vom dritten Hof nebenan kreischt eine Drehorgel herüber: „Ach, du mein Lieschen, komm ein bischen in die Diele.“ Gedulde dich, du herrliche Tochter Demeters; das „Lieschen“ ist jünger und weniger spröde als du. Ich zünde mir resigniert eine Pfeife an und beschäftige mich mit meinen Geranien. Unbekümmert um das „Lieschen“ im dritten Hof kräht auf unserm Asphaltviereck ein Mann mit blauer Schürze seinen Preiskurant ab: „Flundern, Fische, Aale.“

„Preisen will ich die schöne –.“ Ja, zum Kuckuck, in meinem Hof wieder ein Mann mit einer Musikmaschine. „Das Band ist zerrissen“– der Mann singt sogar noch zu seiner Musikfolter, und, wie zu erwarten, auf allen drei im Hörbereich liegenden Höfen. Ich muß mich ins Schicksal fügen. „Beginne den Sang nun, du Dichter.“ – Au Backe! Links von mir ist „das Band zerrissen“, und rechts treibt ein anderer Ritter von der Kurbel mit dem „Mädel aus dem schwarzen Wald“ allerlei mißtönenden Unfug. Ich drücke die Augen zu, wenn ich daran denke, daß beide Melodien in längstens zehn Minuten katastrophal in meinem Hof aufeinanderplatzen werden.

„Dank euch, ihr Götter“ – das „Mädel aus dem schwarzen Wald“ ist eine Nasenlänge vor dem „Lieschen“ eingelaufen. Wie wieherndes Gelächter kichert es aus der Drehorgel. Die Türglocke geht, eine Frau kauft Lumpen zum höchsten Tagespreis.

Nachdem noch ein Scherenschleifer, ein Grammophon und dreimal Brennholz mit Beilage serviert sind, sehe ich das Unmögliche meines Vorhabens ein. Ich greife zu meinem Hut und trolle mich. Unten aber im Hausflur sehe ich ein Pappschild, bestaubt und vergilbt: „Betteln, Hausieren und Musizieren verboten!“

Alfred Döblin

Geheimnisse des linken Auges

In Stettin an der Oder lebte einmal mein Vater. Der hieß Max Döblin und war seines Zeichens ein Kaufmann. Da das aber eigentlich kein Zeichen ist, so war er Inhaber eines Konfektionsgeschäftes, welches nicht ging. Worauf er eine Zuschneidestube eröffnete, die einen guten Verlauf nahm. Dieser Mann war verheiratet und hatte es im Laufe der Jahre, wenn auch nicht zu Geld, so doch zu fünf Kindern gebracht. Auch ich war darunter. Er war mit vielen Neigungen und Begabungen gesegnet, und man kann wohl sagen: was ihm seine Begabungen einbrachten, nahmen ihm seine Neigungen wieder weg. So daß also die Natur in diesem Mann ein merkwürdiges Gleichgewicht hergestellt hat. Eines Tages nun wurde dieses Gleichgewicht auf eine besonders heftige Weise gestört; wie und wodurch, das werde ich gleich erzählen. Jedenfalls beschloß der Mann in seiner Unruhe, nach Mainz zu fahren. Dies wird alle Kenner Stettins in Erstaunen versetzen. Denn wenn man in Stettin aus dem Gleichgewicht gerät, fährt man nicht nach Mainz. Bisweilen nach Gotzlow oder Podejuch oder, wenn es schlimm wird, in die nahegelegene Klapsmühle. Aber Mainz ist ungewöhnlich. Und es war in der Tat ein Haken dabei, den niemand merkte, nicht einmal ich, obwohl ich schon über neun Jahre war. Der Haken war: wie mein Vater nach Mainz fuhr, kam er da nicht an. Das lag an der Richtung seines Zuges. Der nämlich nach Hamburg fuhr.

Und als der Zug in Hamburg hielt, ging die Bewegung in meinem Vater noch weiter. Auch Hamburg war nicht das Richtige. Nicht Mainz, nicht Hamburg, es sollte und mußte noch weiter sein. Es war Amerika. Das Wasser liegt zwischen Hamburg und Amerika. Neunundzwanzig Ozeanflieger sind schon in dem Wasser ertrunken. Mein Vater wollte und mußte herüber, der Drang in ihm war zu groß. Er nahm sich ein Schiff. Obwohl das Gleichgewicht in meinem Vater gestört war, war er doch so besonnen, kein Flugzeug zu nehmen – vielleicht darum nicht, weil es damals keine Flugzeuge gab. Jedenfalls: er fuhr zu Schiff, wie schon Kolumbus, und darum kam er an. Ob die Freiheitsstatue schon 1888 im Hafen von New York stand, weiß ich nicht. Bestimmt richtete sie mein Vater damals in Gedanken auf. So weit also hatte der Stettiner fahren müssen, um sein Gleichgewicht wieder herzustellen. So sonderbar war das Schicksal. Er hatte gesagt, er wolle nach Mainz fahren, aber schon das Billett stimmte nicht, der Zug fuhr anders, das Wasser kam, und nun saß er in Amerika.

Und er war auch nicht allein gefahren. Er hatte sich einen Mechaniker, einen Doktor, zur Herstellung seines Balancements mitgenommen, einen Leibdoktor, Leibmechaniker. Es tut nichts zur Sache, daß es ein junges Mädchen war. Frauen eignen sich ja für viele Berufe, sie werden Juristen, Abgeordnete, Minister, warum nicht auch Mechaniker. Ja, man erkennt die Besonnenheit unseres Amerikareisenden auch daran, daß er sich ein Mädchen und keinen Mann mitnahm. Denn wer versteht sich besser auf Herstellung des Gleichgewichts, auf alle Schwankungen der horizontalen und vertikalen Lage als junge, unschuldige Mädchen. Das Mädchen, das mit ihm über den gewaltigen Ozean fuhr und von ihm erkoren war, hieß Henriette, und mit Nachnamen – sagen wir – Hecht. Es war merkwürdigerweise ein Fischname, wie das die Wasserkante mit sich bringt. Aber sie war – ein rätselhaftes Spiel der Natur, eine Paradoxie – vollkommen Fleisch. Offenbar hatten die Hechte im Laufe der Generationen ihre Natur verändert, und so stand sie lieblich vor dem Mann, der mein Vater war, und er fand Wohlgefallen an ihr.

Mein Vater hatte zwei Augen, ein linkes und ein rechtes. Mit dem rechten Auge blickte er immer auf seine Familie. Das linke aber war bei ihm weitgehend selbständig. Während das rechte Auge stets von Sorgen getrübt war, schwer bewölkt und zu Regengüssen geneigt, freute sich und lachte das linke, und das Hochdruckgebiet war weit entfernt. Damit man nicht die sonderbare Verschiedenheit seiner beiden Augen erkannte, trug er eine goldene Brille. Die deckte alles, und dadurch wurde er ein ernster Mann, der er ja auch war, ein vielseitiger Mann. Meine Mutter war eine einfache Frau. Und da sich ihr Mann zu Hause öfters die Brille abnahm, so wußte sie, daß er schielte. Und sie war, wie das nun einmal Frauen sind, neugierig, wohin er schielte. Für das rätselhafte Naturspiel an sich hatte sie gar kein Interesse. Die reine Wissenschaft war ihr egal. Wie sie auch später gar kein Organ dafür hatte, den wunderbaren, schon erzählten Vorgang zu ergründen, der darin bestand, daß ihr Mann nach Mainz fuhr, aber es kam ein Zug auf dem Bahnhof an, der fuhr nach Hamburg an der Elbe – blinde Gewalt der technischen Kraft –, und kaum war der Zug dort angelangt, wird der Mann von einem Ungestüm erfaßt, muß nach St. Pauli an den Hafen, wird in ein Schiff verstaut und soll und muß über den Ozean, obwohl dieser so tief ist und später viele darin ertranken. Nichts davon interessierte meine Mutter. Sie blieb bis an ihr Ende dabei: der Mann ist mit einem Weib ausgerückt. Eine schrecklich einfache Formulierung. Mein Vater hat später sehr darunter gelitten. Sagen wir: etwas gelitten. Sagen wir: gar nicht. Er ist vorsichtigerweise nämlich nicht wiedergekommen.

Meine Mutter also interessierte sich heftig in Stettin, wohin mein Vater schielte. Und je mehr sie die Geheimnisse seines linken Auges zu ergründen suchte, um so dunkler wurden die Schatten über seinem rechten. Aber das schreckte sie nicht. Es war nicht Heroismus bei ihr, es war Temperament und Unbesonnenheit, die leicht in Heroismus ausarten, wobei ihnen aber gar nicht wohl ist.

Mein Vater bemerkte mit dem linken beweglichen Auge in Stettin viele Menschen, Einwohner und Einwohnerinnen, Steuerzahler und Steuerzahlerinnen. Aber nicht das interessierte ihn, ob und wieviel sie Steuer zahlten, sondern ob sie männlich oder weiblich waren. Er nahm eine simple naive Trennung vor. Er war eine Art Fleischbeschauer. Die männlichen fielen gleich ab. Blieben die weiblichen. Die waren in großer Zahl in Stettin vorhanden. Ich kann mich nicht genauer auf sie besinnen, denn ich war damals so klein. Aber ich erinnere mich, wie ich öfters als ganz kleiner Junge von einem Dienstmädchen an der Hand ins Freie geführt wurde, Kinderwagen fuhren mit, es ging in ein Tanzlokal draußen. Da saß ich dann auf der Bank, und im Saal tanzten viele erwachsene Menschen, große Männer und große Frauen, die Frauen kenntlich an den Röcken, die Männer meist in Uniform, mit Schnurrbärten, Soldaten, gewaltige Männer, die stark schwitzten. Solche Mädchen muß auch mein Vater in Stettin entdeckt haben, und die Entdekkerfreude ließ ihm keine Ruhe. So gehen berühmte Gelehrte noch nachts in ihre Laboratorien, blicken in ihre Mikroskope oder rechnen oder stellen noch einmal ihre Apparate zusammen, fangen mitten in der Nacht an zu destillieren, den Schmelzpunkt zu bestimmen. Schließlich: ist die Entdeckung eines Menschen, einer Menschensorte nicht ebenso merkwürdig und beunruhigend und aufregend, wenigstens für den, der sie macht? Und andererseits: ist die Entdeckung eines neuen Elements oder einer chemischen Verbindung seelisch anders, beglückt sie anders, erregt, entflammt sie anders als die eines neuen Menschen? So hängt die Liebe mit der Entdeckerfreude zusammen. Mein Vater muß viel gesucht und viel entdeckt haben. Er betrieb die Wissenschaft gründlich und mit Ausdauer, und es hätten sich ihm da große Perspektiven eröffnet, wenn diese Wissenschaft staatlich anerkannt gewesen wäre. Es war offenbar die Disziplin, für die er am begabtesten war.

Aber während meine Mutter sonst keinen Anteil nahm an seinen vielen anderen Neigungen – er komponierte ja, dichtete, zeichnete –, in dieser einen Passion wurde sie mitgerissen. Wenigstens hier knüpfte sich zwischen ihr und dem Mann ein gewisses eheliches Band. Wenn der Mann auf seinen Kriegspfad ging und sein linkes Auge in Aktion trat, dann geriet auch sie in Erregung. Der Geschichtsschreiber muß leider feststellen, daß sie sich auf dem Pfad nicht ebenso bewaffnete wie der Mann. Er trug Rosen, sie aber schwang einen Regenschirm. Er war geladen mit Zärtlichkeit und hohen männlichen Gaben, sie aber mit Zorn. Er ging einsam wie ein Hirsch Wasser suchen, sie aber trug Geschosse, ihn beim Trunk zu stören. Das waren die Unterschiede zwischen den Ehegatten. Sie dachte an ihre Kinder, die Familie und daß dies ihr angetrauter Mann war; er aber: wie schön es sich in der Sonne spazieren ging Arm in Arm – ach, es war nicht der Arm seiner Frau. Es war überhaupt nicht immer derselbe Arm. Der Mann lebte in starker Unruhe. Er hatte die Weite der Natur entdeckt und die Mannigfaltigkeit der Stettinerinnen. Er wechselte die Quellen seiner Erquickung. Erst spät gewöhnte er sich an eine, und das war das Allerschlimmste, denn diese Quelle war nun zufälligerweise nicht seine Frau. Eigentlich muß man sagen, das Gegenteil wäre ein Zufall gewesen. Denn es gibt notorisch Millionen Frauen auf der Welt; warum soll ein Mann grade seine eigene Frau lieben? Das wäre doch ein höchst merkwürdiges Zusammentreffen! So war es bei meinem Vater. Die Frau, die starke Frau mit dem Regenschirm, nahte. Gerüstet mit Zorn und mit der entschiedenen Abneigung, hier irgendwie etwas zu ‚verstehen'. Sie trug mit sich Legitimität, Pathos, Ansprüche. Die Tragödie war eingeleitet. Der donnernde Jupiter zeigte sein Dasein. So wandeln Menschen im Grünen, und eine Wolke zieht sich zusammen, und sie regnen ein. Man glaubt im Grünen zu wandeln, und schon hat man den Regenschirm vergessen.

Als damals in Stettin in unserem Hause das Gewitter in Aktion getreten war und nicht aufhören wollte, dachte der Mann, so scheint es, an die Wilden in Afrika. Sie haben nichts an, aber sie haben ein Strohdach über sich. Wenn ein Mann an einen andern Arm denkt, so ist es schlimm; wenn er aber an ein anderes Dach denkt, dann ist es gefährlich, und das

Verhängnis ist kaum aufzuhalten. Mein Vater fing unter den ständigen Gewittern an zu träumen, vorwiegend von Mainz, der Zug fuhr aber nach Hamburg, dann kam das Meer und Amerika. Was weiter kann, träumte er nicht. Es ist das Schlimme an den Träumen, daß sie zu früh aufhören. Er hätte auch träumen sollen, was nach Amerika kam.

George Grosz

In Pommernland

Auf meinen Vater besinne ich mich nur undeutlich. Er starb, als ich sechs Jahre alt war. Wir wohnten damals in der kleinen Stadt Stolp in Hinterpommern, und mein Vater bewirtschaftete als Kastellan und dienender Bruder die dortige Freimaurerloge. Das schöne Logenhaus lag dem Gymnasium gegenüber an einer ruhigen, guten Straße, hinten schloß sich ein großer Garten mit Tennisplätzen an, und in einem zweiten, mehr verwilderten Garten ein geheimnisvoller runder Teich voller Kaulquappen und Frösche. Dieser Teich war von abendlichen Legenden umgeistert; man erzählte sich, er habe keinen Grund – ein schauriges, unendliches Loch also, von Entengrütze bewachsen, verschilft und ein Mückenparadies. Daß er doch nur ein bescheidenes Teichlein war, wurde erst klar, als er später zugeschüttet wurde und damit auch die Wasserkobolde und tanzenden Nachtgelichter verschwanden, mit denen unsere Phantasie ihn ausgeschmückt hatte.

Es war schön und gemütlich oben bei meinem Vater. Auf dem großen Teppich, neben dem behaglich glühenden und wärmenden amerikanischen Dauerbrandofen, lag ich vergraben in die sensationellen Illustrationen vom russisch-japanischen Kriegsschauplatz oder von den mutigen Kämpfen der deutschen Schutztruppen im afrikanischen Busch. Wöchentlich einmal kamen die Hefte, die in dem sogenannten Journallesezirkel vereint waren: die *Gartenlaube*, *Über Land und Meer*, die *Fliegenden* und die *Meggendorfer Blätter* und die *Deutsche Romanzeitung*. Aber nichts ging mir über die Leipziger Illustrierte, die eben jene wunderbaren Zeichnungen von den damaligen Kriegsschauplätzen brachte – und Krieg gab es ja nun einmal immer irgendwo in einem fernen Lande.

Diese Darstellungen entzündeten meine Phantasie. Mein Vater zeichnete selbst ein wenig auf den großen Kartenbogen, die fast über den ganzen viereckigen Tisch gespannt wurden und auf denen die Skatspieler am Abend den Stand ihrer Partie notierten. Ich erinnere mich noch, wie ich, auf seinem Schoß sitzend, unter seiner Hand allerlei Getier entstehen sah: Männchen, Pferde und Soldaten – er hatte als junger Mensch den Siebzigerkrieg mitgemacht und war bei der Belagerung von Paris dabeigewesen. Mein Vater hatte dunkles Haar und blaue Augen. Er trug einen Schnurrbart und am Kinn eine „Fliege" – eine Barttracht, die aus den Achtzigerjahren stammte und noch nicht ganz unmodern geworden war. Ich hatte es gern, in seiner Nähe zu sein und zuzusehen, wie er mit Flaschen und Gläsern hantierte. Denn er mußte das Büfett für den Abend zurechtmachen, und ich liebte die Formen und Etiketten der Flaschen, freute mich über die bunten Bilder auf den Zigarrenkisten und versuchte auch wohl, manches nachzuzeichnen.

Ein adliges Fräulein malte einmal auf unserer Veranda im Garten. Sie kopierte allerdings bloß – ein Stilleben, Pfirsiche und Pflaumen –, aber ich war entzückt. Die Art, wie sie den schmelzigen Tau auf den blauen Pflaumen wiedergab, wenn auch nach Vorlage, schien mir höchste Kunst. Ich dachte noch nicht daran, Maler zu werden, aber ich hätte zu gerne so etwas auch gekonnt. Die Illusion, etwas so Natürliches hervorzuzaubern, gefiel mir. Und diese Freude an einer Art richtiger, runder Imitation hat mich nie verlassen; setze ich mich heutzutage vor ein Stilleben, so sehe ich mich immer wieder im Geiste auf jener Veranda, wo die naturgetreuen Pfirsiche und Pflaumen unter den geschickten Händen des adligen Fräuleins entstanden.

Bei ihr sah ich zum ersten Mal in meinem Leben richtige Ölmalerei, mit wirklichen Tubenfarben. Es war ein großes Erlebnis. Immer wenn ich daran denke, habe ich den würzigen Lavendel- und Terpentingeruch in der Nase, der unsichtbar um ihre Tätigkeit war. Solch einen Malkasten mit Komfort einmal selbst zu besitzen und gleicherweise zu benutzen, war fortan mein sehnlichster Wunsch. Schon diese farbig beschrifteten Tuben, die große Kremserweißtube und wie ein Däumling daneben die kleine, fette Krapplacktube, dann die ovale Palette, die ich einmal sogar selbst wie ein Maler in die Hand nehmen durfte, die langstieligen Borsten- und Haarpinsel, die kellenartigen Messer und die Fläschchen mit den harzigen Malmitteln – es war ein Genuß, das zu betrachten, und zuzusehen, wie es gebraucht wurde!

Mein Vater muß eine schalkhafte Ader gehabt haben. Einmal erschreckte er meine Schwester Martha und ihre Freundinnen durch ein auf eine Harke gehängtes Nachthemd. Er ließ dieses Gebilde auf- und untertauchen, und es gab ein großes Gekreische, denn von weitem glaubte man in der mondlosen Nacht einen jener Geister gesehen zu haben, von denen die Freimaurerlogen ja angeblich wimmeln. Überhaupt war das Haus, in dem die Freimaurer ihre geheimen Zeremonien abhielten, leicht verschrieen. Die Straßenjungen nebenan, mit denen ich gelegentlich sprach, sagten mir, es sei in den oberen Räumen nicht ganz geheuer – nicht gerade von Geistern, aber ein Sarg sei da aufgestellt, darin läge ein Skelett, und das sei der frühere Meister vom Stuhl. Und ebenso wisse jeder Freimaurer genau Tag und Stunde, wann er sterben müsse ...

Das gab meiner Phantasie Nahrung und Richtung. Das obere Stockwerk zu betreten war uns verboten, bis auf ein paar sogenannte Gesellschaftsräume. Doch ich beschloß, auf eigene Faust der Sache mit dem Sarg nachzuforschen. Eines Tages, als mein Vater hinaufging, schlich ich ihm auf Strümpfen heimlich nach – und landete ziemlich unsanft, von einer kräftigen Backpfeife befördert, auf den untersten Stufen im ersten Stock.

Gerne hielt ich mich auf dem Boden auf. Von der Mitte aus konnte man durch die Öffnung, unter der der riesige, altertümliche Kronleuchter hing, in den großen Bankett- und Tanzsaal hinabsehen; da wurde alles ein wenig schief und klein, aber lustig verzerrt, mit einem gewissen Schwindelgefühl dabei: mein Gott, wenn jetzt der ganze Kronleuchter herunterfällt! Schön waren auch die großen Wohltätigkeitsbasare mit den im Garten aufgestellten Buden, den vielen lustigen, feingekleideten Damen und dem Feuerwerk spät in der Nacht. Der Logengarten war überhaupt wunderbar, er hatte noch etwas von den alten Parks, wie man sie um die Dreißiger- und Vierzigerjahre des letzten Jahrhunderts anlegte. Etwas Nobles war da zu spüren, ein Zurückgehen auf alte, große Gartenkultur. Ich liebte die Statuen – billige Abgüsse nur nach griechischen Vorbildern –, die so schön aus dem Laub herausblickten. Da begruben wir unseren Kanarienvogel. Die Paradiesäpfel lagen auf der Erde herum, und ich sammelte sie in einer Zigarrenkiste; die anderen wurden zu Gelée eingekocht. Manchmal gab es kleinere Überschwemmungen, bei denen ich mit meinem Freund Seifert selbstgemachte Borkenboote flottmachte, Häfen baute und

Kontinente und Inseln im Wasser aufsteigen ließ. Auf einem verwilderten Rasenstück baute ich aus Zweigen, Gras und Moos ein richtiges Zelt. Da lag ich stundenlang. Die Sonne schien, um mich war eine warme, grüngoldige Dämmerung, und ich träumte von Abenteuern in der Art des guten Gustav Nieritz, den ich eben gelesen hatte – wobei ich genau so unendlich gut und brav sein wollte wie seine jugendlichen Helden.

Heute habe ich manchmal Sehnsucht nach jenem – wie soll ich sagen – großen, entschwundenen Garten meiner Kindheit. Das Leben war sorglos. Jeden Sommer fuhren wir nach Stolpmünde, dem eine dreiviertel Stunde entfernten kleinen Ostseebad. Ein Vetter von mir kam zu uns, sein Vater war in eine Anstalt gebracht worden, und wir zogen nun einen der vier Söhne mit auf – aber ich in meiner Jungenwelt sah von Sorgen nichts …

Als mein Vater starb, zog meine Mutter mit uns nach Berlin. Wir wohnten dort in der Wöhlertstraße nahe dem Wedding, einem Kohlenplatz gegenüber; das übliche Schild mit den schwarzen, gekreuzten Hämmern erscheint mir noch manchmal wie ein pessimistisches Denkzeichen. Hinter der geteerten Brandmauer war der übliche Durchblick auf den Hinterhof, die graue Großstadtkulisse aus Asphalt und Stein, und ich sehnte mich nach Stolp, nach Wald, Wiese, Fluß und heuduftenden Sommertagen. Meine Mutter und meine Tante nähten für einen Großunternehmer Blusen – eine damals häufig ausgeübte Beschäftigung, die bei viel Arbeit nicht gerade viel Geld einbrachte. Die Zeiten waren zwar billig, aber Geldsorgen gab es jetzt immer, wenn es auch zum Notwendigsten reichte.

Ab und zu besuchte uns meine große Schwester und nahm mich in eine Konditorei mit oder zu Aschinger. Die damalige Bierquelle am Oranienburger Tor, mit dem kristallenen, spiegelnden Würstchenpavillon in der Mitte und der blau-weiß karierten Würstchenausgeberin, kam mir wie ein Feenpalast vor! Nicht weit von uns, in der Chausseestraße, lag auch die sogenannte Maikäferkaserne, und gelegentlich sah man dieses berühmte volkstümliche Infanterieregiment mit klingendem Spiel vorbeimarschieren. Da ich aus Stolp fast nur Husaren kannte, gefielen mir diese anders uniformierten Soldaten sehr. Wir wohnten in einem richtigen Proletarierviertel, aber das wurde mir damals nicht recht bewußt. Die Straße war voller Kinder und wimmelte von Leben, bei Goldacker gab es herrlich duftendes Brot, und ein Laden mit Kolportageliteratur in der Auslage ließ mich wollüstig erschauern – über einen eigentümlichen Schauer vor solch dramatischen Mord- und Titelbildern bin ich nie ganz hinweggekommen.

Ich freundete mich mit einem recht intelligenten Nachbarssohn an, der viel las und mich in die Volkslesehalle mitnahm. Franz Kügler, so hieß jener ferne Freund, sprach bereits von Haeckel und seinen damals vielgelesenen „Welträtseln". Er hatte überhaupt ein reges Interesse für Naturwissenschaften und war auf das *Neue Universum* abonniert. Mich regte all das sehr an und machte mich irgendwie gut – das heißt voll guter Vorsätze – und dabei gleichsam erstaunt über die Erfindungskraft der Menschen und die Mannigfaltigkeit ihrer Technik. Es war in Franz auch etwas von einem Sterngucker; es war etwas in ihm, was mich anzog und hinauszog aus einer gewissen Enge und Eingeschlossenheit. Es war, als bekämen unsere unbewußten Träume mehr Wirklichkeit, wenn unsere Gedanken, durch populäre Artikel und Zeichnungen genährt, dahinschwebten – weit fort, hoch über die Kohlenhöfe, ameisenhaft wimmelnden Straßen und gedrängten Wohnungen Berlins hinweg.

Eines Tages wendete sich unser Schicksal. Wir zogen wieder nach Pommern. Auf Reisekoffer gebettet, die Nacht über dösend, fuhren wir nach meinem geliebten Stolp zurück. Durch gewisse Beziehungen und Empfehlungen konnte meine Mutter das Offizierskasino der dort stationierten Fürst-Blücher-Husaren zur Bewirtschaftung übernehmen. Die direkte drückende Sorge um das tägliche Brot hatte vorerst ein Ende.

Fasse ich meine Jugendzeit in Stolp zusammen, so kann ich wohl sagen, sie war im großen ganzen eine glückliche. Ich lebte unbehelligt und frei, und da meine Mutter den lieben langen Tag in Küche und Keller zu tun hatte (nebenher wurden viele Kochfräulein ausgebildet), so wuchs ich gänzlich auf eigene Faust und ungezwungen heran. Welch schöne Zeit wir hatten! Mit meinen Freunden streifte ich umher, im nahen Walde und am Fluss, der direkt an unserer Wohnung vorbeizog. Auf der Bleichwiese spielten wir Trapper und Indianer. Im Zeichen Lederstrumpfs und Karl Mays beschossen wir uns gegenseitig mit Luftbüchsen und selbstgemachten Katapulten. Auf einer der mächtigen, uralten Weiden – die Bleichwiese war mit solchen grotesken Bäumen bestanden – hatten wir einen regelrechten Hoch- und Jagdsitz eingebaut, von dem aus wir zum Schrecken der wäscheaufhängenden

Dienstmädchen wie richtige Raubritter oder Indianer die Umgebung beunruhigten. Die nassen Laken oder gar die schönen langen Unterhosen gaben unserer Phantasie die nötige Anregung, und eine berühmte Schlacht gegen die Unterhosen steht mir noch lebhaft vor Augen, denn sie kostete mich meinen teuren Henrystutzen, den der freundlich-grimmige Kasinosergeant Arndt mir zum Geburtstag geschenkt hatte.

Wir Indianer und Piraten waren der Terror eines benachbarten kleinen Gutes, dessen Verwaltungsinspektor, ein Mann mit dem sonderbaren Namen Butterbrodt, unser erklärter Todfeind war. Oft beschritten wir gegen ihn und seine Getreuen den Kriegspfad, und mehr als einmal wurde ihm ein blutiger Tod nebst dazugehöriger Strafverschärfung (kopfüber in einen Ameisenhaufen gehängt und dergleichen) zugedacht. Unsere Einbildung war so mächtig, daß wir sogar einen richtigen Marterpfahl für ihn bereitgestellt hatten. Wenn Butterbrodt mit seinem kleinen Eselsgespann daherkam, war er regelmäßig die Zielscheibe unserer Geschosse, „Butterbrodt frisch geschmiert!" riefen wir hinter den Bäumen hervor. Seinen Esel malträtierte er gottsjämmerlich, und da wir dieses in unserer Gegend damals selten verwendete Zugtierchen sehr gern hatten, übten wir unbewußt im Sinn eines höheren Ausgleichs gerechte Vergeltung an seinem Peiniger.

Vor mir taucht die Stolpe auf, jener kleine Fluß, der durch Stolp fließt und an dem unser Haus lag. In unserer kindlichen Phantasie war sie der Hudson oder der St. Lorenzstrom und der See Glimmerglas. Manchmal trieben Flöße flußab dem kleinen Ostseehafen zu. Wir fuhren barfuß kilometerweit mit. Dann wurden die Baumstämme unter uns zu Planken eines Marryatschen Freibeuterschoners, und zischend schlugen die Geschosse unserer Schleudern ins Wasser. Gelegentlich fielen wir selbst hinein. Einmal kam ich bei solch einem Abenteuer direkt unter die glitschigen Floßstämme und wäre sicher ertrunken, wenn ich nicht in letzter Minute noch in einer Lücke zwischen zwei Flößen hätte auftauchen können. Meine kurz zuvor erworbene Fähigkeit, beim Tauchen die Augen aufzumachen, rettete mir damals das Leben. Einen gelinden Schreck hatte ich aber doch bekommen, und zu Hause erwartete mich eine derbe Standpauke, als ich total durchweicht und matt ankam.

Wälder, Wiesen und diesige Moornächte steigen auf, Tümpel und kleine Teiche. Mit Botanisiertrommel und Einmachegläsern ausgerüstet, fingen wir dort Molche und allerhand Lurchgetier für unsere

Aquarien. Blumen und Pflanzen wurden gepreßt und säuberlich im Herbarium geordnet – nur, um später in irgendeiner Bodenkammer zu verstauben? Nein, nicht ganz.

Zu alledem wirkte das Vorbild unseres ulkigen, beliebten Naturgeschichtslehrers Marquardt. Mit ihm strichen wir oft durch Wald und Feld; sein unmoderner Pelerinenmantel wehte wie eine Fahne des unermüdlichen Forschers über unseren kleinen Expeditionen ins Reich der Frösche, Insekten und Mücken, aber auch der Schmetterlinge. Und er wurde nicht müde, einen an Humanismus und Humboldt geschulten Geist auf seine Schüler zu vererben.

Ich entsinne mich weidenbestandener Bäche, aus denen wir Neunaugen griffen. Die wurden zu Hause in Essig und Olivenöl eingemacht und schmeckten so herrlich sauer und waren ganz ohne Gräten. Man saß am Ufer der Stolpe mit selbstgefertigter Angelrute, die Büchse mit Regenwürmern neben sich, und wartete listig und voller Geduld auf den Anbiß eines Ukeleis, eines handgroßen Fischchens, das in der Pfanne gebraten wurde und besser schmeckte als der größte und schönste, den man auf dem Fischmarkt kaufen konnte.

Und die herrlichen, heißen, unschuldigen Sommertage, wo wir mit ins Heu fahren und mithelfen durften und hinterher todmüde in die karierten Bauernkissen sanken und traumlos schliefen, bis um fünf der Hahn krähte. Die Sträucher hingen voller Johannis- und Stachelbeeren, und wir lasen sie darunterliegend von den Zweigen und füllten unsere Bäuche, bis sie aufschwollen wie Zeppeline und wir dalagen wie die Wanderer im Schlaraffenlande, nachdem sie sich durch den großen Kuchenberg durchgegessen. Es ging an der Sägemühle vorbei; angenehm harzig roch das frisch aufgestapelte Holz, und die Kreissäge brummte wie eine große Hummel in den wolkenlosen, schulfreien Julinachmittag.

Mit selbstgeschnittenen Binsen, die wir in zwei Pakete teilten und mit einem Stück altem Gurt verbanden, lernten wir ohne Lehrer und ohne Badehose schwimmen und paddelten und sprangen wie die Frösche im Wasser der Stolpe herum. Und jeden Sonnabend gab es ein Seifenbad, wozu das Wasser auf dem großen Küchenherd heißgemacht wurde; die Badewanne, eine altertümliche Zinkwanne, wurde aus dem Verschlag in das große Zimmer neben der Küche gebracht und aufgestellt, und mein Vetter und ich badeten zusammen, um Wasser und Heizung zu sparen. Dies endete meistens in einer kleinen Überschwemmung – zum Verdruß meiner Tante, die mit einem nassen Lappen dazwischenfuhr –, und die Tränen mischten sich mit dem Teich auf dem Fußboden.

Es ist gut, wenn man in einer kleinen Stadt aufwächst, so halb auf dem Lande. Überall ist die Natur nah, Felder und Wiesen beginnen hinter den Häusern, und der Wind, so scheint es mir, weht kräftig und frisch von der See herein. Für einen heranwachsenden Jungen gerade das Richtige. Asphaltdecke und Steinplatten isolieren dich noch nicht von der darunterliegenden Erde. Eine jetzige Vorliebe von mir für Gräser und Halme und für die vom ewigen Winde bewegten Sandmassen der Dünen, ja, eine Fähigkeit des Sichversenkens in scheinbar kleine Dinge mag von jenen Kindheitseindrücken herrühren, obwohl die große, gewaltige Stadt der mechanischen Spielzeuge und Maschinen schon wie ein sagenhaftes, abenteuerliches Stück Wirklichkeit am Horizont schattenhaft auftauchte.

Otto Wobbe

Schnelläufer, Ausrufer und andere

In der ersten Etage wohnte der Besitzer Theodor Hollander. Er war ein dürrer, langer, alter Herr, der zuweilen auch an der bekannten, später noch zu erwähnenden Weinstubenrunde meines Vaters sich beteiligte. Er „nährte sich von allerhand", wie Fritz Reuter sagt, handelte mal mit Korn, mal mit Wolle, mal mit Wein, und hatte einige Morgen Landes auf dem Rosental und eine Räucherhütte am Ryck. Recht großes Glück scheint er bei seinen vielseitigen Geschäften nicht gehabt zu haben, denn er ist nie in glänzenden Verhältnissen gewesen. Sein Fischhandel trug ihm einmal einen kuriosen Beschwerdebrief eines bezüglich Rechtschreibung nicht ganz sattelfesten Abnehmers ein. Der empörte Kunde – oder war es ein gerissener Schalk? – schrieb unter anderem: „… wie können Sie mir für teures Geld so schlechte Heringe liefern, Sie haben weder Kopf noch Schwanz, Sie sind faul im Leibe, Sie stinken!" – Die Wirtschaft führte ihm seine ebenso dürre, aber viel kleinere Schwester Lining. Ich habe die alten Leutchen erst kennen gelernt, als sie das biblische Alter wohl schon überschritten hatten. Da waren sie, namentlich er, recht wunderlich. So lag er zum Beispiel nachmittags am geschlossenen Fenster seines Berliner Zimmers auf einer Chaiselongue und las die Zeitung. Währenddessen spazierte sein gelber Kanarienvogel auf seinem Kopfe umher und muß dort allerlei amüsante Dinge gefunden haben, denn er pickte fleißig in den grauen Haaren und in den Ohrmuscheln herum etwa wie ein Botaniker auf blütenreicher Waldwiese. Man hatte fortwährend bei diesem seltenen Anblick das peinliche Gefühl, daß der kleine Vogel in seiner natürlichen Ungeniertheit auch einmal plötzlich einen Verdauungskegel dort absetzen könnte. Verblüffend aber wirkte es, wenn die Sonne dem alten Herrn lästig wurde, und er, statt eine Gardine zuzuziehen, einen Regenschirm aufspannte und mit diesem im Arm der Ruhe pflegte.

Nebenan lag das alte Müllersche Giebelhaus. Einstmals das Theater von Greifswald, wies es auf seinen geräumigen Hausflur noch eine in der Höhe der ersten Etage rings umlaufende Galerie auf. In seinen Parterreräumen befand sich ein berühmtes Bierlokal, in dem erst ein Wirt namens König, genannt der „patriotische Wirt", seine Kalabassen aneinander reiben ließ und dann der gute Hugo Kunold die „akademischen Bierhallen", Bedienung von zarter Hand, aufmachte. Als der Abbruch des Hauses beschlossen war, siedelten die akademischen Bierhallen in das Kesselersche Haus in der Mühlenstraße über. Auch von diesem „Betrieb" wird noch manches zu erzählen sein. – In dem folgenden v. Haselbergschen Hause stieg während der Schwedenzeit, sobald er in Greifswald weilte, der König von Schweden ab. Hier wohnten auch die bekannten Fräulein Schillings, die wegen ihrer Hünengestalten, ihrer oft eigenartigen Kleidung und ihres großen Begleithundes stadtbekannt waren. Ihr Ruf drang in beträchtliche Fernen, als sie auf ihrer Insel Oehe bei Schaprode auf Rügen ihre Kämpfe und Streitigkeiten mit Fischern, Gutsbesitzern, Pastoren, Gendarmen und Behörden ausfochten, bei denen große Hunde und scharfe Schüsse öfter eine Rolle spielten. Ich bin im Besitz einer von Laura Schilling veröffentlichten Broschüre, in der sie nachzuweisen sucht, wie großes Unrecht ihr von allen Menschen geschehen sei, wie sie von Behörden verfolgt worden und wie sie unschuldig Gefängnisstrafe habe verbüßen müssen. Es ist hier nicht der Ort, die ollen Kamellen noch mal aufzurühren. – In demselben Haus befand sich auch eine Zeitlang die Abelsche Buchdruckerei und der Verlag des *Kreisanzeigers*. Das Haus gehörte der Frau Gurke, verwitweten Frau Frank, einer Dame von robustem Körperbau, massiver Denkungsart und unbekümmert kräftiger Ausdrucksweise. Sie war gut bei Groschen und betrieb einen Althandel. Eine gute Kinderstube hatte ihr wohl nie geblüht. Um nur eine kleine Episode zu erwähnen, die sie noch von ihrer zartesten Seite erscheinen läßt, sei folgendes hier erzählt: Es wohnte bei ihr eine Majorsfamilie mit kleineren Kindern. Frau Gurke entdeckte nun einst, durch einen unverkennbaren Geruch aufmerksam gemacht, hinter der Haustür ei-nige Hinterlassenschaften, die dort Straßenjungens ihr zum Schabernack deponiert hatten. Frau Gurke schlug fürchterlichen Lärm und beschuldigte die Majorskinder der Tat. Die Frau Major erwiderte in ruhiger, vornehmer Weise: „Meine Kinder machen so etwas nicht."

Die Frau Major vergriff sich hierbei leider im Ausdruck, sie hätte statt „machen" lieber „tun" sagen sollen, denn Frau Gurke griff in ihrem niederen Instinkt sofort die in diesem Falle doppelte Bedeutung des fraglichen Wortes auf und rief höhnisch: „Nääää, Ihre Kinder machen bloß Konfekt!"

Das letzte Haus, das dem Postneubau weichen mußte, war das Hübnersche. Hübner war eigentlich ein Zigarrenhändler, betrieb nebenbei aber auch eine Bierwirtschaft, die später von einem Nachfolger „Zur Börse" benannt wurde. Oben in diesem Haus wohnte der stadtbekannte ewige Student Dr. Koch. Er war Borusse und, wie man erzählt, dreißig Jahre verlobt. Er starb an Zuckerkrankheit, nachdem man ihm einige Zehen amputiert hatte.

Es erübrigt sich nur noch eine Erläuterung der letzten Strophe des Marktgedichtes: „Un Kunstmann belücht dat Ganze mit bengalisch Für!"

Von dem flachen Dach der Rats-Apotheke ließ Kunstmann bei allerhand festlichen Gelegenheiten bengalische Flammen auf den Markt erstrahlen. Regelmäßig geschah das in der Neujahrsnacht, die damals noch ganz anders gefeiert wurde als in jüngerer Zeit. Die Korpsstudenten veranstalteten dann einen großen, solennen Fackelzug, bei dessen Annäherung in der Mitte des Marktes drei große aufeinander gestapelte Teertonnen, in deren oberster ein Tannenbaum steckte, entzündet wurden. Kurz vor zwölf traf der Zug auf dem Markt ein und nahm rings herum an seinen Seiten Aufstellung. Die Chargirten traten zusammen, und nach den Klängen des *Gaudeamus* igitur wurden die Schläger aneinander geschlagen. Kaum waren Musik, Gesang und

Schlägerklingen verhallt, so schlug es auch zwölf Uhr von den Türmen, und unter allgemeinem Prosit-Neujahr-Gebrüll flogen die lodernden Fackeln wirbelnd und sich überschlagend durch die nächtliche Luft in die Mitte des Marktes, Richtung: Teertonnen und – Kandelaber! Dieser Kandelaber, an dessen Stelle jetzt das Kriegerdenkmal steht, war das beliebteste Ziel der Fackelschleuderer, und mehr als einmal habe ich gesehen, daß eine Fackel glaszerschmetternd in die Laterne hineinfuhr, ja, es ist vorgekommen, daß ein besonders geübter kräftiger Studio seine Fackel über die ganze Breite des Marktes hinweg mitten in das jenseitige Publikum hinein geworfen hat. Während dieses ganzen Aktes ließ Kunstmann bengalische Flammen auf dem flachen Dach seines Hauses abbrennen.

Wir sind jetzt um die Stadt herum. Wandern wir aber noch ein wenig weiter am Ryckufer entlang! Die Bäume des Schießwalles standen damals noch näher zum Ufer heran. Durch den großen Brand der Gorselanczykschen Dampfmühle und der dazu gehörigen großen Kornspeicher, die dort standen, wo jetzt die Speicher des Ein- und Verkaufsvereins und der Firma Muswieck stehen, wurden die äußersten Baumpaare zerstört, sie verdorrten in der ungeheuren Gluthitze der Feuersbrunst. Begann doch sogar das Bollwerk des Flußufers zu verkohlen.

Weiterhin am Flusse befand sich eine Dampfsägemühle und ein Kalkofen, dessen letzte Reste erst in diesen Tagen (1918) durch Sprengung beseitigt worden sind. Es war eben noch ein wenig Industrie im Städtchen. – Noch weiter hinaus lagen dann die Räucherhütten, wie heute noch. Aber wie anders waren auch hier die damaligen Zeiten! Zum Sinken voll liefen die Heringsboote mit den stahlblau-silbernen Fischen ein. Die Fischer wateten mit den Seestiefeln in der köstlichen Ware umher und schippten sie mit großen hölzernen Schaufeln an das Ufer. Das Wall (80 Stück) kostete 15 Pfennige! Da konnten die ärmsten Leute bis zum Überdruß futtern und wußten gar nicht, wie gut sie es hatten. Infolgedessen war der Hering auch nicht sehr geschätzt. Viel später erst ist man dahinter gekommen, welch ein wohlschmeckender und feiner Fisch uns da von Mutter Natur beschert wird. Gekochter Hering mit zerlassener Butter und Salzkartoffeln kann den Vergleich mit den schönsten Gebirgsforellen aushalten! Heute gar, wo man für den damaligen Wallpreis nicht einmal einen einzigen Hering bekommt, wenn es überhaupt welchen gibt, bringt man es kaum übers Herz, diese verführerischen Bilder heraufzubeschwören. Auch während der Zubereitung in den Räuchereien und Bratereien wurde nicht allzu ängstlich mit dem Bestand der Ware verfahren, denn wie oft haben wir Jungen, wenn wir ausgehungert von unseren Streifzügen in der Natur an den Räucherhütten vorbeikamen, dort vorgesprochen und uns einige Fische ausgebeten, die wir dann auch frisch aus der Bratpfanne weg in beliebiger Menge erhielten, ohne daß uns auch nur ein Pfennig dafür abgenommen worden wäre. Viel wurden es ja nie, denn wir konnten die siedend heißen und fettriefenden Tiere nur am Schwanz tragen und so, das Hitzegefühl durch abwechselndes Aufheben der Beine zu betäuben suchend, mit viel Kunst und Schläue verzehren. Ein zweites Mal hinein zu gehen und um weitere Zufuhr zu bitten, verbot uns doch das Schamgefühl. Aber bei nächster Gelegenheit waren wir frech wieder da.

Es würde zu weit führen, wenn ich alle Straßen der Stadt in dieser Weise weiter durchnehmen würde. Im Laufe der folgenden Schilderungen wird noch manches Bemerkenswerte erwähnt werden.

Einiges ist aber noch über das Leben auf der Straße zu sagen.

Man wird gewiß nicht behaupten können, daß heute ein buntes Großstadtleben sich über Greifswalds Plätze und Gassen wälzt, aber damals ging es doch noch im Vergleich zu heute ein ganz Teil gemütlicher in den grasbewachsenen Straßen zu! Hatte jemand etwas verloren oder gefunden, hatte der hohe Magistrat eine neue Verordnung ausgeheckt oder hatte ein Gewerbetreibender seinen Mitbürgern eine neue Ware anzupreisen, so geschah das in den wenigsten Fällen durch eine Anzeige im spärlich erscheinenden Kunikeschen Tageblatt, es geschah vielmehr schneller und bequemer durch den öffentlichen Ausrufer an den Straßenecken. Je nach Bedarf ein oder zwei Mal am Tage.

Bimmelimmelimmelim! „Eees wiiird hiermit bekaaant gemacht –", folgten in möglichst hochdeutscher Sprache die verschiedenen Angelegenheiten, die von einem Zettel abgelesen wurden. War alles vorgetragen, so folgte in der Regel noch ein plattdeutsches Schlußwort wie: „'t sünd schöne Bors up'n Mark!"

Beim ersten Klingelzeichen öffneten sich überall die Fenster, und unter Hauben, Zipfelmützen und Perrücken spitzten sich die Ohren der biederen Hausbewohner. Wir Jungens gaben natürlich dem unerschütterlich ernsthaften und sich seiner ganzen Wichtigkeit bewußten Amtsdiener das Ehrengeleit. Oft wurde der würdige Beamte auch schon auf seinem Marsch von einer Ecke zur anderen von allzu neugierigen Bürgerinnen angerufen: „Na, Möller, wat giwwt Nigs?"

Aber in feierlichem Schweigen schritt der Beamte, auf nichts als seine Würde bedacht, bis zur Straßenkreuzung, wo er dann seine Klingen und seine Stimme erschallen ließ.

Von den beliebten Bärenführern, die oft mit Kamelen und Affen erschienen, habe ich schon gesprochen.

Einen „musikalischen Mittwoch" gab es noch nicht. Es dudelte, blies, sang oder pfiff jeder wie, wo und wann er wollte. Da waren „deutsche" Leierkasten mit immer etwas belegten Stimmen und Nebenluft im Gegensatz zu den „italienischen", die durch ihre scharfen und schnarrenden Töne kenntlich waren. Da waren Harfenjulen, die ihrem Instrument und ihrer Kehle Wimmertöne entlockten, und junge und alte, wirkliche und verstellte Blinde, die den „Quetschbüdel" mit und ohne Glockenspiel malträtierten und dann vor allen die „Bremer Stadtmuskanten", die in Gruppen von vier bis sechs Männern in grüner Jägerkleidung und verwegenen Hüten an den Straßenecken mit verbeulten Musikinstrumenten aus Blech ein grausam schönes und betäubendes Geräusch machten, dessen Grundmotiv immer „hummta hummta hummtarata" war.

Aber der kunstreichste war doch der Dudelsackpfeifer. Er spielte sozusagen mit allen Vieren. Auf dem Kopfe trug er einen hohen, spitzen, wie pures Gold blitzenden Blechhelm, an dem unzählige Glöckchen hingen, die er durch Schütteln des Kopfes, wie es der Takt der Melodie erforderte, zum Klingen brachte. Die eigentliche Melodie blies er auf einem Dudelsack in quäkenden und seltsam ineinander verschwimmenden Tönen. Auf dem Rücken trug er eine Pauke, deren Schlegel er am linken Ellbogen befestigt hatte. Am rechten Stiefelabsatz war eine Schnur angebracht, die zum Beckenschlagwerk auf der Pauke hinaufleitete. So war es denn ein sonderbarer Anblick, wenn dieses zweibeinige Musikorchester blasend, kopfschüttelnd, paukend und bald hinkend, bald aufstampfend daher gezogen kam. Dieser Mann war für mich ein Fabelwesen, das so ungeheuerlich auf mich wirkte, daß ich in den ersten Kinderjahren von einer unüberwindlichen Angst ergriffen wurde und mich weinend verkroch, wenn der unheimliche Mensch in der Straße sichtbar wurde. Das gab sich natürlich später.

Ein nicht gar seltenes Straßenbild war der Schnellläufer. Durch Zeitungsanzeige oder Ausrufer hatte er bekannt gemacht, daß er an dem und dem Tage zu der und der Zeit durch die und die Straßen laufen werde. Dann erschien er im bunt aufgeputzten Trikot mit Schellen, in der rechten Hand eine Hundepeitsche zur Abwehr gegen die ob solchen ungewohnten Anblicks empörten Köter schwingend. Er lief nicht besonders schnell, so daß wir Jungen es sogar besser konnten. Aber er lief andauernd, und damit schlug er uns, ganz abgesehen davon, daß uns die aufgeregten Hunde in die Beine fuhren, nachdem sie bei ihm an den Unrechten gekommen waren. Nach vollbrachter Arbeit ging der Schnelläufer in den Häusern herum und sammelte. Wir Jungen zerbrachen uns den Kopf, wie so ein Mann zu einer solchen Ausdauer käme. Schließlich hieß es, er trüge einen Schwamm mit Essig getränkt im Munde. Dadurch sollte er keine Milzstiche bekommen. Bei einer solchen Produktion stand einmal mein Vater mit dem Polizeidirektor vor der Tür.

„Wat meinen Sei woll, Carsten“, sprach Dr. G. (die Bekannten nannten meinen Vater stets beim Vornamen), „wenn wi so lopen süllen!“

„Och“, meinte mein sehr rundlicher Vater, der schon mit 25 Jahren 250 Pfund wog, „ick verlegg mi up't Kullern!“

Das eigentlich Bleibende in der Straßenerscheinungen Flucht waren die Fischfrauen mit ihrem Sirenengesang. „Hiaaalt Hiring!“ – „Hiaaalt Bors!“ – „Hiaaalt Hurnfisch!“ – „Hiaalt Flunnern!“ klang es aus den mehr oder weniger rauhen Kehlen durch die träumenden Gassen. Später haben sich einmal angestrengt arbeitende Professoren über diesen „greulichen Unfug“ beschwert und auf Abhülfe gedrungen. Mit Unrecht! Man sollte in dieser alles nivellierenden Zeit ein paar Eigentümlichkeiten alter Städte sorgsam hegen und pflegen, wie man die alten Bauerntrachten mit Recht zu erhalten sich bemüht. So sehr ich die Arbeit der berufenen Geistesarbeiter hochschätze, so meine ich doch, daß ein Gedankengefüge eines geübten Kopfes nicht durch ein paar in größeren Zwischenpausen ausgestoßene Rufe in Unordnung gebracht werden kann. Was würden wir heute darum geben, wenn wir den holden Sang öfter zu hören bekämen! Er würde uns gar lieblich in die Ohren klingen.

Alle diese Äußerungen der Straße boten ein lustig anmutendes Bild, geradezu abscheulich aber waren die sogenannten „Mordbilder“! Es ist ganz unerklärlich, daß die sonst doch um unser Seelenheil so besorgte Obrigkeit einen solchen dicken Unfug duldete. Ist es schon eine grobe Ungehörigkeit, die näheren Umstände einer scheußlichen Mordtat in den Zeitungen breit zu treten, so grenzt es geradezu an Verbrechen gegen Geschmack, Sitte und Ordnung, diese Greueltaten in meterlangen Bildern in häßlichster, rohester und stümperhaftester Ausführung mit greulichem Gesang und dito Musik durch die Straßen tragen zu lassen! Die Erwachsenen, soweit sie einigermaßen gebildet waren, ignorierten diese Schaustellungen, aber das ungebildete Volk und namentlich die Kinder weideten sich daran. An einer langen Stange war eine mehrere Meter lange, breite Leinwand befestigt, auf der sechs oder acht Ölbilder gemalt waren. Auf dem ersten Bilde war alles gelb, weiß und rot. Das Mordzimmer: Gelb die Wände, weiß die Betten und rot die blutigen auf Kissen, Wänden, Fußboden und Leichen abgedrückten Spuren der Mörderhände, die von geradezu unglaublichen Dimensionen gewesen sein mußten. Dazu überall hingeklexte Blutspritzer! Auf den folgenden Bildern war dann entweder düsterer Wald oder ein finsterer See dargestellt, in dem die Leiche einer fortgeschleppten Person beseitigt wurde. War die Leiche weiblich, so trug sie stets weiße Strümpfe an den Beinen, auf denen wieder die blutigen Mörderflossen ihre eklen Spuren hinterlassen hatten. So ging es weiter bis zum letzten Bild, das die Schwurgerichtssitzung zeigte und schwarz und fleischfarben gehalten war: Schwarz die vielen Bratenröcke der Geschworenen und die Talare der Richter, fleischfarben die in Serien aufgereihten Gesichter der Anwesenden. Schauderhaft! Himmelschreiend! Dazu kam dann noch die leiernde Nudelkastenbegleitung und das Absingen des in Verse gebrachten Verbrechens, wobei mit einem langen Stock klatschend auf die Bilder hingewiesen wurde.

Max Pechstein

Im blauen Ländchen und am Koster See

In dem Friedensvertrag wurde bei Nidden die Grenze gezogen. Der Ort kam zu Litauen; also mußte ich mich trennen und mich erneut auf die Suche nach einem Fleck Erde begeben, der nicht von Malern, Touristen und Badegästen überlaufen war. Im April 1921 machte ich mich allein, nur mit dem nötigsten Material im Rucksack, auf die Suche. Ich hatte der Karte nach in Ostpommern eine ähnliche Nehrung zwischen dem

Leba-See und der Ostsee ausfindig gemacht. Zu Fuß streifte ich die Ostseeküste, nach Westen marschierend, ab. Ich entschloß mich zuletzt, in Leba mein Strandquartier zu errichten. Wenngleich dort andere Menschen, andere Fischertypen lebten, so wiesen doch die große Londsker Wanderdüne und das weit ausgebreitete Dünengelände eine gewisse Ähnlichkeit mit der Kurischen Nehrung auf, die mich bewog, hier zu arbeiten.

Die darauffolgenden Jahre blieb es dabei, und ich habe es nicht bereut. Ich lernte diese Küste nicht nur schätzen, sondern auch lieben. Sei es nun, daß ich auf meinen Streifzügen weiter ins Land hinein, ins „blaue Ländchen" kam, in herrliche Wälder, zwischen denen verborgene Seen aufblitzten und sprudelnde Flüsse und Bäche sich durch die Landschaft schlängelten. Außerdem bargen die Wasser hier herrliche Fische, und es gab für mich nichts Besseres zur Beruhigung der Nerven, als ihnen nachzustellen und sie sportgerecht zu erbeuten. Ein heimliches Gewerbe für alle die scheuen, wilden Wasserbewohner. Dabei ruhte der Stift nicht. Alles, was ich sah und um mich erlebte, wurde unerbittlich festgehalten und wie die erbeuteten Forellen, Lachse, Hechte und Aale nach Hause getragen. Ich erhielt dadurch eine Sicherheit, die mich nicht versinken ließ in dem Zusammenbruch nach dem Kriege.

Wenngleich meine wirtschaftliche Existenz durch die Inflation und den Vertrauensbruch meines Kunsthändlers vernichtet, meine Ehe geschieden war, blieb mir immer noch meine Arbeit. Erst in viel späteren Jahren wurde sie mir genommen durch den Alpdruck, der sich auf uns Deutsche herabsenkte durch die Gottesgeißel der Nazis.

Im März 1933, als ich abreisen wollte, fanden gerade die sogenannten „spontanen Volkskundgebungen" statt. Von dem Geschrei und von den Gewalttaten, die auf den Straßen durch den braunen Mob verursacht wurden, gelähmt, ging ich in mein Atelier, mich vor all diesem in die Arbeit flüchtend. Jedoch versagte nicht nur der Körper, auch der Geist. Eine mir unerklärliche Schlafsucht hielt mich in ihren Klauen; ich war unfähig, einen Strich zu machen. Es bedurfte der vollen Energie meiner Frau, mich aus diesem Zustand herauszureißen und zur Abreise hinauf nach Pommern zu bewegen.

Selbst dort grübelte ich hilflos über die Zukunft nach, denn es war mir gewiß, daß alles nur mit einer Katastrophe enden könne. Auch in dem kleinen Fischerort fühlte ich mich nicht sicher vor den überall herumschnüffelnden braunen Spitzeln, und so begab ich mich weiter ins Land hinein und verkroch mich gleich einem wunden Tier in eine kleine Hütte an dem herrlichen großen Koser See, woselbst ich mich nun fernab von allem zusammenraffen konnte. Der See lag über eine Stunde ab vom Dorf, ringsherum bis auf einen Wiesenrand von Wald umgeben. Aus dem See fischte ich mir meine tägliche Nahrung und darüber hinaus, genug, um mit den Bauern im Orte tauschen zu können gegen Fett und Kartoffeln, Salz und Brot. Ich war ganz allein, ohne jeglichen Verkehr. Auch mein Sohn war in meinem Standquartier Leba zurückgeblieben. Ich mußte selbst mit meinen Nerven fertig werden. Und da mich keine Nachrichten erreichten und ich selbst nur das Nötigste schrieb, gesundete ich allmählich auch in dieser Einsamkeit.

Ich fing an zu arbeiten. In frühester Morgenstunde, vor Sonnenaufgang war ich bereits mit meinem Boot auf dem See, hielt die Sonnenaufgänge fest und fischte dann. Den an der Hütte vorbeifließenden Quell aus dem Wald hinter mir engte ich ein und grub mir ein großes Becken, in das ich noch lebend meine Beute an Fischen einsetzte, so daß es mir nie an Nahrung mangelte und ich mich dazu an dem Anblick der Wasserbewohner erfreuen konnte, die sich in ihrem Element tummelten. So blieb ich bis in den spätesten Herbst hinein, ja bis schon Schnee fiel, und erst dann machte ich mich auf den Weg nach Berlin zurück. Wohl wußte ich mit Gewißheit, daß mir nur Unangenehmes bevorstand; aber ich mußte auch neues Arbeitsmaterial haben und mich nach meiner Familie umsehen. Ich mußte versuchen, Existenzmittel aufzutreiben. Das wurde immer schwieriger durch die immer stärkere Verfemung und Verfolgung meiner Person, da ich dem „Bund der Freunde der Sowjetunion" und der „Liga für Menschenrechte" angehörte. Meine Arbeiten wurden gleich denen anderer Verfemter aus Museen und Privatsammlungen herausgeholt. Mit ihnen veranstalteten die Nazis einmal eine Auktion in der Schweiz, in Luzern. Dann kam die Ausstellung „Entartete Kunst". Also bildete ich für jeden eine Gefahr, und mein Name verschwand. Aus der Preußischen Akademie der Küste wurde ich ausgestoßen. Andererseits wurde es mir unmöglich gemacht, zwei Berufungen ins Ausland als Lehrer Folge zu leisten. Einmal sollte ich an die Akademie in Konstantinopel und einmal nach Mexiko. Doch was soll ich viel noch darüber sagen? Dieses Schicksal teilte eine große

Zahl Deutscher mit mir. Es wäre abwegig, auf die Verhöre durch die Gestapo hier näher einzugehen. Auch wühlt sich, während ich daran denke, der Haß gegen das hinter mir Liegende in die Höhe und droht mich genau so niederzulegen wie anfangs 1933.

Wie ein wüster Alptraum liegen die letzten Jahre hinter mir. Nach all den Kriegserlebnissen im bombardierten, brennenden Berlin rettete ich mich 1944 mit meiner Frau hinauf nach Leba. Es war sehr schwer, meine Frau aus der Kriegsverpflichtung als Arbeiterin in einem Rüstungsbetrieb freizubekommen. Hätte ich nicht hilfreiche, befreundete Ärzte gehabt, wäre es wohl nicht gelungen. Als letztes Geschenk der Nazis mußten wir beide oben an der Küste, am sogenannten „Pommernwall“, Panzergräben schippen, unter nicht zu schildernden Verhältnissen, die fern von jeglicher Hygiene waren. Wir waren in einem Lager, dessen Arzt selbst über keine Medikamente für die Kranken verfügte. Jedoch hatte ich wenigstens die Freude, meinen jüngsten Sohn wiederzusehen, der von Bord eines Zerstörers aus nach Schleswig abkommandiert wurde und uns überraschend aufsuchte. Der Junge war bereits im Februar 1942 eingezogen worden. Erst mit fünfzehneinhalb Jahren als Luftwaffenhelfer zur Flak, dann in den Arbeitsdienst nach dem Osten, um gleich von dort aus zur Marine einberufen zu werden. Der Winter in diesem kleinen Ort, in kleinem Raum verlebt, brachte das Stocken des Verkehrs und das Ausbleiben der Post. Die Welle der Front drang näher heran und überschwemmte uns in den ersten Tagen des März 1945. Anfänglich ließ uns die SS nicht aus dem Ort, um uns dann zwei Stunden später am Abend fortzutreiben. Von diesem Zeitpunkt an lernten wir das Flüchtlingselend kennen. Bisher hatten wir nur dadurch eine Ahnung davon, daß wir zu den Ausgebombten gehörten. Im Auf und Ab der folgenden Frühlings- und Sommermonate fischte ich auch an meinem alten Zufluchtsort am Koser See, wohin ich mich mit meiner Frau zu Fuß gerettet hatte, für ein russisches Verpflegungsdepot, bis es nach Rußland zurücktreckte. Wohl mußte ich arbeiten, doch ich erhielt Lebensmittel genug, um auch etwas davon abgeben zu können. Auch dieser Krieg war nun zu Ende. – An einem frühen Morgen machten wir uns wieder auf den Weg. Ich erfüllte den Wunsch meiner Frau, die sehen wollte, wie es ihren Angehörigen in Leba ergangen sein mochte. Nach einigen Tagen und Nächten langten wir in Leba an. Im Orte selbst war Ordnung, und erfreulicherweise konnten wir Lebensmittelkarten bekommen, fanden auch die Geschwister meiner Frau und ihren Vater im alten Haus vor, in das sie drei Tage vor unserer Ankunft zurückgekehrt waren und das wir nun instand setzen halfen. Erneut arbeitete ich für die russischen Besatzungsbehörden, beschriftete Heringsfässer und Fischkisten. Die Polen, die den Ort besetzten, kamen zu mir, und gegen Entgelt, gegen Nahrungsmittel, malte ich ihnen Firmenschilder, strich Autos und Hauswände an. Zuletzt konnte ich auch wieder einmal den Malpinsel in die Hand nehmen und malte für die neuerrichtete katholisch-polnische Kirche eine Madonna als Fürbitterin. Die Gestaltung dieses Bildes bereitete mir viel Freude und gab mir innere Kraft. Es war ein großes Bild, über zwei Meter hoch und einen Meter breit. Auf einem Bettlaken malte ich mit den Farben, die die Fischer zur Instandsetzung ihrer Fahrzeuge benutzten. Primitiv, aber gerade die Überwindung dieser Schwierigkeiten war das Beste für mich.

Allmählich drängte ich meine Frau, daß wir uns auf den Weg nach Berlin machen müßten. Wohl wußten wir nichts als wilde Gerüchte, die herumschwirrten. Doch das sollte uns nicht abhalten. Vier Tage und fünf Nächte waren wir unterwegs, bis wir Sonntag, den 30. September 1945, nachmittags vor den Trümmern unseres ehemaligen Hauses und meiner Arbeitsstätte in der Kurfürstenstraße standen, wie nicht anders zu erwarten, abgerissen und abgetrieben. Doch ich begrüßte es schon als gutes Omen, als ich an verschiedenen Tafeln Bekanntmachungen las, daß man sich noch trotz des Sonntags zurückmelden könne. So hatte ich wenigstens die Gewißheit, die Aufenthaltsbewilligung zu erwirken. Wir kamen für die nächste Zeit bei unseren Freunden Ede und Mica Plietzsch unter. Bei den zu erledigenden notwendigen Gängen konnte ich die große Freude empfinden, daß ich meinen Namen überall wieder nennen durfte und daß ich von alten Bekannten und Kollegen mit Herzlichkeit begrüßt wurde. Die innere Freude dieser ersten Zeit, wieder frei zu sein, frei atmen zu können, sich nicht verstecken zu müssen, läßt sich kaum in Worte kleiden.

Erzählkulisse(n)

Was aber wird aus jenen, die nicht davongingen oder davongehen mußten: den restlichen Vorpommern, die westlich der Oder sitzen, auf der Insel Usedom, auf Rügen, in Stralsund, Prenzlau, Greifswald, Pasewalk, Ducherow?

Hans Werner Richter

Theodor Fontane

Ein gut katholischer Strom

„Ich denke mir Ihre kleine Stadt auf einer Sandbank gelegen und immer in Gefahr, vom Meere verschlungen zu werden. Ist es so?"

Franziska hatte mit ihrer Antwort auf die verschiedenen Fragen und Wünsche der Gräfin eben begonnen, als Graf Adam und Feßler eintraten und nach kurzer Begrüßung der Damen ihre Stühle bis ebenfalls an die Balkontür rückten.

„Stören wir?"

„Oh, nicht doch", sagte die Gräfin. „Im Gegenteil, wie gerufen. Unsere liebe Freundin war eben im Begriff, mir etwas von ihrer nordischen Heimat vorzuplaudern, einer kleinen Hafen- oder Badestadt an der Ausmündung der Oder."

„Ah, an der Oder", wiederholte Feßler. „Ein gut katholischer Strom."

„Ja", warf Franziska rasch ein. „Aber doch nur zu Beginn, nur in der Enge des Gebirges. Sobald er ins Freie tritt, wird er protestantisch und immer protestantischer, je mehr er sich dem freien Meere nähert."

„Um endlich darin unterzugehen", schloß Feßler mit übrigens verbindlicher Handbewegung.

„Oh, nur keine Neckereien auf diesem Gebiet", beschwor der Graf. „Ich plädiere für Schluß dieser Kriegsführung und will lieber von dem Ostseestädtchen hören, darin unsere Freundin das Licht der Welt erblickte. Das interessiert mich mehr. Ich denk es mir wie Vineta, poetisch, gruselig und ewig gefährdet. Hab ich recht?"

„Je nach Jahreszeit, wo Sie den Fuß auf unsere Schwelle setzen. Kommen Sie zur Sommerzeit, so sieht es aus wie dies Öslau, nur noch bunter und aparter und eigentlich auch noch hübscher und heiterer."

„Das ist unmöglich."

„Oh, Sie sollen selbst entscheiden. Da haben wir zunächst unsern Strom, dessen breite Wasserfülle schon die Nähe des Meeres ahnen läßt. Und keine tausend Schritte vor seiner Mündung, da wächst die Stadt auf und zieht sich einreihig an einem Pfahlwerk entlang, an dessen steil abfallender Wasserseite die Schiffe liegen, groß und klein, mit ihren vergoldeten Namen am Spiegel und einer überlebensgroßen, in Holz geschnittenen Figur am Bug. Auf dem breiten Damm aber, der dem Schlängellaufe des Flusses folgt, bewegen sich Handel und Verkehr wie unter einem Walde spalierbildender Maste. Denn zu beiden Seiten erheben sich diese Maste, sowohl auf den Schiffen wie vor den Häusern gegenüber.“

„Und wie sind diese Häuser?“

„Oft so niedrig, daß man die Hand aufs Dach legen kann. Aber immer frisch geweißt. Und auf dem hohen Dache, das meist dreimal höher ist als das eigentliche Haus, auf diesem Dache erhebt sich ein Giebel und auf dem Giebel eine Flaggenstange, daran ein langes schmales Band oder auch eine sich bauschende Flagge weht. Und keine Flagge dieselbe; denn in jedem dieser Häuser hat ein anderes Land seinen Sitz und seinen Schutz, und während über dem einen der österreichische Doppeladler flattert, flattert über dem andern der türkische Halbmond oder der chinesische Drache. Es gibt nichts Bunteres und Lachenderes als das Flaggen einer solchen Hafen- und Handelsstadt. Und je kleiner, desto mehr. Denn gerade diese Kleinheit unterstützt den Effekt. Überall da, wo hohe gotische Giebel in ihrem finstern historischen Ernst aufragen, da verschwindet der heitere Flaggenschmuck in dem umherliegenden Dunkel; in den kleinen und kaum hundert Jahre alten Städten aber, die keine Geschichte haben und in ihrer Kleinheit und Sauberkeit fast aussehen, als wären sie gestern erst aus der Spielschachtel genommen, in ihnen ist die Flagge die Hauptsache, das flatternde Band am Hut, das dem Ganzen erst Ansehen und Charakter gibt.“

„Und wie geht nun das Leben in solcher Flaggenstadt?“

„So heiter wie die Flaggen, die drüber wehen. Ach, mir schlägt das Herz, wenn ich an die Tage zurückdenke, wo wir, Hannah und ich, mit unseren Mappen unterm Arm von der Schule her den Weg nach Hause machten. Es war immer ein weiter Weg und ging am Strom entlang, an dem die Schiffe schräg oder auch wohl mit ihrem Rumpfe nach oben lagen, um sie desto bequemer mit Werg ausstopfen und die Fugen mit Schiffsteer ausgießen zu können. Am Bollwerk hin aber und um geschwärzte, dreibeinige Grapen herum hockten Arbeiter und alte Matrosen und unterhielten das Feuer oder rührten in dem brodelnden Pech, dessen Qualm die Luft erfüllte.“

„Hätte mir's appetitlicher gewünscht.“

„Auch derlei gab es. Denn nicht überall wurde kalfatert, und viele Schiffe waren da, darauf außer dem Schiffshund nur noch ein Koch und ein Junge die lange Winterwache hielten. Und auch die hantierten um die Mittagsstunde, nach Art der anderen, um ein Uferfeuer her.

Aber statt des Grapen waren nur zwei Ziegelsteine da mit einer Bratpfanne darauf, in die jedesmal, wenn wir vorübergingen, eben Kartoffeln und Speck und große Zwiebelstücke hineingeschnitten wurden. Und nun zog der Wrasen davon durch die Luft. Ach, welche Wonne! Vor nichts in meinem Leben hab ich je wieder mit soviel Begehrlichkeit gestanden, und die beste Mahlzeit hätt ich drum hingegeben, wenn ich mich auf der Stelle bei diesem primitiven Gerichte hätte mit niederhocken und zu Gaste laden können."

„Glaub's", lachte der alte Graf. „Kommt mir doch bei der bloßen Beschreibung ein kleines Gelüst darnach. Aber das ist alles Idyll und Genre; wo bleibt Vineta? Wo bleibt der Schrecken der Elemente?"

„Auch der kam gelegentlich, aber immer erst um die Novemberzeit. Und wir saßen dann, ohne der Gefahr zu gedenken, oder vielleicht auch uns getröstend, daß sie gerade diesmal nicht kommen werde, still um unsern Arbeitstisch her und überlegten, den Griffel oder die Feder aus der Hand legend, was wir uns wohl zum Christfest wünschen sollten. Und wenn wir dann einen Scheffel Wünsche durchberaten hatten, dann hieß es: ‚Zu Bett!', und wir nahmen die Weihnachtsbilder, wie wir sie von frühester Kindheit an kannten, mit in unsern Traum und sahen die Krippe mit dem Kindlein und den Stern überm Haus. Und auch Joseph und die Jungfrau Maria."

„Und die Jungfrau Maria", wiederholte die Gräfin und lächelte. „Aus euren Kirchen habt ihr sie verbannt, aber an eurem Herde lebt sie fort. Oh, sie stirbt nicht aus, die Gebenedeite!"

„Lassen wir die Jungfrau", sagte der alte Graf, „ich dürste jetzt nach Vineta."

„Nun denn also, wir nahmen die Bilder mit in unsern Traum und sahen den Himmel offen und die Engelscharen herniedersteigen. Aber mit einem Male gab's einen unheimlichen Stoß uns zu Häupten, ein Rütteln und Schütteln begann, und wir fuhren aus unserem Kinderschlaf in die Höhe und sahen erschreckt und blaß einander an, denn wir wußten nun, daß der Nordwester doch gekommen sei, derselbe gefürchtete Nordwester, von dem wir gehofft hatten, er werde diesmal wenigstens an uns vorübergehen, und von dem uns die Kindermuhme von Jugend auf erzählt hatte: der könne uns wegschwemmen, und eines Tages wird er's auch, denn er sei der eigentliche Herr hier und wir lebten nur von seiner Gnade, und wenn er wolle, so wär es mit uns vorbei. Ja, dann beteten wir, aber wir wußten nicht, was wir sagten, denn wir dachten nicht an Gott und Glauben, sondern bloß an unsere Not und Gefahr, und unsere Seele war nichts als Angst und Aufhorchen auf den Sturm. Oh, noch jetzt überrieselt's mich, wenn ich an jene Schreckensnächte denke. Die vom First abgerissenen Hohlsteine klinkerten über das Dach hin, in dem Rauchfang ging ein Geheul, alle Läden und Türen klappten oder klapperten, und wenn dann mit eins eine Pause kam, so war es am schlimmsten und zitterten wir am meisten, denn dann hörten wir durch das tiefe Schweigen hin das Gebrause des Meeres draußen, das an die Dünen und Dämme schlug und die großen eingerammten Steine wie Kiesel aus der Westermole wusch. Am Bollwerk aber, trotz der Ziegel und Fahnenstangen, die niederstürzten, war alles Geschäftigkeit, und wir sahen durch unsere Giebelfensterscheibe, deren kleine Gardine wir ängstlich zurückgestreift hatten, wie sie drunten die Schiffe fester an die Pfähle banden, aber doch zugleich auch die Boote von Bord her ans Ufer brachten, um eine letzte Rettung zu haben für den Fall, daß es zum Schlimmsten käme. Denn der Nordwester staute nicht nur den Strom zurück, sondern trieb auch das Flutwasser mit solcher Gewalt von draußen her in den Strom hinein, daß es am Kai hin oft nur noch zollbreit unter der obersten Balkenlage stand. Und einmal – ich seh es, als ob es gestern gewesen wäre – stieg es drüber hinaus, und im Nu war die niedriger liegende Stadt ein See von einem Punkte zum andern, und in unsern Flur hinein stürzte die Welle. Da schrien wir auf, denn nun erfüllte sich unser Schicksal, und wir mußten untergehen, wie Venta untergegangen war."

„Aber der Herr, der den Winden gebietet ..."

„Gebot ihnen auch diesmal wieder, und was in der Nacht unser Entsetzen gewesen war, das war tags darauf unsere Lust und unsere Wonne. Die flottgemachten Boote fuhren jetzt hin und her: unser Nachbar, der Bäcker, landete mit seinen Wecken und Semmeln, und als es Tag geworden und ein klarer blauer Himmel über der Stadt war, waren wir glücklich, uns zu Schiff abholen und zu Schiff in die Schule fahren zu können. Und glücklich wie wir war die ganze Stadt. Über Tonnen und Bretter hin ging der Verkehr, bis nach abermals einer Woche die große Sintflut verlaufen und ein dichter Schnee gefallen war.

Und unter Schellengeläute ging's nun durch die verschneite Stadt hin, über deren Schneedächern die Wimpel und Flaggen jetzt wieder flatterten und beinahe lustiger noch flatterten als um Johannistag und die Sommerzeit."

An diese Schilderungen hatte sich noch eine ziemlich lebhafte Plauderei zwischen Feßler und Franziska geknüpft. Er ließ sich aus dem Gesellschaftsleben der kleinen norddeutschen Stadt erzählen und tat Fragen über Fragen. Am meisten interessierten ihn die Bilder aus dem lutherischen Pfarrhause: der reiche Kindersegen, das Whistspiel und die Pastoralkonferenzen. Alles begegnete sowohl von seiner wie von der Gräfin Seite der unverkennbarsten Teilnahme, jede Mine verriet es, und nur Graf Adam, der doch sonst der lauteste Bewunderer solcher Schilderungen und Gespräche zu sein pflegte, war auffallend still geworden. Er sann offenbar anderen Fragen und Dingen nach, antwortete zerstreut und spielte mit der Gardinenquaste, die neben seinem Stuhle herabhing. Er war deshalb auch einverstanden damit, daß man früher aufbrach als gewöhnlich, und gefiel sich weder in Neckerei noch Widerspruch, als Feßler um die Ehre bat, Franziska bis an ihre Wohnung begleiten zu dürfen. Ja, er lächelte kaum und zog sich, als beide gingen, in sein Zimmer zurück, das unmittelbar über dem Salon seiner Schwester gelegen war.

Wolfgang Koeppen

Ein Leuchtturm und tausend Lampen

Die Greifswalder Oie, eine Filminsel in der Ostsee

Der Autobus, der den Schwedenzug in Saßnitz erwartete, erinnerte an die Zeit der ersten Automobile. Seine Karosse schwebte gefährlich hoch über seinen steilen Rädern, und er war, wie sich bald zeigte, ein passionierter Bergsteiger und Springer. Überdies hielt sein Lenker, ein harmlos aussehender Plattdeutscher mit der Seele eines Caracciola, das ehrwürdige Fahrzeug für eine Art Rennwagen. Im dritten Gang trieb er den krächzenden, in allen Fugen knirschenden, wie ein Segler in Seenot schwankenden Bus über die an Kurven reiche Berg- und Talbahn der rügenschen Hauptstraße. Doch hinderte das Tempo seiner Fahrt ihn nicht, auch noch den Erklärer der Gegend zu spielen. Und sein Fahrgast sah nicht nur die herbstliche Schönheit der Insel, die Saat der reifen, roten Quittenbeeren auf den Wegen, die Kreidetäler, die Hügel und die Wiesen, die Laubverfärbungen der Wälder und all die Ausblicke auf die See, er erfuhr auch die Namen der großen Grundbesitzer, hörte die Genealogie der Fürsten zu Putbus und die geheimnisvolle Geschichte des schottischen Grafen Douglas, der sich dort ein Schloß gebaut hat, grad' wie aus Ankers Steinbaukasten. Die Badeorte Binz, Sellin und Baabe hatten ihren Winterschlaf schon begonnen. Die großen Hotels waren geschlossen, kein Schwimmer war am Strand zu sehen, und nur zwei außer Dienst gestellte Strandkörbe erinnerten traurig an den Glanz der Saison.

In Göhren aber herrschten Leben, Betrieb und alle Anzeichen eines außergewöhnlichen Ereignisses. Die Gasthäuser hatten Fahnen aufgezogen, ihre Türen waren geöffnet, ihre Schornsteine rauchten und ihre Besitzer lobten die Oie.

Die Oie ist die Greifswalder Oie, eine kleine Insel östlich vor Rügen und weit draußen in der See gelegen. Sie ist die Heimat von siebzehn Menschen und der Stand eines Leuchtturms, der nachts den vorüberfahrenden Schiffen den Weg weist. Zweimal in der Woche soll der kleine Dampfer Ernst Moritz Arndt sie besuchen, ihr Proviant, Post und Zeitungen bringen. In diesen Herbsttagen aber fährt er zweimal täglich von Göhren zur Oie und zurück. Ein und eine halbe Stunde dauert die Überfahrt. Das Bild der Insel kommt langsam näher. Man erkennt den Leuchtturm, die steile Küste, ein paar Häuser, ein paar eigenartige Bauten, Bäume und schließlich das Rechteck des aus drei Steinmolen gebildeten Hafens.

Auf dem Molenkopf stehen Matrosen und winken. Ihre Marineanzüge sind so marineblau und ihre Haut ist so wetterbraun, daß sie unmöglich Matrosen sein können. Und das sind sie dann auch nicht. Ihre Aufgabe ist nur die der dekorativen Wirkung. Sie sind, sozusagen, die Portiers der „F. P. 1".

1927 war der Lindbergh-Flug. Und wenn auch andere den Tod im Ozean fanden, statt anzukommen in Amerika oder Europa, so war doch die Möglichkeit eines Luftverkehrs zwischen den Kontinenten erwiesen. Der Transozeanflug, heute noch eine Sache des Glücks, würde zum planmäßigen Passagierverkehr werden, wenn die Gefahr der weiten Strecke verringert, wenn Stützpunkte, Lande- und Tankstellen im Meer errichtet werden könnten. Und ein Ingenieur erfand die schwimmende Insel aus Stahl, die Flug-Plattform 1, die nicht im Meer verankert, sondern auf der Oie geschaffen wurde, und die nicht den Fliegern dient, sondern dem Film und eine stille Insel in ein lärmendes

Babelsberg verwandelt hat. Bleiweiße Eisenplatten bedecken eine weite Fläche vor der steil abfallenden Küste. Zur Insel hin grenzen Hallen, Krane und Türme die Fläche ab. Eine riesige Terasse ist entstanden, und viel Licht liegt über ihr. Die Sonne scheint, und ihre Strahlen scheinen zurück vom Spiegel der See und von den Eisenplatten. Es ist ein ideales Sonnenbad. Über das Deck schreitet ein Mann. Er geht erregt hin und her. Wie Segel umflattern ihn die Schöße seines weiten Regenmantels. Das ist Erich Pommer, Produktionschef und Großadmiral der „F.P. 1". Er blickt in den Himmel, und da kommt auch schon der Flieger. Er neigt sich, um zu landen, und geht wieder hoch. Ein paarmal wiederholt sich das Spiel. Aus den Hallen rennen Menschen, schreien und winken. Noch nie landete ein Flieger auf der Oie. Es ist lebensgefährlich. Der Platz ist zu klein und zu hügelig. Endlich wagt der Pilot es. Er setzt das Flugzeug nieder, rollt aus bis zur Küste und fast sie hinab. Aber er hat es geschafft und wird bewundert, von den Filmleuten ebenso wie von den vollzählig versammelten Bewohnern der Insel.

Da der Flieger gekommen ist, kann mit den Aufnahmen begonnen werden. Ein Heer von Menschen bevölkert auf einmal die Terrasse. (Und der Besucher wundert sich nicht mehr über die Leere der Berliner Kaffeehäuser, denn alle ihre Gäste sah er als Matrosen wieder.) Es ist ganz wie in Babelsberg. Zum Licht, das da ist, kommen noch die Scheinwerfer, die nun summend aufflammen. Operateure messen Entfernungen, rufen und versuchen. Klein hockt Karl Hartl, der Regisseur des Films, unter der Kamera. Er ist einer von den leisen Spielleitern. Kein lautes Wort fällt. Mit kleinen Gesten dirigiert er die Aufnahme.

Und dann erscheint Hans Albers und strahlt. Das ist seine überzeugendste Eigenschaft. Ob er vor der Kamera steht oder hinter ihr, ob er Pause hat, frühstückt, Rum trinkt oder Witze erzählt, er strahlt immer und ist wie ein Kind vor Weihnachten. Mit ihm kommen die andern Schauspieler: Conrad Veidt, Sybille Schmitz, Paul Hartmann, Peter Lorre, Speelmanns, die Darsteller der französischen und der englischen Version. So viel Prominenz auf einem Fleck wäre für Berlin eine Sensation. Was soll da die Oie sagen?

Interessant ist es, zu sehen, wie der Film in drei Versionen gedreht und jede Szene dreimal von drei verschiedenen Schauspielern gesprochen wird. Einen Streit mit einem Rivalen spielt Albers schreiend, mit dem Fuß aufstampfend und einer Brutalität in Stimme und Geste, die kurz vor dem Faustschlag liegt. Veidt, der die englische Fassung spielt, begegnet seinem feindlichen Partner mit einer Ironie, die scharf und überlegen von den Lippen kommt. Der Franzose Charles Boyer spielt dieselbe Szene ruhiger und ganz aus dem Gefühl heraus. Dreimal die gleiche Rolle, und drei voneinander sehr verschiedene Gestalten stehen vor der Kamera.

Die Filmleute wohnen nicht auf der Oie. Der Dampfer fährt sie abends zurück nach Göhren in die Hotels. Das sind täglich drei Stunden Fahrt, und die See ist oft unruhig. (Nur die Franzosen fahren nicht. Sie haben am ersten Tag die Lage erkannt und sich im Leuchtturm einquartiert. Abends winken sie dem Dampfer nach und morgens dürfen sie lange schlafen. Die Deutschen platzen vor Neid.) Dafür ist die Gesellschaft eine ebenso gute wie bunte. Die Schauspieler fahren in Kostüm und Maske. Man sieht Offiziere, Fliegerinnen und Matrosen beim gemeinsamen Grog. In der Kajüte ist Regiesitzung. Pommer, Hartl, Klagemann, die Aufnahmeleiter, Hilfsregisseure und Architekten machen das Programm für den nächsten Tag. Bühnenarbeiter schlafen übermüdet lang auf das Deck gestreckt. Es ist still auf dem Ufaschiff. Es wird dunkel. Die Küsten der Insel gehen unter im Nebel, der von der See aufsteigt. Durch Streifenwolken schimmert das Abendrot, und von der Oie blinkt das Leuchtfeuer auf.

In Göhren aber herrscht Leben. Der ganze Ort steht auf der Landungsbrücke. Die Ankunft des Filmdampfers ist die tägliche Sensation dieser Wochen. Die Aussteigenden müssen durch ein Spalier von Neugierigen. Und der Held ist Hans Albers. Veidt darf gehen, Lorre darf gehen, Hartmann darf gehen, Albers aber wird immer umringt. Er muß Rede und Antwort stehen, bis er an der Spitze eines Triumphzuges sein Hotel erreichen kann. Der Badort ist vom Film besessen.

Der Besitzer des größten Hotels hat Sorgen. Was koche ich für Albers? fragte er sich täglich und serviert dann ein Menü von sieben Gängen. Die Schauspieler müssen es, um den Mann nicht zu kränken, im Schweiße ihres Angesichts verzehren. Das gibt eine lange Tafel und viele Reden. Die sympathischste hielt Albers am Abend nach der Ankunft des Fliegers: „Wenn der Film ‚F.P. 1 antwortet nicht‘ in den Kinos laufen wird“, sprach er, „dann werden die Leute in Berlin sagen, Mensch, der Albers ist aber ein Flieger, und in Paris werden die kleinen Mädchen staunen, wir haben ja gar nicht gewußt, daß der Boyer so kühn ist, und in London wird es heißen, der Veidt, alle Achtung, ein toller Bursche, und derweilen wird in Warnemünde in seiner Fliegerschule still Förster sitzen, der all unsere kühnen Flüge geflogen hat – und deshalb wollen wir drei Otto-Ottos ihm herzlich danken."

Und dann verschwindet Albers mit Lorre in den Fischerkneipen. Der Besucher aber fährt durch die Nacht zurück nach Saßnitz. Im Scheinwerfer seines Autos erscheinen erschreckte Rehe, und vorbei geht es an einsam schlafenden Gehöften.

Karl Theodor Gaedertz

Träumen von Stoppelroggen

Leutselig, wie Bismarck nun einmal war, liebte er es, sich mit dem Landvolke im geläufigen Platt zu unterhalten. Hier zwei Beispiele:

„Na, sied Ji nu wedder ganz up dem Tüge?" rief er einem Bauern in Varzin zu, der nach überstandener Krankheit wieder seinem Ackergeschäfte oblag.

„Ja, ja", meinte der Alte dankend, „Sei süllen man ok hier bliewen, denn würd'n Sei noch 'n mal so frisch!" – „Ja, wer 't so hewwen künnt as Ji, un ümmer tau Varzin sin, dat glöw ick woll", schloß Bismarck das Gespräch.

Auf seinem Stammgut Schönhausen kannte er, nach langer Zwischenzeit, alle Bauerhofbesitzer wieder und bewies sein gutes Gedächtnis dadurch, daß er eine alte Frau, mit der er, da sie beide Kinder waren, gespielt hatte, sofort mit ihrem Mädchennamen „Fiken" (Friederike) anredete.

Auf einem Spaziergang durchs Dorf eilte nämlich die Bäuerin, freudig überrascht, auf ihn zu und streckte ihm die Hände entgegen mit dem Gruß: „He, Otto, Sei sünd ja 'n rechten groten Mann worden!" – „Ja, Fiken" versetzte der Fürst, der die einstige Spielgefährtin trotz der ungeheuren Veränderung sogleich rekognoszierte, „na, Fiken, un Du büst ja 'ne staatsche Frau worden." – „Da hebben Sei recht, Otto", rief die Alte mit kräftigem Händedruck, stolz, auf den ersten Blick wiedererkannt zu sein.

Im Herrenhause zu Varzin waren die Baumeister Bökmann und Ende aus Berlin eingetroffen wegen Ausbau des Schlosses. Der Fürst empfahl Sparsamkeit, da die Besitzung ihn bisher mehr kostete als sie einbrächte, freilich mit einer Ausnahme, einer Papiermühle an der Wipper, und soll dazu folgendes erzählt haben: „Eine armselige Wassermühle brannte nieder; ich kaufte dem Eigentümer, um ihm wieder aufzuhelfen, das Grundstück und die Gerechtsame ab, ohne zu wissen, was ich damit anfangen sollte. Als ich mir das erstandene Besitztum ansehe, frage ich einen dort beschäftigten technischen Arbeiter halb im Spaß: ‚Na, god Fründ, wat mein'n Sei woll, woto weer de Geschicht' hier woll to bruken?' – ‚Je, Dörchläuchting, ick heww mi dat so dacht, dat würd dat Best' sin, wenn Sei da wedder 'ne Möhl henbugten; ick mein' äwerst – verstahn Sie mi recht – nich 'ne Kurnmöhl, ick mein' so 'n Holtmöhl, as ick s' disse Dag', as ick minen Broder da achter Schlawe besöcht, seihn ded. Dat Ding hett de Behrend in Köslin bugt, un 't is ein, wo Poppier und Holt up mahlt ward.'

Der Mann meinte eine Holzschleiferei zur Papierfabrikation. Er brachte mich auf einen vortrefflichen Gedanken. Es entstand eine Papiermühle, die sich gut rentiert."

[Einmal] ist es ihm [Bismarck] begegnet, als Jüngling, beim unfreiwilligen Zuhören lebhafter Hin- und Herrede, daß „sin leiw Modersprak" ihm „böhmisch" oder „spanisch" vorkam, worüber die jüngst veröffentlichten köstlichen Briefe an seine Braut und Gattin, welche sonst nichts auf Plattdeutsch Bezügliches bieten, folgende Zeilen aus Greifswald vom 29. September 1838 mitteilen: „Man hört bei Tisch alle die wohlbeleibten Figuren mit roten Gesichtern, dicken Händen und beneidenswertem Appetit, die ausschließlich nur vom Ackerbau und Kornhandel sprechen; obgleich sie alle schrecklich schreien und heftig gestikulieren, verstehe ich doch selten, was sie sagen, da man allgemein platt spricht, und sehr schnell, so daß ich nur mitunter etwas wie Raps, Hafer, Arbsen, Sähmaschine, Döschen, Pummersche Last und Berliner Schäpel unterscheide; das höre ich denn mit sehr verständiger Miene, denke darüber nach und träume nachts von Dreschhafer, Mist und Stoppelroggen."

Fritz Lüder-Salzow

Der junge Herr war auch zu blöde

Ein wahres Erlebnis aus dem Jahre 1885

Frau Amtsrat liebte schöne Menschen um sich, ganz besonders mußten ihre Stubenmädchen von angenehmem Äußeren sein, weil sie diese besonders zu ihrer persönlichen Bedienung heranzog. Sie engagierte für diese Stelle nur ansehnliche junge Mädchen, achtete aber außerdem noch streng darauf, daß sich dieselben stets sauber und passend kleideten, noch mehr aber war sie darauf bedacht, daß ihre Bedienung keinerlei Liebeleien mit Hofangestellten, oder gar mit ihrem Sohn, dem jungen Herrn, hatten. In dieser Hinsicht verstand sie keinen Spaß. Das war allgemein bekannt, auch der junge Herr wußte dies. – Er richtete sich soviel wie möglich danach, denn er kannte die Grundsätze seiner Mutter und hatte bei aller Liebe doch mächtigen Respekt vor ihr. – Aber in anderer Hinsicht ließ ihn soviel Jugend und Anmut, wie in seiner täglichen Umgebung war, was in seiner ländlichen Abgeschlossenheit doppelt auf ihn einwirkte, nicht unberührt, und da er ein stattlicher schmucker Mensch von 24 Jahren war, so fand er gar zu oft ein Entgegenkommen, so daß, trotz der wachsamen Augen der Mutter, manch heimliches Zusammentreffen mit einer oder der anderen der niedlichen jungen Mädchen stattfand.

Doch bei Auguste Buchholz, dieser Hübschesten von allen, die seine Mutter je gehabt, die trotz ihrer Jugend zwei Jahre die Stelle als erstes Stubenmädchen bekleidete, bei diesem achtzehnjährigen Ausbund von Niedlichkeit war es ihm trotz vieler Bemühungen nie gelungen, auch nur ein bißchen Interesse für sich zu erwecken, obgleich es ihm oft so schien, als wenn ihre schönen dunklen Augen etwas anderes sagten als ihr sonstiges zurückhaltendes Wesen.

So rückte denn der Tag heran, wo Auguste – ohne daß es Hans je gelungen wäre, ihr näher zu treten – ihre Stellung aufgab. Sie wurde beim Abschied von Frau Amtsrat reich beschenkt und mit den besten Segenswünschen entlassen.

Hans hatte als Gutsverwalter die Auszahlung ihres Gehaltes zu besorgen und als sich Auguste deswegen in sein Zimmer begab und er ihr den Rest ihres Verdienstes aufgezählt hatte, legte er noch ein Zwanzigmarkstück dazu: „Hier, Gusting, für Deine treuen Dienste, die Du Frau Amtsrat geleistet hast." Tief errötend dankte Auguste, nahm das Geld in

Empfang und reichte ihm nun ihre kleine braune Hand zum Abschied.

„Laß es Dir gut gehen Gusting, Mädel, was bist Du hübsch, aber daß ich Dich auch nicht ein einziges Mal in diesen zwei langen Jahren geküßt habe!"

Da schaute sie ihn wieder so eigenartig mit ihren schönen dunklen Augen an und flüsterte ganz leise: „Ach, der junge Herr war ja auch zu blöde."

Hans ist inzwischen ein ganz alter Mann geworden, aber vergessen hat er dies immer noch nicht.

Anonym

Zimmermann Säckel

Es lebte vor vielen Jahren in der Belgarder Gegend einmal ein Zimmermann Säckel, von dessen Heldentaten auch hier berichtet werden muß.

Säckel war ein Kerl wie Samt und Seide, nur schade, daß er an keinem Krug vorbeigehen konnte. Einmal hatte er, wie so oft, des Guten zu viel getan. Er legte sich im Walde aufs kühle Moos und schlief den Schlaf des Gerechten, als ein Donnerschlag ihn aufweckte. Erschrocken sprang er auf, ein Zweig riß ihm den Hut vom Kopfe. Ein Blitz zeigte ihm den Davonrollenden. Dann wurde es wieder stickeduster. „Leiw Gottke," sprach er da fromm, „lücht noch eis, dat ick minen Haut finnen kann!"

Die tollste Geschichte ist ihm aber doch einmal auf dem Marsch nach Hause passiert. In Belgard war Jahrmarkt. Er traf dort einen seiner Leute, der wie alle Zimmerleute eine salzige Leber hatte. Beide kehrten in verschiedenen Wirtschaften ein. „Du, Siebrand", sagte Säkkel im achten Krug zu seinem Arbeitsmann, „ich weiß ein Geschäft für uns. Kiek, gegen Abend wanken die Leute nach Hause. Durst haben sie alle. Wir kaufen uns jetzt eine Bütt [kleines Faß] Richtenberger, gehen voraus und verkaufen dann unterwegs ein Glas nach dem andern, sollst mal sehen, was wir einnehmen." Gesagt, getan. Eine Bütt wurde erstanden, jeder bezahlte die Hälfte. Ein Halfpundglas vom Wirt geliehen, und los ging die Reise. Voraus schleppte der Arbeitsmann die Bütt, und hinterher ging Säckel. Sie waren kaum auf der Chaussee, als ihn der Durst schrecklich zu quälen begann und er zu dem anderen sagte: „En Halfpund!"

„Ja, Meister girn!" Siebrand zapfte ein und Säckel zog den Säckel. Der war aber in Belgard sehr dünn geworden. Mit dem letzten Groschen wurde bezahlt.

Nun mußte der Meister auch einmal das Fäßchen tragen: den Arbeitsmann hatte die Last so heiß und durstig gemacht, daß er auch bald ein „Halfpund" verlangte und gegen Bezahlung eines Groschens auch erhielt.

Auf diese Art und Weise wurde mit Tragen und Trinken in immer kürzeren Abständen gewechselt. Als sie sich endlich im Chausseegraben niederließen und die Jahrmarktbesucher in Sicht waren, war das Faß leer, die beiden Träger voll und im Säckel des Meisters Säckel nur ein Groschen, der wie das Faß von einem zum anderen gewandert war; denn des Meisters Kumpan hatte seine Hälfte mit den letzten Pfennigen erstanden.

Karla König

Gemüselene

Die Sonne brannte auf den Marktplatz. Nur wenige verspätete Käufer strichen noch zwischen den halb geleerten Verkaufsständen umher und feilschten um die Reste aus den Kiepen. Die Marktfrauen gaben sie ihnen billig, sie waren froh, nun endlich abrüsten zu können. Sie standen auf und packten ihren Kram zusammen. Sie schielten dabei nach rechts und links … die hatte ja noch die halbe Salatkiepe voll … und daß sich die Wegner nicht schämte, sich mit den zwei Kiepen voll Gemüse überhaupt auf den Markt zu stellen … die waren ja nicht das Standgeld wert. Freilich, nötig hatte sie's ja wohl … der Mann liederlich und die fünf unordentlichen Rangen. Das Gemüse war noch immer so teuer, … was sich die Gärtner eigentlich dabei dachten … wo da noch was dafür herausschlagen.

Über den Markt fegte ein heißer Wind, trieb die zerrissenen Papierstücke, die überall umherlagen, verwelkte Blätter und Gemüsereste vor sich her. Eine dichte Staubwolke wirbelte gerade an der Ecke auf, wo sich Gemüselene als eine der letzten nun auch erhoben hatte. Mit einem halbunterdrückten Fluch rieb sie sich die Augen, in die der Staub hineingedrungen war. Es waren merkwürdige Augen, von unbestimmter, wechselnder Farbe, fast von der Glanzlosigkeit blinder Augäpfel, aber manchmal von einem schnellen, schlauen Aufblitzen belebt, das ihren gewöhnlichen Ausdruck von Teilnahmslosigkeit Lügen strafte.

Gemüselene war mit dem Aufladen fertig und entfernte sich. Sie hatte noch nach rechts und links gesehen, ob nicht noch einer käme. Sie rechnete nach, … das war heute wieder ein schlechter Tag gewesen und die Miete am nächsten Freitag, – sie wußte noch nicht, wo die wieder hernehmen. Seufzend sah sie auf die noch halbvollen Kiepen, nun mußte sie heute nachmittag noch den Hund vor den Handwagen spannen und versuchen, in der Stadt lozuwerden, was übrig war. Und dabei taten ihr die Knochen schon jetzt weh genug! Seit zwei Uhr war sie ja auf den Beinen, war mit dem Handwagen durch die stillen Straßen nach dem Bahnhof gezogen, wohin die Gärtner aus den Vororten kamen, um ihr Gemüse an die Marktfrauen abzugeben. Es war noch ganz dämmerig gewesen, als sie ging, nur über der Kirche stand schon ein schmaler, blutroter Streifen am Himmel. Mit dem verschlafenen Hund vor dem Wagen, war sie durch die große Hauptstraße gekommen, wo der Asphalt das Geräusch der groben Räder dämpfte. Sie hatte nach den Fenstern emporgesehen, wo hinter den weißen Spitzenvorhängen die reichen Leute schliefen, – bis in den hellen Tag hinein. Sie hatte sich noch so gewundert, gerade in dem großen Eckhaus, wo später immer die vielen Rosen blühten, hatte sich ein Fenster aufgetan und ein Herr hatte herausgeblickt und sich ganz lange den roten Streifen über der Kirche angesehen. Was schlief der nicht?! Dem fehlte doch nichts …! Das Haus gehörte ihm und er hatte sogar einen Wagen … verheiratet war er auch, und seine Frau sah immer so fein und hochmütig aus. Was schlief der nicht? Sie grübelte darüber nach, ihr fiel ein, was der Pastor damals gesagt hatte, als ihr die Grete starb. „Mut, liebe Frau, wir haben alle unsere Last, ob reich oder arm!“ Sie hatte geschwiegen, obgleich ihr der Widerspruch die Kehle preßte. Was hatten die denn groß! Sie hatte doch zu leben, anständige Kleider … auch ihnen starben ja die Kinder manchmal, gewiß … Aber dann bekamen sie einen feinen Sarg mit Spitzen und nachher einen kleinen Engel auf das Grab oder ein weißes Marmorkreuz. Da mußte der Mutter nun doch ganz anders zumute sein! Ihre Grete hatte nur eine Holztafel …

Gemüselene war angelangt. Langsam schob sie den Wagen auf den Hof und befreite den müden Hund, der ihr dankbar die Hand leckte und einen Versuch machte, an ihr hinaufzuspringen. Sie kehrte durch den Hausflur zurück und schloß ihre Kellertür auf. Vorher warf sie noch einen Blick auf den schattigen, runden Platz vor dem Hause, auf dem prächtige, alte Linden ihre träumerischen, runden Kronen wölbten, schlanke Ahornstämme sich streckten. Ein mächtiger Ahorn mit dunkelroten Blättern stand so nahe an Lenes Wohnung, daß seine Schatten am Morgen und Abend bis zu ihren Kellerfenstern reichten. Er war ihr besonderer Stolz, – überhaupt ihre Wohnung! „Sie wohnen ja wie eine Gräfin, Lene!“ hatte erst gestern wieder jemand gesagt. Sie erinnerte sich mit einem kleinen Lächeln daran, als sie jetzt die Stufen herunterstieg, den Hund, der ihr nicht schnell genug hinunterkam, mit einem Schlag vorwärtstreibend. Sie war ihm noch böse, dem Tell! Seinetwegen hatte sie vor acht Tagen einen Tag sitzen müssen. Er war hinausgelaufen, als sie die kochende Milch auf dem Herde hatte … als sie eine Minute später hinauskam, hatte ihn der Schutzmann schon am Nackenfell. Sie hatte immer so ein Pech. Sechs Mark sollte sie zahlen, weil er sie schon einmal aufgeschrieben hatte. Sechs Mark! Du lieber Gott, nein, da hatte sie doch lieber einen Tag sitzen wollen. Es war zwar auch schlimm genug gewesen, sie schüttelte sich noch, wenn sie daran dachte. Es war so finster gewesen in der engen Zelle und sie hatte sich gefürchtet und geweint. Sie war ganz allein, und die Stunden schleppten sich hin wie gelähmt. Ja, erst hatte sie geweint, dann aber war sie ganz trotzig und böse geworden und hatte die dünne Wassersuppe, die ihr der Aufseher mittags brachte, nicht angerührt. Er sollte sich ärgern, wenn er den vollen Teller wieder mitnehmen mußte. Er hatte sich aber nicht geärgert. Er hatte sie nur höhnisch angesehen und gesagt: „Wer nicht will, der hat schon!“ Sie hätte ihm am liebsten mit der Faust in das breite, höhnische Gesicht geschlagen, aber sie wagte es nicht und hatte wieder geweint. Und dann die Nacht! Sie hatte nicht schlafen können auf der harten Pritsche und ihr war so angst gewesen. Sie hatte mit den Händen in die schwarze Finsternis gegriffen und sich ordentlich gefreut, als sie die feuchte Mauer fühlte. Dann hatte sie wieder geglaubt, Schritte draußen zu hören, Schlüsselgeklirr und das Geräusch einer Feile nebenan – so hatte das aufgeregte Blut in ihren Schläfen gesiedet …

Lene hatte die Tür aufgeschlossen und dem Hund sein Futter zurechtgemacht. Sie schneidet sich jetzt ein Stück Brot, aber sie denkt noch immer an das Gefängnis. Und ans Heimkommen! Sie war sehr froh gewesen, als sie erst wieder in ihrer Stube saß, aber sie hatte sich gleich wieder ärgern müssen. Hatte ihr doch die Nachbarin, der sie die Sorge für Hund und Katze überlassen hatte, gleich erzählt, daß die Katze sich so um sie gegrämt hätte, daß sie ihre Milch und ihr Fressen nicht angerührt hätte; aber der Hund wäre sehr vergnügt gewesen, hätte mit bestem Appetit gefressen und dann nachher auch noch den Katzennapf ausgeleckt. Das konnte sie dem Tell nicht vergessen! Er war ja doch an allem schuld, und er war klug genug, er wußte es ganz genau. Beinah so falsch wie ein Mensch!

Lene trinkt den letzten Schluck kalten Kaffee aus. Sie ist hundemüde und will sich noch eine Viertelstunde auf das Bett strecken. Sie zieht ihre Schuhe aus und schlägt die Decke zurück. Die weiße Katze schleicht geräuschlos aus ihrer dunkeln Ecke hervor. Sie steht unbeweglich vor dem Bett, nur daß sie abwechselnd mit den Augen blinzelt und sie groß öffnet. Wenn der Lichtstrahl voll in diese smaragdgrünen Augen fällt, verengert sich die runde, glänzende Pupille zu einer schmalen, metallisch glänzenden Spindel. Die Bettstelle stöhnt, als Lene sich mit einem Ruck darauf wirft. Auf diesen Moment hat die Katze gewartet. Mit einem kleinen Tigersprung folgt sie ihrer Herrin. Eine Weile streicht sie zärtlich schnurrend an der regungslos liegenden Gestalt vorüber, sich leicht an ihrem Kleide reibend, dann steigt sie mit weichen, elastisch federnden Pfötchen quer darüber fort und bettet sich auf die andere Seite halb unter Lenes Arm. Es wird ganz still ... unter dem Tische schläft der Hund auf einem alten, zerrissenen Kartoffelsack, auf dem Bette schlafen die müde Frau und die weiße Katze. Wie unbewegliche schwarze Tropfen schlafen die Fliegen an der Wand.

Draußen vor dem Hause lehnt die Mittagshitze und saugt mit glühenden Blicken die Säfte alles Lebendigen. Der große Ahorn reckt seine Äste wie blutige Arme, die öden Straßen sind weißglühende Bänder, über denen der Staub in weißen Dampfwolken steht. Große, schwarze Schiffe liegen träge im Hafen wie schlummernde Drachen. Mit weichlicher Liebkosung spült das lauwarme Wasser an die geteerten Wände. Die Wellen sind kurz und flach wie die Atemzüge einer kranken Brust.

Auf der Brücke steht ein Mann und starrt in das grellschimmernde Wasser hinab. Mit der Rechten hält er sich an dem heißen Geländer fest, die linke Hand preßt er gegen die kranke Brust. Unter dem fleckigen, zerrissenen Rock gehen die Atemzüge kurz und stoßweise. Mit stumpfen Augen in dem verwüsteten Gesicht starrt er verzweifelt in das grellschimmernde Wasser. Er hat es satt! Er will ein Ende machen! Er hat es satt, als obdachlos auf die Wache geschleppt zu werden oder nachts in einer elenden Herberge für ein paar erbettelte Pfennige zwischen Dirnen und Lumpen zu kampieren. Er hat es satt, Hunger zu haben und Schmerzen in der Brust … und diesen entsetzlichen, fressenden Durst in der Kehle zu tragen, der ihn zwingt zu trinken und zu trinken, bis er mit leerer Tasche aus dem Wirtshaus torkelt, zum Spott der Gassenjungen, oder plötzlich aus einem schweren, tierischen Schlaf gerüttelt wird, zerschlagen am ganzen Leibe und den fürchterlichen Durst schon wieder wie eine gierige Kralle in der Kehle. Er will ein Ende machen, das Wasser unten wird ihm den Durst schon löschen, – er lacht heiser auf und sieht sich wild um, – niemand kommt. Schon setzt er den Fuß auf das Geländer und will hinübersteigen, da schüttelt es ihn plötzlich wie ein Krampf, so als Lump davonzugehen – im Leben gemieden und dann von den Fischen benagt – mit einer Gebärde des Ekels zieht er den Fuß wieder zurück. Er hat ja doch bessere Tage gekannt, er weiß sehr wohl noch, wie gut ein sauberes, warmes Bett tut. Damals, als er noch in der Fabrik war, als er noch bei der Lene lebte … sie für ihn sorgte! Dann war das verfluchte Trinken über ihn gekommen, er wurde entlassen, er konnte nicht los davon … er prügelte im Rausch die Lene und sein Kind und weinte mit ihnen, wenn er wieder zu sich kam. Die Lene hatte es lange genug mitangesehen, sie hatte immer noch gehofft … da schlug er sie eines Tages halbtot, und da bekam sie Angst und ließ sich von ihm scheiden. Als Lump hatte er sie verlassen, ein Lump war er geblieben! Er flog an allen Gliedern, – mein Gott, er wußte ja doch, der Tod saß ihm schon in der Brust, – nur einmal noch ein ordentliches Essen, ein sauberes Bett, wie damals bei der Lene. „Bei der Lene …“ murmelt er mechanisch vor sich hin. Da zuckt er plötzlich zusammen und ein Funke glimmt in seinen stumpfen Augen auf. Wie, wenn er zur Lene ginge, und sie bäte, es noch die paar Tage mit ihm zu versuchen. Er weiß, wo sie wohnt, er hat sie zwar lange nicht mehr gesehen, aber sie ist doch einmal seine Frau gewesen … wenn er sie bäte, – die paar Tage noch …! Ein Hustenanfall, der ihn durch und durch schüttelt, hindert ihn, weiter zu denken. Als er wieder zu sich kommt, muß er sich noch eine Weile am Geländer halten. Er atmet schwer, aber die flackernde Angst, daß er am Ende nicht mehr hinkommt, hilft ihm, die Schwäche zu überwinden. Mit einem Ruck löst er sich vom Geländer und schwankt vorwärts, in der Richtung nach ihrer Wohnung. Die Pflastersteine brennen unter seinen zerrissenen Sohlen, der Schweiß rinnt ihm in Strömen über das Gesicht, so daß er ihn salzig auf den fiebertrockenen Lippen schmeckt … es ist ihm alles gleich … er schwankt vorwärts und murmelt vor sich hin: „'n ordentliches Essen … sauberes Bett … die paar Tage noch ...!"

In Lenes Stube ist es still. Wie unbewegliche, schwarze Tropfen schlafen die Fliegen an der Wand … unter dem Tisch schläft der Hund auf einem alten, zerrissenen Kartoffelsack, auf dem Bett schlafen die müde Frau und die weiße Katze. Nichts regt sich, keiner atmet hörbar, die letzte Ruhe kann nicht tiefer sein.

Da – ein dumpfes Poltern – draußen ist jemand an die Tür getaumelt, und jetzt klopft es laut. Der Hund springt auf und bellt, die Fliegen surren durch die Stube, Lene richtet sich auf, und auch die weiße Katze ist wach und blinzelt aus grünen Augen böse nach der Tür. Lene hat sich rasch die Schuhe angezogen und öffnet. Warum sagt sie aber dann nicht „Guten Tag" und warum geht sie rückwärts wieder so weit in die Stube hinein? Sie schweigt noch immer … aber draußen sagt jetzt eine heisere, scheue Stimme: „Na, Lene, wie is es? Willste mich nich einen Augenblick 'reinlassen?" Sie zögert noch, dann entschließt sie sich: „Ja, Karl, komm 'rein!" Er kommt mit unsicheren Schritten, er nimmt den Hut ab und setzt sich auf die äußerste Ecke eines Stuhles. Der Hund knurrt ihn mißtrauisch an, die Katze hat sich zwar wieder hingelegt und die Augen fast geschlossen, aber sie beobachtet ihn durch einen Augenspalt so schmal wie eine Messerklinge. Lene zupft an ihrer Schürze. „Wie jeht's dir denn, Karl?" Er versucht zu lachen, aber es gelingt ihm nicht recht: „Es ist bald alle mit mir, Lene, – ich mach's nur noch ein paar Tage." – „Na, na!" meint sie und beobachtet ihn verstohlen. Wie verkommen er aussieht! Die Farbe von Rock und Hose ist gar nicht mehr zu erkennen, so starrt alles von Schmutz, und da die großen Löcher. Das Gesicht wie eine schlecht gegerbte Haut, die Augen verschwommen und matt. Was er bloß von ihr will?! Er fühlt ihren Blick und fühlt auch, was sie denkt. Er versucht wieder zu scherzen: „Ja, Lene, schöner bin ich nich jeworden, das siehste woll!" Wieder eine lange, lange Pause, Lene zupft an ihrer Schürze. Er hat die quälende Empfindung, daß sie ihn gern loswerden möchte. Mein Gott, sie ist doch mal seine Frau gewesen und nun weiß er nicht, was er sagen soll. Aber, – er muß sich zusammenraffen. Er beginnt: „Ja, Lene, ich wollte …" er stockt schon wieder, „ich bin krank, Lene, und ich wollt' fragen, ob ich wohl noch eine Nacht mal ordentlich bei dir schlafen könnte … eine Nacht …!" Rührende Bitte liegt in der heiseren Stimme. „Lene!" Angstvoll forscht er in ihrem Gesicht. Sie sieht zögernd auf ihr Bett und dann mit unverkennbarem Widerwillen auf ihn. Er begreift und lacht gequält auf: „Dein Bett is rein und ich bin's nich!" Schwerfällig steht er auf. „Na, denn adjö und nimm's nich übel, daß ich dich jestört habe!" Er stützt sich auf den Stuhl, weil er wieder husten muß. Sie sieht es, und er tut ihr leid, aber ihn dabehalten …? „Warte noch ein bißchen, Karl", bittet sie, „ich will dir schnell 'ne Stulle schneiden, ein ganz frisches Brot is draußen." Sie geht hinaus in die Küche, und er setzt sich wieder hin. Er starrt auf den Fußboden. Also wieder nichts! Er ist Lene nicht weiter böse, was soll sie auch mit einem wie er? Aber er ist so traurig und so grenzenlos müde, er hätte doch so gerne noch einmal Ruhe gehabt, – vorher … Und was nun? Er hat es satt, er muß ein Ende machen, aber wie? Noch einmal den weiten Weg zur Brücke zurück, er seufzt tief auf. Um sich zu zerstreuen, sieht er sich um, ganz nett ist es bei ihr, die Sachen kennt er fast alle, das ist die Kommode von der Aussteuer her, da das kleine, bunte Christusbild, das er ihr einmal geschenkt hat. Was liegt denn da in der Ecke halb hinter dem Bettpfosten? Er macht einen langen Hals … ach so, ein Haufen Waschleine. Waschleine – blitzschnell durchzuckt ihn ein Gedanke, so rasch wie er kann, steht er auf, geht stracks in die Ecke, zieht ein Messer aus der Tasche, bückt sich und schneidet ein längeres Stück ab. Er steckt es in die Tasche und sieht ordentlich zufrieden aus.

Lene kommt mit ein paar tüchtigen Butterbroten und nötigt ihn zu essen. Aber er hat plötzlich Eile, er will nicht bleiben und bittet: „Wickel mir das ein bißchen ein, ich will mich drüben in die Sonne setzen. Und dann gib mir ein kleines Stück Papier und einen Stummel Blei, ich muß heut' noch 'nen Brief schreiben!" – „Na, na", scherzt sie, sichtlich erleichtert, „du wirst doch nich!" Er lacht, steckt den Zettel ein und sieht ihr beim Einwickeln zu. Dann will er gehen und bedankt sich vorher: „Adjö, Lene, das haste schön jemacht. Nu laß dir's man gut gehen, mich siehste nich wieder!" – „Ach wat!" Sie klopfte ihn gutmütig auf die Schulter, hält ihm die Tür auf und sieht ihm noch eine kleine Weile nach. Dann macht sie sich fertig zum Ausgehen. Sie ist sehr mit sich zufrieden. Spät abends kommt sie wieder und ist so müde, daß sie kaum essen mag. Sie zieht sich rasch aus und als sie sich ins Bett legt, ist sie noch einmal sehr zufrieden mit sich. Nur hat sie sich geärgert, daß offenbar ein großes Stück von ihrer Waschleine fehlt. – Sie schläft heute nicht gut, sie träumt … ach, lauter wirres Zeug und wacht mitten in der Nacht auf, mit trockenen Lippen und einem sonderbaren Druck auf der Brust.

Die Sonne hat die glänzenden Tauperlen auf den grünen Blätterherzen der Linden schon halb fortgetrunken, als Lene aufsteht, – ein wenig frostig und gedrückt. Das Zimmer ist so dumpfig, sie wird jetzt zum Bäcker gehen und frische Semmeln holen. Sie schließt ihre Tür auf und steigt die Stufen hinauf. Was liegt denn da Weißes auf der Treppe … ein Stück weißes Papier, ein Stein darauf … Sie steht still und schluckt erst ein paarmal hastig, ehe sie sich bückt. Dann hebt sie es auf und buchstabiert: „Adjö, liebe Lene, – mich siehste nich wieder – ich hab' mich aufjehangen!" Sie steht und starrt … „Die Waschleine", schreit sie dann plötzlich auf. Scheu wendet sie sich und hebt die Augen zu den Bäumen und schrickt heftig zusammen, da – an dem Rotahorn hängt ja ihre Leine, der leere Strick schaukelt im Morgenwind. Zögernd unter Tränen schleicht sie näher, – sie kann sich nun alles denken … es ist nicht mehr früh, sie haben ihn schon gefunden und abgeschnitten. Sie schluchzt heftig auf … er war doch ein guter Mann, hätt' er nur das verfluchte Trinken lassen können! Sie wird nach der Leichenhalle gehen und ihm einen schönen Kranz bringen, nein, sie läßt ihn nicht einscharren wie einen Hund. Sie trocknet sich ein wenig getröstet die Augen, fängt aber bald wieder zu weinen an … mit ihrer Leine auch gerade … zu schrecklich! – Halt! Was hatte sie doch immer gehört? Der Strick, mit dem sich einer … richtig! Sie sieht sich scheu und vorsichtig nach allen Seiten um, dann knüpft sie hastig den Strick vom Baum los und wickelt ihn zusammen. Wieder späht sie nach rechts und links … niemand kommt … da öffnet sie ihre Bluse und verbirgt die Leine an der Brust. Dann geht sie fort und lächelt mit nassem Gesicht zufrieden vor sich hin. Ja, ja, sie glaubt schon dran! „Det bringt Jlück!" sagen die Leute …

Herbert Nachbar

Die Menschenpflicht der Frau Gauß

Als der Bootsmann an den Laden klopfte von Jochen Krögers Katen, stahl sich schon Licht durch die Ritzen, und es meldete sich eine Frauenstimme. Müde stolperten der Bootsmann und Hannning über die Schwelle und sahen ein fremdes Gesicht.

„Der alte Kröger i-ß-t dot", sagte Wendland, „Frau Gau-ß gehört jetß-t der Katen."

Wendland hatte es sich schon bequem gemacht. Er saß am Tisch, der mit einer großen Plüschdecke bedeckt war. Was die beiden Stresows mehr verlegen machte als das neue Gesicht war diese Plüschdecke und vor allem die große Petroleumlampe aus grünem Glas, auf goldbronziertem Fuß, mit weißer Kuppel und strahlend hellem Zylinder.

„Ach", sagte der Bootsmann endlich, „dann können wir woll gar nicht zur Nacht bleiben?"

„Aber nicht doch", sagte Frau Gauß. „Natürlich können Sie bleiben, das ist doch Menschenpflicht."

Sie hatte ein großes rotes, offenes Gesicht, vorstehende Backenknochen. Der volle Mund und die großen blauen Augen, die feste Gestalt, das volle Haar ließen sie weit jünger erscheinen, als sie sein mochte.

„Der Kaffee kocht schon – und hier ist auch noch ein Steinhäger." Sie holte Gläser, rückte Stühle, schenkte ein.

„Och", sagte Hanning, „dat is öwer würklich nett von Sei."

„Aber nicht doch", sagte Frau Gauß, „das ist doch Menschenpflicht."

„Ja – aber wir sind sehr naß", meinte der Bootsmann.

„Da-ß macht nicht-ß", sagte Wendland. „Ich mu-ß-te mich auch erß-t hin-ß-et-ß-en."

„Jaja, trinken Sie man ersten einen Schnaps."

Sie stießen die Gläser, bevor sie tranken, kurz auf den Tisch, aber die Plüschdecke verschluckte das Geräusch.

„Prost!"

„Wohl bekomms!" sagte Frau Gauß. Dann warf sie ein paar dicke Kloben Holz in den Ofen.

„Ich werde jetzt den Kaffee holen, Sie können sich derweile ausziehen." Damit war sie verschwunden.

„Und was sollen wir anziehen?" fragte Hanning.

„Wir können doch nicht nackt hier rumtanzen."

„Na, man erst die Plünnen vom Leib", sagte der Bootsmann.

Nur Wendlands Füße waren naß. Er konnte das blanke Wasser ausgießen. Dazu ging er vor den Ofen, denn auf dem Boden lag ein Teppich.

„Die mu-ß viel Geld haben."

Der Bootsmann und Hanning nickten bloß. Von den Knien bis zum Hals war kein trockner Faden an ihnen, bis auf die Haut waren sie naß.

„Hier sind noch ein paar alte Sachen von meinem Mann", sagte Frau Gauß und gab durch den Türspalt Hemden, Pullover und Hosen. „Vielleicht passen sie."

Iß Wendland nahm die Sachen in Empfang. „Wir machen Ihnen aber gro-ß-e Um-ß-stände", sagte er artig.

„Aber nicht doch", sagte Frau Gauß draußen auf der Diele, „das ist doch Menschenpflicht."

Der Kaffee dampfte in dicken weißen Prozellantassen. Frau Gauß erzählte von ihrem verstorbenen Mann, der Viehändler in Gühnen gewesen war und kurz vor seinem Tod das Haus von Jochen Kröger gekauft und hergerichtet hatte. Hanning fragte, wann denn der alte Kröger gestorben sei.

„Er ist vor einem Jahr im Krug plötzlich umgefallen."

„Hat ß-ich totge-ß-offen", nickte Wendland.

„Bitte schön", sagte Hanning, „paß bloß auf, dat du dich nicht totsäufst."

„Ach", sagte Frau Gauß, „Sie trinken wohl auch gerne einen!"

Sie sah Iß Wendland voll an dabei, und der Alte rutschte verlegen auf seinem Stuhl hin und her. Während er unsicher sagte: „Hin und wieder mal", dachte er: ‚Sie i-ß-t doch noch eine schöne Frau, was für schöne klare Augen ß-ie hat. Ganz ander-ß al-ß die von meiner gewe-ß-enen Alten.' Und das regte ihn an. Er erzählte von Gühnen und Schestwald und erkundigte sich nach diesem und jenem. Der Bootsmann fragte dazwischen mal, wo sie denn schlafen sollten.

„Das wird sich schon finden, es ist ja noch früh am Tag", sagte Frau Gauß nur und unterhielt sich weiter mit Iß Wendland. Sie entdeckten gemeinsame Bekannte. Wendland wußte von den meisten zwar nur den Namen, aber er gab vor, sie alle genau zu kennen, und Frau Gauß hatte ihre Freude an ihrem Gesprächspartner. Sie konnte sich unterhalten wie seit langem nicht.

„Noch früh am Tag?“ fragte der Bootsmann.

„Ja, gerade man elf – halb zwölf.“

„Und ich dachte, die Nacht wär bald rum.“

Hanning hörte noch eine Weile zu. Frau Gauß schenkte hin und wieder einen Schnaps ein, der klopfend quittiert wurde, und vor allen anderen Iß Wendland in die Krone stieg. Er renommierte gewaltig, aber vorsichtig wie ein Fuchs. Der Bootsmann merkte es trotzdem, grinste nur, war viel zu müde, um noch Streit anzufangen. Hanning war dann eingenickt.

„Ja, die Männer sind müde“, sagte Frau Gauß zu Wendland.

„War aber auch ein schlimmer Tag.“

In der Küche wurde Stroh ausgebreitet, der Tisch fand Platz auf der Diele für die eine Nacht.

„Gut Nacht und schönen Dank ok“, sagte der Bootsmann.

„Aber nicht doch!“ sagte Frau Gauß. „Ist doch ...“ Sie war sehr angeregt. Hanning schüttelte ihr nur die Hand. Er gähnte dauernd, seine Augen tränten. Iß Wendland sah Frau Gauß lange an, als er ging, und sie ihn.

„Ja, hm“, sagte er, „hmhm, denn gute Nacht.– Hoffentlich hab ich mich nicht verkühlt.“

Pause.

„In der Küche ist es auch nicht sehr warm“, sagte Frau Gauß und sah ein paar Sekunden auf das hoch mit Kissen beladene breite Bett.

Iß Wendland antwortete in seiner Verlegenheit: „Na, e-ß wird schon gehen, ß-o kalt i-ß-t e-ß auch wieder nicht.“

„In der Nacht wird es kälter“, sagte sie.

„Hoffentlich nicht“, meinte er und hätte sich beinahe mit zwei Fingern geschneuzt. „Gute Nacht, denn.“

„Gute Nacht und schönen Schlaf“, sagte Frau Gauß.

Er mußte über die beiden Stresows klettern, als er in die Küche kam. Hanning schnarchte schon. Ein Topf auf dem Herd schepperte leise. Der Bootsmann war noch wach. „Die gefällt dir woll?“ fragte er Wendland.

„Eine ß-ehr feine Frau, würklich ß-ehr fein.“

Der Bootsmann gähnte. „Schlaf man lieber.“

Wendland löschte die Lampe und kroch unter die Decke. „Gut Nacht“, sagte er. Seine Stimme war noch klar und klang gar nicht müde.

„Slop gaud“, sagte der Bootsmann und gähnte wieder. Aber an Schlaf war nicht zu denken. Er kannte diesen Zustand, müde wie ein Hund sein und doch nicht schlafen können. Der Tag war zu hart gewesen. ‚Wenn wir das Messer nicht aufbekommen hätten, würden wir jetzt woanders liegen‘, grübelte er. Berta wird sich Sorgen machen. Das ist auch nicht gut, wenn eine in andern Umständen is ... Ob die andern woll noch nach Hause gekommen sind? Alle sind ja nicht mehr draußen gewesen. Die haben bestimmt aufgehört, als wir anfingen ... Es war ja verrückt, aber was willst du machen? Bünning kriegt jedenfalls wieder ’ne Mark und Berta kann ihre Milch trinken ... es geht immer um eine Mark und um einen Groschen ... Wenn unsereiner doch nicht immer darüber grübeln müßte ... Was würd ich nicht alles tun, wenn einer sagte: ‚Willst dir tausend Mark verdienen ...‘ Eugen könnt in die Stadt zur Schule und ein neues Haus mit drei Stuben würd ich bauen ... Aber ich hab die tausend Mark ja man nicht, und ich werd sie mein Lebtag nicht verdienen ...‘

Der Bootsmann warf sich auf die andere Seite. Er hörte, wie Witwe Gauß die Flurtür verriegelte, und merkte, daß Wendland auch noch nicht schlief. Dann aber lag der Bootsmann eine Weile im Wachschlaf, dachte nichts mehr, wußte nur, daß er nicht schlief und war darüber unruhig. Plötzlich war er wieder hellwach. Iß Wendland raschelte mit dem Stroh, der Bootsmann merkte, wie er aufstand, und spürte ihn auch schon über sich. Vorsichtig schlich Wendland an die Tür, klinkte auf und war verschwunden.

„So ein alter Hecht“, sagte der Bootsmann laut ins Dunkel. Hanning drehte sich auf die andere Seite und schnarchte weiter. Drinnen in der Stube aber sagte Iß Wendland zu Frau Gauß: „E-ß wurde mir da doch ß-u kalt.“ Und sie sagte nichts.

Am nächsten Tag gegen Mittag waren die Männer fertig. Der Riß im Segel war genäht, das Boot wieder klar. Der Bootsmann hatte Frau Gauß noch ein Gericht Flundern und Barsche gebracht, und sie hatte ihm mit hochrotem Kopf fünf Groschen in die Hand gedrückt. Er wollte sie nicht nehmen.

„Nein, das geht nicht, wir haben doch hier geschlafen und Stube und Küche dreckig gemacht und gefrühstückt“, hatte er gesagt.

„Aber nicht doch. Nehmen Sie man ruhig.“ Da hat er grinsen müssen, hat die fünf Groschen genommen und ist in den Krug gegangen, eine Flasche Kümmel dafür zu holen. Hanning, dem der Bootsmann schon in aller Frühe erzählte, was vorgefallen war, wollte es nicht glauben und schüttelte lachend den Kopf. Er ging noch einmal in die Stube zu Frau Gauß. Da saß Wendland wieder am Tisch.

„Du mußt dein Ölzeug anziehen, Iß Wendland, wir wollen gleich los. Die werden sich zu Haus Gedanken machen."

Iß Wendland sah auf Frau Gauß. Die aber machte sich am Ofen zu schaffen. Da sagte Wendland und kratzte sich am Kopf und zog sich am linken Ohr: „Wei-ßt du, Hanning, ich hab mir da-ß überlegt. Ich fahr nicht mit, ich bleib hier."

„Du bist woll verrückt", sagte Hanning.

„Nee, da-ß bin ich gar nicht. Sieh mal, Hanning–El-ß-e, so hei-ß-t Frau Gau-ß nämlich, El-ß-e und ich …"

Frau Gauß ging in die Küche.

„Mensch", sagte Hanning, „und Stine?"

„Ach, die Göre i-ß-t alt genug. Ich kann gerne bleiben, hat El-ß-e ge-ß-agt, aber da-ß Gör mu-ß ich la-ß-en, wo e-ß i-ß-t."

„Ja, was soll aber aus ihr werden?"

„Sie arbeitet ja, und ß-ie wird froh ß-ein, wenn ich nicht wiederkomme."

Hanning schwieg. Wendland sah ihn an. Im Ofen knisterte das Holz. Die Stube war wieder aufgeräumt. Der dicke handgeknüpfte Teppich strahlte in schönen Farben, das Bett war aus dunklem Eichenholz, die Plüschdecke lag grün auf dem Tisch, und blank war der Zylinder der Petroleumlampe.

„Ja, will sie dich denn überhaupt haben?"

„Einen Kerl wie Karl Wendland – da-ß wä ja immer schöner!"

Hanning lachte, er wollte gehen.

„Hanning", sagte Iß Wendland noch, „Hanning, ß-um er-ß-ten Mal hab ich Glück gehabt …" Er lispelte sehr. Und Hanning ging lachend zum Boot.

Der Bootsmann kam bald wiegend über den Strand.

„Wo ist Wendland?"

„Der kommt nicht, der will Frau Gauß heiraten."

„So ein Lüchting", sagte der Bootsmann. „Läßt uns einfach sitzen. – Will sie ihn denn haben?"

„Ja, ich versteh das ja auch nicht. Öwer wat denn ein'n sein Uhl is, dat is denn annern sein Nachtigall."

Weit spannte sich der Himmel über den Bodden. Die Luft war klar und eisig. Das Wasser war ruhig, als wäre nichts gewesen. Und es war ja auch nichts. Wilhelm und Hanning Stresow segelten flott nach Hause. Manchmal lachten sie und rauchten den aufgetrockneten Krüllschnitt in ihren Stummelpfeifen.

Wolfdietrich Schnurre

Dem Kuhmann ist alles mißlungen

Genugtuung über Partikel meines Realitätswissens. Sich in einer Forellenbrutanstalt auskennen. Beschlagschmied-Helfer gewesen sein. Fähig zu schildern, wie der Schäfer vom Rittergut Stibbe, Kreis Schneidemühl, die Böcke kastrierte: Um die Hände frei zu haben, die Hoden mit den Zähnen festhaltend. Lappjagen mitgemacht haben. Sich aufs Schweineschlachten und Blutwursträuchern verstehen.

Der Käuzchenschrei: Nächtlicher Kieselsteinwurf an die verwitterten Fensterläden der Lebensgewißheit; nie wieder heilbar, die Risse. Die Unausweichlichkeit des Todes steigt auf in Kuhstallwärme und beizendem Salmiakgeruch. Gutshof in Stibbe, Kreis Schneidemühl; der Steinkauz kam vom Vorwerk herüber, wo sie einen Saisonarbeiter umgebracht hatten.

Der „Kuhmann" im Forsthaus Eichheide. Knochig, hager, gebeugt; knieknickriger Waldläufergang. Weißgelber, pessimistisch über die Mundwinkel hängender Schnurrbart; feuchtschimmernde Trotzunterlippe dahinter. Die silbernen Bartstoppeln ließen die Gesichtskonturen verschwimmen. Was blieb, war der verwässert-zornige Blick, mehr nach innen als nach außen gerichtet jedoch, denn er litt unter bollernder Kolik: Ihn oft in Hockstellung angetroffen im Wald, den schmerzenden Hintern in die Adlerfarnwedel getaucht. Er kaute Knospen und Triebe, was immer in Mundhöhe hing; war Fusel erreichbar, soff er ihn bis zur Besinnungslosigkeit aus. Milchfleckige, flache Brecht-Ledermütze, im schaukelnden Hängehosenboden die Depressionen der Welt. Hat bitter nach Eichenrinde, seinem fauligen Atem und verkrustetem Schweißsalz gerochen. Namenlos. Die Kühe hielten von seiner Scheinherrschaft nichts; oft brachen sie aus, rannten sie ihm mit steil aufgerichteten Schwänzen davon. Seine wurzligen Drohgebärden fruchteten wenig, niemand nahm sie für voll. Bis er sich einmal auf den Förster gestürzt hat, ihn mit seinen fuchtelnden Spindelarmen zu würgen versuchte; vergeblich jedoch; alles ist ihm mißlungen.

Ina Rex

Hirt und Herde und der Glaube

Und niemand hatte ein Gesangbuch nötig, weder an diesem noch an einem andern Morgen, auf welche Nummer die Wahl des Hausherrn auch fallen mochte. Das war gut. Denn ablesen hätte viel Zeit beansprucht. Eine kurze Ansprache an die Hausgenossen, betreffend allgemeine Pflichten und besondere gegen Gott und den Nächsten beendete die Andacht. Und schon unter dem Zusammenfalten des Gebetbuchs erhielten Knecht und Dirn die Anweisung ihrer Tagesarbeit.

Flink ging nun die Nadel durch den Stoff. In kaum einer Stunde hing der Vielgeflickte am Ofenhaken, daneben warteten die hohen Getranten. Es war besser so. Sie rochen ja ein bißchen, aber das Leder hielt sich weicher in der Wärme. Und ein paar Soden Torf mußte man schon einlegen, so ungern man wollte – es war zu frisch draußen.

Gegen drei Uhr nachmittags hastete ein Bote über den Pfarrhof. Die Studierstubentür knarrte, und der Pastor fuhr vom Kanapee in die Höhe.

„Je, Herr Paster, ’t geiht to End.“

„O, o! – war der Doktor da?“

„Nee. Mit Fuhrwark is nich mihr dörchtaukamen; de Wag weiht üm.“

„O, o! – hm! – Geh er nur zum Küster, Kliesow, ich bin gleich bereit.“

„Adjühs, Herr Paster.“

Eine halbe Stunde später stieg Häsler, von der Gattin eingehüllt in den langen Wollschal, die Pudelmütze über den Ohren, durch den tiefen Lehm. Küster Werner hinter ihm, Amtsgeräte und Talar im Bündel verpackt in der einen, den Knotenstock in der andern Hand.

Bauer Tiez stand am Heckenzaun seines Ausbaugehöftes, sah sorgenvoll über die blänkernden Wiesen hin und auf die Wetterfahne des Scheunendaches.

„'n Dag, Herr Paster! Schüll wi woll hoch Water kriegen?"

„O nein, Tiez, mich dünkt, der Wind flaut schon ab."

„Nee. Hei geiht ümmer bet upp Ost-Nurdost."

„So wollen wir das Beste hoffen. Gott wird uns gnädig sein. Guten Abend."

Der Bauer kraute den dichten Haarschopf unter der Zipfelmütze. Befriedigt sah er hinter seinem Seelsorger her. „Hei is doch vernünftig un jöcht dat leiw Veih nich bi dit Wedder dörch den deipen Schiet", sagte er zu seinem Weib, das, die verklamten Hände unter der dicken Schürze, am Zaun lehnte.

„Dat wär doch to dull! Üm dies Johrstied de Mähren schinden."

Recht hatten sie, und Pastor Häsler wäre der letzte gewesen, der das bezweifelt hätte. Wie hätten seine beiden Füchse den schweren Ackerwagen wohl über diese Bülgen [einzelne Rasenstücke, die das Wasser auseinandergerissen], durch diese Gräben bringen sollen! Und nun erst die alten Braunen, die schon seinem Vorgänger im Amte gedient hatten. Wie wohl tat den mürben Gliedern die Ruhe im warmen Stall. Man kam doch auch ganz gut vorwärts, nahm man den dicken Warprock und etwas Ausdauer dazu.

„Wie steht's, Werner?" wandte er sich an den Nachkeuchenden. „Keine Luft mehr?"

„Et jeht noch, Herr Paster."

„Ja, ja, wenn man nur verständig ist", lächelte er.

Werner hörte nichts. Ein Windstoß fuhr eben zwischen ihm und seinem Vorgesetzten durch und mahnte zum Festhalten der Pudelmütze. Der Pastor aber spann seinen Gedankenfaden ab: Damals! – als er sich noch in die nettgebauten Stulp- und Schaftstiefel des Meisters Pohl in Bergen, dessen Wahlspruch war: Man nich ümmer gliek vör't ewige Läbend! – verliebte – lang ist's her. Und Magdalene, die allzeit Praktische, warnte: das ist nichts. Und darauf fein stillgehalten, wenn Jochen Fäks mit dem Löschpapierstreifen in der pechigen Faust zum Maßnehmen hinhockte. Grau die Lehmdiele, grau das Gesicht, jede Runzel fest eingeräuchert von der unentwegt qualmenden Tabakspfeife. Grau das ganze Stübchen, dessen Decke mit der Hand zu erreichen und dessen Ecken von Spinnwebennetzen abgerundet, grau das Leder und wie dick. Jochen spannt es mit aller Gewalt über das kräftige Knie, in grauleinener weiter Büx, um es vorläufig aus der Rolle zu zwingen. „Dat hölt, Herr Paster! Sei verbruken de Sohlen nich mihr. Un wat Frau Pastern ehr Stäwel sünd, dormit bliew ick'n beting ünner't Knie, so ein, twei Toll. – Man, bi hoch Water is dat denn nix." Und nun das Papierstreifchen eingerissen hier – hier – und hier. Die steifen Finger, die doch Dreschflegel und Mistforke zu packen gewohnt sind, halten es mühsam. „Hoho!", ein bißchen daneben. „Dat treckt sich hen. Man jo nich to kort; 'n beting Stroh hürt in'n Winter dor bi in." Na, noch war es nicht nötig. Aber die zwei Paar Strümpfe, auf die Magdalene so fest bestanden hatte, taten schon gut. Wo willst du sonst in den Stiefeln hin, Edward! hatte sie gesagt und wieder recht gehabt. Es ging sich so schon schwer. Aber der Lehmweg hörte ja auch gleich auf und damit das Festhacken. Da waren schon die Dünen – ein bißchen bergan jetzt – ah! – Schön doch! solch Meer im Zorn.

Er stand einen Augenblick still und legte die Hand auf den Rücken. Der Nordost nahm ihn sich sofort vor, peitschte mit den langen Rockschößen, blähte die festen Biberbeinkleider und zerrte die Haarsträhnen unter der Pudelmütze hervor. Aber Pastor Häsler war nun einmal im Schauen, er hielt stand. Ließ den Blick hinschweifen über die endlose Wasserfläche, auf der die Greifswalder Oie wie ein grauer, kolossaler Stein zu schwimmen schien. Armes Inselchen! Wohl jetzt schon abgeschnitten von allem Verkehr mit Menschen. Ohne Kirche und Seelsorger. Und ihre Toten im Felsenkeller aufbewahrend, bis Wind und Wetter gestatten, sie nach Greifswald zu überführen in geweihte Erde. Aber nicht ohne Gott. Feste Steinmassen um die Insel. Hoch hinauf lecken die Wellen, doch nicht hinüber. Hinter Felsen ducken sich die wenigen Häuschen, und das strahlende Licht des Léuchtturmes erhellt die steinigen Wege von einem zum andern. Es warnt aber auch weit übers Meer die Schiffer: Hütet euch! Die Kloppen, die uns schützen, können euch zur Gefahr werden. Wollt und könnt ihr aber landen, euch flüchten in sicheren Schutz – wir geben gern von unser Armut.

Langsam löste er den Blick, wandte sich der Landseite zu und überschaute die fahlen Wiesen bis hinüber nach Tessow und dem eng zusammengedrängten Klein-Reckiz. Wasser auch hier überall. Blinkend in breiten, kreuz und quer sich hinziehenden Gräben, die, durch steten Zufluß aus der See gespeist, teilweise schon breit übertraten; schäumend und rauschend in der Klein-Reckizschen Bucht, die sich um diese Zeit herum über die schmale, trennende Landzunge hinweg gern mit dem Greifswalder Bodden vermählte.

Dahin käme ich wohl kaum noch zu Fuß, dachte der Pastor.

„Diese vielen Möwen! – sehen Sie doch, Werner!"

„Das taugt nich, Herr Pastor, wenn die so schreien."

„Werner!"

Der Alte zuckte die mageren Schultern. „Is noch ümmer indrapen", murrte er vor sich hin.

Im Schulzengehöft rüstete man schon die Stube zur Bibelstunde. Die Wandernden aber schritten einstweilen durch das ganze Dorf und kehrten in dem Fichtenhäuschen am Binnenstrande ein. Mudder Schultsch erwartete sehnsüchtig die letzte Labe. Sie hatte den Salzfluß am Fuß seit vierzig Jahren, nun war sie hoch in den Achtzigern, und das Loch hatte sich geschlossen. Und nun war's aus. Die Weiber sagten es ihr unumwunden. So was durfte nicht zuheilen. Pastor Häsler wollte noch Hoffnung machen; aber die Kranke hatte keine Lust mehr, das Herkommen zu verletzen. „Ick will 't Nachtmahl hebben, Herr Paster; wenn 't Lock to is, möt 'n dod bliewen. Sei sünd all dod blewen."

Und sie bekam ihren Willen mit dem einen und, nach wenigen Tagen auch mit dem andern.

In der heißen Stube des Schulzen Kliesow wartete das halbe Dorf. Bald lag die große Bibel neben der Öllampe, und des Pastors ruhige, feste Stimme versuchte lesend und erklärend sich zu behaupten zwischen all dem Husten und Schnäuzen, das die Jahreszeit so mit sich brachte. Als alle sich erbaut hatten, noch einen Gesang miteinander gesungen und ein Vaterunser gebetet, drückten sie ihrem Seelsorger fest die Hand und gingen sogleich an ihre Werktagsarbeit.

Auf dem Rückweg rastete der Pastor wieder auf der Höhe der Düne. Tief atmete er die herbe, salzige Luft, ließ die ernsten Eindrücke in sich ausklingen und hielt eine stumme Andacht. Küster Werner gönnte unterdessen den müden Beinen auf dem harten, spärlichen Gras etwas Ruhe. Besorgt sah er um sich. Tiefe Schatten lagen schon über der Gegend, und der Weg war weit. Endlich schritt sein Pastor fürbaß. Da raffte er sein Bündel auf und trottete hinterher, kopfschüttelnd. Denn was solche Minuten zeitigten im Hirn und Herzen des geistig einsamen Mannes, war ihm zwiefach verborgen. Es kam aber allen zugute, wollte der Kampf mit haufenweisem Unverstand und Aberglauben die Geduld brachlegen und Zorn und Eifer aufsprühen lassen.

„Herr, sie wissen nicht, was sie tun." Und weiter geackert, gesäet – gehofft auf fernliegende, karge Ernte.

Denn eins hielt Hirten und Herde fest zusammen, der Glaube. Noch war er da; kein unfruchtbares Grübeln beirrte die dicken Insulanerköpfe. Mochte der Himmel seine schweren, dunklen Wolkenmassen über das Pokenland hängen, oder mit Donner und Blitz Mensch und Vieh zittern machen, sein helles, blendendes Sonnenlicht oder weiche, milde Abendschatten über Felder, Wiesen, Strand und Meer breiten, immer saß der liebe Gott hinter einer Wolke und ordnete an.

Stieg der Fischer-Älteste als letzter in das tanzende Boot, nahm er den Südwester vom Kopfe, sah fromm hinauf und sprach: „In Gott's Namen! –" Hatte der Bauer auf und ab das Feld mit Samen bestreut und ließ nun die leere Leinenschürze fallen, fuhr seine Hand an die Zipfelmütze: „In Gott's Namen! –" Stand die Kuh vor dem Kalben, wanderte ein Fünfsilbergroschenstück in den Klingbeutel; Gott würde es schon sehen. Und mit kreuzweis über die Stallschwelle hingeworfenen Mistforken ward dem Teufel das Handwerk gelegt. Das war ein gar Mächtiger. Viel List war nötig, seinen Anschlägen, die Mensch und Vieh tückisch bedrohten, entgegenzuarbeiten. Überall hockte er herum, sogar auf der Kanzel, und die hehre Lichtgestalt des Herrgotts wirkte neben dem Scheußlichen um so erhabener. Das wußte Pastor Häsler und ließ sich nicht beirren, wenn – sparsam genug, aber doch zuweilen – Unordnungen des Konsistoriums dahin zielten, Satans Machtbefugnis ein wenig einzuschränken. Der erfahrene Seelsorger lächelte dann. Was wußten die Herren am grünen Tisch von seiner Kirche und Gemeinde! Und du, mein Herrgott, vergib mir – aber behalten muß ich den Höllenfürsten; hier muß es bleiben, wie es ist. Da waren Hagelschauer, die ganze Schläge verwüsteten, Rotz- und Klauenseuche in den Ställen, verängstete Seehunde, die durch Netze und Reusen jagten und Fang und Gespinst in die See zurückschleuderten. Wie da erklären, vermitteln, ablenken!? Auf Gedankenarbeit ließ sich ein Pokenschädel nicht ein.

Trost und Hoffnung zog aber in die gedrückten Herzen der Schwerbetroffenen, stimmte Küster Werner an:

Wend' ab des Satans List und Wut
Durch deiner Engel Schar;
So bin ich unter deiner Hut
Und bringt mir nichts Gefahr.

Ich fühle zwar der Sünden Schuld,
Die mich bei dir verklagt,
Doch ist mein Herz durch Jesu Huld
Getrost und unverzagt.

Und die Predigt leitete dann sacht hinüber aus dem Zeitlichen in das Ewige.

Mit erhobener Lampe ging Frau Pastor im Flur dem Gatten entgegen. Aber mit dem fuhr gleich der Nordost in das Haus und direkt zur offenen Küchentür wieder hinaus in den Garten.

„Mein Gott, Edward! – so! Nun ist es dunkel – wo bleibst du bloß! Es ist stockrabenfinster; ich bin halb tot vor Angst."

„Kindting!"

So wie sie da war, nahm er sie in seine Arme.

„Die Lampe! die Lampe!"

„Sie brennt ja nicht mehr."

Dicht aneinander geschmiegt tasteten sie sich bis zur Tür der Studierstube. Durch das Schlüsselloch fiel ein schwacher Lichtschein. „Ah!" Mit Behagen sog der Pastor die warme Luft ein. „Ein schirmendes Dach, friedliche vier Wände, ein liebes Wort zum Willkommen. Lenchen! Der Herr ist uns gnädig."

„Edward! Edward, daß ich dich wieder habe! Immer diese Angst, wenn du über Land bist."

Sie streichelte an ihm herum. „Puh! wie naß! – Hat es denn geregnet? Komm aus den feuchten Sachen. Und dann die warme Suppe, sie steht im Röhr."

Sie standen vor dem runden Tisch. Die Milchsuppe mit den gelben Eierklümpchen dampfte appetitlich, Butter und Brot warteten daneben.

„Komm, Herr Jesu, sei unser Gast, segne, was du uns bescheret hast. Amen!"

„Und nun erzähle. Waren viele da? Und worüber sprachst du? Wird Schultsch durchkommen? Die Jahre sind da …"

Pastor Häsler lächelte und berichtete. Die Löffel klapperten auf den irdenen Tellern, im braunen Kachelofen knackten die Holzscheite.

„Es ist immer eine Freude, wenn ich unter ihnen stehe. All die andächtigen Augen, die an meinen Lippen hängen. Man merkt, sie dürsten nach Gottes Wort. Es ist doch des Bauern einzige Geistesspeise." Er sann vor sich hin. „Gib mir das Brot, Lenchen – und deine Hand. Ich werde das Gesuch ans Konsistorium um Versetzung nicht absenden. Mag es im Pulte liegen bleiben und mich immer an die Zeit erinnern, die mich kleinmütig fand."

„Aber Edward! Du mit deinen Kenntnissen – immer hier sitzen in dieser Einöde!"

Er sah sie lange an. „Wir wollen morgen einmal zusammen hinausgehen auf die Dünen …"

Max Dreyer

Der Stammhalter

Wenn ich früher des Morgens zu meinem Kartoffelacker ging, saß am Strandweg auf dem mächtigen Findlingsblock tagtäglich der steinalte Fernand Groot und starrte auf die See. Zogen die Morgennebel noch so um ihn her, war das wie ein Bild aus der Sage, ein Urzeitbild, dieser schneeweiße Meerfahrer auf dem Felsen, den die Eisschollen über das Wasser getragen. So daß man vor ihm niederknien wollte: erzähle, erzähle aus der Steinzeit, aus den Vorzeitmären erzähle, in denen du gewirkt hast, lebendig und leibhaftig!

War man dicht bei ihm, so hielt allerdings der Nordlandrecke nicht völlig stand. Sein Gesicht zeigte einen gewissen südländischen Schnitt, noch mehr Süden war in seinen Schwarzkirschaugen, die zwischen den geröteten wimperlosen Lidern noch immer ein bewegliches Leben führten. Südamerikanisches Blut floß in seinen Adern, sein Großvater hatte als Matrose eine Chilenin heimgeführt.

Er wartete jeden Morgen auf mich mit seinem Kartoffelsack, den er bis hierher geschleppt hatte. Hier ruhte er aus, hier half ich ihm die Last dann wieder auf die Schulter. Das galt ihm als sein Recht, und zur Stelle, macht er aus seinem Unmut keinen Hehl. „Du kümmst jo hüet so laat!" sagte er unwirsch und spuckte links aus, was er immer dann tat, wenn ihm etwas verquer über die Leber lief. Sonst spuckte er rechts.

Für mich war das schlimme, daß er dann nicht mehr die nötige Ruhe und Stimmung zum Erzählen fand. Was wußte er alles, was hatte er alles erlebt!

Eines Morgens aber traf ich es besonders gut.

Vom Kirchhof da unten in der Niederung am Haff tönten die Glokken zu uns herüber.

„Dor is Hochtied," sagte der Alte. Und ein Schmunzeln wetterte um seine braungepriemten Mundecken. Die Braut war die Tochter des Wallnußbauern, der dort hinten am Haff den größten Hof besaß und im Schatten uralter Nußbäume residierte. Fernand schmatzte mit der Zunge.

„Dor giwt et wat Fiens. Und ick har eenglich dorbi sien müßt."

„Büßt du mit de verwandt?" fragte ich.

Er antwortete nicht und machte sein verschmitztes Gesicht, aus dem niemand klug wurde.

Nach kurzem Schweigen ließ er sich dann so vernehmen: „Ich häw di all so veel vertellt – denn kann ick di ook mal 'ne Geschicht von mienen besten Fründ vertellen."

So hörte ich denn die Geschichte, in der neben Fernands bestem Freunde der alte Wallnußbauer, der Großvater der Braut, die Hauptrolle spielte.

Der Bauer ist ein breitbeiniger Koloß gewesen, ein übler Wichtigmacher, dick, dumm, mit dösigen Fischaugen – ein Gesicht hat er gehabt „as de Flunner, de nich utschlapen hät". Alles gelang ihm, alles gedieh ihm, nie stand eine Kuh ihm trocken, nur eins blieb ihm versagt: er selbst hatte keinen Leibeserben. Seine stille, blasse, gequälte Frau hatte all ihre Tage wie an einem Schuldbewußtsein getragen und war früh gestorben.

Daß er wieder heiratete, war bei ihm als Mann in den besten Jahren das Selbstverständlichste von der Welt. Aber eine bessere Wahl galt es zu treffen, daß sein Haus nicht wieder leer ausging. Sein breitspuriges Dasein bestand heftig auf einer Fortsetzung. Ein alter Brauch kam ihm zu Hilfe, der auch in diesem Landstrich still geduldet weiter bestand. Danach durfte ein verwitweter, kinderloser Bauernhofbesitzer, dem es um einen Erben zu tun war, eine Art Probeehe eingehen. Beschenkte ihn die neue Bettgenossin mit Nachkommenschaft, so ward sie unter allen Umständen sein Ehegemahl. Blieb sie kinderlos, stand es in seinem Belieben, sie zu ehelichen oder sich von ihr zu trennen.

Das Mädchen, das bei dem Wallnußbauer zuzog, fand sich gleich. Was ihm selber an Reizen abging, das besaß sein Gut in hohem Maße. Aber mit der „Menschenzucht", wie mein alter Fernand sich ausdrückte, wollte es nichts werden. Hochfahrend entließ der Enttäuschte die Untaugliche, „de undüchdige Diern". Und nahm eine andere. Ward aber derselbe Mißerfolg. Der Gewaltige schimpfte, daß er wiederum eine Niete gezogen hatte. Dazwischen meinte er mit breitmäuligem Grinsen, seinetwegen könne das Spiel ein paarmal noch so weitergehen. Aber es ging bloß noch einmal weiter, denn jetzt geriet er an die Richtige und Tüchtige.

Das war ein flinkes kleines Frauenzimmer, die Guste, so ganz eine von denen, die sich keine Brillen verkaufen lassen. Und hier war es nun, wo die Wirksamkeit von Fernands bestem Freund einsetzte.

Es war die Zeit, da Jasmin und Holunder blühn, die farbigste, leuchtendste, die fröhlichste und zärtlichste Zeit im Jahr. Fernands bester Freund hatte als Matrose auf einer holländischen Brigg seine Westindienfahrt hinter sich, war jetzt auf einer Hamburger Bark nach Ostasien angemustert, hatte die Tasche voll Taler und das Herz voll Jugendlust und war auf ein paar Tage in der Heimat.

Und da – so erzählte der Alte in seinem geruhigen Platt, dem sich Hochdeutsches nur beimischte, wenn er sehr überlegen oder verschmitzt-feierlich wurde –, da trifft er nun die Guste auf dem Tanzboden, und tanzt mit ihr. Und wie sie sich so unterhalten, kommt die Rede darauf, daß sie in acht Tagen zum Wallnußbauern ziehen will. Von dessen Geschichte weiß er, und er hat seine eigenen Gedanken dabei. Ihre eigenen Gedanken hat die Guste auch. Und er, was nun mein Freund ist, der nie ein Blatt vor den Mund nimmt, spricht sich jetzt gründlich aus. Dieser Kerl, dieser großmäulige, aufgeblasene Ochsenfrosch! Immer setzt er die andern ins Unrecht, die Frauen. Daß er selbst Schuld haben könnte, kommt ihm nicht in seinen hochnäsigen Sinn! Wie lange wollten die Mädchen sich noch dumm machen lassen! Wäre aber eine klug, dann hätte dieser aufgedunsene, aufgeplusterte Nichtsnutz sich selber es zuzuschreiben, wenn sie für solchen Eheversuch sich gehörig vorsähe und vorbereitete. Dazu lacht Guste mit ihren blanken Augen und blinken Zähnen. Und wieder tanzen sie. Und mein Freund, was ein fixer Kerl ist, hat gleich einen Vers zu der Musik parat:

Der Nußbauer ist 'ne hohle Nuß –
Denn helpt dat nich, was muß, das muß!

Das singen sie dann beide zu ihrem Tanz. „Und dann – nun ja, dann half es nicht. Er begleitete sie nach Hause. Und es war eine wunderschöne Sommernacht."

„Da haben die beiden ein Schäferstündchen gehabt?“ fragte ich in meiner Gründlichkeit.

Er nickte.

„Ja, da haben die zwei ihr Schläferstündchen (!) gehabt“, bestätigte er. „Und es kamen noch mehr Sommernächte. Denn erst nach vier Tagen fuhr er wieder ab. Nach Ostasien. Und Guste zog zum Wallnußbauern.

Und wurde Bäuerin. Denn sie schenkte ihm einen Erben. Es blieb bei dem einen, aber er war danach. Von ihm bevölkerte dann ein Dutzend Kinder den Wallnußhof. Eins von ihnen ist die Braut, der sie heute läuten.“

Der Alte erhob sich. Er kaute, schmunzelte, dieAugen verkniffen sich, und spuckte aus, zweimal, nach rechts. Ich half ihm den Kartoffelsack auf, und er stakte nach seinem Fischerhaus.

Das war im vorigen Jahr. Inzwischen ist der alte Knabe weitergestakt, ganz weit, und kommt nicht wieder. Als ich in diesem Sommer die Dorfkirche da unten aufsuchte, war hier Kindtaufe. Die Mutter stammte vom Nußbaumhof – es war dieselbe, die vorm Jahr Hochzeit machte. Ich sah sie mir genau an. Augen hatte sie wie schwarze Kirschen. Und der Täufling: dieselben Augen mit dem Leuchten ferner Welten und anderer Sterne. Das war eine Lust.

Ich dachte an dich, du prachtvoller alter Fernand Groot.

Und wenn ich's nicht gleich gewußt habe, jetzt weiß ich, wer dein bester Freund war.

Hans Werner Richter

Der Alte Fritz in Zivil

„Steig auf den Tisch“, sagte Kopp, „und sag mir die Bilder an, die Preise und die Namen. Die Preise stehen hinten. Fang von links an und geh nach rechts. Zuerst die Köpfe oben.“

„Ja“, sagte ich und starrte die Radierungen mit den Köpfen an. Dann stieg ich auf den Tisch und begann mit dem ersten Bild. Kopp stellte sich hinter ein Schreibpult und rief: „Los, die Radierungen oben.“

Da hing Friedrich der Große vor mir, es war eindeutig Friedrich der Große, und ich nahm das Bild ab, drehte es um, fand den Preis und schrie: „Friedrich der Große – siebenundzwanzig Mark."

„Ja", wiederholte Kopp hinter seinem Schreibpult, „Friedrich der Große – siebenundzwanzig Mark."

Da hing das nächste Bild vor mir, und es war wieder ein Kopf, aber ich kannte den Kopf nicht und suchte vergeblich nach dem Namen. Es war ein Mann mit einem großen, buschigen Bart, der über die Lippen hing. Ich nahm in meiner Verwirrung das Bild, drehte es um und sah nach dem Preis. Neunundzwanzig Mark fünfzig stand dort, und ich dachte, wer kann das sein, und plötzlich fiel mir Ziethen ein, denn der allein hatte einen solchen Bart getragen, aber ich wunderte mich, daß Ziethen teurer war als Friedrich der Große, und als Kopp „weiter, weiter!" schrie, rief ich: „General von Ziethen – neunundzwanzig Mark fünfzig."

Einen Augenblick war es still hinter dem Schreibpult, dann kam Kopp um die Ecke geschossen. Seine kleinen Beine bewegten sich zappelnd und seine Augen blitzten, als sei er selbst ein General.

„Was hast du da gesagt, Ziethen? Wir haben doch keinen Ziethen." Und er sah zu mir auf. Ich stand oben auf dem Tisch und hatte das Bild in den Händen. „Du heiliger Bimbam", schrie er, „das ist doch Nietzsche, Friedrich Nietzsche."

Ich dachte: schon wieder der Nietzsche, immer dieser Nietzsche! M... war seinetwegen ins Wasser gefallen, und jetzt schrie Kopp mich mit seinem heiligen Bimbam an. Ich wurde rot und begann, Nietzsche zu hassen.

„Das ist ein Philosoph, ein berühmter Philosoph", sagte Kopp, „hast du denn noch nie etwas von Nietzsche gehört?"

„Nein, Herr Kopp."

„Volksschüler", murmelte Kopp, und er lief zurück, um die Ecke des langen Ladenschlauches, stellte sich dort wieder hinter sein Schreibpult und rief: „Weiter!"

„Friedrich Nietzsche", sagte ich, „neunundzwanzig Mark und fünzig Pfennige."

Kopp wiederholte den Satz, schnalzte bei den fünfzig Pfennigen leicht mit der Zunge und sagte: „Den können wir runtersetzen um die fünfzig Pfennig. Streich die fünfzig Pfennig hinten!" Ich strich die fünfzig Pfennig auf der Rückseite des Bildes durch und dachte: Nietzsche wird billiger, und ich war etwas schadenfroh darüber und freute mich trotz meiner Angst vor dem nächsten Bild. Ich hängte Nietzsche wieder an den Nagel und sah auf das Bild daneben, und auch dieser Kopf war mir unbekannt. Er hatte eine entfernte Ähnlichkeit mit Friedrich dem Großen, und ich dachte: es könnte der Alte Fritz in Zivil sein.

Ich nahm das Bild von der Wand, drehte es um und sah nach dem Preis. Dreiunddreißig Mark stand dort, und ich wunderte mich, daß der Alte Fritz in Zivil teurer war als in Uniform.

„Friedrich der Große in Zivil", schrie ich, „dreiunddreißig Mark."

Da schoß Hans Heinrich Kopp wieder hinter seinem Schreibpult hervor und näherte sich mir mit solcher Geschwindigkeit, daß ich ernsthafte Angst bekam, er könne mich diesmal von meinem Tisch stoßen. Diesmal hatte er die Hornbrille in der Hand, und seine polierte Glatze leuchtete rot, als hätte sie Feuer gefangen.

„Zweimal Friedrich der Große", schrie er, „zweimal! Wir haben Friedrich den Großen nur einmal! Den gibt's überhaupt nur einmal! Und in Zivil? Hat man so was schon gehört. Den hat es nie in Zivil gegeben."

„Aber es ist doch der Alte Fritz", stotterte ich. Kopps wasserblauer Blick war entgeistert auf mich gerichtet, und er sprach so erregt, daß er nicht bemerkte, wie er mit seiner Hornbrille ununterbrochen gegen die Tischkante schlug.

„Das ist Kant, der größte Philosoph der Welt. Immanuel Kant aus Königsberg, verstehst du!"

„Aus Königsberg?" stotterte ich.

„Jawohl, aus Königsberg", schrie er, „Immanuel Kant!"

Ich dachte: der größte Philosoph der Welt für dreiunddreißig Mark, aber Kopp sagte dreimal hintereinander „Du heiliger Bimbam", und dann schrie er: „Runter von dem Tisch! Jetzt hab ich genug. Los in den Keller!"

„Ja", sagte ich, „sofort", und ich kletterte von dem Tisch und dachte: im Keller gibt es keine Philosophen, und ich war froh, daß ich wieder in den Keller gehen durfte.

„Wie willst du jemals Buchhändler werden", schrie Kopp hinter mir her, „wenn du nicht einmal weißt, wer Kant ist?"

Und er strich sich mit der rechten Hand über seine polierte Glatze und murmelte dabei:

„Kant als Friedrich der Große in Zivil! Ein König in Zivil! So etwas Dummes!"

Plötzlich besann er sich und sagte: „Eigentlich gar nicht so schlecht, ein König in Zivil … Aber das ist von mir. Ein König in Zivil – hm", und dann schrie er: „Marsch mit dir in den Keller! Dort kannst du über Kant nachdenken, bis der Keller leer ist! Bis du alles Wasser ausgeschippt hast!"

Christine Brückner

Das Uferlose machte ihr Angst

Die Sderne, Gott, sehen Sie doch bloß die Sderne an!
Thomas Mann

Kolberg in Pommern, Hafenstadt und Seebad an der Mündung der Persante in die Ostsee. Damals und vermutlich noch heute ein beliebtes Familienbad mit einem Mariendom und anderen historischen Baudenkmälern in Backsteingotik, für die Maximiliane und Viktor sich aber nicht interessieren. Sie wohnen im „Alten Fritz", einer Pension in der Nähe des Damenwäldchens, in der sie die üblichen Schwierigkeiten einer Hochzeitsreise erleben.

Am Tag der Ankunft machten sie vor dem Abendessen noch einen ersten Spaziergang, die Dünenpromenade entlang bis zum Seesteg. Andere Kurgäste taten das ebenfalls. Ein paar Fischerboote waren noch draußen, man machte einander mit kleinen Zurufen darauf aufmerksam. „Sehen Sie mal das Schiff!" – „Guck mal der Leuchtturm!"

Ein Spätsommerabend. Die Luft ist klar, der Landwind kühl. Die Sonne nähert sich bereits dem Horizont. Maximiliane hat noch nie einen Sonnenuntergang an der See erlebt. „Laß uns das abwarten!" bittet sie. Sie stehen fast eine Viertelstunde lang am Ende des Seestegs und blicken nach Westen. Viktor wartet nicht gern, schon gar nicht auf Naturereignisse. Trotzdem schlägt er Maximiliane den Wunsch nicht ab, zündet sich eine Zigarette an, dann eine weitere. „Wir können auch gehen", sagt Maximiliane. „Wir müssen nicht warten, wir können den Sonnenuntergang auch unterwegs sehen." Aber einen einmal gefaßten Entschluß macht Viktor nicht rückgängig. Maximiliane blickt ins Wasser und sagt, daß seit der Eiszeit das Wasser der Drage immer in die Ostsee geströmt sei. Aber Viktor ahnt nicht, was sie damit meint.

Schließlich nähert sich die Sonne ihrem Untergang. Maximiliane schiebt ihre Hand in die Hand ihres Mannes, der ihre Erregung nicht begreift und nicht einmal in diesem Augenblick seinen Arm um sie legt.

Kann es sein, daß Maximiliane den Untergang der Sonne mit dem Untergang ihres Mädchentums gleichsetzt? Für Viktor ist es ein Sonnenuntergang wie andere auch, hundertmal gesehen, aber Maximiliane war ein Landkind und gewöhnt, daß Himmel und Land am Horizont deutlich voneinander geschieden sind. Bisher ging ihre Sonne hinter Bäumen oder Feldern, allenfalls hinter einem Hügel unter, und jetzt sackt diese fremde Sonne ins Meer ab, auf Nimmerwiedersehen. Das Uferlose macht ihr Angst. Sie braucht Begrenzungen. „Hinunter ist der Sonnen Schein, die finstre Nacht bricht stark herein." Der Choral steigt aus der Erinnerung auf, Hermannswerder, die Kapelle, der Pfarrer, die Freundinnen, alle versammeln sich um sie. Nie wieder: „Mein liebes Kind." Sie ist verheiratet und hat Angst.

Viktor nimmt ihre Tränen nicht wahr, da er sich bereits auf den Rückweg gemacht hat. „Es ist Zeit zum Abendessen. Wir müssen uns noch umkleiden!"

Es dunkelt rasch. Viktor macht zwei Schritte, wo sie drei machen muß. Er kommt vom gepflasterten Weg ab, gerät in den Sand, muß die Schuhe ausziehen und vom Sand entleeren. Auch Maximiliane zieht die Schuhe aus, behält sie aber in der Hand, um barfuß durch den feuchten Sand zu gehen. „Du bist kein Kind mehr!" sagt Viktor, und sie zieht die Schuhe wieder an. Nie wieder wird sie in seiner Gegenwart barfuß gehen, allerdings in seiner Abwesenheit.

Maximiliane macht ihren Mann auf den Abendstern aufmerksam. Um diese Jahreszeit wird es sich vermutlich um die Venus gehandelt haben, beide konnten die Sterne nicht bei Namen nennen. „Guck mal!" sagt sie, bleibt stehen, hält ihn am Ärmel fest und zeigt zum Himmel. Der Stern ermutigt sie wieder. Sogar an Sternschnuppen fehlt es nicht, obwohl die Zeit der Perseiden bereits vorüber ist. Es fehlt nicht an Wünschen und auch nicht an gutem Willen.

In der Pension hatte es sich herumgesprochen: ein Brautpaar auf der Hochzeitsreise, die Braut eine Adelige! Man gratulierte, trank auf ihr Wohl, was alles Viktor in hohem Maße unangenehm war. Er hatte den Vorfall, der sich beim Hochzeitsessen zugetragen hatte, keineswegs vergessen.

Als Maximiliane seinerzeit zugesehen hatte, wie der Hengst die Stute besprang, hatte sie gesagt: „Das ist aber schön!" In aller Unschuld und Vorfreude. Und auch an diesem Abend ihrer Hochzeitsnacht freut sie sich auf das, was ihr bevorsteht. Mit einer mädchenhaften Beimischung von Angst. Sie hat unklare, aber erregende Vorstellungen von einer Hochzeitsnacht, hat allerdings nie an ‚Nacht' dabei gedacht, sondern an Waldgras, an Schilf, an ein Kornfeld, an freien Himmel, die Stunde der Kornmuhme. Als Viktor im Juni zu einem kurzen Besuch auf Poenichen weilte, hatte sie diese Vorstellung bereits verwirklichen wollen. Vergeblich. Daß sie unberührt in die Ehe ging, war einzig Viktors Verdienst. ‚In rechter Ehe' hatte er damals zu ihr gesagt, und jetzt war es soweit.

Und er machte sich ans Werk, bringt es fertig, ihr die Unschuld zu rauben. Der Akt kommt einer Vergewaltigung gleich, trotz ihres Wunsches nach Hingabe. Ein Eroberer, der Unterwerfung, nicht Hingabe verlangt.

Der Geschlechtssin der Quindts war, wie wir wissen, seit Generationen vernachlässigt. Maximiliane stellte erotisches Brachland dar. Erotik und Sexualität – oder besser: Sinnlichkeit – ballten sich in ihr zusammen und kamen zum Ausbruch, vielmehr hätten zum Ausbruch kommen können, mit einem anderen Partner. Bei Viktor geriet sie an einen Mann, der das Fortpflanzungsgeschäft mit Ernst betrieb. Gemeinsamer Genuß der Lust war mit ihm nicht zu erreichen. Aber beide hatten, und zumindest darin waren sie sich einig, die Fortdauer des Geschlechts der Quindt beziehungsweise Quint im Sinn; auch Maximiliane hatte sich, unbewußt, diesen Quint aus Breslau zur Zucht ausgesucht, damit es bei ‚Quint auf Poenichen' bleiben konnte. Einer hatte dem anderen nichts vorzuwerfen, was sie in der Folge auch nie getan haben.

Viktor hielt an seinen Vorstellungen vom Vollzug der Ehe fest. „Hast du die nötigen Vorkehrungen getroffen?" Wenige Minuten später saß er dann bereits auf der Bettkante und rauchte eine Zigarette. Er entledigte sich lediglich der Hose seines Schlafanzuges. Er brauchte seine Frau nicht erst darauf hinzuweisen, daß sie nachts ein Hemd zu tragen habe, sie paßte sich seinen Vorstellungen an, schlief aber, wenn sie in Poenichen weilte, weiterhin nackt, sogar wieder in ihrem alten Kinderzimmer mit den drei Betten. Was den Zeugungsakt anging, so hielt sie für die Dauer dieser Ehe den Anteil, den der Mann daran hatte, für unerheblich. Zeugung und Geburt waren Sache der Frau, ebenso wie

Aufzucht und Erziehung der Kinder. Niemand hatte je versucht, ihr den Akt biologisch zu erklären. Die Hermannswerder Diakonissen waren über dieses damals noch heikle Kapitel rasch hinweggegangen.

Viktor hielt sich an die von den beiden Ärzten Knaus und Ogino entwickelte Methode der Empfängnisverhütung. Er wandte sie allerdings anders an, als sie von den Erfindern gemeint war. Er wählte für den ehelichen Vollzug nach Möglichkeit nicht die empfängnisfreien, sondern die empfängnisversprechenden Tage aus. Die Schwächen der Knaus-Oginoschen Methode sind hinreichend bekannt; für Maximiliane stellten sie eher Vorzüge dar. Ihr Mann hätte sich sonst vielleicht auf einen einzigen Beischlaf im Jahr beschränkt, wenn er mit Sicherheit sein Ziel erreicht hätte. Trotzdem war er kein Heiliger, er trachtete lediglich danach, in der Ehe seine Ideale zu verwirklichen. Ein ganzes Volk glaubte schließlich an die Keuschheit seines Führers! Viktor hielt seine Triebhaftigkeit gegenüber seiner Frau zumeist mannhaft in Zucht.

Bereits an diesem ersten Abend in Kolberg sprach er mit ihr über ihre ‚mensis', ein Wort, das ihr nicht geläufig war, dessen Bedeutung sie aber ahnte. Sie errötete, obwohl kein Licht im Zimmer brannte. In Hermannswerder hatten die Mädchen von den ‚petites malades' gesprochen. Später führte Viktor über den biologischen Zyklus seiner Frau Buch und richtete seine Besuche auf Poenichen entsprechend ein. Maximiliane nannte sein Notizbuch ‚das Zuchtbuch'.

Viktor gehörte zu jenen Männern, die immer zur selben Stunde aufwachen und sofort mit beiden Beinen zugleich aus dem Bett und in den neuen Tag springen. Er bemühte sich an diesem ersten Morgen in Kolberg, beim Waschen, Rasieren und Ankleiden leise zu sein, was unnötig war, da seine Frau fest schlief. Sie lag auf dem Rücken, die Arme ausgebreitet neben dem Kopf, das Haar aufgelöst und feucht von der Anstrengung des Schlafs, aber Gesicht und Körper entspannt, der Mund leicht geöffnet, ebenso die Hände: eine Haltung, die Dr. Grün sehr interessiert haben würde, die man heute mit ‚Demutsgebärde' bezeichnet. Sie schläft nicht mehr wie ein Hund, der sich zusammenrollt, sie hat sich gestreckt: entpuppt. Es ist ihre beste Stunde. Nie ist sie schöner anzusehen als kurz vor dem Aufwachen. Viktor hat bisher keine schlafende Frau zu sehen bekommen, was aber nicht heißen soll, daß er ohne Erfahrungen in die Ehe gegangen wäre. Er empfindet die Situation als ungehörig und ruft ihren Namen erst leise, dann lauter:

„Maximiliane!“ Als sie immer noch nicht erwacht, zieht er die Vorhänge zurück und läßt das volle Morgenlicht herein. Die Sonnenstrahlen fallen auf Maximilianes Gesicht, die den Arm hebt und über die Augen legt und weiterschläft. Viktor faßt sie bei der Schulter und schüttelt sie. Jetzt erst schlägt sie die Augen auf; erkennt ihn und lächelt. Sie hält seine Hand fest, legt sie auf ihre entblößte Brust, streicht leicht über seinen Handrücken und bewirkt, daß seine Haut sich zusammenzieht und die Härchen sich aufrichten. Eine Körperreaktion, die sich seiner Kontrolle entzieht und ihm daher nicht angenehm ist.

„Du bekommst ja eine Gänsehaut, wenn ich dich anfasse!“ sagt Maximiliane erfreut. Aber Viktor schätzt es nicht, wenn man über ihn lacht, und entzieht sich ihr, bringt seinen Anzug wieder in Ordnung und sagt: „Es ist heller Morgen.“ Er erreicht, daß sie sich schämen muß, ebenso wie in der Nacht, als er gefragt hatte: „Was tust du eigentlich?“, und sie wahrheitsgemäß antwortete: „Ich bete.“ – „Du lieber Himmel!“ Er hatte laut aufgelacht. Auch das wiederholte sich nie, sie betete nie wieder in seiner Gegenwart. Viktor behandelte seine Frau vom ersten Tag der Ehe an wie ein pommersches Gänschen, und sie hat sich folgerichtig wie ein pommersches Gänschen benommen.

Die vorgesehenen fünf Tage wurden beiden lang.

Viktor ging nie wieder so viel spazieren wie in Kolberg. Er gab sich dabei Mühe, Maximiliane seine politischen Ansichten und Ziele auseinanderzusetzen. Er redete in einem fort, sprach zu einer unaufmerksamen und daher widerspruchslosen Zuhörerin. Er befand sich mit einem Bein in der großen deutschen Vergangenheit, mit dem anderen in der großen Zukunft, während Maximiliane mit beiden Beinen in der Gegenwart stand, nur für die Gegenwart begabt. Ihre kleinen Sätze, die meist mit „Schau mal!“ anfingen, erschienen ihm einfältig. Er sprach über die Erde, die ER verändern würde, und meinte damit den Planeten, und was tat dieses pommersche Gänschen? Bückte sich, faßte mit der bloßen Hand in den frischgeeggten Acker, an dem sie gerade entlanggingen, hielt ihm die gefüllte Hand hin und sagte: „Das ist die Erde!“

„Du machst dir bloß die Hände schmutzig!“ antwortete er.

Er sieht nicht, daß die Möwen, die hinter den Gespannen nach Larven suchen, wie weiße Blumen aussehen, obwohl sie mit der Hand hinzeigt.

„Du mußt dir abgewöhnen, auf alles mit den Händen zu zeigen!“

Abends gehen sie ins Kasino zum Tanzen. Da Maximiliane sich dabei gern führen läßt, kommt es zu keinen weiteren Schwierigkeiten. Tanzend haben sie sich immer am besten verstanden, nur daß sie ihm gerade bis zur Schulter reichte, was den Anblick störte.

Auf dem Heimweg legt er sogar seinen Arm auf ihre Schulter. Sie lehnt den Kopf zurück, blickt in die Sterne, bleibt stehen, und erfüllt vom Wunsch, ihm zu gefallen, trägt sie einige Zeilen aus einem Gedicht vor: „... Und seine Seele an die Sterne strich / Und er doch Mensch blieb, so wie du und ich." Mit der Betonung auf SEINE und ER.

„Wer hat denn das verbrochen?" fragt Viktor mißtrauisch.

„Baldur von Schirach!" Immerhin der Reichsjugendführer.

Er antwortet nicht, nimmt die Hand von ihrer Schulter und geht verstimmt weiter. Am letzten Morgen, es ist noch kaum dämmrig, springt Maximiliane aus dem Bett, reißt Vorhänge und Fenster auf und weckt ihren schlafenden Mann.

„Die Wildgänse! Die Wildgänse ziehen!" ruft sie. „Jetzt wird es Herbst!" Ein Rauschen ist zu hören, pfeifender Flügelschlag, vereinzelte unruhige Schreie. Ein Vogelruf kann sie aufwecken, die Stimme ihres Mannes nicht.

„Zieh dir Pantoffeln an, du wirst dich erklälten!" sagt er vom Bett aus.

Uwe Johnson

Kein Stettiner Eckenpisser

Deswegen stand das Kind Cresspahl lange Zeit auf dem Ribnitzer Bahnhof unter einer Werbetafel für Schachenmayr-Wolle und mochte von Alexander nicht glauben, daß er sie im Stich ließ. Sie machte sich fast zu spät auf, den Weg zum Hafen zu suchen. Auf dem Fischlanddampfer zogen sie eben den Steig ein. Er saß da wie eine fette schwarze Ente, die es eilig hat. Sie setzte sich mit dem Gesicht nach hinten. Der Vater hatte sie von sich weggeschickt, obwohl in Mecklenburg noch Schule gehalten wurde. Hinter dem Schiff blieb der Kirchturm von Ribnitz zurück, dann der von Körkwitz, dann die Düne von Neuhaus. Es war möglich, daß sie Jerichow nicht wieder fand.

Sie stand den halben Nachmittag an der Anlegebucht von Althagen, ein neunjähriges Kind in einem zu oft gewaschenen, zu langen Kleid, einen verrutschten Hahnenkamm auf dem Kopf. Sie hatte keine Karte für die Rückfahrt. Das Taschengeld für die Reise war fast ganz für die Fahrt mit dem Schiff draufgegangen. Sie konnte nicht beweisen, daß sie nach Jerichow gehörte. Sie fürchtete, das Paepckesche Ferienhaus nicht mehr zu finden nach den drei Jahren. Sie stand auf der rechten Seite der Bucht, die damals schon etwas verschilft war. Die Schiffsschraube hatte Pflanzen im Wasser losgerissen.

Dann kam Paepcke mit dem Dampfer, der die Arbeiter aus Ribnitz zurückbrachte. Er war nun auf eine entschlossene Weise zufrieden. Stralsund war doch gut gewesen für den Besuch in einem Spielzeugladen. Er hatte Geschenke gemacht. Er kam wieder einmal nach Mecklenburg. Hier war er nicht ein Stettiner Eckenpisser. Paepcke war mit weißen Hosen angetan, und auf dem Kopf hatte er einen weißen Hut. Er hielt das Kind Gesine für getröstet, weil er sich mit einem Geschenk bei ihr entschuldigt hatte, aber das Taschenmesser von Alexander glich bis auf eine kleine Schramme dem, das sie schon hatte.

Paepcke fragte nach Jerichow, nach Methfessel, nach Gesines Französisch, nach Aggie Brüshaver. Da waren doch auch Kinder mit so wohligen Namensanfängen: Martin, Matthias und Marlene Dietrich. Gesine sagte: Die sind doch tot.

Das verstand Alexander nicht. Wie konnten denn so kleine Kinder auf einmal tot sein!

Carola Stern

Nicht länger Mecklenburger sein

Im März 1990 beschloß ich, Ahlbeck zu besuchen. Vom Flughafen Berlin-Tegel holte mich der Vetter ab, und wir fuhren über Prenzlau, Pasewalk, Anklam, „einfach so“ nach Hause. Könnte ich doch dieses selige Glücksgefühl vermitteln, als alte Frau, nun im Einklang mit sich und mit der Welt, zurückzukehren in meine Heimat, auf die Insel Usedom!

Verklärte die Wiedersehensfreude Meer und Strand? Hinter den letzten Häusern, im Niemandsland zwischen der deutsch-polnischen

Grenze, nisteten Scharen von Raub- und Lachmöwen, zogen kreischend über den Stand, fielen klatschend in die Ostsee oder tummelten sich zusammen mit Haffenten und vom Achterwasser an die See gezogenen Schwänen auf den ufernahen, mit Tang durchsetzten Muschelstreifen.

Die nur von Vogelschreien unterbrochene Stille, die reine Luft am Meer, der feinkörnige Sand – die Ostseeküste war noch ungleich schöner als in der Erinnerung. Entlangschlendernd am Strand zwischen Ahlbeck, Heringsdorf, Bansin, blickte ich über die Dünen auf die großen Häuser an der Uferpromenade und fühlte mich zurückversetzt in mein Kindheitsparadies. Doch die Idylle trog. Ein Terrorakt und danach Mißwirtschaft und Privilegien hatten in diesen wie in anderen Badeorten an der Küste dicht nebeneinander Hochherrschaftliches und Schäbiges wachsen lassen.

Im Frühjahr 1953 waren die Eigentümer zahlreicher Fremdenheime, Strandvillen und Pensionen verhaftet und enteignet worden. Ihr Besitz, wenn er gut erhalten und schön gelegen war, wurde der SED, der Staatssicherheit und der Nationalen Volksarmee überschrieben. Diese richteten dort Feriendomizile für Politbüro- und Ministerratsprominenz, Armee- und Stasi-Generalität ein. Häuser der zweiten Kategorie erhielten FDGB und Großbetriebe als Ferienheime. In die enteigneten Gebäude hatten die Gemeinden Ortsansässige eingewiesen und, da überall Materialien für die Renovierung fehlten, die Häuser mit der Zeit verkommen lassen. Erst bröckelte der Putz, dann fielen Säulen und Stuckarbeiten in sich zusammen; farblos-grau wie städtische Mietskasernen, so sah ich nun die einst schmucken Pensionen an der Uferpromenade stehen.Vor einzelnen Hauseingängen lagerten Kohlenberge, und auf der Promenade hatte man stinkende Fischkisten gestapelt.

Als wollten sie alles Grau vergessen machen und durch helle Farben überstrahlen, auch um ihre Vorfreude auf alles Kommende auszudrücken und ihren gesamtdeutschen sowie regionalen Patriotismus zu bekunden, ließen die Ahlbecker aus den Fenstern selbst der verkommensten Gebäude lange schwarz-rot-goldene Bundes- und blau-weiße Pommernfahnen wehen und verliehen so grauer Schäbigkeit einen theatralisch wirkenden Glanz – mein Heimatort, die anrührende Kulisse für ein Tschechow-Stück.

Natürlich wollte ich wissen, was meine Landsleute in dieser Wendezeit politisch dachten.Wie war es ihnen ergangen? Hatten sich die altgewordenen Jungmädel, SA-Leute und Frauenschaftsmitglieder dem SED-Staat angepaßt? Waren die Jungen, erzogen in der DDR, zu gläubigen Kommunisten herangewachsen? Die schien es im Ort nicht mehr zu geben. Ich traf Wendehälse, viele Helmut-Kohl-Anhänger und ein paar Mitglieder der in der DDR neugegründeten SPD. Die überredeten mich, zusammen mit einem aus Hamburg angereisten Genossen auf dem Konzertplatz für die SPD zu werben, denn die ersten freien Volkskammerwahlen standen bevor. Stolz auf meine rhetorischen Fähigkeiten, begann ich damit, die Qualität eingelegter Heringe auf Usedom zu loben, kam auf mein Wiedersehensglück und dann erst auf die Wahl zu sprechen. Was ich auch sagte, meine Landsleute verzogen keine Miene. „Wegger is dat? Wat will dei hier?" flüsterten sie sich zu. „Sturköppe", murmelte ich und sehnte mich nach Köln zurück.

Unerwartet traf mich ein kaum zu zähmender Polenhaß. Man fühlte sich den Westdeutschen unterlegen und brauchte offenbar andere, um auf sie herabzuschauen. Einige Leute raunten, wie wenig man Lothar de Maizière vertrauen könne, seit er im Fernsehen mit einem Judenkäppchen aufgetreten sei; womöglich sei er selber Jude! Polenverachtung und Antisemitismus schienen die DDR-Zeit unbeschadet überlebt zu haben.

Die Stimmung wechselte zwischen Erwartung und Besorgnis. Bauern und Fischer sorgten sich um künftige Absatzmärkte. Lehrlinge erfuhren von ihren Meistern, daß der erlernte Beruf durch moderne Technik aus dem Westen womöglich überflüssig werde. Mieter fragten ängstlich, was aus ihren Wohnungen werde, wenn die enteigneten Hauseigentümer Besitzansprüche geltend machen sollten. Manch einer sehnte sich nach „dem starken Mann". So einer wie Helmut Schmidt oder Konrad Adenauer sollte es sein.

Jedenfalls, so wie es war, sollte es nicht bleiben. Die Menschen wollten vieles verändert, mit der Einheit neu geordnet sehen. Einige Alte sprachen von der „wahren" Oder-Neiße-Grenze; sowohl Stettin wie Swinemünde lägen östlich der Oder und seien den Polen ursprünglich nicht zugesprochen worden. Entsprechende Eingaben hatten sie schon nach Berlin geschickt.

Gleich, was sie sonst noch dachten, fürchteten, erhofften – in einem waren sich alle auf meiner Heimatinsel einig: Sie wollten nicht länger Mecklenburger sein! Längst an rheinisches Temperament gewöhnt und vorpommerscher Halsstarrigkeit etwas hilflos ausgesetzt, staunte ich, wie überschwenglich meine Landsleute für die erstrebte Eigenständigkeit plädierten und sich dagegen wehrten, wiederum, wie nach dem Krieg, mit Mecklenburg zu einem Land vereint zu werden. Was um alles in der Welt, so hieß es, verbinde die Vorpommern mit diesen sturen, zurückgebliebenen Mecklenburgern! Auch oder gerade in geschichtsbewegenden Zeiten hängen Menschen abwegigen Träumen und Nebensächlichkeiten nach. Wer wußte damals schon in Berlin und Bonn, was die Leute in Bansin bewegte?

Nach einigen Tagen verließ ich meine Heimat wieder und dachte angestrengt darüber nach, ob ich noch in diese Inselwelt gehörte.

Nachwort

Grobe Pommern nur zum Schein

Die Bezeichnung Vor- oder Hinter- ist in Deutschland einmalig.
[... Jene], die ganz Pommern in Vorn und Hinten einteilten,
müssen es immer nur von Westen gesehen haben.
Hans Werner Richter

Während Jahrzehnten haben wir wie Einäugige gelebt,
nur nach Westen geblickt.
Marion Gräfin Dönhoff

Nein, dieses Pommern faßt man nicht; irgendwann muß man aufhören zu suchen, auszuwählen, aufzunehmen. Die Fülle zwingt dazu abzubrechen. Pommern, Drehscheibe zwischen dem skandinavischen Norden, Brandenburg und Polen, versicherte sich seiner stets auch im Wort. Zuerst einmal im praktisch nutzbaren, bei von Normann, Dähnert, Grümbke und, vor diesen allen, in der ordnenden, Bestand aufnehmenden Hand des anderen Sekretärs, neben dem Bartholomäus Sastrow, der zu Wort kommt in unserem Buch. Sastrow trug in Speyer eine Rechtssache aus und wußte Bescheid, als er zurückkam und in den Dienst der Städte Greifswald und Stralsund trat. Dieser andere hieß Thomas Kantzow, war Sekretär der pommerschen Herzöge und Geschichtsschreiber. Das geht so fort bis ins 19. und 20. Jahrhundert, Meinhold lieferte Ortsbeschreibung und Phantasieprodukte, die seine Zeitgenossen wiederum für historische Protokolle tatsächlicher Vorfälle hielten; noch Pyl und Robert Burckhardt verbinden praktische Zwecke mit dem geistig Ausgreifenden, und so all die Sammler, die auch in den Zeiten pommersche Märchen und Sagen veröffentlichten, als das Wort Pommern in dem Restgebiet westlich der Oder ein Unwort war, soweit es nicht als eingeengter streng historischer Begriff verwendet wurde. Sagen, Märchen, Sprichwörtliches in Mundart wurde nicht zuletzt deshalb publiziert, weil sich das im Begriff des Volkskundlichen unterbringen ließ. Diese, all die Haas und Jahn und Knoop mit ihrem Fleiß, und deren Nachfolger treten uns auf diesen Buchseiten nun partiell als Personen mit voneinander abweichenden Vorstellungen und Zielen entgegen, weniger in den Objekten ihrer Sammelleidenschaft.

Andererseits müssen die Herausgeber vorsichtig sein bei der Aufzählung von Namen. Wollte man erst anfangen, Namen zu nennen, dann müßte man Adelung und Mohnike und Spalding berücksichtigen und noch zwei Dutzend andere. Die Herausgeber befinden sich in der leicht mißlichen Lage, zu wissen, was sie verwarfen oder aus den unterschiedlichsten Gründen – manchmal lediglich aus dem des begrenzten Platzes – jedenfalls nicht aufnahmen in ein Buch, das in gewisser Weise doch auch wieder repräsentativ zu sein beansprucht. Repräsentativ insofern, weil die Ansichten der Auswählenden und der Zeitpunkt, in der die Auswahl getroffen wurde, sich verbinden zu einem Ganzen, Charakteristischen, das sich, so ist zu wünschen, wohl unterscheidet von allen Vorläufern, heißen die nun Herbert Ewe, Klaus Granzow oder Walter Schröder, der noch im Kriegsjahr 1943 in Greifswald *Pommersche Dichtung der Gegenwart* unter dem Titel LAND AM MEER herausgab.

Der Leser mag es als unakzeptabel empfinden, eine Zumutung ganz und gar, von diesem auf zwei andere Bücher verwiesen zu werden, auf die Anthologie Rügen – *Deutschlands äußerster Norden* UNMERKLICH TANZT DIE ZEIT (1998 und 2000) und *Lesen von Usedom* BERNSTEINHEXE UND KAISERBÄDER (1999 und 2003), aber Elisabeth von Arnim und Fritz Rudolf Fries, Johann Jakob Grümbke, Konrad Maß und Wilhelm Meinhold mußten diesmal möglicherweise zurückstehen, weil die Herausgeber auf Entdeckungen aus waren und sich für Brandes und Haken, für Franz Mehring und Herbert Nachbar entschieden.

Gerne hätten wir, das sei am Rande vermerkt, Pyls Begriff vom *kleineren Pommern* aufgegriffen, wäre es doch paßlich für unsere, durch die Nachkriegsentwicklung geprägte Vorstellung von Pommern, aber das verbietet sich; er meint ja eine spezielle Gegend, Pomerellen.

Kann das Buch nun wenigstens Auskunft geben von der Wesensart der Pommern? Der bereits erwähnte Thomas Kantzow sprach von seinen Landsleuten als einem Menschenschlag, *nicht sehr frohlich, sondern etwas ernster und schwermutig. Sunst aber ist's ein aufgericht, trewe, verschwigen Folck.* Nicht gerade Diplomaten, aber furchtlos und tapfer, ist herauszulesen. Und Nachbarn der Preußen in guten und unguten Zeiten, der alte Fritz, der anekdotisch beredete König, gilt fast mehr als die pommerschen Herzöge von Wolgast und Stettin. Nettelbeck bezeichnet das eingeschlossene Kolberg als *Preußens moralisches Bollwerk*. Blättert man die BALTISCHEN STUDIEN durch oder DAS LIEBE POMMERNLAND, auch jedes andere Periodikum dieser Art, so stößt man auf lauter

„brave" Pommern, die nur zum Schein sich als grobe Pommern geben. Damit sich die anderen ein bißchen schämen. Runge, der Maler aus Wolgast, schreibt an Achim von Arnim nach Heidelberg, als er seine beiden auf Rügen gehörten Märchen schickte: *Sehr angenehm würde es mir sein, wenn ich Ihnen noch die Geschichte vom starken Hans (welcher eigentlich der plattdeutsche Herkules ist) liefern könnte.* Arndts *Märchen vom starken Hans* kann er nicht gemeint haben, das ist eine Variante des Lobgesanges auf geliehene Kräfte „Sechse kommen durch die ganze Welt" und nimmt in Thüringen seinen Anfang. Runge bezeichnet die beiden aufgeschriebenen und dieses erwogene Märchen als sublim. Ein wenig mag es dann verwundern, daß er nicht die habgierige Ilsebill schilt, sondern den Fischer. Diesen nennt er gleichgültig und kümmerlich.

Auch die Frömmigkeit der Menschen am Meer ist unübersehbar, Hans Werner Richter gibt allerdings zu bedenken, es sei ein Unterschied, *ob jemand, wie die Bayern,* wohin er übersiedelte, *immer in Gott lebt, oder, wie die Pommern, nur neben Gott.*

Die Pommern haben uns nicht um ein Führungszeugnis gebeten, wir belassen es also bei dem oben Zusammengetragenen – den Selbstaussagen. Was nun aber das Literarische angeht, so kann man besten Gewissens sagen, die zur Feder griffen, wurden in allen Sätteln ihrem Pegasus gerecht. Natürlich waren manche, deren Namen so haltbar ist, wie das Werk nie war, in einem solchen Grade Reimschmiede, daß sie selbst die Geleitworte zu ihren Büchern in Verse setzten und es uns insofern schwer machten, manche wurden in den Hochzeiten der Heimatkunstbewegung von ihrer Mission für das Niederdeutsche so durchdrungen, daß sie ihre Vornamen verplattisierten und aus Karl dann einen Korl machten. Wir stoßen auf einige von ihnen im zweiten, dem niederdeutschen Bändchen. Andererseits waren die Pommern nüchtern genug, zu hoch Gegriffenes von selbst immer wieder zu relativieren. Nettelbeck stellt seinem Wort von Kolbergs Signalwirkung für Preußen das vom *mäßigen Städchen* an die Seite.

Als wir unser Material besahen, ließ es sich in drei Komplexen ordnen: dem archetypisch Zeitlosen und Generalisierenden, in dem Geschichtsschreibung und Geschichtenerzählen noch kaum voneinander zu trennen sind, der bedeutsamen Reiseliteratur über eine terra incognita einschließlich sich erinnernder Selbstdarstellungen all derer, die Pommern den Rücken kehrten, und, drittens, dem Ausgedachten schließlich, wo das Land dann nur noch die Schauplätze abzugeben hat.

Innerhalb der einzelnen Abschnitte wurde nach Möglichkeit eine chronologische Abfolge angestrebt, so daß im Nebeneffekt für den Leser ein Gang durch die Zeiten möglich wird, manchmal war aber die Verlockung übermächtig, dieses Prinzip zu durchbrechen. Ahrenshoops erste Entdeckung durch August von Wehrs und die zweite endgültige durch die Freiluftmaler achtzig Jahre später mußten einfach nebeneinander gestellt werden.

Die großen Erkundungsfahrten an der Wende vom 18. zum 19. Jahrhundert in den unbeschriebenen nordöstlichen deutschen Landstrich, mit Rügen als Zielmarke, sind bei uns vertreten durch Cornelius' fast zu umsichtige Umschau, durch Carl Lappe und Heinrich Laube und, punktuell, durch Zöllner, der bei Pistorius in Poseritz auf die Grenzen, die der Frömmigkeit durch pädagogisches Kalkül gesetzt werden, zu sprechen kommt. Die Arbeiten Carlludwig Schleichs, Friedrich Spielhagens und Franziska Tiburtius' gehören zur Memoirenliteratur von Rang, ihnen zur Seite treten die Maler mit ihren sehr plastischen Erinnerungen. Ein Moment des Geistigen kommt von außen, durch die Fähigkeit zum Vergleich, die selbst den einfachen Leuten zur Verfügung stand, sofern sie zur See gefahren waren. Der Marinemaler ist ein Beispiel für diese Spezies, der patriotisch empfindende Nettelbeck das andere. Ein dritter kommt im zweiten, dem niederdeutschen Bändchen, mit dem äußerst selbstbewußten Erzähler Segebarth aus Prerow zu Wort. Das Beispiel Hans Prutz führt vor, wie ein Mann, in dessen Werk wir einen geeigneten Ausschnitt nicht fanden, durch einen dritten ins Bild geraten kann: Der Vater wird uns durch den Sohn nahegebracht. Und dazu Schauspieler, ein Komponist. Und immer wieder die Lehrer und Pastoren.

Neben der Schilderung von Landschaft und Lebensweise der Pommern gerät ein erhebliches Stück Geistesgeschichte in die Texte. Kosegarten bekennt sich in einer rhetorisch rasanten Verteidigungsschrift aus Anlaß seines fünfzigsten Geburtstages zur Toleranz, aber der Denunziant ist auch schon zur Stelle, ein akademisch geschätzter, nach Berlin berufener Mann, Friedrich Rühs, der, das kennen wir vielleicht ja auch, menschlich hinter seinem fachlichen Niveau zurückbleibt. Wegen der Gleichgültigkeit der Allgemeinheit sah Runge es übrigens als erfreulich an, wie er in einem Brief seinen Bruder wissen läßt, *einen zu finden, der Donquijote-Streiche macht, wie Kosegarten.* (22. 8. 1806).

Ein erörternder Teil hat den Blick auf das Plattdeutsche gerichtet, und auch da ist Gesinnung zu finden; so Homeyer, der dem jungen Kosegarten, dem Orientalisten also, Ergänzungen zu seinem Wörterbuch anbietet, vor allem aber die mit einer Nervenkrankheit geschlagene Alwine Wuthenow möge dafür stehen. Lobt Fritz Reuter anfangs brieflich noch *Einfachheit der Empfindung und Korrektheit der Form* (9. 6. 1855), so stöhnt er unüberhörbar auf, als er ein zweites Mal quasi als Lektor fungieren sollte: *Meine Zeit ist augenblicklich von einer höchst beschwerlichen und wirklich schwierigen Arbeit in Anspruch genommen*, schreibt er Eduard Hobein im November 1860 nach Schwerin. *Aber das ist ein Stück Arbeit! Wie die Unglückliche dieselben* [Gedichte] *geschrieben hat, sind sie gar nicht zu drucken, ich muß darin herumändern und vieles selbst hinzutun.* Und gleichzeitig mußte er sich zurücknehmen und seinen Anteil am Gelingen herunterspielen, was beim Lektorieren die Regel ist. Eigenes blieb liegen. Von der Mentalität her stand der Alwine Wuthenow Klaus Groth näher als der handfeste Reuter, und tatsächlich zog der Holsteiner sie in einen brieflichen Dialog. Es spricht für die Geradlinigkeit dieser Frau, wenn sie die Wesensverwandtschaft zwar bemerkte, ihrem ursprünglichen Förderer aber die Treue hielt, ja, mit dem Briefpartner hadert wegen seiner Schulmeisterei an Reuter und sich lieber schelmisch gibt, als daß sie zurückwiche. Der dritte Themenkreis dieser geistesgeschichtlichen Auskünfte betrifft das Reich der Märchen, Sagen und das Gebiet des volkstümlichen Sprücheguts, auch der Namensgebungen von Stadt und Flur, das hier also mit Jahn und Rogge und in speziellen Überblicksdarstellungen mit Haas und Gülzow hinreichend vertreten ist, und der Aufsatz über einen Mißton unter Erzählforschern nennt Namen aus dem großen Zusammenhang und sorgt für einen Überblick.

Auf dem Felde der Fiktionen findet sich neben dem überragend Erzählten eines Koeppen oder Richter eher bieder Naturalistisches, aber auch eine oft als Unterhaltungsschriftstellerin heruntergestufte Autorin wie Christine Brückner trägt in der Sache und den Details zutreffend und stilsicher ihre Botschaft vor. Es ist schon kurios, daß die Erzählwelt der einst gefeierten Naturalisten nun ausgerechnet durch das Interesse am Landstrich wachgehalten wird.

Der hochdeutsche und der plattdeutsche Band korrespondieren miteinander, wichtige Namen pommerschen Literaturverständnisses sind aus dem Bestand niederdeutscher Literatur nicht wegzudenken. Alwine Wuthenow, die hier sich brieflich äußern kann, tut das ansonsten nur in Gedichten, hätte keinen Platz in einem plattdeutschen Erzählbuch, muß dort also fehlen. Andererseits begegnen uns sehr vielseitige Leute dort ein zweites Mal. Genannt sei der unendlich fleißige, an Einfällen nie verlegene Heinrich Bandlow, seien Otto Wobbe und der umtriebige Musiker Fritz Dittmer, der hoch- und plattdeutsch schrieb und dabei immer unterhielt. Aber das sollen sie ja alle sein, kurzweilig und unterhaltend. Und Pommern nach Möglichkeit angemessen loben.

Jürgen Grambow
Wolfgang Müns

Arndt, Ernst Moritz (26. 12. 1767 Groß Schoritz / Rügen – 29. 1. 1860 Bonn). Historiker, Hochschullehrer, Dichter; Sekretär des Freiherrn vom Stein, leidenschaftlicher Hasser der napoleonischen Besetzung.

Baier, Hermann (30. 10. 1775 Bobbin / Rügen – 12. 9. 1822 Greifswald, begraben in Altenkirchen). Pastor. Studium in Greifswald und Jena, Promotion. Schwiegersohn Kosegartens, sein Nachfolger im Amt des Seelsorgers für Altenkirchen. Die Predigt zur Weihe des „Ufer-Berghauses", der Kapelle zu Vitt am Beginn des Kirchenjahres, dem 1. Advent 1816 also, ist etwa doppelt so lang wie abgedruckt. Auch Kosegarten hatte sich auf den Tag vorbereitet mit einer Kanzelrede, konnte jedoch nicht anreisen.

Bandlow, Heinrich (14. 4. 1855 Tribsees – 25. 8. 1933 Greifswald). Lehrer, als Erzähler äußerst produktiv.

Brandes, Johann Christian (15. 11. 1735 Stettin – 10. 11. 1799 Berlin). Schauspieler, Bühnendichter. Nach abenteuerlicher Flucht über Polen nach Hamburg schloß er sich der Schönemannschen Schauspieltruppe an und lernte den norddeutschen Hanswurst Franz Schuch kennen. Direktor des Dresdener Hoftheaters. Lessing hob seine Tochter Minna aus der Taufe. Von seinen vielgespielten Stücken mag noch TRAU, SCHAU, WEM? (1769) dem Namen nach bekannt sein. Autobiographie in fünf Bänden, MEINE LEBENSGESCHICHTE (1802–07).

Brückner, Christine (10. 12. 1921 Schmillinghausen bei Waldeck – 21. 12. 1996 ebenda). Unterhaltungsschriftstellerin, deren Poenichen-Trilogie JAUCHE UND LEVKOJEN (1975), NIRGENDWO IST POENICHEN (1977) und DIE QUINDTS (1985) in Gestalt einer Familiensaga dem Thema Pommern als verlorene Heimat nachgeht.

Cornelius, Wilhelm (geb. 27. 5. 1809 Stralsund, Todesjahr unbekannt). Redakteur, Buchhändler. Nach dem Hambacher Fest sieben Jahre Haft, begegnete auf den Festungen Graudenz und Magdeburg dem gleichfalls inhaftierten Fritz Reuter. Soll 1848 nach Amerika ausgewandert sein.

Dittmer, Fritz (8. 2. 1889 Stettin – 16. 1. 1970 Hamburg). Kaufmann und Musiker. Schrieb in der POMMERSCHEN ZEITUNG als Hein Klok von't Bollwark. Nach den Musikanten- und Komödiantengeschichten KOLOPHONIUM UND SCHMINKE von 1924 gab Dittmer sein nächstes Buch SONNE UND WOLKEN ÜBER POMMERN erst 1955 in Druck. Es folgten STETTINER PARFÖNG im gleichen Jahr, und bis 1966 OLT-STETTINER UTKIEK, MEUTEREI UP'N MUSIKDAMPER sowie DE DÜWELSORGEL.

Döblin, Alfred (10. 8. 1878 Stettin – 26. 6. 1957 Emmendingen). Einer der Erneuerer des Romans im 20. Jh. (BERLIN ALEXANDERPLATZ). Emigrierte vor den Nazis in die USA. Döblins harsches Erinnerungsbild an seinen Vater besteht aus drei Teilen, von denen wir den ersten abdrucken.

Dönhoff, Marion Gräfin (1909 Schloß Friedrichstein bei Königsberg – 2002 Schloß Crottorf). Studentin der Volkswirtschaft und Gutsverwalterin; Ressortchefin für Politisches, Chefredakteurin und Herausgeberin der ZEIT. Machte bei ihrer Flucht aus Ostpreußen Station auf Gut Varzin bei Bismarcks Schwiegertochter, die sich einem Flüchtlingstreck nicht anschließen mochte.

Dreyer, Max (25. 9. 1862 Rostock – 27. 11. 1946 Göhren). Lehrer, Redakteur, Erzähler und viel gespielter Dramatiker. Gründete 1908 den Verband der Bühnenschriftsteller. Seit 1920 auf Rügen.

Fallada, Hans (eigentl. Rudolf Ditzen; 21. 7. 1893 Greifswald – 5. 2. 1947 Berlin). Volkstümlicher Erzähler. Hielt sich 1924 bei dem Landwirt Johannes Kagelmacher auf, der einen Hof in Gudderitz bei Altenkirchen bewirtschaftete. Kagelmacher, vielfach begabt, aber wild drauflos lebend, wurde in späteren Jahren zu einem Sozialhilfefall.

Fontane, Theodor (30. 12. 1819 Neuruppin – 20. 9. 1898 Berlin). Apotheker, Redakteur, Schriftsteller. In Berlin Mitglied der literarischen Vereinigung „Tunnel über der Spree". Verlebte einen Teil der Kindheit und Jugendjahre in Swinemünde.

Friedrich II., der Große (24. 1. 1712 Berlin – 17. 8. 1768 Potsdam). König von Preußen. Nach einem Fluchtversuch, der seinen Jugendfreund Katte das Leben kostete, Festungshaft in Küstrin. Favorisierte die französische Kultur, Musikliebhaber, auch Komponist. Später rankten sich viele Anekdoten um den „Alten Fritz".

Gaedertz, Karl Theodor (8. 1. 1855 Lübeck – 7. 8. 1912 Berlin). 1897 Professor, ab 1900 für fünf Jahre leitender Bibliothekar in Greifswald. Bedeutender Reuter-Forscher und -Herausgeber.

Gillhoff, Johannes (24. 5. 1861 Glaisin in der Griesen Gegend – 16. 1. 1930 Parchim). Schulmann, Schriftsteller. Anfangs Volkskundler, beendete die Veröffentlichung seiner Sammelergebnisse nach Kontroverse mit Richard Wossidlo (1859–1939). Bekannt durch seinen Briefroman JÜRNJAKOW SWEHN, DER AMERIKAFAHRER (1917), verdienstvoll als Redakteur der MECKLENBURGISCHEN MONATSHEFTE (ab 1925).

Grosz, George (eigentlich G. Ehrenfried; 26. 7. 1893 Berlin – 29. 6. 1959 ebda.). Maler. Mit Dada (Prosa, Dialoge) und einem der Neuen Sachlichkeit verpflichteten sezierenden Zeichenstrich attackierte Grosz Militärs und Neureiche der Weimarer Republik. 1932 in die USA.

Grümbke, Johann Jakob (6. 9. 1771 Bergen auf Rügen – 23. 3. 1849 ebda.). Der Arztsohn war durch väterliches Erbe materiell gesichert. Studierter Jurist, Privatgelehrter. Wandte sich unter dem Pseudonym Indigena, d. i. der Einheimische, mit seinen Reisebriefen STREIFZÜGE DURCH DAS RÜGENLAND (1805) bewußt gegen die flüchtigen Impressionen der Durchziehenden. Seine NEUE UND GENAUE GEOGRAPHISCH-STATISTISCH-HISTORISCHE DARSTELLUNG VON RÜGEN (1818) ist eine Bestandsaufnahme aller Rügenschen Verhältnisse.

Gülzow, Erich (29. 3. 1888 Loitz – 16. 8. 1954 Barth). Studienrat, Leiter von Museum und Stadtarchiv in Barth; Heimatforscher und Herausgeber der Schriften Arndts 1953. Schrieb über J. J. Grümbke.

Haas, Alfred (8. 7. 1860 Bergen auf Rügen – 27. 7. 1950 ebda.). Volkskundler, Lehrer in Stettin, einer der wichtigsten Erforscher der geistigen Volkskultur der Insel Rügen.
S. 38 *Johann Mikrälius* Micrälius (1597 Köslin–1658). Rektor von Ratsschule und Pädagogikum in Stettin, Vizekanzler der Greifswalder Universität. Schrieb eine geschichtliche Darstellung ALTES POMMERNLAND (1639).

S. 38 *Friedrich Schlie* (12. 12. 1839 Brüel – 21. 7. 1902 Kissingen). Kunsthistoriker und Archäologe. Direktor des Museums Schwerin, für das 1882 ein Neubau entstand. Seine fünfbändige Bestandsaufnahme KUNST- UND GESCHICHTSDENKMÄLER DES GROßHERZOGTUMS MECKLENBURG-SCHWERIN (1896–1902) dient noch heute als Nachschlagewerk.

Hans Hoffmann (27. 7. 1848 Stettin – 11. 7. 1909 Weimar). Schriftsteller, 1902 Generalsekretär der Deutschen Schillerstiftung Weimar. Der Mecklenburger Heinrich Seidel hatte H. ermutigt, sich der Region seiner Herkunft zuzuwenden. Die Erzählung DER GROBE POMMER existiert in zwei Fassungen, die hier abgedruckte ist die ausführlichere.

Haken, Johann Christian Ludwig (25. 3. 1767 Jamund bei Köslin – 1835) Sohn des Pfarrers Christian Wilhelm Haken (1723–1791). Die vier Bände DIE GRAUE MAPPE AUS EWALD RINKS VERLASSENHEIT (1790–93) spielen mit vorgeblich aufgefundenen Papieren und nutzen Brief und Dialog zu einem vielgestaltigen Erzählen. Haken gibt vor, von Kupfern Chodowieckis angeregt worden zu sein, in seinem Werk sah man aber Einflüsse von Fielding und Sterne. In der zweiten Lebenshälfte gab H. die POMMERSCHEN-PROVINZIALBLÄTTER (1820–25, Neue Folge 1827–29) heraus. H. verweist darauf, unsere Geschichte schon in Nicolais ANEKDOTEN VON FRIEDRICH DEM ZWEITEN gelesen zu haben, eine Wanderanekdote also.
S. 43 *Ce B .... a de l'esprit, comme trente, mais il est malicieux, comme nu vieux singe.* B. hat Witz wie dreißig, aber er ist boshaft wie ein alter nackter Affe.
S. 49 *„Um des Himmels willen, Monsieur de Voltaire – qu'avez Vous?“* Um des Himmels willen, Monsieur de Voltaire – was haben Sie?
S. 49 *„Ah, Sire – j'étouffe ... ich bin des Todes ...“* Ah, Herr, ich ersticke ...
S. 49 *Wo ist denn mein Voltaire?' frugen Ew. Majestät, und – ‚Me voila entre les pattes d'une bête de Pomeranie!‘ belieben der Herr von Voltaire zu erwidern.* Hier bin ich zwischen die Pfoten des Tiers von Pommern geraten, belieben … usw.

Homeyer, Carl Gustav (13. 8. 1795 Wolgast – 20. 10. 1874 Berlin). Kam 1810 in das Haus des Historikers Friedrich Rühs in Greifswald, studierte in Berlin, Göttingen, Heidelberg Jura. Übersetzte K. Rosenvinges GRUNDRISS DER DÄNISCHEN RECHTSGESCHICHTE (1825); redigierte den

SACHSENSPIEGEL nach der Berliner Handschrift von 1369, schrieb über HAUS- UND HOFMARKEN (1870). Versah als Professor, Richter am Obertribunal und Mitglied des königlichen Staatsrates in Berlin hohe Ämter. Homeyer schreibt dem jungen Kosegarten, der 3 Lieferungen eines WÖRTERBUCHS DER NIEDERDEUTSCHEN SPRACHE DER ÄLTEREN UND NEUEREN ZEIT drucken ließ.

S. 106 *Landgebrauch und zum Dähnert* Matthäus von Normann (um 1500 Tribnitz auf Rügen – 25. 4. 1556 Stralsund), Landvogt und Notar beim Landgericht Bergen, verfaßte den WENDISCH-RÜGIANISCHEN LANDGEBRAUCH, der erst 1777 von Thomas Heinrich Gadebusch in Druck gegeben wurde. Johann Carl Dähnert (1719 Stralsund – 1785 Greifswald), Bibliothekar und Professor der Philosophie, machte sich um die Universitätsbibliothek in Greifswald verdient und reihte sich mit seinem PLATT-DEUTSCHEN WÖRTER-BUCH NACH DER ALTEN UND NEUEN POMMERSCHEN UND RÜGISCHEN MUNDART (1781) in die Reihe der bleibenden Dialektforscher ein. Gedacht war seine Arbeit auch als Kommunikationshilfe für die schwedischsprachige Oberschicht.

Jahn, Ulrich (15. 4. 1861 Züllchow bei Randow – 20. März 1900 Berlin). Näheres in der Darstellung von Karl-Ewald Tietz.

Johnson, Uwe (20. 7. 1934 Cammin – 23. 2. 1984 Sheerness on Sea/ England). Schriftsteller. Uwe J. „war ein Pommer und ein Mecklenburger, er war ein Spoekenkieker und besaß jenen hintersinnigen Humor, der schwer zu erkennen ist und jemanden leicht irritieren kann.“ (Hans Werner Richter).

Josephi-Lund, Frederik Vermutlich Carl-Frederik Josephi (*28. 12. 1899 Hamburg, Todesdatum nicht zu ermitteln). Journalist und Satiriker, nannte sich als Autor Frederik Lund.

König, Karla (3. 7. 1889 Stettin – 24. 4. 1963 Schwerin). Journalistin, Schriftstellerin. Publikationen über Carl Loewe und Friedrich den Großen.

Koeppen, Wolfgang (23. 6. 1906 Greifswald – 15. 3. 1966 München). Nach allerlei Hilfsarbeiten und Seefahrt sowie Versuchen am Theater Redakteur beim Berliner BÖRSEN-COURIER, 1934 kurzzeitig nach Holland emigriert. Schriftsteller. Ein später Ehrendoktor der Ernst-Moritz-Arndt-Universität (1990) und Ehrenbürger Greifswalds (1994).

Kosegarten, Gotthard Ludwig (Theobul) (1. 2. 1758 Grevesmühlen – 26. 10. 1818 Greifswald). Lehrer, Pfarrer, Professor und Rektor; als Dichter der eigentliche Entdecker des unwirtlichen nördlichen Rügen.
S. 98 *Jean Paul Friedrich Richter* (1763 Wunsiedel – 1825 Bayreuth), d. i. Jean Paul, ein Dichter der Romantik, auf den sich viele Autoren beziehen.
S. 108 *Phrynen und Ganimeden* schöne Hetären und Mundschenke.
S. 110 *Haller, Albrecht von* (1708–1777) Schweizer Schriftsteller, besang die Alpen, womöglich Anreger für Kosegarten.
S. 110 *Pirckheimer, Willibald,* aus einem Nürnberger Kaufmannsgeschlecht, Humanist (1470 Eichstädt – 1570 Nürnberg).

Kosegarten, Johann Gottfried Ludwig (1792 Altenkirchen – 1860 Greifswald). Sohn des vorigen, Orientalist. Beriet als Professor in Jena Goethe bei seinem WEST-ÖSTLICHEN DIWAN, war aber über die Nachrede über seinen Vater so empört, daß er das aus Weimar gespendete Epitaph nicht in die Grabstele in Altenkirchen meißeln ließ. Der Brief war gerichtet an seine Schwester Alwine, nachmals die Ehefrau Pfarrer Baiers.
S. 104 *Graf Hahn* Karl Friedrich Graf von Hahn (18. 5. 1782 Remplin – 21. 5. 1857 Altona). Berüchtigter, weil verschwenderischer Theaterenthusiast. Vater der Schriftstellerin Ida Hahn-Hahn (1805–1880).
S. 105 *Mohnike* hier wahrscheinlich Gottlieb Christian Mohnike (1781 Grimmen – 1841 Stralsund). Theologe und Nordist.

Kriesche, Alma (27. 3. 1844 Greifswald – 16. 5. 1923 Frankfurt / Main). Reiste mit einem ihrer Brüder nach Konstantinopel. Nach Ehe mit einem Regierungbaumeister als Witwe in Dresden und Frankfurt am Main. VOM LEBENSWEGE 1887.

Lappe, Carl, (24. 4. 1773 Wusterhusen – 28. 10. 1843 Stralsund). Hauslehrer und Lehrer, Schriftsteller; gab die Zeitschrift SUNDINE heraus.
S. 41 *Samum und der Sirocco* Samum heißt der trockene heiße Wüstensturm Nordafrikas und Vorderasiens, der Sandkörnchen und Staubpartikel mit sich führt, im Mittelmeerraum wird er zum Schirokko, dem warmen Südwind. Lappe gebraucht die italienische Schreibweise.
S. 151 *Tromerwiek* Tromper Wiek auf Rügen.

Laube, Heinrich (18. 9. 1806 Sprottau/Niederschlesien – 1. 8. 1844 Wien). Verurteilt als Burschenschaftler, 1848 Mitglied der Frankfurter Nationalversammlung. Erzähler, Dramatiker und Theaterdirektor in Wien und Leipzig, Herausgeber und Kritiker. Interessant als Reiseschriftsteller.

Loewe, Carl (30. 11. 1796 Löbejün bei Halle – 20. 4. 1896 Kiel). Fälschlich vielfach schon Löwe geschrieben. Komponist. Gymnasiallehrer, Kantor, in Stettin erster städtischer Musikdirektor. Komponierte rund 400 Balladen, neben Opern, Kantaten und Kammermusik.
S. 128 *Zelter, Carl Friedrich* (1758 Berlin – 1832 ebda.). Maurermeister, Leiter der Musikakademie und Gründer der ersten Berliner Liedertafel, wurde Zelter in wichtige Ämter des Kulturlebens Preußens berufen. Seit 1795 Bekanntschaft, bald Freundschaft mit Goethe.
S. 132 *Giesebrecht, Heinrich Ludwig Theodor* (1792 Mirow – 1873 Jasenitz bei Stettin). Gymnasiallehrer. Neben pädagogischen Schriften WENDISCHE GESCHICHTEN AUS DEN JAHREN 780–1182, gab die Zeitschrift DAMARIS heraus, Textautor für Loewe. Die Giesebrechts aus dem mecklenburgischen Mirow nahmen als Theologen und Autoren alle herausragende Positionen ein.

Mehring, Franz (27. 2. 1846 Schlawe – 29. 1. 1919 Berlin). Publizist und kritischer Parteihistoriker der Sozialisten. Einer der Theoretiker des sich im Weltkrieg nach links wendenden Flügels der SPD (Spartakusbund, USPD).

Müller-Kaempff, Paul (16. 10. 1861 Oldenburg in Oldenburg – 5. 12. 1941 Berlin). Landschaftsmaler, Professor. Begründer der Ahrenshooper Malerkolonie.

Nachbar, Herbert (12. 2. 1930 Greifswald – 25. 5. 1980 Berlin). Lektor im Aufbau-Verlag Berlin, der u. a. Johnsons Erstling INGRID BABENDERERDE. REIFEPRÜFUNG 1953 zu beurteilen hatte. Freier Schriftsteller seit 1956. Viele seiner Romane und Erzählungen, so die auch verfilmte HOCHZEIT VON LÄNNEKEN (1960) und OBEN FÄHRT DER GROSSE WAGEN (1963), nutzen Milieu und Sprachanklänge der vorpommerschen Küstenregion. Der historische Roman DER MOND HAT EINEN HOF spielt 1892.

Nettelbeck, Joachim (20. 9. 1738 Kolberg – 29. 1. 1824 ebda.). Seemann, Brauer. Verteidigte als Bürgeradjutant die Festung Kolberg gegen die französischen Angreifer.
S. 97 *Gneisenau, Graf Neidhardt von* (1796–1831). Nach Scharnhorsts Tod wichtigster preußischer Feldherr, Adjutant Blüchers in den großen Schlachten gegen Napoleon.

Pechstein, Max (31. 12. 1881 Zwickau – 29. 6. 1955 Berlin). Maler. Mitglied der Künstlergruppe „Brücke“ (1906), Mitbegründer der Berliner „Neuen Sezession“ (1910). Aufenthalt auf den Palau-Inseln.

Piper, Otto (22. 12. 1841 Röckwitz – 23. 2. 1921 München). Jurist, Archäologe, Schriftsteller. Mit seinem Hauptwerk DEUTSCHE BURGENKUNDE (1912) Begründer einer entsprechenden Disziplin. Vater eines Münchener Verlegers.

Prutz, Hans (20. 5. 1843 Jena – 29. 1. 1929 Stuttgart). Historiker, Universitätsprofessor, Privatgelehrter, Sohn des Bühnenautors und bürgerlich-demokratischen Publizisten Robert Prutz (30. 5. 1816 Stettin – 21. 6. 1872 ebda.)

Pyl, Carl Theodor (10. 11. 1826 Greifswald – 13. 12. 1904 ebda.). Professor für Pommersche Geschichte und Altertumskunde, auch für Kunstgeschichte. Vorsteher der Rügenschen Abteilung der Gesellschaft für pommersche Geschichte.

Quistorp, W. Ein August Quistorp (1824 Greifswald – 1887) gab das Periodikum DAS LIEBE POMMERNLAND (1864–1868) heraus für den Verein „Pomerania“. Pastor in Ducherow bei Anklam. W. Quistorp war nicht zu ermitteln.

Reuter, Fritz (7. 11. 1810 Stavenhagen – 12. 7. 1874 Eisenach). Neben Klaus Groth und John Brinckman bedeutendster niederdeutscher Dichter des 19. Jh. Der hier geschilderte Beginn einer Reise ist eine Schülerarbeit.

Richter, Hans Werner (12. 11. 1908 Bansin – 23. 2. 1993 München, liegt auf Usedom begraben). Überragend als spiritus rector der „Gruppe 47“, die drei Jahrzehnte die wichtigsten Autoren der Bundesrepublik manchmal zweimal im Jahr zu Lesungen versammelte; bedeutend als Erzähler. In seinem Roman SPUREN IM SAND (1953), in den Erzählungen BLINDER ALARM. Geschichten aus Bansin (1970) u. den brillanten Wahrheiten, Lügen und schlitzohrigem Gerede DEUTSCHLAND DEINE POMMERN (1970) hat er sich der Region seiner Herkunft mit Witz und Genauigkeit erinnert.

Rex, Ina (22. 7. 1845 Klein Zicker/Rügen – 19. 1. 1910 Rostock), mit bürgerlichem Namen Alwine Hannemann, verheiratete Heinrichsen. Außer ihrem das Volkskundliche betonenden Roman aus dem Mönchgut schrieb sie den Novellenband STILLE SCHICKSALE (1908).

Rühs, Friedrich (1. 3. 1781 Greifswald – 31. 1. bzw. 1. 2. 1820 Florenz). Historiker, wurde mit Gründung der Berliner Universität 1810 an die bedeutendere Wirkungsstätte berufen.
S. 100 *Göschen, Georg Joachim* (1752–1828), gründete 1785 die auf seinen Namen lautende Leipziger Verlagsbuchhandlung, in der die Bücher der Weimarer Klassiker erschienen. Zehn Jahre nach seinem Tod erwarb F. G. Cotta das Unternehmen.

Runge, Philipp Otto (23. 7. 1777 Wolgast – 2. 12. 1810 Hamburg). Schüler unter dem Rektor Kosegarten, ausgebildet an der Kunstakademie Kopenhagen, Begründer der romantischen Malerei, auch Theoretiker. Schrieb die auf Rügen gehörten Märchen VON DEN FISCHER UN SYNE FRU und VOM MAHANDEL BOHM auf.
S. 101 *Zimmer, Georg Johann* (1777–1853). Buchhändler und Verleger in Heidelberg, bis 1805 bei Friedrich Christoph Perthes in Hamburg, daher die Bekanntschaft mit Runge. Verlegte Arnim und Brentanos Sammlung DES KNABEN WUNDERHORN.

Sastrow, Bartholomäus (21. 8. 1520 Greifswald – 7. 2. 1603 Stralsund). Studium in Rostock. Juristischer Sachwalter in seiner Vaterstadt und im Herzogtum Pommern-Wolgast. 1555 Stadtschreiber in Stralsund, 1562 Ratsherr, 1578 Bürgermeister. Die Neufassung dieser bedeutendsten Autobiographie des 16. Jh. schuf der Rostocker Germanist Hans Joachim Gernentz.
S. 52 *Sollizitator* Gehilfe eines Rechtsanwalts.

Schleich, Carlludwig (19. 7. 1859 Stettin – 7. 3. 1922 Bad Saarow bei Berlin). Mediziner, Schriftsteller. Erfand, dafür anfangs allerdings angefeindet von der Ärzteschaft, die Infiltrationsanästhesie (örtliche Betäubung).

Schnurre, Wolfdietrich (22. 8. 1920 Frankfurt am Main – 9. 6. 1989 Kiel), Lyriker, Hörspielautor, Erzähler – Meister der kleinen Form. Gründungsmitglied der „Gruppe 47“ Gilt als einer der produktivsten deutschsprachigen Autoren des 20. Jh.

Schröder, Walter (30. 4. 1884 Anklam – 5. 5. 1955 Berlin). Studierte klassische Philologie, Theologie und Volkswirtschaft. In kirchlichem Dienst. Wichtig als Herausgeber, eigene Titel: SNURRIG MINSCHEN, lustige plattdütsche Rimels un Vertellers (1907) und SCHNICKSCHNACK, lustige plattdütsche Vertellers (1908).

Spiecker, Max (1. 7. 1854 Usedom – 1937). Lehrer und Rektor an höheren Mädchenschulen in Anklam und Stolp.

Spielhagen, Friedrich (24. 2. 1829 Magdeburg – 25. 2. 1911 Berlin). Verbrachte Jugend- u. Studienjahre in Stralsund und Greifswald. Zu Lebzeiten bedeutender Romanautor, dessen Werk später nahezu in Vergessenheit geriet.

Stern, Carola (geb. 14. 11. 1925 Seebad Ahlbeck). Verließ 1951 die DDR. Journalistin und Autorin, Mitglied des P. E. N. Lebt in Berlin.
S. 337 *FDGB* Freier Deutscher Gewerkschaftsbund, Einheitsgewerkschaft der DDR.

Stöwer, Willy (22. 5. 1864 Wolgast – 31. 5. 1931 Berlin-Tegel). Marinemaler.

Tiburtius, Franziska (24. 1. 1843 Bisdamitz/Rügen – 5. 5. 1927 Berlin). Vater Gutspächter. Erzieherin in Südengland, Medizinstudium in Zürich, gründete erste deutsche Poliklinik für Frauen in Berlin.

Tietz, Karl-Ewald (geb. 12. 12. 1941 Pammin, Kreis Dramburg). Germanist, Vorsitzender der Ernst-Moritz-Arndt-Gesellschaft, lebt in Binz auf Rügen.

Virchow, Rudolph (13. 10. 1821 Schivelbein – 5. 9. 1902 Berlin). Pathologe. Gegner Bismarcks im Verfassungskonflikt 1862–66 und engagiert im Kirchenkampf.

von Wehrs, August (3. 9. 1788 Hannover – 30. 7. 1830 ebda.). Trat in schwedische Dienste, war zur Sicherung der Kontinentalsperre auf dem Darß stationiert, geriet in französische Gefangenschaft, heiratete die Tochter des Borner Oberförsters Zacharias Erdmann Niemann, Marie. Neben ihm geben zwei andere Militärs, Karl Scriba (1788 Mölln – 1868 Koppenbrügge bei Hannover) und Friedrich von Suckow (1789 auf einem Gut bei Neubukow – 1854 Wernigerode) Eindrücke der Halbinselkette wieder – sozusagen die ersten; von Suckow war an der Redaktion der Zeitschrift SUNDINE beteiligt.

Welk, Ehm (28. 9. 1884 Biesenbrow an der Oder – 19. 12. 1966 Bad Doberan). Schriftsteller. Schrieb unter dem Pseudonym Thomas Trimm für Zeitungen, früh schon Leitartikler und Chefredakteur. Widersprach dem Reichspropagandaminister Joseph Goebbels; inhaftiert im KZ Oranienburg. Die KUMMEROW-Romane, auch verfilmt, scheinen unverwüstlich.

Wobbe, Otto (10. 4. 1868 Greifswald – Freitod 9. 5. 1945 ebda.). Vater besaß das „Hotel de Prusse". Lernte Beruf eines Weinhändlers, tätig aber als Schriftsteller. Wobbe erwarb sich Verdienste durch die Beilage HEIMATLEIW UN MUDDERSPRAK für die GREIFSWALDER ZEITUNG (1922–1941). Ein Gedicht Wobbes, AN DIE NACHWELT, wurde 1896 zusammen mit Zeitungen und Briefmarken in einem verlöteten Blechzylinder im Knauf des Turmes vom neuerbauten Greifswalder Postamt deponiert.

Wuthenow, Alwine (16. 9. 1820 Neuenkirchen bei Greifswald – 8. 1. 1908 ebda.). Niederdeutsche Dichterin. Verheiratet mit dem Gützkower Bürgermeister und Greifswalder Kreisgerichtsrat Ferdinand Wuthenow (1812 Brandenburg – 1882 Greifswald), der als Burschenschaftler mit Reuter in der Berliner Hausvogtei und auf der Festung Silberberg inhaftiert war. A. W. war Mutter dreier Kinder. Mehrfach längere Aufenthalte in Nervenheilanstalten, so auf dem Sachsenberg in Schwerin und in Rostock-Gehlsdorf.

Zöllner, Johann Friedrich (24. 4. 1753 Neudamm in der Neumark – 12. 9. 1804 Berlin). Propst an der Berliner Nicolaikirche, auch Schulmann, Verehrer Friedrich II. Berühmt als Reiseschriftsteller. Gab 10 Bd. LESEBUCH FÜR ALLE STÄNDE (1782–1804) heraus.
S. 79 *Pistorius, Christian Brandamus Hermann* (12. 5. 1763 Poseritz – 9. 11. 1823 Garz) Privatgelehrter, schrieb Abhandlungen über theologische Gegenstände, Übersetzer aus dem Englischen.
S. 79 *Balthasar, Augustin* (23. 9. 1632 Anklam–26. 11. 1688 Greifswald). Professor der Theologie in Greifswald und Generalsuperintendent für Pommern und Rügen.

Literaturverzeichnis

Arndt, Ernst Moritz, ERINNERUNGEN. Neue wohlfeile Ausgabe, Hg. Friedrich M. Kircheisen, München u. Leipzig 1912

Anonyma aus DAS LIEBE POMMERNLAND, Jg. 6., Ducherow und Anklam 1869, aus der POMMERN-HEIMAT, Beilage zur BUBLITZER KREIS-ZEITUNG 1927, aus dem FRÖHLICHEN POMMERNBUCH, Volkshumor von der Waterkant, Hg. Werner Gauss, Heilbronn am Neckar 1951

Baier, Hermann, wie Kosegarten

Bandlow, Heinrich, STRATENFEGELS V, Leipzig 1902

Böll, Heinrich, BRIEFE AUS DEM KRIEG 1939–1945, Band. 1, Hg. Jochen Schubert, Köln 2001

Brandes, Christian Johann, MEINE LEBENSGESCHICHTE, Erster Band, Berlin 1799

Brückner, Christine, POENICHEN-TRILOGIE, Band 1, © 1978 Paul List Verlag, München. Wir danken für die freundliche Abdruckgenehmigung.

Cornelius, Wilhelm, WANDERUNGEN AN DER NORD- UND OSTSEE, 2 Teile in 1 Band (in Verbindung mit Theodor von Kobbe), Leipzig vor 1850, hier nach dem Reprint der Olms Presse Hildesheim, New York 1973

Dittmer, Fritz, KOLOPHONIUM UND SCHMINKE, Gesammelte Musikanten- und Komödien-Geschichten, Stettin 1924

Döblin, Alfred, Autobiographische Schriften und Aufzeichnungen, Walter Verlag 1978, © Patmos Verlag GmbH & Co. KG Düsseldorf. Wir danken für die freundliche Abdruckgenehmigung.

Dreyer, Max, Die Insel. Geschichten aus dem Winkel, Leipzig 1920

Fallada, Hans, Hans Fallada. Sein Leben in Bildern und Briefen, Hg. Gunnar Müller-Waldeck und Roland Ulrich unter Mitarbeit von Ulli Ditzen, © Aufbau-Verlag GmbH, Berlin 1997. Wir danken für die freundliche Abdruckgenehmigung.

Fontane, Theodor, Graf Petöfy, 1884

Gassen, Kurt (Hg.), Unbekannte Pommernbriefe aus der Universitätsbibliothek Greifswald, Walter Menn zum 50. Geburtstag, Greifswald 1940 (daraus Briefe vom Vater und an den Sohn Kosegarten sowie von Friedrich Rühs)

Gaedertz, Karl Theodor, Was ich am Wege fand. Blätter u. Bilder aus Literatur, Kunst und Leben, Leipzig 1902

Grosz, George, Ein kleines und ein grosses Nein, Sein Leben von ihm selbst erzählt, Hamburg 1955

Grümbke, Johann Jakob, Neue und genaue geographisch-statistisch-historische Darstellung von Rügen, Berlin 1819

Haken, Johann Christian Ludwig, Die graue Mappe aus Ewald Rinks Verlassenschaft. Vier Bände, Berlin 1790

Hoffmann, Hans, Geschichten aus Hinterpommern, Vier Novellen, Berlin 1922

Jahn, Ulrich, Volkssagen aus Pommern und Rügen, Stettin 1886

Johnson, Uwe, Jahrestage, Band. 2, © Suhrkamp Verlag, Frankfurt 1986. Wir danken für die freundliche Abdruckgenehmigung.

Josephi-Lund, Frederik, Ein pfiffiger Diewenofer, aus: Gauss, Werner (Hg.), Das Fröhliche Pommernbuch. Volkshumor von der Waterkant. 2. Auflage, Hamburg 1959

Koeppen, Wolfgang, Gesammelte Werke in sechs Bänden, Hg. Marcel Reich-Ranicki in Zusammenarbeit mit Dagmar von Briel und Hans-Ulrich Treichel, Band. 5, Berichte und Skizzen, © Suhrkamp Verlag, Frankfurt 1986. Wir danken für die freundliche Abdruckgenehmigung.

Kosegarten Gotthard Ludwig (Theobul), Geschichte seines fünfzigsten Lebensjahrs, 1816

König, Karla, Menschen …, Stettin 1919

Kriesche, Alma, Stückschen. Ut olle un nige Tid, Von olle un junge Lüd, Leipzig 1884

Lappe, Carl, SÄMTLICHE WERKE, Stralsund 1835, BLÜTEN DES ALTERS, Stralsund 1841

Laube, Heinrich, REISENOVELLEN, Band. 5, Mannheim 1837, hier nach Athenäum Reprints DAS JUNGE DEUTSCHLAND, hg. von Alfred Estermann, Frankfurt am Main 1973

Loewe, Carl, SELBSTBIOGRAPHIE, Für die Öffentlichkeit bearbeitet von Carl Hermann Bitter, Berlin 1870, hier nach dem Reprint des Händel-Hauses, Halle 1994

Lüder-Salzow, Fritz, DIE LUSTIGE TRUDE und weitere humorvolle und ernste Schriften hoch- und plattdeutsch, Stettin 1934

Mehring, Franz, LESSING-LEGENDE, Vorrede zur zweiten Auflage, Berlin 1893f., hier nach der Ausgabe im Dietz Verlag, Berlin 1963

Müller-Kaempff, Paul, MECKLENBURGISCHE MONATSHEFTE, 2, 1926

Nachbar, Herbert, DER MOND HAT EINE HOF, © Aufbau-Verlag, Berlin 1956. Wir danken für die freundliche Abdruckgenehmigung.

Nettelbeck, Joachim, EIN MANN. Des Seefahrers und aufrechten Bürgers wundersame Lebensgeschichte, von ihm selbst erzählt, Ebenhausen bei München 1910

Pechstein, Max, ERINNERUNGEN. Hg. L. Reidemeister, Wiesbaden [o.J.]

Piper, Otto, Jugend und Heimat, hg. v. R. Piper, München o.J. (1941)

Prutz, Hans, NORD UND SÜD, Eine deutsche Monatsschrift, Hg. Ludwig Stein, 150. Band, Breslau 1914

Pyl, Theodor, GESCHICHTSDENKMÄLER, Siebenter Band, nach den urkundlichen Quellen des Greifswalder Raths- u. Universität-Archivs, Greifswald 1894

Quistorp,W., DAS LIEBE POMMERNLAND, Monatsschrift zur Hut und Pflege pommerscher Heiligthümer und pommerschen Volksthums, 1. Jg., Ducherow und Anklam 1864, und 6. Jg., ebda. 1869

Reuter, Fritz, AUFGESCHRIEBEN IM RATHAUS ZU STAVENHAGEN, Hg. Arnold Hückstädt und das Fritz Reuter-Literaturmuseum im Khs Verlag & Service GmbH, Stavenhagen 2001

Rex, Ina, NIVELLIERARBEIT DER ZEIT, Bergen 1934

Richter, Hans Werner, SPUREN IM SAND, 1953

Ders., DEUTSCHLAND EIN POMMERNLAND, 1970. Wir danken Frau Antonie Richter für die freundliche Abdruckgenehmigung.

Rogge, Heinrich, DER SAGENKRANZ VON NEUSTETTIN, Neustettin 1927

Runge, Philipp Otto, BRIEFE U. SCHRIFTEN, Hg. Peter Betthausen, Berlin 1981

Sastrow, Bartholomäus, in: RITTER, BÜRGER UND SCHOLAREN. Aus Stadtchroniken und Autobiographien des 13. bis 16. Jh., hg. von Hans Joachim Gernentz, Berlin 1980

Schnurre, Wolfdietrich, DER SCHATTENFOTOGRAF, Aufzeichnungen, © 1978 Paul List Verlag, München. Wir danken für die freundliche Abdruckgenehmigung.

Spiecker, Max, OLLERMANN VERTELLT, Stolp 1927

Spielhagen, Friedrich, ERINNERUNGEN AUS MEINEM LEBEN. Durchgesehene Auswahl aus FINDER UND ERFINDER, mit Einleitung und Anmerkungen, Hg. Hans Henning, Leipzig 1911

Stöwer, Willy, ZUR SEE MIT PINSEL UND PALETTE, Erinnerungen, Braunschweig, Berlin, Hamburg 1929

Stern, Carola, DOPPELLEBEN, © 2001 by Verlag Kiepenheuer & Witsch Köln. Wir danken für die freundliche Abdruckgenehmigung.

Tiburtius, Franziska, ERINNERUNGEN EINER ACHTZIGJÄHRIGEN, Zweite erweiterte Auflage, Berlin 1925

Virchow, Rudolf, BRIEFE AN SEINE ELTERN 1839 bis 1864. Hg. Marie Rabl, Leipzig 1906

Wehrs, August von, DER DARSS UND DER ZINGST, ein Beitrag zur Kenntnis von Neuvorpommern, Hannover 1819

Welk, Ehm, in: LAND AM MEER, Pommersche Dichtung der Gegenwart, hg. v. Walter Schröder, Greifswald 1943

Wobbe, Otto, AUS EINEM BESCHEIDENEN LEBEN. Erinnerungen, Meinungen und Geständnisse eines 50jährigen Greifswalders, Greifswald 1919–21

Wobbe, Otto (Hg.), HEIMATLEIW UN MUDDERSPRAK, Beilage zur GREIFSWALDER ZEITUNG, 1931 und 1933: Haas, Alfred; Gülzow, Erich; Wuthenow, Alwine

Zöllner, Johann Friedrich, REISE DURCH POMMERN NACH DER INSEL RÜGEN UND EINEM THEILE DES HERZOGTUMS MECKLENBURG, Berlin 1797

Wir danken allen Verlagen, Einzelpersonen und Institutionen für die unkomplizierte Zusammenarbeit. Nicht in jedem Falle ist es uns gelungen, die Urheber zu ermitteln. Berechtigte Ansprüche sind bitte beim Verlag geltend zu machen.